乡村志

人心不古

贺享雍 著

四川文艺出版社

图书在版编目（CIP）数据

乡村志. 人心不古/贺享雍著. —2 版. —成都：四川文艺出版社，2019.7

ISBN 978-7-5411-5467-6

Ⅰ．①乡…　Ⅱ．①贺…　Ⅲ．①长篇小说—中国—当代　Ⅳ．①I247.5

中国版本图书馆 CIP 数据核字（2019）第 126309 号

XIANGCUN ZHI RENXIN BUGU

乡村志·人心不古

贺享雍　著

编辑统筹	罗月婷　王梓画
责任编辑	王梓画　燕啸波
内文设计	史小燕
封面设计	叶　茂
责任校对	汪　平
责任印制	唐　茵

出版发行　四川文艺出版社（成都市槐树街 2 号）

网　　址　www. scwys. com

电　　话　028-86259287（发行部）　　028-86259303（编辑部）

传　　真　028-86259306

邮购地址　成都市槐树街 2 号四川文艺出版社邮购部　610031

排　　版　四川胜翔数码印务设计有限公司

印　　刷　成都国图广告印务有限公司

成品尺寸	168mm×238mm		开　本	16 开
印　张	21. 5		字　数	350 千
版　次	2019 年 7 月第二版		印　次	2019 年 7 月第一次印刷
书　号	ISBN 978-7-5411-5467-6			
定　价	58. 00 元			

目录

■ CONTENTS

第一章

一

"哥，姐，真的不晓得你们要回来，要晓得你们回来，这院子我也打扫一下。到处乱糟糟的，真不好意思！"贾佳桂一边带着贺世普和贾佳兰往院子里走，一边这样很内疚地对他们说。

院子里确实够乱。左边堆了几垛柴火，从各种作物的秸秆到乱七八糟的树枝。有的秸秆和树枝已经发黑，上面落了一层厚厚的鸟粪。鸟粪已经干涸，犹如伤口结的痂。柴火堆下面，则有鸡和狗钻进钻出的窟窿，散发出一种霉味。院子右边的竹林里，则码放着几堆砖垛和几十块水泥预制板。砖垛的砖本是红色的，可此时外表却被一层绿苔所覆盖，昭示着这些砖垛的存在已非短时。水泥预制板的颜色倒还和这冬日的天气相配，一派铅灰的颜色，像是买回来不久。砖垛和水泥预制板上密密匝匝的鸡粪，表明这两个地方是鸡的领地无疑。院子外边有两堆发黄的萝卜缨子和青菜叶子，显然是为猪准备的青饲料。此时已到腊月，猪进入催肥阶段，需要的精饲料多，粗饲料少，这些菜叶猪一时吃不完，主人又舍不得扔掉，故而堆放在这里。院子里边的阶沿上，顺墙堆着一长溜带泥的大白萝卜。萝卜堆上，放着两只筬箕。有几个萝卜滚到了院子里的水泥地上，像几个孩子踢的足球。从阶沿通向偏厦的门口，本该挂在墙上的一只簸箕，此时卧在门口的地上。和簸箕为伍的还有一只大筲箕。阶沿边上，一只大木盆里浸泡着半盆待洗的红苕。院子里东一摊、西一泡的鸡粪，满天星似的。

刚才，贾佳桂正撅着屁股在地里割莴笋。莴笋是准备卖给城里人吃的，不久前猛施了一次化肥，此时壮得像婴儿的大腿。正割着，忽听见卧在竹筐旁边的黑狗一声低吼。贾佳桂听见狗叫，抬起身子一看，就看见了从前面走来的贺世普和贾佳兰。

佳桂一看见世普和佳兰，眼珠子顿时定在眼眶里了，只有长长的睫毛像蝴蝶的翅膀一样扑闪着。嘴也张成了一个半圆，一副受惊吓的样子。接着，佳桂把镰刀往地里一丢，就朝外面跑去。

佳桂跑过去迎住了贺世普和贾佳兰，高兴得嘴巴也合不拢的样子，搓着手直说："姐，哥，你们怎么连招呼也不打一声就回来了？"又说，"昨晚上我烧火，灶膛里的火轰轰地笑，我就说今天有贵客来，没想到是你们回来了！"佳兰朝地里看了一下，道："你这一地的莴笋长得好茂盛！"说完又马上问，"怎么只有你一个人在割，世国呢？"佳桂说："都年尾了，他前年在罗老板手里做了活路，到现在还欠着他的工钱，已经是隔年账了，总不能再欠一个隔年账，所以今天他又去要账了！姐姐哥哥快到屋里坐吧，你们实在是难得回来呢！"说着，也顾不上地里的莴笋了，接过贾佳兰肩头上的挎包，带着他们往家走去。

贾佳桂的家在中湾一块叫"麻地儿"的地方，离贺世龙、贺世凤他们的房子不远。她的房子后面有一座两丈高、笔直的石岩，石岩上面就是贺世普和贾佳兰老房子的院子。两家的房子都建于20世纪80年代后期。在此以前，贺家湾大多数人住的都是"草房"，以麦草为顶，以土为墙。到了分田到户后，村里很快出现了建"瓦房"的热潮。但那时的瓦房也比较简单，主要是拆了草房的顶，将麦草换成了瓦。至于墙体，大多数还是用土坯，只是少数几户有人在外面吃公家饭、手里有活钱的，才用石料做墙。至于用砖做墙，则是村民想也不敢想的。有的人家房顶上没有桷板，干脆用了房屋前后的竹子，从中间一分为二，绑在屋顶上代替了桷板。尽管如此，在那时村民还是把修得起这样的"瓦房"，当成了一件非常荣耀和自豪的事。湾里贺通良，在修了这样一座"瓦房"以后，找来很多玻璃瓶，砸碎后在墙上镶嵌了一行字：一九八三年八月二十五日。这天正是贺通良"瓦房"落成的日子，这行字便有了特殊的纪念意义。后来人们再建"瓦房"，便纷纷向贺通良学习，找来各种颜色的碎瓷片，镶嵌成字，以示纪念。有的是镶嵌在堂屋的地面上，有的是镶嵌在院子中央，有的镶嵌在正面墙上。不管镶嵌在哪里，那份隆重、庄严和溢于言表的兴奋是显而易见的。可是，还没等这些人家的高兴劲过去，村里又开始了新一轮的建房比赛。这时日历已经翻到了20世纪80年代后期，距村民"草房"改"瓦房"后短短四五年时间。这一轮建房热潮风行的是"平房"。"平房"又称平顶房，是针对"草房"和"瓦房"的斜顶而言的。"平房"的顶是水泥预制板材。到"平房"阶段，土坯墙被完全从房屋构造中淘汰出局，既经久耐用又坚固牢实的石头和砖，成了普遍采用的建筑材料。在建筑方式上，一般都有楼梯通到屋顶，村民可以在上面晾晒衣物、粮食，成为庄稼人的第二个"晒坝"。"平房"还有一个特点，就是可以很方便地在平顶上再搭建一层，成为"楼房"。事实上，不少庄稼人把从"瓦房"上淘汰下来的小青瓦，再在平房上搭建一个人字形的屋顶。这样不但可以增加一到两间或三间屋子，更重要的是能够起到隔热和防雨水渗漏的作用。至于后来村里出现的"楼房"，这已是后话。贺世普的老房子和佳桂的房子，就是那种20世纪80年代后期单层平房再加人字形小青瓦屋顶的建筑，大门也是一个朝向。房屋建成以后，人们对佳兰和佳桂说："你们两姐妹多好，一个岩上，一个岩下，有啥事，站到岩边喊一声就到了，像不像一家人那样方便？"有和世普同辈的人听了这话，就把世普拉到一边，对他开玩笑地说："你莫晚上回来走错了门、上错了床哟！"另一人又说："姨妹姨妹，姐夫有份，走错了门怕啥子？"世普是知识分子，不善开玩笑，只得红着脸，口里讷讷地道："说些无用的话！说些无用的话！"这么多年来，世普自然是没有走错过门，但佳兰和佳桂姐妹情深、亲如一家倒是全贺家湾人都知道的。

佳桂带着世普和佳兰走到院子边上，阶沿上的花猫朝他们喵了一声，接着把目光转到了柴草垛上。原来柴草垛上跳跃着一只灰背白肚黑嘴的鸟儿，一边跳跃一边发出叽叽喳喳清脆的叫声。佳兰听到鸟叫，马上扭头去看。这儿佳桂拉了一下她的胳膊，说："姐，小心点，别踩到鸡粪了……"一语未落，佳兰果然就踩在了一泡鸡粪上，急忙将鞋底在水泥地上蹭。

这儿佳兰还在水泥地上蹭着自己的鞋底，水泥地上已经出现了一道道凌乱不堪的黑色印痕。擦净了，几个人才绕过一堆堆鸡的排泄物，走到阶沿上。佳桂开了门，从屋子里扯出一高一低两条板凳，招呼世普和佳兰坐了，自己才忙不迭地走进灶屋，从灶膛里扒拉出半筢箕草木灰，走出来倾倒在一摊摊鸡粪上。然后又从屋子里提出一把锄头，要将那些被草木灰覆盖住的垃圾铲去。佳兰见了，急忙过来说："你各人去忙，让我来吧！"说着要去夺佳桂手里的锄头。佳桂说："怎么能让姐做这些粗活？"佳兰听了这话，越发要去夺佳桂的锄头了，说："你把姐当啥人了？姐那么多年的农民都当下来了，现在怎么就不行了？"说着就把佳桂手里的锄头夺下来了。佳桂听了佳兰的话，也不去和姐争了，先把滚到院子里的几个萝卜捡起来，放到阶沿里边的萝卜堆上，然后把衣袖挽得高高的，跑到院子外边，将两堆发黄的萝卜缨子和青菜叶子，抱起来全扔到侧边的阴沟里去了。扔完，佳桂又从墙角拿起一把大扫帚，佳兰在前面铲着鸡粪，佳桂就在后面将遗漏在地上的草木灰和残余的鸡屎清扫干净。不一会儿，院子便变得清爽、干净起来。

拾掇完院子，佳桂进屋去，等她再出来时，换了一件带紫花的衣服，头发整齐了一些，腰上围了一根围裙，整个人也精神了许多。只见她手里端了半碗黄灿灿的苞谷籽，来到院子里，嘴里咯咯地唤了一阵，将苞谷籽倒在水泥地上。顿时，刚才那些悠闲地蹲在砖垛和水泥预制板上打瞌睡的鸡，忽地扑扇着翅膀跑了过来。佳桂等鸡互相拥挤着抢食的时候，瞄准了那只鸡冠红得像面旗帜、身上却长着青黑色羽毛的公鸡。此时这只公鸡并没有在抢食的母鸡中间，而是像一个高贵的绅士般，迈着粗壮的双腿在母鸡们的周围走来走去。那神情既流露出对它的妻妾们的无限关心，同时它的头不断扭来扭去地打量着周围的一切，也有些谨慎的样子。佳桂等它转过身的时候，猛地向它扑了过去，却只抓住了它的几片羽毛。那雄鸡腾地而起，两只翅膀扇起一阵灰尘，咯咯地叫着跑远了。母鸡们听见公鸡发出的警报，也顾不得剩下的食物了，像来时一样又纷纷扑扇着翅膀逃走了。

佳兰看见，又问："你逮鸡做啥？"佳桂说："你们回来，事先也没打声招呼，家里啥也莫得，总不能让你们吃碗老米饭吧！"佳兰说："你想做啥子山珍海味给我们吃？我跟你说，你就煮点红苕稀饭，我们最欢喜了！"佳桂说："你们把我说得那么没出息？几年回来一次，我就煮碗红苕稀饭招待你们，也不怕别人说你们妹妹是个小气鬼？"说着，不等佳兰再说啥，又撵鸡去了。

正追着鸡，忽见兴成扛了锄头从前面的路上走过，佳桂立即叫住了他，道：

"兴成，兴成，过来给我逮一只鸡！"兴成道："佳桂婶，过年还早，这时杀鸡做啥？"佳桂说："你就是话多，我叫你来逮，你就来逮嘛！"接着又说，"你老叔和兰婶从城里回来了！"

兴成一听这话，立即叫了起来："啥，老叔和兰婶回来了？在哪里，啊，在哪里？"说着早把锄头挖在路边，咚咚咚地就朝院子里跑了上来。到院子里一看，果见世普和佳兰坐在阶沿上。人没到，他就朝世普和佳兰嚷开了："哎呀呀，果真是老叔和兰婶回来了！我没有看花眼吧？兰婶，老叔，你们怎么想起回老家来看看了？"说着也不等世普和佳兰答话，又马上对贾佳桂道，"佳桂婶，老叔和兰婶回来了，你烧啥子火嘛？就到我屋里去吃！"

先前佳兰和佳桂说话，世普一直没有插言，因为他觉得这是她们女人家的事，让她们姐妹说去，自己只捧着一只不锈钢的双层保温杯，慢慢啜饮自己的茶。这阵见兴成来了，便道："你娃儿真要请老叔吃饭呀？我跟你说，你老叔可是沙地的萝卜——一带就要来的哟！"兴成仍然道："老叔这是说的啥子话？老叔是啥子人，平时八抬大轿也怕抬不来呢！老叔既然说了这话，那就和侄儿一起走吧！"世普见兴成认了真，这才道："算了，老叔和你开玩笑的，你不要裁缝的脑壳——当了真（针），老叔以后再来吃你的！"兴成还要说什么，佳桂说："莫跟你老叔说些空话了，快去给我把鸡逮来！"兴成果然不和世普说话了，回头对佳桂说："佳桂婶，逮鸡还不容易？你再去舀半碗苞谷籽来，看我不费吹灰之力，你说要逮哪一只，我就给你逮哪一只！"佳桂听了，果然又去从柜子里舀出半碗苞谷籽，交给兴成，还说："你娃儿吹牛能干，我看你能不能把那只黑鸡公抓回来！"

兴成接了碗，也不说什么，端了苞谷籽走到鸡们身边，从碗里抓出几粒苞谷籽丢到地上，然后转过身子，朝前面走了几步，才回头看着鸡们。鸡们看着地上的粮食，犹豫了一阵，见兴成已经走开，并无伤害它们的意思，这才放心地啄了起来。啄完，又抬头看着兴成。兴成又丢了几粒在自己的脚下，然后又走开。鸡们一见又拥了上来。鸡们抢吃完毕，兴成又故技重演，鸡们也亦步亦趋。这样就把鸡引到了堂屋里，兴成把碗里剩下的苞谷籽全倒在桌子底下。趁鸡们抢食的时候，兴成去关了所有的门。只一会儿工夫，那只黑公鸡便成了兴成的囊中之物。

兴成把公鸡提到佳桂面前，说："任务我可给你完成了，鸡放到哪里？"佳桂正在灶上烧烫鸡的水，听了兴成的话，便道："啥任务完成了？你世国叔没在家，婶的手上又不得空，你得帮婶把鸡杀了，才算完成了任务！"兴成说："杀就杀吧，有多大一回事！"果然就提了刀，走到屋旁边的阴沟边，将干净鸡脖子上的毛，然后把鸡脖子别到后面，一刀抹去，一腔鲜血就喷涌而出。很快那鸡就被兴成褪了毛，破了膛，取出肚里的鸡杂，去除脏物，用水洗净，一只鸡便算宰杀完毕。

二

兴成给贾佳桂杀了鸡，回到路边，重新扛起自己的锄头往家里走。刚拐过下马坟，突然碰到了贺端阳。端阳把毛衣扎到裤腰里，却把一件黑灰色的羽绒服披到外面，脸上挂着几分怒气。看见兴成，强把脸上的怒气收敛了一些，因为兴成不但和他是一个祖宗下来的，还是他参加村主任竞选时得力的政治盟友。要没有他和贺善怀、贺毅、贺长军、贺建等一伙人的支持，他至今恐怕还是一个平头百姓。因此，不管什么时候，只要一看到他这伙支持者都会十分客气。此时一见兴成迎面走来，不等对方先打招呼，脸上便漾出几分笑容，道："哦，收工了哇，兴成哥？"兴成一听也忙道："是呀，支书你这是到哪里去？"端阳现在不但是村主任，还支书主任一肩挑了。因此兴成这么叫他。端阳却道："兴成哥你这样叫我就见外了！只有弟弟兄兄，脑壳打烂都镶得起，啥支书主任，今天叫你当你就当，明天叫你不当就不当，算个啥？你是哥，直接喊我端阳就是！"兴成道："该怎么喊就怎么喊，莫得规矩，怎么成方圆？"说完这话又盯着端阳问，"都中午时候了，你还要到哪里去？"端阳道："说起来怄死人了，还不是为贺中华和贺长安那起纠纷！从上年到现在解决了好多次，就是解决不下来。刚才贺长安来对我说，解决不下来就只有死人了！你听听这话，要真是死个人摆起，我们都是猫儿抓糍粑——脱不了爪爪！"兴成听了这话，立即道："我晓得他们两家的矛盾很深，贺中华又是个不让人的，即使你现在去解决了，他们也不一定依你的！要我说，你现在先不要去解决！我跟你说，老叔和佳兰婶回来了，你不如先去看看！"

端阳一听叫了起来："老叔他们回来了？在哪里？"兴成道："在佳桂婶家里，我才帮佳桂婶杀了鸡！"端阳听完，马上把披在肩头的羽绒服穿好，拉好拉链，才一边抻衣角一边急急地说："我现在就去看看！现在就去看看！他们房子的钥匙还在我这里，我怎么不去看看呢？"说罢就朝麻地儿的方向匆匆跑去了。

到了佳桂的房子前，果见贺世普坐在阶沿上看书，端阳就叫了起来："老叔，你老人家舍得回来呀？"贺世普已经沉浸到书的世界里了，听到突如其来的叫声倒吓了一跳。抬头一见是端阳，便笑道："哦，是'父母官'来了，有失远迎，啊！"端阳道："老叔羞煞侄儿了，我这算啥'父母官'？给大家跑腿的差不多！"世普道："这话说得好！就要牢固树立这样的公仆意识，不要一当官就忘了本！"端阳道："老叔说得对，我一定牢记你的教导！"说完这话就把话题岔了开去，马上问，"老叔回来，怎么不先告诉一声，我们好安排人来接你！"说完又接着问，"佳兰婶呢？"

贾佳兰在灶屋里陪着佳桂做饭，听见端阳问，便在里面答道："是端阳哇，有啥事？"端阳听见话音，立即走到灶房里，看见贾佳桂正在菜板上剁鸡，贾佳兰陪着，在有一搭没一搭地摆着龙门阵。端阳便道："兰婶，听说你和老叔回来了，我是来接你们的呢！"佳桂听了这话，不等姐姐答话，便对端阳笑道："你明明看见我鸡都杀起了，才说雨后送伞的话！"端阳道："好哇，我是刚刚听说老叔和婶回来了，中午这顿饭我不和你争了，但晚上你可别和我抢，啊！"佳桂又笑道："你是支书，你说了的话哪个敢和你争？"端阳说："那就这么说定了，晚上村里给老叔接风！"说罢又对佳兰问，"兰婶，你们家里的钥匙我带来了，上不上去看看你们的屋子？"贾佳兰说："一个空屋子，有啥子看头，你问问你世普叔，他愿不愿上去看看？他愿意去看，你就带他去看吧，我和佳桂摆会儿龙门阵！"端阳便走出来，对世普说了佳兰的话。世普坐着正无聊，便随了端阳往自己的老屋子走去。

世普和佳兰老房子的钥匙，怎么会在端阳手里？原来在去年村级组织换届中，为了支持端阳竞选村主任，在贺家湾成功商人贺世海的导演下，由县政协燕副主席带队，到贺家湾村开展了一次农业结构调整"视察"。名为"视察"，却明显是为给端阳造势来的。世普也是那次"视察"大员之一。同样也为了支持端阳，世普当着乡、村干部和全湾村民的面，把自己老房子的钥匙交给端阳，托他帮助照看一下。世普这样的举动用意是很深的，他没有明说自己是站在端阳一边的，却又用行动明明白白地告诉了众人自己是信任和支持端阳的。果然，后来端阳竟选上了贺家湾村的村主任。现在，端阳带着世普从佳桂房屋旁边的小路往老房子走去。这是一条只供他们两家人行走的之字形小路，窄窄的，从佳桂家堆码砖垛的竹林里走过两三丈远的样子，突然一拐弯，就像一条带子似的缓缓地朝他的房屋伸去。虽是上坡路，却因为坡不高，加上小路又是斜着通向世普老屋子的院子，所以并不陡。虽然有好些年没走过这条小路了，可此时走起来，还是十分亲切。

　　没一会儿，两人就来到了世普老房子的院子里。佳桂房屋上面的人字形小青瓦房顶，差不多正好与世普老房子的院坝齐平。如果将屋顶换成水泥预制板铺的平顶的话，那么像端阳这样的汉子，则可以毫不费力地跳到佳桂的房顶上。世普站到边上朝院子里一看，发现竟然比佳桂的院子还要干净，便知道端阳照看他的屋子是用了心的。等端阳打开屋门，他进去一看，这种感觉就更加明显了。屋子里虽然散发着一股霉味，却收拾得干干净净，像是主人昨天才刚刚离开，一切东西都还按过去一样摆放着。堂屋正中是一张吃饭的老式方桌和四条长板凳，显得笨重，桌面的漆有的已经开始剥落，东一块西一块的像是人身上长了牛皮癣。板凳是自己后来请木匠做的，没上漆也没上桐油，此时木头的颜色有些发黄了。看见桌子和板凳，贺世普不由自主地想起过去自己和佳兰以及孩子们围在这张桌子上吃饭的热闹情景。顿时贺世普心里有几分热乎起来。他伸出几根指头摸了摸桌面，又摸了摸板凳，上面都没有灰尘。贺世普不禁有些感动地对端阳说："我让你帮我照看老屋，看来老叔没有找错人！"

　　端阳听了这话急忙道："老叔这是看得起我！"说完又说，"老叔对我的恩比天地还大呢！"贺世普继续往屋子里瞧，靠墙角立着一架木风车，这风车还是田地到户那年，他们从集体分来的。接着他又把目光移到了屋子左边，靠卧室的墙壁下是一把竹凉椅，过去他晚上乘凉，就把凉椅搬到屋顶上，纳四面凉风，观星斗银河，那份放松的心情，至今想起来还十分怀念。可久没人坐，上面的竹篾片有的已经呈现出发黑的颜色。和竹凉椅并排摆在一起的，还有一把老式的木椅，半圆形的椅圈，像今天用竹子和藤条编织而成的"圈椅"。这把椅子是从祖宗手里传下来的，老祖宗们和父母都是在这把椅子上咽气的。因为根据贺家湾祖祖辈辈传下来的风俗，说老人要是死在床上，是不吉利的，那叫"背床"。"背"了"床"的老人不能顺利进入天堂，所以必须让老人坐在椅子上走完自己的人生历程。因此，这把笨重的老式木椅也可以说是后人恪守孝道的一个象征物。一想起这些，贺世普的眼前不禁浮现出了父母模糊的面容，心里突然有些酸楚起来。为了转移情绪，他这才回答端阳的话说："我有啥恩？这是你娃儿自己的造化！"说完这话又马上问，"贺春乾现在在哪里？"

　　贺春乾是贺家湾原来的村支书。贺家湾的贺氏家族虽然是一个祖先下来的，可后来人口繁衍，就像一棵大树分权那样分成了六房人，俗称"老六房"。但各房的发展又不平衡，其中大房人最多，小房人次之，其他几房人人数就更少了。所以从贺世忠当支部书记起，支书和村主任都是大房人担任。贺端阳是小房人，从县职业技术学校毕业回到贺家湾后，就想竞选村主任，为小房人争气，却遭到了贺春乾的百般阻挠。贺春乾的上面又有乡上的伍书记撑腰，所以贺端阳竞选村主任的道路充满了艰难曲折，当然最后还是在同样是小房人的贺世海、贺世普的支持下当选了。没想到贺端阳当上村主任不久，贺春乾就倒台了。贺春乾倒台不是贺端阳把他弄下去的，是他自己倒下去的。严格说来也不是他自己倒下去的，而是被伍书记牵扯下去的。因为在县上调整班子时，伍书记已被组织定为副县长候选人，还被组织找去谈了话。伍书记自然是非常高兴，可是不久，有人将一封告发伍书记有经济问题的信寄到了省纪委，上面便来人调查了。一查，果然查出了伍书记的问题，并把贺春乾给牵连进去了。原来几年前，省上有家"九环制药公司"来贺家湾租了一千亩地种植中药材，伍书记和贺春乾贪污了公司给农民的部分补偿款。这样一来伍书记倒下去了，贺春乾自然也倒下去了，新来的马书记便让端阳支书、主任一肩挑了。现在端阳听见世普问，便道："听说出去打工了，具体到哪里打工，我也不知道。"

　　世普一面往原来的卧室里走，一面回头对端阳道："贺春乾脑袋瓜子很聪明，但聪明反被聪明误，他这是咎由自取！你可以学他的聪明，但不能拣他只往自己的胯脚下刨的样！"端阳说："老叔放心，侄儿该得的才得，不该得的一分钱也不得！"世普听了这话，便赞许地说："这就对了！古人说，君子爱财，取之有道，手莫伸，伸手必被捉，人一有贪心便完了！"

　　说着话，两人就走进了卧室。卧室里靠后墙是一张老式的双檐架子床，床沿宽得可以放下一只大碗，四根床柱跟小柱子似的，檐上雕着各种花草图案。这张床是世普的母亲出嫁时外婆给母亲的嫁妆，这也是他们家里最值钱的一件家具。他就是出生在这张床上的。小时候在床上爬来爬去，觉得这床十分宽大，可如今一看，它远不及如今的席梦思床宽。现在虽然只有一张空床摆在屋子里，但留在世普脑海里的却是无比深刻的记忆。因为他和佳兰的新婚之夜就是在这张床上度过的。那时母亲还活着，可母亲非得让他们睡这张床不可，自己却搬到他原来睡的那张小床上去睡了。从此，他和佳兰再没有离开过这张床。后来儿女也落生在这张床上，他也看着儿女们在这张床上爬来爬去长大。床前的榻凳儿是柏木的，那上面先是整整齐齐地摆着他和佳兰的两双鞋，男左女右，鞋跟朝里，鞋尖朝外，从没乱过。后来陆续多出了两双小鞋。再后来儿女一大，不再和父母睡了，榻凳儿上鞋的摆放又成了原来的样子。后来他就进城了，再后来佳兰也进城了，可那榻凳儿上鞋子摆放的样子，却深深烙进了脑海里。看着看着，贺世普突然说了一句："恍若隔世，真是恍若隔世呀！"

说着，贺世普退了出来。端阳知道老叔现在陷进了怀旧的情绪里，也不打断他，只跟在他后面往外走。贺世普又到右边卧室和做饭的耳房看了一遍，出来突然对端阳说："端两根板凳，我们两叔侄到房顶上去摆龙门阵！"端阳一听便道："好，老叔，房顶上坐得高看得远，这把木椅子我给你端上去！"说着便要动手去搬那把老式木椅子，世普忙拦住他说："那家伙太笨重了，就端两条板凳算了！"可端阳哪里肯听，扛起椅子就往楼梯上走去了。

世普老房子的屋顶，虽说上面也盖了人字形屋架，却只是遮住了后半部分，前面还是平顶，平顶周围还用青砖砌了将近一米高的栏杆。房屋的地势高，现在又在屋顶上，抬头一看，贺家湾村一景一物尽收眼底。此时又正是午炊时候，几家屋顶炊烟袅袅，因为没有风，炊烟慢慢形成一根柱子，直指天空。天空和炊烟的颜色一样，看不见其他云彩。有微弱的阳光从铅灰的云层中透下来，这已经是贺家湾所处的川东冬日最好的天气了。贺世普再将目光投向远处，只见天地特别远大，连左边的擂鼓山和右边的跑马梁也似乎远了许多。多么安静，多么恬适，那条像羊肠一样通向和尚坝的弯弯曲曲的小河，好似一根脉管，一些地方汪着水，像镜片似的闪着光。河道里边的坡上，落了叶的树木和没落叶的树木交织在一起，在静谧中都像是睡着了。贺世普看着擂鼓山顶那块酷似一面大鼓的巨石，突然想起他才从学校毕业回来分在贺家湾小学教书时，大队书记郑锋让他每天早晚拿着一只铁皮喇叭筒，到山上给全湾社员广播《人民日报》文章的情景。郑锋对他说："别小看了你手里的那只铁皮广播筒，它可是无产阶级战胜资产阶级的有力武器！"他那时特别卖力，每天早晨七点和晚上七点，社员都会准时听到他在擂鼓山上用铁皮广播筒念"最高指示"和《人民日报》社论的声音。

现在想起来，他就好比是现今电视台的新闻节目主持人，一想到这，贺世普不由自主地笑了。端阳看见贺世普笑，以为世普心里高兴，便说："老叔，你看你和兰婶一回来，老天爷都出太阳了！"

贺世普听了这话，却什么也没说，只长长地叹息了一声。叹完，也不等端阳问，却突然说："端阳，我背一首诗给你听，看你娃儿晓不晓得是哪个写的？"端阳听了这话，急忙说："老叔可千万不能把我考住了！"世普说："这首诗你娃儿都不晓得，就说明你读书时光玩去了！"说罢，果然抑扬顿挫地背诵出一首古人的诗来：

少无适俗韵，性本爱丘山。误落尘网中，一去三十年。
羁鸟恋旧林，池鱼思故渊。开荒南野际，守拙归园田。
方宅十余亩，草屋八九间。榆柳荫后檐，桃李罗堂前。
暧暧远人村，依依墟里烟。狗吠深巷中，鸡鸣桑树颠。
户庭无尘杂，虚室有余闲。久在樊笼里，复得返自然。

诵毕，便看着贺端阳。端阳果然一时蒙了，想不起这是谁的诗，自己压根儿没读过。世普便道："陶渊明的诗，怎么都不晓得？"端阳一听陶渊明便叫了起来，说："陶渊明我晓得，但我只读过他'采菊东篱下，悠然见南山'那首，这首诗没听说过。"世普明白过来，说："哦，那就是我记错了。你说的那首叫《饮酒》，课文上选了的。我背的这首叫《归园田居》，可能课文上没有选。这首诗是诗人自彭泽归隐后写的，表达诗人脱离官场，归隐田园后那种怡然自得的乐趣！"端阳听了急忙道："老叔的书读得多，侄儿要是有你那么深的学问就好了！"

世普听了这话，却咧嘴苦笑了一下，继而又从胸腔里发出一声叹息。端阳听见世普接连发出两声叹息，知是老叔心中有事，正想发问，却听见世普转移了话题："好了，端阳，老叔这是发啥子思古之幽情哟？不说这些了，跟老叔说说你的工作怎样？听说现在国家不收农业税，你们这些村干部好当得很了，是不是这样？"

端阳一听这话，就着急地叫了起来，好像贺世普是一个法官，不马上辩解清楚，老叔就要落锤定案一样："哎呀呀，老叔，这可就冤枉我们这些跑田坎的草鞋干部了！"世普听说，拉长声音哦了一声，然后看着端阳又笑问了一句："是吗？"端阳说："可不是吗？现在上面和村民都认为国家不收农业税，村干部每个月白领钱，好要死了！其实哪是这样？农村的事复杂，别的不说，就说村民跟村民之间那些扯五绊六的事，就够我们累了！"说完这话咽了一下口水，抬眼看见贺世普在认真地看着他，停了停又接着说，"上面对这些矛盾纠纷又抓得紧，要求小事不出村，大事不出乡，如果哪里出现了上访的，又是一票否决，又是通报批评，光这个工作就难做！"

世普听了这话，便说："你说的这个事我晓得，现在上面把稳定工作抓得很紧。过了年又要开全国'两会'，省上县上怕出现上访的，所以要求下面要把矛盾解决在基层！"端阳道："正是这样，老叔！前几天乡上才开了各村党支部书记会，要求在全乡开展农村民事纠纷大调解工作，每个村还要成立领导小组，还组织我们出去参观了其他地方是怎样做的。可上面的话好说，下面的事难做，有些事哪里是我们能调解得了的嘛！即使我们去调解了，别个不听，我们也莫得办法！"世普问："这么说，村里出现矛盾纠纷了哟？"

端阳见世普主动关心，便立即道："怎么没有呢？为这事我都急得上火了！"说完又对贺世普道，"老叔你晓得贺中华和贺长安两个人吧？"贺世普说："他两个人我怎么会不晓得？我在村里和乡上教书时，他两个都在我手里读过书，还是我的学生呢！"说完又对端阳问，"听说贺中华发财了？"端阳说："发财倒说不上。不过他家里挖了鱼塘，副业也搞得好，两个娃儿初中还没毕业就到外面打工去了，一年能挣两三万块钱，家里日子不错，去年才起了楼房！"世普道："他和贺长安两个是啥子纠纷，你倒给我说说！"

端阳一听，立即坐直了身子道："说起话长，这还是上半年热天的事了。老叔你是晓得的，贺中华和贺长安都是住在一起的，贺中华东墙就挨到贺长安的西墙。两家人过去为一些鸡毛蒜皮的小事，难免磕磕碰碰，但都没有大的矛盾。不过这两年贺中华手里有了一些钱，胆也跟着壮了，腰杆也觉得硬了，加上他平时就有一些霸道，所以常做出一些欺负人的事来。和他比较起来，贺长安家里穷一些，为人不但老实，甚至有些懦弱……"世普听到这里，打断了端阳的话，说："我晓得贺长安，读书时就光受人欺负，人家打他连手也不还！"

端阳听了马上点头道："老叔说得对，人的脾性真是难得改！"说完又接着往下说，"贺中华院子前面有一条沟，是他专门挖的，为的是在老天下雨时，把院子里的水排到他的鱼塘里去。他们两家的矛盾就发生在这条沟里。贺长安在家里种地，喂了一条水牛，是湾里唯一一户还养牛的人。养牛既为自己耕地，也为在农忙时出租挣几个现钱，还为下小牛儿卖钱。今年六月的一天，天下了暴雨，贺中华院子前面的水沟里积满了水。贺长安牵牛出去放，路过水沟时，哪晓得那水牛喜欢泅水和洗澡，一看见满沟的水就跳进去了。贺长安以为牛洗个澡不会出啥子事，就把牛拴在一棵水青冈树上，让它滚澡去了。殊不知那牛滚了一会儿澡，爬起来把贺中华那棵水青冈树擦破了一块皮。这下贺中华就不干了，便找贺长安的麻烦了……"

世普听说为这样一点事贺中华便要找贺长安的麻烦，也太有些小题大做了，便打断了端阳的话问："他怎么找贺长安的麻烦？"端阳道："老叔你咋个也想不到！贺长安晓得这事自己悖理，不该把牛拴到树上让它滚澡，再说自己门户又小，不敢惹事，见贺中华找来了，便说：'这事是我不小心，让牛擦掉了你的树皮，我赔你的钱就是，你先说个数字吧！'可是贺中华却不直接说赔钱的事，而是说：'我的水沟也被你的水牛扒掉了！我也不要你的钱，说钱外人说我欺负了你。我只要你把水沟给我恢复成原来的样子，把树皮给我生起……'"

贺世普听到这里，突然从鼻孔里哼了一声，有些气愤地道："这不是不讲道理吗？树皮擦掉了怎么生得起？"端阳道："可不是吗？贺长安一听便晓得贺中华是故意刁难自己来了，便说了一句：'你这不是逼到牯牛下儿，欺负老实人吗？'你晓得贺中华是个煤油桶子，碰不得，一听贺长安的话是说他逞强霸道，甩手就打了贺长安一个耳光，并且还说：'你说我欺负了你，我就要欺负你，看你敢搬起石头打天！'说完就回去了……"

贺世普听得入了迷，急忙问："后来呢？"端阳道："后来？老叔想想，贺长安虽然人老实，可倔人就有倔性，何况已经是几十岁的人了，被人白白打了耳光，心里怎么会好受？那天晚上回去就对他女人说：'娃儿现在也大了，离了老子也能活了，你改嫁吧，我跟贺中华一起死了算了！'说了这话还去磨了一晚上刀。他女人听了这话，怕出人命，就来找我去解决。我急忙去调解，可贺中华仗着有几个钱，根本没把我们这些村干部放到眼里。我去调解了几次，贺中华要么是不到场，要么到了就是不讲道理，还说他这要求是合理的。所以到现在都没调解好。今天贺长安的女人又来对我说：'贺书记，不能再拖了，长安说了如果出不了这口气，只有死人了！'我一听这话，真怕死了人，刚才就是再次去调解，在路上碰到了兴成，才晓得老叔和兰婶回来了的消息。"

世普听完了端阳的述说，也立即说："是该抓紧调解！我晓得农村的许多纠纷，都是小事拖成大事，最后成为恶性案件！"端阳说："可不是这样！晓得的说农村的事太复杂，不晓得的还说我们真的拿了钱不做事！我再去调解一次，实在调解不下来，我也就莫得办法了！"世普见端阳作难的样子，想了一想，突然道："这样吧，他们两个人都在我手里读过书，今下午我去找找他们，让他们各让一步，看他们买不买我这张面子！"

端阳一听世普这话，一下从板凳上跳了起来，过去拉住了贺世普的手，激动地摇晃着说道："老叔，这太好了！你老人家出面，他们还敢不给你老面子？我在这里先谢谢老叔了！"说着就真的向贺世普鞠了一躬。世普忙说："你先不要谢我，八字还没有一撇呢！"说完又对端阳说，"你娃儿要加强村民的法制教育呀！你看看，这样一点小事就互不相让，如果大家稍有一点法制观念，怎么会出现这些事？还说出了要死人的话！"端阳听了立即附和说："就是，老叔！还是老叔站得高、看得远……"话还没完，佳桂在下面喊他们吃饭了。

三

吃过午饭，端阳又对贺世普、贾佳兰和贾佳桂说了一通晚上到他家吃饭的话，就先回去了。贺世普不论春夏秋冬，都要午睡一会儿。端阳一走，世普就觉得两只眼皮在打架，直张开嘴打呵欠。贾佳兰一看便明白丈夫要午睡，便对他说："到佳桂床上去睡吧。"佳桂听了这话，急忙跑到里面屋里把床铺收拾了一通，出来叫贺世普进去睡。世普刚要往里走，突然想起当年，莫要上错了床的玩笑话，有些不好意思了，便对佳桂说："我也睡不到好久，就在椅子上眯一会儿眼算了！"

世普虽然每天都有午睡的习惯，可每次都睡得不深，时间也不长，只十来分钟就醒来了。醒来了却又觉得眼皮仍然有些沉重，需要再闭着养会儿神。今天也同样如此。没睡一会儿，他就从迷糊中醒了过来。醒过来后，他就听见佳兰和佳桂两姐妹坐在灶屋的板凳上摆龙门阵。也许是怕影响他睡觉的缘故，姐妹俩都把声音压得很低。可因为周围实在太安静了，她们说话的声音还是清晰地传了过来。他听见佳桂在说："姐，反正年轻人说你这也不是，那也不是，干脆回来住算了！"停了一下又接着说，"反正房子也是现成的！如果你嫌麻烦不想煮饭，就住到我这里也一样，我们姐妹也有个摆龙门阵的。"佳桂的话一完，便听见佳兰说："我那时就想回来，可我回来了，你姐夫怎么办？"佳桂说："一起回来哟！反正退了休在城里也没事干，回来哪点要不得？虽说农村的路莫得城里好走，可空气却比城里好，你说是不是？"佳兰似乎在思考这个问题，停了一会儿才听见她说："哪晓得他愿不愿意回来？他不回来，我一个人回来当庙老婆婆，就莫得意思了！"

世普听到这里，就晓得佳兰把昨天和儿子媳妇吵架的事给佳桂说了。女人嘴长，这也是难免的，何况又是亲姐妹，哪有不掏心窝子的。

原来昨天过腊八节，佳兰照例要煮一顿腊八粥，这是多年在贺家湾就养成的一个习惯。儿媳妇闫芳也知道婆婆有这个习惯，但她不习惯婆婆把青菜萝卜都混到米里一锅烩的煮法，所以早早就去超市买了现成的腊八粥配料，里面有大枣、桂圆什么的，让佳兰这天煮。佳兰熬好粥后，用饭勺搅了搅，总觉得粥里少了点什么，于是又切了几片萝卜、拧了几匹青菜放到里面，重新开火来熬。中午闫芳回来瞥了一眼桌上的饭，先厌恶地皱了皱眉头，然后将筷子啪地往桌上一放，站起来头不是头脸不是脸地就往外走，弄得世普、佳兰都愣了。快要出门的时候，儿子贺鹏才跟过去问道："你到哪儿去？"闫芳没好气地说："出去吃饭！"说完又补了一句，"看到这碗猪食就想发呕！"说罢就咚咚地下楼去了。佳兰明白儿媳妇是拿脸色给自己看，心里也不高兴起来。这时儿子贺鹏见老婆生气出去了，便又把心里的气冲母亲发了起来，说："叫你莫这样煮你偏不听，你把这些萝卜青菜混在一起，菜不是菜，饭不是饭，连我看见都没有胃口，何况闫芳？"这话说了也就罢了，谁知贺鹏加说了一句，"进城这么多年了，你反正改不掉在贺家湾那些习惯！"佳兰忍不住了，有儿媳妇在她不好发作，可在儿子面前，她难道也不好发作？于是也把筷子一搁，冲贺鹏嚷了起来："你吃不惯就算了，哪个请你吃？你们吃不惯，我还懒得服侍你们！我又不是你们请的老妈子，凭啥子要我服侍你们？服侍了你们还没有好脸色……"说着佳兰便流下泪水。贺鹏见佳兰哭了，住了口。可世普却有些要找儿子算账的样子，对贺鹏道："你跟老子脱掉农皮才几天，就敢埋怨你妈改不掉贺家湾那些习惯？贺家湾那些习惯怎么了？莫得贺家湾，你姓啥子还不晓得呢！你莫跟老子兜兜尖尖都弄不清楚了！"贺鹏自知理亏，只默默忍受着父亲的教训，慢慢地桌上恢复了平静。

哪知到了晚上，佳兰却对世普说，她要回老家看看，说是心里想佳桂了，要回去和她说说话。世普自然明白佳兰的心思，便说："这样也好！你回去散散心，冷落两天，心情就好了！"说着又猛地想起自从老婆子进城以后，自己很少回去过，现在闲下来了，也该趁这腊月里头回去给父母垒垒坟、烧把纸了。这样一想，他就又马上对老婆子说："要回去我们一起回去，我也有好久没有回去过了！"佳兰一听自然高兴，于是两人便在今天一早从城里出发，回到贺家湾了。

世普想到这里，还想听听她们下面说些什么，两姐妹却住了口。过了一会儿，才听见佳兰问："你们水泥板都买好了，啥时候开始修新房子？"佳桂道："他爹说明年合适的时候，就把旧房子扒了，再往上添一层！"佳兰说："我现在想起来，在农村修房子真莫得好大意思了！你看农村空起了好多房子？"佳桂道："姐，你是晓得的，我们屋里不修房子怎么行？贺宏贺伟渐渐大了，贺宏要是不到城里读高中，恐怕都有人来给他介绍对象了！要是真有个女娃儿来看门户，一看房子破破旧旧的，那才丢人呢！"说完又说，"我们不在农村修，还能在城里修呀？"

佳兰听了这话，没说什么了，却又换了一个话题突然问："世国的脾气是不是还像以前一样？"世普听见佳兰问这话，心一下有些悬了起来，急忙把眼睛睁开，并坐直了身子，支棱着耳朵听佳桂回答。佳桂似乎在考虑什么，过了一会儿，才听见她声音有些伤心地说："他呀，只怕等进了棺材才改得过来！"佳兰听了这话，像是生起气来了，又接着问佳桂："他又打你了？"世普又等着佳桂的回答，却没有再听到佳桂的声音了。半响，只听见佳兰长长地叹息了一声，然后愤愤地骂了一句，说："这个混账东西，都怪姐姐当时把人看错了……"佳兰话还没完，这时传来了佳桂的声音："这是人的命！不怪姐姐！"接着又说，"算了，姐姐，我们不说这些了！"世普听到这里，怕佳兰继续说下去，会触动佳桂心里的痛处，便大声地咳了一下，做出醒来的样子。

果然，姐妹俩听到世普的咳嗽声，立即停止了说话，并朝堂屋走来了。佳桂道："哥哥醒了！"世普做出什么也不知道的样子，说："你们怎么不睡会儿瞌睡？"佳桂道："我们农村人，哪里有这样的命！"世普听了没回答佳桂，从椅子上站了起来，只对佳兰说："把包包里的风衣和围巾给我拿来。"佳兰问："你要到哪里去？"世普说："我去帮贺端阳解决一起纠纷！"

佳兰一听这话，立即瞪大了眼睛对世普问："解决啥纠纷？"世普道："贺中华和贺长安两家的纠纷。"说完便把端阳中午告诉他的事也对佳兰说了一遍。刚讲完，佳桂便道："哥，他们两家，一个要个整南瓜，一个要个整坛子，端阳解决了好几回都没有搁平，哥你可要小心点！"佳兰一听佳桂的话，也说："你才回来就去管闲事，硬是坐不住呀？实在坐不住，我们一起去帮佳桂把地里的莴笋割回来嘛！"世普道："我已经答应了贺端阳，怎么能说话不算话？"

佳兰知道丈夫的性格，答应了别人的事就要去完成，于是不再劝他了，只嘱咐道："你不要只顾嘴巴长，动不动就去教训别个！他们都几十岁的人了，可不像你学校里的学生，你想怎么批评就怎么批评哟！"世普道："我晓得这些，我只是去帮他们调解一下，双方劝一劝，也不得罪哪一个！"又说，"千错万错，我中间人不错，是不是？你们担心个啥？"佳兰听了这话，像是放心了，进屋从带回的旅行包里取出贺世普的风衣和围巾，出来交给了丈夫。穿戴完毕，又去倒了保温杯里的茶水，重新泡了一杯茶，世普这才心满意足地端着出门了。

贺中华和贺长安的家在下湾。虽然世普不经常回来，但毕竟在湾里长大，又在湾里生活多年，哪家的房屋在什么地方，朝向对着哪个山包和垭口，门口长得有什么树、什么竹，有没有堰塘和河沟，都记得一清二楚。时间还早，世普也不怎么忙，慢慢地像在城里散步一般，朝着下湾走去。走到村里原来小学的地方，贺世普突然站住了。他望着那棵四个人拉手也围不过来的巨大的黄葛树，心里竟然莫名地涌起一股怀旧的情绪来。那棵黄葛树已经有六百多年的历史了。据说它最初是"湖广填川"时，贺家湾的开基祖手里的一根拄路棍。开基祖走到这里时，累得实在走不动了，便把手里的拄路棍往地上一插，仰身斜靠着一块石头睡过去了。可是等他睡过一觉醒来后，去拔拄路棍准备重新上路的时候，棍子却拔不动了。开基祖再仔细一看，一根枯棍上竟然长出了新芽。开基祖一看，便知道是祖宗和神灵在昭示他，急忙朝树棍跪下去拜了几拜。从此，开基祖便在这里立了根，后来在现在学校的位置上，建了贺家宗祠。枯棍生根，这自然只是一个美丽的传说，但贺家湾人世世代代对祖宗栽下的这棵风水树很爱护，却是不争的事实。据说在八世祖做族长的时候，他的孙子在那年冬天到树上砍了一股枝丫回去做柴，八世祖立即召开族人大会，在这棵黄葛树下当场将孙子按族规活埋。活埋了孙子后，八世祖又在这棵树下，立了一块禁令碑。那块禁令碑世普小时还见过，是一块约一人高的青石板，足有五寸多厚，两尺多宽，上面从上到下写着几行字。世普那时自然是认不得这些字的，所以至今也不知道上面的内容。土改时上面来的工作队说要打倒族权，说那碑也是封建族权的象征，所以也要打倒。后来那碑不知是被工作队砸烂了还是被人拿回去垫了猪圈，反正不见了。不过，碑虽然不见了，可贺家湾人对这棵黄葛树还是敬畏有加。直到现在，也没人敢到树上去砍一股枝丫，即使是枯枝，如果不是被风刮了下来，也没人敢到树上去取。几年前，县上还来过两个戴眼镜的人，说是县林业局的古树名木专家，专门考察了这棵树。后来，县林业局就在这棵树一丈多高的树身上，挂了一个牌子，上面写着"古树名木保护"几个字，下面写着这棵树的年龄。年龄下面又写了两行小字，道是："严禁乱砍滥伐树枝，严禁在树下挖沙取土，违者必究！"到这时，贺家湾人才知道这棵祖宗栽的树活了六百多岁了。在这棵被称为贺家湾的风水树下面，他不仅度过了自己的童年，更重要的是他在湾里教书的几年间，这棵黄葛树还给他带来了许多美好的回忆和向往。每到下课时候，孩子们从教室里蜂拥而出，来到黄葛树下打娃儿牌、打烟牌、捉迷藏、滚铁环……黄葛树下成了孩子们的乐园，而这乐园构成了他教书生涯的一部分。世普想到这里，又把目光从黄葛树移到了教室上。树还是原来那棵树，可教室已经不是原来的教室，因为他教书时的学校已经被彻底改造。现在看见的学校是后来村里响应上面迎接"普九"达标检查时，号召村民集资修建的一座四合院似的两层楼房。教室不但比原来多了好几间，而且宽敞明亮。此外，教师寝室、厨房、办公室等各种功能用房也一应俱全。房子倒是修好了，可随着计划生育政策的执行和打工外出的人口增多，学生的人数却一年比一年减少，每个年级的学生最多的只有二三十人，少的只有十几个人。再后来，上面为了调整教育布局，节约教育资源，便把三年级以上的学生全部合并到乡中心校去，湾里只留下了一二年级两个班。可从去年开始，连一二年级两个班，也一下合并到中心校了。因而此时偌大的学校里空无一人，十分寂静。世普走到门边，从锁着的大门往里面看去，只见里面的小操场里已经长满了草，一张用石头垒起来的乒乓球台，垮掉了一只角。在这荒芜中，世普却看见了一棵掉光了叶子的洋槐树上，两只鸟儿正在鸣啾，声音清脆，婉转动听。世普不知它们高兴什么，只隐隐约约听见有童子稚嫩的念书声传来。世普兀的一惊，以为是自己的错觉，却真的听见从墙角传来的整齐的童声：

> 鹅鹅鹅，
>
> 曲项向天歌，
>
> 白毛浮绿水，
>
> 红掌拨清波。
>
> 鹅鹅鹅，
>
> ……

世普急忙回身看去，果见两个小女孩和一个小男孩，均是七八岁的样子，一边念一边拍着小手从旁边的小路上走来。两个小女孩都是圆脸蛋，扎着羊角小辫，鼻子冻得红红的，小男孩则流着两道长长的清鼻涕。一看见世普，三个小孩都一齐住了声，瞪着一双大眼睛看着面前的这个陌生人。世普一个也不认识他们，也看不出他们的相貌像湾里哪个，想他们怎么没去上学呢？忽记起今天是星期日，便咧嘴笑了，向他们伸出了手，说："来，给爷爷说说，你们叫什么名字？你们爸爸妈妈是谁？"三个孩子却一个也没走近，还是瞪着惶惑的眼睛看着他。过了一会儿，那个男孩突然冲世普说："不跟你说！"说完转过身，就朝来的路上跑了。两个小女孩一见，也跟着跑了。世普看他们跑远了，才突然一边摇头一边笑了。笑毕，才又继续朝下湾去了。

贺中华和贺长安的房屋果然都变了样。贺中华的房屋是一幢三层的楼房，房顶上没盖人字形屋顶，造型和城里的楼房完全一样，铝合金的钢窗，明亮的玻璃，外墙也镶嵌了白色的瓷砖，显得气派不凡。左手边还有一溜偏厦，盖的是小青瓦，显然是厨房和猪圈房。和贺中华的楼房比起来，贺长安的房屋是平房加人字形小青瓦屋顶，和贺世普的老房子造型一模一样。外墙也没粉刷，更不用说镶嵌墙砖，看起来当然比贺中华的楼房寒碜得多。

世普站在贺中华房屋前面水沟的埂上看了一会儿，正不知该先到哪一家去，忽然看见贺长安在他屋子旁边的一块空地上干着什么，便转身朝他那儿先去了。走近了一看，才发现是长安拿着一把铁刮子，正在给他的那头水牛梳毛和篦虱子。牛的旁边是一只不用了的铝盆，里面装了中午做饭时烧过的木炭，长安把梳下的虱子、虮子连带牛毛，都扔进火盆里。世普还没走到长安身边，便闻到一阵虱子噼啪的爆裂声和一股牛毛燃烧的焦味。长安干得很专心，没发现走拢来的世普。世普走近了，喊了一声："长安，把牛照顾得好哇！"长安听见喊声，这才抬起头来，觑着眼看了世普一会儿，方才突然喊了起来："哎呀，是老叔，啥子风把你老人家刮来了？"

贺长安是那种被称为"干膘"的人，也就是说，长得很瘦，瘦胳膊瘦腿，加上个子高，看起来像根竹竿，风都吹得倒的样子。说完这话，又急忙说："牛给人下力，亏人不亏牛！"说完就大声对屋子里喊了起来，"喂，老叔来了，还不给老叔端条板凳来！"

世普知道长安是在叫他的女人。乡下男人喊自己的老婆，一般不叫名字，只叫"喂"，女人一听便明白是在叫自己。果然，长安的老婆余渠兰从屋子里跑了出来，一看见世普，也叫了起来："哎呀，我以为是哪个老叔，原来是世普老叔，真是稀客！"说着就麻利地从屋子里端出了一条板凳来。这女人和长安正好相反，腰身有些粗，个子不高，粗胳膊粗腿，做事风风火火的。长安也幸亏了这个女人，地里的活让他少操了许多心。长安见"喂"把板凳端来了，又盯着世普手里的茶杯问："老叔，杯子里有水没有了，没有了让她倒去！"

世普忙说："还有，还有！"说着就在板凳上坐了下来。此时长安也不再给牛梳毛和篦虱子了，只站着拿眼看世普，一副不知所措的样子。世普看见地上躺着的牛，就探过身子，在这个肇事者的屁股上拍了一下，他决定也不绕弯子，便径直把自己来的目的对长安说了出来："长安，我今下午来，是想和你谈一谈你和贺中华两家的纠纷的事！都是挨邻接近的，总不能就这样打一辈子肚皮官司吧，你说是不是？"

长安一听这话，脸便沉了下来，显得还很生气的样子，从鼻子里先喷了一口粗气，然后才愤愤地说道："老叔，你也晓得我们这件事了？那我在老叔面前也不烧假香了。反正我和贺中华两个人得死上一个人才算完！不是他死就是我死，或者我们两个都死！死了冤孽就了了！"世普一听这话，便道："长安，不是老叔批评你，你的命就那样不值钱？俗话还说好死不如赖活呢！为这么一点小事，就要死来死去，你死得过来呀？住到一堆一块儿，把两家墙壁打开就是一家人，大家互相让一点不就行了？"长安道："老叔你不晓得，我也是几十岁的人了，他不该打我！"

世普说："他是不该打你！话冷了说得，铁冷了才打不得，他打人是不对的！"可说完这话，世普又马上说，"假如等一会儿中华来你给道歉，你接受不接受？"长安一听这话，似乎不认识地看着世普，半天才说："他会来给我道歉？老叔，是不是石头开花马长角了？你今天说到明天，我都不得相信！"世普说："你别管那么多嘛！我是说，假如他真的坐在石磨上——想转了，要来给你道歉呢？"长安先还是一副不肯相信的神情，可看见世普认真的样子，就有些茫然起来，说："那我也不晓得该怎么办。"世普说："他如果要给你道歉，你就要接受，给面子你就要，千万莫摆起一副架子，得理不让人！你也就顺到说：事情过去就算了！"说完，又对长安说，"你们就算给老叔一个面子，好不好？"

长安听了，还是露出一副弄不明白的样子，"喂"就在旁边大包大揽地帮丈夫回答了，说："老叔，你说得对！只要他来对我们说声对不起，我们也就啥子火气都消了！"世普说："那就好！话就说到这儿，等会儿人家来了，可千万别又改口了，啊！"说完站起来就要走。长安忙问："老叔就在我这里消夜，你还要到哪个地方去？"世普说："我叫中华来给你道歉呀！"说完就拐进了贺中华的院子。

中华家的门却锁着。世普正感到作难时，突然看见长安的女人站在自己院子的边上，用手指对世普往后面指着。世普明白了过来，于是急忙从偏厦边的小路绕到中华的房屋后面去。果然见贺中华的女人江凤玲弯着腰在地里给洋芋除草。这女人五十岁出头的样子，穿着一件红毛衣，头发蓬松着，烫了一个波浪的形状。世普一见只有江凤玲一个人在地里除草，也没发现他，便叫道："江凤玲!"

江凤玲直起身朝世普看去，同样是看了一阵才把世普认出来，看见世普手里端着茶杯，立即惊诧地叫道："哎呀，是世普老叔! 你啥时候回来的，还舍得出来转路呀?"世普见女人把他当作转路的了，于是马上就顺着她的话说："有啥舍不得的? 就是因为难得回来，回来了就到处走走，看看湾里的变化嘛!"说完又装作很随便地问，"哎，中华呢，怎么不见他?"女人道："他上午赶场去了，还没回来，不晓得啥时才回来呢!"

世普听了心里一惊，想要是中华不回来，他这场戏就唱不下去了，而且对长安撒的谎也将要被戳穿。正这么想的时候，忽然贺中华背着一只背篼回来了。贺中华的年龄和贺长安差不多，五十岁的样子。但中华的身体却壮得像一头牛，走路时的脚步声都震得地下咚咚发响。头发茬子又硬又直，不见一根白发，可贺长安的头发却花白了。中华一见世普，便亲热得不行，直说："我刚才走到打石坡时，树上两只喜鹊冲我直叫，我就晓得有喜事，原来是老叔来了!"说完又直骂女人，"你他妈个木脑壳，你怎么让老叔站在野地里说话? 还不快点回去把门开了，让老叔到屋里坐，给老叔烧开水!"女人一听，果然就咚咚地往屋里跑去了。

中华却站在那里，又和世普说了一会儿话，问世普啥时回来的，在哪儿吃的饭。世普都一一回答了。中华又问兰婶回来没有，这次回来打算住多少日子。又说好几年不见老叔，老叔可一点没变! 不但一点没变，还越活越年轻了! 世普明显觉得中华是在没话找话，有点拖延时间的意思，但又不好问他。就这样说了一会儿闲话，贺中华才带着世普往家里走去。

走到中华屋子里，这才发现屋子刚刚才扫过，世普心里一下明白了，原来中华是怕屋子脏乱，有意拖着他让女人回来先打扫一下。中华还是像过去读书一样，爱面子。世普一时心里十分感动，便对中华说："中华，你把老叔当外人了!"中华却说："老叔怎么这么说? 老叔你是啥子人? 你是贵人! 我是啥人? 我是挖泥盘土的! 你舍得到我屋里来踩脚印，说句不该说的话，那是看得起我贺中华!"世普听了这话，就说："我是啥贵人? 还不是和你一样!"中华说："那可不一样，大不一样!"说完这话，忽地压低了声音，像是有些神秘地对世普问："哎，老叔，我听说你这个校长级别，和县长的级别一样大! 我还听说，你经常被县长请去吃饭，是不是这样?"

世普一听这话，忽地扑哧笑了起来，说："你是在哪里听到这些话的？级别倒是和县长差不多，可现在我已经退休了，级别也就不管用了。至于被县长请去吃饭，过去因工作关系倒是有的，可哪里是经常！"中华一听，还是兴致勃勃地说："不是经常也好，反正被县长请去吃饭，那可不是一般的人！像我们这些平头百姓，县长长得啥模样儿还没见过呢！"世普说："电视上不是经常播出县上领导的新闻吗，怎么没见过？"中华说："那是影子，哪里能和真人比！"说完又对世普问，"老叔，我看见电视里县长老是板着一张脸，像是哪个借了他的米却还了他的糠一样。县长平时是不是也是一张马脸呢？"贺世普说："哪能呢？其实县长是一个很和气的人，平常和他一起吃饭，笑话多得很！"中华听了这话，像是十分不解似的，道："那他怎么一上电视，就成了马脸了呢？"

世普想这是一个复杂的问题，一时不知该怎样向中华解释。这时，江凤玲忽然端出了两碗醪糟开水，招呼世普"喝开水"。世普一看碗里卧着两只荷包蛋，不由得在心里叫起苦来。原来世普胆固醇高，不能吃鸡蛋。可此时自己怀有使命而来，如不领这个情，中华会说世普看不起他，没给他面子。正为难着，忽然从大门口跑进一个小姑娘来，还在门外嘴里就喊着"外公"。进门一看见世普，突地站住了，眼睛直在中华和世普两个人身上转来转去。中华看见，立即对她说："来，喊祖外公！"小孩不但没喊，还转到中华身后去了。世普一看，正是刚才在村小学看见的三个小孩中的一个，于是便对中华说："哦，中华你的外孙女都这么大了？"中华说："大也是白大了的，一点见识也莫得！"世普说："小孩嘛，认生是正常的！"说完，忽然向小女孩伸开手，笑着说："来，祖外公抱抱，行不行？"小女孩把手指含进嘴里，还是怕羞的样子。中华推了她一把，说："祖外公喜欢你，还不快去！"说完把小孩推到了世普面前。世普就弯下腰，把小女孩抱在胸前，在她脸上亲了一下，又用手在小女孩鼻子上刮了一下，然后才说："去给祖外公拿只碗来好不好？"

中华听了这话，立即问："拿碗做啥子？"世普这才说了自己不能吃鸡蛋的话。中华听后做出了为难的样子，说："这、这……哎呀，怎么不能吃鸡蛋？"作难了半天然后才对世普说，"那老叔醪糟可以吃吧？老叔好歹吃一个，动一下筷子，也算给我一个面子。"世普想到如果不答应中华，中华确实会对他有看法。想了一想，答应吃一个。中华便让小女孩进灶屋拿出一只碗来。世普将碗里的鸡蛋和醪糟倒出了一半给小女孩，自己将另一半吃了下去。

喝完"开水"，世普决定趁中华高兴，把他和长安两家的事提出来。世普知道中华是一个爱面子的人，在他手里读书时，就喜欢老师表扬和夸奖他。在单刀直入以前，世普首先说了两句："中华，你们两口子能干，把房子修得这么好，简直赶得上城里的别墅了！老叔祝贺你了！"中华一听，果然有些沾沾自喜起来，却说："哪里，哪里，老叔过奖了！"说完这话，不等世普开口，又马上对女人吩咐道，"去弄点菜回来，杀只鸡，我等会儿去鱼塘里弄条鲤鱼起来，留老叔在我们这里消夜！"说完又回头对世普说，"老叔，你可要给我这个面子！"

世普正不知怎样对中华提出自己的话题，听了这话，灵机一动，便笑着说："好哇，有啥子好酒好烟好吃的，你都拿出来！老叔也不推辞了！不过话可说明白，可不是我一个人来吃，啊！"贺中华说："我晓得，肯定是兰婶也回来了，我等会儿就去喊她！"说完又对世普道，"老叔，不瞒你说，我那鱼没有喂鱼饲料，只投放了些青草和鸡粪。鸡也是土鸡，用你们城里人的话说，是啥子生、生菜食品……"世普说："不是生菜食品，是生态食品！我是贺家湾长大的，还不晓得你们的食品绿色环保？你兰婶是回来了，可我说的不是她！"中华问："那还有哪些？"世普说："还有端阳这些村里的干部！"中华先没有明白，看着世普问："他们来干啥子？"世普说："中华呀，你从小就很聪明，是个明白人，他们没事能来吗？"

贺中华一听这话顿时明白了，说："哦，他们肯定是为我和隔壁贺长安的纠纷嘛！"世普听了，马上抓住话题说："中华真是聪明人！既然话说到这里来了，中华呀，老叔今天可不得不多说你两句了。你千万不要聪明反被聪明误，啊！你现在日子不错，听说两个孩子在外面发展得也不错，也很听话，眼看着就有人要给他们说亲了，你呀，一转眼也是要当爷爷的人了，你说，为丁点小事就和人使气斗狠，和贺长安这样的老实人过不去，晓得的，会说一个巴掌拍不响，不晓得的，人家还会以为你仗势欺人，比力大汉子粗！其实你一点没有那样的想法，不过就是气来了，一时没忍住。你刚才说隔壁，是呀，住到一堆一块儿，远亲不如近邻，我看你两个呀，都不要跟话一般见识了，互相说个对不起，气就消了！你说是不是？"说完见中华直直地瞪着他，又接着说，"这人一辈子就要留一个好名声，不为自己，也要为孩子想想，是不是？"

贺中华听完，没有马上回答，过了一会儿才十分爽快地说："行，我听老叔你的！你老人家这样大的人物，经常被县长请去吃饭，肯给我这样大的面子，我还有不买账的？其实，我也给老叔说句心里话，老叔晓得我这个人，是个火炮性子，气来了哪个我都敢发，气醒了心里又后悔！那天我打了他那一巴掌后，心里也后悔不已，就是拉不下这张脸皮去跟他赔礼！"

　　世普听到这里，觉得中华并不是一个不讲道理的人，便奇怪地问道："那端阳来解决几次，为啥你都不同意给人家赔礼道歉呢？"中华哼了一声，说："端阳算啥子，我为啥要听他的！不怕老叔批评我的话，现在有些当官的是一厢豆腐滚下岩——没一个好的！像贺春乾，嘴巴说得天花乱坠，啥为人民服务呀，带领大家共同致富呀，背后头却贪污大家的土地款。要不是乡上姓伍的倒台，我们还被关在栅子门外呢！"世普听了这话，忽地愣了，然后才说："中华呀，你这种想法真的不对！干部确实有坏的，但也有好的。贺端阳上台不久，村里又莫其他收入了，他能贪啥？再说，虽然不是一房人，可毕竟是一个祖宗下来的，大家要多支持他才是！如果大家都不听他的话，和他扯五绊六，他这个支书还怎么当？"

　　中华听后，便说："行，我听老叔的！老叔要我怎么去赔礼，我就怎么去赔，叫他还我一巴掌都要得！"说完又说，"要不然就请长安也一起来吃饭！"世普说："我们吃饭就免了，你只要去给长安说声对不起就行了！"中华听世普说吃饭就免了，一下着起急来，急忙说："那怎么能免，老叔！我们是叔侄，我又在你手里读过书，你是大人物，又难得回来，既然来都来到了我的屋子里，说啥子我也得招呼老叔吃顿饭，不然外人还会说我莫得点见识！老叔如果要走，就是不给我贺中华的面子了！老叔如果觉得莫得摆龙门阵的，我去把世龙、世凤叔都叫过来，你们老哥们儿是一坎的人，才有话说！再把端阳叫来，我们好好喝几杯，也给他赔个礼，我过去故意刁难他了！"说完又说，"俗话说，话是酒撵出来的，兔是狗撵出来的，如果不在酒席上，你只叫我和长安两个面对面说，说个老实话，老叔，那还真的是茅厕边捡根帕子——不好开得口呢！"

　　世普听着中华的话，觉得也是这样，又见中华说得真诚，知道他是在真心实意地挽留自己，如果不答应，那倒真驳了他的面子。他又怕假如自己不答应，中华给长安道歉的事因此受到影响，今下午的工作就白做了，想了想便说："那好吧，老叔也没有带锅儿碗筷回来，就恭敬不如从命了！不过你要去给端阳说一声，原说的今晚上到他家里吃晚饭，让他莫再去准备了!"贺中华一听，忙不迭地说:"那行，老叔，就这样说定了!"

四

晚上，贺中华果然去请了贺长安。贺长安先还不愿来，怕贺中华又给他设下了啥陷阱。贺中华又去请了一遍，方才迟迟疑疑地过来了。贺中华也去叫了贺世龙、贺世凤两兄弟。贺世龙、贺世凤和贺世普是同一个祖上下来的，年龄也差不多，贺家湾人都晓得他们从小时起就好得和亲兄弟一样。不过世龙和世凤看上去，要比世普老得多。世凤支气管过去就有毛病，一遇季节转换，就要发作，喉咙里常常像拉风箱一样。后来东治西治，倒好了一些。世龙没这毛病，可现在人一老，背竟然佝偻起来，远远看去背上像是倒扣了一口锅。两弟兄一见世普，便又是问寒又是问暖，说不完的亲热话。这倒让世普有些不好意思起来，忘了在回来时给湾里这些老哥们儿带点礼物。现在想弥补也来不及了。除了世龙和世凤外，中华真的又去把贺端阳和贺兴成两个年轻哥儿俩请来做了陪客，可见中华是一个热情好客和说话算话的人。世普和贾佳兰是客人，自然被大家推到了上席就座。然后按辈分和年龄，世龙和世凤坐在世普两边，中华和长安紧挨着世龙和世凤坐，端阳虽然贵为支书和村主任，但在今晚上这样的酒席上，也只能自觉和兴成在下席就了座。中华说:"贺支书今晚就委屈你了!"端阳道:"啥委屈?有长辈在这里，你要把我推到上座，是折我的寿，那才叫委屈我!"兴成眼睛能盯事，一看今晚自己在这里既不是长辈，又不是干部，应该算是属于级别最低的那种"办事员"，就不等任何人吩咐，跑到灶房里去一趟一趟地往桌上端菜。世普见了就称赞说:"兴成这娃儿勤快!"

没一时，菜都端上了桌子。满桌子的菜虽然不能和城里的酒席相比，却也算得上十分丰盛了。有鱼有肉，有鸡有鸭，所有菜蔬都是中华地里自产的，绝对称得上是绿色蔬菜。酒席一开始，中华就端起酒杯说:"老叔是贵客，今晚上这酒，我就先敬老叔了!"

世普听后故意咳了一下，同时看着长安，拿眼跟中华示意，让他先给长安道歉。中华明白了世普的意思，却说："老叔莫客气，你是贵客，我先敬了你，再一个一个依次敬！"世普本来是不善饮的，可自从一到中华家就受到中华的高度尊重，一口一个"贵客"，这让他心里十分受用，见中华执意从他敬起，也便不推辞，端起了酒杯说："那好，一回到贺家湾，给我的感觉就像回到家里！我也感谢中华你的一片心意了！"说着竟将一杯酒喝了个底朝天。佳兰看见立即说："你喝这样急做啥？又莫得哪个和你抢！"世普说："我心里高兴！"中华见世普将酒喝得这么痛快，觉得更有了面子，便道："这是老叔看得起我！"说着又给世普把酒斟上了。

中华果然依次敬下去。敬到长安面前时，突然诚恳地对长安说："长安兄弟，我今晚上多跟你说几句话：那天是我火大不对！你家小孩多，又莫得啥子手艺，过日子不容易，就靠那头水牛挣点钱。你也晓得，哥是一根肠子通到屁眼的直人，脾气大，那天不该打你，哥在这里给你赔礼道歉了！希望你不要记哥的仇，你要原谅哥的话，就把这杯酒喝了！"长安听了这话，先是傻了一般坐在凳子上，目瞪口呆地看着贺中华。端阳马上戳了他一下，他似乎才明白过来，从凳子上站了起来，可端杯子的手却直哆嗦，酒也从杯子里溅出了不少。世普见了，急忙对两人说："弟弟兄兄的，不要搞得那样见外，都坐下来喝！"一边又对长安使眼色。中华果然坐下去了，但手里却一直举着酒杯。端阳把长安拉了一下，也让他坐了下去。

过了好久，长安才颤抖着说："中、中华哥你这样说、说……我哪里不、不会原、原谅你，我没、没想到你、你给我道、道歉……"说着竟然哭了起来。众人忙说："长安，有话慢慢说，流啥泪？中华不是都给道歉了吗？"中华见长安流泪，自己更过意不去，突然在脸上扇了一下，说："你、你不是人！"世普一见，又急忙拉住中华，说："不要这样责备自己了，人孰能无错？知错能改，善莫大焉！"说完又对长安说，"好了，长安，中华是诚心诚意认错，你就不要再计较了！"长安抹了一把脸上的泪水，说话有些完整，就举了酒杯对中华说："那天我也有错，不该把牛拴到树上就不管。后来也不该背后对人乱、乱说！老哥你有了这样的话，我心里就有天大的疙瘩也消散了！"

听到这里，众人都一下叫起来："既然这样，那你两个把酒干了啊！先干为敬，看你两个哪个先干！"中华长安一听这话，都把酒杯端到嘴边同时干了。世普、端阳带头鼓起掌来，桌上气氛慢慢热烈起来。

接下来，端阳又依次敬酒，接着又是兴成。世普今晚心情特别好，凡敬酒必喝。佳兰提醒了他几次，见不起作用，干脆不再提醒他了。过了一会儿，世普就有点微醺了，他拿起筷子朝桌子上瞄了瞄，忽然感慨地说："哎呀，中华你弄这么多的菜，老叔都不晓得怎么动筷子了！"中华说："老叔，你慢点吃，哪样吃得惯就多吃一点。你侄媳妇手艺不好，做出的菜没城里的菜味道好，你老人家不要嫌弃就是了！"世普说："你说到哪儿去了？我是说呀，年轻的时候我们想吃却莫得啥子吃的，现在是有吃的了，这胃却变小了，想吃吃不下了！"说完又对世龙、世凤问，"你们说是不是这样？"

世龙和世凤都是老实巴交的农民，一辈子走得最远的地方就是县城。这几年老了，连县城也不容易去了。他们不懂啥国家大事，也不知道酒席场合上那些应酬的话。今晚上中华请他们来陪贺世普，心里很感激，也觉得有很多龙门阵想和世普摆，可就是茶壶里装汤圆——嘴嘴拿不出来。再就什么觉得世普是在给中华、长安两家排解纠纷，自己嘴笨也说不出啥道理来，于是便很少说话。中华和端阳给他们敬酒，也只是端起杯子喝。这时听了世普的话，老哥儿俩都是过来人，都有着饿肚子的经历，一下便觉得和世普有了共同的话题，因此马上活跃起来了。尤其是世龙，想起了三年自然灾害时的事，便点头说："可不是吗？我记得六一、六二年莫得吃的，贺长林到公社挑救济粮，饿得遭不住，在仓库里吃烂苕片吃多了，把肚子撑爆了。"世凤也道："那时候的人，有的在路上走着走着，几个跟跄倒下去就死了，都是饿死的！"世普听了这话，却摇了摇头，纠正世龙、世凤的话说："我说的不是六一、六二年，那毕竟是个特殊的年份，自然灾害嘛，苏联又卡我们的脖子。我说的是大集体生产时期！"世龙算是听明白了，也说："是呀，大集体做活路时，哪家也端不出这么一大桌子菜！"

佳兰在这个晚上，也很少说话，因为她觉得这是男人们的事，自己瞎掺和什么？再加上江凤玲要忙着添菜加汤，桌子上就只有她一个女人，想说话也找不到说的人，因此她也和世龙、世凤一样，只管着吃。可此时听见他们说过去的事，于是也马上接了世龙的话说："莫说这么大一桌子菜，有鸡有鱼，就是有两片肉都不得了了！那会儿走个亲戚，有片肉都舍不得吃，要用桐子叶包回来给细娃儿吃，细娃儿长身体嘛!"

一说到这些，一桌人都有些伤感起来，世龙、世凤说："就是呀，那会儿的事情就莫摆了，现在摆起一些年轻人都不相信!"端阳听了这话，以为世龙、世凤是在说他们，就说："怎么不相信呢？那个时候我妈带我到舅舅屋里去，舅母用萝卜丝冒充肉丝来做滑肉丸子，一点都不好吃，我现在都记得!"世龙说："你说的是哪个时候的话了？有萝卜丝来做滑肉丸子算是好的了!你娃儿出生不久，田地就下户了，日子就开始好起来了!"端阳听了急忙说："是，是，我和兴成都没有受过你们这些老辈子的苦!"

说到这儿，大家以为这个话题就完了，却没想到世普用筷子敲了一下碗沿，又感慨地说："是呀，所以说还是改革开放好呀!要不是邓小平，说不定大家还在过那种日子呢!你们说我说得对不对？"端阳听了立即点头说："那是当然，老叔!要不怎么称邓小平是总设计师呢!"世普听了端阳的话，马上用了一种做报告的口吻激动地说："所以说我们要感谢小平同志，感谢改革开放，改革开放的好处那是说不完的!大集体时代永远过去了!"世龙听了这话，不知又触动了哪根神经，也没思考自己的话对或不对，只老老实实地说："不过那会儿也有它的好处……"世普没有听完，忽然盯着世龙问："那个时候有啥子好处？"世龙说："那个时候有，大家都一齐有;莫得，大家都一齐莫得，穷得均匀，富得也均匀，日子都过得差不多，不像现在这样，饿的饿死了，胀的胀死了，富的就富得流油，钱多得花不完，穷的穷得叮当响!"世凤听了这话，也十分赞同大哥的观点，一边点头一边说："就是，那会儿比现在公平!还有，那会儿也莫得现在这样乱，我头个月到乡医院看病，医生开了药方，我去药房抓药时，一摸包儿里钱没见了，原来是小偷给摸了。这还不要紧，听说现在一些地方，小偷公然进屋抢了，你们说吓不吓人？"

世普听到这里，忽地沉下了脸，对世龙、世凤上起"党课"来了，说："你们呀，就像社会上说的，拿起筷子吃肉，放下筷子骂娘，东也不满意，西也不满意，那怎么行？看问题要看大的方面、看主流嘛，是不是？怎么不看到我们国家强盛了，人民生活幸福了？比如说，你们现在种田不交农业税了，这是中国几千年都没办到的事呀!怎么没看到香港、澳门回归了，祖国统一了？怎么没看到奥运会在我们国家举办了，啊……这些呀，才是改革开放的主要成就，至于你们说的那些，都是前进中的小问题，是不是？"世龙、世凤听后立即僵住了，尴尬地坐在那里，一时不知说什么好了。

佳兰已经看出世龙、世凤心里不高兴了，急忙扯了世普的衣服一下，说："你话哪里那么多？这样多的菜都塞不住你的嘴巴呀？"又对世龙、世凤说，"大哥二哥你们千万莫跟他一般见识，啊，他那嘴巴在学生面前是说惯了的！"端阳也看出世普醉了，又急忙对世普说："对对对，老叔说得完全对，刀不磨要生锈，人不学习要落后，我们一定记住老叔的话，从今以后也要关心国家大事！"说着，又对中华、长安、兴成等眨眼，中华、长安、兴成会意，急忙也端了酒杯站起来，一齐对世普表态说："怎么不是呢，我们以后也要关心国家大事！来，老叔，喝了最后一杯！"

世普这天晚上睡了一个十分安稳的觉，一觉睡到大天亮，连梦也没有做一个。起床到阶沿上一看，地上下了一点明霜，外面地里的菜叶上像撒了薄薄的一层盐粒。旁边竹林里，有鸟儿叽叽喳喳地叫。佳桂拿了一根响篙儿在地上敲得哗哗直响，把院子里的鸡往外面赶去。佳桂今天又换了一身衣服，穿得比昨天漂亮一些。世普一见，就对佳桂说："你赶那些鸡做啥？"佳桂有些不好意思地说："它们又拉满院子的屎，难得收拾。"世普说："怕啥，鸡又不是人！"佳桂㐀斜了世普一眼，说："哥哥昨晚上睡得惯乡下的床不？"世普说："昨晚上是我睡得最好的一晚上，乡下又清静，空气又新鲜，怎么会睡不惯？"

正说着，端阳来了。世普以为端阳又是来叫他吃饭的，就说："端阳，你娃儿硬是要老叔吃了你那一顿才放心呀？清早八晨地就赶来了！"端阳嘻嘻地笑着说："那就看老叔给不给我面子了！"世普说："说起面子，昨天就是给了中华的面子我才喝醉了。你兰婶说我醉了乱说，你说说我说了些啥子酒话？"端阳急忙说："老叔说啥酒话了？我在席上怎么没有听见？"贺世普说："你娃儿莫在我面前来扯谎捏白的，我说了就说了。你要不说，老叔今天就不给你面子了！"

端阳一听这话，就有些迟疑了，可过了一会儿还是说："没有，老叔昨晚上本来就没有喝醉，怎么会说酒话？"世普这才露出了放心的样子，却说："没有说酒话也不行！明给你说吧，今天我哪里都不去了，就叫你佳桂婶给我煮点红苕稀饭。我好久没有吃过红苕稀饭了！"端阳说："老叔想吃红苕稀饭，难道侄儿家煮不出来？"说完又说，"老叔要吃红苕稀饭还不容易？只要你愿意吃，顿顿都有你吃的！"

　　说完这话，端阳才扯过一条板凳在世普对面坐下来，显出一副庄重和严肃的样子对世普说："老叔，我睁开眼睛就赶来是有一件事求你！昨晚上我翻来覆去地在床上想，这事只有老叔才顶用！"世普见端阳语气十分认真，也有些糊涂了，便问："啥我才顶用？"端阳说："老叔你先答应了我，我才说。要是你不答应，我说了，不是不给侄儿面子吗？"世普说："你说都没有给我说，我答应你什么？"又说，"你要是叫老叔去给你杀人，难道老叔也答应你？"

　　端阳听了这话，又立即说："我怎么会叫老叔去杀人呢？这事绝对是好事，虽然对老叔你个人可能要做一些牺牲，但对全村一千多村民来说，肯定是好事，所以你先要答应我！"世普听罢，想了一想就对端阳说："我虽然在外面这么多年，但也是吃贺家湾的红苕疙瘩、喝贺家湾的井水长大的，只要对全村一千多村民有好处，我当然会答应你！不过你娃儿有啥就说啥，莫在我面前要小伎俩了！"端阳听了这话，一下高兴起来，这才竹筒倒豆子，哗哗地全倒了出来，说："老叔现在退了休，在城里也没啥事干了，我们想请老叔回贺家湾来住！"

　　世普听见这话吃了一惊，急忙问："怎么想起要我回老家来住？"端阳说："我昨天就看出来了，老叔心里其实是怀念老家的！更重要的是，我昨天也给老叔说了，现在上面强调维稳，强调得很严。前个时候乡上组织我们这些村干部，到外地学习抓矛盾纠纷调解工作的经验，发现那些地方就是把一些德高望重的退休干部请回老家，组成村里的退休老年人协会，利用他们的威信来调解村里矛盾纠纷和开展公益活动的。你看看，贺中华和贺长安两家的纠纷我调解了大半年，路跑大了，嘴巴磨起了果子泡，他们一点也不理睬我。可昨天老叔不费吹灰之力，就把他们的纠纷给摆平了！所以我说老叔是啥子水平？那可是飞机上挂茶瓶——高水瓶（平）！老叔随便拿张纸画个人脑壳，都比我面子大！因此昨晚上我想了一夜，想请老叔回到老家来……"

　　世普听到这里，心里涌起了一种异样的感觉，但却故意板起脸，打断了端阳的话说："你娃儿还是打的这个主意？我跟你说，给我戴高帽子，老叔老都老了，还有啥子水平？昨天那事是算我运气好，瞎猫碰到死耗子，两个家伙听了我的，算不得有啥本事！你还是趁早打消这个念头为好！"端阳一听世普的语气，就明白世普已经有了那份心思了，但他没有点穿，而是继续做出推心置腹的样子，对世普说："真的，老叔，我们村里还有郑立德、贺东川、贺大成等几个住在家里的退休干部，我那时就想把他们都组织起来……"世普一听这话，就马上盯住端阳问："那你怎么不组织呢？"端阳道："老叔，你是晓得的，你看他们哪一个有老叔这样高的水平？"说完又接着说，"现在就差老叔来领头！只要老叔答应我，这事就成了！"世普没有立即答应端阳，却把话题转到了一边，说："我虽然退了休，但你说的组织退休老年协会，我也是听说了的，县上还发了文要加以推广！可我出去这么多年了，农村究竟有些啥纠纷也不晓得了！我难道回来瞎子摸象呀！"

端阳听世普如此说，便道："哎呀，老叔，农村不像城里，事情可多了，动不动就要争吵或打架。田地到户时，我虽然还小，可那些扯皮的事还是晓得一些。那时主要是经济合作和为争地扯皮，比如两三户人家合喂一头牛，哪家把牛养好了，哪家偷了懒，没有让牛吃饱，为哪家犁地时犁过了边界，哪家的南瓜藤又爬到我的地里来了，哪家栽的树影响了我的庄稼……为这些鸡毛蒜皮的小事今天东家吵一架，明天西家又打了一架……过了一些年后，这样的纠纷少了。为啥少了？不是大家的觉悟提高了，而是因为这时种庄稼不合算了。大块大块的土地都荒在那里，好地都种不过来，哪个那样倒霉还去争边边角角？兴成把施耕机引进湾里以后，牛也基本不养了，当然也就再没有因为牛吵架的事了。至于哪个的树影响了庄稼的事，更莫得人那么小见八识的了！但这个时候，大家手里都有几个钱了，都争着建房，为屋基，为院墙，为房屋的高低、朝向，为进出的道路……这些纠纷又多了。湾里一半以上修新房子的人，都要和别人吵架打架……"世普听端阳说得井井有条，分析得也很透彻，心里十分高兴，觉得这娃到底有文化，看问题全面，便像有意考他一考似的打断了他的话说："你说的都是过去的事了，我问的是现在而今眼目下，湾里有哪些纠纷？"

端阳见问，稍为思索了一下，才看着世普说："最近这几年间，我也不想在老叔面前说假话，实事求是地说，各种纠纷是比过去少了一些。少的原因，正如昨晚上老叔在贺中华桌子上看见的，大家的生活提高了，管它七大碗、八大碗都端得出来，不再像过去那样槽里无食猪拱猪，丁点儿利益都斤斤计较！再一个呢，年轻人都出去打工挣现钱了，留在村里的人老的老，小的小，平时一收活路就关门各过各的日子。湾里串门的少了，说闲话的人也少了。这人只要一关起门过日子，都是只管自己门前雪，休管别人瓦上霜，还和哪个吵架……"世普听到

032

这里，觉得有道理，可心里又疑惑了，马上又道："照你这么说，村里就不该有纠纷了，可还成立矛盾纠纷调解小组干啥？"

端阳笑了一笑，立即道："老叔到底没在村里住，还不晓得村里的具体情况！这农村的事，往往是按住葫芦浮起瓢，这边生了肌，那儿又开了口！家庭外边的纠纷少了，家庭内部的纠纷却一下翘了起来。而且这纠纷比过去那些纠纷更不好解决，老叔你是晓得古代有一句话，叫作'家贫出孝子'。古人大概都经历过这方面的事，所以才这么说。现在生活好了，家家都有吃有喝了，因此也就出不了孝子，出的都是不养老年人的不肖之子！所以现在农村的纠纷，大多是不养老年人的纠纷。围绕养老年人，不但父子闹成仇人，婆媳闹成冤家，就是兄弟、妯娌也闹得反了目！而且这类纠纷都属于家务事，俗话说清官都难断家务事，解决起来那才是伤脑筋得很呢！当然还有一些事，是你想也想不到的，说发生就发生了。一发生，像我们这些跑田坎的干部，就要马上去灭火。灭迟了一旦出了事，上头追究下来，还不是猫儿抓糍粑——脱不了爪爪！"

世普听完端阳一番话，想了一会儿，才说："你说得都对，农村的事本来就复杂嘛！可是我回来也不一定就像你说的那样顶用。到时候如果我同样搁不平，反倒影响了你。"端阳一听，又立即说："如果连老叔都搁不平，世界上怕没有人能够搁平了！"说完不等世普答话，又说，"老叔，你回来住起多舒服！也学学陶渊明，反正房子也是现成的，搭上锅儿就可以烧火，既不缺柴又不缺水。要是缺啥子，你老人家一句话，我们当晚辈的就给你跑路，保证随叫随到！佳兰婶那点田地，你们想种就种，只当锻炼身体，耕种收获这些费力的事不用你们动手，我自会安排！你们在房前屋后种点蔬菜，绝对的绿色食品，城里想买还买不到。喂几只鸡，天天都有土鸡蛋吃！在湾里都是熟人熟脸，你想到哪家串门，就到哪家串门，想和哪个摆龙门阵就和哪个摆龙门阵！照我说呀，老叔，你回到农村，保证身体都要比在城里硬朗得多，老都要老得慢些！"世普一听这话，像是被端阳逗乐了，扑哧笑出了声，说："你娃给你老叔上起粉汤来了。老叔可是油黑人不受粉哟！我月亮坝坝里耍刀——给你明砍（侃）吧，老叔回不回来，那还要看一看！不过呢，你兰婶老是嫌在城里住不惯，哪时就想回来住了！"

端阳一听这话，明白世普的意思了，于是也便笑着说："那就看老叔对兰婶有莫得感情了！"

第二章

一

　　贺世普和贾佳兰夫妇是在农历腊月二十这天回到贺家湾来的。在此之前，贺家湾村支书贺端阳担心贺世普变了卦，又专门到城里"三顾茅庐"。另外，他怕自己分量不够，请不动世普，又去搬动乡上马书记，让马书记亲自给世普打了两次电话。世普过去是个工作狂，管着的是一所国家重点中学，又有很多的社会兼职。刚从岗位上退下来时，对突然出现的大段休息时间，他不知该做什么好。更重要的是，他做惯了决策，习惯了出席各种各样的会议和应酬，现在手里不但没有了做决策的权力，而且人走茶凉，那许多没有实际意义的社会兼职和应酬，也没人通知他参加了。一时，空虚和失落让他感到生活的无所适从。他的脾气变得焦躁，甚至有些暴戾起来，动不动就喜欢发脾气，或者躲在家里不出去。有时半天也不和佳兰或儿女说句话，一旦开口，不是批评这就是指责那。贺鹏还带他到县医院看过心理医生，医生告诉他说这是"退休综合征"，要他多和人交流，增强信心，找到自己的专长和爱好，重新设计退休后的生活，融入社会，跟上时代。听了医生的话，世普果然冷静思考起以后的生活来了。他起初打算从事文艺创作，因为他年轻时候曾经爱好过文学，并给大队和公社的文艺宣传队写过东西。可是写了一段时间，发觉自己并没有写作才能。除写了几篇应景的东西外，真正的小说、诗歌、散文一个也没写出来。他又灰了心。后来，他又和一帮老头在江边的滨河公园练起了太极拳。他过去是极不屑于与这些贩夫走卒类的老头为伍的，可现在因为没事做，不得不屈尊大驾，与这些老头混到了一起。可因为他的心没有静下来，加上这种锻炼又不像过去工作时那样有种强加性的压力，所以练了半年，便又没有兴趣了。现在，虽说心情比刚退休时好了一些，可到底还是感到空虚和无聊。所以当他陪伴佳兰回到贺家湾时，他被家乡那熟悉的一景一物和浓浓的乡情勾起了强烈的怀乡情绪。后来当端阳三番五次地邀请他回老家担任村里纠纷调解小组组长时，他一下子觉得心里得到了极大的满足。想到从此以后他每天早上起来，不再是面对一天的空虚，而是有许多事可以做，他的精神不是无聊而是充实，他心里就特别高兴。可是他又为什么没有马上答应端阳呢？原因是他觉得应该让端阳充分认识他的价值，对他更礼贤下士和尊敬一些。但当乡上马书记亲自给他打来电话的时候，他就不能再在马书记面前摆架子了。尽管马书记比贺鹏的年龄还小，但人家可是一方百姓的"父母官"。更重要的是，马书记是他的学生，一口一个"学生需要老校长支持工作，老校长可要给学生面子"，谦恭得让世普心里像喝了一碗蜜糖水。世普对着话筒道："支持不敢当，不过老朽想过过陶渊明'采菊东篱下，悠然见南山'的生活，倒是真的！"说完这句话，才对马书记道，"你告诉贺端阳，叫他不要再往城里跑了，我准备好了，到时候再给他打电话，让他来接我就是！"马书记自然忙不迭地答应了。

没过两天，世普便果然给端阳打了电话。从乡上到贺家湾的公路还是一条机耕路，贺春乾做支书的时候，说了几次要把这条路修成水泥路，可最终没有修起来。端阳去年参加村主任竞选的时候，在竞选纲领里也说了在本届任期内，要把这条路修好，让"乡亲们出门走路不打湿鞋，卖东西不再肩挑背磨"。但因为上任还不久，也没见行动。机耕路是土路，夏天天气好的时候，大车摇摇晃晃地勉强可以开进来，小车就不行了。至于冬天，却是什么车也开不进来。世普和佳兰这次是回乡居住，自然要带许多东西，车子又只能开到乡政府旁边的岔道边，得让人去帮他们把东西挑回贺家湾来。端阳接了电话，第二天一早就亲率了长安、中华、善怀等五六个汉子，挑箩担筐地到公路上去迎接。

世普老两口是坐一辆客货两用车回来的。中华一见，便说："老叔，你怎么坐这号车回来？"这种客货两用车，是乡下一种很常见的交通工具，很受庄稼人欢迎。庄稼人赶场，常常是挑箩担筐的，东西多，占地方。这种车前面可以坐人，后面车厢里可以放东西。如果遇到人多，后面车斗里还可以站人。因为这种车烧的是柴油，发动机往外喷烟雾时，发出嘣嘣的响声，于是乡下人把这种车叫作"嘣嘣车"。世普听见中华问，便笑眯眯地看着他反问："老叔不坐这种车回来，该坐啥子样的车回来？"中华说："最起码也应该叫县长给你派辆两头尖的小车回来！"世普说："两头尖的车有啥好的？"中华说："那才气派嘛！"世普说："老叔一个退休老头了，还讲啥子气派？"中华正要答话，佳兰忽然说话了："闫芳把他们单位上的小车叫过来了，他自己不要！"世普说："坐了小车，我还得叫一辆车拉东西，还背了个公车私用的污名。"又对佳兰说，"你呀，在屋里的时候和儿媳妇一个钉子一个眼，一出来又处处说她的好话。"佳兰说："我哪里说她好话？人家是给你把车子叫来了的嘛！"

这儿说着，端阳叫长安爬到车厢里往下搬东西。长安上去，先搬下来的是四床棉被，端阳一看，说："都立春了，老叔还带这么多的被子回来？"世普说："我们比不得你们年轻人，怕冷呗！"中华说："我晓得，城里人睡的是席梦思，农村人莫得席梦思，老叔和兰婶要多垫两床棉絮在席子下面，才不得把背硌到。"世普说："你把老叔和兰婶说得那样娇嫩了？这棉被很薄，多一床有备无患嘛！"

搬完棉被，长安又从车厢里搬出两只箱子，他发现箱子肚子底下有两只轮子，便说："老叔，你这箱子装两只轮子干啥？"世普说："这是拉杆箱，可以在路上拖起走。"长安就把箱子看了又看，说："现在的东西越造越奇怪了！"把箱子递下来后，长安又发现在车厢角落里，立着两只铁罐子，过去提了提，感觉挺沉的。就猛地一下把罐子提起来，走到车厢边缘时，又咚的一下搁在车板上。世普看见，急忙叫了起来："哎，轻一点，那是液化气罐，谨防碰爆炸了！"长安吓了一跳，立即说："啥叫液化气？"端阳说："液化气都不晓得，就是城里人做饭烧的天然气！"长安说："你说天然气我就明白了！天然气一股臭气味，城里人怎么拿那样的东西煮饭！"说完又对世普说，"老叔，不是侄儿说你的话，农村现在到处是柴，只要你说一声，我们给你砍几山回来都有，你花钱买这东西干啥？"世普听了仍是笑着说："你兰婶烧天然气烧惯了！再说烧天然气比烧柴卫生。"长安哦了一声，摇着头感叹地说了一句："城里人到底不同！"接着又说，"老叔，这样两个小罐能装多少气？两顿就怕烧完了！"世普说："你兰婶又不喂猪，如果只是煮我们两个人的饭，一罐气烧二十来天没有问题。"长安听了叫道："烧得到那么久呀？奇怪，奇怪，这样一个小罐倒抵上几车柴火了！"说着，生怕罐体再碰到什么了，小心翼翼地提起来递到了车下，直到善怀和中华接住了才松手。

接着，长安又从车上递下了一只液化气灶具，一套炊事用具和一些别的小物件。车下的中华等人把长安递下来的东西，一一装在了箩筐里。最后，长安递下了四箱纯牛奶。善怀一见，便问世普带这么多牛奶回来是不是准备送给湾里那些小孩子的？佳兰一听便说："这是你老叔喝的。"长安这时已经跳下车来，听了佳兰的话，便又瞪大了眼睛看着世普问："老叔这么大的岁数了还喝奶？"世普说："牛奶是补钙的，可以预防骨质疏松。就是因为岁数大了，才要坚持喝奶！"说完又对中华、长安、善怀说，"你们也都是五十岁左右的人了，也应该坚持喝牛奶预防骨质疏松呢！"中华听了这话没吭声。长安和善怀却说："该是应该，可我们哪有那份家产来喝？"说着，几个人装好了东西，便挑起来往贺家湾走去了。

回到湾里，几个汉子径直把东西挑到了世普的老房子里。世普进门一看，不觉愣住了。原来桌子上，不但摆满了莴笋、冬苋等新鲜蔬菜，还有两袋花生、一袋绿豆、一袋芝麻、一袋百合等土特产。另外还有满满一篮子鸡蛋。靠墙壁还立了一蛇皮口袋红苕。世普一见便对端阳道："这是怎么一回事？"端阳道："老叔有所不知，大家一听说你和兰婶要回老家住，又都晓得你们回来啥子都要现准备，所以佳桂婶和我妈给你准备了这些东西。还有些人也要给你们送东西，被我拦住了。我说，老叔两个人能吃多少？东西多了就浪费了！你们要送，老叔他们回来又不走了，以后看你们送多少都要得！"世普听了这话，心里十分感动，说："我们都有，要他们送啥？"端阳说："又不是外人，老叔和兰婶千万不要客气！回到贺家湾就像回到家一样。"接着又说，"电线我叫村上的电工来检查过，灯泡我也叫人重新换了。床上我找人织了一张新的床笆子，连稻草也都铺好了，你们只需要铺上席子，放上棉被、毯子就可以睡了。这把凉椅上的篾片我也找人用老竹子划成竹片重新换了的，老叔直接就可以在上面坐了！"世普连声说："感谢！感谢！"

说着，众人把筐子里的东西都拿了出来，端阳叫大家帮佳兰收拾好了才走。佳兰却对中华等人说："你们先走，我慢慢来收拾！"中华等人说："兰婶是怕我们笨手笨脚，把东西弄坏了！"佳兰说："我不是那意思！我是说，东西挑都挑回来了，就不愁了。哪些东西该放到哪个地方，我们自己放，取起来也方便。"端阳听了这话，觉得佳兰的话也有道理，便对了中华等人说："也行，那你们就先去佳桂婶那儿，免得人家盼望！"

世普和佳兰听了这话，便有些奇怪地问："佳桂家里今天有啥事？"端阳说："老叔和兰婶你们不知，你们今天回来的日子好，佳桂婶家今天杀过年猪儿，老叔和兰婶一回来就碰到吃他们的过年猪儿肉！"佳兰一听这话，便叫了起来："佳桂杀年猪了？"端阳说："可不是吗？昨天晚上世国叔就过来跟我们说了，让我们把你们接回来了，就下去帮他们杀年猪儿！我跟你们说，佳桂婶今年喂的年猪儿，少说也有三百来斤呢！"世普说："他们怎么不拿去卖呢？"听了这话，端阳还没答话，佳兰却不满地盯了世普一眼，说："卖了又拿钱去买肉呀？你说这话也不怕别个笑你把杀年猪儿的风俗都忘了！"世普听后便不言语了。中华等人见了，便对世普和端阳说："那好，我们先下去跟佳桂婶打个招呼，你们等会儿再下来哈！"世普说："既然这样，端阳你也跟他们一起先去吧，我和你兰婶等会儿下来就是！"端阳想了一想，说："也好！"于是站起身，便和中华等人匆匆走了。

果然没过一会儿，佳桂就上来了，对世普和佳兰说："哥，姐，今天我们屋里杀年猪，中午就来一起吃饭！"佳兰道："我们一回来就碰到你们杀年猪儿，也没给你们准备啥礼物，就白带两张嘴来吃呀？"佳桂说："姐说这话就把我们当外人了！哥哥姐姐如果不是回来碰到了，平时是请也请不回来的！"

佳桂一走，世普猛然感到了一派新年的气氛袭了过来，于是就自言自语感慨地说了一句："唉，日子过得好快，一年又要完了！"说完才对佳兰说，"你先把当紧的东西收拾一下，然后我们下去吧！"佳兰却说："还收拾啥？下午有的是时间收拾。杀年猪值得庆贺，我们没有送礼，早点去凑个人多也是个吉利嘛！"世普一听觉得也是这样，于是便说："那你把门关好，我们下去吧！"

二

佳桂的院子里果然一副忙碌喜庆的景象，院子边上挖了一口临时的土灶，一口大锅架在上面，锅里是满满一锅水。贺世国正伏在灶口往灶膛里塞着柴，锅里的水不断地往外冒着热气。世国四十岁出头的样子，一米七的个子，腰宽膀圆，一张圆方形的脸盘，前额宽阔，两撇眉毛又黑又浓，鼻梁突得很高，皮肤又糙又黑。贺世国过去在贺世海手下干瓦工活，后来自己出来拉起十几个人，成为一个小包工头。看见世普和佳兰下来了，世国急忙从灶口抬起身子，胖脸上挂着微笑，隔着从锅里散发出的水蒸气对他们说："大哥，大姐，你们来了，院子里乱糟糟的，你们自己找地方坐哈！"接着又说，"我也不空陪你们，等会儿世龙、世凤来了，就陪大哥摆龙门阵！"

隔着水蒸气，世普看见世国的胖脸飘飘浮浮，很不确定的样子。两边面颊和额头上又挂着几道烟灰，像是唱戏的大花脸，心里便有些厌恶起来。世普对这个堂弟兼连襟的汉子一直没啥好感，原因就是因为他爱打老婆。上次从老家回去，佳兰对他说了世国还是老脾气，不久前又打了佳桂的事，世普一听就骂了一句："畜生！"世普一直不能理解在这个男女平等宣传了几十年的社会里，还会有这样对女人施暴的人。因此每次听到世国又打了佳桂时，世普又气又恨，心里便很不想见到他。今天要不是看到佳桂的面子上，他才不会来吃他的过年猪儿肉呢！因此听了世国的话，也没说什么，只淡淡地答应了一句："你忙吧，我们自己晓得找板凳坐。"倒是佳兰晓得世普对世国心里有气，有些过意不去，便故意大声说："哦，还请了世龙和世凤哥儿俩呀？"世国并不知道佳兰是有意想调节气氛，老老实实地回答说："一年只杀一回年猪儿嘛！"又说，"把他们叫来才有人陪大哥摆龙门阵嘛！"

正说着，中华等人从屋子里端出了两条大板凳，拼在一起，用铁丝绑了凳脚又绑凳面，最后用钢丝箍子将铁丝拧紧。世普一看，便知道这是为等会儿杀猪准备的"杀墩"。世普记得过去湾里杀年猪儿，杀墩是一条用青冈木做成的凳子，有五尺来长，一尺多高，凳面却有五寸来厚，一边高，一边低。低的一面是摁猪头的，杀猪师傅破了猪喉以后，猪的身子头低尾高，便于把猪身上的血全部放净。这样一只杀墩，要两个汉子才抬得动。此时世普一看，便明白过去那杀墩已经不存在了，才用了这板凳代替。一看见杀墩，世普便想起了杀猪师傅，便大声问道："今天杀猪师傅是哪一个？"

话音未落，从屋里便走出了兴成。兴成今天穿了一件紧身夹克，衣服袖子高高地挽到了胳膊上，露出手臂上的肌肉一绺一绺的。一根塑料围裙从脖子上挂下来，系在后腰上，半边身子全部护住了，显得十分利落和精神。世普一看，便有些诧异道："你娃儿今天操刀哇?"兴成说："老叔还没听说过我是杀猪匠?"世普说："我看你这个样儿，倒像是一个打铁的!"兴成突然笑了起来，说："老叔不相信我会杀猪? 我让你看看我的行头，就晓得我像不像杀猪匠了!"说着从屋子里端出了一只背篼，世普一看，背篼里面挂满放血的、剔骨的、剖边的、砍骨头的各种寒光闪闪的刀具，以及七八把刮毛的铁刮子，吊肉的挂钩，最后他还拿出一根"梃杖棍"，有些炫耀地对世普说："老叔你看看，全套的东西侄儿都有，等会儿就让你看看侄儿的本事!"中华和端阳等人也说："现在全湾的过年猪儿都是兴成杀的，兴成的手艺可好呢!"世普听了这话，便说："汽车不是推的，等会儿我亲眼看了就晓得了!"

贺家湾人把杀年猪儿看得十分重要，这个传统要追溯到新中国成立前。那时贺家湾除少数几户人是租种财主贺银庭的地种以外，大多数人家里都只有三两亩薄地，日子说不上好也说不上坏。慢慢地，人们形成了一种过日子的观念，叫作"养鸡为油盐，杀猪为过年"。怎么叫"杀猪为过年"? 就是人们花上整整一年的时间养上一头猪，却并不是为了拿到市场上去卖钱，而是在过年的时候能杀了吃肉。这里面当然也有忙碌了一年到头，一家老老少少需要改善一下生活的意思。但更多的目的却不是这样，而是为了"面子"。这"面子"是庄稼人的根本，尤其是对那些有儿子、需要别人来给他提亲的人家，杀不杀得起过年猪儿，往往和名声的好与坏相联系着。要是有人对别人说，张三家里平时那么精灵，可连过年猪儿都杀不起，你说他屋里有个啥? 还不是外面摆样子，屋里饿肚子! 因此，一般人家只要不遭受大的灾难，无论如何也要争一口气，在过年时杀一头年猪的。不但如此，过年猪儿还要求又肥又壮，膘好，毛色光鲜。谁养的过年猪儿又肥又壮，便一定会得到人们的夸奖和称赞。后来，贺家湾和全国人民一样，虽然经历了许多思想改造，可"杀猪为过年"的观念却始终没有改掉。即使是在"割资本主义尾巴"十分严厉的大集体时代，人们也要千方百计杀一头猪过年。现在，农村里的年轻人都像鸟儿一样往外面飞，湾里已经看不见有多少劳动力了，养猪的成本又高，赚不到钱，庄稼人养的猪更是为着"过年"了。庄稼人要是不养猪拿钱去买肉，也会被人看不起，认为是不会过日子。被议论为不会过日子的人户，在湾里是很丢面子的，甚至在很长一段时间抬不起头。因此，尽管留在湾里的人不多，可是只要有人留在村里，就没有人家不杀年猪的。那"杀过年猪儿"竟然渐渐地演变成了贺家湾村人的一个隆重和神圣的节日，并由此衍生出一些风俗来。

风俗之一，是杀年猪儿要找阴阳先生看日子。从节气上说，立冬过后就可以杀年猪儿了。可庄稼人不这样看。因为从立冬到过年，这段时间还很长，如果杀早了，今天嘴巴馋起来了割一块来煮，明天娃儿他舅或姑来了又割下一块来煮，这样东吃西吃，吃到过年，便会只剩下几根猪脚杆了。可要是杀晚了呢，又会耽误了腊肉的腌制，因为一打春，就再也不好烘腊肉了。即使烘熏出来，也没有冬天烘熏出来的味道好。因此杀过年猪儿的时间，选在腊月中下旬最好。可也不是腊月中下旬什么时间都可以杀的，得找阴阳先生选可以杀生的黄道吉日。世国今天杀猪，便是找了湾里的阴阳先生贺凤山选的。没想到今天又碰上世普和佳兰从城里回来，所以今天这个日子就更是好上加好了。

风俗之二，是必须雇请技艺精湛的杀猪师傅。正因为"一年才杀一回过年猪儿"，十分隆重和神圣，所以师傅杀猪就有许多禁忌。最大的禁忌就是必须一刀即准，不能复第二刀。如果出现一刀没有毙命，复了第二刀，这对主人意味着非险即凶，是十分不利的。至今，贺家湾还流传着新中国成立那一年，贺贵的爹贺茂富家里杀过年猪儿，请的是街上有名的杀猪匠毛大汉，把刀插进猪的喉咙里了，可猪突然挣脱了几个汉子的手，跳下杀墩满地跑了起来。顿时吓得所有人的脸都白了。贺茂富急忙跪在地下叩头。第二年土改，贺茂富果然被拉出去枪毙了。请杀猪师傅时一看师傅年龄，二看师傅力气。年龄太年轻了力气虽大，却可能没有经验；年龄大了虽然有经验却可能力气不行了，抓不稳猪或下不准刀子。所以杀猪师傅的年龄一般在四十多岁或五十岁左右，像兴成这样的人正好。

风俗之三，是杀猪这天必须请家族的长辈或特别重要的人物吃饭，称为"吃过年猪儿肉"。请客除了热闹庆祝的本义外，还具有一种象征意义——那就是一种家族间人际交流。所以被请的人除非有非常紧要的事外，都要欣然前往。如果请了不到，便是不给主人面子，主人会因此非常生气，甚至会从此以后和这人断绝来往。就像今天世普这样，尽管心里有些恨世国，但佳桂上来请了自己，便不得不去。

却说世普和兴成正闲话间，世国大锅里的水开始咕咕地冒起泡来。世国就喊了一声:"差不多了!"听到喊声,众人都有些紧张和兴奋起来。佳桂去打开猪圈门,那猪还躺在圈里睡得正酣。佳桂用响篙儿把它赶了出来。猪懒洋洋来到院子里,像是极不满意似的,嘴里直哼哼。众人一看,这哪里是一头猪,分明是一头小象,屁股圆得像只皮球,背脊宽得像面板,大而肥的肚皮拖到了地上,两只圆而小的眼睛嵌在肉里,浑身的黑毛如缎子一样闪着光。这畜生一点也不晓得厄运将至,哼哼了一阵,突然发觉外面天气很好,便不埋怨了,却翘起短硕的尾巴,痛快淋漓地撒了一泡尿,使空气中一时溢满了一股臊味。众人早已扎起了衣袖,露出了扑过去的准备。兴成已将一把修长的杀猪刀放到了杀墩边,靠着凳脚立着。这刀一尺余长,二指来宽,锋利异常,寒光闪亮。

这畜生哼哼唧唧地还想朝着院子外边走去,只听得兴成一声喊:"动手!"话音刚落,只见世国、端阳、中华、长安、善怀和兴成等五六个壮汉,一齐跑过去,抓住了那畜生的四条腿,往旁边一拖,那畜生便咚的一声倒在了地上。还没容它明白过来是怎样一回事时,兴成又喊一声:"起!"几个汉子便各自拖住畜生的一条腿,涨红着脸,使出吃奶的力气,将它抬到了杀墩上,并紧紧按住了它。那畜生此时可能明白过来了,开始不要命地嚎叫起来,并试图从众汉子的手里挣脱出来,可又哪里挣脱得开?兴成又喊了一声:"按紧哟,我要动手了!"众人说:"这家伙力气大,你快点动手,再迟我们恐怕按不住了!"兴成说:"这样大几个汉子按条猪都按不到,有啥出息?"说罢又对佳桂道,"佳桂姊把接猪血的盆端拢来点!"佳桂却有些害怕,只远远地将手伸着,手臂还有些哆嗦。兴成道:"你把盆放到地上,我自己晓得该怎么做。"佳桂听到猪的叫声,有些不忍。虽说这畜生生来就是挨刀子的,可是毕竟是自己千瓢食、万瓢食喂出来的,人和畜生都有了感情。她听了兴成的话,果然把盆放到了兴成脚边,背过了身子。兴成这儿叫众人将猪往前面移了移,将猪的前脚架在杀墩边上,然后使劲将猪头往上搬,直到完全看得见猪的喉头为止。可这时兴成还没有立即动刀子,而是用指头认真地在猪的喉管上量了量。量完,兴成才猛地从凳腿边拿起刀,正要动刀时,佳桂却突然喊了一声,说:"莫忙,还没有放火炮呢!""放火炮"也是贺家湾人杀过年猪儿时的一个风俗。意思是送猪一程,让它不要怨恨主人。众人听了这话时,立即说:"那就快点去放一颗!你把猪养得太大了,我们按起太吃力!"

佳桂听罢,立即进屋拿出一颗鞭炮,走到烧水的土灶前面,抽出一根柴火点燃鞭炮甩了出去。在鞭炮的爆炸声里，说时迟那时快，只见兴成手里的刀寒光一闪，一把尺多长的尖刀已经插在了猪的颈腔里，连刀把也差不多陷进去了。兴成将刀在猪的颈腔里轻轻旋了一下，才把刀抽出来。顿时，一股鲜血喷薄而出。兴成将脚边接血的盆子迅速踢了过去，接住了猪血。

那畜生此时还想做垂死的挣扎，一边继续嚎叫，一边踢蹬着四只脚爪。汉子们还是紧紧压住不动。慢慢地，那畜生的嚎叫变得小了，四只脚爪的踢动也变得无力起来。兴成见了，叫众人将猪的后半部抬起，让猪血彻底放尽。过了两三分钟时间，那畜生才躺在杀墩上一动不动了。众人都齐叫道："杀得好，兴成的手艺真是越来越精了！"世普也说："你娃儿还没在老叔面前吹牛！"兴成说："我敢在老叔面前说大话吗？"

说话间，兴成叫佳桂过来把血旺盆子端走。佳桂把盆子端进厨房里，顺手抓了一把血抹在猪圈的柱头上，祈求明年养的猪比今年更大。然后，佳桂又进屋拿出几张火纸，走到杀墩前点燃，烧给了已经咽气的畜生。这时，汉子们似乎已经累了，都坐下来点燃了一支烟慢慢吞云吐雾起来。抽完烟后，兴成拿刀在猪后脚的脚趾间，切了一道口子，然后将那根手指般粗、十分光滑的"梃杖棍"从切开的口子间插进去，顺着猪皮往猪的前胛、肚腹、胸背等处捅。捅完了后，他蹲下来，用嘴含住猪脚趾间的切口，往猪身上吹气。猪身子慢慢鼓胀起来，众人就拿出木棒在猪身上敲打起来，让兴成吹的气能均匀地走遍猪的全身。没一时，那猪四脚像树杈一样伸展开来，身子就变得比牛都还大起来。

不一会儿，世龙和世凤果然来了，一看见世普，老哥们儿说了一会儿亲热话，接着又说起佳桂养的这头猪来。说佳桂如何能干，世国经常不在家，一个女人既要种庄稼，还要挑蔬菜上街卖，还养出这样大的肥猪来，都说一个家庭有了这样的女人，想不发家都不行！世普十分赞同世龙和世凤两个老哥儿俩对佳桂的评价，也夸了佳桂几句。

吃过饭，世普和佳兰回到了自己的屋子里。世普躺在端阳找人给他重新换了竹片、捆绑好的凉椅上眯眼养神，佳兰把堆在桌上的那些花生、绿豆等土特产提到楼上的房间里。楼上房间里有一口用砖砌的土仓，等待把土仓打扫后，再放到里面。刚把桌子上的东西搬完，世国就扛了半边猪肉上来，咚咚的脚步声把刚进入迷糊中的世普也震醒了。佳兰一见世国扛了这么多猪肉上来，便说："世国你扛这么多肉来干啥?"世国把肩上的猪肉往桌上一放,才说:"大哥大姐,你们才回来,也没杀过年猪儿,这半边肉你们拿去过年!"一边说一边活动着肩胛。

世普一见,急忙推辞道:"哎呀,我们要这么多肉做啥?我们两个人哪吃得完?再说,我们两个人的血脂都高,沾都不沾肥肉,你还是拿回去!"佳兰也说:"是呀,我们在城里把年货都办好了,今天带了一些回来,需要啥贺鹏会给我们送回来,或者我们回去拿就是!你们喂了一年到头,却给我们拿这样多来。我们又不是大肚罗汉,一时吃不完,挂到那里还要长霉。你们明年要建新房,要的是肉……"世国还没等佳兰说完,就马上说:"姐,我拿来了怎么好意思往回拿?明年建新房我是承包出去的,也不需要管生活!"佳兰还是说:"即使不管生活,可你们也是要吃的,还是拿回去,我们自己有!"可世国也坚持说:"你们是你们的,我们是我们的,各有各的心意嘛!即使你们不吃,大姐你把它们熏好,挂到屋梁上,才像过年的样子嘛!回来了,就是庄户人,庄户人有庄户人的讲究,是不是?"说完又接着说,"这是佳桂叫我送来的,大哥大姐如果不收,就是看不起我们了!"说着,生怕世普和佳兰要他把猪肉扛回去似的,转身就走。走到院子里才回头对世普和佳兰说,"大哥大姐,你们需要啥就吭一声,啊!"一边说一边走了。脚步声和来时一样,踩得大地咚咚作响。

世国一走,佳兰就望着半边猪肉说:"这个世国,要不是老打佳桂,还是不错的!"世普听了这话,突然想起刚才看见世国那双手上厚厚的老茧和手指上那圆溜溜的十个指肚,想起他就是用这样的手打佳桂的。这样的手指攥拢来,不知会有多大的力量,他怎么能用这样的手打一个弱女子?这样想着,便说:"一个男人其他错误都可以原谅,唯独打女人的错误不可原谅!打女人的男人叫作野蛮人!"说完又对佳兰说了一句,"这辈子,我对你动过一根手指头吗?"佳兰一听这话,脸上浮现出了一层幸福的光彩,嘴上却说:"谁叫你是县中的校长呢?全县有几个县中?"世普听了这话,不出声了。佳兰却继续盯着桌上的猪肉发了愁,说:"这么多肉,你看怎么办?"世普想了想说:"他也说得对,庄户人就该有庄户人的样子!你把它们砍成两三斤一块一块的,腌了盐熏出来,挂到屋梁上!等明年他们建新房子时,我们再作为礼物还回去就是!"佳兰听了这话,却突然说:"修房造屋是大事,你这个做姐夫的难道就还他们这点肉?多少总还要帮他们一点钱吧!"世普说:"时间不是还早吗?到时候该帮就帮吧!"佳兰听了丈夫这话,便不再说什么，继续收拾东西去了。

到天黑的时候，端阳提着两只瓦瓮来了。世普一见，问："提这个东西来干啥？"端阳说："乡下不比城里，耗子多得很！这是我妈让我带来给兰婶装米和杂粮的。"佳兰听见，立即从屋子里走了出来，接过瓦瓮说："你妈想得真周到，我正说缺两只缸缸装米和面呢！"端阳把瓦瓮递给了佳兰，又马上有些调皮地说："兰婶缺啥，尽管给我说，除了天上的星星，我保证给你办到！"说得世普和佳兰都笑了起来。

笑毕，佳兰把瓦瓮往楼上提去了。这儿端阳才正经地对世普说："老叔，我和劲松商量了，明天村两委做东，打算把立德、东川、大成等几个在村里住的退休干部都请来，一是为你接风，二是商量成立退休老年协会的事。乡上的马书记说他今天到县上开会去了，没迎接你，明天他要亲自到村上来看你，顺便也参加讨论退休协会成立的事！所以我来跟老叔打声招呼，老叔你就把成立贺家湾退休返乡老人协会的事谋划谋划，最好理出几个道道来，明天让大家讨论讨论！"世普听完端阳的话，便道："这么急呀？还惊动了马书记。我心里还莫得一点谱呢！"端阳笑道："老叔这是鲢巴郎（鲢鱼）过河——牵须（谦虚），你随便讲出几句来，那都是高水平！"世普道："你娃儿莫给我戴高帽子，我就听你的指示，今晚上理几条，要得就要，要不得就沙坝里写字——哈了就是！可我话说到前头，说得不对，你娃儿就莫怪老叔哟！"端阳听了这话，立即道："老叔尽管把你的想法写出来，侄儿哪有不依你的？"说完又接着说，"侄儿就不打扰老叔的宝贵时间了，明天见！"这儿世普果然坐在椅子上，在脑海里开始想起来。

三

第二天吃过早饭，世普就往村委会走。走到离村委会不远的一个小地名叫簸箕垭口的开阔地方，看见雾中有一个人正往天上立起一根竹竿。世普不晓得这人在干啥，走近了一看，才发现是长安。世普便问："干啥呀，长安？"长安也看清了是世普，于是便说："网鸟儿，老叔！"世普听后愣了一下，说："网鸟儿，你用啥网鸟儿?"长安高兴地说:"用网呀,老叔,你看这不是网!"世普顺着长安手指方向朝天上一望,果然看见在离他头顶很高的地方,像屏障一般张开了一张尼龙大网,网的一端绑在旁边一棵柏树上,另一端便绑在竹竿上。尼龙网绳细细的,和铅灰色的天空一样的颜色,如果不仔细地看,根本发现不了天空中会有这样一道陷阱。

世普看清楚后,便有些不高兴起来,板了脸对长安问:"你网鸟儿干啥?"长安并没有看见世普脸上不高兴的神色,反而兴冲冲地对世普说:"你不晓得,老叔,现在山上的树多了,草密了,鸟儿也多了!那些麻雀、画眉、斑鸠不用说了,现在还有了野鸡。这些尖嘴货太可恨了,开春一点苞谷、花生,芽芽还没长出来,就被这些尖嘴货掏出来吃了!巴不得把它们全打死才好!"说完这话,见世普并没答话,便又向世普靠近了一步,然后将声音压低了一些,继续对世普说:"老叔,现在最好网鸟儿了!冬天,鸟儿没啥吃的,到处飞来飞去找吃的,一撞到这网上,就飞不了了!我现在把网张到这里,天黑的时候来收,网上保证有几十只鸟儿!"接着又说,"老叔,我以后给你网几只野鸡,你和兰婶过年吃!往年我网到野鸡,都是拿到城里卖了的!"

世普听了这话,这才生气地用命令的语气说:"老叔不吃你的野鸡,你给我把这网收起来!"长安一听这话忽然愣了,半天没有回过神,口里絮絮叨叨地说:"收、收、收了?老叔,收、收了干啥?"世普说:"保护生态环境,你晓得不?"长安一边摇头一边说:"不、不晓得,啥叫生、生态环境?"世普想对他解释,但又怕一时和他讲不清,便道:"你不晓得算了,以后慢慢给你说!现在我这么给你说吧:鸟儿也是一条命,这你晓得吧?"长安一听这话,急忙说:"那是当然,世上不但鸟儿,虫虫蚂蚁都是一条命。"世普说:"你晓得它们也是一条命,可你怎么要网它们?"长安一听这话,目光里又露了不解的神情,正想说啥,世普忽然制止了他,再次用了命令的语气说,"你把网收下来,听到没有?如果我等会儿回来时看见你的网没有收,我就给你取下来烧了!"长安一听这话,急忙点头说:"好,我收,我收!老叔叫我收,我敢不收?"说着,果然爬上树去,把网解了下来。世普这才放心地走了。

村委会就设在原来村小学老师的办公用房里,走进大门,这才看清学校的破败比他上次从门缝里看见的还要严重。上次他只看见了学校院子的荒芜,可此时却看见不但教室的门窗全没有了，连墙壁上的砖也有几个地方没了，露出了一个个簸箕般大的洞。幸好还没有谁把猪赶进来关进教室里。雾像长了脚似的从这些墙洞里钻来钻去。有一群麻雀在房顶上跳来跳去地叫，雾中看不清它们的身子，但无疑是十分开心的样子。世普在潮湿的雾中用力拍了一下手，麻雀扑棱棱地飞走了。麻雀是家雀儿，喜欢在屋檐的瓦片下做窝，世普猜想这些麻雀一定是把这里当成自己的家园了。世普还想，如果是夏天，说不定还会有蛇、鼠、黄鼠狼等动物在这儿安家落户。村委会办公室看来也很少开门，要不然往办公室走的路上枯草也仍然直立着，给人一种少有人行走的印象。

世普踏着枯草和楼梯走上二楼，看见郑立德、贺东川和贺大成三个已经先到了，村文书兼会计贺劲松正陪着他们聊天，一个电取暖器放在屋子中央。几个人中，立德和东川年纪最大，世普记得他们都应该是七十多岁的人了，但身体还算好。立德个子很高，背有点驼，戴一顶青呢子鸭舌帽，帽圈下露着的白发从左边鬓角一直绕到右边鬓角，形成了一个半圆形。下巴颏下的一撮胡须也全白了，但脸上呈现出一副秋枣的红润颜色，显示出精神还算矍铄。东川个子比立德矮，也比立德胖，有点罗圈腿，没戴帽子，露出一头又硬又密的发茬儿。发茬儿一点也没变白，脸上也是密密麻麻的又青又黑的络腮胡，看上去有种吓人的感觉。他穿了一件部队的棉军大衣，一双大头鞋，一切都显得有些笨重。

关于立德和东川两个人的命运，还要追溯到新中国成立后不久。那时，粮食、棉花、烟草、水果、食用油这些关系到国计民生的物资和其他农产品，还控制在个体商人和富裕农民手里，他们不但控制了这些商品物资，而且还掌控了市场价格。另一方面，新生的国家政权又想要有大批的物资和产品来确保城市的工业建设和维护新政权的稳定。新生的政权发现如果不改变农产品被个体商人和富裕农民掌控的现状，就难以确保有足够的物资来支持城市工业发展。为了保证城市工业建设的需要，新生的国家政权便开始了两条腿走路。一条是在农村实行合作化，把农民组织起来进行生产，另一条路便是在农村地区改变传统的市场流通体系。这后一条路更准确一些说，就是政府在每个农村的乡镇，成立了后来存在了几十年，为共和国的工业建设输送了大量农产品的被简称为"供销社"的"农村供销合作社"。供销社一成立，小资本商人便纷纷败北，因为他们哪里是强大的国家政权的对手？在国家政权的支持下，"供销社"立即突显出了两大功能：

一大功能是从农民手中购买农产品再卖给国家；另一大功能是从国家那里购买工业制品再出售给农民。这两大功能又被简称为"统购统销"。可不论是"购"还是"销"，其产品的价格既不是由农民决定，也不是由市场决定，而是由国家说了算。其"统购"与"统销"之间的价格差价，后来被称为"剪刀差"。

却说成立供销社的当年，贺世普还在乡上读小学，少不更事。贺家湾当年有五个青年被政府选去做新成立的供销社的第一代职工。这五个人就是郑家塝的郑立德、刘海，老湾的贺东川，新湾的贺国春，还有一个姑娘贺明玉。这几个人除了明玉以外，新中国成立前都在贺银庭开办的私塾里念过三年书。那是1953年，刚成立不久的乡一级国家政权普遍缺少有文化的年轻人。立德、东川、刘海和国春，虽然只能背诵《三字经》《百家姓》和《千家诗》等文章，却也能够算得上是乡村知识分子了。而明玉是土改时的积极分子，上过扫盲班，也算是识文断字的人。当这五个人开始到供销社工作时，他们并没有想到这个工作会改变他们一生，会给他们的社会地位与经济地位带来什么样的变化，更没有想到由于自己的变化会给子女、亲属和亲戚的社会流动提供什么机会。他们当时是懵懂的，甚至弄不清楚到供销社去工作和在家里种地有什么实质性的不同。只是越往后，他们才意识到当初命运带给他们的是何等的重要。后来有些人把握好了这个机会，成了国家干部。有人没把握好自己的命运，留下了终生遗憾。但不管怎么样，他们走出去的几个人，社会地位都得到了相对提高，除世普和世海以外，他们都成了贺家湾及各自房支中有一定影响力的人物。其中上帝最眷顾垂爱的，莫过于明玉了。

明玉那时年轻、漂亮，出去不久，就被称为全县供销系统的一枝花。她的性格又活泼开朗，走到哪里就把歌声带到哪里。到乡供销社不久，一天，县供销社一位从部队转业的年轻领导下来检查工作，一看见明玉眼睛便不能转动了。不久，明玉就从乡供销社调到县供销社，很快又和这位年轻的领导结了婚。后来这位年轻的领导被县委委任为县商业局的局长。明玉才调到县供销社时，身份并没变，仍然是一名站柜台的营业员。丈夫调任商业局做领导后不久，明玉便由一名营业员变成了县供销社办公室主任。这在贺家湾人看来，明玉简直说得上是从贺家湾飞出的一只金凤凰了。因为那时世普才进入城里念书，世海更不用说了，还拖着两道鼻涕在湾里跑来跑去。虽然立德、东川等人也是供销社的一员，可他们还在挑着箩筐下乡，把物资送到农民朋友手里，晴天一身臭汗，雨天一身泥巴，并不比农民轻松。而只有明玉坐到办公室里就可以领一份轻松的工资。在那时的贺家湾人眼里，只有坐上了办公室，才算得上是出人头地了！因为现在的"办公室"，过去叫作"衙门"。因此贺家湾人一直就把明玉当作官府里的人看待，说起来十分地不得了！有些进城看见过明玉的人，都回来说明玉如今剪了齐耳短发，穿了干部服装，手腕上戴了亮晶晶的手表，牙齿比过去更白，眼睛比过去更亮，皮肤比过去更光滑娇嫩，简直像天仙下凡呢！只是腰身看起来比做姑娘时胖了一些。另一些人却说："那不是胖，那叫富态，富态了才有官相！"进而人们推测明玉以后还要当更大的官。可是正在贺家湾人对明玉怀着更大希望的时候，"文化大革命"却来了。明玉和丈夫双双都被造反派押出来批斗，贺家湾有人在城里亲自看见过明玉和她的丈夫挨批斗的情形，可遭着罪呢！贺家湾人想不通这究竟是怎么一回事，但期望明玉当更大官的想法无疑是无法实现了。可"文化大革命"一结束，那位先前的县商业局局长不但官复原位，20世纪80年代中期，还被调到地区做了经委主任。明玉自然随丈夫到了地区，但她已经不在供销社工作了，而是到了地区另一个二级局担任书记，副县级待遇。明玉是真正做了贺家湾人心目中的"大官"，但做了"大官"的明玉却似乎一点也没有庇荫上贺家湾那些对她充满殷切希望的乡亲们。沾上明玉光的，是她留在贺家湾的兄弟姊妹及亲戚们。在20世纪90年代初期，明玉便把留在贺家湾的兄弟姐妹及七大姑八大姨的子女，一个个都弄出去，进企业的进企业，到机关的到机关，贺家湾只剩下了她的一个隔房的侄儿。可就在他们夫妻俩即将退休时，连这个隔房侄儿也被她弄到市上一家改制后效益非常好的工厂去了。

郑家塝的刘海，在公社供销社干到20世纪60年代中期。刘海不怎么爱说话，是一个埋头苦干的人。每次供销社下乡开"物资交流大会"，他都是挑最重的担子。后来不知得了什么病，回到了贺家湾。其实，刘海离开供销社的真正原因并不是因为他有病，而是在经历了那场"三年自然灾害"后，国家为了减轻负担，对所有吃商品粮的人进行"调整"，动员城镇居民和单位职工到农村去做农民。这便是后来被称为的"下放"运动。乡供销社同样也有"调整"任务。可"调整"谁呢？正好那几天刘海因为不久前下乡淋了雨，感冒了，咳嗽、声音嘶哑、浑身乏力。领导见了，就叫他到乡卫生院去做一个身体检查。刘海去检查回来后，领导就告诉他由于身体原因，他已经不宜留在供销社工作了。就这样，刘海"因病"被下放又回到贺家湾来了。但刘海后来并没有吃亏，凭借在供销社工作了十多年的经历，加上人又老实，回到贺家湾后，就担任了生产队的保管员。保管员在生产队是一个具有实权的人物，有民谣曾说："队长用钱一句话，保管员用钱随便拿！"可见保管员的地位有时甚至超过了队长。更重要的是，尽管刘海人本分老实，但他毕竟在供销社工作了十年，在社会地位得到提高的同时，结识了更多的人，多少也算是有一个关系网络。回来后不久，他就通过关系把儿子国凡送出去当了兵。后来国凡在部队提了干，转业后分到了新疆克拉玛依油田做了一名处长。从此刘海逢人便说："我国凡是正县级，是和县长平起平坐的！"意思是尽管世普当了县中校长，可不过只是一个副县级，而且只是享受那个待遇。自己儿子的正县级才是硬的，是贺家湾新中国成立后最大的官。话中已透露出有些看不起世普的意思。

在贺家湾村民眼里，最没出息的就是新湾的贺国春了，到公社供销社上班没干多久，他就自己回来了。别人问他怎么回来了，他说："成天挑着一副担子下乡，还不如在家里挑粪桶！"那时乡上的公路不通，居民和农民需要的盐巴、煤油等日用百货，都是人力从县城或区供销社挑到乡供销社的，而乡供销社从农民手里收上来的各种物资，又需要从乡上挑到县城供销社。因此从县城或从区上到乡上的乡间小道上，常年活跃着一支几十人的"挑二哥"队伍。那时候上面提倡供销社职工要把货物送到农民朋友的手上，除了逢集的日子外，供销社职工几乎天天都要挑着货物下乡。"送货下乡，巩固工农联盟"的口号便起于那时。国春在供销社当了几个月"货郎"，感到这样一挑担子挑着出去，又一挑担子挑着回来的活计比在家挑粪桶还累。累点也还罢了，最让他感到不习惯的是时时有人管着自己，晚上还要参加政治学习。有天晚上学习时他打瞌睡，被领导狠狠批评了一顿，他心里非常不高兴，想我累了一天，你还要批评我，这还是人干的吗？在家里挑粪桶，累虽然也累，可我想睡就睡，爹妈也不会管我，你们又是些什么人，动不动就来管我？我情愿回去当叫花子，也不吃这碗受气饭了！于是第二天便向领导提出他不在供销社干了，还是回贺家湾盘自己的泥土去。领导急忙去乡上汇报了，最后领导满足了国春的要求，从贺家湾出去又回到了贺家湾。当他后来发现因为自己的一念之差，而造成现在和明玉、立德、东川等人的社会地位的巨大差异后，才对当初的行为后悔不已，可这时一切都已无法改变。

从贺家湾出去的四名男子中，在供销社一直干到退休的，只有郑立德和贺东川。立德和东川两个人，和刘海、贺国春一样，先都在乡供销社干，但他们肯吃苦，又很听领导的话，到供销社不久就加入了中国共产党。立德后来调到另一个乡的供销社去了，从办事员做起，一直做到了主任。东川后来也调到区社，也是从办事员做起，做到了副主任。在那个各种政治运动接连不断的年月里，两人小心翼翼，凭着农民的狡黠和智慧，都没有犯过什么大的政治错误。他们一直干到国家规定的年龄，光荣地从岗位上退了下来。今天，农村供销合作社已基本破产了，人们已很难想象当年作为一个供销社主任手中的权力有多大！那是一个什么都要凭票购买、物质极度匮乏的年代，别说一般老百姓，就是区里的书记、区长，公社的革委会主任要开点后门，没有供销社主任批条也是万万不行的！因此，凭着手中的权力和用权力编织出来的人际关系网，立德和东川早在自己还在位的时候，也都把子女一个个先后弄出去了。现在两人退休后回到贺家湾颐养天年，虽说退休金不是很多，但已不需负担子女。不但不需要像乡下老人一辈子做死做活，老了还要给儿女当牛做马，反而儿子女儿还不时要表一下孝心，一出手就给老人千儿八百的。所以，他们虽然都已年届七十有余，却是心宽体胖，无病无灾，看上去比实际年龄年轻得多。算得上是除世普以外，全贺家湾日子过得最舒心、最幸福的两个老人了。

相比之下，贺大成这个"教书匠"的日子就不那么好过了，甚至说得上有些糟糕。大成前年才退休，可看上去却比立德和东川苍老得多。也许是粉笔灰吃得太多导致了职业病的缘故，他的喉咙经常发炎，说话的声音也是嘶哑的。他的书读得比立德、东川多得多，是正规的师范学校毕业的。那时，一个农家子弟考上师范不容易，他是继世普以后，贺家湾考上的第二个师范生。毕业以后，他被分配到上北路一所偏僻的乡中心校教书。乡中心校又把他分到了全乡最远的村小去。在那儿，大成一个人教了五个年级，而且是全科老师。大成人太老实，除了教书以外，似乎什么也不会做，但他教书的本领却是一流的。大成在那里教书，一干就是几十年。人说大成在那儿，连劳动改造的犯人都不如。犯人还有刑满释放的一天，可大成却没有释放的日子。先是一周六天上课，逢到星期天，又要到中心校开会。后来虽然一周上五天课了，但周末这天中心校的会却是雷打不动的。只剩下星期日一天的时间，大成却又是哪里也不想动了。就这样熬到"普九"过后，随着村小生员减少，那个乡中心小学调整学校布局，大成才有机会到了中心校。可这时的大成已经迂腐得近似一个傻瓜了。到了前年，大成终于退休了。但他教了一辈子书，连一个中级技术职称也没有。退休那年为了能评上一个小学高级的职称，大成徒步几十里，到县城找过世普。想让世普出面给县教育局说说，给他下个"戴帽"指标。一辈子对拉关系、走后门等不正之风深恶痛绝的世普这次却破了例，为大成的事到县教育局和县人事局去求了人，终于给大成弄了一个中级职称的"戴帽"指标。大成这才在退休时，评了一个小学高级的中级职称。这件事让大成对世普感激不已。大成有三个儿子，三个儿子一个也没弄出去，全都在农村。大儿子和二儿子成家后，都带着老婆出去打工了。三儿子原来也在外面打工，后来不幸因一起车祸把手撞残了，不能干重体力活。大成在三个儿子全部成婚之后才分家，分家时家里所有财产由三个儿子均分，包括当时老婆子那份田地和家里现有的粮食。分家之后，大成老两口就和小儿子一家住在祖屋里。对外面名义虽然分了家，可实际还在一个锅里舀饭。这不但是因为百姓有爱幺儿的传统思想，主要是因小儿子出了车祸，其孙女和孙子都在读书，家庭开支比较大，大成老两口和他们生活在一起，其每月的退休金可以在经济上给小儿子家一定的帮助。但尽管这样，有时如果稍不遂儿子媳妇的意了，儿子便会不客气地数落大成说："你书读得比立德叔、东川叔多，也同样是吃国家饭的，可你有啥出息，啊？你有能干出息，也像立德叔、东川叔那样把我们几兄弟弄出去，我们一天都把你供到神龛上！可你一个也没有把我们弄出去，现在落到这个样子，活该！"大成每每听到这话，自觉对不起儿子们，也不争辩，只默默地走开。心里却说："这怪得我么？怪得我么？我未必不想你们好吗？"可嘴里却不能把这话说出来，说出来恐怕又会迎来儿子一顿狂风暴雨。

现在世普想来，这真是人与人不同，花有几样红，几根篾条也拉不到一样齐的！

四

　　却说屋子里的人一见世普来了，都急忙从座位上站起来迎接他。世普过去和他们一一握手，握完手后，世普看见屋子里只有贺劲松在陪着立德、东川和大成三个人，不见端阳，便笑着对劲松问："哎，端阳怎么还没见来呢？他的脚缠得小呀！"劲松听了这话，立即回答说："到村口接乡上马书记去了！"话音刚落，端阳和马书记便进了屋子。马书记三十岁的样子，一张国字脸，鼻梁很宽，大眼睛，英雄眉，大冬天里还穿着一套笔挺的西装，领带也打得一丝不苟，浑身散发着年轻人的朝气。但年纪轻轻的，却凸起了一个大肚子。一进屋子，他便奔过去抓住世普的手热情地不断摇晃着，嘴里直说："对不起，老校长，学生来迟了，学生来迟了！"

　　世普看着马书记，脑海里搜索了半天，也没想起面前这个学生来。不过这也不能怪他，过去他每年都要送出去一两千名毕业生，他哪里都能把每个学生记住？想了半天没想起来，便问："你是哪届毕业的？"马书记见世普想不起他了，便说："九八届。"世普听了又道："这样说起来，你是八〇后了？"马书记说："正是！"世普一听就感慨起来，说："不得了，不得了，八〇后这代人都走上领导岗位了，所以我们这些人该退出历史舞台了！"马书记听了世普的话，急忙说："老校长怎么能这么说？老同志可是革命的宝贵财富呢！我原来在党校工作，去年被县委选拔到乡上来任职，基层工作的经验还不足，老校长可要永远把我当你的学生呢！"说着，要拉世普到面对大门的椅子上去坐。世普知道那个位子就相当于县上会场的主席台上的位子，今天不该他坐那里，便急忙推辞道："那怎么行，你是'父母官'，我怎么能坐你的位子？"马书记说："啥'父母官'哟，你老是全县的大名人，我永远都是你的学生！假如还要论个级别，你老是县级，而我也不过只是一个乡科级嘛，所以无论如何也该你到上面去坐！"世普还要推辞时，端阳、立德、东川和大成等也劝世普不要客气，说："既然马书记这么礼贤下士，那你也就不要推辞了！"大成还说："学生对老师的尊重，也是应该的！"世普见推辞不过，就过去坐了，可嘴里还是说："这怎么行，书记的位子我坐到不头晕呀？"

坐下后，端阳又把立德、东川、大成三人对马书记作了介绍，马书记又一一和他们一边握手，一边嘘寒问暖地对他们问了一遍。寒暄完毕后，端阳才提起话题，把今天的意图说了一遍。其实端阳不说，大家心里也知道了今天村里把他们叫到一起的目的。因为早在世普答应回贺家湾住又没有回来这些日子里，端阳就分别去找了立德、东川和大成，把村两委会按照上面的要求要成立贺家湾退休返乡老人协会的事给他们说了，并征求了他们的意见。立德、东川的子女都不在身边，用他们的话说，家里就他们一个"老几几"，一个"老孃子"，活像两个"庙老汉"和"庙老婆婆"。立德不打麻将，东川虽然打，却因为贺家湾人打牌都有自己的圈子，一般的人没事时只敢打一角、两角、三角的小麻将。近年来，那些留在家里的"老几几"嫌打这样的小麻将输赢过大，又时兴起了打长牌。可东川不会打这种慢腾腾的纸牌，打小麻将又嫌有些不过瘾。而湾里其他人又知道东川有钱，是个打大麻将的，又没有人肯和他打。东川有心用打麻将来消磨时间，却找不到"搭子"，便只有在逢场的日子到街上茶馆里去打。其余时间在家里便显得无所事事。两个人本来就闲得慌，一听端阳说要发挥他们的余热，成立退休返乡老人协会为大伙儿办些公益事业和帮村里调解一些民事纠纷，马上就欣然答应了。只是在动员大成时，大成有些犹豫。端阳明白大成为啥犹豫，一则因为他经济困难一些，害怕参加了这个返乡老人协会，会隔三岔五地捐些钱出来给村民办事。到时别人都捐，自己不捐也不好，可真要像立德、东川一样捐，自己又没那个能力。第二则是要时不时帮小儿子做些农活，和立德、东川比起来，没他们命好。但一听说是世普回来领这个头，便觉得不答应不好。世普对他有恩，不答应便是不给世普面子，于是也点头答应了。这时端阳把开会的目的一说完，世普、立德、东川和大成都纷纷说好。

接着，端阳让马书记讲话。马书记没有推让，他首先代表乡党委、乡人大、乡政府和乡政协四大家，向贺家湾几位老同志放弃城里安逸舒适的生活不过，而回到故乡继续贡献余热、服务乡梓、造福村民的崇高品德，表示钦佩和感谢，并对贺家湾村返乡退休老人协会的成立表示热烈的祝贺。他说乡党委原来的意思也是像外地经验一样，把退休回乡的老同志组织起来，利用他们崇高的威望和丰富的经验成立"农村矛盾纠纷调解小组"。可又一想，老同志发挥余热并不只限于调解一下矛盾纠纷，还有许多事可做，比如让他们带头领办农村公益事业，带头在农村倡导文明之风，带头宣传党的方针政策和法律法规，以及活跃农村文化生活都是大有作为的！所以乡党委决定不用"农村矛盾纠纷调解小组"这个名称，而改为"退休返乡老人协会"。马书记再次特别表扬了世普，说他为全县的教育事业献了青春献子孙，如今为了家乡的富裕和文明，献了子孙又献终生，实在是他们年轻人的楷模！最后，马书记背诵了古人的两句诗"莫道桑榆晚，红霞尚满天"，勉励几位老同志发挥余热，继续为新农村建设做出自己的贡献，并在"愿几位老同志身体健康，越活越年轻"的祝福声里结束了自己的演讲。到底今天的年轻人受教育的程度高，马书记一番演说不用讲话稿，却抑扬顿挫，口若悬河，丝丝入扣，连站了一辈子讲坛的世普都有些佩服起来。

马书记讲完，端阳才看着世普，说："老叔，现在就听你的了！"世普明白犹如一台大戏刚过了序幕，现在轮着他上台了，也不客气，从口袋里掏出了两张纸，正要说，马书记忽然说："先抽支烟吧！"说着，也不等众人同意，就从口袋里掏出一盒软包装的"中华"来，分别向世普、立德、东川、大成和端阳发。世普不抽烟，便对他的这个学生摆了摆手说："你忘了我不抽烟。"马书记听了，这才想起似的说："哦，老校长这么多年还是不抽烟？学生倒是真忘了！"接着又说，"老校长不抽烟不喝酒，真是学高为师，德高为范，是我们的楷模！可我们人在江湖，身不由己，成天应酬去应酬来，不抽烟不喝酒不行呀！没办法，只好把身体交给党了！"说完自觉得这话很幽默，马上哈哈地笑了起来。

世普听了马书记这话，本想说他几句，但考虑到别人已经是堂堂的乡党委书记，一方百姓的"父母官"，虽然现在人家口口声声叫自己老师、老校长，可毕竟不是他过去的学生了，时移境迁，得给人家留些面子。再说，人家说的话也并没有多大错，是目前官场的普遍现象，你能指责他啥？于是就把话咽下去了。这儿马书记递了一支烟给大成，大成也摆手拒绝了。可立德、东川却是烟筒，笑嘻嘻地把烟接了过去。接着端阳也接了一支在手里，马书记自己也叼上一支，几个人就在房屋里吞云吐雾起来。大成立即咳嗽起来，世普说："你先到走廊上去站一会儿，等他们抽完了再进来吧！"大成果然紧了紧身上的衣服走了出去。没一会儿，世普也觉得喉咙里有些不舒服起来，借口去上个厕所走了出来。到了走廊上一看，雾已经开始散了，世普看见瓦楞上的麻雀站得十分整齐，此时都瞪着圆圆的小眼睛，朝着擂鼓山方向使劲地鸣啾。世普还没弄明白这些小精灵呼唤什么，却见从擂鼓山顶的云层里露出了太阳苍白的面孔。尽管没有阳光，麻雀们却都拍扇着翅膀在房顶上跳跃起来。世普一下明白了，这些小精灵在呼唤太阳呢！

站了一会儿，世普和大成才进屋去，屋子里几个人烟虽然抽完了，却还弥漫着浓浓的烟草味。经过这样一个小插曲，世普对马书记的看法有些改变了，觉得他的这个学生先前那些恭维他的话，都有些虚伪，因为从抽烟这件事上可以看出他不懂得尊重别人。这么想着，世普突然没了说话的欲望，于是便把先前掏出来的纸，向马书记递了过去，嘴里说："不好意思！不好意思！请马书记指正！"

马书记接过一看，原来才是一份《贺家湾村退休返乡老年人协会章程》。下面细分为总则、任务、选举、监督、罢免、资金管理、附则等若干条款，把退休返乡老年人协会成立的目的以及该做什么、不该做什么都写得清清楚楚。马书记一看就叫了起来："好呀，到底是老校长，站得高，看得远，就是不同一般！这可以说是一份纲领性文件了，不但适合于贺家湾村退休返乡老人协会，而且完全可以作为全乡各村退休返乡老年人协会的规范性章程了，我完全赞同这份章程！"说完就把章程交给端阳。端阳看了也说："好！好！我也完全赞同！"

说完，端阳又把章程分别给立德、东川、大成看了，这几个人自然也是非常同意。但最后世普却说："你们都同意了这个章程，可这章程里面最关键的问题是资金问题。不晓得你们看清楚了没有？资金管理不是问题，我在里面写了，资金管理采取组长负责制，一百元以下的开支由组长签字报销，一百元以上的由全体成员开会讨论决定，我想这个做得到。关键是资金来源，我们回来办公益事业，自然不应该叫村民掏钱……"话还没说完，大成果然着急起来，说："不让村民掏钱，可钱又从哪里来？"立德和东川立即向大成投去了不满的目光，东川说："你先不要打岔，等世普把话说完！"世普却说："大成说得对，我把这个问题提出来的目的，也就是想让你们讨论一下！"

立德和东川听了世普的话，便沉默了，端阳不想因为这个问题而让村里的返乡退休老人协会的事搁浅，便立即说："钱不成问题，村委会已经研究过了，先支持你们五百元钱做启动资金，如果以后村里有钱了，再加大支持力度！"马书记听了也说:"你们是全乡成立的第一个退休返乡老年人协会,对这个新生事物,乡党委和乡政府也理应大力支持。我在这里也表个态,乡上也赞助你们两千元!"

世普听了,心里对马书记的看法又有些改变了,便高兴地说:"好,有了领导的支持,我们就放心了!"说完又对立德、东川、大成说,"这个老年人协会虽然不是官,参加也得不到啥子好处,但却是领导和全体乡亲对我们的信任!我们在外面工作,退了休有退休金,日子自然比村里种田的好过一些。既然我们已经自愿要做这些事,那我们在公益事业中也该慷慨解囊才是,对不对?"立德听了这话,立即点头说:"怎么不对?贺校长说得完全在理!"东川也说:"贺校长你就一言为定,你说要我们出多少,我们就出多少!"只有大成埋了头,手指在鼻孔里掏着,好像鼻孔被啥堵住了一样,没出声。世普想了一下,才说:"出多出少都是自愿的,我也不作统一的要求。我先带个头,捐一千元钱做协会的启动资金!"

他的话一完,立德急忙说:"贺校长捐一千元,那我也捐一千元吧!"在几个退休老人中,立德的日子最好过。在刚才世普说要慷慨解囊时,他就在心里想好了,打算捐两千元给老年协会。但见世普都才捐一千元,如果他捐两千元,会给人造成他在与世普争会长当的想法,于是也就只捐了一千元。东川见世普、立德都捐了一千元,自己自然也不应该落后,也认了一千元。最后只剩下大成了。大成一脸尴尬相,两只眼睛看着世普,嗫嚅着嘴说:"这、这……"世普知道大成的难处,就说:"大成你也不要作难了,这是自愿的,你愿捐多少就捐多少,实在拿不出也就算了!"立德、东川却说:"再拿不出也要多少捐点才像吧!"大成又犹豫了一阵,最后狠了狠心:"那我捐两百元吧!"世普怕立德和东川嫌少,又要大成增加,便立即抢在他们前面说:"两百元也好呀,只要是个心意就行了!"说完又说,"我们贺家湾风水好,出人才,在外面干事的人多,像世海、兴仁都挣到钱了,以后再发动他们捐一点,我们积少成多,资金的问题就解决了!"

立德听罢这话,立即说:"对,要不我们把明玉也动员回来住,她是富婆,有钱,让她也为家乡出点血!"东川听了这话,却瘪了一下嘴,说:"得了吧,她怎么会回来?她要回来早就回来了!"可说完这话后又十分向往地说,"当然,要是她回来,给个万儿八千的不成问题!你们还不晓得她家里怎么发财呢?昨年我去市里办事,顺便到她家里去坐了一会儿,嗨,你们猜她家里怎么样?听说她客厅里那张地毯，就值三万多，是从意大利进口的……"大成听到这里，吃惊得张大了嘴，盯着东川，正想说话时，立德却抢在前头说了起来："三万多就不得了了呀？人家一张地毯十多万呢！"大成终于叫了起来："那是啥子地毯？"立德说："地毯就是地毯嘛，还能变成啥子？"东川听到这里，继续沿着他刚才的话说："明玉要留我吃饭，我一看她家里那个架势，手脚都莫得地方放了，哪里还吃得下去饭，便借口说还有事走了。明玉也没留我，我就晓得，明玉现在眼睛看不起人了，留我吃饭也只是说起耍的……"

世普见东川把话题扯到一边去了，急忙打断了他："好了好了，我们不说明玉了！明玉就像嫁出去的女，对父母好不好是凭她的大方！嫁出去的女，她的根已经不在贺家湾了。这些年，你们看明玉回过娘家没有？"大成说："她把家里的人都弄出去了，还回娘家做啥子？"立德说："人弄出去完了，可她的祖坟还在湾里呀！难道真像俗话说的，父子亲，子孙平，三代四代不认人，五代六代不认坟？即使不认，也要五代六代呀，她爷爷奶奶的坟也才三代，怎么也不回来给他们烧把纸？"

世普听完，又制止了立德说："算了，我们不说明玉了，她回不回来烧纸是她的事，与我们无关，我们接着说协会的事吧！"说完，世普便把头转过去，看着端阳说，"协会的启动经费已经有了，那啥时候召开成立大会？"

听了世普这话，端阳却没立即回答，把头偏过去看着立德他们问："你们说啥时候成立好？"立德说："这又不是修房造屋，还需要看个日子。我们几个人都在这里，章程刚才大家也都看过了，既然都没意见，还等啥时候？"东川和大成也说："就是，就现在成立吧！"

端阳听了立德、东川和大成的话，就把目光又转向马书记。马书记自然明白端阳的意思，没等端阳问，便首先表态说："既然大家都同意现在就成立，我看也行！"接着又说，"成立了在春节期间好开展工作！"端阳见马书记表了态，于是又把目光转向世普，说："老叔，那你就说说成立的事吧！"世普说："我说啥呢？应该由你说才是！真要我说，那我们就先议一议哪个做会长吧？"说完不等其他人发言，首先便又说，"我提议由立德来做会长！"

立德一听，急忙摆手推辞，说："那怎么行？不行不行，我敲敲边鼓可以，这会长非得贺校长你做不可！"东川和大成也说："对，贺校长做会长比较合适！"

可世普却仍然说："还是立德做会长合适，我做个副会长就可以了！"立德明知是假意推辞，况且也知道马书记和端阳心里也是要让世普做会长的，于是也坚持说："不行，不行！今天说到明天，我也是不会做会长的！"马书记见世普和立德两人都互相推辞，便马上说："两个老前辈都这样谦虚，那干脆来个大民主，你们几个人都举手表决！"立德、东川和大成听了这话，便都喊"同意"。于是端阳便说："同意立德做会长的请举手。"世普马上把手举了起来，可是只有他一个人举手。端阳又说："同意世普做会长的请举手！"话音未落，立德、东川、大成就把手举了起来，端阳见了便笑道："好，过半！现在宣布，贺世普同志任贺家湾退休返乡老年人协会会长！"

端阳的话一完，马书记带头鼓起掌来。鼓掌完毕，端阳正要宣布散会，马书记却看着端阳说："怎么，不让会长发表一下就职演说？"端阳听了马上明白过来，又看着世普说："那老叔就说几句吧！"世普想了想，果然不慌不忙、有条不紊地说了起来。他说："既然大家信任我，我也就不客气了。下面我就说说协会成立以后我们该做些啥工作。我想趁过年这个机会，抓一抓村里的环境卫生，也就是新农村建设里面的'村容整洁'。为啥要先抓'村容整洁'？我打开窗子说亮话吧，我已经有很久没回贺家湾了，上次和昨天回村看见湾里的脏、乱、差，心里真的有些不是滋味！我们湾里的清洁卫生，我用'内外不同''公私有别'来形容，一点也不为过。怎么说呢，村民都比较注意自己个人和家庭的清洁卫生，却是不注意外面的卫生。我看了一下，湾里不管大人小孩，出门都打扮得整洁漂亮，女人把头发梳得光光生生，男人把衣服穿得伸伸抖抖，再看不到过去衣冠不整的样子了。上次回来，我还到贺中华家里去吃了一顿饭。屋子里收拾得井井有条，地扫得干干净净，东西也摆放得工工整整的，倒像是一个爱清洁、讲文明的人家户。可跨出屋门呢，院子里到处都是鸡粪鸭粪，脚都怕下得！屋前屋后更是不成样子了。那些塑料袋、破鞋子、黄菜叶子、烂红苕也不归拢到一处，到处乱倒，人一出门就闻得到一股臭味。房屋周围的阴沟也不疏通一下，污水在里面都发黑了，上面漂浮着一些树叶、杂草和各种污秽不堪的垃圾……"

立德、东川和大成听到这里，都说："就是！湾里的卫生确实有些差，要是城里突然来个人看见，我们的脸往哪里放？"世普见立德他们都赞同自己的分析，于是又接着说："讲究家庭卫生、个人卫生是好的，但不顾公共卫生却是不好的，这个陋习一定要改掉！还有，我刚才到村委会来的时候，看见两边的河沟被稻草和秸秆填满了，要是打春一下雨，雨水排不出去，还不把田淹了呀？怎么会出现这种情况呢……"世普说着抬头看着端阳。端阳见状，忙红着脸说："老叔批评得对，村里不但公共卫生差，现在不缺柴烧了，那些秸秆稻草不值钱了。一些人图方便，在挞谷子和收割高粱苞谷时，把稻草和秸秆直接推到河沟里。"世普说："可你们难道没有想过，将秸秆稻草直接推到河沟中，即使不下大雨，秸秆稻草烂了也会滋生蚊蝇，传播疾病，如果下大雨水又会漫上来淹掉庄稼，这个危害是很大的呀！"

听了世普的话，端阳的脸更红了，说："这个道理不但我们懂，村民们也不会不明白。问题就是像刚才老叔说的那样，大家的环保意识和公共卫生意识都差。第一个把秸秆和稻草往河沟里扔的人会想，自己的这点秸秆下雨时可以被河里的水冲走，觉得不要紧。可有了第一个，就会有第二个，最后大家都为了图省事往河沟里扔，就造成现在这种状况了。我们也制止过，但一些村民当面说不扔了，可等我们一转身，还是照样扔！而且还觉得有理由，说别个都扔得，我们就扔不得？"马书记刚才一直没吭声，这阵听了端阳这话，才说了一句："农民就这德行！"世普听了马书记的话，没说啥了，却说："那我们老年人协会就从这里开始，在年前号召村民开展一次公共卫生大扫除，彻底改变村里的卫生状况，你们说行不行？"

立德、东川和大成一听，立即说："那怎么不行？"马书记也说："过年大家都有打扫阳尘的风俗，就结合这个风俗掀起一个整治村容的热潮，一举两得，好的！"端阳也说："过了年就要开始做秧田，现在把河沟里的堵塞物清理干净，免得春雨发了以后冲毁了秧田，老叔考虑得真周到！"世普见大家都说好，于是便说："那好，下午我就去买纸和笔，明天大家都去贴标语发动群众！"端阳说："贴标语这些事就交给我们做好了！"马书记说："大家共同做吧！"说完就散会了。端阳在贺劲松家里办了招待，庆贺村退休返乡老年人协会的成立，一行人便陪着马书记到劲松家里去吃饭。

下午，世普果然去贺大龙的店里买了纸和笔，写了很多标语，诸如："要想不生病，环境要干净！""村里卫生人人搞，保证大家身体好！""人人讲文明，个个树新风！""干干净净好环境，快快乐乐好心情！"等。写完，世普又想起了长安网鸟儿的事，于是提笔又写了两幅："保护生态环境，严禁捕捉鸟儿！""倡导文明生活，人和动物和谐相处！"第二天端阳带着几个人，和立德、东川、大成拿了标语到村子里去张贴。一边张贴一边对村民宣传搞好公共卫生的好处，还说哪家屋前屋后、阴沟阳沟的卫生打扫得好，他们退休老年人协会要照相，春节时候挂到村委会的墙壁上。哪家不爱清洁，也是一样的。村民一听这话，都表示一定把屋子周围的卫生打扫好。只是端阳在张贴"保护生态环境，严禁捕捉鸟儿！""倡导文明生活，人和动物和谐相处！"这两条标语时，心里有些不太高兴了。他想老叔倡导环境卫生，这倒是帮村委会做了一件好事。可是这不准捕捉鸟儿，老叔却有点多管闲事了！现在鸟儿太多了，种子一播到地里，就给啄了出来，让庄稼人叫苦不迭，恨不得把它们都捕捉干净心里才解恨呢！再说，鸟儿也不是人，谁有那份闲心和力气想捉就让他们捉去，你管人家干啥？再说，狗替主人看家，牛为主人耕地，猪让人吃肉，它们自己都没对人提出啥意见，人却替它们喊啥冤？但端阳想是这么想，却也没有勇气去问世普，心想："既然是老叔写的，那就贴吧！"想着，就把标语照样贴到村民的墙上去了。

第三章

一

　　一连两天，天气都是出奇的晴好。清晨起来，就看见一轮硕大的旭日挂在了擂鼓山的山头，大半个天空都像醉汉紫红色的脸庞，地下一景一物也都浸润在一片红霞当中。这样的天气似乎是专为过年准备的。一大早，那些家庭主妇就像赶日子似的，急急地去拆盖了一个冬天的被单、毯子和挂了一个整年的蚊帐，泡在大木盆里。于是这天，无论走到村子哪个地方，便会听到一片熟悉的捣衣声。不到中午，家家的院子里便像展览似的挂满五颜六色的"万国旗"，空气中飘溢着一股洗衣粉的清香味道。过年的气氛是越来越浓了。当然，这样的天气也不是尽善尽美的，那便是早上大地上覆盖满了一层白霜，泥土都被冻得干燥而坚硬，脚踏上去鞋底簌簌作响，稍不留神便会打滑摔一个仰面朝天。待到太阳转暖，白霜和泥土开始解冻，到处又都变得潮湿和泥泞起来，像是刚刚才下过雨一样。因此，村民除非有紧急事情，上午一般都会窝在家里。

　　吃过午饭，世普将那件全毛风衣搭在左手臂上，右手捧着他那只从不离手的不锈钢真空保温杯出门了。此时，世普的心里也如同这美好的天气一样，明亮的艳阳从他的内心往每个骨节、每处肌肤弥漫开去，让他有一种说不出的兴奋与自豪感。短短的两天时间里，贺家湾家家户户的房前屋后都像换了一个样。阴沟里的垃圾被清理出来，挑到了地里，院子里的鸡鸭粪被扫得干干净净，柴柴草草上了垛，笾筥、簸箕上了墙，先前不时看见有打敞放的猪崽归了圈，黄菜叶子被就地作了处理……总之一句话，村里再看不见又脏又乱的现象了。堆积在河沟里的稻草、秸秆，也按照属哪家田地这一段，就由哪家清理干净的办法，从河沟里清理出来，让这些已经腐烂或正在腐烂的堆积物重新回到了它们原来生长的田里，成为了下茬庄稼的肥料。河道不再像患肠梗阻一样，汪着一段一段颜色发黑、气味发臭的脏水，此时变得有些像一个苗条的女孩子了，显得整整洁洁，清清爽爽。世普现在不但不再担心春水发了以后，会因为那些堆积物挡道而使河水冲毁了农田，更多了一些非常美好的回忆和遐想。他想起小时候放学以后，会经常来到这条小溪里捉螃蟹。那时的河水多么清澈呀，真是蓝溪湛湛，流水莹莹，清亮得能照出人的影子。河道两边还有很多树，主要是杨柳和一种被村民叫作"懒夹花树"的乔木。后来他读到中学以后，才晓得"懒夹花树"的学名叫木槿。这种树开白花，大朵大朵的，村民说吃了这种花可以治头痛病，他就在夏天的清晨出来给母亲摘过很多这种花，母亲用蛋煎了吃。他到河道里捉螃蟹，当然也是在夏天，因为冬天河水很冷，一般不会下去。那时两岸垂柳依依，木槿飘香，在垂柳和木槿中间，还有许多"阳雀花儿"。"阳雀花儿"也就是山茶花，红的、黄的、白的都有，把个小溪两边映得五彩缤纷，美不胜收。那时河里的螃蟹和鳝鱼也多。螃蟹都喜欢藏在石头底下。河里的石头早被河水冲得圆圆的，像鸡蛋一样，在水里泡久了，又长了一身浅绿色的青苔，很滑，所以很不容易把它们翻过来。但只要把它们一翻过来，便一定会大有收获。螃蟹看见有人捉它们了，自然不会束手就擒。它们一方面马上会张牙舞爪地把大爪子举到空中，一面急急地逃去。螃蟹逃的样子很可笑，它不是竖着跑，而是横着爬，而捉螃蟹的技巧也在这儿了。世普至今还记得当初唱过的一首儿歌中的四句话："一个螃蟹八个脚，搬开石头跑不脱。你要横起爬，我要顺到摸！""顺到摸"就是从侧边的方向把手伸过去按住螃蟹，它便不会夹住你的手指了。螃蟹喜欢躲在石头底下，鳝鱼则喜欢藏在河道两边的石缝和岩罅里，得把小手伸进洞里去掏。鳝鱼一着急，便会纷纷往外逃，一出来便被逮个正着。但有一次，世普的手刚伸进洞去，便被一口咬住了。世普以为碰到了蛇，吓得哇一声大哭起来。那次和他一起到河里捉螃蟹和抓鳝鱼的还有贺凤山。贺凤山比他大几岁，听见哭声跑过来，帮助他把手从洞里取出来。一看，右手指肚上不但留下了几个深深的牙齿印痕，而且还有血丝从咬伤的地方渗透出来。世普以为真被蛇咬了，便哭着说："我要死了，我要死了！"贺凤山却去折了一根木槿树树枝，使劲在洞里搅。不一会儿，一条足有半斤重、浑身散发着黄铜光亮的大鳝鱼从洞里爬了出来。凤山一看马上说："你不得死了，是黄鳝咬了你，不是蛇！"世普一听这才放了心，两个人跑过去，将这条"鳝鱼王"逮住，在石头上磕死了，用一根小树枝穿起来，一边提着往回走，一边唱："人之初，性本善，先生教我抓黄鳝。一天抓了两斤半，拿给先生下早饭！"

现在，世普想到这里不由得笑了。往事虽已过去，不能重来，沧海桑田，河道两边的垂杨绿柳、木槿虽然也已经没有了，但河道只要一变得清爽干净，没有堆积物的堵塞，春雨一来，满河便又会回到蓝溪湛湛、流水莹莹、天光云影的景象。何况河道两边的植被比先前大集体时好了许多，因而世普相信，在蓝天白云掩盖下，那些阳雀儿花也一定会开得十分绚烂。世普一想起这些，心里就按捺不住有些激动。世普最初的想法，除了把湾里的公共卫生打扫好、过一个干干净净的春节以外，内心里还是有一些小九九的。只不过他把这种小九九掩藏得很深，没对任何人说过。这个小九九就是想通过打扫公共卫生这件事，检验一下自己这个在外的退休"公家人"此时在村民中究竟还有多大威信。虽然过去贺家湾的村民们看见他都尊崇有加，可那是自己在位的时候，头上又顶着许多中听不中用的荣誉"顶子"。在村民半是道听途说半是凭自己的推论演绎中，他成为家乡父老乡亲的骄傲和家族的光荣。但此时他已是人走茶凉，一无所有，如一个穷光蛋了。没想到自己和几个老头一发出号召，就真的得到了村民的响应。而且这种响应还可以用得上"一呼百应"几个字来形容了。把标语贴出来的当天，许多村民就开始了行动，生怕落后了，被世普把照片拍出来挂在了村委会墙上。一些村民还一边打扫着房前屋后的卫生，一边互相提醒着说："快弄呀，这是老叔叫弄的！"此时的"老叔"似乎已经是他们心中一个至高无上的神了！就这样短短两天时间，就把村委会多年没做到的工作做到了。此时，世普虽然手捧茶杯，轻轻地漫步在洒满阳光的家乡小路上，可心底里产生的那种成就感却是好几年都没有过的了。这让他想起了自己在位时，在每年的高考过后，查看有多少学生又上了大学一本、二本时的心情。想起不久前在城里那种空虚和寂寞的日子，世普觉得决定回到故乡这一步是走对了。真是"狐死必首丘"呀！怪不得古往今来，有那么多文人学士，要叶落归根，要魂归故里！原来在这故土上，不但可以找到尊敬、尊严，而且还能找到发挥余热的价值。才回来短短的三天时间里，世普已经感到了内心的充实。内心有了寄托，身上的力量也增添了许多！他变得比在城里年轻了！

此时，世普沿着弯弯曲曲的家乡小路，往下湾走去。他走得十分从容，像在城里散步一般，身子却挺得笔直。虽然还有几天才立春，可春的气息却是让人明显感觉到了。世普今天出来，不光是走走，享受享受大自然馈赠的美好时光。他心里同时还怀有一个目的，就是要看一看湾里还有哪些卫生没有打扫到的死角。虽说整个村的村容村貌有了很大改观，甚至可以用"旧貌换新颜"几个字来形容，但世普是个完美主义者，他不能容忍任何的瑕疵。这是他大半辈子形成的人生准则，干任何事情，不干就不干，要干就要干好，让人挑不出一点毛病来。他知道全湾几百户人家，有打扫不到的死角存在也不足为奇。有死角存在不要紧，关键是督促检查要到位，然后及时加以整改。世普觉得过去村委会甚至乡上布置的一些工作，为什么落实的情况一直不太理想。其原因也恐怕在于他们只有泛泛号召，而无具体安排。或者虽有安排，却又没有检查。或者也检查了，却又没有整改到位，因此许多工作落实不到实处。久而久之，老百姓习以为常，乡村干部的话便会很少有人听了。因此，世普一方面决定要改变一下贺家湾村民这种观念，把要干的事情干得尽善尽美。另一方面，世普也想树立起自己完美的形象。打扫环境卫生，整治村容村貌，是他回到贺家湾办的第一件事。如果第一次说话就让人打了折扣，那以后说话还会有谁听？世普此时一点没感到自己是一个归乡的游子，一个离开了工作岗位回家乡颐养天年的老头。相反，他有一种是这块土地的主人的感觉。既然是主人，那当然就得尽主人的那份责任了！

世普到下湾去，是想去看看贺中华房屋前边那条通往鱼塘的水沟。那条水沟给他的印象太深了！或者说，正是因为那条臭水沟带给他的刺激，使他脑子里萌生了整治村容村貌的念头。偏偏那条水沟不长，又不处在村子中央，也不在河道的位置上，容易使人忽视。但别人容易忽视，他贺世普心里却没有忘记。所以，他今下午要装作散步，似是有心却无心地过去看看。

世普没有走原来走过的那条小路，而是从村小学旁边另外一条小路朝中华和长安的房子走去。这条小路直通中华的鱼塘。世普的意思是他站在鱼塘边朝前面一望，如果水沟已经清理和整治，便不吭不声地回去便是，也不惊动中华。如果水沟没有清理，或清理得不彻底，那他便会毫不客气地把中华喊出来，当面批评和教训他，再督促他把水沟清理干净。

世普出来得很早。他出来的时候，有些人家还没开始做午饭。贺家湾人在农闲的季节里，家里如果没有小孩上学，一日三餐通常都会吃得很晚。现在马上就要过年了，学校已经放了寒假，天气又还比较寒冷，家家的主妇们通常都是一觉睡到早晨八九点多钟，才会神色倦怠地开始起床。起床后也不会马上就开始生火做饭，还要等她们简单地梳洗之后，才会淘米下锅。贺家湾人的生活现在好了，但早饭他们一般离不开稀饭，这是从祖祖辈辈留下来的传统。而小菜常常是自家在冬天所腌制的萝卜干、咸菜。现在也有早晨就吃干饭的，如果是稀饭，也煮得比较干，个别人家还会用自己包的皮蛋下饭。伴随着袅袅炊烟，整个湾里都闻得到一种米饭的香味。等米饭的香味刺激得人嘴角流涎的时候，家里的男主人才会慢慢从被盖窝里爬起来。这时候便又会响起男人大声吆喝大娃小崽起床的叫声。这样一来，吃早饭的时间一般都会是在十点钟左右。吃罢早饭，如遇天晴，女人们收拾起全家换下的衣服，在自家的院子里用大木盆放水搓洗，一边洗衣服，一边为男人安排一点活儿。这活儿无非就是到地里把啥小菜摘些回来，中午好炒之类，也有一些女人考虑到一家人好久没有打上牙祭了，便会安排男人到垭口王老二肉摊上割两斤肉回来。不要肥的，间肥搭瘦的前胛方最好，要不干脆叫王老二下一块"髈箍箍"回来和萝卜炖更好！听到这样的安排，男人和小孩都会显得特别高兴。男人高兴不是因为又有了肉吃，而是因为借买肉又可以在垭口上李五儿的麻将铺里摸上两个小时的牌。小孩高兴当然是因为又可以治治肚子里的馋虫了。男人个个领命而去以后，女人的衣服也洗完了，全部晾上之后，会开始面临不一样的选择。有的女人会留在家里，督促小孩做作业或读课文，有的则会选择亲自下地采摘蔬菜或提了篮子到垭口小店买东西。有的则会什么都不做，却把自己的装束收拾得利利索索的，假装找鸡找猫或找狗，随意在村子里溜达溜达。看见张三了，和张三说上一阵闲话，碰到李四了，又和李四拉呱儿一阵。说说儿女，说说家里的牲畜，说说天气，又说说庄稼，问问早上吃的什么。再问问中午准备了啥子菜。一问到中午的菜，猛然记起十二点都过了，自己也要回去准备午饭了。于是便匆匆结束闲聊，急急地回去了。贺家湾人吃午饭的时间，一般都是下午两点左右。贺家湾人的午餐，主食都是大米饭，小菜一般是两到三个，比较能干的主妇，会为家人弄出一个蔬菜、一个荤菜、一个清汤，这是最佳的组合。就蔬菜而言，随着季节的不同而多有变化，其中青菜、莴笋、菠菜、白菜、冬苋、四季豆、丝瓜、冬瓜这些当地可以生产的东西是主打产品。而在荤菜上，最普遍的就是猪肉。偶尔也会逮只自己喂养的鸡、鸭或鹅杀了来吃。午餐完毕之后，便是贺家湾人通常所称的"娱乐"时间了。大量的村民相互邀约打麻将，一打便会打到天完全黑尽，才肯收摊散伙。一宣布散伙以后，女人们会显得比男人着急，先离开"场合"往家里跑去，因为她们要急着回家烧晚饭。贺家湾人的晚饭和早饭一样，十分简单。若是中午还有剩饭，再烧上一点薄粥，或煮碗面条即可对付；若是中午的食物已经基本吃完，就需要像早晨那样，再烧上一锅黏稠的稀饭。晚餐完毕，往往已是晚上八九点，因为冬天的夜深长，一些人还会去打一会儿"夜麻将"，在十二点后才回家睡觉。更多的人家会选择打开电视机，一边寻找心仪的电视剧，一边闲谈。整个贺家湾村就在这种井然有序、不紧不慢的氛围中，先是哈欠不断后便渐渐入睡。

但世普在城里住了几十年，生物钟已经习惯了城里的生活规律。尤其是在吃饭和睡觉的问题上，他有自己严格的时间表。所以，他的一日三餐都比贺家湾人早。此时，他吃过午饭又小睡片刻后，出来溜达了这么长的时间，其他的村民可能还正窝在家里吃午饭，因而整个湾里既没有看见一个人影，也没听见一句声音，除了鸟儿的呢喃以外，大地安静得像是睡过去了一样。这种静谧让世普恍惚进入了陶渊明笔下那个武陵人的世界。是的，这儿除了没有扁舟，什么都有，简直和那个"桃花源"没有任何区别。在如此安静的环境中，世普觉得自己也会慢慢变成那个"不知有汉、无论魏晋"的武陵人了！

世普脑海里一边这样天马行空地胡思乱想着，一边不慌不忙地走过一段缓坡，便来到了中华鱼塘的边上。从鱼塘这儿看中华和长安的院子，虽然看不清全部，但大部分可以尽收眼底。世普停下步子，把风衣披到肩上，正准备再往前走一段时，忽然听到一个声音在叫他："哎呀老叔，你怎么来了？"

世普一看正是中华，他背了一背青草，从屋子那边走了过来。世普不往前走了，看着中华。等中华走近了，世普才问："你把草往哪儿背？"中华说了："喂鱼呀！"世普一下明白了，说："哦，塘里放的是草鲢？"

中华见世普这样问，一下子高兴起来了，马上眉飞色舞地说了起来："老叔，也不哄到你老人家说，哪里光放草鲢？还有花鲢、白鲢、乌棒、鲤鱼呢，你等会儿看看就晓得了！"说着，中华来到鱼塘边，放下了背篓。世普一看，背篓里全是又嫩又细的麦芽草。这种草长在麦地里，叶片细细的、长长的，形状和麦芽也差不多。这草营养价值很高。小时候世普养过兔子，到了冬天，他便是把这种草扯回来喂兔子，兔子特别爱吃。只是扯这种草要有耐心，因为它很细，扯半天还扯不到一把。可是中华却背了这样一背来，可见中华两口子费了多大工夫，才给鱼塘的生物们备下这样一顿丰盛的午餐。

中华的鱼塘也不是过去就有的。原先这儿还是一块四四方方的地，世普现在还记得这地的名儿就叫"四方地儿"。地里边还有一股泉水，长年不断从地沟里往外流去。"四方地儿"在大集体时候就是中华家里的自留地。后来中华建平房和楼房时，都在这儿取土制砖，渐渐地就形成了一个大水坑。后来中华就一不做，二不休，又把它扩大一些，挖成了鱼塘，变成了现在这个样子，算是变废为宝，物尽其用。现在这口鱼塘已经有半亩大，因为塘里边有泉水，加上中华又在他的院子前面挖了一条水沟，把老天爷下到他和长安房屋及院子里的雨给积到塘里来。这样一来，半亩方塘一年四季都是满塘清波，涟漪不断，倒是一个鱼儿生长的好地方。

中华见世普怔怔地看着他的鱼塘，便抓起一把青草朝水中撒去。青草还没落入水面，奇迹便在世普眼前出现了。他先是听见从水中传来一阵扑喇喇的响声。接着，便看见像是天空起了乌云一样，那水面上迅速聚集起了一片黑压压的鱼群，朝着他们的方向游过来。它们的动作是那样整齐，一条鱼将尾一摆，要转过身去，千百条鱼儿仿佛得到号令一般，也同时将尾一摆，转过身去，全都露出肚腹的银色的光辉，像是对着岸上的世普炫耀似的。它们的目标也仿佛十分明确，那就是在青草落入水面的那一瞬间，一个个张开圆圆的嘴巴，来争抢这从天而降的美食。有的鱼甚至跃起身子在空中来接。一时，只见水面银光道道，无数的气波闪闪烁烁。中华一边向水里撒食，一边像是对着自己的孩子爱不够疼不够似的说："慢点嘛，抢什么？有你们吃的！"尽管这样，每撒一把饲料下来，仍有无数的鱼齐聚在水面，张着圆圆的嘴来争抢。世普从没见过这么多鱼争食，此时看得呆了，等中华把背篓里的青草撒完了，才对中华问："这么多鱼，你是啥时放的？"

中华听见世普问，一边搓着手上的草叶，一边回答说："年初才放的，鱼苗还是到县水产站买的呢！"世普又问："那都养了差不多一年了，你估计一条大概有多重？"中华说："三四斤一条还是有的吧！"世普停了一会儿，才又像想起地问："这么多鱼，怎么不打起去卖呀？这大过年的，正好卖个好价钱呢！"中华笑了起来，显得十分自豪的样子，说："真被老叔说准了！怎么不打起去卖呢？不过不是现在！老叔晓得鱼最好卖的是哪一天吗？"世普从没进过菜市场，便又接着问："哪天？"中华说："我跟老叔说，腊月三十的早上，鲜鱼最好卖！"

世普一听，有些不明白了，便又问："为什么要腊月三十早上，难道二十九这天都不行？"中华又满脸是笑地说："老叔难道这点都不明白？大过年的，家家都要买鱼，年年有鱼（余）嘛，可买早了呢，鱼不新鲜，好多人都要等大年三十早上来买，拿回去现杀现吃，所以腊月三十的鱼最好卖！挑到市场上，要不到好一会儿就抢完了！"世普一下明白了，说："原来是这样，那你就是要等大年三十早上才去卖啰？"中华说："老叔说得一点不错，前几年我都是这样！只有去年怕人家来电鱼，才提前打去卖了的，结果卖相因了许多……"

世普不等中华说完，便有些疑惑地叫了起来："啥，还有电鱼的？"中华说："怎么没有，龟儿子做事狠着呢！前年我的鱼就遭电过，要不然去年我怎么不到腊月三十就把鱼卖了！龟儿子一根电线下去，别说大鱼，连鱼子鱼孙都给电死了！"说着，中华的脸上浮现出了十分气愤的表情。世普听了，正想说几句安慰的话，不料中华像是想起了什么似的，紧接着刚才愤愤的话后，突然说："哎，老叔，你在这儿站一会儿，我回去就来！"说着，将背篓提在手里往家里跑去了。

趁中华不在眼前，世普才把目光投向水沟。他顺着眼前鱼塘的入水口一直看到中华院子前面，发现不但水沟里的杂物和垃圾被清理了，水沟两边埂上的枯草和刺蓬也被铲除了。一些塌陷的埂子也重新填补了泥土，并用锄头夯得实实的。阳光下，这些被填实和被铲掉枯草、刺蓬的地方，都泛着新鲜泥土的光芒。世普一看非常高兴，正想趁中华还没来自己准备离开的时候，中华却早已提了一个小网跑过来了。

一到塘边，中华也不等世普问，就把小网张开丢到塘里。只过了不到一袋烟的工夫，便把网扯了起来，只见那网里蹦跳着好几条鱼。中华从中选了一条鲤鱼，有一尺来长，嘴唇和鱼翅都红红的。鱼在中华手中使劲摆动，差点滑掉了。

中华抠住鱼鳃，才往世普面前送，一边递一边说："来，老叔，你回来好几天了，我也莫得啥子送你的，你就把它拿回去尝尝！鲢鱼头，鲤鱼腰，营养得很！"世普捧着茶壶直往后退，说："不不不，我怎么能白要你的鱼？"说完又马上接着说，"我说你回去做什么？原来你是回去拿网来网鱼！既然网起来了，拿回去今晚上你们一家人改善生活！"说完又试图把话题转移开去，问，"你吃饭没有？"中华还是坚持要世普把鱼收下，说："农村人，哪个这样早吃饭？"说着顺手从柳树上折了一截柳枝，从鱼鳃里穿了过去。一边穿一边说，"老叔无论如何要收下！这是我自养的，又不是花钱去买的，老叔有啥不好意思收的？"说完将穿好的鱼递了过来。那鱼儿的嘴一张一张的，不断摆动着身子，仿佛在表示抗议。世普见中华把鱼递了过来，双手仍然紧紧捧着茶杯说："不行，中华，我一定不会要的！"说完才故意撒谎地道，"你不晓得，我和你兰婶最讨厌吃鱼了！尤其是剖一次鱼，总觉得那鱼腥味几天都洗不掉一样！"中华听了这话，眉头往中间皱了过来，显出有些为难的样子。可过了一会儿，却又高兴起来，说："那有啥要紧的？老叔嫌剖鱼有腥味，那就等我剖了再给老叔送过来！"说着也不等世普表态，捧着鱼就往家里跑去了。

世普见了，才朝着中华的背影喊道："中华，你千万不要给我拿来，啊！"说完，也顺着原路走了。

<h1 style="text-align:center">二</h1>

世普离开中华的鱼塘后，又到上湾和老湾去转了一圈。转到四点多钟，太阳突然钻进了云层。太阳一藏起面孔，不仅气温马上低了下来，天也开始阴沉，像是很快就要黑了的样子。冬天时间短，天本身也黑得快，一般六点多钟天就要完全黑尽了。世普不打算再转了，开始往家里走去。

回到家里一看，佳兰却在陪着端阳摆龙门阵。一看见世普，端阳马上从凳子上站了起来，冲世普说："老叔可回来了！"世普问："你啥时来的？"端阳说："我来了有一会儿了！"

世普听了端阳这话，正想问端阳有什么事，却听见佳兰埋怨地道："你一出去就不回来，到哪里逛去了？人家等你半天了！"世普听了，才对端阳说："我也不晓得你要来，看见天气好，就出去走走了！"端阳急忙说："没事，老叔，我也没有啥大事！"说完又道，"老叔，你喜欢走一走是对的！像你们这个年龄了，就是要多运动，走一走对身体是有好处的！"说着又对佳兰说，"兰婶以后也跟叔一起出去走走，乡下空气新鲜呢！"佳兰说："我才不跟他一路走呢！我要锻炼，不如去种点庄稼！"端阳说："那也好，婶，乡下人不像城里人那样锻炼，可身体比城里人还好，为啥？种庄稼那可是天天都在锻炼呢！"

世普等端阳说完，才对他问："你娃找老叔有啥事，啊？"端阳听世普问，马上便兴冲冲地说："老叔，真有你的！你一号召，全村人就没有不听你的！人靠衣裳马靠鞍，这村子也一样。这么一打扫，看着都顺眼！"

世普听了这话，心里觉得十分受用，但嘴上却说："搞了半天，你娃是来给我戴高帽子的是不是？我可给你明说，老叔是油黑人——不受粉，以后你莫来给我戴高帽子了！"端阳还是嬉皮笑脸地说："我可没有给老叔戴啥高帽子，这都是事实嘛！老叔还没听见外面的人怎么议论呢？说县长的本事和老叔比起来，是戴起草帽亲嘴——要差老长一截呢！"世普一听这话，不由得笑了起来，说："这话越说越远了！老叔要是真有那样的本事，怎么没人让我当县长呢？"说完才换上一副郑重的语气，对端阳说，"村里是起了一些变化，不过这是大家的功劳，不是我一个人的功劳。我刚才还在想，打扫一两次清洁卫生容易，可要养成良好的卫生习惯，保持村容村貌的长期整洁，就不是那么容易的了！所以我们要继续开展宣传，让大家养成爱清洁讲卫生的习惯！我刚才看见前两天贴的标语，有些被风吹得掉了角，你找人重新贴一下！"

端阳一听这话，马上说："老叔，你这话说到我心里去了！没问题，明天我就找人去把那些标语重新张贴好！"说完又放低了一些声音，看着世普继续说，"老叔，我是来和你商量一件事的！你看，今年我们村里喜事连连，得好好庆贺庆贺！我是这样想的，这么多年，村里都没唱过戏了，今年春节我想请个戏班来村里唱一天戏，让大家热闹热闹……"

世普没等端阳说完，便高兴得拍了一下端阳的肩，叫了起来说："你娃行呀！你娃当支部书记，就要想到这些，是不是？现在农民吃饱了，穿暖了，没事干就成天去打牌赌博！我们可不能富了荷包，穷了脑袋，是不是？党中央号召我们要两手抓，两手都要硬，我们就是要两手都要抓，两手都要硬呢！"说完停了一会儿，才接着说，"不过只唱一天，时间太短了，能不能多唱一两天，让大家乐就乐个够，也提升提升我们贺家湾的名声！"

端阳先听见世普表扬他，眉梢眼角都全堆砌着笑。可当听到世普的建议后，眉头开始皱了起来，半天才迟疑地说："老叔，我也不想瞒你。我倒是想多唱两天，可你晓得村里没有钱，就是这一天，我也是东拼西凑，都还没凑够，只好把我一二月份的工资先拿来垫起！"

世普听了这话，眉头也开始蹙起来了，过了一会儿才突然说："那这样好了：村上负责唱一天的钱，我负责唱一天的钱，我再去动员立德和东川两个人也出一天的钱，一共唱三天，从初一唱到初三，你去安排就是！"

端阳一听这话，马上站起来朝世普鞠了一躬，说："那我代表全贺家湾村民谢老叔了！"世普说："有啥值得谢的？不就是唱一天戏嘛，有啥大不了的？"端阳听到这里，像是想起了什么，突然对佳兰问："兰婶，老叔要请大家看一天戏，你不会有意见吧？"

佳兰等端阳话完，立即说："我有啥意见？我才懒管得他呢！听说唱戏，他耳朵肯定在发痒了！端阳你不晓得，在城里他莫得事了，光往唱'玩友'的茶馆里跑，像是有人勾他魂一样！"

端阳笑了起来，说："兰婶不管就好！"说罢又回头对世普说，"老叔，说起剧团，县上的川剧团早就撤了，我就只好去外地找剧团了。你说找哪个剧团？"世普见问，便道："外地剧团价格高，每天没两三千块怕是不行的！"端阳说："我们不找大剧团，只找一个小剧团吧！"世普说："如果找小剧团，我建议去竹阳镇找他们的剧团。还有，请剧团来只唱一天，另外两天，刚才你兰婶提到了唱'玩友'那帮人，倒是提醒了我。这些人中大多数都是过去县上川剧团下来的，唱功和做功都不错，他们的头头也是县政协委员，我认识，我只要叫他们一声，他们一定不会推辞！就请他们来唱好了！"

端阳一听就叫了起来，说："那好，老叔，我们就这样说定了！说到说到就要过年，时间也没有几天了，我去安排人搭戏台，老叔你就先给那班'玩友'打声招呼，免得到时被别人请走了！"世普笑着说："你娃还不放心老叔？老叔办事是穿钉鞋、挂拐棍——把稳着实，你就把心放到肚子里好了！"端阳听了这话，果然不再说什么，站起来拍拍屁股就走了。

端阳前脚走，佳桂后脚又到了，一看见世普和佳兰，便说："哥、姐，今晚上过小年了，你们不要烧火，就下来和我们一起吃了算了！"世普一听，方记起今天已是腊月二十三，民间过小年、送灶王菩萨上天的日子，便道："算了，佳桂，你们自己煮起吃，我和你姐随便做点什么吃了就是！我们一来，你又要去弄这弄那，摆一大桌子，给你添些麻烦。"

佳桂听了世普这话，便说："有啥麻烦的，哥？反正我们也要吃饭！也不瞒哥、姐说，我叫了凤山来把家里的灶安一下，请你们也是顺便……"话没说完，佳兰叫了起来，说："你们家的灶好好的，还要安啥灶？"佳桂听了这话，脸一红，却不说什么了。佳兰一看，心里立即明白过来，说："你们家的灶烧了好几年，重新安一下也好！"说完这话，也不征求世普的意见，便表了态说，"那好，你先下去忙吧，我和你哥等一会儿就下来！"佳桂见佳兰答应了，便高兴地说："行，那哥、姐你们早点下来，我晓得你们饭吃得早，我这就回去烧火！"说完果然就小跑着走了。

这儿世普等佳桂走了，才对佳兰问："哎，你两姐妹在搞啥子名堂，像打哑谜一般？"佳兰听见世普问，便道："你是真不明白，还是假装糊涂？"世普问："我怎么是装糊涂了？"佳兰说："世国老是打佳桂，佳桂怀疑是家里灶神不安引起的，所以她要找凤山重新给她安灶。安了灶后，也许他们两口子就和睦了！"

世普一听这话，突然又勾起了对小姨妹的同情，却愤愤地说了一句："愚昧！"佳兰一听，便对丈夫露出了不高兴的神色，说："我晓得你要说这是迷信！但我要提醒你，你不信是你不信，佳桂要信是佳桂信，你等会儿下去又认为你有理，去说人家这也不是、那也不是嘛！"世普听了佳兰的话，半天才缓缓地说："人活着都要有个精神寄托，我去打破佳桂的梦做啥？"说完，老两口都不再说话，像是陷入了深思中。

没一时，天黑了下来，远处的景物完全被黑暗包裹了起来。稍近一点的田野可以模模糊糊看清一个大致的轮廓。只有眼前十来米的地方还可以看见暮色吐出的雾霭，在贴着地面像水一样地游荡着。世普和佳兰坐了一会儿，佳兰先站起身说："走吧，别个好心好意来请，世国这几天工地上也没有放假。贺宏、贺伟两弟兄也还在学校补课，屋里就佳桂一个人，免得人家等会儿又来叫。"世普听了没说什么，却也站了起来。两人便沿着旁边的小路，朝佳桂的房子走去了。

到了佳桂的屋子里，佳兰一头钻进了灶屋里帮佳桂烧火，世普见贺凤山正站在桌子边裁一种非常粗糙的火纸。凤山比世普大几岁，个子却差不多比世普矮了半个头，一张长方形的脸，脸上浓密的须眉差不多占了整张脸三分之一的面积。这一脸须眉，凤山肯定对它们十分珍视，因为一般人的须眉会有些蓬松和凌乱，可凤山这脸胡子，既深且黑，又一点不乱，看得出来是经过了精心修饰和梳理过的。也许正因为这样，在贺家湾村民眼里，凤山才具有"神仙"的飘逸与洒脱。凤山是贺家湾通鬼神的人物，世普是听说过的。世普还知道凤山这一套和鬼神打交道的本领，是半路出家，无师自通的。不过，世普还从没亲眼看见过这个和他一同长大的"毛根儿"伙伴是如何去与鬼神沟通的，今晚正好可以开开眼界了。

凤山看见世普，忙停下手中的活儿，小眼睛眨了眨，才有些不好意思地冲世普一笑，说："哦，校长老弟来了！"说着有意不给世普任何说话机会似的，马上又主动地说道，"我晓得校长老弟看不起我们这一套！校长老弟是干啥的？是教学生科学的！我们这一套是狗屎上不了墙的！我说不来不来，可佳桂硬要我来给弄一下。我想一堆一块儿的，别个请了不来又不好，就还是来收拾一下嘛！"

世普一听凤山这番话，一时倒不知该怎样回答了。过了半天，方才像是感冒了似的抽了一下鼻子，然后也故意用轻松的开玩笑的语气说："既然来了，该怎样给人家收拾，就怎样给人家收拾，可不准偷工减料哟！"凤山的小眼睛闪着烁烁的光芒，一边在世普的脸上扫着，一边又笑着说："老弟不会批评我这是在搞迷信吧？"世普又停了一会儿，才又模棱两可地说："现在好多传统的东西都恢复了，我批评你干啥？"又笑着说，"你做你的吧，别只顾说话忘了干活儿！"

凤山听了这话，连声说："老弟不批评就好！不批评就好！"一边说一边用手捋了捋自己的大胡须。说完，果然又埋下头去裁起自己的纸来。裁完，手伸进桌子上一只布包里掏了一阵，掏出了一只砚台、一支毛笔和半瓶墨汁。世普一看，知道那只布包是凤山带来的，里面盛的一定还不止这些。果然，凤山把砚台、毛笔、墨汁瓶一一在桌子上摆好以后，又从布包里掏出一本线装书来。那书已经被翻得没了书皮，被凤山用一张牛皮纸代替了书皮，上面恭恭敬敬用毛笔写了四个小楷字：《克择讲义》。世普一看便说："哦，还有书呀？"

凤山一听，又十分自豪地将了将胡须，然后才一边摇晃脑袋一边说："老弟以为只有你们教学生才有书，做我们这行的就没有书是不是？其实世上各行各业哪没有书的？书就是我们最好的师父呢！"世普说："你说得也很有道理，世上七十二行，每行都有自己的祖师爷，都会留下自己的经书。不过这本书是讲啥的，我倒想听听。"

　　凤山见世普问，益发有了兴趣，用手在书上轻轻一拍，立即道："话说起来可就远了！这书是术数之书。术数之书，老弟知道吧？就是我们这些人用的书！然自清代以来，术数之家多如牛毛，吉凶祸福，不无矛盾。那些克择者流，往往宜忌混淆，是非倒置。星学之道，也晦暗而不彰显。至清同治年间，有福建人洪潮和，精通星学，著通书。后三个儿子洪彬海、洪彬成、洪彬淮在泉州开继成堂择日馆，收徒授学，门庭若市，其授学之书，皆是这本《克择讲义》是也！"世普听完凤山一番话，倒笑了起来，说："哦，这书原来还有这样大的来头，怪不得你半路出家，也把一份手艺学到家了，我还以为你是无师自通，却原来是有神书相助！"

　　凤山还要往下说，佳桂忽然从灶屋出来，冲凤山说："他叔，夜宵做好了，你看是吃了再安，还是安了才吃？"凤山一听这话，这才住了口，看了看世普后才说："那就吃了再安吧！"说着，又把桌上的砚台、笔墨和那本破书收进布包里，放到旁边的椅子上，又将裁好的草纸也拿了过去。这儿佳桂和佳兰姐妹便把饭菜端了出来。

　　吃过晚饭，凤山又把布包拿过来，重新从里面取出砚台、笔墨，只是那本他无比珍视的书再没取出来。他把墨汁倒了一些在砚台里，把毛笔尖含在嘴里咬了一阵，取出来在砚台里蘸了墨汁，拿过一张草纸在上面试了试笔，当一切都满意以后，凤山最后才拿过两张草纸，坐直身子，深深地呼了一口气后，方低下头，开始屏息静气地画起一张符来。凤山的毛笔字还写得不错，许是因"工作"需要经常写的缘故，起笔运笔和收笔还有些书法的味道。世普从凤山的肩头看过去，只见凤山在纸的右边中间先写了一行小字：山斗神押起。什么叫"山斗神押起"？世普不解其意，正待要问，凤山已经提行，将笔落在纸的中间顶部，一挥而就写下了下面的文字："钦奉□□灵符到此则安太阳在玄急急如律令。""钦奉"后面两个字，第一个字世普勉强可以看出左边是一个"束手就擒"的束字，可右边世普认为应该是一个"力"旁，可凤山却写成了一个"文"旁，因而世普认为是一个错别字。这个错别字后面那个字，世普便不能认识了，它像是一个"弓箭"的"弓"，却又比"弓"多了两个拐。写完，又在纸的左边中间像右边一样，写下一行小字：上杀恶神杀。世普看了这几个字，又不能理解意思了。

写毕，凤山长长舒出一口气，眼睛在纸上浏览一遍，把符细细欣赏了一遍，这才拉长声音对佳桂问："准备好了没有？"佳桂在灶屋里答："准备好了，他叔！"凤山听见，便又从布袋里取了一束香，三支蜡，拿了火纸和符往灶屋里走去。世普跟着过去一看，只见灶屋的案板上，已经摆了一盘猪头肉，一杯清茶，一盘水果，一杯白酒，一盘五谷。凤山将供品逐样看了一遍，表示满意，便叫佳桂拿了贺宏留在家里的一瓶胶水来，把符贴在了灶的后面。然后将供品一一端在了符前摆成一排。又叫佳桂去削了两只萝卜来，插了香蜡，点上，然后凤山便双膝跪地，一边焚纸，一边口里念起咒语来。念毕，凤山起身，佳桂早提了一只大红公鸡站在旁边，凤山过去接过佳桂手里的公鸡，只见他伸出长长的手指，再用手指上长长的指甲在公鸡的冠上用力一掐，那公鸡一边在凤山手里扑腾，一边咯咯地大叫。凤山看着公鸡那被掐的红冠上慢慢沁出了鲜血，于是提着鸡走到贴符的地方，将鸡冠摁在符上，那符便开出了几朵鲜红的莲花。摁了几处后，凤山又从鸡背上扯下几匹鸡毛，按在莲花上。做完这些，凤山才退过来，把鸡重新交给了佳桂。然后又郑重地对佳桂交代说："就这样了！把这些供品收起来，明天早上太阳出来以前，再像今天晚上一样祭祀一遍，然后将符撤下来焚化了就是！"佳桂答应一声，将公鸡提到鸡笼里去了。

这儿世普却还充满了怀疑，便对凤山说："就这样了？"凤山说："就这样了！"世普还要问，却见佳兰在对他眨眼睛。世普便明白佳兰在提醒他少说话，免得既得罪了人又得罪了神。世普想了一想，佳桂求的本来就是一种心理安慰，何必要那么认真？这样一想，也就没再问了，到一边坐了下来。等凤山走后，佳兰又帮佳桂把锅灶碗筷收拾干净，两个人才往自己的屋子走去。

刚走到院子里，阶沿下的阴影处忽然拱出一个汉子来，把世普和佳兰都吓了一跳。世普正想喊出来，却听见汉子在叫道："老叔，你们回来了？"世普听出是中华的声音，心里便明白了大半，却故意道："黑咕隆咚的，你来干啥？"中华说："我给老叔把鱼送来了！"一边说，一边举起手里已经剖开的鱼，在空中晃了一下。世普看见朦胧的夜色像是一道银光划过，心里有些抑制不住地感动起来，便说："叫你不要送来，你偏不听！你来多久了？"

中华说："有一阵了。我晓得你们在下面消夜，想拿下来又觉得不好。想挂在门枋上回去，又怕被那些野狗野猫给叼走了，就只好在阶沿下等。"世普听了这话，便对佳兰说："把门开了，让中华进屋坐坐！"中华却说："不了，老叔，你们回来了就好了，我还要回去看守鱼塘呢！"说着，将鱼挂在大门的锁扣上，转身就走了。

世普一见，急忙叫道："哎，你回来，把钱拿走！你养了一年，我们怎么能白吃你的鱼？"可是中华像是没听见似的，脚步踏在寂静的夜空中咚咚直响，让人感觉到连周围的空气都在震颤。走到院子外边的小路上，他这才回头对世普说："老叔，你这话就不像一家人说的话了，一条鱼再值钱，难道就把我吃穷了？"说完消失在了房屋旁边的拐角处了。

世普知道中华肯定是不会收他钱的，便对了中华消失的方向叮嘱道："那好，老叔就领你的情了！你回去小心一点，啊！"说完却没有听见中华的回答，世普便知道中华已经走远了。

三

世普在城里晚上有用热水泡脚的习惯，他专门花了五百多元钱，买了一只足浴盆，每天晚上要泡三十分钟，水温控制在四十二度。不仅如此，还要加上一种专门用来泡脚的药粉，直泡得身上起了毛毛汗，从上到下都觉得通泰了为止。可回来时却忘了把盆带回来，便只好在临睡前，让贾佳兰去烧一壶开水，先将那只八磅保温瓶灌满，剩下的倒进一只塑料面盆里，再一边往盆里兑冷水，一边用手试水温。觉得水温差不多了的时候，世普才脱了鞋袜，将双脚泡在里面。然后隔一会儿，觉得水温下降了，再将保温瓶里的开水倒一些在盆里，让盆里的水始终保持着一个合适的温度。这样虽不如用专门的足浴盆泡脚来得方便，却也能把世普的身子泡得热烘烘的，一双脚从水里拿出来时，有如刚出生的婴儿皮肤一样，呈现出嫩红的颜色。泡完脚去睡觉，脑袋刚一挨枕便会鼾声大作，一觉睡到天亮，连梦也不会做一个。

可是这天晚上，世普同样泡了脚，却没了睡意，在床上像摊煎饼一样翻了好几次。贾佳兰看见，便问："你怎么了，是不是还在想着佳桂安灶的事?"世普把一个脊背对着佳兰，说："我想她这事做啥? 她信她的，与我又没有啥关系，我真的是吃了饭没事干，闲吃萝卜淡操心呀?"佳兰听了接着又问："该不是为中华那条鱼吧?"说完不等世普答话，便又马上说，"你要欠着没有给他钱，心里不踏实，明天我把钱拿去给他就是了，何必为这点小事就欠到睡不着觉?"

世普听了佳兰这话，猛地翻过了身来，说："也不是欠着一条鱼! 当然，一条鱼事小，可其中乡亲的情意事大，你拿钱给中华，中华也肯定不得收。记住湾里今后不论哪家有事，我们该去走动的，也要去走动走动才是!"佳兰听了突然笑了起来，说："你过去那些同事嫁女娶媳妇，给你把请柬送来，你都不愿去，这阵倒想起要跟湾里的人走动了!"世普说："这是两码事! 湾里人跟你是真心的，他们对你好了，巴不得把裤子脱下来给你穿都要得! 可城里人嫁女娶媳妇，是变着法儿敛财，他们哪有乡下人淳朴呢?"

佳兰听了世普的话，沉吟了一会儿才说："我记住了，现在睡吧!"世普却说："还是睡不着。"佳兰问："那是怎么回事?"世普说："我想起了端阳说的春节唱戏的事。"佳兰说："你不是已经答应了请城里那班唱'玩友'的人来唱一天吗? 我也没说啥。再说，又不是明天就唱，时间还有好几天，你这时就欠着睡不着觉，这才是闲吃萝卜淡操心呢!"

世普说："我不是操心别的，我是想到既然把唱'玩友'的请来了，我们何不自编自演一些节目，利用这个机会向大家好好宣传一下党的方针政策，宣传一下社会主义精神文明方面的东西呢? 过去大集体时期，不就是经常利用文艺的形式给社员宣传党的方针政策吗?"佳兰听了这话，便说："你真是想精想怪了! 你以为现在还能像大集体时代要人有人，要钱有钱? 那时是那样一个风气，每个大队都有宣传队，每年公社还要组织会演，比赛发奖。可现在有啥? 不说别的，就是你把节目编出来了，年轻人都外出打工走光了，哪个来演?"世普说："你不是原来宣传队的台柱子吗? 又能唱又能跳，说实话，现在电视里那些扭屁股的，哪赶得上你? 还有我们湾里的郑彩虹，过去演李铁梅，还到县上去演过呢，怎么不能演？"

佳兰红了脸，道："这是哪辈子的事了？脸都皱得像核桃壳了，还能演戏？"世普急忙说："怎么不能演？人家说，老将出马，一个顶仨呢！再说，我们只图把精神文明宣传到村民那儿，又不收钱，唱得好不好有啥关系？"佳兰还是说："不行不行，你快打消了你那念头！你这不是要我唱戏，是想让我出丑！再说，即使我像过去那样还能上台，你也要给我排练的时间呀？都这几天来了，你才想让我表演节目，你以为我是城里的专业演员，拿到东西就能唱呀？"世普有点急了，说："那怎么办？我是真想利用这次机会，通过文艺的形式，一方面把这次村容村貌整治的成果巩固下来，另一方面把村里的精神文明建设推向一个新高潮！"

佳兰明白丈夫的为人，只要他认准了的事就一定要去做。听了世普的话，想了一会儿就说："那你想编啥？你编出来拿给城里那帮唱'玩友'的，他们原来是专业演员，拿到东西就能唱，不是很好吗？"

世普一听这话，立即叫了起来，说："好！你这话提醒了我，就照你说的办，让唱'玩友'这班人唱！"说完，却又突然说，"我刚才已经想好一个节目，连词都有了，你看行不行？"佳兰说："怪不得你翻来覆去地不睡，原来脑壳里还在想这些呀！"世普说："我设计的五个演员在台上唱，这五个演员原来分别叫甲、乙、丙、丁、戊，现在一听你说，我打算把他们改作生、旦、净、末、丑了……"

世普还没说完，佳兰到底做过演员，一下露出了十分感兴趣的样子，问："原来是一个表演唱，是不是？"世普说："至于是什么形式，演员用什么唱腔，我还没有想好，正要给你说呢！"佳兰打了一个呵欠，说："这么晚了，要说等天亮后再说吧。"世普却说："不行，不行，我现在就要说，憋到肚子里更睡不着！"佳兰听了这话，只好强忍住睡意说："那好，你说你说！"世普于是就说了起来："我是这样设计的：先是一阵锣鼓，锣鼓声中，甲、乙、丙、丁，不，生、旦、净、末、丑上场，造型、亮相，然后又哐……"

说着，世普突然坐了起来，又伸手拉亮了床头的电灯。佳兰见了，急忙问："干啥呀？"世普说："我这样睡到铺里说不行，我得把衣服穿好，站在屋子里一边表演一边给你说才行！"佳兰说："你疯了呀？睡得热热和和的爬上爬下，感冒了怎么办？"世普一边往身上穿衣服一边说："我也不是小气娘娘，哪里就感冒了？"说着已经穿好衣服跳下了床。佳兰见了，只好又叫他把睡衣加到外面，世普这次像一个听话的孩子，乖乖地照办了。拦腰拴好睡衣的带子以后，世普便走到屋子中间，对着佳兰说："你看着，我设计的开场是这样的。首先是锣鼓喧喧……"一边说，一边拉开了架势。

　　世普中师毕业分到贺家湾小学教书的时候，正是强调"思想挂帅、政治领先"的时代。那时有一个说法，说对农村的阵地，"社会主义不去占领，资本主义必然会占领"，为了用社会主义占领农村阵地，每年各个大队都要组织"毛泽东思想文艺宣传队"，演样板戏和一些自编自演的节目给群众看。世普在读中师时，就是一个文艺爱好者，他的二胡和笛子演奏还在校"五四"文艺演出中得过奖。世普一回到村里，立即有了用武之地，除了教书以外，他成了大队文艺宣传队的负责人。除了组织、替宣传队写写画画、编写三句半、对口词、表演唱和为演员伴奏等外，还常常登台表演。用今天的话说，他是一个多才多艺的人物。贺家湾大队正因为有了一个贺世普，所以每次公社调演，第一名的锦旗从来都没有被别的大队拿走过。世普的名声在全公社的文艺宣传队中，简直可以用如雷贯耳几个字来形容。正因为如此，在后来公社举行的一次文艺调演中，世普非常顺利地把当时八大队宣传队的台柱子演员贾佳兰追到了手。佳兰虽然只有小学文化，歌却唱得十分动听，舞也跳得不错，人又很漂亮。公社书记的儿子追了佳兰两年，但佳兰不为所动，但在那次调演中，听了世普对她的一番表白后，竟不避众人眼睛，马上伏在世普肩上哭了。原来，佳兰心里是早有了世普，所以才对公社书记的儿子看不上眼。

　　如今，世普虽然已经多年没有登台演出，可毕竟那文艺的因子已经浸入了他的血液中，一旦进入了情景，一招一式竟然也还十分生动，颇有些当年在台上的味道了。具体地说，世普当天晚上把屋子当舞台，对佳兰一边表演一边讲解的这个节目是这样的：

　　（锣鼓声中，生、旦、净、末、丑上场，造型，亮相）

　　齐唱：各位乡亲要记牢，遵纪守法很必要，紧跟党走不动摇，公民道德莫忘掉；

　　生：生活提高是根本，生产发展靠勤劳，粮经林畜靠科技，增收致富最

重要;

旦：中华民族大家庭，一家有难百家援，邻里和睦相尊敬，互助相帮要记牢；

净：家庭美德要传承，尊老爱老要孝顺，关心父母晚年乐，莫嫌老人臭脚脚；

末：教育孩子走正道，读书明理要多教，经营家庭文明户，富裕书香乐陶陶！

丑：村容整洁靠大家，房前屋后要打扫，公共卫生大家管，莫将秸秆河里倒！

生、旦（同唱）：夫妻平等敬如宾，少生优生育好"苗"，创造幸福新家园，文明家庭好更好！

净、末、丑（同唱）：公共卫生大家管，畜禽管理要圈养，损坏邻居庄稼苗，定要论价给赔偿！

生：公益事业要出力，众人拾柴火焰高，莫为私利降人格，积德感恩公民好！

旦：绿化庭院美家园，空气清新质量高，物质精神两文明，长驻寻常百姓家！

净：动物和人是朋友，千万莫网枝头鸟。网了枝头鸟儿去，人类失去朋友了！

末：依法种树护山林，留给子孙绿和荫，创造山清水绿境，人与自然两和谐！

丑：勤俭持家讲节约，红白喜事莫攀比，积少成多变富裕，迷信赌博要远离！

齐唱：科技培训多参与，农业生产效益高，勤劳科技两法宝，才能成为新农民。爱国守法讲诚信，合格公民讲奉献，以上内容记心间，和谐社会才安宁！

世普专心一意地表演完毕，这才抬头向佳兰看去，却见佳兰不知什么时候已经坐起来了，身上裹着被子，眼睛里目光迷离，似乎沉浸在往事中了。世普看见佳兰发呆的样子，便问："怎么样？"佳兰一听，才从深思中醒了过来，问："这个节目叫啥名字，你还没有说呢。"世普想了一下说："我想就叫《文明公约歌》，你觉得怎么样？"佳兰说："还是像表演唱，不过如果配上曲子和伴奏，我看还是不错的！"世普高兴了，说："那好！明天我就把它抄出来，亲自送到城里交给'玩友'班的肖师傅，让他们抓紧时间找人谱曲和排练。"

经过如此折腾，世普终于能睡着了。这一睡就睡得很沉，就像其他晚上一样，连梦也没做一个，一觉就睡到了天快亮的时候。要不是这时外面传来急促的拍门声把世普惊醒了，世普还不知要睡到什么时候。世普听见外面的拍门声又急又重，便知道村里可能出啥大事了，马上爬起来，摸索着开了灯，接着连大衣都来不及往身上披，一步跳下床来，跶上鞋就往外跑，一边跑嘴里一边说着："来了！来了！"跑过去开了门。

打开门一看，门外站着的却是贺东川。贺东川见世普连衣服都没穿好，便叫起来："哦，你就是这样爬起来的？快回去把衣服穿好，外头冷得很！"听见这话，世普果然打了一个哆嗦，于是也来不及问东川发生了什么事，只顾嘴里一边嘘嘘地倒吸着冷气，一边缩着身子往里面屋子跑。这儿东川也不等世普招呼，径自到世普的堂屋坐了下来。东川仍然穿着他的那件棉军大衣和大头鞋，显得有些笨重的样子。

没一时，不但世普穿好衣服出来了，连佳兰也穿戴整齐走出了里面的屋子。东川一见，忙站起来对佳兰欠身说道："对不起，把你也吵醒了！"世普说："你这样火烧屁股似的，出了啥事？"东川见世普问，这才又有些惊慌地说："不好了，出事了！昨晚上半夜时候，中华抓到一个到他鱼塘电鱼的小偷，把他捆起来关到现在，乡上派出所来人了，但中华不放人，还和派出所的人顶了起来。我寻思只有你去，中华怕才可能放人！"

世普听见这话，脸一下变了，便向东川低声问道："中华对小偷动手没有？"东川朝屋子左右看了看，似乎怕自己的话被人偷听去了似的，然后才压低了声音对世普说："那还没打！我跟你说嘛，大概是一点多钟的时候，我正睡得迷迷糊糊的，忽然听见外面喊抓偷儿。我赶忙爬起来把大衣往身上一裹也追了出去。出去一看，外面人声一片，有的连长裤子也没有穿，只穿着一条内裤在朝几个人追赶。我看清一共有三个人。这几个人慌不择路，跑到机耕道边，跨上藏在那里的摩托上，有两个人动作快，跑掉了，可有一个人被中华和追来的村民抓住了。大家当时二话不说，一拥而上，抓住那人就是一顿拳打脚踢，打得那人惨叫不已。打了还不解恨，中华从路边抱来一块石头，把那人的摩托砸成一堆废铁。然后才押着那人回去。回到鱼塘边一看，只见塘里的鱼并没有被电死，但中华还是抓起那人，扔到了路边的水沟里。扔了还不解恨，过去又将那人的头不停地按到水里去呛，一边呛水又一边对那人施以拳脚。最后才把那个已经冻得浑身发紫的人吊在院子边的一棵树上，直到派出所的人来了才放下来！不过这些中华都没承认，说他是自己逃跑时滚进水沟里的，身上的伤也是自己跌的。"

世普听到这里，脸黑了下来，说："这个法盲！"说完才对东川问："端阳呢，他知道不？"东川说："估计他还不知道，不过我已经叫人去喊他了！"世普听了这话，没再说什么，便马上要随东川走。佳兰却进屋拿出了那件呢子风衣对世普说："早晨风大，多穿一件衣服，莫感冒了！"世普果然接过来，却并没有穿，只搭在手臂上，便随东川出了门。佳兰追到门边，对世普叮咛了一句："都是一个湾的人，你说话要谦和一点哟！"世普显出了有点儿不耐烦的样子，说："我该怎么说，自己心里明白，你就不要像管小孩子一样管我了！"

说着，二人走出了门。来到院子里，世普又对东川问："那几个小偷专门来电鱼，怎么又没有把鱼电死？"东川道："鱼确实没有被电死，小偷还没来得及爬上电杆接电线，就被中华发现了。"世普说："既然小偷并没有把鱼电死，中华也打了人家出了心里的气，为啥还不放人？"东川说："要小偷赔他前年被电死的鱼的钱呗！"世普听了这话，又问："被抓住的小偷承没承认前年的鱼也是他们电的？"

东川停了一下，才说："没有，中华那样打他，他也没承认。那人还说，他从没来过贺家湾，这是头一回来，连路都不熟悉，所以才被抓着了。可中华却一口咬定前年他塘里的鱼也是这伙人干的，所以才要把这人扣着，让他的同伙或家里人拿了钱来赎人！"世普听了这话，有些生起气来了，说："这个贺中华，捉贼捉赃，无凭无据，怎么就要别人承认，还要人家拿钱赎人？这是违法的，他难道不晓得吗？"东川说："就是，只图自己出气，要是把人家整出问题了，他一样是猫儿抓糍粑——脱不了爪爪。但我刚才劝他半天，他一点也不听，还说我和派出所的跟小偷穿的连裆裤！要不然我也不会来喊你了。"世普愤愤地说："这些人太没有法制观念了!"

说着,两人就来到了中华家。中华的院子里果然围满了人,不但有下湾的,还有上湾和老湾的。尽管凌晨的冷空气直往围观者的身子里嗖嗖直钻,一些人也缩脖袖手,鼻子下吊着两道长长的清鼻涕,可叫声、喊声却热情不减。还在老远,世普便听见有人在愤怒地喊:

"不行,坚决不能放人!"

"捶死活该!哪个叫他做的贼?"

"把他重新吊起来!"

在这些群情激愤的叫喊声中,世普也听见一个细小的声音,在对人们解释着什么。可是人们压根儿不想听他解释的样子,他的声音还没完,就被一个愤怒而坚定的叫喊声打断了:"不行,不拿钱就别想我放人!你们不能保护小偷……"世普听出这是中华的声音,正还想听听他下面继续胡说些什么,却听见刚才那个细小的声音打断了中华的话。但中华马上又打断了那人的话,继续气势汹汹地说,"你就是在保护小偷嘛!你们是匪警一家,蛇鼠一窝!"又道,"你今天说到明天,不拿钱别想我放人!"话音刚落,更多的人也跟着喊了起来:"不能放人!不能放人!""蛇鼠一窝!蛇鼠一窝!"

世普根据双方争论的焦点看,就知道刚才说话小声的人一定是乡派出所的,又听见人们喊声越来越高,于是他几步跨进院子里喊了一声:"让开!"一边喊,一边拨开人群走了进去。站在院子里围观的人一见是世普,一边叫着:"好,老叔来了!"一边往两边让着。世普走进去,果然见被围在院子中间那两个人正是派出所的。两人中那个高个、略显年长的警察见过世普,世普刚走进去,那人就像见到了救星似的,过来抓住了世普的手叫了起来:"哎,这不是贺校长吗?你来得正好,贺校长!我们是派出所的,今天半夜时分,有两个人慌慌张张跑到派出所来报案,说他们几个人到贺家湾来电鱼,鱼没电到,但他们一个同伙被捉住了。贺家湾人不仅当场对他的同伙拳打脚踢,估计还会把他的同伙非法拘禁起来,继续毒打,请求我们来把他解救出来。一接到报案,领导就安排我和小王下来了。到这里一看,发现案情十分严重,不但电鱼的小偷遭到毒打、非法关押,更严重的是他们将小偷摁进水里后再吊到外面受冻。我们来时,小偷已经冻得浑身发紫,根本就说不出话来了。我们才脱了自己身上的两件毛衣给他穿上。我们叫他们把人放了，他们硬是不让我们带人走。我们已经做了两个多小时的思想工作，他们不但不让我们带人走，还把人抢去关在了里面屋子里。他们这样做已经构成妨碍公务罪了！我们问他们中间谁是村干部，可他们说没有村干部……"说到这儿，那警察又晃了晃世普的手，两眼看着世普，继续恳求地道，"贺校长，这可是人命关天的事，我俩请求您老支持我们派出所的工作！"

世普听完那警察一番话，正想回答，却不料周围的村民也一起对他叫了起来。尤其是中华，马上接了警察的话说："老叔，我们抓住了偷儿，他不处罚偷儿不说，还让我们就这样放人，世上哪有这本书卖？"众人也纷纷说："就是！这样下去，社会治安怎么不乱嘛！小偷有人保护呢！"又说，"就这样放了，那今后不是随便哪个都可以到贺家湾来偷来抢了？"

世普听了这些话，没回答，也没去管那些义愤填膺的人。他盯着中华问："抓到的那个小偷呢？"中华说："在屋子里！"世普说："带我和你东川叔进去看看！"中华犹豫了一下，却说："老叔你可不要把他交给警察哟？他不把我前年鱼的损失赔了，我就关他一辈子！"世普瞪了他一眼，突然目光犀利地大声说："那我就叫人先把你关起来再说！"中华一听这话像是吓住了，愣了半天，才带了世普和东川往屋子走去。这儿人们跟着拥了进去。

到了屋子里，世普并没有看见什么小偷，正疑惑间，忽见中华过来揭开了墙角的一只簸箕。世普这才看见，簸箕盖住的是一口储藏红苕的苕窖。这些年因为村民生活提高很快，过去半年粮的红苕现在除了做猪饲料外，平时人很少吃了，因而红苕的面积也大量减少，过去在屋子里挖的苕窖大都空着。这口苕窖挖得不深，世普走到窖边一看，只见那个电鱼的小偷蹲在地下，身上裹着警察的一件毛衣，蜷缩成一团，但身子仍像风中的树叶一样还在簌簌发抖。陡然看见洞口的亮光和那么多的脑袋，那人不由自主地将身子紧紧靠着窖壁，像一只沉陷绝境的羔羊似的，目光充满哀怜和惊恐万端。世普发现这人只有二十来岁的样子，脸已冻得像是只紫茄子。裸露着的手臂和面庞上，到处是青一道、紫一道的伤痕。世普看了一会儿，突然用了十分温和的语气对他说："你不用怕，起来！"

那人用惶恐的眼睛又看了世普一阵，挣扎着要站起来。可他站了几次都没法站起来，像是脚不能屈伸了一样。又过了一会儿，终于用双手抓着窖沿的泥土，颤颤巍巍地靠着窖壁站了起来。世普见了，又对他道："把手伸给我！"那人又犹豫了一下，把手伸向了世普。世普抓住了他的双手，想把他拖上来却拖不动。东川见了也过来拖，可两人还是觉得他十分沉。这时有人过来搭了一把手，把那人拖到了地上。

那人的双脚在地上直打着哆嗦，像是站立不稳的样子。世普忙过去搀住他的胳膊，把他架着往外走。这时中华扑过来想拦住世普，说："老叔，不能这样便宜了他！"一些村民也说："对，老叔，不能就这样放了，不然，今后贺家湾就成了贼的天下了！"世普没理众人的话，见中华还拦住他，突然用力推了中华一把，愤怒地说："你想去坐牢了是不是？"说着把中华推到了一边，继续搀扶着那人往外走。众人也一边往外退，一边喊："老叔……"世普知道众人想说啥，便不客气地瞪了大家一眼，说："你们啥也不要说了。我知道你们心里恨小偷，我也和你们一样恨小偷！可国有国法，家有家规，他犯的是国法，应该由国法来管，不是由你们想怎么样处置就怎么样处置，知道不知道？"众人听了这话，这才不说什么了。

世普把人带到了两个警察面前。那个高个的、年纪偏大的警察向世普鞠了一躬，连声说："谢谢！谢谢！"说完带了人要走，中华忽然又冲过去拦住了，说："老叔，不能就这样算了！"世普又盯着他问："你个糊涂虫还想干啥？"中华说："他起码要给我写一个保证，保证他下回不再来电我的鱼了！我的鱼辛辛苦苦地喂了一年，一把草一把草的容易吗？"

世普听见中华这么说，于是便道："哦，中华这话也对，让他写个保证，保证以后不再干违法的事！"说毕又马上对电鱼的人说，"你愿不愿意写？"那人立即鸡啄米似的点头。警察怕事情再生变，马上掏出纸笔让电鱼的人写。可这人拿了笔，手却早就不听使唤了，哆嗦了半天在纸上也写不出一个囫囵字。高个警察马上拿过笔帮忙写起来，写好了，电鱼的小偷在上面摁了手印，交给了中华。中华还想说什么，见世普在对他摇头，知道世普是在叫他别说话了，便闭了嘴，看着警察把人带走了。

警察把人带走以后，世普这才走到中华身边，拍了拍他的肩膀说："我晓得你心里还想不通，好不容易抓住了贼，却又把他放了。不过你不要想不通，人家如果不来找你的麻烦你就烧高香了！"中华一听这话，像是十分不理解地看着世普说："他敢找我啥子麻烦？他做贼怕做出理来了！"世普说："你难道不晓得你今晚上的所作所为已经触犯了法律了吗?"中华说:"啥法律? 如果我们抓贼都触犯了法律,那法律肯定是制定错了!"世普说:"和你一时说不清,以后你们可要认真学学法律才是!"

正说着,端阳突然出现了,一来便急急忙忙地问:"怎么样了,啊?"众人说:"小偷已经被警察带走了!"世普问:"你怎么现在才来?"端阳说:"我才听到信儿呢,老叔!"说完这话又马上说,"我知道只要有老叔在这儿,就一定出不了事!"世普听了这话,以为端阳是真的才听见信儿,便也没说什么了。其实他不知道端阳早听到信了,但他知道这是件麻烦事。如果他站在法律一边让警察把小偷带走,就有包庇贼的嫌疑,会得罪村民;可如果站在中华一边不让警察把小偷带走,他又会违反国家法律,所以一直躲在中华的屋后,看见警察将小偷带走了才出来。但世普虽然没有指责他,却还是语重心长地对端阳说了:"端阳呀,你这个村支部书记、村委会主任以后得加强村民的法制教育才是呀! 村民如果都像今天晚上这样,不知法、不懂法、不依法,村上的工作怎样能开展好? 社会主义新农村怎么能建成? 你肩上的责任可不轻呢!"端阳急忙点头说:"老叔说得对,老叔说得对,老叔站得高看得远,是得加强法制教育才是!"说完才对众人挥了一下手,说,"好了,天都开亮了,大家都回去了吧!"

听了这话,众人果然陆续回家去了。世普把端阳留下来,说了自己编写的《文明公约歌》的事。端阳一听,当即表示欢迎。还特别叮嘱世普早点把歌词送到城里"玩友"班去。在回去的路上,世普忽然又想到了几句唱词,觉得应该把这几句词也加在《文明公约歌》里。这几句词是:

> 遇事千万莫莽撞,依法办事很重要。抓到小偷送公安,私自关押犯法了! 提高警惕防盗贼,群防群治秩序好。一不打架二不偷,三更不能信邪教!

世普回到家里,把昨天晚上和刚才想好的词立即写了下来,读了几遍又稍作修改后,再抄写得工工整整地揣在怀里,吃过早饭便进城找"玩友"班的师傅们去了。

第四章

一

　　贺家湾这年的春节真说得上是热闹非凡了。就像改革开放三十年来的房屋经历了由草房到瓦房，由瓦房到平房，再由平房到楼房的变化一样，改革开放三十年来的农村地方文艺也经过了很多变化。不过三十年来的农村房屋是越变越好，而农村地方文艺却是越变越糟糕，地方文化主要靠麻将来支撑。至今老百姓还怀念大集体时期，尽管那个时候人们吃不饱肚子，物质也并不丰富，可那时人们的精神生活却不像现在这样贫乏。那时候正如贺世普现在所回忆的一样，每个大队都建有自己的文艺宣传队，演样板戏，唱革命歌曲，还通过一些自编自演的节目来宣传党的路线方针政策和中心工作，以教育群众和丰富农民的文化生活。每年到了冬季农闲的时候，都是各大队文艺宣传队排练节目最忙的时候。大年初一，全大队的男女老少都早早集中到了大队操场上，看宣传队的演出。这一天，是所有庄稼人最快乐的一天，那些散发着泥土味的演出，常常让在土里忙了一年的庄稼人开怀大笑。初一演了过后，从初二开始，宣传队就开始到各生产队演出，一般一个大队有八至十个小队，有的年轻人宣传队演到哪儿就跟到哪儿，节目内容都记熟了，台上演员还没把台词说出来，台下的观众就抢着说了，惹得台上台下一片笑声。每个小队巡演完了以后，就开始在各个大队间互相交流演出，一直演到正月十五，公社组织文艺会演，评比出先进大队和优秀演员，进行表彰。

那时，贺家湾的文艺宣传队年年都是先进。除了贺家湾宣传队有多才多艺、能编能导也能演的大才子贺世普以外，还有在全公社演员中都有一定名气的郑彩虹。郑彩虹是当时大队书记、老革命郑锋的侄女，长得十分妩媚可爱。柔媚的眼睛上罩着弯弯的柳眉，明净而白皙的面孔上泛着玫瑰色的光芒。清秀而粉红色的嘴唇，嘴角向上，笑起来既甜蜜又开朗。身材苗条，一根长辫子垂到腰际，不用化妆，就是一个活脱脱的李铁梅的形象。那时很多男青年跟着宣传队一个小队一个队地赶，不是看演出，主要是看郑彩虹——那个舞台上的"小铁梅"。那个舞台上的"小铁梅"只要一开口唱"我家的表叔数不清"，下面必然有很多男青年跟着她的声音唱下句"没有大事不登门"。可以说，那时郑彩虹的"粉丝"丝毫不低于今天那些明星们。郑彩虹后来成为赤脚医生贺万山的妻子。那时万山并不跟着宣传队跑，万山做梦也没想到他能娶上郑彩虹。用后来一些人的评论说：万山是拣了一个漏键踢。世普编的那些三句半、对口词、快板书、唱词，甚至小剧，一般都是紧密配合当时那些中心工作的。取材都是当地群众所熟知的好人好事，语言也十分通俗，所以不但公社领导很欣赏他，群众也很喜欢他。贺家湾宣传队有了这么两个人，不想当先进都难。

除了宣传队演出以外，二十世纪七十年代中期，电影也开始在农村普及起来。公社成立了电影放映队，放映员要不是公社领导的子女，就一定是他们的亲戚。放映机是那种十六毫米的小机子，影片也不多，翻来覆去就是那么几部。但是和春节看演出一样，电影队来到哪个村，就成了哪个村的盛大节日。一般幕布还没拉起来，家家户户的人便都会端了板凳，从四面八方来到放映的操场上，把地方占好。先来的占的位子，一般都靠近放映机旁边，后来的便只有占到后面。那时，为争位子也会发生一些争吵，但这种争吵会很快消失。在看电影时，一些年轻小伙子趁着人多拥挤，也会搞一点小动作来捉弄女青年，以寻开心。一般的小动作就是把一个靠在女青年旁边站立的"兄弟伙"猛地推过去，让他去撞女青年。女青年有时会被撞一个趔趄，甚至摔倒。也有的时候人太多，站得插麻秆一般，一人被撞倒，哗啦啦会多米诺骨牌一样倒下一大片，那被推倒的女青年被压在下面，锐着嗓子大叫。可"肇事"的男青年却会在一旁假装正经，抿着嘴唇笑。那时不管是大队的操场还是生产队的"晒坝"，都不像现在的水泥地一样平整，要想放平凳子，有时要用木头或石块来垫平凳脚。还有一些小伙子为了捉弄女青年，就把她凳脚下面垫的东西忽然拉掉，然后转身就跑。站在凳子上的女青年往往会摔个四仰八叉，让周围的人一阵大笑。

不过所有这些小动作，都是在电影还没开始放映之前干的。因为电影没开始放映前，头顶灯光明亮，再大胆的小伙子也不敢有太出格的动作。可是一旦电影开始放映，那些敢于"作奸犯科"者就不会再满足让女青年摔个四仰八叉之类的小打小闹了。那些胆大妄为的"坏小子"，会趁周围一片黑暗、女青年专心一意地沉浸在影片的内容中的时候，在她的屁股上摸一把。女青年如果没有被人看见，一般都是不会吭声的。要是被人看见了，便会哭着回家去。然后又会有女青年的同伴跟着去劝，不一会儿，那个被人摸了屁股的女青年又会回到放映场上。与其说是被摸了屁股的女青年是禁不住电影的诱惑，还不如说是处在青春期的女孩，她们本身就有着被异性抚摸的天然渴望。有一回贺家湾放电影，后来做了贺家湾支部书记的贺世忠，就曾经摸过贺桂花的屁股。贺桂花是后来成为被称为村里"四虎"的贺良全、贺良建、贺良礼、贺良毅的姐姐。她当时才十八岁，面孔被阳光晒得黑里透红，有着一个小巧的鼻子和一双圆溜溜逗人喜欢的大眼睛。但因她个子不太高，长得又有些胖，胸部又饱满又突出，更不用说两瓣丰腴而圆润的屁股了。走起路来，两瓣屁股一甩一甩，像是在召唤什么。因而她走到哪里，哪里小伙子的目光便会被她那两瓣屁股给勾走了。她的屁股被贺世忠摸了以后，也像失去了什么宝贵的东西一样哭着离开了电影放映场。但后来贺桂花竟然不但不恨贺世忠对她耍了"流氓"，反而爱上了他。两人悄悄经历了几年的地下恋爱，一个发誓非他不嫁，一个发誓非她不娶。但两人最后还是没有冲破贺家湾祖祖辈辈传下来的、犹如铜墙铁壁一般坚硬的"同姓不通婚"的规矩，没有成为夫妻，留下了一辈子遗憾的事。但在当年贺家湾放电影中，谁也没有胆量去摸郑彩虹的屁股。这一方面的原因固然是因为郑彩虹是支书郑锋的侄女，所以郑彩虹的屁股就犹如老虎的屁股——摸不得。另一方面，也是在所有这些不安分的小伙子心目中，都觉得郑彩虹实在是太高贵、太圣洁了。高贵和圣洁得好比传说中的仙女，这些小伙子只能仰望，而不能有丝毫的亵渎。这些当年发生在电影放映场的风流韵事，它们和电影本身一样精彩，现在回忆起来，既有几分苦涩，也有几分甜蜜。

到了二十世纪七十年代末和八十年代初期几年，庄稼到了户，大队宣传队的演员也不能记工分了，大队又没了集体财产，因而这时不管是"李铁梅"还是

"杨子荣"，干部们都只好让他们下岗了。至于贺世普围绕中心编的那些三句半、对口词、表演唱，也失去了意义。何况这时贺世普已经调到乡中心校当校长去了。这时他的中心工作，是要完成上级下达的升学任务，而非原来那些写写画画、唱唱跳跳的事了。但在此时，各大队那些由党统一领导的宣传队虽然没有了，但仍然会在春节期间，有一些简单的文娱活动开展，比如耍狮子、逗车幺妹、打连响等。这些活动，有的还是由干部组织的，有的纯粹是民间爱好者自发兴起的。干部组织的，也只是发发号召，提供一些道具和服装（比如原来的锣鼓、衣服等），并不付工资。民间自发组织的更不用说了，他们组织的目的本身就不是为了什么崇高的意义。他们只是觉得在一起做这些事热闹，很好玩。民间便把这些人叫作是"老妖艳"。春节期间，几个"老妖艳"敲锣打鼓地满村串，给家家户户拜年。走到每一家的院子里，先是锣鼓哐才哐才地一阵响，把大人小孩吸引过来后，表演"大头和尚"的便会从随身背的人造革挎包里，掏出一张印有"恭喜发财"四个字的红纸条，过去用胶水贴在主人的大门上，然后挥手示意锣鼓停下来。锣鼓一停，那"大头和尚"便会摘了脸上的"戏脸壳"，朝主人一拱手，就朗声说出一段"四言八句"来：

> 正月里来是新年，青头狮子来拜年！进门主人脸带笑，又搬板凳又礼貌。从今狮灯耍过后，荣华富贵万万年！

"大头和尚"念毕"四言八句"，锣鼓又是一阵猛敲，狮子或车灯又表演一些节目。这时车灯或狮子表演节目，为的是等待主人拿"利市"。主人自然心领神会，待车灯或狮子表演得差不多了，就会笑吟吟地进屋去，拿出一条烟或一个早已包好的红包递给"大头和尚"。"大头和尚"往往会把红包打开看一下，如果主人给的"利市"多，"大头和尚"马上又会示意锣鼓停下来，接着他又会念上一段：

> 这个老板很大方，发财就是第一个！打的粮食垒起尖，喂的猪儿大得玄！挣的票儿多得很，修座"洋房子"都用不完！

下面舞狮的、耍车灯的、敲锣打鼓的兄弟伙一听"大头和尚"这话，便明白这主人给的"利市"多，也很高兴，等"大头和尚"的吉利话一完，锣鼓又便马上热烈地响起来。

如遇有那等小气吝啬的主人，锣鼓响了半天，也不见动静，或虽有动静，可拿的"利市"非常微薄，那"大头和尚"便也会唱：

> 送财送了大半天，不见主人在哪边。有也罢，无也罢，请你主人家答个话。

或：

> 这个老板很不错，只是"利市"不太多。你把包包摸一摸，再添几块也不多！你把零票子抓一把，儿子孙子上大学！

那主人一听，自是不好意思，一定会红着面孔，再添上几盒烟或给上几块零钱。于是不管是狮子还是车灯，便都会满意离去。满村的孩子们又会像当年的小青年追随着宣传队一样，追随着狮子、车灯而去。

到了20世纪90年代，年轻人开始大量外出打工了，原来耍狮子、车灯的那拨人都差不多五十多岁了，腿脚逐渐硬了起来，想玩也玩不动了。因此连这些简单的文艺活动，在乡间也就慢慢中断了。当然，更主要的原因，是庄稼各做各，大家都想尽千方百计挣钱，包括乡政府和村委会，还有谁愿意既费财又劳心地来组织这样一些与挣钱和出政绩无关的活动呢？

在20世纪七八十年代，县上有专门的川剧团，还有曲艺队，经常下乡演出。他们一来，那可真说得上是家家闭户，户户关门，万人空巷去看演出。一些乡也有民间的川剧"玩友"。有些人家在结婚或过生日的时候，请不来县里的戏班子，就把那些唱"玩友"的请到家里热闹一下。由于耳闻目染的缘故，至今一些六十到七十岁的老人，都几乎会哼几句川剧。可到了以经济建设为中心的90年代，县里解散了川剧团，川剧团的演员分布到县里各行各业，有的后来当了官，有的成为大款，当然，有的也穷困潦倒。至于曲艺队，解散得更早。

在县里川剧团、曲艺团解散的同时，农村电影也开始受到了冷遇。不是庄稼人故意要冷遇它，而是因为随着大集体的解体，集体财产被分光和卖光，村级组织连它自己都无法生存下去了，遑论再为群众放电影。许多电影队的放映机，在乡政府的破礼堂里变成了废铁一堆。

不久，电视走入了寻常百姓家。电视更像是一把双刃剑。一方面，电视通过形象的画面和生动的音效，把发生在外部世界的精彩及时有效地传递到了每一个村民面前，让人们了解到上至国家的大政方针，小至做人的基本道理。但是另一方面，人们也注意到，一到天黑，家家户户都锁上院子大门、堂屋大门乃至房间的门，默默守候在电视机前。精彩的情节或者重大的新闻也有可能在次日的白天，引起庄稼人的讨论，但是绝大多数关于电视节目的讨论，仅仅只限于家人之间。电视使得本已像马铃薯一样疏松的庄稼人，变得更加分散，更加各自为战。正如村民所说：电视这个东西好，也不好。好处最起码有两个：一是消息快啊，每天我们国家有什么事情，明天下雨还是刮风马上就晓得了；二是吸引人啊，这个东西有声音、有图像，不容易让你走神。说它是个坏东西，同样也有两个理由，第一个是把小孩子弄得书都不好好念了，成天都要看动画片。动画片中那些猫呀狗的，比他娘老子都亲；二是邻居不串门聊天了，成天都窝在自己那个旮旯儿里。然后，大家又蓦地发现，电视上演的那些事，与他们的生活越来越远，不是武打争雄、血肉横飞，就是谈情说爱、争风吃醋，不但没受到教育，反把人教坏了；不但没让人聪明，反让人变得傻子一个了。这个铁匣子、"小娼妇"，庄稼人想说爱你，实在不容易呀！

也就是伴随着庄稼人对电视的无奈开始，城里的"洋乐队"开始在农村的红白喜事上流行了起来。这"洋乐队"的学名又叫"电子乐队"。"洋乐队"人数不多，要价不高，又是吹又是打的，庄稼人不就是喜欢热闹吗？正好，电子乐队它有个大音箱，声音通过音箱的扩大，不但震耳欲聋，还可以把它震耳欲聋的声音传得更远，让更远处的人也震耳欲聋。能让人震耳欲聋当然能表现出热闹的气氛了！加上价钱又承受得起。因此一经在某个村里开了头，便像久旱逢甘霖的庄稼，哗啦啦地在一夜之间，迅速地生长起来。一个电子乐队一般六七个人，其中一个能言会道的人做主持，两个女演员唱歌，你方唱罢我登场。演奏架子鼓、电子琴等乐器的都是蓄长发或在脑后绾一根马尾巴的须眉男子汉。"洋乐队"演奏的又全是些流行歌曲,什么《爱你一万年》呀,《妹妹你大胆地往前走》呀,《今夜好想你》呀,《今夜等你来》等很能勾人口味,特别是年轻人的口味。因而电子乐队一兴起,便得到年轻人的欢迎。但久而久之,老人们的抱怨却来了:他们经常抱怨音箱里传出来的声音太大,尽管他们现在耳朵有些背了,听话常常听大话,音箱里的声音也太大了嘛,吵得他们耳朵一天到黑都在放"鸽哨",嗡嗡直响。更重要的是,搞得他们打麻将时也不得安宁,常常因为吵闹而出错牌。可老人虽然不喜欢,但现在这个社会是"小鬼当家",老年人对电子乐队纵然有一千个不乐意,却拗不过年轻人,只好罢了。后来电子乐队多了,一些电子乐队为了争取生意,吸引人气,嫌光在嘴上动员《妹妹你大胆地往前走》已经落后时代了,得付之行动才行。于是便让"妹妹"们开始在台上脱。开始是羞羞答答地脱,半遮半掩地脱。原则是脱上不脱下,偶尔露下胯。最后是完全地脱,大胆地脱,彻底地脱,脱得一丝不挂,把自己的春光尽现于光天化日之下。"妹妹"们倒是与时俱进,大胆往前走了,可庄稼人未必肯跟着往前走。要不然,他们为什么历来都被视作是一个"保守"的阶层呢?当"妹妹"们在台上争先恐后地脱、脱得越来越彻底的时候,也就意味着"洋乐队"在农村寿终正寝的日子到了。现在,很多庄稼人有事,宁肯冷清,也不愿去请电子乐队了。为什么?怕"妹妹"们来后表演一些伤风败俗的节目让乡亲们谩骂。

闲话少说。却说这日中午,世普和佳兰刚吃过午饭,世普还没来得及躺在椅子上小睡,佳桂便带着两个儿子贺宏和贺伟上来了。贺宏在县中读高二,贺伟在县二中读初二。贺宏完全长成了一个青年的模样,上嘴唇已经挂上了一圈黑绒绒的八字胡,只是脸上略带稚气。这小子完全像是世国的翻版,圆乎乎的脸庞,胖乎乎的身子,大大的眼睛,浓黑的眉毛,戴一副眼镜,在英俊和漂亮中又多了几分文气。贺伟则还像一个少年。个子和他的哥哥倒差不多,只是瘦弱得多,因而看上去也单薄得多。他的模样则像佳桂,长长的睫毛,往上翘的嘴角,一说话就脸红的表情,加上手脚的纤弱和苍白,使他更像一个害羞的女孩。兄弟俩可能才回家里,还穿着校服,脚上也是同样的运动鞋,看上去非常可爱。兄弟俩一进世普的门,便像经过训练似的齐声喊道:"大姨!大姨父好!"

佳兰一见,便叫了起来:"哦,贺宏、贺伟回来了,啥时到的?"佳桂没等儿子们答话,便说:"刚刚才回来,一回来就说要上来看大姨、大姨父!"世普听见这话，也感到十分高兴，便在竹凉椅上坐直了身子，首先对贺宏说："要来看大姨父，首先得跟大姨父汇报一下你们的成绩！贺宏先说，这一期考得怎么样？"贺宏迟疑了一下，方才有些不好意思地说："考得不怎么样。"世普紧盯着他问："不怎么样是怎么样？"贺宏这才羞羞答答说出了各科成绩。世普一听，便明白这成绩确实是"不怎么样"，只能算是一般，便对贺宏说，"下期你小子可还要加把劲哟！"贺宏点了点头，答应了一句"是"。

这儿世普又盯着贺伟问："你呢？"贺伟见问，脸一下红了，只把嘴唇抿着朝世普笑，却并不答话。世普见了，以为这小子考差了不好说得，便又问："你难道也是考得不怎么样？"眼睛看着贺伟。这小子却仍然是只笑不答。气得佳桂推了他一下，说："大姨父问你，你怎么不说？"这小子才说了。原来他考了全年级前五名！世普一听这话，高兴了，便叫贺伟过去，一手拉了他，一手在他头上抚摸了几下，说："你小子不错，可也不能骄傲，啊！"说完又对贺宏说，"你小子也不要沮丧，偶尔发挥不好，也是有的！"

说完，这才对佳桂问："你们吃饭没有？"佳桂说："我们哪里这样早吃午饭？不过，我们下去了就吃！"说完这话，然后佳桂抬起头，看着世普和佳兰说，"哥、姐，我上来和你们商量一件事。这几天湾里和周围团转的村听说我们村过年要唱三天戏，到处都闹得呜喧喧的了！湾里好多人都在商量过年把亲戚叫过来看戏！外头一些人看见我们湾里的熟人，也叫这天一定帮忙给他们占个好位子。明天贺宏、贺伟要去看他们外婆，妈也好久没到我们这儿来过了，我想今年过年，就让妈过来和我们一起过，也好看戏，就不晓得你们赞不赞成？"

佳兰一听完佳桂的话，马上说："这有啥不赞成的？不过妈的脾气，就不晓得她会不会来？"佳桂说："来不来是她，请不请是我们当女儿的心意。我们请了她不来，那就不能说我们不孝顺了！"佳兰说："佳桂你的话说得完全对，那我们就请她吧！"说完就又对贺宏、贺伟两兄弟说，"你们记到没有？一定要把外婆请来哟！"贺宏、贺伟说："大姨放心，我们一定把外婆请来！"佳兰又说："跟你们舅舅、舅妈，还有你们表姐都说一声，让他们早点来看戏！"贺宏、贺伟又都答应了一声，然后随佳桂回去了。

第二天，贺宏、贺伟弟兄果然去外婆家了。下午两弟兄回来，却并没有把外婆请来。佳兰问两弟兄外婆为什么不来。贺宏欲言又止，贺伟却照实回答了，说："外婆说她不在外人家过年，她要在舅舅家里过年！"佳兰一听这话，就笑着对佳桂说："佳桂，你看妈还是那样重男轻女！我们当女儿的对她再好，哪怕把心肝掏出来给她吃，在她眼里还是外人。"佳桂一听这话也说："就是！我从小到大，除了嫁人这一天，妈给缝了一件新衣服外，其余那么多年都是穿你的旧衣服。可弟弟呢，一年一套新衣服，就从来没穿过一件旧衣服。"佳桂说着眼睛就红了。佳兰见妹妹提起这事，急忙转移了话题，说："算了，她不来也好！不来我们才好清清静静地看两天戏呢！"佳桂想了一下，没再提母亲的话了，却对佳兰问："姐，你们准备哪天去给妈拜年呢？"佳兰想了想说："忙啥？等三天戏看完了，我们两家人约个时间一齐去给妈拜年，免得妈今天也在待客，明天也在待客。"佳桂听了忙说："那好，姐，啥时去你和哥定个时间，定下后告诉我们一声就是！"佳兰答应了一声，姐妹俩便各忙各的事去了。

二

唱戏的戏台就搭在贺家湾那棵风水树——老黄葛树下。老黄葛树一棵树便是一座森林。它那巨大的树干就仿佛一座塔，从塔身又伸出去十多股黄桶般粗的巨枝，再从巨枝上分出去许多水桶似的枝丫，连最小的枝丫也比人的胳膊粗。枝丫与枝丫交织在一起，向四周舒展开去，犹如一把硕大的阳伞，将周围几亩大的原学校的操场全都遮住了，不论是阳光还是雨水都不能穿过它那厚厚的枝叶。这儿还是一代一代贺家湾人的天然乐园，因而把戏台搭建在这里，也是完全应该的。

贺家湾村支部书记兼村委会主任贺端阳，原想召集在家的村民筑一个土台子，或把贺世国准备建房的水泥预制板和砖借来，搭一个水泥预制板的舞台。可村会计贺劲松一算账，无论是筑土台子还是搭水泥预制板的舞台，成本都较高。好在村小学还有一百多张学生课桌，贺端阳找人从中选出了几十张好的，又叫人到乡场上的日杂店去买了半圈三号铁丝回来，将每张课桌的腿都像城里修房子搭脚手架一样，用铁丝捆起来，再用钢丝钳拧紧，这样几十张课桌就被连成了一个整体。把台子搭好以后，端阳又安排人到山上去砍了几棵笔直的松树回来，也用铁丝绑在舞台两边，上面又横着绑一根竹竿，作为剧团挂幕布用。完了以后，端阳和劲松又挨家挨户动员每户村民家里拿一张篾笆子或晒簟出来，绑在舞台的左右两侧和后面，一方面防止湾里那些小把戏窜上舞台，影响了演员的演出。另一方面，也为了保护演员的个人隐私。演员总是需要换装的，没个遮护那怎么行。一切布置就绪，端阳专门叫人去了一趟剧团，让他们来一个人看看行不行？剧团果然派了一个人来。这人五十多岁的样子，据说就是专门负责布置舞台的。他到台上使劲跳了跳，又抱住两边的柱子摇了摇。跳完摇完后，才对端阳说："其他还行，只是这台子上一点东西都没有铺，演员在这硬木板板上翻筋斗，要是伤了筋、动了骨怎么办？"端阳一听便盯着那人问："你说怎么办？"那人说："上面得铺地毯！"端阳说："地毯？铺地毯得花多少钱？"那人把舞台看了一眼，说："不多，如果你们不买太好的，只买一般的，两三千块就可以花下来了。"端阳一听叫了起来："两三千块还不多呀？我们请你们唱戏的钱，都是想方设法才凑起来的，哪还有买地毯的钱？"那人看着端阳不紧不慢地说："反正演员不能在这硬木板板上翻筋斗，如果出了事哪个负责？"端阳有些泄了气，说："没办法了，你们只好不演了。"那人一听，想了半天又道："还有一个办法，我们将团里的地毯带来，不过你们要付租金，一天两百元，演完过后我们带走就是。"端阳一听这话，看了看贺劲松，见贺劲松有同意之意，便说："那好，我们租你们的。但我们要租三天！"那人说："三天六百元，演完后你们要安排人送来。"端阳说："送来不成问题，但租金你们要少点，我们是连租三天。"那人一听这话，就马上过来拍着端阳的肩膀说："老弟，不能少了。跟老弟说句实在话吧，剧团改了制，完全靠市场生存。可现在有几个人看戏了？我们就指望着过年这几天挣点稀饭钱呢！兄弟，新年大节的，就算给老弟下话了，你全当可怜我们这些艺人，两百块钱就不要讲价钱了，好不好？"端阳听了那人这话，心里有些不好受起来，便打肿脸充胖子地说："好，只要你们认真演，两百块钱算不得啥，就当我们村上给大家的红包了！"那人听后欣喜万分地说："放心，我们一定演好！人再穷也不能砸了自己的牌子，是不是？"可说完又说，"兄弟，地毯借给你们，如果有损坏，你们可要赔偿哟！"端阳说："我们又不偷你们一块，怎么能有损坏？"那人说："我主要是指不要把烟头丢在上面，免得烧坏了。"端阳说："这个容易，我不让人在台上吸烟就是了！"于是当下达成了协议。

剧团果然说话算话，在拉道具来的时候，把几大卷地毯也拉来了。可铺到台子上一看，却让端阳笑出了声。原来这地毯也不知是猴年马月的玩意儿了！上面不但早被烟头烧得满天星一般，而且还有几个大洞，那显然是耗子在上面辛勤劳动后留下的成果。破且不说，而且还十分脏，散发着一股难闻的霉味，像是很多年也没洗过了。端阳一看便笑着对剧团的人说："都像是从垃圾场捡回来的了，还叫我们不要损坏！"又说，"你们把上面的洞洞眼眼数清了，写在纸上，如果有新的烧坏的痕迹，我们就赔。"剧团里的人也感到有些不好意思，也笑着说："我们话要那么说嘛！"

不管是世普还是端阳，都没想到村民们看戏的热情会这样高。初一这天天还没亮，就有大人一边起来到井边挑第一桶泉水，贺家湾的人叫作"挑银水"，一边催促小把戏们起床，把凳子端到戏台下面占位子。有人占了位子，却又害怕一转身别人把他的板凳又挪开了，于是干脆迎着早晨的寒风，坐在板凳上不走了。待到家里汤圆煮好时，要么给他（她）端来，要么叫家里人吃了又来换他（她）。端阳一大早便来到了黄葛树下。还在昨天下午，端阳便从村小学端来几把原来学生坐的凳子，也用铁丝把凳脚都紧紧绑扎在一起。但他还是担心被人给端走了，又在地下砸了几个很深的木楔子，然后又把凳脚固定在木楔子上。这几根凳子是端阳专门为世普、立德、东川等三个出钱请戏班子的退休回乡老人和自己与劲松几个人准备的。大成没有出钱，所以端阳事先并没有给他准备凳子，但后来一想又有些不好，于是也为他准备了一把，他愿意来坐就来坐，不愿意来坐就算了。可端阳早晨一来，便看见凳子前面早又摆了两排板凳，而且又全是那种在八仙桌上吃饭用的高板凳。端阳一见，便挥手赶道："搬开，搬开，哪个叫你们搭在这前面的，啊？"

可那些好不容易才占到前面位子的小把戏们，却似乎并不惧怕端阳，反而看着端阳振振有词地说："讨口子占岩洞——先来后到，这是我们占到的，凭啥赶我们走？"端阳怒了，又说："你们也不看看，这排板凳是给哪个搭的？是给贺校长——你们该叫爷爷了——他们搭的！莫得他们出钱，你们看屁的戏呀？赶快搬到后面去，要不然今天就不演了！"那些占位子的孩子们一听，这才哗的一声，端了板凳往后面跑去，又相互争夺起地方来。

端阳向村民预告的是上午十点钟戏正式开演，可九点钟不到，操场上已是黑压压的一片人群。有人一来，见没有什么好位子了，便往黄葛树上爬。这时世普和佳兰也来了，端阳急忙迎了过去，说："老叔，兰婶，板凳已经给你们搭好了，你们到前面坐。"世普朝场上的观众看了一眼，便对端阳说："不是说农村很多人都出去打工了，没多少人在家里了吗，怎么一下子冒出了这么多人？"端阳一听这话，便说："老叔，我们先前把人估计少了！没想到和村里沾亲带故的人都来了！这还不说，不沾亲的人也来了，这十里八村的人都集中在一起，那还不把场子挤爆？"世普见路上还有牵起线线的人在来，便说："那要想法把秩序维持好呢！"说着，世普一下回忆起了大集体时代看演出看电影时，那些不安分的小伙子们做的那些小动作，于是又补充说，"特别是要防备那些年轻娃儿故意捣乱！"说完，一眼看见了爬到黄葛树上的人，脸便一下沉了下来，说，"怎么爬到那上面去了，啊，滚下来了怎么办？"端阳一听，便说："老叔说得极是，我去把他们喊下来！"说着就跑了过去。

可是端阳去喊了半天，那些人就是不下来。世普一见，便亲自走过去对那些人说："怎么不听招呼呢，啊？那上面是你们看戏的地方吗，啊？要是脚蹲麻了滚下来，摔出个好歹的怎么办？"那些人听了还笑嘻嘻对世普说："不会的，老叔，我们哑巴吃汤圆——心中有数！"还有人说："老叔，在这上头看得最清楚！"世普一见他们不正经的样子，便火了，说："你们哪个不下来，今天唱戏的钱便由他出！"这些人一听，便纷纷从树上爬了下来。

可一波刚平，一波又起，有人更爬到对面学校原来教室的人字形屋脊上。这屋脊更不安全。"普九"时为了赶进度和节约材料，这屋顶所用的木料大多是当地速生的桉树，木质疏松，木头也容易坏。更重要的是自从"普九"验收过后，屋顶就一直没有维修过，许多木头说不定早已朽了，要是更多的人爬上去，屋顶塌下来是要造成伤亡事故的。世普立即让人去开了广播，让端阳去喊话。可端阳去喊了半天，不但没人从屋顶下来，还有人在继续往上爬。世普不得不亲自去喊。他说："你们下不下来？不下来就通知剧团，今天不演了！"

这时，演员们在贺劲松家里吃过饭，已经在台上幕布后面化装了。站在操场的人一听世普这话，生怕不演了，便同仇敌忾地冲房顶的人叫了起来："下来！不下来是狗娘养的！"有的甚至骂了起来。房顶上的人终于承受不住舆论的压力，下来了。这儿世普又让端阳安排了几个人，分别在黄葛树和学校院墙两边值勤。

世普安排完了以后，才对端阳说："让剧团早点开演吧，不必等到十点钟了！"说完又感慨了一声，接着说，"看来这农村文化生活真该好好抓一抓了！"端阳听了这话也说："就是呀，老叔！像这样二三十年才唱回戏，就是看稀奇，人们也不愿意放过嘛！"说完，见立德、东川也来了，便把他们都安排坐下，自己才到台上催促演员开场去了。

不一时，锣鼓果然就响了起来，接着云板也敲了起来，唢呐也吹了起来。舞台上的锣鼓一响起来后，下面便安静了下来。一阵悠悠扬扬的吹奏和紧锣密鼓的敲打过后，大幕便徐徐拉开了。

这天，剧团上演的是一出叫《变脸》的川戏。剧里说的是一个叫水上漂的艺人，他耍了半辈子的艺，膝下却是无儿无女，孤身一人。后来他从人贩子手中买下一个叫狗娃的孩子。这狗娃也不知道自己的父母是谁，无依无靠，一见水上漂，就仿佛见到重逢久别的亲人。一声声"爷爷"的呼喊，亲昵稚嫩，动人心旌，感人肺腑。贺世普过去从报纸上读过对这个戏的介绍，说是省川剧院一个啥才子写的，参加过北京啥演出，还得过奖。世普今天一看，果然名不虚传，才看到狗娃喊"爷爷"，心就沉沉的有些酸楚起来。回头一看，佳兰的眼圈已经红了起来。世普忙去拉了佳兰的手，低声在她耳边说："这是唱戏呢，你干啥？"佳兰却是不说话，只紧紧抿着嘴唇，眼睛一动不动地盯着台上。台上，水上漂正紧紧地搂抱着狗娃，用脸颊上的胡须轻轻地抚弄着狗娃的小脸蛋，脸上挂着十分幸福和陶醉的微笑。世普又回头看了一眼佳兰，发现佳兰脸上的神情也放松了。可是剧情不久发生逆转，水上漂被毒蛇咬伤了，需要用童子尿来解毒，叫狗娃去给他屙尿，狗娃屙不出，水上漂仍要他屙，这才发现一个天大的秘密——原来狗娃是女扮男装的，压根儿不是一个小子。这时，爷孙俩人心里都同时出现巨大的感情风暴。水上漂不能留下狗娃，他要撵狗娃走，却又不忍心再转卖狗娃，狗娃则死也不愿离开"爷爷"。这时演员在舞台上表演了一系列解缆、撑篙、挥桨、划船的戏剧动作，以表现水上漂灵与肉的痛苦。最后水上漂毅然地割舍了狗娃，只身远走；狗娃则生死相随，投河紧追。可狗娃只是一个女孩子，她并不会凫水，河水很快就吞噬了她的小身子。演到这里时，场上静得连掉一根针也听得见，每个观众的心都绷紧了。在这种静谧中，从人群中传来的压抑的抽泣声却十分清晰。世普觉得眼角两边，有什么东西冰凉冰凉的，伸出手指一摸，才发觉不知什么时候脸颊上已挂上了泪水。掏出餐巾纸正打算擦拭时，佳兰却把手伸进来，带着哭腔说："给我两张，我忘了带纸。"世普忙把纸递过去，看佳兰脸上已是泪痕满面。正在世普擦拭泪水时，舞台上的狗娃在生与死交织的瞬间，水上漂又毅然凫水救起狗娃。狗娃紧紧地抱住水上漂双脚，爬上岸来。半晌，水上漂才迸出一句无奈的感叹："死丫头，蚂蟥缠住鹭鸶脚，想甩脱又甩不脱啊！"只好让狗娃留下了。此时，台下不知是什么人突然站起来喊了一声："好！"接着更多的人跟着叫喊起来，一些不叫喊的人像是受了感染，也纷纷鼓起掌来。场上的秩序有些乱了。

过了一会儿，情绪激动的观众又才慢慢安静下来。戏接着往下演去。水上漂遭坏人陷害，被抓进监狱。狗娃去探监，爷孙重逢，她不计前嫌，要与爷爷生死与共。她拼尽全身力气，誓要扯断紧铐爷爷双手的铁链，她对监狱里的人喊道："杀狗娃，不要杀爷爷！"戏演到这时，进入了高潮，连世普也禁不住被狗娃从内心喊出的这句天籁之音感动了，泪水"哗哗"地顿时涌了出来。在教了一辈子书的世普眼里，狗娃这句话分明是一颗无忌、无瑕、无价的童心，是人类一份至高无上的宝贵情感呀！他虽然老了，可又怎能不为这份童心和情感落泪。而且这次他没有去擦拭脸上的泪水，也没去管身边抽泣的佳兰，只泪眼蒙眬地、呆呆地盯着舞台。这时，舞台上的水上漂方才大彻大悟，正祖露着自己的心里话："听凭你这般心肠热，格老子死了也值得。休看娃娃是女子，比多少七尺男儿有人格。"听到这里，世普马上站起身，带头鼓起了掌来。场上观众见世普带头鼓掌，也全从凳子上站了起来，冲场上鼓掌。一时掌声一阵高过一阵，犹如潮水涌动一般。贺家湾有很多年都没这样热闹过了。

除了剧情让人感动以外，这个戏让观众开眼的是水上漂变脸的绝活。当地正在举办的观音会，水上漂从观众席里跳将上去，亲自参加这场会。他扯圈子，亮绝活，在众目睽睽之下，先变绿色雷公脸，次变大红火龙脸，再变黑色魔鬼脸，又变孙悟空火眼金睛脸，复以红孩儿脸现出"庐山真面目"。每变一次，场下就高叫一声："好！"一些小孩子还拼命往前挤，试图看清水上漂是怎么变的。害得端阳站在台前驱赶小孩，连戏也没看好。

演出结束后，场上的很多观众还不走，他们冲台上喊："接着演！接着演！"演员只好出来，恭恭敬敬地站在台子中间朝观众鞠躬。可观众还是不依，演员越鞠躬，下面的喊声越高。世普看到这种场面，到处找端阳，可端阳却没见了。情急之中，他只好跳到台上，站在麦克风面前对大家说："乡亲们，大家静一静，静一静！"

看见老叔，台上的观众终于慢慢安静下来，却是说："老叔，叫他们再加演一场！"世普说："要加演也得吃饭，是不是？演员从一大早起就开始化装，累了大半天，人是铁，饭是钢，他们也要吃饭！不吃饭怎么演戏，大家说是不是这样？"说完又说，"大家想看戏，明天、后天还有更精彩的节目，所以不要慌，有你们看的！现在你们回去做午饭吃吧，啊！"

听了这话，人群才不叫喊了，一些人开始往外面走。可在这时，有人看见了当年大队宣传队的台柱子演员郑彩虹，忽然高声叫喊起来："他们不演了也行，我们要求郑医生上台给我们唱一段当年的《红灯记》，大家说，行不行？"话音一落，台下贺世忠、贺世福、贺世凤、贺世财等几个当年的"追星族"，如今尽管头发全都花白了，可一下子勾起了逝去多年的心事，如今像是要重温一下似的，也都齐刷刷地把头掉过去，看着郑彩虹叫了起来："对，郑医生去唱一个！唱个老歌给我们听听！"这些人在郑彩虹面前，有的是大伯子身份，有的是小叔子身份，他们虽然不好在兄弟媳妇面前过分说什么，可在要求当年的明星表演一个节目的问题上，却都表现出一种"老不落教"的神情。那些在改革开放后才出生的年轻人，他们虽然没经历过大集体时代的生活，可是一听见几个"老几几"要求彩虹"老孃子"表演一个节目，觉得十分有趣，便也跟着起哄道："要得，彩虹婶唱一个！唱一个！"

此时，郑彩虹正靠在丈夫贺万山身边。她已经不是当年饰演小铁梅的样子了，发胖和长宽了的腰身和大腿，代替了过去苗条的身段，齐耳短发代替了原来那根垂至腰际的、又粗又大的独辫子。满脸细细的皱纹代替了早先那张清秀、妩媚的面孔。她才六十出头，可鬓角上的头发已完全白了。手背上呈现出几块老年妇女常见的黑褐色斑点。她的脸色发灰，仔细看去有种病态的苍白。这段日子，郑彩虹的确发觉自己的身子有些不舒服。她感到喉咙里老是有种痒酥酥的、如鸡毛粘在喉管上的感觉，吃饭和吞口水都有些不顺畅，有时甚至还有些疼痛，还总是嗝天嗝地的，想忍也忍不住。万山以为是感冒引起的慢性咽炎，给她开了几服中药煎了吃，可吃下去也没起多大作用。万山劝她过年以后到城里大医院检查一下。郑彩虹说:"检查干啥?不去检查没病,一去检查哪都是病!"她不知道她患的正是一种要她命的病——食道癌,此时癌细胞正在慢慢地往她身体各处蔓延,一口一口地在吞噬着她的生命。这是她在一个多月后到县上医院去检查,医生才给万山这个结论的。可当时她并不知道,听见大家朝她喊叫,就红着脸,不好意思地说:"唱啥子哟,老都老了,一副破喉咙,要多难听就有多难听!"

那几个"老几几"和他们身边的好事者听了这话,说:"难听我们也要听,你就不要推辞了!"又说,"不就是过年图个热闹吗?又不是哪里比赛!"彩虹听了这话,脸更红了,说:"我连歌词都记不得了,还唱啥?"看得出,昔日的明星不但身体起了变化,连过去的热情也很难在她心里燃烧起来了。可好事者仍然不依不饶地说:"记不得我们帮你记!"接着贺世福学起当年郑彩虹扮演李铁梅的声调来:"奶奶,你听我说——"引得场上一阵大笑。

郑彩虹听见世福故意憋出来的声音也乐了,说:"你既然记得,你上去唱嘛!"世福说:"我要有你唱得好,就上去唱了!"更多的人又附和在世福后面,喊婶,喊妹子和嫂子,还有喊郑医生的,一齐把郑彩虹往台上推。世普见了,知道在这个欢乐的日子里,郑彩虹不唱一曲是走不掉的,于是也在台上喊道:"郑彩虹,唱就唱,怕啥,你又不是没唱过?"这话一出,有人又像想起似的叫了起来:"老叔,你给她拉胡琴!过去郑彩虹唱,就是你给她拉的胡琴,今天你们这对老搭档,正好都在呢!"

世普一听欢乐的人群把他也带进去了,就说:"那可不行!三天不摸手生,我都好多年没拉了,还怎么拉?"可台下的人不依了,说:"老叔,你就不要推三阻四的了,你让人家郑医生唱,你不拉胡琴怎么行?"又说,"拉吧,反正过年过节的,大家图的就是一个乐字!"世普见推辞不过,想了一下只好说:"行,我给她拉,不过几十年没拉过了,跑了调大家别笑了,啊!"人群又喊起来:"不笑不笑!"

说完,世普才想起来:"哎,哪来的胡琴?"旁边的人提醒说:"刚才戏班子里不是有胡琴吗?"说着跑到里面拿出一把剧团的板胡来,交到世普手里。郑彩虹一见,也知道今天是推脱不掉了,于是走到台上的麦克风前,说:"你们这些人是想看我的笑话,逼鸭子上架,羞死人了!"众人说:"不是看你的笑话,是真想听你唱歌!"又说:"不羞不羞,我们欢迎!"说完鼓起掌来。这儿郑彩虹咳了两下，像是要把喉咙里的东西咳出来似的。那儿世普也坐下来，调了调琴弦，做好了准备，然后朝彩虹点了点头。可世普刚开始拉弦，琴弦却嘣的一声从中间断了，声音十分清脆。世普的脸一下变了，说："琴弦怎么断了？"这时从里面走出剧团的琴师，他也感到十分奇怪，说："怎么好好的就断了？"世普说："我也不知道是怎么的，正准备拉呢，就断了。"那人没再说什么，重新去拿出一根新弦来换上，又交给世普。

这儿世普又调了调弦，刚要再拉，却又忘了过门的谱，一下子急了起来。这时，戏班里刚才出来的琴师对世普哼了两句，世普才记了起来，于是板胡咿咿呀呀地响了起来。琴声先是响得很不连贯，也很不和谐，世普先拉了一遍，慢慢地找着了一些感觉，琴声渐渐地有些悦耳起来。戏班里打鼓和打板的师傅在旁边，赶热闹似的帮着敲起了鼓板。场上这时鸦雀无声，所有的人都目不转睛地看着台上的郑彩虹。郑彩虹听着世普的琴声，手握在胸前，做了一个当年甩辫子的动作，动作自然是有一些僵硬的。当然，众人也没介意，尤其是那些从当年走过来的一伙老人，像是沉进了昔日的氛围中。世普拉了一会儿琴，郑彩虹先念了一句道白："奶奶，你听我说——"念完，就随着世普的琴声和剧团师傅鼓板的节奏，唱了起来：

我家的表叔数不清，
没有大事不登门
虽说是亲眷又不相认，
可他们比亲眷还要亲……

刚唱了两句，台下就有人跟着轻声地哼了起来，后来越哼声音越高，慢慢地盖住了台上郑彩虹的声音。郑彩虹唱了几句，渐渐感觉跟不上气了，急忙背过身子，连续打起嗝来。世普一见，急忙停止了伴奏，对郑彩虹问："你怎么了？不能唱就别唱了！"台下的人一看，也都住了声音，有些诧异地看着郑彩虹。郑彩虹又打了几声响亮的嗝，才回过头来对世普说："没啥子，继续拉！"世普果然重新操起琴，继续往下拉，直到郑彩虹坚持着把歌唱完，这才停下来。郑彩虹唱完，场上只有少数几个年轻人鼓掌，大多数人特别是从当年走过来的人，有的垂着脑袋像是在深思，有的干脆眼角挂着泪水。他们不知是在缅怀当年那个物资极度匮乏但精神却十分充实的年代，还是在感叹岁月的无情，昔日的窈窕少女成了今天的垂垂老妇！他们更不知道，三个月后，郑彩虹就辞别了人间。他们这天带有几分玩耍心情的临时动议，竟成了郑彩虹这辈子最后一次与她的"粉丝"们的告别"演出"。不过这已是后话。贺家湾人是在郑彩虹死后，才从贺万山那儿得知那天郑彩虹的身体状况的。他们知道后有些后悔，特别是那些当年郑彩虹的"粉丝"们。不过他们当时并不知情，不知道就不为怪。大家闹了一会儿，满足了自己的心愿，这才各自高兴地回家吃午饭了。吃完午饭才互相串门拜年，一边议论着上午戏里演的事，一边又等着明天继续看县里"玩友"班的演出。

三

世普等众人走后，还没看见端阳。贺劲松指挥着人帮助剧团卸幕布和往箱子里装东西，也在寻找端阳。因为剧团吃过饭就要离开，得把今天的演出费给他们。正着急时，看见端阳急匆匆地跑回来了。世普急忙问："你刚才到哪里去了？"

端阳没正面回答世普的话，却擦了一下额头说："老叔，这戏可能唱不下去了，赶快给城里的'玩友'班退信，叫他们别来了！"世普听了这话，愣了一会儿，才有些丈二和尚——摸不着头脑地问："今天演出的效果不是很好吗，为啥突然唱不下去了？"

端阳道："老叔你还不晓得，刚才戏要结束的时候，我出去转了转，看见村子外边有十几个小伙子，嘴上叼着烟，好几个鼻梁上还架着一副蛤蟆镜，盖住了大半张脸，一看就不像正经人，像是外面的混混，聚在一起在商量着啥。我去了，他们并不走，还瞪着眼睛看着我，朝我扮怪相！我看他们不像是啥好人，就问他们不去看戏，聚在这里干啥。你猜他们怎么说？其中一个冲我凶神恶煞地道：'我们想在这儿凉快凉快，你管得着？'我看他们说话的口气这样冲，就没再和他们说啥了。我怀疑他们和中华抓到那个电鱼的人是一伙的，趁我们演戏要来寻衅报复，所以我想不演了！"说完又说，"再说，看戏的人也太多了，你看今天除了坝坝里人挤人外，要不是你建议专门安排了人值勤，那黄葛树和学校的房顶上，不知要爬好多人上去。假如明天继续有人往上爬，出了安全事故那就麻烦了！"

世普听了，忽然想到刚才为郑彩虹伴奏时，好好的琴弦忽然嘣的一声断了，这是不是预示着要出事故？一想到这儿，世普便说："你说得很有道理，安全一定不能忽视！我们当初也没有想到有这么多人来看。但我们的预告已经发出去了，村民都晓得我们是演三天，才去把丈母娘大舅小舅老表等三亲六戚接来看戏的。可现在只演一天就不演了，怎么对村民交代？村民不说我们说话不算数吗？再说，这时才给城里的'玩友'班退信，恐怕也来不及了，人家说不定都已经出发了！"端阳说："那怎么办？我就怕出安全事故！前两天我到乡上跟马书记汇报演戏的事时，马书记就再三给我说一定要注意安全！必要时，宁可不演，也不能出安全事故！老叔你是晓得的，现在安全事故是要一票否决的！"

世普说："怕出事就啥也不做了？吃饭还有噎着的时候，怕噎着了就连饭也不吃？你们马书记这是典型的只保自己的乌纱帽！"接着又说，"现在学校也是这样，怕出安全事故，怕担责任，连学生的春游也不搞了。这是啥逻辑？我在政协大会的发言中提了好几次，但教育部门还是外甥打灯笼——照舅（旧），拿他们没办法！"端阳看了看世普，然后小心地问："照老叔的意思，这戏还是照常演哟？可要是真的出了安全问题怎么办？"

世普认真地思考了一会儿，才说："小心能走天下，不管会不会出啥事，我们有备无患。这样，你今下午把村里一些年轻人组织起来，我给他们讲讲，请他们这两天在村里加强巡逻，尤其是明天、后天演出的时候。剧场这里，我让立德他们组织几个老人维持秩序，估计问题不大！"端阳一听却说："老叔，让立德、东川叔他们组织几个老人维持剧场秩序，这办法行，可千万不能把村里的治安寄托在那些年轻人身上……"世普一听端阳这话，忙打断他的话问："为啥不可以？难道他们连家乡的面子也不要了？"端阳忙说："老叔，我说的可不是那个意思。你不晓得现在的年轻人，也都是些不懂法的二杆子，只晓得冲冲杀杀，逞强使狠，充当一时英雄。要是我看见的那些人真是些外来的混混，他们碰到一起，出手肯定不分轻重。到时候，不管是把那些混混撂倒几个，还是把我们自己人撂倒一两个，其结局都是给我们摆祸事，所以我看不能组织他们！"

世普一想也是这个道理，不能不防患于未然。于是想了想又对端阳说："那就请派出所来人帮助维持一下……"端阳没听完，把头摇得像拨浪鼓一样，说："老叔呢，大过年的，你还指望得上派出所那几人？"

世普听了这话，也有些左右为难了。这时劲松帮剧团收拾好了东西，过来请示端阳怎么付钱。端阳说："人家演得挺好的，还怎么付？按说的那样一分不少地付给他们！"可说完却又马上说，"你再等一会儿，我和老叔再商量商量，如果明天不演了，就让他们把台子上的破地毯一起拉走！"

劲松听了正要走，世普忽然说："演，群众看戏的热情这么高，我们怎么能因噎废食，说不演就不演了？"端阳仍盯着世普问："可安全……"世普没等端阳话完，就说："安全问题我来想办法，哪能活人就被尿憋死了？"端阳听见世普的话里已经有了生气的成分，便一挥手对劲松说："那就这样吧，地毯我们仍然再租两天，另外两天的租金还地毯的时候一并付给他们！"劲松听后，这才去了。

这儿世普等贺劲松走后，才对端阳说："这样，县公安局治安大队的大队长是我的学生，我给他打个电话，请他派几个警察来给我们维护两天治安，你看行不行？"端阳一听这话立即高兴了，说："这样最好，老叔！如果他们肯来，我们当然就放心了！"又直催世普说，"这事宜早不宜迟，趁现在是城里吃饭时分，老叔最好在这个时候给他打电话！"

世普听端阳说完，果然就掏出手机翻看起电话号码来。翻了一阵，找着了那个学生的号码，便打了过去。电话打通了，先是一个女人十分动情地在里面唱歌。唱的什么歌，世普不知道，只觉得带点挑逗的意味。女人一连唱了两遍，可都没有接听，正在世普有些失望的时候，女人的声音停止了，这时才传来一个有些生硬的、明显还有几分不耐烦的声音问："喂，哪个？"

世普一听，便大声回答说："贺世普！"那人马上便换了一副热情洋溢的声音道："哦哟哟，原来是老校长呀！"说完不等世普插话，那人便一口气说了下去，"老校长，新年好，学生正说要给你打电话拜年呢，你的电话就来了！学生向老校长拜年了！"

世普听见电话里传来乱哄哄的声音，不知对方正在参加饭局还是在麻将桌上，便打断了那个唠唠叨叨、冗长的祝福说："你那儿说话方便不方便？"那人一听又马上说："老校长有什么事需要学生效犬马之劳，尽管吩咐！"世普于是便把自己回家乡过年、出钱请乡亲们看戏需要请两个警察维持一下秩序的事，对对方说了。对方一听，稍沉吟了一会儿才又叫了起来，说，"哎呀呀，老校长，要是别的什么事，啥都好办！可就是这出警，老校长有所不知，这几天警力实在是太紧张了！何况老校长你这事，又不是啥大事，这、这就让学生太作难了！"说完，似乎有意不给世普说话的机会似的，马上又连珠炮似的说，"老校长，不是学生批评你的话，你怎么跑到乡下去过年嘛？啊，城里过年多闹热，啊！再说，你老回乡下过年就过年嘛，你去组织啥演出？你可知道现在安全有多重要？不瞒老校长说，现在县里都不组织大型的文娱活动了，就是怕出安全事故！你老有那份闲心，还不如在城里清清静静地喝两天茶！"言语之间，大有埋怨世普无事找事之意。

世普一听学生这些话，就有些生气了，说："你派不派，不派我就找你们局长！"话音刚落，谁知他的那个学生却在电话那头对世普说："哎呀，老校长，你老可不要生气！我们局长正在我身边，你老看需要不需要和他说一下！"世普一听这话，脸立即黑了下来，马上对着话筒气冲冲地说："我不需要跟他说了，请你转告他，我贺世普马上进城来找他！请他在办公室给我支个铺，他什么时候答应了派人，我什么时候就走！"说完啪地就关了电话，嘴里并愤愤地骂道，"王八蛋！"

端阳已经从世普和学生的对话里，大致了解了事情的经过，于是便劝道："算了，老叔，我们是求别人，哪有求人不低三下四的?"世普听了这话又道："狗眼看人低！我在台上的时候，县里哪个部门的头头为了自己的娃儿和三亲六戚的子女读书，对我不是像哈巴狗一样恭敬?"端阳说："啥叫人走茶凉，这便是人走茶凉！"

端阳的话音刚落，世普的手机便又马上响了起来，世普一看正是那个学生的号码，他想不接，但端阳叫他接，他便接了。只听见学生在电话里说："老校长，刚才那事你可一定不要生气，啊！我才请示了局长，我们局长说了，警力再紧，可老校长的事我们一定要支持，明天我就给老校长派三个警察来！"说完又紧接着说，"不过老校长你是知道的，我们公安局也是按人头预算的办公经费，这新年期间的出差费又是要按平时的三倍付给，老校长你看这事……"世普已经明白了电话那头的意思，于是便道："这三个警察的补助，你们就不用担心了，我们贺家湾给包了！"对方听了立即打着哈哈说："那就好，老校长，那就这样定了，保证明天在你们演出前三个警察到位！"世普说："如果到不了位，我可要带着全体贺家湾人到你治安大队来要人哦！"对方说："没老校长说得那么严重，老师的事就是学生的事，学生怎么敢在老校长面前打诳语？"世普说："那就谢谢你了！"说完挂了电话。

落实了明天执勤的事，世普心里一块石头落了地。回到家里，佳兰正等着他吃午饭，说："戏散了这半天了，怎么现在才回来？"世普说："你怎么走得那样早？戏完了你就不见了。"佳兰说："戏都演完了，我还不走做啥？"世普说："湾里一伙人要郑彩虹上去唱《红灯记》，郑彩虹只好上去唱了，我给拉的胡琴。要是你不走，说不定众人也要你上去唱了！"佳兰说："老都老了，我才不会上去唱的。"又说，"幸好我走得早，才没被众人拉上去出洋相！"世普又说了联系警察明天值勤的事，佳兰说："你真是闲吃萝卜淡操心，自己找的事干！"世普说："有事干是好事，一个人就怕没事干呢！"说着端起饭碗。饭是佳兰按过去在农村的习惯煮的青菜干饭，另加两样昨天中午剩的冷菜。贺家湾人过年喜欢在腊月三十这天中午煮很多的菜和饭，吃不完就用钵钵、鼎罐装起慢慢吃，那些酥肉、丸子和油炸的食品，有的人家甚至要吃到正月十五。庄稼人信奉腊月三十当天中午的剩菜剩饭吃得越久，这年的日子便越过越好。世普知道庄稼人这个习惯，但农村又没冰箱，所以在昨天做饭时，世普还是反复提醒佳兰少煮一些，慢慢改变这个陋习。佳兰也尽量少煮，但还是有几个菜剩了下来。

吃过饭，世普感到有些累，便在椅子上躺了下来，不一会儿便睡过去了。这时世国、佳桂却带了贺宏、贺伟上来拜年了。一见世普睡着了，几个人便尽量放低声音，怕把世普吵醒，但世普偏偏就醒了。睁眼一看，见世国一家人都穿着新衣服，脸上洋溢着幸福的光彩。世普虽然对世国打佳桂有些意见，可现在是大年初一，又见一家人和和美美的样子，心里也忘了平时的不满，便马上在椅子上坐了起来，对世国开玩笑说："哟，穿得这样漂漂亮亮的，才像过年的架势嘛！"

世国一见世普开玩笑，便也说："年在大哥大姐这里！"说完又对贺宏、贺伟说，"还不快给大姨、大姨父拜年！"贺宏、贺伟听了，果然过来对世普行了一个礼，又去对佳兰行了一个礼，口里说："给大姨父和大姨拜年了！"世普见了，马上去拉了贺伟的手说："给大姨父拜年可是白拜了哟，大姨父没准备压岁钱怎么办？"贺伟听了这话，立即红了脸说："不要压岁钱！"

世普一见笑了起来，又摸了摸贺伟的头说："给大姨父拜了年，大姨父怎么能不给压岁钱呢？那大姨和大姨父不就成了铁鸡公了？"说完便对佳兰说，"去把昨夜为娃们准备的压岁钱给拿来吧！"佳兰一听，果然进屋去拿出了两个红包，给了兄弟俩一人一个。贺宏毕竟大些，拿到红包后一把就放进了口袋里。贺伟却忍不住打开红包来看了看，一看里面是厚厚一沓钱，便哗地一下抽了出来，说道："啊，大姨父给这样多钱！"

佳桂一看，估计世普给每个孩子的都是一千元钱，便对世普和佳兰说："姐，哥，给小娃儿拿压岁钱只是个意思，你们给这么多钱干啥？"世普说："他们都不是小娃儿了，我再三十五十的也出不了手了！"又说，"只要娃们学习好，我心里比啥都高兴！"世国听了这话，忙对贺宏、贺伟说："还不快谢谢大姨父和大姨！"两个孩子听后，又过来给世普和佳兰行了一个礼。在贺宏行礼的时候，世普看着贺宏鼻子下面的两撇八字胡，忽然严肃地说："开学的时候，把嘴唇上的两撇胡子刮干净，学生就要像学生，留啥胡子？"贺宏脸顿时像大姑娘一样红了起来，然后才嗫嚅地说："同学说，胡子越刮长得越快……"世普说："长得越快，你不晓得刮勤一些？反正学生时代留胡子不好！"贺宏张着嘴，似乎还想说什么，旁边佳桂忙对儿子说："大姨父叫你别留就别留吧！"又说，"大姨父还会害你？听大姨父的话不会错！"贺宏听了母亲这话，才对世普说："是，我听大姨父的！"说完退下去了。世国、佳桂又和世普、佳兰说了一会儿闲话，便又带着贺宏、贺伟去世龙、世凤等长辈家拜年去了。

世普等世国一家人走后，也披上衣服、端着茶杯出去了。他先去了立德家里，然后又和立德一起去了东川家里，最后才到了大成家里。几个退休返乡老年人协会的成员相互拜了年，世普才往村委会来。一路上接受着贺家湾晚辈们的祝福，让世普心里很高兴。来到村委会，却见端阳已经等在那里了，一见世普，端阳首先就说："老叔，刚才我到你家里跟你拜年，只有兰婶一个人在家里，兰婶说你出去了！"世普说："天天都在一起，还单独拜啥年哟？"端阳说："话是这么说，可规矩礼节还是要嘛！你是长辈，我不来给你拜年，还给哪个拜年……"

正说着，城里的"玩友"班子就到了。世普一看，脸立即黑了下来。原来

"玩友"班班主肖师傅带来的人除了他以外，真正唱"玩友"的只有四个人，连打鼓、敲板、拉琴的都没有，只是带了录音磁带来。其余的是七八个青年男女。也不知这些人是做啥的，男的一律蓄着大披头，看上去不男不女的。女的大冷的天，大腿上还套着短皮裙，脚上却穿着长皮靴，看上去有几分美国西部牛仔的派头，却又都把眉毛描得弯弯的，眼睑画得黑黑的，嘴唇涂抹得像才生啃了活牛一样，让人有些看不顺眼。世普生气地把肖师傅拉到一边，压抑着心里的怒火问："我请的是你们唱'玩友'的，你给我带些啥子人来？"

肖师傅六十多岁的样子，瘦高的个子，宽阔的额头，头顶上秃了很大一片，只有四周的头发往下耷拉着，但眼里却现着矍铄而快活的光芒。他过去原是剧团的一个台柱子演员，专门反串花旦。他在川戏《王熙凤》里扮演的王熙凤，在《白蛇传》中扮演的白娘子，都曾经让一个小县城的男人想入非非。至今肖师傅虽然老了，可说话的语气和看人时的神情以及习惯性地翘起的兰花指，都还隐约可见当年舞台上的风采。此时他一听世普的话，眼睛里忙荡出笑来，朝世普弯了一下腰，说道："贺校长你别生气，啊！我也没有想到是这样。这大过年的，有的要回家和儿子媳妇团聚，有的说一年忙到头，就这两天，说啥也要歇一歇……"

世普没等他说完，仍沉着脸说："那你当初就别答应我嘛！你答应了我，现在我怎么给村民交代？"肖师傅这次皱起了眉头，说："当初我跟他们说的时候，他们也答应了我的，可谁想得到呢？拢了的时候他们才抽吊桥，我比你还着急呢！"说着，肖师傅朝世普翘了一下兰花指。

世普见肖师傅做出的一副苦脸，眉毛胡子都全堆砌在一起了，心软了一些，便不再说什么，只朝那七八个青年男女看了又看，却仍旧是越看越不顺眼，心里的气不由自主地又涌了上来。他拿起茶杯喝了一口茶，本想对肖师傅吼："没人来就算了，你也不能给我弄些'小姐'来充数呀？"可又觉得这话太刺激人了，于是停了一会儿，才对肖师傅问，"他们能演啥子？"肖师傅看出了世普的心思，于是急忙笑着说："贺校长，你别看他们打扮得有点看不顺眼的，这是年轻人赶时髦，其实他们都是正经搞演出的，一上舞台，该怎么样就怎么样，那可认真了！"

世普听了这话，又似信非信地看了几个年轻人一眼，正想说点什么，肖师傅又说话了："贺校长，其实呀，老是我们几副老嗓子清唱点折子戏和唱段，有啥

111

子看头？这大过年的，把年轻人叫来，他们能歌善舞，相声快板小品杂耍要啥子有啥子，加上这四位的川剧，就是中央电视台的春节联欢晚会了，既合老年人的口味，也合年轻人的口味，有啥子不好？再说，如果我们演了你不满意，除了订金，钱还在你们口袋里，你愿给就给，不愿给也就算了！"说完，紧接着又说了一句，"你要觉得不满意，我们马上回去也行！"世普听了这话，愤愤地说："村民等着看戏，你回去了，哪个上台去演？"肖师傅听了这话又翘着兰花指对世普笑嘻嘻地说："那就多承贺校长厚爱了！"

世普没顾得上和肖师傅油嘴滑舌，却回头看着一边的几个年轻人问："你们会演什么节目？"几个年轻人刚才已经断断续续听见世普和肖师傅的对话，此时脸上都露出了有些不高兴的神情。一个男孩听了世普的话，便懒洋洋地答道："贺校长需要看什么节目？"世普一听这话，有些愣了，看着答话的男孩。肖师傅看出了双方的不愉快，没等世普说话，便又笑盈盈地过来对世普说："贺校长，你看看这里面有没有你认识的人？"

世普听了，又仔细地看了几个年轻人一遍，发现并没有认识的，便朝肖师傅摇了头。这时，一个姑娘站了起来，冲世普说："贺校长，你不记得我了，我是你的学生呀！"世普一听这话，又朝这姑娘看了一眼，只见这姑娘个子高挑，身材很好，一张鸭梨似的脸蛋，小巧端正的鼻梁，一双眼睛里跳跃着热情而调皮的光芒，有种超凡脱俗的感觉。世普想了半天想不起来，便看着姑娘问："你在县中读过书？"

姑娘一听这话，马上调皮地冲世普敬了一个礼，像唱歌一般说道："向老校长汇报，学生姓晁，县中2005级毕业，考到省音乐学院表演系，毕业后却没有找到理想的工作，就和朋友一起组织了一个演出队伍，今天到老校长这里来讨饭吃！"世普一听高兴了，急忙说："哎呀，原来是这样，你看我，一点也没印象了！"小晁说："县中每年有一两千人考上大学，贺校长哪能记得住？"接着又说，"听肖老师说是来给贺校长演出，嗨，我们都很高兴呢！"世普更高兴了，说："那好，那好，那我就热烈欢迎你们！对不起，刚才我的话有些得罪你们了！"说着，就过去和几个年轻人握手。

这儿肖师傅一看，又急忙对世普说："贺校长，你不晓得，你的这个学生了不得呢！跟你明说吧，你写的那个《文明公约歌》，好倒是好，可我们这些唱

'玩友'的拿来一看，套了好多川剧的曲牌都套不上。大家要放弃呢，又不好跟你交差，不放弃呢，又没法唱！正在这时，你这个学生晓得了，来把唱词拿去一看，说这个非常适合表演唱！我说：你能弄吗？她说：这有啥子不能弄的！说着把词拿回去，一晚上就把曲子谱出来了。昨天他们几个排了一天，这才算把你那个节目排出来了！"说完马上又对小晃说，"小晃，老师就在这儿，你们几个把那个节目先给贺校长表演表演，看贺校长还有啥子修改的地方？"

小晃听到这里，立即对世普说："那学生就到里面化一化装，再把服装换一下！"肖师傅说："只是临时表演一下，可以不化妆！"说完又对世普问，"你说呢，贺校长？"世普听了也忙说："对，对，又不是正式演出，化啥装？"小晃听说，便大大方方地说："那好，学生完全听老师的！"说完不等世普再说什么，就朝另外两个姑娘和两个小伙子点了点头。两个姑娘和两个小伙子就站了起来，分别将一把吉他挂在脖子上，先试了试琴弦，然后和小晃一道，就在屋子里拉开了架势。一时，村委会办公室里就丝弦声声，歌声阵阵，在学校围墙外玩耍的人尤其是一些小孩子，马上就拥进学校里面的院子来，又接着往楼上跑来，把村委会办公室大门紧紧地围住了。几个年轻人到底是科班出身，一进入表演，便是全身心投入，一个手势，一个眼神，都让人心里激动，更不用说那悠扬婉转，有如莺歌燕鸣一般的唱腔了。世普不一时便被几个年轻人的表演吸引住了。觉得经过小晃的作曲和年轻人在表演时的二度创作，他的那几句登不上大雅之堂的顺口溜，一下子蓬荜生辉了！原来小晃在作曲时，对世普的唱词作了一些艺术处理，不但增加了一些衬词、叠句，而且把个别词语生硬的地方，也改成了念白。五个年轻人还是基本按照世普甲、乙、丙、丁、戊的设计，载歌载舞，且弹且跳，一会儿歌，一会儿念白，效果自然比世普当初预想的还要好。五个年轻人还没表演完，世普就让他们停了下来，高兴地说："好！好！我那也不过是一时兴起写的几句顺口溜，让你们这么一表演呀，还真成了艺术，不好意思，不好意思！"小晃真的招呼大家停了下来，笑着对世普说："老校长太谦虚了，我们觉得老校长写的词贴近农村现实，语言通俗易懂，农民容易记得住。我们演出队准备把这个节目保留下来，以后走到哪儿，我们都要演呢！"世普说："好，好，你们去休息吧，明天还要演出呢！"说完，就让端阳把他们以及肖师傅等人，带到事先安排的人家休息去了。

四

　　正月初三，贺家湾的"红顶商人"贺世海回来了。世海是世龙、世凤的亲弟弟，责任制后不久，世海是贺家湾村的支部书记，后来被贺世忠给弄了下去。不当支部书记后，世海便带着大哥世龙的小儿子贺兴仁到城里帮一个做了建筑包工头的老同学打理生意。后来这个老同学嫌县城这个地方太小了，就又到了省城独打天下，把县城这家公司全权交给了世海管理。名义上这家公司的法人是老同学，实际上已是世海了。经过这些年的打拼，世海已经赚了个钵满罐满，成了县上所谓的"著名民营企业家"。世海出去不久，便在县城安了家，老婆周萍原是村小学的代课老师，后来也不代课了，随世海进城做起了全职太太。世海虽然在城里安了家，但家里的老房子还在，每年他都要找人把老房子翻盖和维修一遍。他这样做的目的，倒不是他还打算回贺家湾居住，而只是一个象征，表示着他还是贺家湾的人。每年春节，贺世海和周萍都要回贺家湾一趟。这一来是因为在湾里的土地里，埋有祖上和父母的骸骨，一年到头，他得到祖上和父母的坟前烧把纸，磕几个头，乞求列祖列宗和父母保佑他来年平安和赚大钱！贺世龙、贺世凤和贺世海的父亲叫贺茂前，死在三年自然灾害里，死后被草草埋葬了。责任制落实后不久，三弟兄请来贺凤山重新看了一块地，将父亲的骸骨迁去葬了。那块地贺凤山叫作"金龟地"，又叫"蜘蛛结网"。迁坟以后，果然不但世海的生意越做越大，连一直病着的二哥世凤，家境和身体都好了许多。大哥的两个儿子兴成和兴仁也越来越有出息。特别是兴仁，成为世海生意场上的得力帮手。为此，从不迷信的世海对风水便深信不疑了。每年过年期间再忙，一定要回来在父母坟头三叩首。再一个必须回来的原因，是因为贺家湾还有两个哥哥，特别是大哥，父母死得早，全靠大哥把他拉扯大，还送他读了高中。在田地刚到户那几年，他当干部做农活不在行，大哥大嫂没少帮他干活。长哥当父，长嫂当母，他贺世海不是忘恩负义的人，过年了，再忙也得回去团聚团聚。再说，只有今世的弟兄，没有来世的弟兄，大哥都七十多岁了，自己转眼也是六十岁的人了，弟兄活着一天就团聚一天，不在了你还能团聚谁？第三，贺家湾是他贺世海的根，这人就是怪，不管你挣了多少钱，走了多远，身后都有一个东西拽着你，这东西就是自己的根！在外面打拼了一年，回到家里和湾里人拉呱拉呱，心里就觉得舒服了，放松了。要是哪年不回来，心里就会欠着，感到自己还有一件事没办，总有种亏欠的感觉。不管这年挣了多少钱，都没法把这种感觉填满。

今年春节，端阳早早给他打来了一个电话，告诉他说："世海叔，过年村里准备请剧团来唱戏，你一定要早些回来！"世海听说唱戏，也一下勾起了他许多回忆。无论他现在怎样的西装革履，处处给人一种"大款"的派头，也无论他每天如何出入县城那些灯红酒绿的场所，他毕竟是贺家湾这块土地上长大的，一听说唱戏，他和贺世普一样，就回想起过去追着大队宣传队到处跑的情形，想起了看"坝坝电影"时候他们这伙不安分的小伙子的一些"小动作"，也想起了村里的一些人和事。平时，他世海忙于生意场上的打拼，哪有时间回忆这些旧事？可现在一经想起来，便有些不可控制似的，浑身的血液都沸腾了起来。"是的，"他想，"村里是该唱两场戏了！是该热闹热闹了！"想到这里，便在电话里对端阳说："好的，我一定争取回来看戏！"端阳说："那我们就等你了！"

可是初一这天，世海并没有回来。端阳是一心想世海回来的，一则因为端阳和世海是一个祖宗下来的，用贺家湾人的话说，一个祖宗下来的才算是"亲房"。不是一个祖宗下来的，再亲也算不得亲。二来端阳在去年参加村委会主任竞选中，世海给他出过力，如果没有世海的帮助，端阳肯定当不上村主任，更不用说现在的"一肩挑"。因此，端阳心里十分感激世海。戏都开演了，他见世海没有回来，心里就有些空落落的，但他又不好对别人说。后来他不放心，在戏即将结束的时候，还亲自跑到村外去看，但还是没见着世海，却看见了一伙混混聚在村口。等戏完了，世普离开了村委会办公室后，端阳才打电话问世海怎么没回来。世海这才告诉他，今天、明天都可能回不来了，看后天怎么样！说完世海又叹息了一声，道："人在江湖，身不由己呀！"端阳听见这话，知道世海回不来一定有难处，这才不说什么了。

世海回不来确实是有原因的。原来开年后，县上要开展环境美化工程，整治滨江堤防和打造滨江公园，投资将近一个亿。一个亿的工程呀，世海明白这其中会有多少利润！这些年来，世海修过公路，搞过地方水利工程的施工，也修过房屋。这整治滨江堤防和打造滨江公园，全是土石方工程，这中间的利润比房地产业的利润更大。世海是商人，在如此巨大的暴利的诱惑下，他自然想拿下这个工程。要拿下这个工程，春节期间正是联络感情、展开公关活动的最好时机，许多行贿受贿行为都是假拜年的名义进行的。从过小年开始，世海每天都用大提包装着钱，开着车一个一个地给人"拜年"。世海明白，要拿下一个亿的工程，得花多大力气，得送出去多少钱才能有回报。他排了一个长长的名单，从"老大"到一些关键部门的办事员，按照名单一一给人打电话，约吃饭，约喝茶。有些人迫于反腐倡廉的压力，世海一打电话就被义正词严地拒绝了。世海知道这些人的拒绝不是作秀，是真拒绝，日后也不会为难他。世海从心里敬佩这些人，不管这些人出于啥目的不收他的礼，他都觉得这些人才是真正的共产党干部，是共产党的脊梁骨！世海在心里最恨的，是那些既要树牌坊又想当婊子的人，让世海多费许多心思，还得赔上许多笑脸，说上许多奉承的话。在这种人面前，世海有时候觉得不是自己在给人送钱，倒像是别人在恩赐他什么一样，让世海在人格和尊严上都有一种受伤害的感觉。

还有一种人，世海也有些喜欢他们，就是那些明码开价的人，说要多少就要多少，一点也不含糊。表面上看，这种人看起来有些无耻，但人家直来直去，不转弯抹角，和这种人打交道反而让世海省了不少心。这种人要钱直爽，办事也会很直爽，一般不会含糊，有种江湖义气的味道。在这种人面前，世海不感到自己的人格和尊严有什么受伤害的地方，至少，他们是处在一个平等的位置上做交易，你给我办事，我给你钱，这个交易十分公平。

世海不能回来，贺兴仁自然也就回不来，因为兴仁现在除了是世海公司的主管以外，还是幺爸的专职司机。送钱这种事，知道的人多了不好，收钱的人心里也有戒备，弄不好还会适得其反。所以，只要是世海出去攻关，一般都是兴仁开车。兴仁把车开到那些人的楼下，世海抱着包上楼去了，兴仁就在车里等，直到幺爸从那人家里出来，兴仁又按幺爸的指点，把车开到别一个人家的楼下。有时，有些人并不喜欢世海把钱送到家里，而是约一个地方，直接到车里来见面。这时，连兴仁也不能在场，只好由世海亲自驾车。一般是世海把车开到城郊某处公路旁边停下，不一时，那人也开着车来了。世海打开车门，拿着包下来，那人早打开车门迎着了。四海钻进那人的车里，车窗自然是早就摇上了的，车里开着

116

很大的音响，吵得人耳朵发麻。为啥呢？人家害怕世海口袋里藏着录音笔，把他们的话录下，日后作为要挟和告发他的证据。世海自然明白人家的用意，把包放到人家的坐垫上，啥话也不说，只拍了拍对方的肩就下来了。还有一个人更让世海哭笑不得。有次，这个人得了世海的钱，却对世海说："贺总，说句实在话，我对钱并不喜欢，一个人一辈子，生不过百年，要那么多钱干啥？我喜欢的，是钱上面那几个伟人脑壳，我有收藏伟人脑壳的嗜好！"世海一听便说："那你就多多收藏一些伟人脑壳吧！伟人们会保佑你仕途顺利，步步高升！"对这样的人，世海拿他们一点办法也没有。唯一的发泄方式就是冲他们的车屁股狠狠地呸上一口。但呸归呸，如果下一个还是这样的人，世海还得照做不误。这种人最难缠，他们收了钱，不一定给你把事情办成。他没把事情办成，世海还不能拿他怎么样，因为他没有留下任何凭据。但别人没把事情办成，你还得继续送，不然，你前期所做的一切都白做了！就这样，世海一直忙到正月初二晚上，才把该烧的香、该敬的神、该上的贡大致做完了，初三一早就赶回贺家湾来了。

世海在贺家湾里虽然还有房子，房子里的东西也都是现成的，但每次回到家里都没去做过饭。他如果坚持去做饭，就等于把大哥大嫂、二哥二嫂当外人了！再说，周萍现在在城里做惯了全职太太，已经不习惯农村炊锅燎灶这一套了。另外，如果他们要自己做饭，还得从城里带些油盐酱醋、米面蔬菜回来，这实在是太麻烦。所以每次回来，吃饭就在两个哥哥家里，只有晚上睡觉才回到自己老屋的床上，重温一下当年在农村时夫妻二人的生活。虽说白天吃饭都在两个哥哥家里，但世海在大哥世龙家里的时间还是比在二哥世凤家里多一些。这一方面是世龙觉得自己是大哥，按照贺家湾人的观念，有风吹大坡，有事问大哥，大哥身上担负的责任自然要大些，要不怎么会有长兄当父这句话呢？二则，自己的儿子兴仁在世海手下做事，除了亲叔侄这层关系外，还应当是兴仁的老板，所以不管从哪个方面说，世龙都觉得让世海在自己家里吃饭是理所当然的事。腊月二十八这天，世龙就叫兴成去给兴仁打电话，问他们啥时回来得到。兴仁在电话里说："哥，你给爸爸说，我们可能年前都回来不了，看正月初二或初三怎么样了！"兴成把这话告诉了父亲，世龙听了后，便去对世凤说："老二，老三年前回来不了，我们弟兄团年就往后推一推，老三啥时回来，我们弟兄再团聚，腊月三十这天就各过各的！"世凤听了这话，就说："行，老大，又不是外人，啥时团聚都是一样!"

过了几天，兴仁终于打电话回来说："爸，我和幺爸幺妈明天上午回来!"世龙老汉听了，马上去告诉了世凤，让他和毕玉玲明天中午来自己家里吃饭，弟兄喝杯团圆酒。然后初三这天，戏也不去看了，一早就和老伴李春英在家里准备了起来。

初三中午的时候，世海果然到家了。世海穿着一套笔挺的西装，一双意大利名牌皮鞋，腆着肚皮，一张圆脸庞闪着红光。鼻尖肥大，像是堆着一颗肉瘤似的。下巴上叠着几道褶皱，嘴唇没有一点曲线，牙齿用洗牙粉洗过，此时雪白银亮。看起来比在贺家湾时富态多了，但却过早地谢了顶，脑门儿上也布满褶皱，一道道隆起的肉褶透示出了他在生意场打拼的艰辛。他回到家的时候，学校那儿的演出还没结束。端阳在操场上维持秩序，听说世海回来了，就先打了一个电话给世海。端阳在电话里说："世海叔，我这会儿实在走不开，等会儿演出一完，我就来看你!"世海听了就说："那等会儿就来一块儿吃饭，我们叔侄得好好喝一杯，啊!"

世龙在旁边听世海请端阳来吃饭，便马上提醒世海说："老幺，那就叫他喊世普一起来，你们好摆龙门阵!"世海听了这话，没吭声，却把电话挂了。世龙见了，以为世海没听见，就叫兴成到学校黄葛树下去请一下世普，顺便也叫一声佳兰。世龙说："你告诉你世普叔，就说是世海回来了，新年大节的，自己弟兄在一起摆会儿龙门阵!"兴成说："这是不是幺爸的意思?"世龙说："怎么又不是你幺爸的意思?难道请你世普叔他还会不高兴?"兴成又说："爹，客好请，可事先有准备没有?到时候没东西往桌子上端，让妈作难!"世龙说："新年大节的，家里啥没有?到时候添人添筷子就是!你世普叔回来这样久了，我们也没有专门请过他。"兴成听了父亲这话，果然去了。

兴成去了没多久就回来了，却对父亲说："世普叔说他要陪警察吃饭，来不了，他谢谢你的好意!他还说，警察是他请来的，他不陪有点说不过去!"世海一旁听见了侄儿的话，便对兴成问："谁叫你去请的他?"兴成说："爹说把世普叔请来你们好摆龙门阵。"世海听了，便看着世龙说："大哥，你真是没事找事，你怎么知道我和他之间一定有龙门阵摆?"说完又像是想起什么似的，对兴成问，"你刚才说警察，哪来的警察?"兴成说："城里来的，世普叔专门请来维护演出秩序的!"世海听了,脸立即沉了下来,接着没好气地说了一声:"不来就拉倒,难道这顿饭没人吃!"世龙听了这话,看出了世海和世普有些不对劲,但不知道他们为啥不对劲,想问又不好问,就没再说什么了。

世海和世普这两个从贺家湾走出去的成功人士确实有些不对劲。事情要追溯到世海刚刚脱离老同学,开始独立打天下的时候。那时,全县都在开展轰轰烈烈的"普九"达标,县城和城区周边学校的危房改造工程是县教育局管着的。世海听说这一消息后,就想托世普出面去给县教育局领导说说,揽几个工程做。世海知道世普在全县教育系统中不仅威望高,而且行政级别也比县教育局领导高出半级,县教育局领导对他十分尊重。世海以为这样一点小事,世普一定会帮忙的,他就去找世普了。一见世普,世海说明了来意,还不等世普说什么,世海就从口袋里掏出一个信封,信封里装着两万元钱,恭恭敬敬地放到世普面前。世普一见却生气了,说:"你要不是这样,我还要去跟你说说!你要这样,我连话也不得去说,你各人快走!"世海一见,忙说:"哥,你误会了,这钱不是给你的,是让你去给老弟活动的!这年头都是这样,哪有不花钱说白话的!"世普听了还是沉着脸说:"我贺世普虽然是个教书匠,可一辈子没给人去送过礼,下过话,走过后门!卑躬屈膝、讨好卖乖的事我贺世普干不来,你快把钱拿起走,我绝不会跟你去做这事!你如果不走,我们弟兄今后就不要通往来了!"世海见状,只好把钱收起离开了世普的家。过后,世海虽然仍生着世普的气,但想到既是一个湾的,还是同祖同宗,平时两家人关系也不错,就又打了两次电话约世普出来吃饭,但都被世普以工作忙推辞了。至此,世海也真的生起世普的气来,觉得他真是一个迂腐的书呆子。

不久后,他们又发生了一次冲突,事情起因在一次政协常委会上。世普和世海都是县政协常委,世普是以教育界知名人士的身份进入县政协并担任常委的,而世海则是以企业界代表的身份进入县政协并担任常委的,两人本来井水不犯河水。但在那次常委会上,世普以非常尖锐的措辞批评县政协,说县政协现在就和乞丐团体差不多,不论啥人,只要给政协捐点杂七杂八的东西,就可以被拉进政协当政协委员,甚至还有人当上了常委!接着话锋一转,又说:"一些暴发户,靠钻政策空子和行贿受贿,挣了几个臭钱,就不满足了,千方百计往人大、政协钻,来给自己挣顶'红顶子',这哪里还是共产党领导的参政议政机构嘛?"世普指的是一个社会现象，这个现象确实存在。但世海一听就多心了，以为世普说的就是他，因为他不久前才给政协捐献了一套音响设备，花了将近一万块钱。世海想当场站起来反驳他，但想一想忍了，因为他明白世普就是这样一个德行，说话不留情面和后路。从此以后，世海干脆不理世普了。当然，那次发言世普是不是有意针对世海去的，只有世普心里才明白。

没过一会儿，黄葛树下的戏散场了，不一会儿，端阳果然来了。一来嘴巴就甜甜的，向世海、周萍拜过年后，又向兴仁问好。世海见了，急忙打断了端阳的话问："听说你老叔从城里请了几个警察来维持演出秩序，那几个警察叫啥名字？"端阳想了一想才说："一个姓卢，说是个小队长，还有两个，我也不晓得叫啥子。"说完又看着世海问，"世海叔认识他们？"

世海也想了一会儿，一边想一边拍着脑袋低声说道："姓卢，小队长，这……"说着，便看着端阳猛然叫了起来，说，"是不是叫卢绍华？"端阳说："具体叫啥我就不晓得了，只听见老叔在叫他卢队长！"世海说："屁的个队长，我叫他怎么样他就要怎么样！"

说着，世海就掏出手机，翻了一阵号码，然后就打起电话来。只听他对着电话说："哎呀，卢队长呀，兄弟辛苦了，竟然大驾光临我们贺家湾来了！我是哪一个？我是哪一个你都没听出来？真是贵人多忘事呀！我是贺世海，我回老家来了，听说你在这儿，就给你打电话了！你快带着你的弟兄到我这儿来吃饭，啊！啥不好意思的？我请你吃饭你有啥不好意思的？你要不来，下次哥子可要罚你三杯哟！对对对，快一点，顺便叫贺校长一起来，啊！我们等你，啊！"放下电话，世海立即对兴成布置说，"多摆几个人的杯筷！"兴成一听，便又对灶屋里李春英喊了起来："妈，妈，你准备了好多菜？这儿要多好几个人呢！"李春英还没吭声，毕玉玲却帮大嫂回答了，说："来就来吧，我们三妯娌和兴仁、兴成先不忙上桌子吧！"兴成听了，果然忙着摆杯筷去了。

这儿端阳看着世海说："世海叔果然认识他们！"兴仁说："县城的几个人经常要打交道，哪有不认识的？上半年我们公司开发北门桌子巷的旧城改造时，碰到几个钉子户不拆迁，就是卢队长带人来帮助我们把钉子户拔了的！"端阳听到这里，突然问："他们来帮忙，你们给不给他们红包？"兴仁听了这话，突然笑了一下，然后又看了世海一眼，才将目光移到端阳脸上，仍是笑着说："你说呢？

你以为这年头，真的还有雷锋呀？"端阳一听心里就明白了，说："怪不得老叔昨天就对我说，要给三个警察每人包一个红包，我还想，这是他们的工作，怎么还要包红包？"世海听到这里，突然说："哦，他现在也与时俱进了？"

正说着，卢队长真的带着两个警察来了，身后还跟着世普。卢队长四十多岁的样子，很胖。另两个警察人不仅年轻得多，模样儿也算得周正，见了世海，站得端端正正的，倒像有几分警察的素质。但世海一看，就明白他们只是临时的协警。那卢队长一见世海，便呵呵地笑着腆着大肚皮走过来，拉着世海的手说："啊，贺总，久违，久违，能在贺总的家乡见面，老弟太荣幸了！"

世海一听，一面晃动着卢队长胖乎乎的手掌，一面说："一家人不说两家话，老弟辛苦了！"说完，又笑着将手在卢队长的大肚皮上拍了拍，开玩笑地说，"老弟，你减得肥了，再不减肥，今后遇上一个歹徒，你怎么追得上？"卢队长一听这话，也笑着说："贺总有所不知，老弟这身子不是肥，是壮！当警察身子不壮，怎么行？"世海一听，马上笑了起来，说："对，对，是壮！如果遇到歹徒，你一下扑过去，准压得他气都喘不过来！"一听这话，众人都纷纷大笑起来。

说笑一阵，世海招呼大家入座。他将卢队长拉到上席坐了，世普和端阳陪坐，两个协警下坐。不一时，开起席来，世海斟上酒，首先敬了卢队长三人，然后敬端阳。端阳急忙推辞说："世海叔搞错了，怎么能先敬我？应该先敬老叔才对！"世海说："你别忙，我自有我敬你的道理嘛！如果我的话说错了，你再罚我的酒也不迟！"接着又说，"你是'一村之长'，是我们的'父母官'，我们这些在外面混的人，走得再远，也不敢忘了家乡的'父母官'，你说是不是？再说，你这个'父母官'当得不错，这么多年了，村里都没有演过戏了，你一上台，就一连唱了三天大戏，没有功劳也有苦劳，你说我该不该先敬你？"

端阳一听，立即说："要这么说，世海叔更错了！世海叔你还不晓得，湾里唱的这三天戏，村里只出了一天的钱，还是东拼西凑的，不够，我还把我的工资给垫上了。其余两天，老叔出了一天的钱，立德和东川两个人出了一天的钱。要是没有老叔他们，村里怎么能唱起戏？"又说，"老叔他们几个人回到村里，成立了贺家湾村退休返乡老年协会，帮村里办公益事业，村里没有钱，还是他们几个人自己捐的钱呢！老叔捐了一千元……"世海一听，马上打断端阳的话说："哦，原来是这样一回事。那村上那场戏的钱，我贺世海也认了……"

端阳一听，正准备推辞，忽听世海又接着说："村上有啥子钱？过去还可以向村民收，可现在不允许了！村上只有那点转移支付，可那点转移支付连办公经费都不够！这些情况我都是晓得的！你垫，你贺端阳有多少工资垫？就这样，你贺端阳也不要打肿脸充胖子了！另外，成立村退休老年协会这是好事，我贺世海是喝贺家湾的水长大的，现在在外面闯荡江湖，既然世普哥为成立老年协会捐了一千元钱，我贺世海不能像世普哥一样为大伙出力，那我就多捐一点，捐一万元吧……"

　　世海的话还没说完，卢队长就带头鼓起掌来，一边鼓掌，一边给世海戴高帽子，说："哎呀，贺总真不愧是优秀企业家！你看你看，一出手就是一万元，这下贺家湾的公益事业有指望了！"又说，"可惜今天没记者在场，要是有记者在场，可真该好好写一版了！"世海一听这话，便说："写什么呀？要写也该先写写世普哥才是！"说着又看着世普问，"你说是不是，世普哥？"世普听见微微笑了一下，却什么也没说。世海见了也不再说什么，当场叫周萍数出一万五千块钱出来。周萍果然到里面屋子里，打开世海的提包，从里面数出一万五千块钱来交给了世海。世海接过，先数了一万元，然后扬了扬，说："这是捐赠给贺家湾村退休返乡老年协会的！"说罢，想把钱交给世普，可看见世普十分冷漠的样子，迟疑了一下，仍把钱交给了端阳。端阳说了一声谢谢，帮世普收下了。

　　接着，世海又将剩下的五千元拿在手里，看着端阳说："这是村里唱戏的钱！"端阳一见，忙说："世海叔，村里唱戏只花了三千块，也不需要你花这样多呀！"世海忙挥挥手说："多余的，算赞助剧团！"说完又对着桌上所有的人说，"这些文化人，说起来有文化，其实什么也不是！我跟你们说呀，我那办公室里，经常来些文化人，说什么要帮我写报告文学呀，要不就是直接说要什么什么，请我给点赞助。说实话，不管他们打什么旗号，实际上跟叫花子要饭差不多！"说完又意味深长地看了世普一眼，然后又接着说，"我过去认为文化人很不得了，可现在才明白，文化人的不得了都是装出来的！"说完，把手里的钱又抖了抖，然后递到了端阳手里。端阳接了钱，站起来对世海说："那我就代剧团谢世海叔了！"世海说："谢什么？你告诉他们，文化人有啥困难了尽管来找我。我这个人，还是比较尊重文化人的！"说完又说，"喝酒！喝酒！我们怎么只顾说话，忘了喝酒呢！来，感情深，一口闷了！"众人一见，也都纷纷站了起来，说："对，一口闷了!"

吃过了饭,世海又悄悄把卢队长喊到里面屋里,递给他一个红包,里面装着五千元钱。又递过两个小红包,托卢队长转给两个协警。小红包里分别装着五百元钱。世海对卢队长说:"大过年的,老弟来贺家湾村维护秩序,辛苦了,我也是回来碰到了,就当我给兄弟买了几包烟。"卢队长一边说着客气话:"让贺总破费了,让贺总破费了!"又说,"贺总以后有什么事,尽管吩咐,老弟别的做不到,给你壮个胆还是做得到的!"一边把三个红包迅速装进肥大的警服口袋里,出来和世普、端阳一起告别世海走了。

等大家走后,世龙才像忍不住似的对世海说:"老幺呀,大哥有几句话,不知你想不想听?"世海说:"大哥,有啥子话你就说,长兄当父,我有啥不想听的!"世龙就说:"爹活着的时候,时常对我们说,做人要把尾巴夹紧些!你想捐就捐吧,可也不能捐那么多嘛?世普捐了一千元,你一出手就是一万元,是不是想把世普比下去?你如果有这个心思,你说世普心里怎么想?"

世海一听,急忙说:"大哥,你往哪儿想去了?我想把世普比下去干啥?钱是捐给大伙办公益事业的,世普是老年协会会长,他怎么还会不高兴?"世龙又说:"你捐出来为大伙办事也罢了,可是刚才那几个警察,你请他们吃了,还给他们塞钱,一出手就是五千块,好像钱硬是用不完似的!你知道过日子吗?那年兴成结婚,为五千块钱的彩礼,我和你大嫂不知着了多少急,后来到处借,才凑足五千块钱。你看你一撒手,我们庄稼人一年累到头,赚的一点钱就全拿出去了!大手大脚,可是要败家的呢!"兴仁听到这里,马上插话说:"爸,你说的是哪时的事了?你没在外面走,就不晓得外面世界的行情!"世海也说:"大哥,你今天看见的算啥子?跟你说个实话,我还用麻袋背着钱去给人家送呢!有什么办法?不过你放心,老三是哑巴吃汤圆——心里有数,如果赚不回来那么多,我怎么肯去送?"世龙听了这话,这才不说什么了。

第五章

一

　　贺家湾过年的风俗现在还是这样的：大年三十早上，很多人家都是熬稀饭，在稀饭中煮几个汤圆，其中一两个汤圆里面会包上一分或一角的硬币，如果谁吃到包有硬币的汤圆，那就证明他这一年里运气会很好。当然，如果是当家人吃到了，那更是皆大欢喜的事。中午是一家老少团年的日子，得弄上很多的菜，摆满一大桌，吃不完不要紧，剩的菜吃得越久越好，这叫作年年有余。过去的老传统，中午饭菜摆上桌后，要请逝去的祖先先吃，具体做法是将杯筷摆好，将杯里的酒也满上，一家老小站到一边，当家人恭敬地对着桌子说一句："过年了，请列祖列宗入席！"说毕也垂手恭立。这样经过大约两三分钟的时间，一家人才入席落座。现在这样的风俗不兴了，但入座的规矩却是不能变的，就是家里辈分最高的人，一定得坐上面。所谓上面，就是朝着大门那一面。晚上时兴守岁，一家人坐在一起，一边烤火，一边谈笑。在守岁的时候，当家人一般要把全年的收支和人情世故情况，提出来说一下，同时也展望一下来年的情况。当然守岁时最主要的，是大人逗小孩子玩，充分享受天伦之乐。这些年有了电视，电视里年年又有春节联欢晚会，可贺家湾人对电视里那些明星扭屁股并不感兴趣，觉得离他们的生活太远，他们还是喜欢逗自己的孙儿孙女玩。如果孙儿孙女才开始上学，在学校里又学到了几首儿歌或几篇课文的最好。他们在父母或叔叔、姑姑的"教唆"下，跪下给爷爷奶奶磕头，稚声稚气地给爷爷奶奶表演在学校里学到的儿歌和朗诵学过的课文，以便向爷爷奶奶讨要更多的压岁钱。而这时，也是家里老人最幸福的时刻，他们虽然已经老去，或者所剩岁月不多，但他们却从这些孩子身上真真切切地看到了自己生命的延续。相比而言，电视里那些莺歌燕舞，与他们有什么相干？

年三十这天，还有一件农事活动，那就是殡南瓜子。据说腊月三十当天种的南瓜，会结得又圆又多又大。但才过了年，气温还很低，南瓜子种在土里容易坏。所以庄稼人会在这天挑选出籽粒饱满的南瓜种子，先用温水浸泡半天，在吃过午饭以后，会挑选筛子大一块地，把土整得细细的，撒上底肥，将浸泡过的南瓜子均匀地撒在土里，然后再在南瓜子上面撒一层拌有糠壳的细土，细土上面盖上塑料薄膜或稻草，做成温床。等南瓜苗出土长到开了瓣时，再移栽到事先挖好并埋有底肥的坑里。也有人家不这样，直接用筛子盛上粗糠，把南瓜子埋进糠壳里，每天浇洒温水，白天有太阳时端到院子或房顶上吸收阳光，同样等瓜秧长到开了瓣时，再移栽到土里。

这是腊月三十当天的情况，到了正月初一，这天一般不走亲访友，湾里人互相拜年。主要是晚辈给长辈拜年，同辈的人见了面也互相问候。但同辈间的问候只限于问一声好或说一些"这日子过得真快，转眼又是一年了"的话。如果别人拉着孩子，也要顺便说一说"这孩子又长高了"或"这孩子越来越懂事了"的话，以博得同辈的好感。但晚辈给长辈拜年，长辈是要给红包的。当然，并不是所有晚辈都给，一般是和自己有血缘关系的才给。对和自己没有血缘关系的，如果别人在自己家里也必须打发一把糖果或一把瓜子，不然，人家会说你连人都不会做。贺家湾人出门拜年是从正月初二开始的，俗称"走人户"。"走人户"有严格的顺序，首先要去的，自然是孩子的外公外婆家，然后依次为舅舅、姨妈、姑姑、老表等一干亲戚。舅舅又依次分为大舅、二舅、小舅。自然，姨、姑、老表也是这样。即使大舅、二舅、小舅都住在一起，房屋挨房屋，那也必须是先到大舅家，再到二舅家，然后到小舅家，这样从大到小，依次走下来，方才没有厚此薄彼的意思，不然，亲戚间还会因为这拜年的顺序而打起肚皮官司来。

闲话少说，却说贺家湾村今年因为唱戏，全村"走人户"的时间都推到了大年初四。世普也是如此，决定正月初四这天去给老岳母和小舅子拜年。世普自从当了县中校长以后，就官身不由己，一直没有什么闲时间。虽说春节正值寒假，可这个假对学生和普通老师来说是假，对学校领导特别是主要领导来说就没什么假期之说了。这个假期又很短，一般毕业班腊月二十八都还要上课，正月初五一过就要开始补课，中间只有短短一周时间学校没有学生。在这一周里，还必须把新学期的教学和工作计划制订好，损坏了的课桌椅和其他教学设备，也要在假期中修理好，如果有危房，更得在这期间排危。更不用说还得有人值班，以应付上级政府和教育行政部门突然布置的工作或检查了。而这事都是由学校行政一班人来做的。因此，世普有好几年春节都没去给老岳母和小舅子拜过年了，以至于老岳母都有了意见。有一年，老岳母叫佳兰带回话来，说："你问问贺世普，忘没忘记到贾家沟的路？忘了的话，我叫佳成去给他带路！"佳成就是佳兰的弟弟，世普的小舅子。世普知道这是老岳母有意激他，虽然心里内疚，但实在抽不开身，也只好任岳母和小舅子埋怨了。可现在，世普已经退休了，并且住在了老家里，不去给老岳母和小舅子拜年，别说老岳母和小舅子那儿，就是佳兰这里也通不过。因此，昨天戏一结束，送走了城里那帮唱"玩友"的艺人和那几个小青年，回到家里世普便对佳兰说："这下好了，明天我们去给你妈和佳成拜年！"佳兰一听，便高兴地说："那好，我马上去跟佳桂说一声！我们年前就说好了的，要去就一起去，免得妈天天都在待客！"世普说："怎么不行？一锅费柴，两锅费米，一起去也热闹些。你去给他们打声招呼，要去明天就早点走！"佳兰听了这话，马上就下去给佳桂说了。

　　佳兰去给佳桂说了明天去给妈和佳成拜年的事，回到家里，简单地做了一点夜宵，夫妻俩吃了。世普这几天为演出的事操了不少心，感觉有些累了，一放下碗，就坐在竹椅上打起盹儿来。佳兰看见便说："要睡到床上睡嘛！"世普睁开眼，又打了一个呵欠说："这么早就上床怎么睡得着？"佳兰说："睡不着怎么又打瞌睡？"正说着，忽然听见房梁上喵地叫了一声，接着便有许多灰尘簌簌地掉了下来。世普抬头一看，原来是佳桂家里那只花猫，正弓着身子在房梁上跑。世普说："我们回来这才几天，难道屋子里就有老鼠了？"佳兰说："你没有回来，难道屋里就没有老鼠？"一语未了，房顶上便传来一阵扑打声和老鼠的吱吱声。佳兰说："咬着了，咬着了！"世普说："咬着了好！"话音刚落，果然看见那只花猫从房顶上下来了，嘴里叼着一只又肥又大的老鼠向世普面前跑来。世普嘴里轻轻地喵了一声，伸出手想去抚摸这只劳苦功高的花猫，可花猫却警惕地瞪了他一眼，嗖的一声便跑到楼下去了。

经过花猫这一闹腾，世普的瞌睡消失了，便和佳兰闲聊起来。说了一会儿闲话，忽然听见下面佳桂的屋子里传来一阵叫骂声，紧接着便是一阵响声和佳桂的哭声。佳兰马上站了起来说："佳桂两个又打架了！"世普说："你刚才下去听见他们在吵没有？"佳兰说："吵啥？我说了明天去给妈拜年的事，两个人还有说有笑的，答应得哦哦的！"世普说："那为啥这么快又打起来了？你下去看看，为啥子打？"

佳兰一听这话，马上转身就朝楼下走去。可是还没等她下完楼梯，佳桂却已经哭哭啼啼地朝上面跑来了。佳兰刚打开门，佳桂就一下子扑在佳兰怀里，肩膀一耸一耸地哭得更凶了。世普听见，也急忙朝楼下走去。到楼下一看，只见佳桂披散着头发，脸呈现出灰白的颜色，嘴角向下拉着，嘴皮和眉毛都不断哆嗦，整个面孔都扭曲得十分难看。一只手掩了右边眼角，哭声一抑一扬，像是很有节奏的样子。世普看见小姨子哭得泪人儿一般，便压抑不住心中的怒火，对佳桂问："怎么，他又打了你？他又为啥打你？"

佳桂听见，哭声噎住了似的顿了一下，可接着又提高了。佳兰把她扶到板凳上坐了下来，也问："刚才我下来时，你们还好好的，究竟为啥打起来了？"佳桂坐到凳子上后，却把脸埋到了桌子上，用手掩住了哭，仍没回答佳兰的话。佳兰生起气来，就大声说："问你又不说，打死你活该……"话还没说完，忽然看见佳桂后脑勺鼓得高高的，就一把撩开佳桂的头发，这才看见后脑勺上有两个大包，分明像是被撞了的。佳兰一看，不由得更加气愤起来，便一边摇晃着佳桂的身子，一边将另一只手按在鼓起的两个疙瘩上问："这是怎么回事，啊，怎么回事？"佳桂还是不答，却把手反过来，把佳兰的手推开了，然后抱住了头。佳兰见追问不出什么来，就一把扳过佳桂的身子，把她披在脸颊前面的头发往两边刨去，又才看清佳桂的眼角一片瘀血。于是狠狠地推了一下佳桂说："哭哭哭，就晓得哭，问你不开腔，哭顶啥用？"说完，又回头对世普说，"这个东西下手好狠，要是再过来一点，还不把眼睛打爆？明天顶着这大一片青疙瘩回去，还怎么见人？"佳桂一听这话，又反身抱住了佳兰，身子随着哭声而抽动，一副悲痛欲绝的样子。世普一见，心里越发难受起来，便对佳兰说："她不愿说就算了，我下去问问贺世国，究竟是为啥打起来的？"说着不等佳兰说什么，就气冲冲地出门去了。

世普来到屋子下面世国家里，见门开着，就怒气冲天地走了进去。进去一看，见贺世国正坐在屋角里，耷拉着头，一副霜打了的样子。贺宏、贺伟兄弟俩坐在桌子两旁，满脸怒容，默默地盯着父亲，屋子里充满着紧张的空气。看见世普来了，兄弟俩站了起来，对世普说了一声："大姨父来了！"说完后不再说什么，只把板凳扯过来，示意世普坐。世普却没有坐，只大义凛然地站在屋子中间，对世国厉声问："你为啥子又打人了，啊？"

世国稍稍抬起眼皮看了世普一下，接着又把头耷拉下去，把一头刺猬似的短发对着世普。世普一见世国这副死猪不怕开水烫的神情，气更不打一处来，又厉声问了一遍。可世国和佳桂一样，仍是一声不吭。世普努力压抑着心中的怒火，又回头问兄弟俩说："他们是怎么打起来的？"

话音一落，兄弟俩都摇着头说："不晓得他们是怎样打起来的！我们在里面屋子里做作业，听见他们在外面说着什么，说着说着就听见爸爸骂了妈妈一句，接着就打了起来！"世普听了这话，便转身对世国说："动不动就打女人，那是什么人？是畜生，是变人没变过来的野蛮人！我们教育过你多少次了，你硬是改不过来是不是？"说着，世普停了一下，他觉得心中的怒火在嗖嗖上蹿，恨不得也上去给世国几下似的，双眼喷射着火苗，继续对世国大声说："我告诉你，你不要这样一而再，再而三地实施家庭暴力，这是犯法的！犯法的你晓不晓得？"世普在世国面前攥了攥拳头，接着警告道，"我把话说到这里，要是你下次再打佳桂，我也要让你到监狱里面去尝尝受法律处罚的味道！"

说到这里，世国忽然抬起头来，愤愤地盯了世普一眼，然后将双手抱在怀里，重新垂下了头。世普看出了世国刚才那一眼中的恨意，气更大了，便又冲世国说："你瞪我干啥？难道你瞪我我就怕了？打开窗子说亮话，我说得出就做得出！"

话音刚落，头顶的灯泡忽然闪了闪，瞬间就熄灭了。屋子里一下黑了下来。世普说完那番话后，仍觉得不解恨，胸脯起伏着，在黑暗中睁大眼睛又狠狠地盯了世国一会儿，才转身向外走。世国仍蹲着没动，两弟兄却站了起来，在黑暗中将世普送到大门外，说："大姨父慢走！"世普黑着脸，也没对两弟兄说什么，回到了自己的屋子里。

回到家里，见佳兰正在用棉花蘸着白酒给佳桂揉着后脑勺的大包和眼角瘀血的地方。世普见了也没说什么，只是说："你们两姐妹在大床上睡吧，我到隔壁的小床上睡！"说完世普走到楼上，抱了两床被子和枕头到隔壁房间，将被子铺在一张单人床上，睡去了。没一会儿，佳兰和佳桂也上楼睡了。

睡在床上，佳兰东问西问，才从佳桂嘴里盘问出他们打架的缘由来。说起来这事，无论是佳桂，还是世国都确实是难以启齿的。原来他们为的正是明天"走人户"给佳成送多少礼的事而发生争执、最后世国动起手来的。如果外人知道是为这事两口子打架，那实在是太丢人了！所以佳兰刚才那么追问佳桂为什么打架，佳桂张了几次嘴，都没有说出来的原因。而且这原因也牵涉世普和佳兰。原来过去回去给母亲和佳成拜年，佳桂和佳兰两姐妹都是各走各的。佳桂每年都是按规矩，在正月初二和世国、儿子一起回娘屋去。而佳兰一般都要等到初五过了，才从城里去给母亲和佳成拜年。世普是吃皇粮的，又顶着一个大校长的官帽，佳兰进城以后回娘家的日子也比在家时少了许多。因此，佳兰回娘屋出手就要比佳桂大方些，一般给佳成的拜年钱是五百元。而佳桂呢，和佳成一样都是土里刨食，所以每年给佳成的拜年钱只有两百元。按说，乡下人送礼，两百元也是一笔不小的数目了。问题是按照农村风俗，佳桂的两个孩子贺宏和贺伟还没成人，加上又在上学读书，因此做舅的必须给两个外甥打发"压岁钱"。前些年两个孩子小，佳成一般是给两个孩子各打发五十元钱，可现在两个孩子都大了，佳成再打发五十元就有些不好出手了。所以，从去年开始，佳成就给两个外甥各打发了一百元。这样，佳桂给弟弟送的礼就等于没送。过去，姐妹俩不在同一天回娘家，送多送少，没人知道。可今年姐妹俩一同回去，而且世普也要去，如果佳兰还是送五百元，佳桂还是送两百元，佳桂就会感到不好意思。再说，佳成还要打发贺宏、贺伟的"压岁钱"，而不用打发佳兰什么钱。因为佳兰不带孩子回去，即使带孩子回去，佳兰的孩子全都参加工作了，不但不需要舅打发"压岁钱"，反而还要给舅送礼。正是基于上面这些考虑，佳桂想在明天回去时，提高给佳成拜年的礼金。不说和佳兰一样多，至少除了佳成打发贺宏贺伟的"压岁钱"外，多少有点赚的，自己脸上才过得去。于是吃过晚饭，佳桂等两个孩子到里面屋子里做作业去了以后，便对世国提起了这个话题。可她先并没有说出自己的想法，而是对丈夫问："今年给佳成拜年，你说送好多钱呢？"世国像是从没有考虑过这个问题，听了这话后愣了一下，然后才瓮声瓮气地说："往年不是都送到的吗？"佳桂说："往年是往年，今年有姐姐姐夫一起，少了，不臊了你的皮？"

世国听佳桂这样说，便有些不高兴了，沉下了脸对佳桂问："那你说送多少？"佳桂想了一下，说："大哥大嫂今年给贺宏、贺伟的压岁钱都是一千元，我想他们给佳成送礼也不会低于这个数。他们送一千块，我们不说跟他们比，最低也该送他们的一半……"

谁知佳桂的话还没说完，世国就冲佳桂恶狠狠地骂了起来："龟婆娘，你不如说送两千块！不如把这个家都一下搬到你娘屋去！老子的钱又不是抢来的，今年要修房子，钱在哪儿？"佳桂一听这话，心里觉得十分委屈，于是也骂了世国一句："你个龟犯人，我哪里顾娘屋了？你修房子别人不还你的情呀……"

两个人就这样一来二去，你一句我一句，那贺世国的火炮脾气就上来了，猛地过去抓住佳桂的头发，就往墙上咚咚撞去。一边撞还一边对佳桂咬牙切齿地道："龟婆娘，我让你嘴巴凶！我让你嘴巴凶！"撞了几下，这才松开手。佳桂的头发被世国抓散了，此时脑子里像进了千万只蜜蜂嗡嗡地响成一片。世国一松手，人便打了一个踉跄。这时贺宏、贺伟丢开作业出来了，佳桂看见儿子出来了，就一边骂着一边扑过去抓世国。贺宏、贺伟急忙跑过去拉扯，可还没等他们抓住佳桂，世国一拳便打在佳桂的右眼角上。当时，佳桂只感到眼睛一阵火辣辣的疼痛袭来，无数的金光在眼前直冒。她又打了一个踉跄，以为眼睛被世国打爆了，哇的一声，便用双手紧紧按了右眼，一边哭喊一边跑到佳兰这儿来了。到了佳兰这儿，去摸眼睛，才知道眼睛并没有被打爆，世国那一拳只打在眼角上。

佳桂在被窝里，絮絮叨叨地对佳兰讲了打架的经过。刚讲完，又忍不住伤心地哭了起来，佳兰搂住她，说："算了，这事都怪姐当年看错了人。"佳桂长长地抽泣了一声，才一边流泪一边对佳兰说："姐，你说我活着有啥意思？嫁给他都二十年了，娃儿都那样大了，我在他家里算个啥？一点发言权都没有，连个童养媳都不如！要不是看到贺宏、贺伟面上，我硬是想死了算了！"

佳兰一听这话，急忙对佳桂斥责道："你说的些啥话？正月忌头，腊月忌尾，过了年才这样几天，就死呀活的，还不把嘴闭上！"佳桂说："我说的是真话，都下了好几回决心了，就是怕把娃儿丢下可怜！"说着又嘤嘤地哭了起来。

佳兰见了，心里真生起了气来，又冲佳桂说："你再说，我就把你赶出去！"佳桂听了姐姐这话，这才努力压抑着哭声，也不说什么了。过了一会儿，佳兰又才把手放到佳桂受伤的那只眼角上，一边像母亲一样在上面轻轻抚摸一边说："明天回去，可不准对妈和佳成说你们又打架了！"佳桂噙着眼泪在被窝里点了点头。佳兰把佳桂的头从自己的怀里放下去，自己也紧挨着佳桂躺下，姐妹俩像小时一样互相搂抱着。佳兰腾出一只手，在佳桂的背上拍着，说："睡吧，啊，睡过一觉就好了！"佳桂又像怕冷似的往佳兰的怀里拱了拱。佳兰忽地笑了，说："还跟小时候一样，像只猫儿！"佳桂听了，嘴角也忽然牵出一丝微笑，真的慢慢地在佳兰怀里睡过去了。

　　可佳兰听着佳桂在睡梦中还不时带着抽泣的鼾声，却没了睡意。往事一幕一幕往脑海中袭了过来。那还是二十多年前，佳兰种着四个人的包产地，孩子又小，世普在村小学教书的时候，每天放了学和星期天还能帮佳兰做点地里的活儿。可不久世普就被调到乡中心小学做了校长。做了校长的世普就一点儿也没法帮佳兰了。佳兰许多农活都忙不过来，尤其是抢收抢种的时候。那时佳桂才十八岁，已经出落成一个漂亮的大姑娘了。白里透红的皮肤，水汪汪的大眼睛，个子不高，却有着男孩子似的力气，两条手臂粗壮有力，经常是穿着一双布鞋，裤腿挽到膝盖处，露出白色的小腿和弯曲有力的小胫，走起路来震得地面咚咚直响。一张圆脸蛋，嘴角两只酒窝溢满了灿烂的阳光，笑起来一闪一闪的，显得既自然又无比妩媚。姐姐家的活儿做不走，作为娘家妹妹自然是要来帮忙的。这天，佳桂来给佳兰收割小麦，住在佳兰房屋下面的世国突然来对佳兰说："嫂子，活儿做不走，怎么不对我说一声呢？今天我来给嫂子挑麦子！"世国那时也才二十出头，胸脯隆起，肩宽膀阔，腿壮腰粗，穿着一件白背心蓝短裤，胳膊、大腿和裸露的胸部皮肤都闪着古铜色的光辉。一张方形脸像上了釉一样，颜色也是黑红黑红的，厚厚的嘴唇，说话时露出两排雪白的牙齿，使他看上去有几分腼腆的样子。他家里那时只有三个人的包产地，父母又都能下地劳动，所以每季活儿都会走在全湾人的前头。

　　佳兰一听世国主动来给她挑麦子，正求之不得，便对他说："你来给我挑麦子，那你们家的麦子呢？"世国说："我们家的麦子还有我爹呢。"说完又埋怨佳兰说，"嫂子，不是我说你的话，住在一堆一块儿的，有啥子活儿了也不吭一声，你这是把我当外人了！"佳兰说："那好，以后有啥活儿，我就叫你世国来帮忙了！"说着，几个人就下地了。

可是没多久，佳兰就看出一点"问题"来了。就是世国在干活时，总是找机会去和佳桂挨在一起，没有机会时，两只眼睛也总是在佳桂身上瞟。佳兰心里一下明白了，但她也没说什么。男大当婚，女大当嫁，一家有女百家求，这也是正常的。再说，她在大队宣传队演过戏，嫁给世普后也受过教育，也不是那种封建的女人，这事得看佳桂的态度。但从此以后，世国有事没事都往佳兰家里跑，来了就寻活儿干，俨然一家人一样。佳桂只要一到姐家来，就几乎要见到世国。在这期间，佳兰忽然发现佳桂也有些变了，变得在世国面前更大方了，话也更多了，有时趁佳兰不在家，还和世国单独在一起，两个人有说有笑地不知说些什么。这样过了一年，又到了第二年收小麦的季节，佳桂又来了。中午时候，佳兰回去做饭了，地里就剩下了佳桂和世国两人，世国捆麦，佳桂抱麦，捆着捆着，不知怎么回事，两个人都去抱麦，世国就忽然抱住了佳桂，把她摁到了麦捆上。下午，佳兰下地去，发现地下折断了许多麦穗，还散落着不少麦粒，佳兰便问："地下怎么有这么多麦穗？"佳桂听了，脸红得像块绸布，没吭声，默默地走开了。世国却说："麦捆爆了腰，跌的！"佳兰信以为真，便不再问了。

可是过了不久，贺世国的父亲贺万元就提了礼物到佳兰屋里来为世国求亲了。佳兰先还有些犹豫，但仔细一想，世国家里虽然穷是穷了点，但他是独子，也不和别人分家产，况且贺万元已经备好了材料准备扒了草房建瓦房。再一想，过去都有两姐妹嫁两弟兄的，姐妹在一块儿也相互有个照应，又哪点不好？贺世国上过初中，人样子也不错，干活有一身力气，说话有一副口才，在人市上和人比，也差不到哪儿去。于是佳兰就回去，先问佳桂的意见，佳桂虽然没直接说同意，可那一脸的红晕和嘴角的笑意，就完全表明了她的意思。然后佳兰又对父母说。父母虽然也有点嫌弃男方家里穷，但是亲生女儿保媒，这还有啥好拒绝的？难道还有亲姐姐害亲妹妹的？于是父母便欣然答应了。这样第二年佳桂便嫁给了贺世国。

谁知结婚以后，世国慢慢就暴露出了作为一个独生子被父母娇生惯养所惯出来的坏脾气。在家里他处处要占上风，佳桂只能像是小媳妇一样，他怎么说，佳桂便怎么听，不能有半点的自主权。更恶劣的是，他脾气暴躁，几句话不对，就对佳桂拳脚相加，常常把佳桂揍得个鼻青脸肿的。在贺万元两口子还活着的时候，因为有老两口时时敲打着他，世国还要收敛一些。老两口一死，世国就更加我行我素，佳桂挨打成了家常便饭。在这一点上，佳兰经常觉得对不起妹妹。但贺世国又是这样一种人，那就是他每次打了佳桂以后，马上又后悔了，好多次都在佳桂面前痛哭流涕，甚至还向佳桂下过跪，请求她原谅，赌咒发誓地表示以后绝不再动她一指头。但是事隔不久，他又会忘了这些誓言，照样对佳桂实施暴力。佳桂也曾提出过离婚，但包括佳兰在内的娘家人觉得离婚会丢娘家的脸，再说，孩子都已经那么大了，不看僧面看佛面，就看在孩子的面上忍一忍，也许过两年就不会这样了。加上世国又一次次地故技重演，不但给佳桂下跪，还到佳桂娘家给岳母和小舅子下跪求情，于是佳桂在娘家住了一段时间后，又会回到贺家湾。佳桂和世国这种日子，就这样磨磨蹭蹭地走到了现在。此时，佳兰听着妹妹在睡梦中还不时发出的抽泣声，想起佳桂刚才说的那些话，一时感到害怕起来，便紧紧搂着佳桂，生怕她会从自己怀里失去似的，一时更没有睡意了。

二

第二天天刚亮，佳桂就起床了，穿衣服的时候，弄醒了佳兰。佳兰昨晚为佳桂的事没有睡好，现在眼皮有些发黏，还想多睡一会儿，但见佳桂这样早就起床了，便在被窝里问："你这样早起去做啥？是不是要回去？"佳桂一边将毛衣往身上套，一边说："你们说的要早些走嘛！"佳兰一听，便知道佳桂身在曹营心在汉，还是欠着家里，不由得生气了，一下坐起来，将佳桂其他衣服全甩在床边，说："你硬是虾子身上无二两血！昨晚上才那样打了你，今天就这样早爬起来，又想回去煮早饭服侍他呀？你还有点志气没有？"佳桂一听佳兰这话，果然愣住了。佳兰又把她往下一拉，用命令的语气说道："躺下，你哪里那样下贱？我跟你说，他不亲自上来请你，你就不用回去！你一顿饭不煮给他们吃，看他们会不会饿死！"佳桂瞪着两眼把屋顶望了一会儿，果然又把穿好的毛衣脱了下来，重新躺回了被窝里。但姐妹俩却谁也没有睡着，都只睁着大眼看着窗外渐渐变白变亮。

　　姐妹俩就这样又躺了一阵，直到窗外传来一片鸟儿的鸣啾吵闹声，才重新起床来。穿好衣服，佳兰又去撩开佳桂右眼角上的头发，发现眼角上瘀血仍然没有消，便又对她说："还没有消，你再去用热毛巾敷敷，听说热敷去瘀血快！"说完又去摸佳桂的后脑勺，发现后脑勺上的包消了一些，便又说："遮得到的地方消了，遮不到的地方却还是那个样子，快去用热水敷吧！"说完便拉着佳桂下楼来，走进灶屋拿过一只盆子，从保温瓶里咕噜咕噜地倒出昨天的开水，又抓了一把盐放到盆子里，用手搅了一遍，将一根新毛巾放到水里，然后提起轻轻拧了一下，叠成四层塞给佳桂。佳桂接过毛巾，就把它贴到受伤的眼角上去了。

　　这儿佳兰见佳桂自己去敷受伤的眼角了，便转身去开了大门。可刚把门打开，就看见贺世国双手抱在怀里，耷拉着头站在门外，一脸懊悔的样子。佳兰看见世国的眼里布满红丝，面色发灰，两只眼泡肿肿的，便知道他也一夜没睡好。但佳兰并没同情世国，反而把脸一下沉了下来，对世国冷言冷语地说："你来干啥？是不是昨晚没有打够，现在手爪爪又痒了，想寻到这儿来打了？"世国听了这话，也没生气，看来他已习惯了这样的冷脸，过了一会儿才嗫嚅地说："姐，我来接佳桂回去吃饭。"佳兰还是冷着脸说："佳桂在我这里就没有饭吃？"

　　世国听了，又轻轻说了一句："姐，我错了。"佳兰一听这话，就瞪圆了眼睛数落起来，说："你错了你错了，这话你说过多少遍了？就像细娃儿一样只说不改！如果是根木头，这样多年都被你捶绒了！"世国仍垂着头说："这回我一定改了。"

　　世国一边说，一边将身子伸到门里来看，发现佳桂在灶屋用毛巾敷眼角，便不等佳兰招呼，径直走到了佳桂身旁，一边想伸手去接佳桂手里的毛巾一边低声下气地说："怎么样了？我看看。"佳桂却一转身，赌气地把世国甩开了，说："我不要你管！"世国见状又急忙凑近佳桂耳边说："回去吧，早饭我都煮好了。"说完又说，"回去我给你敷。"说着就伸手去拉佳桂。佳桂却又甩开了世国的手。世国立即变得有些尴尬起来，讪讪地站在那儿，有些不知所措的样子。过了一会儿，世国才又涎着脸皮，像是讨好地对佳桂说："两口子打架不记仇，你说的送情的事，我都全依你。"

　　佳桂仍然没有答应，将毛巾拿下来，重新浸在水里，打算拧干继续敷。这时世国看见了佳桂眼角的瘀血，便伸出手指想去抚摸，又被佳桂一把打开了，说："我不要哪个摸！"世国急忙又把手缩回来，说："我把你打痛了，我不该打你，以后一定不得打你了。"又悄悄对佳桂说，"回去你把我打一顿都行，只求回去吃了饭好走人户呢！"佳桂听了还是没吭声。世国又站了一会儿，这才没趣地回去了。

可没过一会儿，贺宏和贺伟就走了上来。两兄弟先去跟佳兰问了好，接着便走到佳桂面前，分别拉住了佳桂的手说："妈，回去吧，爸爸都知道错了，再说，吃了饭还要到外婆和舅舅家去呢！"佳兰说："你爸爸那个脾气，他都知道错？"贺宏说："大姨，爸爸这回真知道错了，昨晚上他一夜都没睡，要不是怕打搅你们，半夜都来跟妈妈和你们赔礼了！"说完又去拉佳桂。佳桂看着两个孩子，眼里又渐渐噙满了泪水，犹豫了一会儿，终于对佳兰说："姐，我回去了。"说着擦了一把眼睛，就和儿子们一起走了。佳兰看着佳桂的背影，说了一句："没脾气的东西！"说完，自去忙自己的事去了。

没一时，世普也下楼来了。世普昨晚上同样没有睡好，这一则是因为一个人睡小床睡不惯，老是觉得脚那头冰凉冰凉的；二是隔壁佳兰和佳桂姐妹俩摆龙门阵，叽叽喳喳地说个不停，也不知她们说些什么；三是想起世国一个大男人，怎么能对一个弱女子下手？他打佳桂的时候，脑袋里究竟想了些什么？如此翻来覆去，直到下半夜，方才睡了过去。这一睡就睡过了头，直到佳兰的早饭快做好了才起来。等他起来漱了口，洗了脸，佳兰才把世国和贺宏、贺伟来接佳桂的事，对他说了。世普听后说："回去就回去吧，夫妻无隔夜之仇，迟早她也得回去的！"

世普和佳兰刚刚吃过早饭，贺宏就又上来了，对世普和佳兰说："大姨、大姨父，我爸爸妈妈都收拾好了，问你们啥时走？"世普没有答话，佳兰想了一下说："我还没有洗碗，等我洗了碗下来喊你们！"贺宏一听，便回去了。

等贺宏走后，世普才突然对佳兰说："你等会儿和他们先走吧，我一个人走！"佳兰一听这话，便对世普问："你这是啥意思，是不是不愿意和世国走在一起？"世普说："我就是不想和一个野蛮人走在一起又怎么样？"佳兰："我跟你说，人家已经认错了，你就不要再去说他啥了！人都是有面子的，你今天如果当着妈和佳成的面，再去说人家啥，让人家的面子往哪里搁？"世普说："我说他啥？那样的人，我说他不如留点口水养牙齿！我只是不想和他走在一路罢了！"佳兰听了这话，便说："那好，我叫上佳桂先走，等走出去了，让他们一家人走前面，我们后面走就是了！"说完，佳兰端着碗进灶屋收拾去了。

佳兰洗罢碗，又拾掇干净灶台，到楼上换了衣服，又问明世普穿啥衣服，从箱子里找了出来。世普仍然穿的他那套西装。世普个子高，人又没有发胖，穿西装十分精神。不过天气逐渐暖和了，佳兰要他带上那件全毛风衣，世普没带，说用不着了，带上还会碍手碍脚。但佳兰还是将风衣折叠起来，装进自己的挎包里。世普只去泡了茶，又将几小袋袋装茶叶用一个信封装了，让佳兰给他带上。佳兰看见，便说："佳成家里有茶叶，带茶叶做啥？"世普说："他那是啥茶，我怎么喝得惯？"佳兰明白世普是嫌佳成家里的茶叶太差了，于是也不便说什么，将茶叶放到挎包里面的一个小口袋里，拉上拉链，便和世普出门了。

出来，佳兰果然去叫上佳桂一家人先走了。走到村小学旁边，佳兰突然对贺宏、贺伟说："你们两弟兄陪你们妈走前头，我和你爸爸说几句话！"贺宏、贺伟听了，果然陪着佳桂前头走了。这儿佳兰沉下了脸，又狠狠地数落起世国来。佳兰说："佳桂回来说什么没有？"世国今天穿了一套新衣服，胡子也刮得干干净净的，早晨脸上还呈现着苍白的颜色，可现在已放着红光了。听了佳兰的话，便说："没说什么！"接着却又说，"夫妻无隔夜之仇，姐你们也要多劝她一劝！"佳兰说："我们劝一千一万，不如你把手爪爪收起来！"又说，"佳桂哪点不好，啊？一个人在家种几个人的庄稼，还要养猪，还要种菜卖，周围团转，你看看哪个女人有佳桂这样吃得苦？如果没了佳桂，你到哪里找得到这样的女人？"世国说："姐，我知道！我一打了佳桂，心里就后悔死了！我就巴不得把自己的手一刀剁了，免得今后再打她了！"佳兰一听世国这话，便说："知道错了就好，你去撵佳桂吧！一家人走在一起，你要多找些话跟佳桂说，让佳桂慢慢消气。娃儿都懂事了，你这个当爸的也要有个好的形象才是！"世国一听，就连声说"是"。说着又从口袋里掏出一个红包来，一边往佳兰手里递一边说："姐，这是我们给佳成拜年的钱，你帮我交给佳桂吧。"佳兰说："你不会亲自给她？"世国说："我刚才给她，她还给我赌气，说要送我送，看我送多少都行，她不管了。"佳兰说："这就要看你的本事了，哪有拿着钱交不出去的？"世国一听，果然不再说什么，只迈开大步朝前追去了。

追上佳桂母子三人后，世国挨挨擦擦地直往佳桂身边凑。贺宏、贺伟兄弟俩一见父亲这样子，便知道父母有话说，便十分懂事地往前走了。这儿佳桂的身子一边往外趄，一边没好气地对世国说："你是癞疙宝专往热和的地方凑呀？"世国没吭声，只讨好地对佳桂笑着。佳桂见了，又把头扭到一边。可世国却趁佳桂不看他的时候，过去拿起佳桂的手，啪的一下便把手里的红包放到了佳桂的手里。佳桂明知道是什么，却故意装作不知道地问："啥东西给我？"世国嘿嘿地笑着说："给佳成拜年的钱！"佳桂想把钱还给世国，可世国却已经走开了。佳桂这才气呼呼地说："是你在当家，你不晓得送拿给我做啥子？我只是个'干棒棒'！"世国听了这话，也不生气，仍嘿嘿地笑着说："你送我送都一样，还是你送吧！"说完，装出要去追赶儿子的样子，对前面兄弟俩喊道，"贺宏、贺伟你两个走那样快做啥子？还不等等老子！"说着急忙追了过去。这儿佳桂等世国走开以后，才打开红包，把钱展开一看，果然是五百元。佳桂心里顿时就涌起一股说不清楚的感情。她把钱重新装好放到贴身的衣袋里，心想自己虽然挨了一拳，但换回的却是在家庭中的权力和地位，这一拳也挨得值！这样一想，心里的气真的慢慢消了，也加快步伐追上了丈夫和儿子们。

这儿佳兰停下来等世普。世普来后，问佳兰："你怎么不和他们一起走了？"佳兰说："他们一家人像是和好了，我还跟他们走啥？"世普问："真和好了？"佳兰突然凑过去对世普说："昨天晚上我做了一个很不好的梦，梦见我们屋子旁边那棵柏树倒了。我叫你去砍回来，你果然拿起斧子就去把它砍了回来。新年大节的，做这样的梦怕是不好！"世普说："一个梦，有啥不好的？"佳兰说："梦见砍柏树是要死亲人，要不是妈，恐怕佳桂今年有些不顺利！"

世普听了，说："她有啥不顺利的？"佳兰说："你不晓得，昨晚上她跟我说，要不是看在两个娃儿身上，她真不想活了，觉得活起没啥意思。"世普说："她这是一时气话，过了就好了，这么多年都过来了，哪儿现在就过不下去了？"佳兰说："你难道忘了，佳桂曾经喝过一次农药？"世普说："那也是为了气世国，不是没喝多少吗？"

佳兰听了，却仍是坚持地对世普说："人有时恰恰就是为了赌那一口气走上绝路的。我总觉得佳桂在新年大节里说那些话有些兆头不好！还有，佳桂家里杀猪那天，不知你看出没有？兴成并不是一刀就把猪杀死的，而是把刀插进猪的喉咙里，猪并没有死，反而扯天扯地叫。兴成急忙将刀在猪喉咙里前后左右旋了半天，猪叫声才慢慢小了。我估计兴成那一刀并没有找到猪的血管，只不过他没把刀取出来，而是在猪喉咙里补的一刀罢了！我总觉得不太吉利……"世普没等佳兰说完，便说："无稽之谈！真是无稽之谈！"说后又对佳兰嘱咐说，"这话你千万不要对佳桂说，啊，他们两口子敲敲打打几十年了，习惯了，不会出啥事的！"佳兰说："这是我猜想的话，去跟他们说什么……"

正说着，忽见长安从旁边小路上走了过来，手里提着一兜东西，一见世普和佳兰，忽然像是不好意思似的，急忙把东西往背后藏去，嘴里嗳嗳地喊道："老叔、兰婶，走人户呀！"嘴上说着，脸上却露出了一丝惊慌的表情。

世普早把长安的神情看在眼里，见长安迟疑着站了下来，便问："这样早你去哪里？"长安躲避着世普的眼光说："我、我随便转转……"世普说："你过来，把手里拿的东西给老叔看看！"长安听见世普这样说，不但没向世普走来，反而向后面退着，嘴里说："没、没啥，老叔……"世普突然大吼一声："拿来！"长安一惊，终于挪动着步子朝世普走过来。

走到世普面前，世普让他把手里的东西举起来。原来长安手里提着的是一只网兜，网兜里是几十只颜色各不相同的鸟儿。世普看见里面有全身颜色灰黑的麻雀，有翅膀乌黑发亮、肚腹上的羽毛却一片金黄的黄鹂鸟，有尾巴短短的画眉和像花花公子一样的小鹩鸪。更让人惊讶的是，里面竟然还有两只羽毛十分漂亮的野鸡，每只野鸡都只有一斤多重。这些鸟儿都还是活的，有的把圆圆的小脑袋从网兜的网眼里挤了出来，此时都瞪了乌黑发亮的小眼睛惊恐地看着外面。有的则在网兜里把自己尖尖的小喙搭在别的鸟儿身上。还有的则闭上了眼睛，像是十分疲惫似的。世普看了看鸟儿，又将目光移到长安脸上，尽量用十分平和的声音说："你很勤快嘛，这么早就把鸟儿网回来了。"长安没去看世普的眼睛，只说："我是昨天天黑的时候把网下了的。鸟儿饿了一晚上，早上起来要到处觅食，所以最好网。"世普说："你还很有经验呢！才过了年，你家里就没肉了，要靠网鸟儿来打牙祭？"

长安听了这话，忽然咧嘴笑了一下，才有些像不好意思地对世普说："老叔，我们农村人，哪里有这号的口福？不瞒老叔说，我这是把它们拿回去，褪了毛，把它们腌在那里，等凑多了才拿到城里去卖。城里专门有野味餐馆收呢。"世普听了冷笑了一声，说："好嘛，这也是一条发财之路呢！那我问你，你一只野鸡能卖多少钱？"长安老老实实地回答说："不一定，如果是年前，一只能卖一百块左右呢！"

世普听了，突然大声吼道："你还有没卖的了，啊？我跟你说过，叫你别网鸟儿了，要保护生态环境，你为什么不听，啊？"长安一听，这才有些害怕似的看了世普一眼，红着脸说："我、我、我没在贺家湾网，我把网架在雷家垭口网的。"世普听了这话，又好气又好笑，仍大声说："管你在哪里网，你都是网的鸟儿，不是网的石头！现在是啥时候了，啊？都打春好几天了，鸟儿都要开始繁殖了！古人都说过，劝君莫打三春鸟，儿在巢中盼母归！你为了区区一点利益，就做这样的事，你看看，这些鸟儿在你网兜里是好可怜，啊！"

说着，世普忽然向长安伸过了手去，说："把你网兜给我！"长安听了，有些迟疑。世普又说了一遍，长安终于把网兜递了过去。世普接了网兜，拉开上面网口的网绳，忽然将网兜倒过来，要把那些鸟儿全倒出来。长安见了，忙叫了一声："老叔——"想过来抢，世普却一把将他推开了，说："我让你网！我让你想钱想疯了！"说着，将兜里的鸟儿全都扑簌簌地倒了出来。那些鸟儿有的落到了地上，有的还没落地，便扑扇着翅膀飞了起来。那两只野鸡的翅膀像是受了伤，落到地上，翅膀扑扇了几下，却没有飞起来。但很快却迈开脚爪，一边扑翅一边跑开了，不一会儿便不见了踪影。也有一些鸟儿大约在网兜里被捂得过久，已经死了，躺在地上一动不动。

世普将网兜里的鸟儿全倒了以后，才把空网兜扔到长安脚下，大声说："如果我再看见你网鸟儿，我不一把火烧掉你的网，就不是你老叔！"长安哭丧着脸，一动不动地站在那里，也不说什么。过了一会儿，世普才又放缓了语气说："鸟儿是人类最亲密的朋友，我们要保护鸟儿，不要去网它！你说嘛，即使你把这些鸟儿拿到城里去卖，又能卖多少钱？你就发起财来了？"长安听了，仍然埋着头没吭声。世普又说，"你不要埋怨老叔心狠，老叔是可怜这些鸟儿！大自然里，正因为有了这些鸟儿才变得美丽，你把它们网了，大自然的生物链就断了你晓得不晓得？如果天下只有两条腿走路的人，这世界会变成什么样子？老叔说的话你没有听，所以老叔也不怕你恨，下次你如果还网，我不但还是要给你倒了，真还要给你把网烧了！"说罢就和佳兰一起往前走了。这儿长安在地上站了半天，见世普两个走远了，才过去把十几只死了的鸟儿重新拾在网兜里。一边拾，嘴里一边不甘心地说："庄稼都被这些尖嘴货糟蹋完了，还是人类的朋友，人类有这样的朋友？你们城里人不吃鸟儿，我吃多了没地方消化才去网它们？"

三

世普在岳母和小舅子家里住了两天，初六的上午才回到贺家湾。那天佳兰和佳桂到了娘家，佳兰的娘八十多岁了，眼睛有些不好使，没看见佳桂眼角那块伤痕，但佳成却看见了，忙问："二姐，你眼角是怎么回事？"佳桂忙不好意思地笑了一下，做贼心虚地伸手去把右眼角蒙住，才说："昨天晚上去阶沿上抱柴，不小心在门框上碰了一下，碰成了一个乌疙瘩。"佳成同样知道世国经常打二姐，听了这话，看了看世国，仍是疑心重重地问："是不是哟？怎么正好撞到眼角了？"佳桂说："我哄你做啥？"

佳兰知道佳桂和世国又和好了，再加上自己也嘱咐过她，不要把和世国打架的事告诉妈和佳成，这时也帮佳桂遮掩道："她呀，做事总是那样急急慌慌的，巴不得一下就把全部活儿做完。碰了还到我那里来找碘酒，活该！"佳成听了大姐的话后，遂不再问了，转身过来陪世普摆龙门阵。这时，佳桂也跟着走了过来，从衣袋里掏出世国交给她的那只红包，塞到佳成手里说："给，佳成，一年到头，我们也没啥孝敬妈的，也没给你们买过啥东西，这点钱就表示我们的心意了！"

佳成接过红包，打开一看，见是五张崭新的百元票子，就叫了起来："哎呀，二姐，你们送这么多干啥？你们挣钱也不容易，今年还要修房子，新年大节的，来耍就是了，何必要这样客气？"佳兰见佳桂给佳成送了五百元，便走进里面屋子，数了五百元钱出来。佳兰今年确实是打算给佳成送一千元的拜年钱的，可昨晚听了佳桂的话，临时改变了主意，决定佳桂送多少，她也送多少，两姐妹做到一样，这样佳桂就不会感觉到没有面子。剩下的钱，佳兰决定等佳成家里有了事时再给他。她拿着五百元钱出来，当着佳桂、世国的面，交给了佳成。

佳成收了大姐的钱，却从佳桂那五百元中，抽出了四百元，分别要给贺宏、贺伟各两百元。贺宏、贺伟推辞着不接。佳桂也说："你给他们这样多做啥子？"佳成说："孩子们读书，我这个当舅舅的也没给他们买过笔墨纸张，就当舅舅鼓励他们嘛！"佳桂说："给他们买笔墨纸张也要不到那么多嘛！"说着走过去，不让佳成把钱给兄弟俩。佳成还是坚持要给，把钱从佳桂的肩膀上往贺宏、贺伟面前递，一边递一边又说："只要你们学习好，舅舅就高兴！以后读了大学出来像你们大姨父一样当官吃皇粮，不忘了舅舅就行！"贺宏、贺伟还是缩着手不接。佳兰见世国在一旁一声没有吭，心里骂了一句："这头笨猪，连点人见识都没有！"骂完才对兄弟俩说，"拿着吧，这是舅舅对你们的奖励，记住舅舅的话就行！"贺宏、贺伟这才把钱接了，攥在手里。

这儿佳桂感到很过意不去，便对兄弟俩说："你们听见舅舅的话没有？舅舅要你们努力读书，长大像大姨父一样当校长！"贺宏年纪大些，听了这话没吭声，可贺伟却直直地说："我长大不当校长，我要当董事长，像世海叔一样住别墅，开宝马，大把大把地挣钱！"说完又补了一句，"我们同学都想当董事长！"世普听了这话，脸立即黑了，把头别到了一边。佳桂看出了世普的不高兴，马上在贺伟头上拍了一下，说："废话，你还嫌当校长小了？你有那个出息就不错了！"佳成没看见大姐夫神情的变化，听了佳桂的话后接着说："嫌当校长小了，就当国务院总理嘛，我们都好星星跟到月亮走——沾你的光！"

说了一会儿闲话，兄弟俩挨挨擦擦地走到母亲身边，把手里的钱又交给了佳桂。这样，世国交给佳桂的五百元钱经过一番旅行后，大部分还是回到了自己手里。

闲话少提，且说初六这天世普刚刚才到家里，端阳就扑爬跟斗儿地找来了，嘴里急慌慌地说："哎呀，老叔，你可回来了！你要再不回来，我就可要拿轿子到贾家沟来抬你老人家了！"世普看了端阳一眼，发现他脸上着急的神色有几分是装出来的，便打开保温杯，吹掉上面的茶叶末，慢慢啜了一口后才不慌不忙地问："新年大节的，哪儿火烧屁股了？"端阳仍然牙疼似的，苦着一张脸说："老叔，你不晓得，这事就像人一样，也来赶过年这个闲时间了！你在屋里坐着，想都想不到的事就一下冒出来了！"世普像是有意考验端阳似的，没再问端阳是什么事，只是嘴里嗯了一声，两道询问的目光落到端阳脸上。

端阳见世普紧紧看着他，正要细说事情端详，忽听得院子外面传来一个女人带着哭腔的叫声："老叔，你要给我做主呀！"声音十分尖锐，吓得屋子旁边那棵柏树上的一对鸟儿也扑簌簌地飞了起来。

　　世普朝外一看，只见从院子外面的小路上走来一个女人，手里牵着一个男孩，身后又跟着一个女孩。世普一见这个女人，觉得十分面熟，却一时忘了她的名字。只见这女人三十七八岁的样子，烫了一头鬈发，两个耳垂上各坠着一只像是银箍子一样的大耳环，也不知是真是假。穿一件粉红色花格子外套，一双半高跟的皮鞋。脸稍微有些发胖，身上的线条还显得十分柔和。腰上的赘肉也不突出，胸脯和屁股看起来还十分结实和饱满，透出一种中年女性成熟的美。她手里拉着的男孩八九岁的样子，长着一颗圆圆的脑袋，头发又直又黑，一对招风耳，尽管手被母亲拉着，可一双眼睛却滴溜溜地到处转，显得十分好奇似的。身后跟着的那个女孩有十二三岁，身子瘦小，眼睛乌黑，长长的睫毛不断颤动。脑后绑着一对小辫子，紧抿着嘴唇，像是很害羞似的。

　　世普还在心里努力想着这女人是谁的时候，女人和孩子已经来到了阶沿上，看见世普，就要跪下去的样子。世普忙说："你可别这样，有啥事进屋来说！"女人一听这话，果然拉着孩子就进了屋，然后拍了一下男孩的头，又看着身边的女孩说："这是你们世普爷爷，你们怎么忘了？快叫世普爷爷！"男孩听了只顾躲闪着，女孩却跟在母亲身后叫了一声："世普爷爷！"喊完，脸倏地红了。世普看见女孩喊他时，露出一排细小的白牙，很好看。女人等女儿叫完，又朝世普说了一声："老叔一定要给我们孤儿寡母做主！"一语说罢，泪珠忽然顺着脸颊滚落了下来。

　　世普忽然有些丈二和尚——摸不着头脑了，便看着女人有些疑惑地问："你、你是……"端阳见世普还没认出面前的人来，不等女人答话，便抢着对世普说："老叔不认得她了？她是苗莉，就是原来建华家的呀！"世普一听建华两个字，突然一下便想起来了，便看着她问："你是建华家的？哎呀，你看我这些年不在贺家湾，湾里好多人都认不出了！不是端阳说，我真还想不起来？"说完又像想起了似的说，"你不是已经……又结婚了吗？"

　　那女人噙着泪水点了点头，说："老叔，我不结婚有啥法？娃儿那时大的才八岁，小的才三岁，我不结婚，孤儿寡母的怎么办？"世普说："我不是说你再婚有啥不对，而是说几年没有见面，都不认识了！"说完，又看着两个孩子说，"这都是建华的两个孩子吧，都叫什么名字？"女人听说，急忙拉了一下手里的男孩说："他还叫贺小辉，没给他改姓，他大伯二伯都不允许给他改姓，说要给建华留一房人。只有丫头跟了她继父姓。"世普说："跟哪个姓都不重要，只要孩子长得好就行！"说着就朝那个男孩伸出了手去，说，"来，小子，到爷爷面前来！"那小孩见了却直往后退。女人使劲推了他一把，说："裤子包的东西，爷爷叫你去，你怎么不去？"小男孩却仍紧紧抱着母亲的大腿，两只眼睛从母亲大腿中间怯怯地看着世普。

世普见了便说："孩子认生，不来就算了。"说完才对女人问，"你刚才哭什么？都改嫁这几年了，还有啥遗留问题干部没有跟你解决？"女人一听这话，眼泪又流了出来，说："不是干部的啥问题，而是贺中华和贺兴华的事……"世普一听，突然想起她的丈夫贺建华原来和贺中华、贺兴华是亲兄弟，中华和兴华分别是两个孩子的大伯和二伯。一听到这话，世普就忙打断了女人的话问："中华和兴华的啥事？"女人抽泣了一下，不断地去擦眼泪，没说，却泪眼蒙眬地看了端阳一眼，哽咽着说："这事端阳兄弟晓得，端阳兄弟你说吧！"

世普听了，果然把目光移到端阳脸上，像是在问："怎么回事？"端阳迟疑了一下，才说："这事我也是刚才弄清楚的。就是中华和兴华两弟兄把建华死时煤窑老板赔的五万元抚恤金拿到，不给苗莉婶子……"世普一听到这里，有些奇怪了，马上问："建华的抚恤金，他们当哥哥的怎么能拿到不给人家？"端阳说："也不是不给她，当时去处理后事的，除了中华、兴华和苗莉婶子外，还有春乾。他们拿到这五万元抚恤金后，中华和兴华就说这笔钱谁也不能用，得给建华唯一的儿子小辉存着。银行开户用的是中华的名字，但存单和密码却由苗莉和兴华保管。谁要动这笔钱，必须三个人到场才能取出来……"

世普算是听得有些明白了，不等端阳说完，便气愤地说："岂有此理，别人的抚恤金他们有啥权力去限制人家？"这时苗莉抽泣了一声，说："他们当时就怕我改嫁，把他死老汉这笔钱带走花了。"世普说："花了也是你的权力，他们限制你是不对的！"端阳说："老叔难道忘了我们贺家湾这个风俗？只有儿子才是父母遗产的继承人。当时中华、兴华就是这样想的。他们那时就晓得苗莉婶子还年轻，一定要改嫁，所以就坚持把这笔钱给小辉存着。即使苗莉婶子改嫁把小辉带

143

走了，可只要小辉长大了要回来，他还是贺家湾人，谁也阻挡不了他回来。这笔钱存在银行里，如果小辉读书没有花完，那么他回来时结婚和安家就可以用。除了小辉，即使是建华唯一的女儿小慧也用不到……"

端阳说到这里，世普又急忙连声说："乱弹琴，乱弹琴！《继承法》明明规定配偶才是第一继承人！《宪法》和《婚姻法》也明明规定了中华人民共和国公民男女一律平等，谁说建华的女儿不能用这笔钱？"说完又看着苗莉问，"你当时也同意他们这样做？"苗莉说："他大伯和二伯非要这么做不可，春乾也同意他们这个意见，我不答应有啥办法？回来到信用社就把这笔钱存下了！"

世普停了一下，又看着苗莉问："那你现在是个什么意见，想把这笔钱拿走？"女人还没答，却听见端阳说："昨天这笔钱就到期了，苗莉婶子最初还没有想把这笔钱拿走，她带着小辉和小慧回来，一是给他们大伯、二伯拜年，二是想和中华、兴华一起到乡信用社去把它转存了。叫中华一起去乡信用社，可中华却推三阻四，一会儿说没空，一会儿又说自己感冒了，就是不愿去。苗莉婶子又叫他把身份证给她，她和兴华到乡信用社去办理，但中华又说身份证掉了，还没去补办。苗莉婶子觉得事情有些不对，就在中华家里闹了起来。又跑到我家里来哭哭啼啼，说中华想贪建华的偿命钱。我看见新年大节哭哭啼啼的不好，就和苗莉婶子一起到中华家去……"

端阳说到这里，不知有意还是无意停了下来。世普急忙盯着他问："这个贺中华，他葫芦里究竟装的啥子药？"端阳这才嗨了一声，说："老叔你一万年都猜不到！我把他问急了，他才把我拉到一边，说了事情的根源……"世普又忙问："怎么一回事？"

端阳说："原来中华欠乡信用社一万元贷款，还是他修房子时贷的，好几年了他都没还，信用社还说要去法院起诉他。后来信用社的人就给他出主意，说可以从建华五万元抚恤金中扣一万元抵他的债。中华说你们怎么扣？存单没在我手里，密码我也不晓得！信用社的人就对他说：存折上是你的名字，你是可以挂失的，然后再用你的身份证去划账，并重新设置密码。于是中华这个混账东西，就真的与信用社勾搭上了，从死人那笔钱上划走了一万块。剩下四万块又用他的名字存了，而且密码他也换了。现在苗莉婶子手里那张存折，只是废纸一张了……"苗莉没等端阳说完，便抽抽搭搭地打断了端阳的话，哭着对世普说："老叔，你可要给我们做主。剩下那四万块钱，我不能给他们存了，他抵债用了的一万元，我也要他还出来！他这是欺负我们孤儿寡母！"说了一阵后又对世普说，"要不到钱，我和一对儿女就死在贺家湾了！"

世普现在知道事情的来龙去脉了。只见他听完端阳和苗莉的话后，将两道剑眉都往眉心蹙去，脸上的皮肤绷得像鼓面一样，上下嘴唇紧紧咬到一起。过了一会儿，才突然一拳打在桌子上，眼里闪着怒火说："这个贺中华，真正的法盲一个！十天前抓到电鱼的小偷，把人家打了个半死，还不让警察带人走，现在又出了这事，这事和偷有啥区别？"说完，才看着苗莉说，"你放心，今天不让你把钱拿走，老叔就不是老叔！"说完又接着说，"你先到中华家里去坐着，不要和他争吵，我和端阳商量一下马上就过来！"苗莉一听这话，脸上露出了一丝宽慰的笑容，马上站起来对世普鞠着躬说："老叔，你真是个大好人，我遇到你算是遇到青天了！"说着又强拉着一对孩子对他们说，"还不快感谢爷爷！"那个男孩还是躲着，女孩却说了一句："谢谢爷爷！"世普站起来，过去先抚摸了一下男孩的脑袋，然后拍了拍他的肩膀，说："听你妈妈的话，啊！"又对女孩说，"好好学习，啊！"男孩溜到一边，女孩却非常懂事地点了点头，然后跟着母亲一起走出了世普的屋子。

女人一走，世普就沉着脸，不客气地对端阳说道："这么一点事，是非曲直都在那里摆着，又有法律明文规定，我不相信你解决不下来！"端阳听了这话，讪笑了一下说："老叔，你还真说对了，我还真的不好解决……"世普急忙盯着他问："啥不好解决？"端阳说："我知道有法律规定，可农村嘛又有农村的习惯。就说刚才苗莉婶子的两个孩子来说吧，两个孩子虽然都是回贺家湾，但叫法却不同！"世普说："叫法有啥不同？"端阳说："对那个女孩来说叫'走人户'，可那个男孩却不是走人户了，叫'回来了'！意思就是说，那男孩不管在哪里，只要他还姓贺，贺家湾都永远是他的家，他到贺家湾来就是回家，而不是走人户。他是贺家湾人，贺家湾就要保护他。要不然，当初春乾为什么要同意中华和兴华的方案？"

世普听了端阳的话，仍是没好气地说："啥习惯？习惯要服从法律！我看贺家湾的主要问题就是法制意识淡薄，所以大家才想怎么样就怎么样，随心所欲！"说完停了一下，略把语气放缓了一些，才接着说，"你看湾里一些人，你世国叔想打你佳桂婶就打你佳桂婶；抓到小偷想关就关，想打就打，加上刚才苗莉的事，真可以说得上是愚昧无知了！你这个做支部书记、村主任的，时刻要想到法律才行！要用法律的意识来唤醒村民，来改变村里落后的传统习惯！"

端阳听了这话，又急忙说："老叔教导得对，所以我才来找老叔！老叔毕竟见多识广，威信高，你一句话比我们十句、百句还管用！"世普说："你不用给老叔戴高帽子！老叔最初也是为答应帮你化解村里人与人之间的矛盾和纠纷回来的。老叔既然答应了的事，就决不含糊！但这回老叔绝不做和事佬，得依照国家法律办事！"说完这话后才对端阳说，"你去把立德、东川和大成都叫到中华家里，把下湾愿意参加听的人也都叫去，今天贺家湾村退休返乡老年协会趁这个机会，向村里村民宣传一下国家有关法律！"端阳一听这话，便答应了一声"好"，急忙起身走了。

端阳刚走，佳兰便对世普说："这是端阳在耍奸，使起哑巴打大锤，让你去得罪人！"世普说："我依法办事，得罪什么人？"佳兰说："你依法办事了，就会得罪中华；你依村庄的规矩办事了，就会得罪苗莉！"世普说："什么乱七八糟的，我哪能八方玲珑，处处都得乖讨便宜？"说着，进屋去拿出一本厚厚的《中华人民共和国常用法律汇编》的书，夹在腋下，端上茶杯，就朝外面走去。中午的阳光把他的影子投到地上，影子显得很小，佳桂家的那只狗跟在他的后面，一路走，一路在他的影子上闻。

没一时，世普到了中华和长安院子前面的小路上，长安正在自己院子前面的一棵柑橘树下编一只竹筐。他一眼看见了世普，却像没看见似的马上把头埋了下去，眼睛只落在竹筐上，手指灵活地动着。跟着世普一起来的佳桂家的那只狗，一眼看见了卧在主人身旁的长安家那只小灰狗，便兴奋地叫了一声。那只小灰狗立即跃身而起，跑了过来，两只狗便一边亲热地摆着尾巴，一边朝外边跑去了。世普正看着这两只四条脚的尤物那种热乎劲，突然听到咣啷一声，抬头一看，却是长安一手端起屁股下的小凳子，一手持了还没编好的竹筐，进屋并把大门关上了。世普知道长安可能还在为那天鸟儿的事生气，也没管他，径直朝中华的屋子走去了。

中华的屋子里果然已经聚了很多人。立德、东川和大成也都来了，围着桌子坐着。中华耷拉着头坐在屋角里，小辉和小慧一人拉了他一只手，这显然是苗莉支使两个孩子这么干的，以防他们的大伯溜了。世普一进屋子，众人都朝他转过头来，满脸微笑地说："老叔来了！""老叔过年好！"立德、东川、大成也站了起来，一边为世普让座一边说："贺校长好！"世普一一对他们点头，嘴里不断地说："你们好，你们好！"说着，取出腋下那本砖头厚的书，啪地往桌子上一放，满脸严肃地到桌子上方坐了。

屋子里的人一见那本比砖头还厚的书，脸上立即露出了几分敬畏的神情，又一看世普脸上堆着的乌云比那书还厚，先前一些说笑取乐的便立即住了口。大家又看了看围坐在桌子旁的立德、东川和大成也都拉长了脸，一个个神情肃穆，更感到气氛庄严起来，颇像戏文里演的"三堂会审"的样子。一时屋子里没了声音，佳桂和长安家的那两只狗，忽然出现在门口，可一看屋里的气势，像是有些被吓住了的样子，互相吐着舌头，转身跑开了。

世普不慌不忙地喝了一阵茶后，才突然说："贺中华呢？贺中华你今天是主人，你坐在那个角角里做啥？你主人都躲到一边，我们做客人的怎么好开席？你坐到桌子上来！"中华立即红了脸，嗫嚅着道："我就坐在这里。"世普说："你坐在那里，要是我说的话你听不清怎么办？"中华立即连声说："我听得清，我听得清！"世普突然大声吼了一句："你听得清，我还怕听不清呢！"说完马上又说了一句，"那你就把苗莉存款的事说一说吧！"

中华听了这话，平时挺机灵的人此时却变得笨嘴拙舌起来，把头埋在胸前半天没发出声音。世普瞪圆眼睛等了一会儿，没听见中华说话，便说："你不说算了，贺兴华呢，贺兴华你先说！"说着，眼睛便落在了人群中兴华的身上。兴华比中华小三岁，长得和中华一模一样，只是人更憨厚一些。他早年结婚分家后，老房子太窄，便搬到下湾和中湾交界的棕树坪新修了房子，把老房子的宅基地让给了大哥中华。听了世普的话，兴华果然站了起来，说："老叔，这不关我的事！我们原先说好了的，用他的名义存款，老三媳妇保管存折，我保管密码，必须我们三个人到场才能取款。没想到他把我们都关到栅子栏外头，自己去把老三那笔钱取了！"

世普听了这话，又对中华说："中华你还有啥子话说，啊？"中华仍耷拉着头不吭声。世普就火了，但他马上把火气压了下来，却对中华说，"好了，我们先不说这事了，我现在给中华交代一件事，你今下午从这屋子里搬出来，另外有人

147

要来住!"话音一落,屋子里所有的人全都愣住了,纷纷不解地看着世普。中华更是急了,突然脸红筋胀地站了起来,冲世普气冲冲地说:"这是我的房子,为啥要给别人住……"

话还没说完,世普突然一拳擂在桌子上,将自己的茶杯都震得跳了起来,然后冲中华吼道:"你现在晓得这屋子是你的了哦? 可别人的钱呢? 别人的钱你为什么把持着不给人家? 你不给人家罢了,可悄悄把人家的钱取出来还了自己的贷款,这叫啥子,啊?"说着,又在桌上擂了一下,才接着怒不可遏地继续吼着说,"这是偷,是抢! 还是兄弟,这叫啥亲兄弟? 自己的亲弟弟不在了,人家说你这个当大伯的,还该照顾人家孤儿寡母,你就是这样照顾的? 你说你这样的行为,跟强盗有啥区别,啊……"

众人听到这里,一下明白世普的话了,于是也纷纷指责起中华来,说:"中华你这样做是不对!"又说,"中华你这是错了,快向老叔和苗莉承认错误!"世普稍微冷静了一下,却看着众人说:"光承认错误不行,今天得把苗莉的钱还给人家!"有人悄声说:"那钱可是贺小辉的……"世普听到了这话,便又瞪圆了眼说:"啥贺小辉的? 乱弹琴!"一听这话,先前说话的人便都不吭声了。世普停了停,眼睛扫过众人。又过了一会儿,才放缓了声音对众人说,"今天把大家叫来,就是想让大家受点教育,听听法律是怎么规定的!"说着,便打开了那本比砖头还厚的书,找到了其中的条文大声读了起来。读完几段,世普才合上书本,继续对众人说:"现在你们知道法律是怎样规定的了吧? 秃子脑袋上的虱子,这事已经明摆着谁是第一继承人,谁是第二继承人。不用我多说,你们各人也是哑巴吃汤圆——心里有数了! 我这里也不想啰唆了,就依照法律的规定,快刀斩乱麻,说这么几条意见……"

世普一边说,目光一边犀利地掠过众人。众人都屏声静息地看着世普,脸上挂着恭敬的颜色。世普朝空中挥了一下手,就斩钉截铁地宣布起来,其声音犹如法官:"第一,贺建华的抚恤金,其配偶苗莉是第一继承人,该怎样使用是苗莉的权利,从今天起贺中华和贺兴华就交给苗莉! 第二,国法规定,男女都一样,小慧也是他爸爸的法定继承人,她也有权使用父亲这笔赔偿金,任何人也不能干涉!"说完又笑了笑说,"今后小慧到贺家湾来,也是'回来了',而不是'走人户'……"

话刚说完，人群中就响起了叽叽喳喳的声音，说："这怎么行？哪个女孩嫁出去了，回娘屋都是叫'走人户'，怎么能叫'回来了?'""女孩回娘屋叫'回来了'，那男孩回家难道叫'走人户'?"世普听了这些话，又笑了一下说："我这只是个比喻，说明男女都是一样的，不是说只有男孩才是父母财产的法定继承人，女孩也是!"众人一听，有些明白了："原来是这样的意思!"可说完又有些不解了，看着世普又问，"那父母老了，女孩是不是也像儿子一样给父母养老送终呢?"世普："那当然是一样的!"众人说："可现在农村不是这样的，给父母养老送终还是儿子，女儿对父母如何，只是凭各人大方——也没见哪个女儿回来赡养老人……"世普一听这话，便大声说："这也是不合法律规定的! 你们从现在起，就要教育女儿要和儿子一样，负责赡养老人，不赡养就是违法的!"众人听了这话，便沉默了。

世普见众人不说什么了，便盯着中华问："中华，我刚才说的两条，你有什么意见?"中华被世普刚才一顿先声夺人的训斥骂得抬不起头来，已感到了理屈词穷了，现在又听了世普念的法律条文，哪还敢说什么，便低低地回答世普道："老叔怎么说，我怎么听就是。"说完又说，"下午我和老三媳妇一起到信用社去把存折转成她名字后，给她就是……"世普不等中华说完，便又大声问道："除了存折，还有你抵贷款的一万元呢，难道你不想还了?"

中华一听又低下了头。世普继续大声说道："我刚才已经说了，你没经过苗莉允许，私自就从别人的存款上划走了一万元，这和偷抢没啥区别! 这是别人的钱，你用了就要还，少一分都不行!"中华把头埋得更低了，过了半天，才听见他喃喃地说："我没有现钱，现在还不出来……"话还没完，世普就说："没有不是你的理由，法律不讲你有没有，而是只讲你该不该! 该还的钱就一定得还!"中华听了这话，怕冷似的把手抱在了胸前，又嘀咕着说了一句："那我就没有办法了!"

众人听了这话，都一齐看着世普，屋子里一片安静。世普也没有说什么，显然也为这事难住了。过了一会儿，立德却对中华说："我看这样，你实在还不出来，就给苗莉打个借条，承认你借了她一万块钱，作为日后还款的依据! 你说呢?"说完回头看着世普。世普还没表态，东川也觉得这办法行，于是就对苗莉说："苗莉，我看这办法行，不看僧面看佛面，弟兄一场，你就原谅他一次，今天也不要再要只整南瓜了!"众人听了也劝苗莉,说:"要得,苗莉,虽然你已经改嫁了,但小辉、小慧他们身上毕竟还流着他们大伯身上同样的血脉,踩不断的铁板桥,该让的就让一下,让人是福!"说完,又全把目光落到世普身上。

世普想了想,也看着苗莉说:"苗莉,你的意见如何?"事情到了这一步,苗莉很感激世普了,听了世普的话,马上说:"我听大家的劝!他大伯只要给我打了借条,他啥时还钱都行,我不逼他!"世普听了这话,又回头对中华问:"你的意见呢?"中华在这件事上已经丢了人,再加上钱本来就不是他的,事到如今也只能这样了,于是也说:"我也听大家的!"世普听了就说:"那好,你去写张借条来,交给苗莉吧!"中华一听,果然走出人群,到里面房间写了一张借条出来,交给了世普。世普把借条看了一遍,却突然问中华:"你这借条上只写了保证归还所借现金,还有利息呢?人家的钱存银行,不是都有利息吗?"

中华一听这话,又马上愣住了。众人也又议论了起来,这时大成见中华一副尴尬和狼狈的样子,便说:"我看利息就算了!刚才东川说得对,弟兄一场,也不是外人。我晓得当时建华遇难后,煤矿老板说建华是违章下井作业,想一分钱都不赔,还是中华和兴华在老板的办公室寻死觅活,才把这几万块钱要下来的!虽然建华不在了,可中华到底还是小慧和小辉的大伯,哪里就那么斤斤计较?"众人一听大成这话,又都纷纷说:"是啊,当初中华去要钱,口袋里装一瓶农药,威胁煤矿老板说:你不给钱,我就当着你面把这瓶农药喝下去!到底是弟兄,胳膊肘没向外拐!"世普听了大成的话,却有些不高兴了,说:"我说的是法律,法律不讲私情!要按法律的规定,当然中华就该付苗莉利息!至于要不要利息,那得看当事人的态度,当事人表了态说不要利息,那就可以不要利息!"

众人一听这话,就纷纷看着苗莉说:"那苗莉你就说一下吧,反正做人得讲良心!"苗莉刚才听了大成和众人的一席话,想起两个大伯子当年和她一起去要建华的死亡赔偿款的事,已经感动了,现在又生怕众人指责她不讲良心,便马上说:"我也没说要利息,是老叔说的!"众人一听这话,便笑着说了起来:"老叔这是为你好,你倒倒打一耙,怪老叔多管闲事了,对不对?"苗莉一听脸就红了,正想分辩时,看见世普黑着脸说:"既然苗莉表态不要利息,中华就在借条上签字画押吧!"中华听了,果然过来在借条上摁了手印,然后世普把借条给了苗莉,并嘱咐说:"你可要把借条保管好,以后是还款的凭据!"苗莉说了一声:"多谢老叔费心!"便把借条折好,装进了衣袋里。

众人见一场纠纷顺利解决了,都高兴地说:"好了好了,中华又不叫大家吃饭,大家回家吧!"有人又对苗莉开玩笑说:"怎么该中华请大家吃饭?今天该苗莉好好请一下老叔才对!没有老叔,苗莉怎么能够这样快就拿到了钱?"苗莉也显得心满意足起来,笑着说:"以后我拿八抬大轿来把老叔抬到我家去,好好感谢他!"

说着,众人纷纷离开了中华的屋子。人们走后,屋子里只剩下了端阳。世普便对端阳说:"你看见了吧,只要是依法办事,就没有解决不下来的纠纷!以后一定要组织大家认真学法,让每个人都懂得依法办事,村里纠纷自然少了!"端阳说:"老叔说得极是,你今天给村民上了一堂法制课!"世普说:"这还仅仅是开头,以后我们要想方设法让法律进村,让人人都能遵纪守法!"

四

乡下风俗,农民过这农历新年,一般都要等正月十五元宵后,年才会结束。农民管正月十五不叫元宵节,而是叫"送年"。只有把年送走以后,这个年才算过完了。尽管国家规定了春节的假期是七天,可是国家规定的这假期那假期,都是给城里那些干公事的人定的,从来不包括农民。现在农民种着自己的地,老子天下第一,只要没活儿,想怎么耍便怎么耍,天王老子也管不着他。而一旦有了活儿,像"红五月"里又要抢种又要抢收,忙得见了亲家都没时间说话,你就是拿着枪杆子逼着他耍,他也耍不下来。现在这"正半月"里,农民就处在地里的农活没出来,又逢过年难得的放松时候,因而这半个月的时间,正是他们休养生息、想怎么耍就怎么耍的时候。用他们自己的话说,"耍得撩了皮"。就是说,经过这半个月的好吃好喝和不日晒雨淋,他们脸上会比过去红润,手脚上的皮肤会比过去白皙细嫩,仿佛是蝉虫蜕了一道壳一般。然而,对于勤劳惯了的庄稼人来说,这十五天的时间又似乎太长了一点,怎样度过这漫长的一个"长假",也成了庄稼人一件伤脑筋的事情。

贺家湾这年过年，破天荒地给村民演了三天戏，这从土地下户后，不但贺家湾的历史上没有过，连全乡所有的村也都没有过，这让贺家湾人欢喜了整整三天。在这三天里，贺家湾人全都沉浸在了看戏的快乐里，除了看戏、谈戏，贺家湾几乎全部停止了其他的娱乐方式。对演出的发起者和组织者贺端阳、贺世普等人来说，能让剧团来整整唱三天戏，他们已经是竭尽全力了。可对于村民来说，虽然快乐了三天，可还剩下十多天日子又该怎样打发？当然，接下来还有几天"走人户"的日子。可现在走人户越来越只是一种程序化的仪式了。加上现在很多人家都整家整家地到外地打工去了，过年都不回来，所以人户想走却是走不了。加上从 20 世纪开始执行的严格的计划生育政策，农村的许多家庭都只生一个，他们现在成家以后，既无兄弟，也无姐妹，这人户就少了许多。一般的家庭只那么短短的两三天，便把人户走完了。因此，贺家湾人大都在初七、初八以后便待在了家里。这时的他们无事可做，像是悬在一种虚空里。

　　当然，说他们无事可做也不完全准确，他们只是没有正经事可做。这时的他们便会沉迷在麻将牌桌上，用打麻将来消磨剩下的闲暇时间。男人打，女人也打；老人打，小孩也打。在家的人打，回家的打工仔更打；有钱的人打，没钱的人也打。普通的村民打，有特殊身份的干部和党员也打。贺家湾退休返乡老年协会，除了世普和大成害怕输钱不打外，立德和东川几乎是白天晚上都不下火线，而且还打得比较大。这时你随便走到哪个院子里，都会看见一堆堆人在围桌而战，都会听见洗牌的声音十分清脆悦耳，构成了村庄的一道特别的文化风景。

　　且说这天上午，端阳正和兴禄、兴成、长军几个人在家里打牌。贺家湾打牌都有自己固定的圈子。他们这几个人的圈子是在长期的奋斗中建立起来的。几个牌友都算是"说得来"的哥们儿。其中兴成、兴禄、长军都是端阳竞选村主任时的得力干将。他们打牌的赌资是一、二、三块，比别人稍大一些，每个人面前都摆着一沓花花绿绿的零票。正打着，忽然听见外面的狗冲前冲后地叫了起来。几个人也没在意，这时便听见一个有些陌生的声音喊了起来："贺主任！贺主任在家里吗？"端阳急忙跑了出去，一看，原来是乡派出所的王所长，身后又跟着一个身穿警服、胳肢窝里夹公文包的警察。端阳正想说什么，两个人已经走进了屋子。端阳以为王所长他们是来抓赌的，急忙过去挡住王所长说："王哥，真佛面前不烧假香，我们这是打的家庭麻将，可是才打！你知道的，这个春节我们可以说是过的一个革命化的春节，我们从初一到初三都在请剧团给村民演戏，这不才把人户走完，大家才说来娱乐一下，你们就来了，我们真的没有赌博呀！"兴禄、兴成、长军也急忙地把面前的钱往口袋里揣去。

王所长一见，在椅子上坐了下来，看着端阳说："我们不是来抓赌博的，你们怕什么？"接着又说，"你们春节请剧团来演戏的事，我已经听说了，县治安大队的卢胖子不是还来帮你们维持过秩序么？"端阳和王所长已经算得上是熟人了。派出所每年都要和辖区所在的村签一份《治安联防协议》，签完协议后派出所还要留那些村主任吃饭。而辖区所在村的村主任也要经常去派出所汇报维稳情况。因而大多数村主任和派出所的人都十分熟悉。端阳一听了王所长的话，便急忙用了开玩笑的口气说："正是，正是，王哥真是消息灵通人士！"王所长说："有什么事是我不晓得的，啊？不然我这个所长是白吃干饭的？"说着，换了一副正经严肃的面孔，接着对端阳说，"不过，你们如果今后还要请剧团演戏，得先给我们派出所报一个安全防范方案来，我们批准了后才能演！这个演戏虽说是好事，可也不是随便就能演的！"端阳一听到这里，便有些吃惊地问："这个……你们也要批？"王所长乜斜了端阳一眼，又说："我们不批，你以为我们派出所就是白吃干饭的呀？我跟你说，不但要审批，审批了还要先交一笔安全保证金在派出所……"

端阳听到这里，便打断王所长的话问："哟，还要先交保证金？那交多少呢？"王所长说："那得根据具体情况，至少也得一二十万吧！"端阳听后叫了起来："我的个妈，演一场戏还得先交那么多钱，你们派出所也真会想办法弄钱了！"王所长听了这话急忙说："这哪里是我们派出所想搞钱？这也是有文件的，不是我们想管你们这些事！安全无小事，要是演戏时死了几个人，你负得起责吗？"

端阳一听到这里，便有心逗一逗这个所长，便说："王哥说得对极了，那天狗娃就差点死了！"王所长一听这话，马上就瞪圆了眼睛，有些紧张地看着端阳问："狗娃，哪个狗娃？"端阳说："戏里的那个狗娃，落到了水里，她不会凫水，还是水上漂把她救起来的！"王所长一听，便知道端阳是捉弄他的，不由得马上沉下了脸，大声说："你这个同志，还和我吊儿郎当？我跟你说的是正经的，下次不报批，坚决不准你们演了！"端阳听了这话也便马上说："王哥说得对，下次我们一定先经过你的审批后才演，这回你就不要生气了！"王所长说："根据规定，你们没有报批就演是要罚款的。但这回我就网开一面，放你们一马，下不为例！"端阳一听急忙站起来对王所长鞠着躬说："谢谢！谢谢王哥！"

听了这话，王所长才不说演戏的话了，却看着兴禄、兴成、长军几个人说："你们先出去，我和贺主任有公事要说！"听了这话，兴禄、兴成、长军三个果然乖乖地出去了。等兴禄、兴成、长军出去以后，王所长才指着跟他来的那个警察对端阳介绍说："这是我们片区法庭的肖同志！"端阳一听，急忙站起来和肖法警握手。肖法警是个矮个子，又有些瘦削，头上戴的大盖帽将上半张脸全遮住了。握完手，王所长就对端阳问："你们村那个胆大妄为的贺中华在不在家里？"

端阳听了这话，突然一愣，便看着王所长问："贺中华怎么了？"王所长说："不怎么了，我们要找他，请你给我们带一下路！"说着，王所长和那个肖法警就站了起来。可端阳却仍然坐着，有些磨蹭的样子，目光在王所长脸上游移着。过了一会儿又问："是不是他犯了啥子事？"王所长听了端阳的话，显出了有些不耐烦的样子，说："你这个同志是怎么搞的，党的路线方针都不晓得了？该你问的才问，不该问的就不要问！"端阳正要回答，却听见肖法警也说："叫你带路你就带路嘛！"

端阳便不吭声了，在心里却琢磨开了，觉得中华有时脾气是倔了点，但汉大心直，他会犯啥子事呢？难道是苗莉为那一万元钱的事把他告了？可是这不可能呀！苗莉已经拿到了建华的抚恤金，中华挪用的一万块钱也打了借条，怎么可能还去告他呢？突然，年前中华关押和毒打那个电鱼的小偷的事浮上了端阳的脑海。端阳一下明白了，就干脆直通通地对王所长问："是不是因为抓那个电鱼的小偷的事？"王所长听了有些生气地说了一声："你晓得了还问啥？走吧！"端阳听见是这事，便说："行，那你们就跟我走吧！"说着就带了两个警察往门外走。

刚走出门，却见兴禄、兴成、长军几个人还在院子外边的核桃树下没有走。核桃树还没开始发芽，光秃秃的枝条直直地戳向空中，树枝上跳着一对鸟儿。长军把背靠在树干上，正擦着痒痒。王所长一见，便道："你们还没走？"兴成道："你叫我们先出来，也没叫我们走，我们以为你和端阳谈完了事还要找我们呢！"王所长说："我找你们干啥？没你们的事，你们回去吧！"兴禄、兴成和长军却看着端阳说："公事谈完了，我们还继续'娱乐'不？"端阳故意对他们眨了眨眼睛，才大声说道："还'娱乐'啥？你们看没看见贺中华？"说完又眨了两下眼睛。几个人心里明白过来，说："贺中华又没住在我们湾里，我们哪看得见他？"端阳才对兴禄、兴成和长军说："今天没时间'娱乐'了，改天吧！"

说完，端阳就带着王所长和肖法警走了，却没直接往下湾带，而是从上湾绕了过去。一边走，一边又回头和王所长拉闲话说："刚才王哥不介绍，我还以为肖法警是你们派出所新来的警察呢！"王所长说："你没看见他穿的衣服和我们有点不一样吗？"端阳说："现在穿警察服的太多了！不但城里大大小小守大门的保安，连街上城管穿的黑皮皮也跟你们的差不多，叫老百姓怎么认？"王所长说："城管的衣服和我们的还是有区别！"端阳说："有个啥区别？跟你们警察像是一个模子里倒出来的！不瞒你说，那回我进城去，正在街上走着，忽然听到一声哨子响，接着有人对我命令道：'你过来！'我一看穿的衣服和你们差不多，就过去对他说：'警察同志，你有啥事？'旁边的人一听，便笑着说：'啥警察，他是北门的赵跛子，城管办请来执法的，你刚才没走斑马线！'那赵跛子歪着一张嘴，撕下一张发票就对我说：'五块钱！'我一见他要罚我的款，就说：'你原来还是猪鼻子插葱——装象！你不是警察，我怕你个屁！'说完转身就走。赵跛子急了，在后面一边喂喂地叫，一边一跛一跛地来追。追了半条街，追不上，就回去了！"

王所长听到这里，忽然笑了，说："原来贺主任还是怕警察！"端阳说："警察谁不怕？"王所长说："警察又不吃人，你怕啥？"端阳说："不是有句话，叫作秀才遇到兵，有理说不伸么？"王所长说："你是说警察不讲理？"端阳道："王哥是好警察！"王所长问："啥意思？"端阳说："王哥有自知之明！"王所长听了这话，就笑着在端阳肩上打了一下，说："好你个贺端阳，警察哪里得罪你了？"端阳就故意耸了一下肩膀说："警察现在就打人了！"说完两个人就笑了起来。

说着说着，就到了贺贤明的院子里，院子里有两桌人在打麻将。一看见端阳带了两个警察走来，就都停了下来，目光好奇地落到他们身上。端阳就停止了和王所长说话，大声问他们："看见贺中华没有？"人们明白过来，也都齐声回答说："没看见！"王所长感觉有点不对了，便对端阳道："贺主任你这是啥意思，想通风报信是不是？"端阳一听这话，便叫起苦来，说道："王哥你这就是在冤枉好人了！贺中华又没有跟我一路，我不问，怎么知道他在哪里？"接着又说，"要不然你们自己去找他，免得说我通风报信了！"王所长说："你这个同志，怎么成

155

了灶膛里的馍馍，吹不得也拍不得了？还不快走，肖同志还要回去给领导汇报呢！"端阳说："真是好人难做呀，我又陪你们走吧！"又带着他们往前走。

刚走到村小学转拐的地方，正碰上中华从对面走来。端阳一见汗水都惊出来了，心里暗暗叫苦道："这个脓包，怎么这时才往外面拱？看来今天活该你倒霉！"正要叫出来，忽然又住了口。因为他此时看见贺中华也目瞪口呆地看着他，一副惊慌失措的样子。端阳一急，一下有了主意，不等中华开口，忽然大声喊了出来："贺老三，你看见贺中华没有？"贺中华立即醒悟了过来，也马上答道："刚才我还看见他在家里，不晓得现在出去没有？"端阳说："那好，他这回撞到警察的枪口上了，警察要找他……"还要说，王所长喝住了他，说："哪来那么多废话……"端阳马上住了口，却又对中华说："你要是看见了贺中华，叫他赶快回来，说我找他！"贺中华一边点着头说"是"，一边从端阳和警察身边走过去了。

这天上午，端阳和警察自然没有找到贺中华。端阳带着他们在村里走了一圈，又逢人便问见着中华没有。实际上，端阳是担心中华没藏好，想用这种方法让人给中华捎话，让他千万别出来。走了一圈，没找着中华，王所长就对端阳说："他回来了让他到片区法庭去一趟，法庭有事要找他！"又说，"你还对他说，躲过不是祸，是祸躲不过，党的政策是坦白从宽，抗拒从严！"端阳听了前面两句话，倒觉得没什么，但一听后两句话，好像中华犯了杀人放火的罪似的，于是就说："王哥你们要是信得过我，就把中华究竟犯的啥事告诉我，回头我好劝他坦白从宽！要是你们信不过我，你们就各人来找他，我也不给你们带啥信，免得他要是跑了不回来，你们回头还责怪我！"

王所长一听端阳这话，便看着那个姓肖的法警。姓肖的法警想了一想，便说："贺村长，也不是啥大事，就是你刚才说的，为他抓的那个电鱼的小偷，人家起诉了他！"端阳一听便忙叫了起来，说："啥？小偷还把中华告了？"肖法警说："小偷固然可恨，可这个贺中华也做得太过分了！你把人家打几下也算了，还把他按到池塘里。你说，这是啥天气？那个小偷被绑在树上冻了一晚上，加上挨了打，受了惊吓，回去就病倒了，在县医院里住院到现在还没出来，用了好几千块的医疗费。要不是那人年轻，身体底子好，说不定就报销了！你说人家怎么会不告他？再则，他打了人家，人家在医院一检查，医生已经鉴定为轻伤。从法

156

律上讲，只要是轻伤，贺中华就该负法律责任了，何况他还有非法拘禁罪？但对方还是通情达理，觉得自己做贼也不光荣，因而只向法庭提起了民事诉讼，向贺中华索要住院治疗的费用和两万元的精神损失费。我们今天来就是送达起诉书副本的！"说着从胳肢窝里的公文包里掏出一份文件，交给了端阳，又接着说，"请贺村长一定转交给当事人，让他做好应诉的准备！"说着，又让端阳在一张纸上签了字。

端阳签完字，把起诉书副本折叠好揣进衣服口袋里，这才对王所长和肖法警说："那好，等我见着这个家伙后，马上把起诉书交给他！"王所长说："最好让他亲自到法庭去一趟！"端阳说："对，我让他亲自到法庭来！"王所长和肖法警听了，不再说什么，告别端阳打道回府了。

可是，那个王所长没走几步，却又马上回来，把端阳拉到了一边说："听说你们村里有个人最会网鸟儿了是不是？"端阳一听这话，立即又警觉起来，看着王所长问："怎么，王哥？难道网些麻雀、斑鸠也真的犯了法？"王所长说："哪有那么多的法犯？屙屎屙尿还会污染空气，难道也犯法了？我是说，如果下回他网到了野鸡，老弟给他说一声，让他提到派出所来卖给我！他在市场上卖的啥价，我就给他啥价！"端阳听了这话就笑了起来，说："原来王哥还喜欢野味呢！"王所长知道端阳是和他开玩笑，也不争辩，反而老老实实地说："你老弟还不晓得，这打了春的野鸡肉又肥又嫩，可鲜着呢！"端阳一听原来是这样，便说："这没问题，下次他网到了，我亲自给王哥送来！"王所长又笑着在端阳肩上拍了一下，说："那就好，老弟！你来了，老哥可要陪你喝两杯，可不准耍赖哟！"说完这才走了。

警察一走，中华马上就像从地下冒出来似的，出现在了端阳和众人面前。端阳一见中华，便像遏制不住地说道："你这下好了，可成大名人了！"中华有些摸不着头脑，问："警察为啥找我，我难道犯法了？"端阳说："你是真犯法了！"中华憋红着脸问："我犯啥法了？"端阳便把肖法警告诉他的话对中华说了一遍，然后又拿出那份起诉书副本交给了中华，说："你犯的啥法，自己看看就知道了！"中华一听，脸立即通红起来，一直红到了耳根。鼻翼由于内心的愤怒也张大了，脸颊上的两道皱纹像蚯蚓一般往下巴伸展过去。只见他翕动着鼻翼气呼呼地喘了一阵气，才在院子里跳了一下，接着挥着手叫了起来："这不公平！不公平！偷东西的不犯法，抓贼的倒犯了法，这是啥子法？啥子法？"众人也说："是呀，这不是纵容小偷吗？"中华又叫："我不赔他钱！他偷了我的东西，还要我赔他的钱，世上哪有这本书卖？"

端阳说："有没有这本书卖，已经不由你说。人家已经把你告了，起诉书的副本也给你了，你现在要做的就是做好应诉的准备！"中华一听这话，顿时泄气了，马上抱了头蹲在地上带着哭腔说："我怎么这么倒霉？我哪里找钱赔他？我怎么闯了这么个祸……"众人听了，心里同情起中华来，便对他说："事情发都发生了，怄气有啥用？快去找一找老叔吧，他懂的法多，认识的人也多，一定能帮你！"端阳也说："对，这事看来只有指望老叔了！你起来，我陪你一起去找他！"中华听了，果然垂头丧气地站起来拍了一下屁股，跟着端阳一起走了。一些人见了，也跟在端阳和中华的后面。端阳回头看了一下大家，说："你们跟着干啥？又不是到哪儿看稀奇，也不是去打架要人多！回去！都回去！你们去了也说不到点子上，叽叽喳喳的反而让老叔不高兴！"众人犹豫了一会儿，果然又都回去了。

五

一开春，天气就有些不同了。脚下的泥土开始松软起来，远处山坡被刚刚破土而出的小草嫩芽给染成了轻烟一般的鹅黄的绿色。杨柳枝条上已经绽开了叶片，风吹到人脸上又轻又软。一群群麻雀充当了报春燕子的角色，从空中箭一般落到路旁的树枝上，叽叽喳喳地叫得十分响亮和激昂。蓝天上飘浮着轻绡般的白云，阳光从云层间照射到人的身上，背上已经有了一种热烘烘的感觉。端阳和中华走到世龙的院子里，世龙、世凤、世亮等几个老人正靠着墙壁，双手袖在怀里，耷拉着头，眯缝着眼睛晒太阳，每人屁股底下一条小凳子。几颗花白的脑袋时而往前一啄，忽地又醒了，抬起头笑了笑又垂了下去。没过一会儿，脑袋又是往前一啄，如此周而复始。端阳看见，便大声叫着说："几个老叔别啄瞌睡了，看把人弄感冒了！"

老头们立即醒了过来，觑起眼睛看了一阵，才认出是端阳和中华，便都伸出手，不好意思地把嘴角的一丝涎水擦了。端阳没等他们说话，便又问："你们怎么不去打麻将？"世凤说："打啥麻将哟？人老了，手脚笨，脑筋也转得慢，年轻人嫌我们半天都打不出一张牌来，不愿意和我们打。"端阳说："凤山和万山叔他们在打纸牌，年轻人嫌你们打麻将出牌慢，你们也可以去打纸牌消磨日子嘛！"世亮说："凤山和万山都有钱，我们没钱，就晒日头！"接着又说，"晒日头没哪个向我们要钱！"

端阳说："那也是，不过不要睡过去了，日头往哪移，你们就跟着移！这个天气，人最容易感冒了！"说完端阳要走，贺世龙忽然问："哎，端阳，村里啥时还唱戏？"端阳愣了一下，说："怕是不容易了！今后唱戏得派出所批了才行。"世龙有些不明白，马上问："唱个戏还要他们批准，为啥？"端阳说："说是怕出安全事故，安全事故是一票否决，上面抓得很紧呢！"世亮道："吃饭还有噎住的时候呢，难道就不吃饭了？"世龙也说："就是！集体化时期，年年都要演戏，大队演，公社演，连生产队也演，怎么没有出安全事故？还有演坝坝电影，年轻人推搡过去，推搡过来，还有的条子娃儿不老实，趁黑天黑地的时候去揩女娃儿的油，也有一个村的年轻人和另一个村的年轻人逞强斗狠打起来的，可也没见就不演了！"

端阳说："你老人家说的是大集体的时候，现在是庄稼各做各，老皇历就不管用了！"世龙说："现在过年越来越没意思了！"世凤也说："就是！还不如以前过革命化的春节有意思。那时过了正月初二就上工，搞农田基本建设。工地上大喇叭整天响着，一个队的人分成老年组、青年组、中年组、妇女组，互相比赛，多热闹呀！"世凤话完，世亮也说："就是不搞农田基本建设，干部也经常组织大家开会学习，讲革命故事，尊老爱幼，不像现在干部也不组织开会了，啥都是向钱看！"

端阳一听这话，有点不高兴了，便说："以前是讲政治挂帅，思想领先，现在是经济社会，就是讲钱嘛！"说完这话又说，"你们说的这些话，要是世普老叔在这里，又要说你们是拿起筷子吃肉，放下筷子骂娘了！"几个老头一听，忽然都有些紧张起来的样子，不由自主地前后左右看了看，便不说话了。端阳又对几个老头叮嘱了一通，才和中华一起走了。

两个人来到世普的院子里一看，大门却是锁着的。端阳喊了一声"老叔"，没人应声。中华道："到哪里去了呢？"端阳说："我们到下面佳桂婶那儿问问！"正说着，佳桂忽然挽着袖子，手上沾满肥皂泡，从旁边小路上冒出了脑袋。

端阳一见，便问："佳桂婶，新年大节的也没有休息，在洗衣服呀？"佳桂说："贺宏去上学了，我把他换下的衣服趁有太阳洗了。"中华一听这话，便显得有些吃惊地说："贺宏这样早就去上学了？"佳桂说："高中班，学校抓得紧呢！"说完才对端阳问，"你们找我姐他们？"端阳急忙说："可不是吗，老叔家的大门怎么锁上了？"

佳桂听了，看着端阳说："怎么，端阳兄弟你还不知道吗？"端阳说："怎么回事？"佳桂道："城里一个啥局今天要举行一个啥典礼，给你们老叔发了一张请柬来，说是特地邀请他做啥嘉、嘉宾。你们老叔和兰婶昨天下午就进城去了。"接着又说了一句，"我还以为他跟你说过的呢！"

端阳听了这话，便说："这是老叔的私事，他跟我说什么？"中华却着急起来，忙看着佳桂问："老叔他什么时候回来？"佳桂说："那可不一定，我想他们回来了后还没回去过，恐怕得在城里住两天呢！"中华一听更急了，忙看着端阳问："这可怎么办？"端阳说："这能怎么办？只有等老叔回来再说吧！"接着又说，"你不要着急，反正法庭也没说开庭时间！等天黑的时候你来看看，如果老叔回来了，你就来告诉我一声，我马上赶过来。如果今天不回来，明天你又过来看！"中华皱着眉，带着哭腔说："要是老叔不回来了，那我可就惨了！"端阳说："那怎么可能呢？老叔即使要离开贺家湾，他也得打声招呼才走呀！再说，即使他不回来了，我们也可以进城去找他呀！"说罢便跟佳桂打了一声招呼，又和贺中华一起走了。

走着走着，端阳忽然想起了什么，马上站了下来对中华问："长安是不是还在网鸟儿？"中华说："前几天我看见他在网，可这几天没见他网了。"端阳问："他为什么不网了？"中华说："你还不知道呀？那天长安去网鸟儿，网到了一兜麻雀、斑鸠，还有两只野鸡，提着往家里走的时候，被老叔看见了。老叔不但把长安修理了一顿，还把他网到的鸟儿全放了！老叔还说，如果以后再看见长安网鸟儿，要把他的网给烧了！"

端阳听了这话，沉吟了一会儿，突然说："这个老叔啥都好，就是南天门的土地——管得宽了一点儿！这鸟儿既不是他养的，也不是湾里哪个养的，是天上飞的，人家想网就让人家网好了，也不犯着哪个，去管人家干啥？人家好不容易网到两只野鸡，生生给放了，长安嘴上不说，心里还不生气？"中华说："可不是吗？长安跟我说，那一网兜鸟儿，可是两三百块钱呢！"中华的话一完，端阳便说："你回去给长安说，叫他吃过午饭把家里所有的网儿都拿到那些鸟儿来往最多的垭口张上，能网多少鸟儿就网多少鸟儿……"

端阳话还没完，中华便担心地说："要是老叔知道了不真把他的网给烧了？"端阳说："老叔不是没在家里吗？"中华一下明白了，说："行，我回去就对他说。"端阳又道："你还要告诉他，网到野鸡了都给我留着，一只也不准拿到城里去卖了！"中华说："哦，你也要吃那些尖嘴货了？"端阳说："我即使想吃，也没那个命。我告诉你，是王所长要！"说着，就把王所长要野鸡的话全告诉了中华。中华就说："知道了，我保证把话带到！"说着就和端阳分了手，走上了回家的路。

世普和佳兰是在第三天下午傍黑的时候才又回到贺家湾来的。在这之前，中华天天下午天黑的时候，都要跑到世普的院子来看一看。看了不说，还要到下面去向佳桂打听一遍。佳桂见中华着急的样子，问他有啥事，中华又不肯说，只说等老叔回来就好了。这天晚上，世普和佳兰回到家里才坐下不久，端阳和中华便前脚跟后脚地来了。端阳一来便对世普问："老叔，听说回去参加啥典礼，是啥典礼？"

世普说："县上有个局的新办公楼落成了，需要剪彩，不但请了市上、县上的领导，也把方方面面的人都请去了，剪彩的领导都站了长长的一排，后面还站了一百多个嘉宾！"端阳说："一个局的办公楼落成了，都搞得这样隆重呀？"世普说："现在兴这样的奢侈之风呢，一个公共厕所落成了，都要搞一个剪彩仪式！我早知道他们是这样浪费民脂民膏，拿八抬大轿来抬都不得去！剪彩完毕吃饭的时候，我当着市上县上一大群领导给那个局长说：'你们下面的工作没做好，办公大楼倒修得这样气派了！'说得那个局长脸马上红了！"端阳笑着说："老叔，人家叫你赶场，你却点黄，还不把人家气死？"世普说："我管那么多，该说真话还得说嘛！要是大家都不说真话，这个社会会变成啥样子？"

说完，世普突然像是想起什么来了，看了看中华，又看了看端阳，才忽然问："哎，听佳桂说中华来找我好几趟了，有啥事？"中华一听这话，马上哭丧着脸说："老叔，你老人家这回可要帮帮我……"世普没等他说完，又盯着他问："到底出了啥事？"中华还没说，端阳道："有人把他告了。"世普一听这话，马上睁大了眼睛盯着端阳问："哪个把他告了？"端阳说："就是中华那天晚上抓到的那个电鱼的小偷！"说着，把那天王所长和肖法警来的事一一对世普说了，又让中华把那份起诉书副本，也交给了世普。

世普把那份起诉书副本匆匆看了一遍，就正了面孔对中华道："那天晚上的事，你做得是过头了。要不是我来，你连人都不放呢！我把人强迫放了，你心里还不高兴！我当时就丢下一句话，说要是人家以后不来找你的麻烦，你就该烧高香了！结果怎么样，人家不是就找起来了？"中华听了世普一番话，心里还是有些不服气的样子，说："老叔，你说这世道还有没有天理？偷东西还偷出理了，还要我赔他两万多块钱，那今后大家都去做小偷好了……"

中华还要往下说，世普十分严肃地打断了他的话，说："啥叫天理？法律就是天理！谁叫你不按法律办事呢？"中华听了这话，低下了头。端阳见了便说："老叔，中华也是挺无辜的！前年一塘鱼才被电死了，今年又有人来电，这事搁谁身上都会气愤。事情出都出了，老叔给他出个主意，看能不能把这事情大事化小，小事化了？"

世普听了端阳的话，便说："事情都进入司法程序了，我能有啥主意？中华你各人就去准备应诉吧。至于法庭怎么判，你要相信法律！"中华一听就像被打了一棒似的又叫起来："我就是不去，一分钱也不赔，看他们能把我怎么样？"世普听了便气愤地说："你这个法盲，事到如今你还嘴硬，等你进了监狱，你就晓得锅儿是铁铸的了！你以为不去应诉，法庭就把你没办法了？到时就是你不去，法庭一样可以判决！何况你非法关押人家，又把人家打成了轻伤，本身就犯了罪，公安就不能对你采取强制行动？到时手铐往你手上一戴，你敢不去！"

中华一听，马上抱着头蹲在地上哭了起来，说："我怎么闯了这么个大祸？早晓得我就不打他、不关他了……"端阳一见中华哭得可怜，便又对世普说："老叔，你还是给他想想办法吧！"世普说："法律面前人人平等，我能有啥办法？"端阳说："乡上马书记不是老叔的学生吗？老叔你给马书记说一下，让马书记给法庭那边说一声，到时别判中华赔那么多钱就行了……"话还没有说完，世普忽然一下黑了脸，对着端阳说："你这是想叫我知法犯法吗？老叔啥时做过这事？大家都这样徇私枉法，这个国家还有啥希望，啊？"说完停了一会儿，又冲端阳说，"想不到你堂堂一个支部书记，自己不依法办事不说，还给人出这样的馊主意，这是你该出的主意吗？"

端阳一听，脸倏地红到了脖根，羞愧得连话都说不出来了，只恨无地缝可钻下去的样子。这儿世普回过头，继续对中华说："这事你不要存在侥幸心理，这叫拿钱买教训！不交学费，你就学不会依法办事！吃一堑长一智，你起来回去吧！"中华听了，绝望地从地上站起来，就和端阳一起走出了世普的屋子。

走过世普的院子，起风了。风不大，一丝儿一丝儿地拉扯着，却扇动得竹叶发出窸窸窣窣的声音，似乎在诉说心里的怨气和愁绪。一弯上弦月挂在天空，月光不是十分明亮，却投下了幽灵一般轻轻晃动着的竹的影子。中华怕冷似的把手抱在胸前，缩着脖子过了半天才突然说道："老叔不帮我，我算彻底栽了！"过了一会儿又嘟哝着说，"今年我也不晓得是啥运气？新年大节的，就遇到这样倒霉的事，这一年我的运气算完了！"端阳听见突然站住了，回头看着中华那张愁苦的脸说："现在只能用最后这一招了！"

中华一听，也立即停住了脚步，回过头两眼熠熠生光地看着端阳，过了一会儿，才像抓着救命稻草似的，说："端阳老弟，你有啥办法就说，我现在就指望你了，你可一定要帮帮我！"端阳说："你就一口咬定前年你塘里的鱼，就是那个小偷电的……"中华还没听完，眼睛里的光彩立即熄灭了，半晌才嗫嚅着说："可我没、没证据……"

端阳也没等他说完，同样打断了他的话说："没证据难道我们不可以找证据？"说着朝中华那双惶惑的眼睛看了一眼，才接着问，"我问你，你和长安真的和好了？"中华不明白端阳问这话的意思是什么，过了一会儿才点着头说："应该算是没有啥了吧！"

端阳听了也点了一下头，才说："那就好了！你回去就给长安说，叫他出来给你作个证。就说前年你鱼塘的鱼被电的那个晚上，他听见外面狗咬，就起来看，看见了有人在鱼塘电你的鱼，其中有个人就是你那天晚上抓到的那个小偷……"中华听到这里，说："可别人要是问长安，你怎么现在才出来作证，长安该如何回答？"端阳说："这有什么不好回答的？就叫长安说，因为我们两家过去有矛盾，所以我看见了就没吭声！现在中华要吃官司了，觉得不说出来良心上过不去，所以我才现在说出来！"接着又说，"你们两家过去有矛盾，这是湾里老老少少都晓得的事，这样说哪个会怀疑？"

可中华还有些犹豫，说："这……派出所能相信吗？"端阳说："相信不相信，就全看长安了！只要长安一口咬死，你塘里的鱼被电死又是地球人都晓得的事，派出所不相信也没办法！退一万步说，即使派出所不相信，我们起码也把水搅浑了，让小偷知道我们也要起诉他，他说不定一害怕就撤诉了！"

中华一听，有些高兴起来，但还是没把握地说："长安那里，我给他说说，估计问题不大，可派出所那儿，我们……"端阳听到这里，忽然想起了什么似的，盯着中华问："长安网到野鸡没有？"中华摇了摇头说："不知道！"端阳说："这真是老天在帮你！你不说我倒忘了，王所长要鸟儿，这不是机会吗？走，我们现在就去问一下长安网到没有？"

说罢，不等中华说什么，就朝前走了。中华也马上跟上去和端阳并排走着，一边走一边感激地对端阳说："老弟，你把我的事当自己的事在办，老哥也不晓得该怎样感谢你！"又说，"说句实话，老哥过去没把你怎么放在眼里，总觉得你们当干部的和我们平头百姓不是一条心。现在我才明白，我这种看法不对！过去有些对不起你的地方，你大人大量，就莫和我一般见识了！"

端阳说："不说那些了，一笔难写两个贺字，胳膊肘不向内拐难道向外拐？"中华说："可老叔却是胳膊肘往外拐！我把他尊敬得跟啥似的，就差做个神龛把他供起来了，可他关键时刻一点也不愿意帮忙，我算是白敬他了！"端阳说："也别那么说，读书人就是这么有个性，喜欢抠死教条，要不怎么叫书呆子？"

说着话，两个人就来到了长安的屋子前。门关着，从门缝透出两道灯光。中华上前敲开了门，长安一看，便立即眉开眼笑地对端阳说："端阳兄弟你来得正好，我正说要到你家里去呢！"中华听了不等端阳说话，便有些迫不及待地对长安问道："网到鸟儿了没有？"长安冲他们一笑，说："你们过来看！"

说罢，长安带着端阳和中华进了最里面的一间屋子。端阳刚跨进门槛，便看见屋子中间摆着两个竹笼子，一个竹笼子里是斑鸠，有十多只，看见端阳他们，便一齐惊慌地在笼子里转起圈来，似乎想寻找到一条逃生的路。另一个笼子里是四只野鸡。野鸡是胆小的动物，此时拖着长长的尾巴，缩着头，紧紧地挤在一起，小眼睛里放射着惊恐万状的光芒。端阳一看，便叫起好来，说："网到四只野鸡，这太好了！太好了！"长安说："可惜上回我网到两只野鸡，被老叔给我放了，害得我白辛苦一场！"端阳说："老叔是心疼这些鸟儿！"

长安说："鸟儿有啥值得心疼的？我看老叔是饱汉不知饿汉饥！他现在不管在家里怎么耍，每月三千多块退休工资都照拿不误。可我们这些盘泥巴的，盘一年到头，纯收入都可能不到三千块！他不是和我们一路的人，怎么能晓得我们的苦楚？"中华说："长安兄弟这话说到点子上了，不是一家人，不进一家门，他不是和我们一路的人，怎么能和我们同心？"

端阳听了这话，忙说："不要乱说了，老叔怎么不是和我们一家人？不是一家人，他就会在城里享清福了，怎么能回到贺家湾来？"说完就又对长安说，"这几只野鸡我全要了，该多少钱，我会一分不少给你，你放心！"长安："今晚上我就给你送到家里！"端阳说："暂时寄放在你家里，我可能明天晚上才要！你过来，我和中华还要给你说一件事。"长安眨巴着一对小眼睛，看着端阳问："还有啥事？"端阳说："你过来就知道了！"

三人说着，就又到了外面堂屋里，端阳对中华示意了一下，叫中华先说。中华就一口一个"兄弟"地叫，又连声对长安说过去对不起他，今后他一定会把他当亲兄弟看。说完，才对长安说了请他"作证"的事。长安一听，便有些迟疑地望着端阳。端阳知道长安胆小，便说："长安，你不用害怕！中华家的鱼被电，是人人都知道的事，哪个敢说是诬告？再说，我们的目的并不是真的要去起诉那个小偷，而只是想把水搅浑，让那个小偷害怕，不再找中华的麻烦！你只要一口咬定是自己亲眼看见的，公安都拿你没法！"长安听了这话，一下就有信心了，立即说："说就说，反正鱼是被人电死的，不是鱼自己把自己电死的。就是派出所今后查出与这个小偷无关，但世界上难道就没有长得相像的人？反正我看见了电鱼的小偷是事实！"端阳一听这话高兴了，就说："这就对了！远亲不如近邻，你要真帮了中华这回，我相信中华以后也不会亏待你！"中华听了也立即说："我中华不是忘恩负义的人，长安兄弟你骑驴看唱本——走着瞧吧！"当下就把这事定下来了。

第二天一早，端阳便给王所长打电话。王所长先没听出端阳的声音来，嘴里支支吾吾地问："哪个？"端阳一听王所长的声音，便知道他昨天夜里不是打牌便是喝酒耽误了瞌睡，到现在还在被窝里没起来，便大声说了一句："我是贺家湾贺端阳！"王所长一听想起来了，马上打起哈哈来，问："哦，是贺主任，我托你办的事怎么样了？"端阳马上说："我就是专门给王哥打电话来汇报这事呢！王哥好福气，一共四只野鸡，又肥又嫩，我今晚上给王哥送来，王哥该不会不在家吧？"电话里王所长急忙说："在家在家，我一定在家恭候老弟的光临！"接着又说，"老弟先给我把钱垫着，你来了后我再亲自付给老弟。"端阳一听这话就急忙说："王哥这话就有些见外了！天上飞的，水里游的，都是老天爷生的，又不是哪个人养的，区区小事，王哥来说钱，这不是打老弟的耳光吗？"王所长听了就说："那好，老弟这样说，我也就不客气了。明天晚上我请老弟喝酒就是！"

说完，端阳怕王所长挂了电话，便立即接在王所长话后说："好的，王哥！不过王哥，我还有一件重大的案件线索要向你汇报……"一听重大案件线索，王所长在电话那头立即用了一种庄重严肃的口吻说："什么案情？"端阳便说："前年我们湾里贺中华鱼塘里的鱼被电的事，现在有了重要证人，终于可以证明那鱼是什么人电的了……"电话里王所长哦了一声，马上问："证人是谁，为什么现在才站出来作证？"

端阳一听，便不慌不忙地把自己编好的故事说了一遍，说得丝丝入扣，合情合理，听的人很难挑出毛病来的样子。果然，连王所长听完，都沉吟了一会儿才问："老弟，你不是开玩笑的吧？"端阳说："王哥，这可是严肃的事，你就是借我几个胆子，我怎么敢和法律开玩笑？实话跟你说吧，贺中华现在正在找人写材料，要反诉那个起诉他的小偷呢！"

王所长听完，在电话里直说："怎么会这样？怎么会这样？不过，他反诉也好！反诉也好！"端阳说："不过，王哥，我有一句话，不知该说不该说？如果他这一反诉法庭查实了，不是证明王哥你们派出所无能吗？这么一个小案子，你们查了两年也没查出来，让老百姓怎么看你们？"王所长又沉默了一会儿，才又在电话那头说："那依老弟的主意，该怎么办？"端阳便说："我看不如大事化小，小事化了。如果王哥愿意，我想请你出面去找一找这个小偷，劝他撤诉算了。中华这边呢，我也做做工作，事情都过去了，人家也撤了诉，你还去追究什么？这样落得皆大欢喜，王哥你看行不行？"

王所长一听这话，便立即说："行！行！这倒不失一个两全其美的主意！其实我们派出所最痛恨的就是这些小偷了！今天他们偷一只鸡，明天他们又摸一只狗，大法不犯，小错不断，有的小偷成了派出所的常客，今天把他们放出来，明天又进来了，耗费了我们大量的人力物力，我都巴不得把他们一枪给崩了……"端阳听到这里，便说："那好，王哥，这事就拜托你了！"可端阳的话音刚落，那边的王所长又马上换了一副语气说："不过这样做，也太便宜了那个贺中华吧？这个人也太胆大了，连我们的人来了他也不放人，就差没有对我们公安动武了……"

端阳听到这里，想马上把话岔开，便打趣地说："要是那天晚上中华真的对你们公安动了武，那就好了！"王所长说："废话，对警察动武还好，你是站在谁的立场上说话？"端阳说："我是站在王哥的立场！你想想，王哥，要是那天晚上你们那两个警察真被贺中华打了，最起码的就是英雄！他们成了英雄，这不说明王哥你领导有方？"电话那头王所长说："贺主任，你不要跟我吊儿郎当的了！你刚才的办法不是不可考虑，不过不能便宜了贺中华！这样吧，你叫贺中华拿五千块钱到派出所，派出所帮他去协调这件事！"端阳马上叫了起来："王哥，还要拿五千块钱呀？"王所长说："怎么，五千块就多了？你怎么不想想，那个小偷已经医了好几千块钱了，现在还在医院，你不给他点钱，他能轻易答应撤诉吗？再说，这个贺中华的性质还是比较严重的，非法拘禁，致人轻伤，随便哪一条，都可以让他进去蹲两年……"端阳没等王所长继续说下去，便压低了声音说："王哥，能不能少一点？"王所长说："这已经是最少的了！你去给他说说，他要同意，把钱拿来后我们就到医院去和那个小偷协调，要是不同意，我们就拉倒！"端阳一听王所长的口气，知道没有讨价还价的余地了，便爽快地说："好，王哥，这事我帮他做一回主，就按你说的办！"说完挂了电话。

第二天晚上，端阳便背了那四只野鸡，和中华一起到王所长家去了。端阳原想不让中华去的，又怕中华怀疑是故意讹他的，便把他叫到了一路。在王所长家里，中华亲自把钱交给了王所长。没过两天，王所长果然就给端阳打来了电话，说："贺主任，大事成了，对方昨天已经到法庭撤诉了！"端阳一听这话，便说："王哥，谢谢你了！"他本想问问王所长是怎么去做那个小偷的工作的，又花了多少钱？但想了一想，既然对方已经撤了诉，再问便显得多余，反倒让王所长多心，便打住没问了。

放下电话，端阳想把消息尽快告诉中华，好让中华放心。中华昨天晚上还过来向他打听消息，一听说王所长还没给端阳回信时，便一下垂了头，眼睛里透出一种怅然若失的神情，人顿时都像矮了一截似的。端阳知道中华的心情，害怕花了钱，事又没办成，落个鸡飞蛋打。现在为了让中华早点吃一颗定心丸子，端阳没有多想，披上一件衣服便出门去了。

第六章

一

　　时间说过得慢也慢，说过得快也快，端阳在出门时，突然想起今天是正月十五，是送年的日子！过了今天，年就结束了。可到处却是冷冷清清的。听说城里今年的元宵节非常热闹，县上要求每个乡都要组织龙灯狮子等民间文艺节目到县上闹元宵。今天送走了年，那些回家过年的打工仔打工妹，又要像候鸟一样往外飞了，到时村庄又会变得十分冷清起来。端阳想到这里，即使有王所长带给他的好消息垫底，心情也未免有几分惆怅。

　　端阳走了一会儿，身子有些发热了，便把披着的外衣拿下来搭在肩头，显得很悠闲的样子。尽管他刚才心里为送年冷清的事有些不平，但中华的事解决了，他还是很有一种成就感。加上阳光又是如此明媚，眼前的一景一物都令他心情放松。他很快便不去想送年冷清不冷清的事了，反正乡下人都是这样过，想也没用，不如不想。他这样一想，忽地撮起嘴唇，很清脆地吹出一阵口哨声来。

　　端阳在学校里读书时，口哨便吹得很好，他能用口哨吹出《在希望的田野上》《黄土高坡》等歌曲，在学校举行的庆五四青年节上，还上台表演过。现在，在这春回大地的时候，他忽然想把自己吹过的歌儿都吹出来。于是他就吹了，可刚吹出"在那桃花盛开的地方，有我可爱的家乡"这句时，突然从头顶传来"哇——"的一声大叫，如同鬼哭狼嚎，把端阳吓了一大跳，口哨声也戛然而止。

端阳的脚步不由自主地停了下来，抬头看时，却见是一只乌鸦两只脚爪紧紧抓在头顶油桐树的枝丫上，将身子挺得直直的，俯了头，眼睛圆溜溜地盯着端阳，像是随时都要朝端阳俯冲下来似的。端阳的头皮一阵紧张起来，他急忙伸开双手，一边朝乌鸦挥舞，一边从嘴里发出轰赶的嘘声。可那乌鸦仍纹丝不动，又突然朝端阳"哇——"了一声。端阳急了，忙弯腰从地上拾起一块小石头朝这不吉祥的东西扔了上去。乌鸦这才张开自己黑色的双翼，噗的一声朝远处的天空箭也似的飞去了。一边飞，一边又把一连串哇哇的怪叫，炸弹一般砸在贺家湾安静的大地上。听着这悚然的怪叫声，端阳不但头皮，甚至连全身的皮肤都起了一层疙瘩。乌鸦叫预示着村里要出事，可刚过了年，中华这事又顺利解决了，还会出什么事？端阳想了一阵，没想到要出什么事来，等大地重新安静以后，端阳又沐浴着灿烂的阳光往前走了。

走到离村小学不远的地方，端阳忽然看见那棵黄葛树巨大的冠盖下，有几个人围着树干在测量什么。端阳加快步子走了过去，近了才看清这是几个城里模样的人，一个胖子，四十多岁，头上秃了顶，从浓密的枝叶缝中透下来的阳光照在秃顶上，秃顶也闪着金箔似的光芒。他大腹便便，连手脚上都像堆砌了许多肉，使自己的行动显得特别迟缓的样子。这人背着手，站在离树约两米远的地方，眯缝着小眼睛正在往树冠上望。一个瘦子，身子如麻秆一样，两条腿像是圆规，一张刀条脸，鼻梁上却架了一副又厚又大的眼镜，让人怀疑他瘦削的脸颊是怎么承受住眼镜的重量的。一个高个子，五十岁的样子，一张扁平脸，圆得像柿子，黑糙得却像抹了锅灰，一双浓眉大眼，皱纹布满前额，像是饱经风霜的样子。一个矮矬子，年龄在三十到四十岁之间，矮壮敦实，右耳旁边一颗肉疣，上面长着一撮又黑又粗的长毛。也戴了一副金丝边框架的眼镜，两只小眼睛在里面闪着活泼的光。还有一位女士，三十来岁的样子，苹果形的脸，眉毛像是拔过，显得又弯又细，眼睑却涂得像是熊猫的眼睛一般。脸庞光润白皙，两边耳垂上各吊着一个翡翠大耳环。一头乌黑发亮的头发披散在肩头，右肩膀上挎着一挎包，手里拿着一个本子。瘦子和高个子拿了一只皮尺，围着树干在反复丈量，然后把丈量的数字告诉给手拿本子记录的女士。矮矬子走到胖子身边，似乎喊了一声，胖子把目光从树冠收回来，和矮矬子说起什么来。

不一时，瘦子和高个子量完了，收了皮尺，也走到了胖子和矮矬子身边，几个人又对着树，一边指画，一边叽叽喳喳地议论起来，都显得很兴奋的样子。端阳以为他们又是县林业局来勘测或考察这棵树的——自从这棵树被县林业局挂上一块"古树名木"的牌子以后，这样的情况并不鲜见，便走过去问："你们又要给这棵树挂什么牌？"那几个人看了端阳一眼，他们也压根儿不认识这个人，其中那个胖子就说话了："挂牌？挂啥牌？"端阳就指着树身上那个字迹已经脱落的牌子问："这个牌子已经旧了，你们是不是要给它换一个新牌子？"胖子算是明白了，瓮声瓮气地说："我们不换牌！"端阳一听又问："那你们就是来考察这棵树的了？"胖子显出了不耐烦的神气，没回答端阳的话，矮矬子说："是的，是的，我们就是来看看这棵树。"端阳说："你们辛苦了，今天过元宵，你们都没在家里，还到乡下来考察树！"说完这话，端阳以为他们也要客气地对自己说点什么，几个人却什么也没说，像是压根儿没听见端阳的话似的，继续对树指指点点地说着什么。端阳一时觉得非常没趣，便转身往前走了。

端阳赶到中华家里，把王所长说的事告诉了中华，中华果然高兴，对端阳一个劲儿地说："端阳老弟，这事全靠你帮我逢凶化吉！从今以后，你老弟叫我往东，我绝不往西！"端阳说："一家人不说两家话，不过你今后支持我的工作，我倒是很高兴的！"说完又突然想起似的说，"这事还是该告诉老叔一下！"中华说："跟他说啥？他是希望我吃官司的。"端阳说："现在人家主动撤诉了，这也是合法的，我还是去给他说一声！"中华说："你可别把那五千块的事说出来了！"端阳说："我怎么会给他说这些？我只说对方已经撤了诉就行了！"中华说："那好，你就去给他说一声吧！"端阳听了，果然就起身去了。

走到世普的老房子前，看见佳兰手拿一只簸箕，从屋子旁边的小路走了上来，正好和端阳打了照面。端阳便问："兰婶，你拿簸箕做啥？"佳兰说："你们年前给我们送那么多的花生、绿豆，我和你老叔怎么吃得完？趁太阳晒一晒，免得生虫了。"端阳说："花生有壳壳，不容易生虫，但容易发霉。绿豆是最容易生虫的了！"佳兰说："可不是这样吗？所以你老叔叫我去借只簸箕来晒一晒！"端阳一听见佳兰说老叔，便问："我老叔在哪里？"佳兰把簸箕放到地下，朝楼上指了指，说："在上头看书呢！"端阳听完，便进屋咚咚地上楼了。

世普果然在楼顶平台的凉椅上躺着，双脚跷在一条小板凳上，捧着一本书在看，整个身子都沐浴在一片金黄的光线里。旁边一只独凳上，放着他那只心爱的不锈钢真空茶杯。听到楼梯响，抬头见是端阳，便放下书本，又坐直了身子，不等端阳打招呼，便说："你来了，我还正说要找你呢！"说着，把刚才搁脚的小板凳移到了旁边，示意端阳坐下。

端阳一边在板凳上坐下，一边看着世普说："老叔，你看见自己的脸色没有，红头花色，比昨年腊月间回来时起码年轻了十多岁！"世普听了这话，伸手去摸了一下自己的脸颊，觉得有点发烫，便说："都是太阳晒的，哪能一下就年轻十几岁？"接着又说，"不过在城里确实难得晒到这样的太阳！说出来不怕你们笑，我进城二十多年里，从没有看见过昨晚上那么晶莹、美丽的月亮！"说到月亮，端阳一下又想起今天的日子，便对世普说："老叔，今天送年，乡下没有城里热闹，让老叔受冷清了！"世普说："受啥冷清？要爱热闹我就不会回来了！"说完，不等端阳回话，两眼便落到端阳脸上，认真地说，"我找你，主要是我看见一些人房前屋后的卫生，又有些回潮了。你们村两委可要认真检查、督促一下，要防止乱扔垃圾、乱甩果皮、乱堆放柴草等不文明、不卫生的现象回潮，巩固年前治理的结果！"

端阳一听，立即说："是，老叔！过年这段时间，一是我们放松了督促检查，二是回来的人多了，加上过年喜庆，一些人放了烟花爆竹，纸屑也不打扫。一些人吃了水果瓜子，瓜子壳和水果皮乱扔，影响了村里的卫生，回头我便开一个干部会，强调强调！"世普说："不光是强调，重点是要检查落实！"端阳又说："是，老叔，布置安排过后，我们专门组织一个检查组，挨家挨户检查！"

世普听了，这才不说这个话题了，端阳正想把中华的事告诉世普，却又听见世普说："还有一件事，昨天我出去转转，走到新湾贺世元的家时，贺世元叫我进去坐坐。我进去一看，贺世元老两口却是住的一间偏厦小屋，里面黑咕隆咚的，墙壁到处都是裂缝，屋子里一股霉气。我就问他，你老两口怎么住这样的屋？你平房里的屋子呢？贺世元说平房的屋子他儿子贺贵全住着。我问他，你儿子结婚了吗？他说没有。我一听这事就火了，哪有儿子还没结婚，就把父母赶到猪牛圈棚棚里住的道理？我当时没对他们发火，出来又恰好碰到贺贵全从外面回来了。我一见就没好气地把贺贵全训了一顿。我说你自己年纪轻轻住的是金銮殿，父母年老体弱却住着破猪圈，你良心遭狗吃了？你不怕天打雷轰，就不怕法律制裁你吗？你不马上搬出来让父母搬进去，谨防我把你送上法庭！贺贵全听了，答应马上从平房搬出来，让父母搬进去！你过一两天去看看贺贵全搬出来没有。"

世普刚说完，端阳就像忍不住似的笑了起来，说："老叔，这事说起来话长……"世普看见端阳没把他的话当回事的样子，有些生气了，便打断了端阳的话，沉下了脸说："我知道你这话的意思了，清官难断家务事是不是？可难断也要断，谁叫你是贺家湾主事的，难道变了泥鳅还怕糊眼睛？不能因为是家务事，村里就放任不管！不正正风气，今后湾里都跟着学，都不孝敬老人了，贺家湾还成啥贺家湾？"

端阳见世普误会了自己的意思，便马上说："老叔，我不是那个意思！对不孝敬和不赡养老人的，村里肯定会管！可是世元叔家里并不是贵全不孝敬老人，而是世元叔老两口自己非要住在偏厦房不可……"端阳刚说到这里，世普便吃惊地瞪大了眼睛，看着端阳不相信地说："是吗？世界上还有这样的人，放着好房子不住，去住又黑又湿又四面透风的破屋子？"端阳说："这是真的，老叔，为这事贵全还来找过我，叫我去劝劝他父母搬回到平房去住，可老两口就是不听。"

世普一听这话，像是有些放不下脸面地说："这么说来，他贺贵全还是一个大孝子了？我跟你说，你可不能给村里这些不良风气打掩护！助纣为虐，只能使社会风气更坏，这个道理难道你还不明白？"端阳说："老叔，我真的不是在给贵全打掩护！老叔出去了这么多年，可能对湾里的情况还不十分了解。世元叔一共生了两个儿子和两个女儿，这你是晓得的。原先世元叔家境一直很好，是新湾最早扒了瓦房建平房的人。一溜五大间平房，原来准备住几年，慢慢积攒材料再在平房顶上加盖两层，两个儿子各住一层，老两口自己住一层。可没料到，那年小女儿贺兴亚在家里烧火做早饭时，外面猪在菜地里啃菜，她跑出去赶猪时，灶膛里的火不慎滚出来引燃了地下的柴草。那正是热天收了小春粮食的时候，屋子里到处都堆着柴草，没一时，整个房子便被火海吞噬了。等湾里的人发现跑来救火时，家里粮食、衣服，为修楼房准备好的全部木料，什么东西都烧尽了……"世普听到这里，便说："世元家里失火的事，我听你佳兰婶来给我说过！"端阳说："这一把火烧过后，世元叔家别说建楼房，连立身之地也没有了，还是借贺国银两间破房子把一家人安顿下来。老叔你想，一个庄稼人，被一把大火把所有的东西烧得干干净净，又莫得外援，就那么容易翻得了身么？从此世元叔家就败了下

173

来。过了两年，老大贵祥该讨婆娘了，看了几个女娃儿，人家一看他家连房子都没有，话都不答一句就拜拜了。后来贵祥便倒插门，做了人家的上门女婿。两个女儿兴书和兴亚倒是不愁嫁，很快放了人户嫁了人。兴书和兴亚两个女儿放的人户家境倒好，贵全又出去打了十来年工，挣了一点钱，兴书和兴亚又分别支持了娘屋一点钱，世元叔又向三亲六戚借了一点钱，才好不容易又修了现在这两间平房……"

世普听到这里，又说："听你说的意思我算明白了，是不是因为修这房子，主要是贺贵全打工挣来的钱，所以他就觉得自己该住在平房里?"端阳听了又急忙说："也不是这个原因，老叔!"世普有些疑惑地停顿了一下，才追着端阳问："那是啥原因? 我听说现在农村的年轻人都是这个想法，认为钱主要是自己挣的，所以自己就该享受!"端阳说："一些年轻人是有这个想法，但贵全不是! 你不晓得贵全这个人老实，属于那种用锥子都锥不出屁来的人，只晓得下死力气干活，胆子也小，但对他父母倒是不错的……"世普还是没等端阳话完，便又不相信地说："不错是不错，就是自己住好房子，让父母住破房子!"

端阳说："老叔你慢慢听我往下说就明白了。你知道当初世元叔到处借账修这房子的目的是啥? 就是想给贵全讨个婆娘! 贵全年纪不小了，今年都二十八岁了，可因为家里穷，他人又生得老实，所以一直没有媒人来给贵全提亲。世元叔老两口着急了，生怕贵全讨不到婆娘断了他这房人的后，修这两间平房，就是为了给贵全讨婆娘增添一个重要的筹码……"世普说："你说的原因我理解，我怎么会不理解呢? 农村人都有这样的观念，那就是为儿女来当牛做马。可你还是没有回答我贵全为什么要住好房子这个问题!"端阳说："我马上就回答你这个问题! 房子修好以后，世元叔老两口要贵全搬到平房里住，他们两个住偏厦。贵全不答应，说自己住偏厦。世元叔就对他说：我奔死奔生地修这两间房子，就是为了给你讨婆娘，让你给我传宗接代! 住在偏厦房里，你有啥子脸面? 以后人家来给介绍婆娘或者带女娃儿来，一看你住在这样一间房里，鬼才会答应你! 又说，我和你娘老都老了，也不爱好了，只要冻不死就行，住那样好的房子做啥? 你要是真的有孝心，就给我搬进去，早点讨个婆娘给我们生个孙娃抱，那才是大孝子，真孝子! 贵全听了还是没答应，老两口就找人来，把自己的东西直接就搬到偏厦屋去了。我去劝他，世元叔反问我说：大侄儿，我问你一句话，你说现在贵全都二十七八了，还没讨婆娘，是他的面子重要，还是我这个老不死的面子重要了？是贵全讨不到婆娘打一辈子光棍重要，还是我们老两口住两年舒适的房子重要？你给我回答出来了，我就搬！老叔，你说我当时怎么回答他？农村中确实有很多老年人住在破房子里，这其中有一部分是因为儿子媳妇不孝，给逼的，有一部分却不是这样，他们主要是替儿女着想，心甘情愿的。世元叔就属于这种情况！"

世普听完端阳的一番话，突然瞪大眼，有些愣住了似的望着远处，半天才回过头看着端阳说："是不是这样？以后看着世元，我可是要问的！"端阳说："老叔你尽管问吧，我保证没有半句谎言！"接着又说，"我敢在老叔面前扯谎？"说完，便把中华的事对世普说了一遍。世普一听对方主动撤了诉，沉吟了一会儿便说："既然对方主动撤了诉，也是好事。不过你还是要告诉中华，不能因为对方撤了诉，便认为自己有理了！要多学法律，不能再像过去那样自己想怎么干就怎么干！不然，以后还是会犯法的！"端阳说："是，老叔，我一定让他汲取教训！"

说完，端阳站起来要走，可又想起什么似的停了下来，又对世普说了刚才看见几个人围着黄葛树测量的事。世普听后想了一想才说："可能是县林业局保护古树名木的人吧！听说县林业局隔几年，就要对全县的古树名木测量一次呢！"接着又说，"管他们怎样测，反正树长在贺家湾，哪个也拿不走的！"端阳说："那是，所以当时我也没有理他们！"说完转身就往下走。可还没走到楼梯口，世普又喊住了他，说："听说国家有个规划，到'十一五'末，全国的乡级公路必须修成柏油路，村级公路必须修成水泥路！我们这条通村公路，春乾上台时就说修，到现在也没修成。你到乡上马书记那儿问问有没有这个政策，有这个政策的话，就做点工作争取一下！都什么年代了，人家火箭都上天了，我们还是一条机耕道。"端阳说："好的，老叔，过两天我就到乡上问一问。如果有这个政策的话，还得仰仗老叔的面子呢！老叔一句话，比我们跑多少路都管用，是不是？"说完，这才咚咚地下楼了。

二

晚上突然下起了雨。雨下得十分奇怪，白天还是温暖的艳阳高照，到天黑时，从擂鼓山方向突然涌起一块块低垂的浅灰色的碎云，遮住了落山时太阳那微弱的余晖。接着，成团成团的、颜色逐渐变深的乌云便盖住了整个天空。从远处又吹来了一阵风，气温骤然下降了许多。人们赶紧往身上添加衣服，一下子像是回到了数九寒冬里。世普本来还想在这个早春的月圆之夜再好好地欣赏一下山村的月亮的，却被迫取消了。到了临睡的时候，雨就沙沙地下起来了。往年这个季节的雨，是细小的，连绵的，似烟，似雾，似牛毛，似花针，似细丝，密密地织着。下到大地上，湿滑了路，酥泡了土地，染绿了庄稼，苏醒了桃花，却并不沾湿人的衣服，只是人在那样的雨天中站久了，衣服摸上去像是没晒干一样有些润罢了。因而农人把这雨称作"桃花雨"，湿路不湿衣。但尽管这样，庄稼人怕感冒——因为这样的雨也最容易让人在不知不觉中着凉——出门时还是会戴上雨具。于是在小路上，你会看见有撑着花伞的姑娘或女人在不慌不忙地向前移动；在田野和地头有披蓑衣、戴箬帽的少年在牧牛或农夫在劳作。而他们身后的背景，是青山和立在烟雾迷蒙中的房屋。这样的雨是诗，是歌，是画，成就了许多骚人墨客。当然，每下这样一场雨，庄稼人的精神也会格外饱满一些，因为他们的心也被这雨滋润透了。

可是这天晚上的雨却下得截然不同。沙沙的雨声像是音乐的前奏一样，只持续了一会儿，就变得淅淅沥沥起来，而且淅沥声越来越大，不一时，从屋檐的瓦沟里便传来"滴滴答答"的滴雨声，犹如妇人伤心时连绵不断的泪水。紧接着，雨线打在房顶上的声音越来越大，也越来越沉，噼噼啪啪的，檐沟的滴水声也变成了哗哗一片，完全成了夏天的急雨。庄稼人被这雨声惊醒了，他们一边竖着耳朵倾听，一边喃喃自语道："这么早就下这样大的雨，过段日子正需要收干田水的时候，怕不好收呀！"正这么说着，天空竟然响起了轰轰的雷声，像大车的车轮碾过大地一样。虽然这雷声不像夏天霹雳那样暴烈，却还是把被窝里的庄稼人吓了一跳。因为这时打雷可不是什么好兆头！"怕要出怪事呢！"庄稼人这样自言自语地说。

这雨一阵紧，一阵松，一直下到天亮还没停。人们早起一看，擂鼓山还迷蒙在一层白茫茫的雨丝里，山上的树在模糊中变了形。院子里水汪汪的。鸡们缩在阶沿上不愿出去，狗们出去不知在哪里跑了一圈，回到主人面前将身子一摇，摇下的水珠溅到主人的裤子和地上。主人踢了它一脚，狗夹着尾巴出去躺到了墙角的窝里。一阵风吹来，将竹叶上的积雨哗哗啦啦摇下一大片。

吃过早饭，端阳忽然接到乡政府办公室的通知，说马书记让他立即到乡上去一趟。端阳有些不愿意在这种天气里出门，心里便嘟哝了一句："这样溜天滑地的，有啥事叫我去？"便问给他打电话的小何，说，"何主任，事情急不急？如果不急的话，你给马书记说一声，天晴了我来行不行？"小何说："恐怕不行，贺书记！有啥事马书记没对我说，但马书记的口气像是很急！"端阳一听这话，便不再问什么了，只得去换了一双雨靴，又找出一把雨伞撑开，将那只经常随身携带的、象征着身份和地位的黑色公文包往胳肢窝里一夹，极不情愿地出门了。家里那条麻狗尾随在他身后，似乎是想出来寻找玩伴，可走了一会儿，发觉无趣，便又回去了。

端阳走到村小学那里，突然发现大成打了一把青布雨伞，在那棵老黄葛树下朝上张望。端阳觉得奇怪，便过去问道："大成叔，这样大的雨你站在树下望啥？"大成一见端阳，便把伞收起来，朝地下甩了甩才说："端阳，你说奇怪不奇怪，我昨晚上听见黄葛树哭了！"大成的房屋就在黄葛树背后的八卦井边，是离这棵老黄葛树最近的人。端阳听了大成的话，心里暗暗吃了一惊，嘴里却说："有那回事？黄葛树是一棵树，怎么会哭？一定是你听错了！"说着也把伞收了，抬起头看着黄葛树树梢，像是想探望出一个究竟似的。大成见端阳不肯相信，便用了更加坚定的语气说："真的，我真真切切听见的，像一个妇人一样哭声凄凄的！"端阳虽然没看出什么究竟来，但他仍然不相信大成的话，便把头低了下来，说："昨晚上下雨，下雨必然会刮风，风虽然不大，所以那一定是树叶被风刮出的响声。"大成听了端阳的话，有些像是没有把握了，过了一会儿才说："也可能是吧，但那声音真的有些像哭！"端阳说："那是大成叔你对这棵老黄葛树的感情太深了，所以才产生的幻觉。"说完又补了一句，"黄葛树对人再有感情，也是不会哭的！"大成听了端阳的话，没吭声，却仍然盯着黄葛树那巨大的树冠看。

端阳的话说得很对，大成对这棵老黄葛树太有感情了。大成小时候体弱多病，那年又偏偏得了"童子痨"。父母怕养不活他，就找了一个"大仙"来给大成算命。大仙是麦家河坝的人，据说算命很灵。大仙掐指算了一算，便断言大成这辈子必须去拜一个"干保保"，把命寄托在"干保保"的终生庇护上，方能顺利过一辈子。那时贺家湾小孩拜"干保保"除了那些健康长寿、无病无灾且又是长辈的人以外，还有把命托付给大树神木庇护的传统。大成的父母听了大仙的话，便备了香烛纸蜡和供品，拉着大成的小手来到这棵枝繁叶茂、郁郁葱葱的老黄葛树下，按下大成的脑袋对黄葛树叩了三个响头。这棵老黄葛树就这样成了大成的"干爹"。以后每年过年，大成在吃过午饭后，便会一手端着碗饭，一手端着碗菜，走到黄葛树下把饭菜摆好，然后对树干磕三个头，说："保保请吃饭！"说也奇怪，自从大成拜了这棵老黄葛树做"干保保"后，不但"童子痨"不治而愈，连身体也逐渐强壮起来。当然，拜黄葛树为"干保保"的并不是只有大成一人。湾里好多爱闹病的小孩，在冥冥中需要庇护的时候都是奔树不奔人，把自己的命交给了这棵黄葛树。一代一代，这棵老黄葛树也不知成了多少贺家湾人的保护神。

时过境迁，如今大成已六十多岁了，对拜"干保保"的事已觉得有些荒诞。但他和这棵黄葛树的感情却是与日俱增。在他中师毕业被分到全县那个最偏僻的村小教书的时候，除了寒、暑假外，他基本上不能回家。这时只要一想起家乡，首先映入脑海的，便是这棵老黄葛树和在这棵树下度过的童年。正是这棵老黄葛树陪伴了他在外的几十年岁月。正因为这样，现在回到了家里，只要没事，他每天都要来树下转几次。在夏天，他还会端一把竹椅来树下乘凉。他感觉自己对这棵黄葛树的感情比对儿女还要深，因此，当昨天夜里听见从黄葛树上传来的哭声的时候，便惊骇得没有睡好觉，一大早就起床来到了黄葛树下。看见黄葛树安然无恙，这才放心一些。现在听了端阳的话，也觉得自己的想法荒谬，是的，黄葛树再有灵性，可也不会像人那样哭啊？想到这里，便把心思收回来，对端阳问："淋天大雨的，你拿把伞往哪儿去呀？"端阳道："乡上马书记找我。"说完，便走开了。

下雨天路滑，端阳一趔一趄地赶到乡上的时候，都差不多快晌午时候了。一推开马书记办公室的门，端阳忽地愣住了。原来马书记办公室坐着的，正是昨天端阳看见测量黄葛树的那几个人——一个胖子，一个瘦子，一个高个子，一个矮矬子，还有那个苹果脸女士。那几个人看着端阳，也有些吃惊的样子。马书记看见他们这副神情，便猜出了什么，看看端阳，又看看屋子里另几个人，便笑着说："怎么，你们认识？"屋子里胖子这时没有了昨天的倨傲神情，胖脸上浮起了笑容说："昨天我们见过一面。"马书记听了又笑了一下，说："哦，原来如此，那你们今天就肯定谈得拢了！"

端阳听到这里，有些丈二和尚——摸不着头脑，便对马书记说："马书记，我还……不知道该怎样称呼他们呢！"马书记这才想起似的说："哦，我还忘了给你们做介绍！"说着，便指了那个胖子对端阳说："这是县交通局瞿副局长！"又指了矮矬子对端阳说，"这是县林业局麻局长！"又指了瘦子对端阳说，"这是县林业局黄股长！"又指了高个子说："这是县交通局朱队长！"端阳过去一一和他们握了手。最后马书记才指了苹果脸女士说，"这是县林业局刘股长……"话音未落，旁边瘦子忽然不怀好意地坏笑起来，对端阳说："她叫'刘妓女'……"苹果脸女士一听，忽然在瘦子屁股上踢了一脚，说道："你妈才是妓女！"骂完，才回头对端阳说，"你别信他胡说八道！我叫刘继玉，刘胡兰的刘。继，继续革命的继。玉，林黛玉的玉！"那瘦子听完，却还是坏笑着说："还是'刘妓女'嘛！"端阳明白他们是开玩笑，也不吭声，只脸上挂着笑看着他们，却在心里说："城里人把名字也弄得怪，叫啥不好，要叫继玉，听起来也确实像'妓女'。"等他们把玩笑开完，马书记又才把端阳介绍给他们。他们几个人一边说着"幸会幸会"，一边和端阳握了手。

握完手，端阳在旁边一把椅子上坐了下来，这才看着马书记问："马书记，你找我有啥事？"马书记听了这话，看了看胖子，说："瞿副局长你说说！"胖子却说："还是马书记你说！"马书记又看了看矮矬子，还没等马书记开口，矮矬子也抢先说："对，马书记是'父母官'，你说！"马书记回过头来，见端阳满脸疑惑的样子，也不说了，却从抽屉里拿出一份红头文件往端阳面前一放，说："说啥？文件上都写着呢，贺书记你自己看吧！"

端阳把文件拿过来，还没看完，便一下从椅子上跳了起来，眼睛瞪得灯笼似的，盯着那几个人大声叫了起来："为啥要把我们那棵黄葛树挖走？长得好好的，犯着啥了？"那几个人一看端阳这样子，便互相看了一眼，然后那矮矬子麻局长才不慌不忙地说："贺书记你不要着急嘛，好好看看文件。纠正你的一个说法，不是挖走，是保护性移栽！也就是说，把那棵黄葛树移走，是为了更好地保护这棵古树嘛！"端阳还是红着眼睛，像是要和人打架似的梗着脖子说："难道我们保护得不好吗？你们昨天看见的，我们那树上就是一根枯枝也没有人敢上去取，更不用说谁敢去砍一股枝丫了！"麻局长又说："你们保护得好是不错的，可移栽是为了更好地保护嘛！"

端阳瞅着麻局长右耳旁边肉疣上那撮毛，恨不得过去一把给他揪下来，胸脯起伏了半天，才咬紧牙关说："你们不是保护性移栽，是想破坏这棵古树！几个人都围不过来的树，就那么容易栽活吗？"话音刚落，瘦子便说："这你就不用操心了，我们自有办法让它成活！"那瘦子话完，苹果脸女士也接着说："比你那树还大的，我们都能够栽活！"

端阳的脸涨得通红，脖子上面的两股青筋像柴油机的汽缸一样一跳一跳的，有点像是陷于绝境中的困兽，乞求似的又看了马书记一眼，回过头才冲屋子里几个人叫起来："挖走肯定是不可能的，这是我们贺家湾的'风水树'，即使我同意，村民也是不会同意的！"屋子里几个人又互相看了看，胖子开始说话了，声音像是一个女人似的："贺支书，你是干部，怎么也迷信？什么风水树，世界上哪有风水树？"端阳说："不管你们怎么说，反正树是不能让你们挖走的！"

听了这话，麻局长脸上明显露出了不悦的表情，但看得出他在努力克制心里的不满。过了一会儿才说："贺书记，这树不是你说不能挖走就不能挖走，我们既然下了文件，就肯定要移走！也不瞒你说，我们是请示了县上领导的。领导也同意保护性移栽，你总得讲点组织原则吧？"端阳听了捧着头，眼睛看着地面，半天没吭声。屋子里的人都看着他。等了半天，才听端阳闷声闷气地问："你们准备把它移栽到哪里去？"麻局长说："这就不用你管了嘛！"端阳一听这话突然又冒起火来了，便冲矮矬子局长吼道："这又不是军事秘密，有啥怕说不得的？"麻局长又看了一眼交通局的胖子局长，终于说："告诉你也无妨，我们准备把它移栽到县城里去！"端阳一听移栽到城里，一下又跳了起来，喷着唾沫星子大声说："还说是更好地保护，移到城里有在乡下长得好？"

矮矬子局长还没答，忽然听得苹果脸女士又在一旁帮腔说："贺书记，这你就别管了嘛！家电要下乡，大树要进城，难道你还不知道这是政府的政策？"端阳一听这话，觉得有些刺耳，便对她不客气地说："家电下乡，我倒是听说过的，可是我从来没听政府说过要把农村的大树挖进城！是哪个文件规定的，你把文件给我看看？"苹果脸女士的脸一下红了。矮矬子一看，又急忙帮自己的女下属说道："怎么不是政府的政策呢？政府号召要加快城市化建设，要把每座城市建成宜居城市，要使城市漂亮起来，没有绿化怎么行……"端阳没等他说完，便愤愤地打断了他的话说："要绿化你们不晓得自己栽树，非得到乡下挖树不可？乡下的树都被你们挖走了，乡下又怎么办？"矮矬子局长一听这话，突然有些被问住了。这时交通局胖子局长像是非常不耐烦了，突然对端阳说了一句："你这个同志，我看你有点不讲政治……"

话没说完，端阳像是一下子被激怒了，突然将放在桌上的公文包气冲冲地拿过来，往胳肢窝里一夹，然后才愤怒地冲胖子叫道："我是一个农民，我讲啥政治？我不讲政治你们开除我农民的资格好了！"说完转身就往外走。这儿马书记见他们说僵了，跟着追了出来，把端阳拉到了另外一间屋子里。见端阳还是气呼呼的样子，便叫办公室的同志给端阳倒了一杯开水来。端阳喝了一杯开水，心情才稍微好了一些。这时马书记才看着他说："火气那样大啥子？慢慢谈吧！我实话跟你说吧，这棵树就是交通局想要！交通局修了很气派的新办公大楼，前不久才举行了落成典礼，贺校长不是还被邀请去参加了典礼的吗？我告诉你，交通局新办公大楼前面的院子有几个篮球场那么大。院子里虽然也建了假山、花台、喷泉，可总觉得太空旷了一些。交通局局长和林业局麻局长是老同学，又是一起被县委同时提拔起来的，是属于铁哥们儿的那种关系。交通局局长想从哪里挖一棵名贵的树木移栽在他们的院子里，麻局长东找西找，便找到了你们贺家湾这棵老黄葛树，于是便下了这样一个'保护性移栽'的文件。事情都到了这个地步，你难道不能和他们讨价还价？"

端阳一听这话，便道："我怎样讨价还价？"马书记说："你忘了交通局是干什么的了？不是专门主管全县修路的吗？你们村那条土机耕道，听说上届支书一上任就打算修它，可是直到现在还没能动工。全乡就你们一个村没有水泥公路，已经拖了全乡公路建设的后腿，难道在你手里都不打算修？"说着，马书记又看了端阳脚上沾满稀泥的雨靴，然后才又接着说，"说句不该说的话，其他村的干部到乡上来开会，不管天晴下雨都穿皮鞋，可看看你，脚上稀泥烂土的，也不嫌丢脸！"端阳听了这话，也朝自己脚上看了一眼，然后红着脸说："我正要问你呢，听说中央有文件，'十一五'末全国所有的村都要通水泥路，是不是？"马书记一听这话便沉下了脸，说："原来你还是这样想的哟？那我也可以明确告诉你，文件是有这样的文件，加大农村基础设施建设嘛！可是真要轮到像你们既不在公路边上，又没有领导经常来参观的'夹皮沟'，还不晓得要等到猴年马月？"说完又对端阳说，"现在机会来了，为啥不抓紧？一棵树换一条公路，有啥不可以的？"

端阳听到这里，腮帮像牙痛似的动了动，虽然没说什么，心里却有点活泛了。马书记迅速捕捉到了端阳脸上这一细小的变化，又抓紧对端阳说："我这是为你们好，当然也是从全乡工作大局出发！去年我们乡就是因为你们村没能通公路，就与'全县公路建设先进乡'的称号失之交臂，少得了二十万元奖金！今年难道还要因为你们让我们受县委的批评吗？"说完又在端阳肩上拍了一下，换了一副语气说，"我知道你舍不得那棵树，可舍不得孩子套不住狼是不是？再说，乡下哪里没有树？少了那棵黄葛树，你们就呼吸不到新鲜空气了？再说，你不答应，人家就不来挖了？人家打的是'保护性移栽'的旗号，你胳膊拧得过大腿？不如趁这个机会叫他们拿钱把你们的公路修通，各取所需，有啥不好？"

端阳听到这里，心彻底动了，心想，如果真用这棵树换来一条公路，让大家出门都方便，也没啥不可以的。想到这里，便抬头看着马书记说："我们是这样想的，可还不晓得人家答不答应呢？"马书记说："这你不用担心，我们进去一起对瞿副局长说。如果他们答应，你就在协议上签字，如果他们不答应，你就拉倒！"端阳听了这话，便点了点头说："那好吧！"

说完，两人一起又回到马书记的办公室里。县交通局那胖子局长也许有脚气，正把一双脱了鞋的脚跷到马书记的办公桌上，用手在脚趾缝中捏着。见马书记和端阳进来了，急忙不好意思地把脚放了下去。马书记在椅子上坐下来，拍了两下手说："好了好了，事情终于有眉目了！贺支书说，国家搞城市化建设，他当然要大力支持！可城市呢，也应该支持农村的现代化建设是不是？中央不是提出城市要反哺农村吗？所以，他也提出了一个条件……"听到这里，矮矬子麻局长一下坐直了，打断了马书记的话问："啥条件？"马书记立即微笑着对麻局长说："麻局你放心，贺支书不会向你们林业局要钱。即使要，你们林业局也给不起！"麻局听了这话，脸上才露出了一种释然的表情。

接着，马书记转过头，看着胖子说："瞿副局你昨天亲自到贺家湾去视察了的，他们村现在还是一条机耕道。现在不是说，要致富，先修路吗？贺支书的意思是，树他可以让你们保护移栽，可你们能不能在今年的乡村道路建设中，优先把他们这条路纳入计划，帮助他们在年内把路修通？"

马书记话音刚落，胖子局长便一下站了起来，十分爽快地拍了一下胸膛说："那没问题！"说完嘴里又喳了一声，眼光落到端阳身上，继续道，"这事贺支书怎么不早说呢，啊？是呀，人家那些地方早修成水泥路了，可你们还是一条机耕道，也是太落后了！没公路怎么带领老百姓致富呀？"端阳这时嗫嚅着说："没钱，怎么修……"话还没完，麻局长也兴奋地过来拍了一下端阳的肩，笑着说："这下对了，贺支书！你今天遇到财神菩萨了，有了瞿副局长，还愁你那几公里路修不起？"接着又说，"你现在算算，修你们那条路，少说也得三五十万是吧？你回去数数你那黄葛树有多少树叶？我可以说，你那黄葛树，每片叶子都是钱呢……"

瞿副局长似乎有些嫌麻局长话多了，没等他说完，便打断了他的话，继续对端阳说："你回去就写个报告来，我们研究一下，今年内就把你们这几公里路的钱给你们解决了！"马书记听到这里，急忙重重地又拍了端阳一下，高兴地说："好哇，一棵树换几十万块钱，还不快感谢瞿副局长！"端阳听了马书记的话，却没感谢胖子局长，只对着胖子局长问："你们啥时来挖？"胖子说："做好准备就来挖！"然后拿出一份协议对端阳说，"如果同意，你就在上面签上你的名字。"

端阳接过协议看了一遍，说："你把你刚才说的今年拨钱给我们修路的话也写在上面吧！"瞿副局长说："这事怎么能写在纸上，那不明明白白地成了交易？"说完又说，"你放心，这儿有你们的党委书记在，我们不会赖账的！"马书记也说："贺支书你放心，他们不给，我陪你一起去他们办公室上吊！"麻局长也说："瞿副局长到时要是赖账，我也帮你们打官司！"端阳还是有些犹豫，说："我签字可以，但要挖树你们自己去挖，我不会找人给你们帮忙！"麻局长听了这话，便笑了起来，说："当然是我们带人来挖，你以为挖树那么简单？我问你，你有大型的起吊机和挖掘机械吗？即使你们想挖，也挖不成呢！”胖子局长说：“我们不要你们的人挖，但你要做好村民的思想工作，不能让他们阻挠我们施工！”端阳说：“我尽力而为吧！”

在众人一片讨好和撮合的声音中，端阳真的下定了决心，咬着牙，在纸上属于自己签字的地方，重重地写上了“贺端阳”三个字。写完，屋子里的人都像舒了一口气的样子，脸上露出了微笑。马书记立即对大家宣布说：“好了，大家请往‘香四海’走！今天乡上做东，宴请瞿副局、麻局和贺支书，大家可要好好喝一杯，啊！”说着就在前面带起路来。一干人于是都跟在马书记后面，往乡场上那家最好的酒楼“香四海”走去了。

三

端阳本是能喝的，可这天还没喝两杯，就觉得头昏脑涨起来，于是不管是县交通局的胖子局长，还是县林业局的麻局长怎样劝，他都坚持不喝了。最后几个人又使用“美人计”，发动苹果脸女士向端阳展开进攻，但端阳仍是不喝。几个人见状，于是把端阳放到了一边，又一起向马书记发起了攻势。马书记也不甘示弱，事先安排了乡上几个“酒精考验”的干部作陪，其中一个是乡妇女主任。这几个干部平时被人称为酒仙，于是马书记一方大获全胜，把瞿副局长和麻局长等几个人全都灌得趴在了桌子上——包括苹果脸女士在内。

端阳虽然头昏脑涨，但离醉还差很远。吃过午饭他就昏昏沉沉地往回走。走到村小学旁边时，忽然刮来一阵风，端阳听见那棵老黄葛树叶子哗啦哗啦一阵猛动，发出的声音犹如万马奔腾。他不由自主地打了一个寒战，头脑刹那间清醒过来。猛地想起今天发生的事来。他目瞪口呆地看着这棵黄葛树，只见它的根盘根错节，如龙爪一样紧紧抓着大地，一副任你有多大的风浪也休想撼动它丝毫的样子。可现在有人要来把它挖走了，而且还是他亲自同意让别人来挖走它的。这样大的事他没跟湾里任何人商量就擅自答应了，要是村民们不同意把这树挖走，他一个人答应了，他就是全湾人的敌人！是贺家湾历史上的罪人！可他已经在协议上签了字，怎么办？不过现在找人商量还来得及！一想到这里，端阳没有回家，而直接往世普家来了。

世普看见端阳，有些像是奇怪地问："你的脸色怎么这样难看？"说完又问，"这样稀泥烂土的，你穿着一双雨靴打算到哪里去？"端阳想把自己的表情放轻松一些，就用手去摸了摸面颊，发现脸上的皮肤绷得很紧，便苦笑了一下说："老叔，我不到哪里去，就到你这儿来！"世普听出了端阳的声音中带着一种哭腔，便又审视地看了端阳一会儿，然后才又问："怎么，发生了什么事吗？"端阳又迟疑了一会儿，才将发生的事对世普说了一遍。

果然，世普还没听完端阳的话，便一下站起来，指着端阳，红着眼睛暴怒地说："贺端阳，你、你狗日的糊涂！你怎么能在上面签字，啊！你不是在卖树，你、你是在卖祖宗，你、你晓得不……"说着，世普的胸脯一起一伏，气也喘得有些粗重了，这才不得不停下来。端阳低着头，一副做错了事的样子，半天才喃喃自语地为自己辩解说："我、我这样做，也主要是想把村里的公路修通……"一语未了，世普又一下暴躁起来，在桌上猛地擂了一拳，大声说："谁稀罕他们拿钱修公路？修农村公路的钱是国家转移支付，你以为是他们拿钱？他们只不过是把中央的脸拿来做了自己的屁股！"接着又说，"我们这条公路国家迟早会拿钱帮我们修，用得着我们拿树去换吗？"接着，世普又指了端阳说，"去，你马上到乡上去对他们说，这条公路我们不修了，树也不让他们挖了！你就说回来召开了村民大会，村民都不答应把黄葛树挖走，我们自己会保护好的！"

端阳听了这话，嘴唇嚅动了一下，但没有发出声音，脚下也没动。世普见了又十分生气地问："怎么，你不愿意去吗？你晓得那棵黄葛树在全村人心中的地位吗？大炼钢铁那年，贺老踮那样紧跟上级的人，想把那棵树砍去炼钢，全村人手拿锄头扁担，把贺老踮围在树底下说：'贺老踮，你敢动黄葛树一下，今天就是你的死期！你死了树才死！'贺老踮和公社来的人硬是不敢去动那棵黄葛树了。1958年那样的环境黄葛树都保下来了，你今天答应别人把树挖走，不怕全村人每人吐一口唾沫把你淹死？"说完这话，见端阳还是一动不动的样子，于是又换了一副口吻说，"你不去把协议改过来，我告诉你娃儿，你的村主任就当到头了！别人不发起罢免你，我都要动员全湾村民罢免你！"说完又对端阳猛喝一声，"还不快去，还想等什么！"端阳身子哆嗦了一下，张了张嘴想辩解什么，但终于没有说出来，只得转过身子走出了世普的屋子。

可是端阳走出来，心里却像是十五个吊桶打水——七上八下起来。对去修改协议的事，他想，自己刚刚签了，又去修改，别人会怎么看？自己还是不是男子汉？马书记会不会想这是我不听他的话，故意让他难堪？况且他们说不定已经离开乡上了，难道自己又赶到交通局去修改？再说，现在雨水节都过了，气温将越来越高，正是各种树木需要大量水分生长的时候，他们总不会现在就来挖树吧？这样大的树，本来成活率就低，难道他们不怕栽不活？即使他们要来挖树，至少也要等到秋天。还有大半年，时间长着呢，俗话说车到山前必有路，再慢慢想办法吧！这样一想，端阳把心放宽了一些，因此也就没有去乡上找胖子局长和矮矬子局长他们修改协议，而是回家了。

可是，端阳对形势的分析和判断完全错了。交通局为了要移栽一棵大树在办公楼前的院子里，早已做了十分缜密周到的安排，何况还有林业局派出的非常精干的技术力量为他们做参谋呢！他们知道气温逐渐回升，对大树的成活很不利，已经决定等大树移回来后，在院子里搭一个大凉棚，上面覆盖两层黑色的网状遮阳布，这种遮阳罩既可以阻止紫外线的进入，又通风透气，能有效地降低大棚内的温度。第二，他们还准备了几十袋大树营养液。这种营养液就叫"大树活得好"，外面的包装袋上写着"促进长芽，补充营养，成活率高"的广告语，到时候像给病人输液一样，将大大的针头插进树皮里，把药袋挂在树上就行了。除了这些措施以外，交通局党委还集体研究出了一套应急处理方案。那就是在必要时为大树做一个巨大的玻璃罩子，里面安装几台大功率的空调机，罩子里面保持恒温，让大树再休眠一段时间，直到确信它完全能够成活以后，再让它生长发芽。做好了这一切准备以后，交通局就不想再等了。他们怕等下去夜长梦多，担心端阳回去和村民一商量，村民一反对端阳就会改变主意。再则，他们也希望早日能在自己的院子里看见一棵枝叶葳蕤、浓荫蔽日的参天大树，以享受大树带来的福荫。因此，在和端阳签了协议的第三天，交通局就又邀请了林业局的麻局和他属下的技术人员，开着一台大吊车、一台挖掘机和一辆准备装载大树的大卡车，以及坐在卡车上的二十多个头戴安全帽，手持电锯、钢铲、铁锹的工人，朝贺家湾进发了。大卡车上，还有几大圈准备用于缠绕树干和兜住树根的草绳，以防搬动时擦伤树干和保持树蔸底部的泥土。

却说这日又正好乡上逢集，这是"正半月"后的第一个集日，村民把这个集日称为"开年第一场"。村民在这"正半月"里疯耍了十几天，耍得筋骨都快松散了。所以趁开年的第一个集日，都需要出去走动走动，顺便去买点种子化肥，为即将进行的春耕生产做点准备。即使眼下不买的，去问问种子、农药、化肥的价钱，回到家在安排今年的农事时，心里也好有个谱。即使什么也不买，什么也不问，到街上会会亲家、亲戚、朋友、熟人也完全是必要的，因为过不了多久就会进入农忙时期，一忙起来，哪有时间和亲家、朋友说话？所以，不管有事无事，村民都有在这个集日赶集的习惯。

　　贺家湾人也一样，这天，很多人吃过早饭就邀邀约约地上街去了，家里只剩下了一些确实走不开的老人，大成就是其中一个。大成虽然是教师，但他的命没有世普、立德、东川好，作者前面已有交代，在此不再赘言。作者在这里要向读者诸君补充的是，大成在湾里的人缘和口碑也没有立德、东川好，更不用说像世普一样了！这是因为他没有像立德、东川这些人那样，很早就把子女也弄出去"吃皇粮"。他那几个儿子都窝在家里"背太阳过山"，老大和老二虽然都到外面打工去了，可挣的钱只够养活自己一家人。大成的退休金不高，如果仅是和老伴两个人用，还凑合过得去，但现在要帮助残疾了的小儿子，所以大成在名义上和立德、东川一样，是个吃退休金的，但日子并不比一个村民强到哪里去。人一穷，自然就显得小气。村民对于像他们这样的退休人员，本来就有着特别的期望。认为他们每月的工资一两千元，每天啥子也不干都有几十块钱，他们在土地上勤做苦做，一年的收入还不及他们两个的退休金，这有些不公平。但他们拿这不公平没办法，于是乎就认为在村庄中的公益事业中，他们这些拿工资的就应该慷慨解囊。但大成恰恰没有这么做，有时候村里做什么事，立德、东川会大大方方地出钱，但大成却不，即使出点钱，也像是别人从他口袋里往外抠似的。偶尔打点麻将，也是和湾里那些最没钱的老几几和老孃子一起，打个一、二、三角。时间一长，村民们就对他有了一些看法，认为他是"铁鸡公"，还给他起了一个外号，叫"逗菌儿"，只有往口袋里刨进去的，没有往外刨出来的。一有了这样的看法，与他来往的人就少了。大成呢，他明白这一切，也想像立德、东川一样用自己的大方赢得乡亲们的好感。但他口袋里没钱，时间一长，他就产生了很强的自卑心理，觉得大家看不起他就算了，自己没事便只待在家里，像旧时的大姑娘一样，大门不出，二门不迈，连一、二、三角的麻将也不出去打了，自甘边缘化，更不用说逢场时悠闲地捧着一只茶杯去赶耍场、进茶馆了。

这天，大成也准备去赶集的，他想到乡信用社的柜员机上查查他这个月的工资，学校给他打到卡上没有。走到小儿子的洋芋地边，他突然发现小儿子的洋芋地长出了许多杂草，大成便站住了。他明白两三天前这场春雨一下，地上的百草都会从土里抬起头来，更不用说庄稼地里的杂草了。除草要趁早，如果不除，杂草很快便会盖过洋芋苗，和洋芋苗争水争肥争阳光，成势以后除起来就难了。大成看了看天空，雨后难得的阳光在头顶金灿灿地照耀着，这正是除草的好天气——天刚下过雨，地里的泥土很酥软，除起来不会伤着洋芋苗。其次，草芽很小，生命力很弱，除过后经半天太阳一晒就全死了。大成想到这里，就决定不去赶集了，反正学校该他的工资迟早要打到他卡上的。而小儿子地里的草却是他们老两口的事，趁有太阳抓紧除了吧！说也奇怪，当大成这样想着的时候，他的心突然不跳了，腿上也像是增添了许多力气。这样想着，大成便转身回到家里，拿起一把锄头到小儿子的地里去了。

除草除到半晌午，大成觉得有些热了，便脱下外衣，拿出来挂在地边一棵柏树枝丫上，正准备重新返回地里时，忽然看见从机耕道上轰隆隆地开过来几辆大型机械和一辆大型卡车，卡车上有几十个头戴安全帽的人，朝学校方向开去了。这可是村里从没出现过的事，这么多大型机械开进村里来干啥？浮现在大成头脑里的第一个词便是"拆迁"两个字。可是拆迁什么呢？难道贺家湾要搞什么重大建设了？如果真有什么重大建设那就好了，可是从来没听说过呀！哦，大约是来拆除村小学的！可是拆除这样一所破房子，犯得着动用这么大型的机械设备吗？大成左想右想，越想越糊涂了，也忘了重新进地除草，站在那里呆呆地盯着机耕道上被几台大型机械的车轮碾压出的一尺多深的车辙，看它们往哪儿开去。

几辆大型机械开到那棵老黄葛树前边，便停下不动了，接着卡车上戴安全帽的工人手提工具跳了下来，朝树下跑了过去。一个人从卡车车厢里甩下几圈绳子，几个人接住，抱过去便往黄葛树的树身上一圈一圈地缠，另有几个人已经掘起地上的土来。大成一看，立即明白了他们要干什么，浑身哆嗦了一下，便急忙朝他们跑了过去，一边跑一边喊："你们要干啥，啊？你们要干啥，啊？"可是树下的人没管他，各自只埋头干自己的活儿。大成跑拢脸已经变了颜色，一边大口大口地喘气，一边扑过去，抱住了一个正在掘土的人的铁锹，怒不可遏地叫道："你们这是干啥，啊，谁叫你们来刨树的，啊……"那人停下铁锹看了看卡车前站着的一胖一瘦、一高一矮的两个男人和一个描眉画眼的女人，见他们脸色平静，没什么表情，便用胳膊肘拐了大成一下，将大成拐开了，又继续挖起土来。大成又想去拉，却见旁边又有人提了电锯正往树上爬。大成又急忙扑过去，拉住那人的脚。那人却抱住树干，使劲朝大成蹬了一脚，将大成蹬到了地上。接着，又有两个人也爬了上去，更多的人在地下挥锹使镐，刨起树根下的泥土来。大成没法去拉这么多的人，更急了，于是立即跑到学校外边，冲四下里大声叫起来："来人呀，来人呀，有人挖黄葛树了！来人呀，有人挖黄葛树了——"他喊了一遍又一遍，直到声音嘶哑了，这才停止叫喊，又跑回到黄葛树下。

大成瞪着通红的眼睛回到黄葛树下一看，有两股水桶般粗的枝丫已经被电锯锯断，掉在了地上，大成从自己血红的眼睛里看过去，看见从断口处流出的是殷红殷红的、犹如鲜血般的液体。没有被锯断的树冠簌簌作响，似乎呻吟一般。大成突然跌坐在地上大哭起来。刚哭了两声，忽然从擂鼓山、跑马梁、雷家垭口、大坡山等不同山脉后面腾起一片乌云，迅速地向村小学方向移过来，这乌云越变越大，越变越厚，并伴随一种怪叫的声音。空气中也起了股风，这风扇动得老黄葛树的树叶哗哗抖动。还没等树下的人明白过来，从各个方向移动过来的乌云就聚在了一起，黄葛树下的天顿时黑了下来。大家抬头一看，却不是什么乌云，是成千上万只鸟儿，密密匝匝地在黄葛树的上空冲刺着，飞舞着，叫喊着，严严实实地遮住了天空。天啦，怎么一下来了这么多鸟儿？仿佛全世界的鸟儿都集中在了这里似的，连大成也惊呆了，一下忘记了哭喊。这些鸟儿中，大成认出了不但有贺家湾人常见和熟悉的麻雀、黄雀、斑鸠、阳雀、乌鸦、绿翠、云雀等，还有几十只威猛无比的鹰隼。此时，这些大自然的精灵要为保卫它们的家园而战了。它们像是经过训练一样，排成方阵，一面发出愤怒的狂叫，一面穿梭着向树上和树下的人忽高忽低地俯冲过来。一拨过去了，一拨又冲过来，或者干脆就是两拨鸟儿交叉着向人进攻。一些鸟儿撞在了黄葛树粗大的树干上，昏过去了，掉下来落到地上，但其他鸟儿仍一往无前地继续向前俯冲。同时，更多的鸟儿落到黄葛树上，它们在稍事休整，等待着伙伴进攻完毕后，再前赴后继地接替它们的事业。天忽而阴云四合，忽而又透出几丝亮光来。不管是站在卡车旁边的胖子们，

189

还是正在挖树和锯树的人都突然被眼前奇异的自然景象吓住了。有几只鹰隼一边怪叫，一边朝蹲在树上锯树的两个人冲了过去。那两个人身子一偏，虽然没被鹰隼那锋利的爪子抓住，却吓得手一松，手里的锯子立即掉在了地下。但鹰隼们却没有停止进攻，一队过去了，一队又过来了，翅膀扑扇出的风卷起了地上树叶和尘埃。两个锯树的人吓得从树上爬了下来。树下的人也丢了镐头锹把，躲到卡车和吊车下面去了。

过了一会儿，鸟儿们也像是累了，它们暂时收起了翅膀，全都栖息在黄葛树的枝丫上，把黄葛树粗大的枝丫都压得趴了下来。等鸟儿停息以后，胖子才大声叫挖树的人出来，说："你们都戴着安全帽，几只鸟儿都把你们给吓住了？"说完又大声命令道，"给我挖！"大成听了这话，又大声叫道："不能挖！"胖子听了这话，走到了大成面前，说："你赶快走开，不要妨碍我们执行公务，我们这是执行公务，你知道不知道？"听了这话，矮矬子也走过来说："老乡，我们这是对这棵树进行保护性移栽，是有文件的，你看，这就是文件！"说着从口袋里掏出了一份红头文件，递到了大成面前。

但大成没看文件，说："我不管你啥文件，这棵黄葛树你们就是不能挖！你们要挖，就先把我挖死！"说着就一下躺了下去。几个正要动手挖树的工人一看，又住了手。胖子一看，有些生气了，又对工人吼道："还站着干啥？你们这么多人还对付不了一个刁民？"工人一听，只好又绕过大成，到另一边挖起来。大成急忙又跑到另一边躺下来，但他一走，这边又有人挖了起来。大成又要往这边来，却被一个人抱住了。这人一边用双手铁箍似的箍着大成，一边对另外一些工人喊道："你们快挖，我把他抱住！"

听得这话，那些人便猛地抡起锹镐来。一个人使劲将手里的铁镐向土里砸去，却猛地听到铛的一声，铁镐反跳了起来，将那人的虎口震得一阵疼痛。那人揉了一阵虎口，说："是啥这样硬？我今天倒要看看是你硬，还是我的铁镐硬？"说着，又将铁镐一下砸下去，铁镐同样又是一跳。那人便不再猛砸了，立即又叫了两个持锹的人过来，将周围的泥土慢慢铲去。这才看清下面是一块一人多高、两尺来宽的青石板。刚才拿镐挖的人一看，便说："慢点，我们把它翻过来，说不定下面有宝贝呢！"说着，几个人立即丢了手里的工具，挽起袖子，抓住青石板边缘，嘴里发出一声吼，一起用力将青石板掀翻了过来。只见这青石板上从上

190

到下竖着写着几行字，几个人正打算看看上面写的什么时，忽然一个人一边往后退，一边大声叫了起来："蛇！蛇！"众人听了这话，急忙朝那人手指的方向看去，这才看清原来青石板底下有个洞，洞里盘着一条一米多长的青蛇。此时青蛇的上半身已经直立起来，头扁扁的，张着嘴巴，从里面吐出一条长长的信子，急速地摆着，向周围的人摆出一副挑战的姿态。

先前拿镐的人见了，说："一条蛇有啥可怕的？"说着，便从地上拾起一把铁锹，准备朝蛇砍去。说时迟那时快，只见那蛇身子一跳，如闪电般跃出洞内，那人还没把铁锹拿稳，只感觉像是有一小股阴风嗖嗖地向自己袭来，还没等他弄明白是怎么回事时，那蛇已经在他手背上狠狠咬了一口。只听得那人大叫了一声，急忙丢了手中的铁锹，将另一只手紧紧按在被咬的手背上，哭丧着脸叫道："遭了，我遭毒蛇咬了！"众人忙叫起来："快把手腕拿紧，防止毒液扩散了！"又有人说："快吸，快吸，把毒液吸出来！"另有人又说："快屙泡尿消毒！"在众人的叫喊声中，还是矮矬子局长反应得快。他急忙解下安全帽上的带子，过来紧紧缠住那人的手腕。那人也一边忍着痛，一边低下头在伤口上不断吸吮，吸出一口一口的淡黑色的乌血。这时，有人怀疑地说了一句："看看，是不是一条毒蛇？"众人听了这话，急忙回头去寻那条蛇时，却哪里还有蛇的踪影！

众人都过来看那人的伤势，也忘了挖树。过了一会儿，那人的手背并没有肿，只是手腕被带子紧紧缠着，血脉不通，有些麻木和发胀罢了。众人一见，忙说："不是毒蛇，不是毒蛇，不用怕！"那人也放心了一些，到一边去坐了下来，为防万一，继续用嘴在伤口吸吮着。这儿胖子见了，又对众人说："挖！快挖！"挖树的人听见号令，又各自散开去拿起地上的工具来。这时，树上的鸟儿们又腾空而起，向树下的人发起了新一轮进攻。可此时这些人已有了经验，他们把安全帽牟拉下来，把上半张脸全遮盖住了，剩下的脸朝地下埋着，这样就有效地防止了鸟儿的进攻。一些人拿起电锯，又要重新准备上树了。

正在这时，跑来了一个叫江凤玲的女人，她刚才在地里干活，听见贺大成在叫喊，却没有具体听清楚叫啥，但她毕竟跑来了。来到黄葛树下一看，一下明白了，又见贺大成紧紧被人抱住，以为这些人不但挖树，还打了贺大成，就跑出去喊："有人挖黄葛树呀！有人打大成呀！快来人呀——"她不是站在学校旁边喊，而是一边朝湾里跑一边喊。没多长时间，大成的老伴、儿媳和带残疾的小儿子先来了。他们一看大成被人紧紧抱着动弹不得，首先扑过去就和那人撕扯起来。那人怕事，便将大成松了。大成一被松开，便又扑过去躺在了树下。紧接着，全湾所有在家的老人、孩子、女人全来了。一时间，贺家湾人几乎是同仇敌忾地发出了愤怒的呼喊："不能挖！不能挖！"有的人过去抢住挖树人手里的锹镐不放，有的人见大成直挺挺地躺在树下，也跟着躺下去，一副和黄葛树同生死、共存亡的视死如归的气概。很快黄葛树下躺了一地的人，剩余的人把胖子和矮矬子局长几个人团团围住了，人们呼喊着，怒吼着，声浪一浪比一浪高，黄葛树下形成一片愤怒的海洋。

贺大成在地上躺了一会儿，看见了人群中的兴安，就急忙把他喊到身边，对他说："还不快骑上你的摩托到街上把你世普叔和赶场的人喊回来！"兴安一听这话，果然去了。这儿被人群紧紧围住的胖子和矮矬子等几个人急了，急忙拿出县上的红头文件和与端阳签订的协议书给他们看，可村民哪里肯听。矮矬子又搬出法律，对村民们说："你们这是妨碍公务，我们要向 110 报警！"村民一听更加气愤了，说："你报呀，你报呀！我们正要讨个说法。"那些挖树的工人手里的工具，被村民抢了扔到了很远的地方，地下又躺了一地的人，此时这一干人既不能继续挖树，又不能脱身，想报警又怕警察来了和村民发生冲突，把事情闹得更大，让交通局和林业局都不好下台。又过了一段时间，胖子只得给乡上马书记打去了一个求援电话。

却说马书记接到交通局胖局长的电话后，又马上给端阳打电话，可端阳的电话却关了机。马书记没打通端阳的电话，不免有些生起气来了。几分钟前，端阳才从他的办公室里出去，怎么这么快就关了机？难道是他已经知道了这事，故意"躲猫猫"了？马书记猜得一点没错！原来，就在刚才端阳从马书记办公室出来时，就在乡政府大门口碰到了骑着摩托车从贺家湾匆匆赶来的贺兴安，还没等他问，兴安就抓住他把村里发生的事告诉了端阳，让他赶快回去。端阳一听，头上立即冒出了一层冷汗，他知道这事出麻烦了，此时他该怎么办？事情重大，他本该马上赶回去，可难道就这样回去让村民骂？他犹豫了好一阵，决定三十六计躲为上，等事情过了再回村里去。于是他就对兴安说："行，你快到街上喊其他人，我马上就回！"可等兴安一转身，他就找地方躲起来了。又怕有人电话里找他，就干脆连手机也关了。马书记电话联系不上贺端阳，又叫乡上的办事员到场上去找了一圈，还是没找着，马书记担心事情闹大了不好收拾，便不敢懈怠，立即带着王副乡长往贺家湾来了。

等马书记来到贺家湾时，事态却已基本平息。原来，世普这天也在乡上。世普在乡上可不是去赶集，他是应乡中心校的邀请，去给学生做一堂革命传统教育的报告的。世普是乡中心校的老校长，乡中心校的领导一直想请他去给学生做一堂报告。世普当然是乐于去和全校师生见见面的，所以得到邀请，便毫不犹豫地答应了，时间便定在了这天上午后两节课。哪知道报告才开头，兴安便一脸惊慌地闯进会场，人还没到世普面前便大声叫："老叔，老叔，不好了，你快回去！"听得叫喊，世普一下住了声，全礼堂的师生也一起回过头盯着这个闯入者。兴安却没管众人诧异的目光，径直走过去把村里发生的事情说了。世普一听，脸上也呈现了惊愕的表情。他知道这事如果不及时制止，将会产生十分严重的后果。年前中华毒打和私自关押电鱼的小偷，只是涉及他一家人的利益，可现在涉及的却是全贺家湾人的信仰。并且卷进这次事件的，不是小偷，而是国家干部，他们的背后又是强大的政府，如果愤怒的村民真的蛮干起来，天哪，后果简直不堪设想。想到这里，世普便对学校领导说："报告先不做了，留着我下次来做！"说完这话，便出来跨上兴安的摩托车和他一起赶了回来。

回到黄葛树下，见大成和一些人还直挺挺地躺在树下，在家和比他先赶回家的愤怒的村民把挖树的人和交通局的胖局长、林业局的麻局长等人围得铁桶一般，并大声地叫着、喊着和骂着。瞿副局长和麻局长带来的一干挖树的工人，早已吓得大气都不敢出。世普一见这大成躺在地下的样子，觉得这办法不可取，有些以暴制暴、以恶制恶的味道，甚至有些丢贺家湾人的脸，于是先去把大成和仍躺在地下以身护树的人叫了起来。两位局长见世普来了，犹如见到救星一般，麻局长马上从口袋里掏出县上的红头文件和交通局与端阳签订的协议书，笑嘻嘻地递给世普。世普接过来，看也没看，就黑着一张脸哗哗几下撕了，然后将纸屑愤怒地往空中一抛，纸片儿便如蝴蝶一般，在空中飞舞起来。

接着，世普对众人大声说："放开！把他们都放开，让他走！"可众人听了却叫了起来："老叔，不能让他们这样走了，要他们赔我们的树！"世普说："你们放心，这事没有完！有我贺世普在，一定要为大家讨个说法回来！"众人还是紧紧围住那一干人，没有丝毫想让他们走路的样子。世普也一下火了，涨红着面

孔对大家喊道，"你们还相不相信我贺世普？相信我就放他们走，不相信我你们
就各自犯法去！"众人听了这话，这才松开了他们，并且让出一条路来。挖树的
人此时哪还顾得上挖树，一个个连工具都来不及去拾，便跟在麻局和胖局身后，
忙不迭地爬上大卡车车厢和大吊车、铲车的驾驶座，轰隆隆开走了。走到半路，
方遇见匆匆赶往贺家湾的乡上马书记和王副乡长。两位局长把发生的事和马书记
说了一遍。马书记见事情已经平息，不再多说什么，便又和王副乡长一起回乡上
去了。

四

等挖树的人都走完后，还没见端阳回来，世普又叫兴安骑上摩托车到场上去
找。兴安走后，世普眼睛落到那块石板上，叫大家搭手把石板立起来。几个稍年
轻一些的汉子走过去把石板立了起来。世普过去看石板上的字，却看不清楚，顺
手抓了一把黄葛树叶在上面擦了擦，石板上的泥土擦掉了一些，可字缝中的泥土
仍然如故。有人立即跑回去提了一桶水并拿了一把刷锅的刷把来，一边往石板上
淋水，一边用刷把去刷石板上的泥。洗净以后，这才看清了上面的字，原来从左
到右，写的是：

禁
　　吾贺氏宗祠之侧之黄葛树木为吾合族风水之本凡族内之人不分大小老幼
皆不许窃取一枝一叶犯者罚银十两生不许与祭祀死不许入祖祠族人须万万
遵之

世普一看，便叫了起来，说："对了，这就是八世祖立的那块石碑！我小时
候见过的，怎么埋在了树下？"众人听了这话，都惊奇不已，纷纷围过来看，许
多人都不认识上面的繁体字，又叫世普念给他们听。世普把上面的字念了一遍，
然后又叫人回去拿锄头来把碑重新立起来。立好后，世普又才对众人说："大家

都看见了吧，祖宗为保护这棵树，做出了这样严厉的规定。生不许与祭祀，死不许入祖祠，就等于是开除了族籍！"众人听了说："难怪这棵树能活六百多年！"

正议论着，兴安又一个人骑着摩托回来了。世普见了便问："没见到端阳？"兴安说："我场上场下、茶馆麻将馆到处都找遍了，也没有看到他的人影影！"众人听了这话，开始骂了起来："就是怪他答应把树让别人挖，要不是他，怎么会有这样的事？他是不好意思见大家了！"一语未完，紧接着又有人说："躲得了初一，躲不过十五，看他回来了怎么说？"还有平时对端阳不满的人趁这个时候更愤怒地说："他是败家子，卖国贼，让他回来看看这石碑上的字，让他自己把姓改了算了！"

世普听了这些话，觉得还是有些冤枉了端阳，便说："这件事情上端阳是有错，但他想用树换钱修路，想为大伙儿办事，出发点还是好的，大家不要太责怪他！要怪，只能怪上面一些人滥用职权，执法犯法……"听到这儿，立即有人打断了他的话问："那老叔你说说，我们现在该怎么办？祖宗过去规定族里人动了这树一枝一叶，都要受那样重的处罚，难道外人来把树这样锯了，我们就忍了不成？"世普听了，立即站到那股被锯下来的水桶般粗的树丫上大声说："我刚才说了，这事还没有完！我们这棵黄葛树是县政府挂牌保护的古树，该受国家有关法律的保护，即使是县上领导也不能随意将其移栽，更何况县交通局，他们是什么东西，敢随便来挖我们的树？再说了，县林业局'保护性移栽'显然是掩耳盗铃，于理于法不通！我们贺家湾是一个有悠久历史的村落，这棵黄葛树和这块碑就是村庄历史的象征，也是我们贺家湾人血脉所系，我们必须把它保护下来！如果我们这次都不依法抗争，那他们以后还会再来挖我们的树！所以我们这次必须到上面去讨说法：第一，涉及这次事件的部门，必须向我们赔礼道歉；第二，县林业局要派技术员来对已经受到损伤的黄葛树进行养护；第三，县委要对涉及这次事件的单位负责人进行处理！"

众人一听，便都叫起好来，纷纷说："老叔，你带我们到县上去找当官的！"还有的人竟举起手臂义愤填膺地喊了起来："对，老叔，明天我们全村人都到县上上访去！"世普见众人这样激动，便说："全村人都去上访，这不行……"众人没等他说完，又喊了起来："怎么不行，难道就只准他来欺负我们，就不许我们讲理讨说法了？"世普听了，还是耐着性子说："不是不允许讨说法，而只能依法上访！我们可以先用信访的方式，把我们的要求反映给县委领导。今天晚上我就把上访信写好，明天愿意在上面签字的村民就来签字。签完字后，我们再把上访信亲自送到县信访办去！"立德、东川听了，也在后面跟着附和说："这样最好！要是县上领导官官相护，他们不理，我们再说下一步行动！"村民们听了几个退休在家的公家人的话，便说："行，老叔你写吧，我们都签名按手印，谁不签名按手印的，就不是贺家湾人！"

当晚，世普花了大半夜的时间，先写好了上访信。写好后，又翻遍了自己带回的那本法律汇编，找了几条相关的法律条款附在后面。第二天，村民都拥到世普家里来签字，一时间把屋子都快挤爆了。签了整整半天，全村人才把字签完。看着那密密麻麻的几十页红手印，世普有了必胜的把握。第二天一早，世普就揣着那沓厚厚的告状信，带着立德、东川和大成几个人到城里去了。正要到信访办去交材料时，大成突然说："我们去找一下世海，看看他愿不愿意在告状信上签字？世海现在是县上著名的企业家，有钱又有关系，要是他愿意在上面签名，我们也多几分胜利的把握！你们说是不是？"

世普听了大成的话，皱了一下眉头，但还没等他说什么，东川也说："怎么不是？他再有钱有关系，总不能把祖宗都忘了吧？"立德虽不姓贺，却也说："人多力量大，让他签个名也好！"世普见几个人都同意去找世海签字，也便不好说什么了，就对大成说："那你就拿着告状信去找他一下，他愿签就签，不愿签就算了！"接着又说，"你快去快来，我们在县信访办门口等你。"大成人老实，一听世普这话，果然拿着告状信就找世海去了。

大成在世海的公司里找到了世海，世海一见大成匆匆忙忙又风尘仆仆的样子，觉得有些奇怪，便问他有什么事，又亲自去饮水机里倒了一杯水给大成。大成接过水却没喝，把杯子往茶几上一放，便对世海说了黄葛树的事，又把世普组织全村人告状，并希望他也在告状信上签名的事说了一遍。说完，就掏出那份告状信摆在世海面前。世海听完大成的话，也表现出非常气愤的样子，脸紧绷着，手重重地在桌上擂了一拳，愤愤地骂道："龟儿子些太不像话了！"说完这话后又气冲冲地说，"这事是应该和他们没完！"

世海对这事生气是有原因的。和大成一样，小时候他也拜那棵黄葛树作"干保保"，也一样在树下打一种用纸折起来的"娃儿牌"，在树下滚铁环、捉迷藏、玩老鹰抓小鸡、王婆婆买狗儿等游戏。在树干上爬上爬下，虽然把裤裆挂破了无数次，却也锻炼出了他猴子似的机灵和强健的肌肉。可以说，贺家湾没有这棵黄葛树，他们这些孩子的童年会少许多乐趣。甚至后来在黄葛树下演戏和坝坝电影时，发生在他们这些不安分的年轻人身上的事，今天回忆起来，都像嚼一颗橄榄，又酸又甜，有滋有味。所以和贺家湾所有的人一样，世海对县交通局利用权势去挖这棵黄葛树，感到怒不可遏。让世海怒发冲冠的另一个更重要的原因，就是因为县交通局那幢新建的办公大楼。工程招标时，世海也去投了标，上上下下该打点的地方也都打点了，凭着这么多年在县上经营出的关系网，世海自信拿下这个工程应该是穿钉鞋拄拐棍——把稳着实的。可最后却是一家外地企业中了标。世海一打听，原来就是交通局那个秃头局长说他们这个办公楼是全县的一个标志性建筑，需要最好的建筑单位来做，世海的公司嘛，修点一般的房子还可以。结果世海这只"坐地猫"输给了一只"外来猫"。没有中标对世海没啥损失，可世海打点的那些钱却是肉包子打狗——有去没回了。因此世海心里恨不得把交通局那个秃头局长两脚踢死。现在又是在这个秃头局长的安排下去挖了他们的风水树，世海对这个秃头局长自然是更加恨得咬牙切齿了。

大成听了世海的话，非常高兴，便又把告状信往他面前推了一下，然后看着世海说："那你就把名字签了，世普他们还在信访办门口等我呢！"世海听了这话，果然拿过了笔。可是他正准备签时，却一下又停了下来，眼睛看着前面墙壁上的一幅画，似乎在思索什么。看了一会儿，又把笔放下了，然后对大成说："这样，你回去对世普、立德、东川他们说，就说你没有找到我，让世普领着人去告就是……"话没说完，大成惊得瞪大了眼睛问道："那你是想不管这事了哟？"世海说："我说了不管吗？我是贺家湾人，我怎么会不管？我是说先让世普领着你们去告，等他告不下来的时候，你再来找我！"大成听了还是露出有些茫然的神色问："我不懂你说的啥子。"世海说："说你这个人老实，你硬是只有一根肠子直接通到屁眼，怪不得你会在全县最偏远的学校吃一辈子粉笔灰！我跟你说了这话，你各人记到心里就是，问那么多做啥？"接着又说，"你一定要说没有找到我！如果你说找到我了，我没有签，世普他们把你看白了不说，他们心里也会生气。"大成听了这话，低头想了一会儿，然后才说："好嘛，我就按你的话去说嘛！"说着拿了桌上的告状信，站起来就往外走。世海把大成送到门口，又对他说了一句："记着，告不下去了的时候就来找我!"大成答应了一声，下楼去了。

到了县信访办门口，果然见世普、立德、东川三个人都在那里等着他。一见他，东川便问："怎么样，世海签没有?"大成的话在嘴里顿了一下，才说："他没到公司上班，我又到他家里去了一趟，也没有找着人。"东川听了有些失望地哦了一声。世普却露出了有些高兴的神情，说："没找着就算了，一斗芝麻少一颗还是一斗!"又说，"没有胡萝卜，我们也照样办席! 我们进去吧!"说着，从大成手里接过告状信，打头进去了。

信访室里，一张椭圆形的桌子后面坐了三个人，一个男人五十岁左右，脸色黄黄的，身子瘦瘦的，一只手撑在下巴颏上，像是那细瘦的脖子不能承受脑袋之重一样。此时他的眼睛盯在桌子上，目光有些冰冷，右手的食指漫不经心地在桌子上画着什么。一个中年妇女，年纪三十五六岁，头上盘了一个非常浪漫的发型，有些像历史剧中的汉唐女人头上顶的由三股辫或四股辫做造型，经过精心设计而做出的一种头顶艺术。除了发型特殊以外，这个女人的一张扁平脸上，还擦了厚厚的脂粉。她在三个人中间，倒像是精力十分集中、工作也十分认真的样子。另外一个人才二十来岁，体格匀称，头发漆黑，有一张看似非常聪明和活泼可爱的面孔，此时拿了一支笔，正在往本子上记着什么。在他们的对面，是一男一女两个农民模样的人，年纪都在六十岁左右。

几个人走进去的时候，那个老妇人正一把鼻涕一把泪地向他们对面的三个人东一句、西一句地说着什么。看样子这是一对老夫妻，他们似乎有天大的冤仇，可对面三个人，却都露出了一副见惯不惊的神情。那个男人继续用右手撑着下巴，眼睛盯着桌面，右手食指在桌上轻轻画着。顶着汉唐时代发型的女人虽然面带微笑，用亲切和蔼的目光在看着哭诉的女人，可那目光却分明是散的、游移的，心里在想着别的什么，表明这女人已经练就了分神术。只有那个记录的年轻人，老妇人说一句，他就在本子上记一句。看见世普几个人走进来，那个脸色黄黄的男人和那个顶着汉唐时代发型的女人，突然一下子像见到了他们的最高领导那样站了起来，嘴里热情地喊道："贺校长，你怎么来了?"他们这样一喊，正在述说的老妇人突然停止了哭诉，和老头一起抬起头用空虚的眼神望着他们。世普见了，先冲那男的点了一下头，又冲那女的点了一下头，说："廖主任，谭主任，你们正在接待上访群众，我来得不巧，打扰你们了！"接着又说，"那你们先接待他们，等他们结束了，我们再来！"

说完，世普正想退出去，忽听那男的说："没啥，贺校长，你老来视察我们的工作，我们再忙也要把老校长接待好嘛！"那女的也说："就是，老校长，请您老跟学生来！"说毕又对那记录的年轻人说，"小徐，你就先把他们的话好好记录下来，啊！"说完又对对面的夫妻说，"你们继续说，小徐会给你们记录好的，啊！"那一对老年夫妻听了，立即感恩地点了点头。叮嘱完毕，那女人就过来带了世普一行人进了侧边一个小门，到了另一间屋子。这屋子里沿两边墙壁摆着一溜沙发，沙发前面是茶几，另一面墙壁前面有一张很大的老板桌，桌子后面是一把皮转椅。世普一看，便知道这是一间会议室，室内窗明几净。不过细心的世普还是看出了沙发上有几处被烟头烧出的小洞。

那女人一边安排世普坐下，一边从老板桌下面变戏法似的拿出了几瓶二百五十毫升装的矿泉水，十分恭敬地往世普、立德、东川、大成几个人面前的茶几上放。放到世普面前时，世普却从提包里拿出自己的真空保温杯说："我喝这个，你给我倒点开水在里面就行！"女人一听，立即拿过茶杯对那个比他年纪大的男人说："谭主任，你跑下路，去给老校长倒杯开水来！"那男人接过杯子，说了一声："好呢！"立即出去了。立德、东川、大成看看世普，又看了看满面笑容的女人，眼睛露出了几分不解的神情。世普看出了他们的心思，不等那女人开口，便对立德几个人介绍说："他们两个都是县中毕业的，出去倒水那个毕业早些，姓谭，是信访办副主任。不过谭主任我没直接教过他。"说完又指了女人对立德他们说，"这是信访办廖主任，他们毕业那年我亲自给他们上过语文，小廖在学校里就是三好学生，参加工作后也是很能干的！"廖主任一听，脸上便绽出微笑，说："哪里哪里，那是老校长教育有方！"世普听了又问了一句："小雷工作还好吧？"世普说的小雷叫雷彪，是廖主任的爱人，两人在县中的时候是同班同学，自然也是世普的学生了。廖主任见世普问她爱人，便又急忙说："好，好，感谢老校长关心！"说完又说，"我们在家里都时常说起老校长呢！"世普听后，知道这个女人说的是假话，在这个社会，谁没事还会经常念叨自己的老师。但听了女人的话，世普也只得说："你们还没有忘记我这个校长，那就多谢你们了，回去代我向小雷问好，告诉他，今后有时间了我一定去看望他！"女人急忙说："谢谢，谢谢！"正说着，男人端着一杯水走了进来。他把茶杯恭恭敬敬放到世普面前后，女人又走过去和他耳语了几句什么，男人便又出去了。这儿女人等男人出去后，便过来在世普对面坐下了，才说："学生参加工作这么多年，老师都没到我这里来踩个脚印，今天老师来有什么指示，学生洗耳恭听！"

世普听了这话，立即正了脸色说："不是啥指示，我们几个人今天也是来上访的！"女人一听这话，脸也变得十分严肃了，眼睛扑扇了几下才说："老校长你有什么事要上访？"世普说："我就没有上访的？老实说，今天要不是我阻止着，会有几百人来你们这里讨说法的！"说着从口袋里掏出那封告状信，递给身边的大成，说："给廖主任拿过去，让他看看！"大成马上把告状信接过来，用双手捧着，走过去将厚厚一沓纸交到了女人手里。女人接过去翻了翻，见前面的文字并没有几页，后面的签名和盖手印的却有几十页。女人翻了一下，把材料放到茶几上，却看着世普紧蹙着眉头问："到底是什么事，让老校长这样生气？"世普听了，便把交通局到贺家湾挖树的事说了一遍。

世普说完，女人沉吟了一会儿，才显得有些愤愤地说："这个曹局长和麻局长，怎么能干这样的事？"世普说："无论如何，这事我们要县委给一个说法！尤其是姓麻的执法犯法，县委不能姑息迁就！"女人说："老校长请放心，你的材料我一定转给县委县政府主要领导！"世普说："你还要告诉他们，贺世普是依法上访，如果得不到满意的答复，贺家湾几百村民是不会罢休的！"女人说："我一定把老校长的话转告到！"世普听了这话，便站了起来说："既然这样，我们把材料亲自送到你手里了，需要转告的话也对你说了，我们就告辞了……"话没说完，女人立即站起来说："不行不行，老校长，你从没有到学生这里来过，怎么能让你这样走呢？我已经让谭主任安排午饭去了，你们一定要吃了午饭才走！"世普听了这话，停了一会儿才问："是不是所有上访群众，你们都安排午饭？"

女人听后愣了一会儿，才明白过来，脸上有些挂不住地说："当然不是，不过老校长除外。"世普听女人如此说，便露出有些不高兴的神情说："既然不是，那我为什么要特殊？我贺世普虽然教过你，虽然做过县中校长，也当过人大代表、政协常委，但我不需要特殊，只需要县上公正处理这事！"女人见世普态度坚决，语气便不冷不热地说："好吧，既然老师不愿吃学生这顿饭，学生也不勉强，老师的话我一定说到！"说着，便送世普走了出来。走到大门口时，女人忽然过去附在世普耳边，低声说，"老师，学生有一句话，不知该不该说？"世普说："啥话不该说？你说！"女人于是说："老师虽然退了休，可说到底还是一个副县级干部，一定要帮县委县政府做好维护稳定的工作呢！现在稳定压倒一切！老师你不是一般的人，是个有影响的人呢！"世普听了，过了一会儿才说："要不是考虑到稳定，今天就是几百人来了！"女人听了连声说："那就好！那就好！老师多保重！"说完和世普几个告了别，重新回屋子里去了。

却说世普把告状信亲手交给信访办他的学生廖主任后，对赢得这场斗争的胜利充满了信心。他觉得凭着自己在社会上的威望和地位，县上领导不可能不重视他的几点合理要求。再说那告状信后面，还附着几百贺家湾人的签名和红手印呢！那是民意，是人心，民意不可违，县上领导即使置他贺世普不理，可总不能连几百人的民意也不顾吧？再说，还有信访办主任是他的学生，虽说在处分县交通局负责人和县林业局麻局长这个问题上她没有多大的决定权，但她作为信访办主任，建议的权利还是有的吧？综合以上因素一考虑，所以世普才会对这个事件的结局抱着十分乐观的态度。

世普一回到家，湾里许多人都拥到他家里来打听消息。有的问："老叔，那个胖子局长和矮矬子局长什么时候来给我们道歉？"这人的话完，立即又有人说："嘴巴上道歉有啥用，关键是他们啥时来给我们养护被他们砍伤了的黄葛树哟？"还有人甚至问："老叔，县上是不是已经把那个胖子局长和矮矬子局长的官给抹了？"世普听着大家的话，觉得乡亲们实在是太淳朴太可爱了，连自己都不知道该怎么回答他们。正在这时，有人却又帮他回答了，说："你们忙啥？老叔出了面，难道还怕他们不来给我们道歉？不来对我们的黄葛树进行养护？县上不把那两个浑蛋的官给抹了？老叔是啥样的人，啊？县长过去都经常请老叔吃饭，老叔说一句话，县长还不是得颠儿颠儿地照办！"说完又对世普问，"老叔，你说是不是这样？"

世普正端着那只不锈钢真空保温杯在喝茶，因为刚才往杯子里续上开水，茶水很烫。听了大伙的话，世普忙放下茶杯，抹去粘在嘴角上的一片茶叶后才不慌不忙地微笑着说："哪里是你们说的那样！县长是请过我吃饭，但这事也不是县长一个人做主。再说，我们今天才去反映了，哪里那么快就有结果？组织上还得有一个调查的过程嘛，你们说是不是？"说完又不等众人回答，接着又说，"不过你们放心，这事县上一定会给我们一个满意的答复的！"众人听了果然显得很高兴的样子，说："那是！那是！只要有老叔，我们一百个放心！"

世普听了这话，又捧起茶杯啜了一口，然后用和蔼慈祥的目光在众人脸上轻轻扫了一遍，仍是面带微笑，像是拉家常一样，显得很随意地说："你们今天都在这里，有几句话前天在黄葛树下我就想说的，可当时大家的情绪都处在愤怒中，我忍住没说，今天就给大家说说。是啥话呢？就是前天大家把挖树的人像狗一样团团围住，不让他们走，想靠人多势众、逞一时之勇来取胜。你们想靠这种办法来取胜实在不可取！现在你们想一想，如果不是我回来让你们放他们走了，你们要把他们围到什么时候？事情又怎样收场……"

说到这里，世普的目光又从众人脸上扫了一遍，这次的目光便有些犀利了。有人在后面回答了一句："我们当时没有想到那么多，心里就只有气愤！"世普听了这话，又加重了语气说："气愤就能蛮干？说实话，那叫逞匹夫之勇！"说完向四周环顾了一下，又接着说，"还有大成，今天他没在这里，就是在这里，我也要批评他！他好歹还是一个退休老师，为人师表的，怎么能像一个泼妇耍赖似的，直挺挺地躺在地下呢？这太有些不雅了！这哪儿还有一个人民教师的斯文和风范呢？即使用这种方式取得了胜利，也有辱一个人民教师的身份，何况还根本取不了胜利，你们说是不是？"

说完，世普的眼睛望着大家，可这次大家却沉默了。有的人看见世普的目光就急忙低下头假装咳嗽，一时间屋子里满是干咳声。世普看见大家没回答他，心里突然涌上来一种说不出的味道，觉得农民就是农民，给他们说了大半天，他们也不一定懂。隔了一会儿于是又说："好了，以后大家如果还遇到了这样的事，一定要依照法律，有理有利有节地来维护自身的利益。依照法律，有理有利有节的方式才是一种现代文明的、理性的处理方式，而大成和你们当时采取的耍赖和逞强的方式，是一种传统的村落式的处理方式，这种方式不但不能解决矛盾，反而会使矛盾更加激化！"说完这话，见众人仍有些困顿和茫然的样子，便打住了继续提炼和升华理论，突然对众人大声问："以后大家遇到同样的事情，知道用什么方法去对付了吧？"众人一听，果然都像小学生在课堂回答老师的提问一样，异口同声地回答说："知道了，知道了，老叔！"世普听见这话，又高兴起来，说："这就对了！以后大家如果还遇到这样的事，就像这回一样，依照有关法律，有理有利有节地到上面部门去反映，一样会取得胜利的！”众人听了，又都高兴地说：“那是，老叔，这回的事就全靠你了！”

五

　　接下来的日子，世普在家里耐心等待着县上的答复。可一连等了半个月，交上去的材料犹如泥牛入海，一点消息也没有。村民又隔三岔五地来打听消息，世普就有些急了，便给信访办他的那个女学生廖主任打去一个电话，询问告状信的结果。女人在电话里声音悦耳地说：“贺校长，材料我按程序送给县长看了，县长在上面批了‘已阅’两个字，说干部问题属于县委管，让我把材料送给柴书记，我已经把材料送给了柴书记。”世普说：“怎么到现在还没结果？”女人说：“老师不会不知道一个县委书记有多忙吧？”世普说：“再不给答复，我可又要到你那儿去了！”女人说：“贺校长，这事何必再烦你老人家动步？你老人家可别再为这事东奔西跑的了，再耐心等几天，啊，我也为你催催，啊！”世普听了这话，也不好说什么，便有些生气地挂了电话。

　　这样又过了十来天，这时天气已由初春进入了仲春，太阳从擂鼓山方向升起时，就像一个要匆匆忙忙赶路的性急的汉子，一天比一天起得更早。可落下去的时候，却又变成一个慢腾腾的疲性子老头，一天比一天落得迟。白天的时间变得长了，气温也越来越高，一些年纪较轻的人已经脱了厚厚的、臃肿的冬装，穿上了薄薄的毛衣。可在干活的时候，头上仍不免冒着毛毛汗。桃李花自然是早已开过了，现在正是杏花盛开的时候，淡淡的粉白色花朵在阳光下摆动。山坡和草坪的青草，像是一层厚厚的绿毯。布谷鸟儿忍了一冬的歌喉，开始了性急的歌唱：“布谷！布谷！”在圆润、甜蜜的布谷鸟的催促声中，农人开始挽起裤腿下田了。

　　又是十多天没有消息，世普又给信访办的廖主任打电话催问，可廖主任仍是那几句话：“还没得到领导的任何批复，领导太忙了，请老校长耐心等一等。”世普听了这些话，已隐隐意识到事情不会像自己想象的那么容易得到解决。可自己先前已经对全湾的村民说过了，这事县上一定会给他们一个满意的答复，而村民又对他和他的话深信不疑。如果这事县上拖着不理或不能给村民一个圆满的交代，不等于是让他贺世普下不了台么？世普想到这儿，有些坐不住了，第二天一早连立德、东川、大成都没叫，自己一个人进城去了。

世普到了县城，仍是先往县信访办去。还没走进信访办的大门，就见院子里东一队、西一队坐满了上访的人，看样子像是一些下岗的工人，正在愤怒地说着什么。院子里还多了一些保安，把守在信访办接待室的门口。还有一些保安在人群中走来走去，目光像鹰隼一样锐利地看着一些说话的人。世普走到接待室门口，守门的保安不认识他，把他拦住了，说："干啥？干啥？有代表在里面就行了，不要进去了！"世普将保安推了一把，大声说："我就是代表，我代表贺世普，你晓得不晓得贺世普这个人？"那保安见世普这个气势，知道不是一般的人，便放他进去了。进去一看，椭圆形桌子的正面，坐了信访办的五六个人，另一面则是十几个上访的代表，其中一人正一边挥舞着手，一边大声地控诉着什么。坐在信访办人员中间的廖主任一见世普，突然皱了皱眉头，一下站了起来，过来把世普拉到了一边，说："贺校长，叫你老人家耐心等一等，你怎么又来了？"女人今天的头发不再是汉唐风韵似的盘花型了，而烫成了一种浪漫发波，十分随意和松散地披在肩头。虽是随意，却丝丝柔亮，卷度自然，是需要十分精湛的技巧方能做出这样迷人的发型的。世普一看她的发型，便揣度他这个学生大部分的时间和精力恐怕都花在头顶上了。不知是因为她今天脸上脂粉比上次擦得均匀了，还是因为她今天换了发型，世普觉得她看上去比上次漂亮多了。但世普没时间欣赏她的美丽，听了她的话便说："还要让我等多长时间？我倒是想等，但我的耐心不想等了，今天就一定要讨个说法！"女人听了说："实在对不起，贺校长，我今天没法分身，要不你还是先到会议室坐坐，等这儿完了以后我再来陪你！"世普听了这话，又朝屋子里看了一眼，想了想便说："你忙你的，我出去转转，等你忙完了我再来。"女人听了就说："那就怠慢老师了！"说着又回原来的位子上坐了下来。世普便也退了出来。

世普出来并没有去街上转。一个小县城，在这里住了二十多年，哪条小巷道也都熟悉了，还有什么转的？他出来径直往县委去了。世普往县委去，是打算直接找柴书记，当面问他材料看过没有，对他和贺家湾人提出的几点要求究竟持什么态度。总之，世普今天是决计要讨个说法后才会回贺家湾的。县委离信访办并不远，几分钟时间，世普便来到了县委大门口。大门口站着两个保安，都穿着警察的制服，不知道的人一定会把他们当作警察。大门前面立着一块牌子，上面写着"来办事的人请下车"几个字。世普一看，就有些生起气来。来办事的人请下车，那领导就可以不下车？世普想起过去上十字街有块状元碑，状元碑旁边也立得有一块牌子，上面写的是："文官下轿，武官下马！"那时没有限定老百姓，却只限定了文武官员，可是今天却换过来了。世普想："幸好我今天没有马也没有轿，如果有马有轿，我得把马轿放在外面了！"这么想着就想往里走，可刚动步，便被一个保安拦住了。那保安问："请问你找哪个？"世普心里已经憋了一口气，听了保安的话，更觉得不好受，便立即瞪了眼，冲那保安大声说道："我是本·拉登派来安定时炸弹的！"那保安一听愣了。这时，从旁边屋子里马上又走出一个像是保安头儿的人，瞟了世普一眼，正想发作，却突然想起来了，立即叫道："啊，这不是贺校长吗？对不起，实在对不起，你请！你请！"说完又对世普媚笑着弯了一下腰说："他才从外地招来，不认识贺校长，请贺校长不要生气，啊！"世普也没回答，只黑着脸走了进去。

走进去一看，院子里停满了一排排车，像是要把偌大一个院子都撑爆似的。世普这才明白保安为什么要在门口立那样一个牌子了！这些车当然不是外面的车，全是面前这座大楼里各部门和各位领导的车。院子的左边有一个台子，上面也生长着一棵黄葛树，树干大约有两个人合抱那么粗。离树干一米左右，又分出两股枝丫各向两边旁逸出去，也是枝繁叶茂，浓荫蔽日。世普知道县政府的大院里也有这样一棵树，树龄在一两百年以上。县委大院这地方过去是一座巍峨庄严的教堂，世普在20世纪60年代还见过这座教堂，是哥特式建筑，共有两层，屋子的空间特别大，世普曾经进去过一次，他觉得那里面有种空阔阴暗的气氛，却不失美丽，也不失森严。在后来"横扫一切"的革命运动中，教堂被置换成现在的县委办公大楼。据说那棵黄葛树便是当时的洋教士栽的。

世普这样想着，便来到后面那座大楼底下。大楼最下面一层便是县委办公室各科室。世普来过这里多次，知道要见县委书记，需要秘书通报，便不假思索地朝秘书科走去。秘书科有一科、二科、三科，世普进的是二科。他刚进去，办公桌后面一个人便抬起头来。这人十分年轻，身材四四方方，胸脯宽宽大大，一双眼睛在镜片后面快活而不失精明地闪烁着。他见了世普立即像见了亲人一样，马上兴奋地喊了一声："贺校长！你怎么来了？"接着过来就拉住了世普的手。原来这人原是县中的一个青年教师，叫马全局，到县中来报到那天，别人把他名字听成了"马前卒"，从此大家都叫他"马前卒"。还是那年丁书记做县委书记时，一天丁书记到县中视察，临走时对世普说："大校长呀，你这里有没有笔头子过得硬的人，你给我推荐一个，我那里差写材料的秀才呢！"世普一听这话，便不假思索地说："有哇，我这里刚好有一个昨年才分来的年轻老师，是大学中文系本科毕业的正宗科班，文字功夫不错！"丁书记听了，又笑着说："那我挖走了你的千里马，你心里不疼呀？"世普素来爱惜人才，听了丁书记这话，便说："这有啥？你丁大人要，我敢不给呀？"就这样，"马前卒"便到了县委办公室。几年下来，如今已混成了县委办公室的副主任。当然，县委办公室一共有五个副主任，也算不了什么，但好歹已是副科级。过两年一出去，不是局长便是部长或主任。"马前卒"能有今天，在心里自是非常感谢世普。所以一见世普，便是十分的亲切。

世普在"马前卒"桌边的沙发上坐下后，便直言不讳地说："我要见见柴书记，你给通报一下！""马前卒"听后皱了一下眉，才说道："柴书记昨天随市委市政府组织的招商引资团，到长三角和珠三角招商去了！"接着又问，"贺校长找柴书记有啥事？"世普本想对"马前卒"说一说他告状的事，可话到嘴边却变成了："我有一点事问问他，他的电话变没有？""马前卒"见世普不愿对他说，也不多问，犹豫了一会儿才说："贺校长想给柴书记打电话？柴书记很忙，说不定这时正在开会，贺校长给他打电话他也可能不方便接听！"说完这话又停了一下，像是思考什么一样。过了一会儿，他才接着刚才的话说："贺校长想给柴书记打电话，还不如直接给他秘书打，这样还方便一些！"世普听了这话，便问他秘书的电话是多少，"马前卒"便把秘书的电话说了出来。

世普得了柴书记秘书的电话，却并不避讳，当着"马前卒"面就拨起那人的电话来。电话响了一阵，那边的人接听了，声音有些懒洋洋地问："你是谁？"世普说："我是贺世普！"那人似乎想了一会才记起来的样子，口气变得热情了一些，说："哦，是贺校长呀？久仰久仰！"客套完了才问，"贺校长有什么指示？"世普说："柴书记有没有时间，我要跟他说几句话！"话音刚落，那人便在电话里说："柴书记正在开会，贺校长有什么话，直接告诉我，我一定会转告给柴书记的!"世普听了这话，于是便说："我和贺家湾几百村民有一封上访信，听信访办的同志说转到了他那里，你问问他看了没有？看了又是个什么态度？请他给我贺世普一个答复！"那边沉吟了半天，像是在考虑什么似的，过了一会才又用先前懒洋洋的口气，说了一句："好，我知道了！"说完就把电话挂了。这儿"马前卒"听了世普的话，觉得世普的话和说话的口气都有点刺耳，但怎么刺耳一时又说不清楚，反正从来没有人用这种口气对柴书记提过要求。他想提醒一下这位过去的老领导，但又有些不好开口，于是就干脆不说什么了。世普打完电话，心里像是好了一些。"马前卒"要留他坐坐，他谢绝了，从县委大院走了出来。

世普从县委大院出来后，又直接去了政府大院，他今天是决计要找到一个县上的领导要个说法。政府大院也和县委大院一样，里面停满了各种各样的车辆，显得十分拥挤和混乱。大门口的保安不盘问进入大院的人，却盘查想进入大院的车辆，凡不是大院内政府部门的车辆，一辆也不放入。政府大院是在过去的老县衙的地方重建的，正面和左面的高楼都是政府所属部门的办公楼，右边紧靠正面高楼的地方，另有一幢六层的小楼，精巧雅致，这便是县长办公楼。世普在大门口没遭到盘查，但到了这幢小楼的门口，却遭到了守门的保安的盘查。和世普在县委大门口遭遇的完全一样，保安的问话也十分简单："你找哪个？"但眼睛和问话的语气却有一种咄咄逼人的力量。世普听了，本想发气，可想了一想却忍住了，说："我找裴主任！"保安听了，立即用了警察审视疑犯的目光，将世普上上下下打量了一遍才说："裴主任调走二十多天了，你还不知道？"

世普听了这话吃了一惊，马上又下意识地问了一句："调到哪去了？"保安说："你是什么人，查户口的？调到哪里关你啥事？"世普瞪了他一眼，又咽了一口唾沫，再次把升上来的火气压了下去，尽量用了平静的语气问："那你们新来的办公室主任是谁？我就找他。"那保安听了这话，在椅子上坐下了，半天才掏出一把指甲刀，一边剪着指甲一边懒洋洋地说了几个字："不在，下乡去了。"说完再不搭理世普。

世普这才一下火了，突然大声喝道："那哪一个在？是不是人都死光了？死光了我就是来吊孝的！"那保安猛地打了一个哆嗦，马上把指甲刀收起来放到口袋里，抬起头怔怔地看了世普一阵，这才说："魏副主任在，你找不找他？"世普听了仍余怒未息地说："除了鬼我不找，是人我都找！"那保安听后马上对着二楼一间屋子喊道："魏主任，魏主任，这儿有人找你！"

喊声刚落，从那屋子的窗口立即探出一颗脑袋，对保安问："谁呀？"保安指了指世普，说："就是他！"那人将世普看了一会儿，突然叫了起来："贺校长！"接着就听见他咚咚地从楼上跑了下来。这儿保安马上挤出了一副笑容，放世普进去了。但世普还没走几步，保安又拿出一个本子叫住了他，说："哎，老同志，你还没登记，来登个记！"世普听了，又只得回身过来在本子上写上自己的名字、工作单位和身份证号码。

刚登记完，那个姓魏的办公室副主任便下来了，见世普在登记，便冲保安说："还登啥记？这是我们县中堂堂的贺大校长，你怎么不认识他，啊？以后贺校长来，就不用这些手续了，听见没有？"那保安立即诺诺地点了点头。魏副主任说完，便过来拉了世普的手，热情地把他带到了楼上自己的办公室里。世普拿出自己的茶杯，要去饮水机里续水。魏副主任见了，立即接过世普手里的茶杯，亲自去给世普接水了。一边接水一边回头对世普问："贺校长记不得我了？我在县中读过书！"世普的心思此时不在叙旧上，只淡淡地问了一句："你原来在哪个单位？政府办公室几个主任我过去都认识，对你好像没有印象！"魏副主任把茶杯恭恭敬敬地放到世普面前后，才说："贺校长说得极是，我是二十多天前县上科级班子调整中才调过来的。过去在县科协，那是个清水衙门单位，所以贺校长不记得我了！"世普说："哪个单位都是为党工作，分什么清水衙门不清水衙门？"那人立即点头说："贺校长说得极是！"

说了一会儿闲话，世普突然问："我有事要找一下涂县长，你给我通报一下！"那人一听这话，先是把世普打量了一番，接着两眼急速地眨着，像是进了蚊子一般。眨过了才说："贺校长跟涂县长约过没有？"世普说："我约过了还需你通报啥？"那人的两颗眼珠子又快速地转了转，马上便皱了眉，苦着一张脸说："哎呀，老校长，实在不凑巧，涂县长今天一早就下乡了！以后老校长有什么事，你先跟学生说一声，学生跟涂县长约好了，老师再来，怎么样？"世普一听这话，又想起刚才门口保安说的新来的办公室主任也下乡了的话，心里于是也不再怀疑，只好失望地站起来说："那好吧，你把你的电话给我，我以后再跟你联系！"那人立即把自己的电话号码告诉了世普。世普记下了电话号码后，便起身告辞。那人要送世普，世普不让，可那人还是坚持要把世普送到楼下。世普见那人如此热情，也不好再拒绝，于是二人一起走出了屋子。

可是刚走到楼梯口，却看见涂县长正往楼上走。他身后跟着一个年轻的秘书，一手端着茶杯，一手提了一只提包。世普和涂县长迎面一撞，两人都显出了非常吃惊的样子。但只过了几秒钟时间，涂县长便满脸堆满了笑，看着世普大声叫了起来："哎呀，大校长，今天什么风把你吹来了？"世普却是紧绷着脸，有些不太高兴地说："你不是下乡去了吗，怎么这样快就回来了？"说着回过头去狠狠瞪了魏副主任一眼。那魏副主任的脸立即红了，张了张嘴似乎想说什么却没有发出声音来。倒是涂县长身后那个秘书反应快，马上说："是下乡去了，涂县长到城南乡去调研春耕生产情况了！"涂县长听了这话也说："是呀，是呀，春耕在即，不下去摸摸情况不行呀！"说完又回头对身后的秘书说，"小马，去把上面的门开了，请贺校长到我办公室里坐！贺校长可是我尊贵的客人呢！"那年轻秘书听了，立即咚咚地往楼上跑去了。接着，涂县长又对魏副主任吩咐道："小魏，把贺校长茶杯里的茶叶倒了，重新泡茶！"世普听见后，说："我就喝这个！"涂县长说："哎，你就尝尝老弟的茶叶又怎样？"世普听了这话，也用了开玩笑的口吻说："那好，今天就喝一下县大老爷的茶是啥味道！"说着，把茶杯交给了姓魏的小伙子，便随涂县长上楼去了。

涂县长的办公室在四楼，右边是秘书的工作室，左边是涂县长的休息室，中间一间很大的屋子，才是县长正式办公的地方。世普和涂县长上去时，那个叫小马的秘书已经打开了涂县长的办公室，这时正在清理桌上的文件。涂县长招呼世普在沙发上坐下，没一时，魏副主任已拿着世普的空茶杯走了上来。他把茶杯放到沙发前面的茶几上后，轻车熟路地打开一只小冰箱，从里面取出一罐茶叶，往茶杯里倒了一些，然后去饮水机上接上水，将茶杯放到世普面前，轻轻盖上了杯盖，接着就退了出去。那个叫小马的秘书，整理完了桌上的文件，也十分知趣地走了出去，并顺手掩上了办公室的门。

只过了一会儿工夫，世普揭开杯盖，果然一阵异香扑鼻，便连声叫道："好茶！果然是好茶！"涂县长听了，马上去取出了那罐茶叶说："贺校长要是喜欢，就把这罐茶带回去慢慢品尝！"世普一听急忙说："老夫怎敢贪你县大老爷的茶！"涂县长听了世普这话，作出了不高兴的样子说："贺校长怎能这样说？你老德高望重，小弟尊重都来不及呢！"接着又道，"你退了休，也不常来走走，把小弟忘了么?"世普一听这话,想起今天在两个大院里的遭遇,便没好气地说:"老夫来讨气受么?"涂县长一见世普气呼呼的样子,便马上把这个话题岔开了,说:"我正想找您老谈谈,没想到您老今天来了,正好!"世普听了这话,也说:"你想找我谈谈?我今天也是无事不登三宝殿,我们恰好想到一块儿了!我这个人是个直人,心里藏不住话,我只问你,我和几百贺家湾人给县上写了一封告状信,听说你已经看了,是不是?"

涂县长听了世普这话,露出了一丝惊讶的神情,可这神情只是稍纵即逝,然后微笑着对世普说:"是呀,是呀,我是早已就拜读了!"世普听了这话,便也笑了一下说:"那我们也就不需要绕弯子了,开门见山,县大老爷准备给我一个啥样的答复?"涂县长听了,没正面回答世普的话,却仍是笑着说:"贺校长还是那样性急和锋芒毕露。"世普说:"狗性难改吃屎的么!"

涂县长听了世普的话,先皱了一下眉,然后说:"贺校长退休后,也不常到县委、县政府来走走,我们呢,工作也有缺陷,一些大事没来得及给老同志通气,加上听说贺校长年前又回老家学五柳先生'种豆南山下'去了,所以有些事情贺校长大概还不太了解!老弟在这里向贺校长汇报一下!"说着,涂县长看了一眼世普,见世普脸上的表情平平的,只略停了一下,便按照自己的思路继续对世普说了下去,"春节后,县委有两个大的动作,第一就是对全县科局级领导干部进行了较大的调整,这你已经看见了,我就不多说。第二个大的动作,就是提出了把县城建设成宜居、宜业、宜游的美丽滨江城市的口号。具体的措施除了继续保持环境卫生干净外,提出了加快城市绿化、让县城绿起来、美起来的口号!我们除了让环保部门继续抓好城市行道树、景观树和让市民在阳台上养花和抓好屋顶绿化外,还提出了一个绿化的新思路,就是'破墙透绿'!'破墙透绿'是什么意思呢?就是已经绿化的单位,要把院墙打开,还绿于市民,让市民共享改革开放的成果!没有绿化的单位,要迅速把院子和一切空闲的地方都绿化起来,县委政府把这一工作已经纳入目标考核之中!通过这样的努力,使我们县城的天更蓝、水更绿……"

世普听到这里,突然打断了涂县长滔滔不绝的话语,说:"怪不得交通局有这样大的胆子到乡下来挖树,我现在算是明白了!"这样一说,涂县长的眼睛像是进了沙子一样连续眨了几下,有点愣住了的样子。世普没等涂县长答话,便又接着说："城里的天是变蓝了，可乡下的天怕是要变黑了；城里的水是变绿了，可乡下的水怕是要变黄了！县长大人知道沙尘暴吧？"涂县长过了一会儿，才看着世普问："贺校长这话是什么意思？"世普说："你把乡下的树挖了，如果乡下的土被沙化了，每年的风暴一来，你城里绿化得再好，顶得住那滚滚黄沙的袭击？"涂县长算是明白了，不动声色地笑了笑，说："贺校长说得严重了吧？"世普听了这话，立即正了颜色，义正词严地说："现在说得是严重了，可如果不防微杜渐，离那一天也不远！"

涂县长听了世普的话，有些尴尬地咧了一下嘴角，连声说："是！是！贺校长居安思危，是对的！"世普说："好，我们不讨论这些了，我只问你准备怎样处理交通局那个秃头局长和林业局麻局长？"涂县长听了又皱了一下眉，然后说："贺校长还是没明白我的意思！交通局到贺家湾来挖树，做法是有些欠妥，可他们毕竟是为了贯彻县委县政府的决议，出发点还是好的嘛……"涂县长没说完，世普霍地站了起来，情绪十分激动地打断了他的话，质问似的又说："他们的出发点是好的，那我们贺家湾几百群众不准他们挖树，出发点就是坏的啰？那树在贺家湾长了几百年，犯着谁了？难道你们为了自己的政绩，就可以这样为所欲为？"涂县长一听，把背仰靠在椅背上，目光看着窗外，两只手互相掰着，将指关节掰得啪啪直响。掰完了以后，见世普说完又坐下了，才又将身子坐直，看着世普说："老校长回到家乡，关心家乡利益这是对的，心情也是可以理解的，但老弟说句不该说的话，你也是老同志了，还希望您老站在更高的角度来考虑问题！譬如你刚才说我们是为了政绩，即使我们是为了政绩，可把城市绿化好了，让几十万市民生活得更好，难道不是一件好事吗？再说，你们那棵黄葛树不是还在嘛……"世普听到这里，又说："是还在，可如果不是几百村民拼死保护，不是早让挖走了吗？"涂县长说："贺校长你不要冲动，听我把话说下去。您老知道，组织上培养一个干部是不容易的，为这样一点事就要县委处分两个局长，也太不对同志负责了吧……"世普已经明显听出了涂县长对交通局和麻局的袒护之意，不觉又被激怒了。但这次他却没有跳起来，而是用了冷嘲热讽的口气说："是不容易，党培养王宝森、程维高这些人，也是不容易！"涂县长听了世普的话，又停了一下，然后从鼻子里发出了一声冷笑，才说："这是哪里对哪里？"世普突然又站起来大声吼了一句："有你们这样袒护着，他们迟早会走到那一步！"

涂县长的脸早就挂不住了，只是在努力克制着自己。现在见世普这样对他说话，便沉了脸说："贺校长，我是很尊重你的，也请你注意一下自己的形象！我实话告诉你吧，这不是我一个人的意思，柴书记也是这个意见！你想想，如果因这点事就让交通局和林业局来给你们赔礼道歉，并且处分人，那今后谁会听县委、县政府的？当然他们在这件事上也有些不细致、不周密的地方，我们该批评的还是要批评，希望你能站到县委、县政府一边！"世普等涂县长说完后，也冷笑了一声："你们硬是要逼我把几百村民都带到你这儿来才甘心啊？"涂县长突然沉了脸说："您老不是一般的人，作为一个县处级干部，您老看着办吧！"世普突然一拳击在桌子上，爆发地叫了起来："王八蛋——"

叫声未落，办公室的门突然推开了，先前那个叫小马的秘书把头伸进来看了看，突然对涂县长说："涂县长，工商联那个会人都到齐了，等你呢！"涂县长一听，立即做出恍然大悟的样子，连声说："哦，哦，知道了，你给他们说，我马上到！"说罢便对世普说，"贺校长，对不起，我有个会不能陪你老人家了，你老人家回去好好想想，请自重！"说完，提起桌上的提包便要往外走。那个秘书看见，一步跨了进来，要去接涂县长手里的提包。涂县长说："不必了，你好好陪陪贺校长，他可是我们全县的大名人呢！"说罢头也不回地走了。这儿小马果然过去对世普说："贺校长，杯子里有水没有了？我给你加上！"说罢要去端世普的茶杯。世普突然大吼一声："放下！"说完，胸脯一起一伏，盯着窗外又咬牙切齿地骂了一句："王八蛋！"然后忽地拿起自己的茶杯，黑着一张脸，也怒气冲冲地走出了涂县长的办公室。

走出县政府大院，世普原打算还到信访办去一趟，可现在一想没这个必要了。柴书记和涂县长的态度已是十分明朗，他们压根儿不会让交通局和林业局麻局长来给贺家湾村民认错，更不会去处理这两个东西了，因为如果让交通局和林业局来给贺家湾认错，就等于是县委、县政府在认错，同样，处分交通局的秃子局长和林业局的麻局长，也就是等于柴书记和涂县长自己给自己处分。也许柴书记和涂县长早已把这个结果告诉了信访办廖主任，廖主任顾及自己的面子才没明白告诉他。现在他该怎么办呢？难道这就是他给贺家湾几百村民许诺的"满意结果"？他回去怎么面对贺家湾的村民？世普不但心里很乱，而且脑子里还嗡嗡作响，里面像是有很多蜜蜂在飞一样，身子也有些摇晃。这在世普身上是从没有过的事。过去几十年，虽不说是要雨得雨，要风得风，却也基本上算得是顺风顺水地走了过来。可这一次，他一直在依理依法办事，世普却感到输了，而且输得很惨，使他有种无颜见江东父老的感觉。现在，世普才深深地知道自己几十年积累起来的学识、声望、品德等，在权力面前是多么的不值一文。想到此，深受打击的世普有种想哭的感觉。当然世普还有最后一招，那就是像他所说的带着全村几百村民上访，可是世普又深深地知道走这一步要付出多大代价，而且不一定会赢。加上自己的县处级身份，走这一步确实是危险的。也许柴书记和涂县长已经掐住了他的七寸，知道他不会轻易走这一步才会有上面的态度的。

世普走回贺家湾的时候，天已经黑了，他是有意选择这个时候进村的。回去以后，他就把自己关在了屋子里。贺家湾村民见世普好几天没出门了，以为他病了，便纷纷过来看他，却又都被佳兰挡在了门外。佳兰对大家说："他只是有点不舒服，怎么能劳大家来看他？再说他想安安静静地休息两天，你们来看他，反而是打扰他了。你们都回去吧！"众人听佳兰这么说，便都回去了。第二天大成来看世普，世普却让他进去了。世普也许是心里憋得实在难受了，需要找个人倾诉一下。大成一去，世普便把告状的事，对大成说了一遍。

大成一听，猛地想起那天世海对他说的话，心里一惊，便想："莫非世海那时就晓得了我们这状告不成功？他说的告不下去了再去找他是啥意思？难道他已经想到了更好的办法？"这么一想，大成便想把世海的话告诉世普，可想了一想，又忍住了没说，因为世海千叮咛万嘱咐过他，而且他也知道世普和世海之间有些打肚皮官司，所以话到嘴边又咽了回去。

但在第二天，大成却进了城。他走进世海的公司，世海一见，便叫了起来，说："你来得正好，我正想找人给你带信呢！"大成说："给我带信有什么事？"世海说："我请了省电视台和省报两家新闻单位的记者，明天来贺家湾调查交通局挖黄葛树的事！"大成一听，立即瞪圆了眼睛问："你知道我们告状告不下去的事了？"世海说："我有什么不知道的？我还晓得世普受了涂县长一顿批评！"大成说："那现在记者来干啥？难道他们会帮我们平头百姓说话？"世海说："这你就不用管了！记者来了，你们只管把那天发生的事原原本本地告诉他们就行了！"说完世海又说，"这事你知道就行，不要对世普和村里其他人说记者是我请的，更不要去张扬这事！"大成似乎明白了，一边点头一边说："我知道了，知道了！"

说罢把喜悦压在心里，急急地回去了。

第二天，贺家湾果然来了几个记者调查黄葛树的事，大家围着记者你一言、我一语，把那天发生的事详详细细地说了一遍。大家越说越气愤，又扯到告状的事情上，说事情发生这样久了，县上还没给一个答复。记者们又是摄像又是拿笔在纸上记录，直到天黑时才离开贺家湾。过了两天，省电视台《黄金600秒》栏目和省报都播出和发表了记者们的报道。省电视台报道的题目是"保护性移栽与权力滥用"，省报的文章题目是"谁该保护？谁该挪位？"，两篇报道都火药味十足，而且都加了编者按。电视台节目播出的当晚，省林业厅便打电话给县委柴书记，指示一定要严查此事。接着，新浪、搜狐等国内网站又转载了这两篇文章，网民又跟着参与进来。一时，网上骂声一遍，县上柴书记和涂县长坐不住了，连夜开会研究，终于做出三条决定，满足了世普和贺家湾的要求：一、责成县交通局和县林业局领导向贺家湾村民道歉；二、县林业局对贺家湾受保护的黄葛树进行养护；三、县纪律检查委员会对县交通局曹局长和县林业局麻局长做出党内严重警告的处分。

县委县政府做出处分决定的第二天，县交通局秃头局长和县林业局的麻局长就来到贺家湾向村民道歉，贺家湾村民奔走相告，比过年还闹热。可是世普却仍是打不起精神，虽然他也被请去坐在了会场的主席台中间，秃头局长和麻局长一个劲儿对他说"对不起"，但世普的眼神始终是游移不定的，脸上也没有一丝微笑，仿佛局外人一般。虽然眼前他还不知道这样的结果是如何来的，但他明白与自己无关。迟早有一天，村民会知道这件事的来龙去脉，一旦村民明白事情真相后，便不会像眼前这样崇拜和尊敬自己了。果然没过多久，在村民中就渐渐传出了记者是世海请来的消息。真的也如世普所料，村民知道这事的真相后，虽然对世普表面上没有什么变化，可心里，世普的形象真的是矮了一大截。

在贺家湾这起黄葛树事件中，还有两个人不得不提一提。一个是贺大成。世普虽然对村民说了，大成那天的做法有些像是泼妇耍赖，实在不可取，甚至提升到了有辱人民教师形象这样的高度。村民表面上也附和世普的说法。可实际上，大家在背后并不认为大成的行动是乡村泼妇之举，更没有人认为大成这样做就哪儿有辱斯文了。大成以身护树的举动，经过最初看见的江凤玲和兴安等人的渲染，已成为英雄壮举。在大成躺在树下阻止那些人挖树的过程中，也不知是被那些人在拉扯中还是自己不小心，把脸上和手臂上碰出了道道血痕，事后，许多村民都怀着敬仰和关心的心情，亲自上门去慰问，还带了不少礼物。一向自卑的大成见这么多村民来看望他，十分感动。他这才知道村民并没有边缘化他，从此以后，他对村里的公益事业比过去热心了，没事时也经常在村里走动，不再把自己当边缘人了。

还有一个人也值得一提，那就是贺端阳。挖树那天他很晚才回到家里。回到家里听说了事情的经过以后，就感到没脸出门，于是一直在家里装病，躲了十多天。后来虽然出来走动了，见了人却像是做了贼一样，恨不得把头埋到地下去，更不敢去见世普。后来县交通局和县林业局虽然来向村民道了歉，事情已完美结束，但端阳出来，仍不敢理直气壮地走路、说话和做事。他也不知道这种情况还要持续多久，但不久就出了佳桂喝农药自杀的事，端阳这才得到了一个改变自身形象、在村民中重新树立威信的机会。

第七章

一

　　佳桂喝农药很突然。下午，佳桂还在往家里背小麦，麦捆压在她的背上像一座山。天气十分闷热，吃过午饭，太阳就钻进了云层里，偶尔从云缝里露出面孔，也像是害了贫血病般苍白着面孔，但人却热得要命，稍微做点什么，汗水便马上会顺着脸颊流下来。燕子和蜻蜓在空中飞来飞去，翅膀几乎要贴到地面了。但平时十分活跃的麻雀却没见了身影，像是躲起来了的样子。所有的树木都直直地站着，枝叶纹丝不动。佳桂知道这样的天气是要下雨了，就急忙拿起镰刀，去长沙地割自己的小麦。那小麦早已经成熟，有些麦粒甚至都被太阳晒得爆出了麦壳。佳桂害怕这雨如果下久了，麦粒便会在麦穗上生秧。佳桂是一个心性很强的女人，现在很多人都不种那么多庄稼了，可她明知自己一个人在家里忙不过来，但还是坚持把几个人的地都种着。一是因为她感到地荒起可惜，二是她的两个孩子还没成家，现在和以后读书需要花很多钱，别人都修了楼房，可他们家还是平房，加上现在什么物价都在涨，家里开支也大，如果只是靠世国一个人在外面挣钱，只能勉强维持眼下的花销，那贺宏贺伟以后读书的费用怎么办？楼房什么时候修得起来？所以，尽管贺宏贺伟和世国都一再对她说不要种那么多地了，但她还是不让一分地荒下来。不但如此，她还要养着一大群鸡，每年还要杀一头过年猪儿，农闲的时候，她还要种点菜到街上卖。贺家湾人在私下摆龙门阵时，都弄不明白她瘦小的身子里怎么能蕴藏那么大的精力？怀疑她前世就是一头牛，只有牛投的胎才是怎么累也累不垮。

佳桂背着背篼、拿着镰刀出门的时候，家里那只黑狗亦步亦趋地跟在她的后面，鸡迈着碎步也跟在她后面，低飞的燕子、蜻蜓也跟着她。但走了一会儿，鸡们回去了，只剩下黑狗和盘桓在头顶的燕子和蜻蜓把她送到了地头。黑狗吐着舌头，在一棵桐树的浓荫下坐了下来，燕子和蜻蜓则继续贴着麦穗飞来飞去。这块麦地只有一亩多，如果世国在家里，两口子一下午轻轻松松就收完了，可现在只有她一个人，又要割，又要捆，又要往家里背，要想收完实在够呛。出门时，她本想叫姐姐佳兰来帮帮忙，可一想到姐姐这么多年都没干过农活了，加上姐的年龄也大了，便打消了这个念头，还是自家山自家搬吧！

佳桂一到地头来不及多想，便下地了。割麦的活儿虽然不重，却十分累人。好在佳桂不怕吃苦，她弯下腰，撅起屁股，露出腰间一圈白皙的皮肤，左手捋住麦秆，右手挥舞镰刀，麦秆在她面前纷纷倒下，发出咔嚓咔嚓十分清晰悦耳的声音。闷热的空气中有一股清新的麦香味，终于有了一股风，从地边的桐树上刮来，地里的麦穗便如金色的波浪一般起伏。风虽然不大，但佳桂却感到了一阵凉爽。

正在这时，坐在桐树下的狗却突然发出了一声十分怪异的叫声，紧接着，便一声连一声地拉长声音哭了起来，犹如一个女人伤心的哭叫。佳桂急忙拾起一块泥土朝黑狗扔去，并且骂道："死瘟丧，你哭啥，啊？"泥块落到了黑狗身上，可狗并没有跑，还是昂首向天，和先前一样一声接一声地号哭。佳桂用镰刀砍下一股桐树丫，剔去上面的叶片，跑过去抽打了黑狗两下，一边打还一边说，"你哭啥？你再哭回头找人剐了你的皮！"那黑狗这才跑了。

黑狗走到远处，哭声仍没有停止，佳桂有些心慌意乱起来。但她顾不得去管狗了，又弯腰割起麦子来。割了几垄地时，天气凉爽一些了，这时佳兰才拿了一把镰刀走来。看见佳桂就说："中午那样大的太阳你就出来了呀？"佳桂看见姐来了，眉梢眼角都立即露出笑来。她明知姐来也做不了什么，但俗话说得好，糠壳不肥田也松下脚，起码有一个说话的了，于是便笑着说："我怕下雨呢！"佳兰说："我刚才到你家去看，看见门锁着，便晓得你割麦来了！"佳桂明知故问："姐，你来做什么？"佳兰看见佳桂一个人在地里割麦，便想起当年佳桂来帮自己收麦时的情景，一时百感交集，便说："你一个人要割到好久？姐帮不到你其他的，来帮你割几把也少几把吧！"说着佳兰就蹲下了身子。

佳桂看见叮嘱说："姐，你十多年没做过农活了，慢一点，不能累坏了自己！"佳兰将住一把麦，一边割一边说："姐晓得！"佳桂原先是屁股撅着的，现在见佳兰蹲下，为了不把姐拉下，便也蹲了下来，一边朝前移动，一边又对佳兰说："姐，刚才我们家里那条黑狗，不晓得撞到了啥，像人一样拖声哑气地哭。"佳兰说："我来的时候听到了，过去老年人都说乌鸦、狐狸和狗哭都要死人，这湾里不晓得要死哪个了？"佳桂说："要说年龄，这湾里一要数世龙哥最大，二才是世凤哥，莫非他们……"佳兰急忙打断了她的话，说："莫要乱说，世龙、世凤哥俩年龄虽然大了一些，可身体还那样硬朗，再活十来年都不会有问题的！"佳桂停了一下，突然叫了起来："世国在外头，莫……"话没说完，急忙丢下镰刀用手捂住了嘴巴，脸也变得苍白起来。佳兰听了这话也吃了一惊，却回头盯着佳桂说："你个死婆娘儿瞎说些啥？世国虽然在外头打工，可他又不是三岁小孩，还不晓得注意安全？"接着又说，"阎王爷的事哪个晓得？死到哪个头上哪个就晓得了！"佳桂听了佳兰的话，果然不胡乱猜了，过了一会儿却笑了说："死都死了，他又晓得个啥了？"佳兰一听这话也笑了，说："就是，就是，你看我这个人说话也糊涂了！"

姐妹俩一边说闲话，一边朝前割去。佳兰果然久了没做农活，没一会儿手上便打起了几个血泡，佳桂见了，要佳兰不要再割了，佳兰没答应。佳桂便撩起自己的衣服，看里面的吊边破没有？如果破了，便撕下来缠住镰刀把。可是吊边没破，又去翻看裤兜，裤兜也完好无损。佳兰见了便说："你不要找了，我这里有帕子！"说着便从口袋里掏出一根手绢来缠在了镰刀把上。佳桂："姐，你还在用帕子呀？"佳兰说："他们年轻人用纸巾，揩一下嘴巴就扔一张纸，那多浪费，我还是用帕子！"说着话，姐妹俩又割了一阵，佳兰抬头看了看天，发现太阳都偏西了，地里已摆了一地麦子，便说，"你不要割了，快去捆起往家里背吧！如果等会儿雨来了，你还会搞不赢！"佳桂一看，果然时间不早了，便说："姐，你也不要割了，回去吧！"佳兰说："你先去捆，等捆完了，你往家里背，我和你一起回去！"佳桂说："姐，我一个人怎么捆？你来给我抱麦才行！"佳兰听了，觉得佳桂一个人确实不好捆，便站了起来，说："那好吧！"

佳桂去背篼里拿来篾条铺在地上，姐妹俩一个从地上抱麦，一个扶住麦堆，开始捆起麦来。过了大约一个小时，地里割下的小麦都捆好了，佳兰数了数，一共十八捆。也就是说，佳桂需要往返十八次才能把地里的小麦背完。佳兰见了十分过意不去，说："佳桂，姐年纪大了，加上肩膀又十多年没背过东西了，背麦姐就帮不上你的忙了，你快点往屋里背吧！"佳桂一边往背篼上放麦捆，一边说："姐，没关系，到天黑时我能背完的！即使天黑背不完，晚上也有月亮，不要紧！"佳兰说："今天是旧历二十四，月亮要下半夜才起得来，上半夜黑得伸手不见五指，你怎么背？"说完又感叹了一声，"唉，要是世国在家里就好了！"说着，过去帮佳桂扶起背篼，姐妹俩一个背上负着重，一个空着手，往家里去了。

这天下午，佳桂一直背到人家都关门吃晚饭的时候，地里还剩下两捆麦子。就在地里还剩两捆麦子的时候，佳桂回家突然看见世国回来了。世国虽然是坐在那把凉椅上，但身子却是向前俯着，两只手在不断地揉搓跷在一根小板凳上的左脚脚踝，脸上呈现出了一丝痛苦的表情。但因为世国的脸是往下俯着，佳桂并没看见世国脸上的表情，相反，佳桂像是见了救星似的，马上说："你回来了！长沙地还有两捆麦子，你去把它们挑回来吧！"听了这话，世国过了好一会儿才抬起头，有些没好气地说："叫你莫种那么多地你偏要种，哪个给你挑？你自己要种自己就去背吧！"佳桂听了这话，一下子觉得十分委屈，便嘟哝着回答说："我种那么多地难道是为我？"说完，见世国又俯下身子揉起脚踝来，便以为世国是走累了，于是又带点讥讽的语气说，"走这样一点路就把脚走痛了，你又不是哪里的大少爷！"世国听到这里，突然怒了，竟冲佳桂骂了起来："龟婆娘，你晓得个球！"骂完，竟不再去理会佳桂，只顾揉搓自己的脚去了。佳桂听见世国骂，也没还嘴，只愤愤地盯了世国一会儿，然后又转身走了。一边走一边说："你不去挑算了嘛，还有两捆麦子看把我累不累得死？"可是走到院子边上，却又回头说，"你不去挑，那就在屋里烧火做夜饭嘛！你想吃稀饭，米在我们睡的那屋里的缸缸里，要吃面条，面条就在灶屋的柜子里，菜在案板底下，你自己洗！"说完就走了。

却说这天，世国在城里砌砖，心里觉得特别烦躁，好像是有什么大事一样令自己坐立不安，可仔细想想，又想不起什么事来。从进入"双抢"大忙以来，工地上就有不少人请假回去帮家里干农活。世国也想请假回去，可老板不肯答应。

老板说:"你是砖工的头儿,你一走砖工不就散架了?"世国虽然没走,心里却是惦念着家里的活儿,惦念着佳桂的身体。他知道佳桂是一个要强的女人,但再要强,女人毕竟是女人,男人挑两捆小麦,甩脚甩手地就走了,女人却要背两趟,而且比男人费力得多。到中午时,世国发现自己的情绪愈发有些不安了,有几次砖刀竟然从手上掉了下来。他还是闹不清自己心里慌乱什么,到吃过午饭发现天色变了,这才明白自己心里烦躁的根源还是牵挂着家里的庄稼。他十天前回过一次家,那时长沙地、堰沟地的小麦还没怎么成熟,他就跟佳桂说过,等成熟后他回来和佳桂一起收割。现在又过了十天,那两块地里的小麦肯定熟透了,正等着他回去收割。再一看天气,像是要下雨的样子,心里就更不安了,不行,我一定要回去!这样想着,吃过午饭又去向老板请假,老板自然还是不肯。世国东说西说,老板最后答应了世国今天下工以后可以回去一趟,最迟后天一定要回到工地。世国想有一天假也好,起码可以收回一块地的麦子。

这样,下工以后,世国搭了一辆拉砖的便车往家里走,走到县道与贺家湾交界的机耕道旁,世国下了车。这时,天已经完全黑了,因为老天爷正在酝酿一场雷雨,所以无论是远山、近村、丛林、土丘,全都朦朦胧胧的,像是罩上了一层头纱。空气中气压很低,一条狗在机耕道旁边吃着一泡下午放学时学生拉下的屎,正津津有味地品尝着时,没防备有人走了过来,倏地一下从世国大腿边窜了过去。狗虽然也吓着了,但世国却吓得更厉害,身上的衬衣早已被汗水濡湿了,这时又添上一层冷汗。世国过了好一会儿才定下心来,继续往前走。这时,不知从哪里又飞出许多小蠓虫,成团成团的在世国头顶上飞,有的干脆撞到了他的脸上。在走到那棵老黄葛树下的时候,忽听得浓密的树叶一阵扑簌簌响动,两只乌鸦从树枝上飞了出来,一边用哑了的声音哇哇地怪叫着,一边像受了什么惊吓找不着窝了似的,拖着声音在村子上空盘旋起来。就是这两只死神之鸟的怪叫,世国觉得左脚碰到了一个东西绊了一下。世国先没觉得什么,只是感到左脚脚踝像一根银针扎在里面一样,稍有一点酸麻和胀痛,可是走着走着,他发觉痛得厉害了,这才知道脚被扭了。等回到家里一屁股坐在凉椅上时,这才发现左脚螺蛳骨这里已经红肿了。世国一见不由得气愤地说:"撞到他妈的鬼!这个样子还怎样干活?"一边埋怨,一边进去拿了药酒出来倒在掌心里,然后按在受伤处用力揉搓起来。揉搓时,伴随着一阵阵疼痛不断袭上心头,世国心里便有了许多怨恨。

他恨佳桂没听他的话，要是她不坚持种这么多的庄稼，他怎么会一心挂两肠，这样摸天黑地地往回走？不摸天黑地、忙七慌八地赶路，又怎么会崴了脚？如果一时半会儿好不了，耽误了上工，你那点庄稼又抵得了……心里正这么怨恨着，佳桂背麦子回来了。佳桂明明看见自己在揉脚踝，也没问是怎么回事，就叫自己去挑麦子，因此他也便没好气地回了佳桂那样几句话。世国想起来，佳桂那是活该！

　　再说佳桂把最后两捆麦子背回来后，满以为世国在家里已经做好了晚饭，可进门一看，世国仍在凉椅上坐着，锅头灶膛里冷冷冰冰的。过年后新买的一只小猪娃，现在已长到了六十来斤，饿得在圈里一边撞栏一边嗷嗷直叫。佳桂不觉恼了，便气愤地冲世国道："你是不是真的成了大少爷，啥都要我做起来侍候你？"接着又说，"你还要不要我再做个神龛把你供起？"世国听了佳桂这些话，也没回答什么，只狠狠把佳桂瞪了一眼。佳桂砰的一声把门关上，也赌气不去生火做饭，却从缸里打一桶水，提到猪圈房里，褪下衣裤洗起澡来。

　　世国见佳桂不生火做饭，他是下了工就往家里跑的，这时早已饿得前胸贴后背了，心里不由得又蹿起一股火来，等佳桂洗完出来后，便冲灶屋里吼道："你还不做饭，想把人饿死呀？"佳桂听了一边往背后捋着被水打湿的头发，一边说："一顿饭不吃就饿死人了？"说归说，佳桂经过凉水的冲洗，心里的气早已消了，加上女人的心本来就软，听见圈里猪的嚎叫声，心想，"人一顿不吃可以，但畜生一顿不吃就不行！"这样一想，便去刷了锅，打算先煮两碗面条人吃，然后在剩下的面汤里搅几把细糠和抓几把菜叶在里面让猪吃。

　　很快，锅里的水就沸腾起来，佳桂从柜子里拿出一把面条来，正准备往水里丢面条的时候，忽然听见一阵咚咚的敲门声。这声音世国也听见了，他忙向灶屋里喊了一声："有人敲门，来开了看看是哪个？"佳桂已把面条丢进了锅里，正用筷子在锅里搅，听见世国喊，便又没好气地说："你就坐在那里的，难道去开不得？"听了佳桂的话，世国便骂了一句，道："死婆娘，我能开还要对你说？"佳桂听了世国这话，忍了一下，便丢下手里的筷子，出去开了门一看，外面黑乎乎的一片，没有一个人影，却是自家的那只黑狗，又坐在大门中间的阶沿上嚎了起来，声音瘆人。佳桂打了一个哆嗦，世国却大叫一声："莫忙关！"说着暴躁地拿过凉椅背后的一把斧头，叫道，"你让开！"佳桂刚刚侧转身子，世国便一下将斧头朝狗扔了过去。一边扔一边咬着牙齿叫："嚎你妈个╳!"但因为用力过度，斧头从狗头上飞了过去，落到了院子中间。那黑狗虽没伤着，却站起来走了。佳桂这才重新将门关上，一边关一边黑着脸嘟囔："啥都要我一个人，好像这个家硬是我一个人的一样!要是我不在了，看你又靠哪一个?"世国心里本来十分烦躁，听了这话嘴上便有些恶毒地道："你说这话想吓我是不是?你不在了难道我去死?"说完这两句话后，想了想又补充说，"你想死就去死，我才不怕呢!"佳桂听了世国这几句话，却平静了下来，说："你倒想我死，我却偏不得去死!我晓得你现在是嫌我老了，巴不得我死，死了好给你让路，你好去讨一个年轻的，年轻的在那里等着你呢……"佳桂的话还没说完，世国忽然红着两只灯笼样的眼睛看着佳桂说："龟婆娘，老虎不发威，你还以为是只病猫，你是不是又想讨打了?"佳桂本来已经转身，准备往灶屋去捞面条了，一听世国这话，就回头答道："你打嘛，你屋里打人有种呢!"佳桂说这话的意思，是指世国的爹在世国的母亲活着的时候，也经常打她。谁知佳桂的话刚完，世国果然一把抓起垫脚的小凳，十分暴躁地就向佳桂砸了过来。佳桂躲避不及，脑门儿上被重重砸了一下。等她回过神时，便扑过去抓世国，可世国早有准备，右腿往前一蹚，将佳桂又一脚踢在地上。佳桂在地上坐了半天才爬起来，正准备拾起凳子也朝世国砸去时，突然看见灶膛的柴草燃了起来，这时她已顾不上和世国打架了，急忙冲进灶屋，用盆子从缸里舀起水，将火扑灭了。把灶膛前的火扑灭后，佳桂才朝锅里看去，发现面条在锅里已成了糊糊。她本想将糊糊舀起来，可一生气，干脆将泔水桶里的泔水哗的一声倒进锅里，搅了搅，用猪食瓢舀起来，往猪圈房提去了。

佳桂把猪食倒进猪食槽里后，回过身来，忽然看见墙角的半瓶农药。这农药是春上点花生时没用完，放在这里，准备今后点小春作物时再用的。不知怎么回事，佳桂一看见那半瓶农药，突然一下伤心地伏在猪圈栏上哭了起来。她也不明白自己为什么刚才挨打时没哭，直到现在才哭，也不明白自己为什么哭泣，只觉得自己这辈子活得十分憋闷、委屈。她的肩膀一耸一耸，内心充满无限的隐痛，大滴大滴的泪珠滚进猪食槽里。正在吃食的猪感到奇怪了，抬起圆溜溜的小眼睛看了主人一阵，忽然将两只前爪搭在猪圈栏上，将糊满泔水和面条糊糊的长嘴伸到佳桂怀里拱着。佳桂伸出右手，轻轻地将猪赶了下去。可是泪水并没有洗去她心里的悲伤，她转过身子，歪着头，泪眼蒙眬地盯着屋子，似乎想弄明白什么一样。过了一会儿，她突然过去抓起墙角的农药瓶，打开盖子就咕噜咕噜地喝了起来。

佳桂其实并不是想死的，她只是想用这种方法吓唬一下世国，好让世国改一改自己的脾气，在家庭说话做事不这样像吃了枪药似的。实际上世国在外面，脾气并不是像家里这样坏的，不知怎么他一回到家里对佳桂就变成了这样。过去佳桂也曾用这种假喝农药的方式吓唬过世国，而且效果也十分明显。她吓唬过世国后，世国起码有一两年时间没敢打过或骂过佳桂。再一个，佳桂明白自己即使真想死，也是死不成的。因为佳桂知道世国是个火暴性格，脾气来得快也去得快。过去常常是两口子打了架，过不了三两分钟，世国就会后悔，马上会过来哄她逗她，给她赔小心。世国只要一过来给她赔小心，一眼就能看见她喝了药，立即就会叫人去请万山来给她洗胃，上一次就是这样。因此佳桂这天晚上连想也没想，就拿起农药喝了下去。喝完以后，把空瓶子放回墙角，回灶屋扯下绳子上的洗脸巾将嘴角残留的药汁揩干净后，才去灶膛前烧火的板凳上坐下，等待世国来逗她哄她。

可是这天晚上却鬼使神差。世国打完佳桂后，心里确实很快就后悔了。他本来也打算像过去一样，马上就去向佳桂赔礼道歉。可左脚刚一落地，脚踝处一阵钻心的疼痛向他袭了过来，便又一屁股重新坐下了。加上听见佳桂在灶屋里平静地搅着猪食，猪食瓢刮着锅底发出的沙沙声有些像老鼠磨牙。然后他又听见佳桂提着猪食桶去了猪圈房，听见她把猪食倒进猪食槽，听见猪吃食的声音，这一切都觉察不出佳桂有什么不正常的地方。即使后来听见佳桂在猪圈房哭泣，世国也没有往心上记，女人嘛，受了一点委屈本来就是要哭出来的嘛！眼泪一流，就什么事都没有了。果然佳桂的哭声一停，就没有任何声响了。不知是世国打了佳桂后情绪得到了宣泄，还是又困又乏，听见佳桂没了声音以后，竟躺在凉椅上睡着了。而且这一睡还十分沉。在睡梦里，世国梦见一只大鸟，乌黑的翅膀，乌黑的嘴唇，怪叫着朝自己房屋飞来。他急忙从阶沿上的屋檐下取出一根晾衣竹竿朝大鸟打去。可是这时佳桂却从屋里跑了出来，一把拦住了他，说："不要打它，它是来接我的！"世国觉得奇怪，看着佳桂，此时的佳桂却不像佳桂了，她披散着头发，七窍里流着血，但世国知道她就是佳桂，于是说："它怎么来接你呢？"佳桂说："这你不用管，从今以后你就打不成我了！"接着又说，"你要好好带好贺宏贺伟，我走了！"说完爬到大鸟背上，果然随着黑鸟飞走了。世国一见佳桂被鸟驮着飞走了，急忙大叫一声："佳桂——"猛地惊醒了。

世国醒过来一听，佳桂正在灶屋里发出撕心裂肺般的叫声，世国猛地出了一身冷汗，也顾不得脚踝的伤痛了，急忙几步奔到灶屋，这才发现佳桂已躺在灶膛前湿漉漉的柴草上，面色铁青，口死眼闭，身子像蛇一样扭曲成一团。世国急忙大叫一声："佳桂——"俯下身子要去抱她，这时他闻到了从佳桂身上传出的浓浓的农药味。世国一下明白了，急忙又一下放下佳桂，冲到堂屋里拉开大门，几步奔到院子里，便对着黑沉沉的夜空高声喊了起来："来人呀！来人呀！佳桂喝农药了！佳桂喝农药了——"

这凄厉的叫喊在贺家湾上空久久地传荡，惊得湾里的狗对着天空齐声吠叫。被惊醒的人连衣服都顾不得穿，就朝世国的屋子跑了过来。可是当人们七手八脚地把佳桂抬到村医万山的诊所时，佳桂已经完全没有了知觉。万山掰开佳桂的眼皮，用手电筒光往瞳仁照，佳桂的瞳孔完全散开了。万山照了一阵，无力地站了起来，对世国说了一声："晚了，抬回去办后事吧。"话音刚落，天空忽然打了一声霹雳，老天爷孕育了多时的雨，这时像一片巨大的瀑布似的铺天盖地地下了起来。

二

这天晚上端阳也睡得很死，到底是年轻人，瞌睡多，加上老天爷正在酝酿下一场暴雨，空气又潮又闷，更容易让人犯困。端阳吃过夜饭，往床上一倒，便打起了呼噜来。无论是村子里的狗哭鸦嚎，还是鸡悲鸭鸣，他都一概没有听见，甚至连老天爷的霹雳都没有震醒他。他是被一阵如雷鸣般的擂门声惊醒的。睁开眼睛一看，发现自己只穿着一条裤衩赤身裸体地躺在床上，床前的电风扇还在呼呼转着。再竖起耳朵一听，才听见外面雨声哗哗，雷声阵阵，不时伴着一道道闪闪的电光。端阳这才知道下雨了，怪不得身上已经有了一丝凉意。他急忙伸手关了电风扇。这时，在风雨雷鸣的声音中，拍门声再次响起，端阳先以为是风吹门扇发出的声音，没怎么在意，可仔细一听又不像，因为拍打门的声音一阵比一阵急，同时他听见了叫喊声。但因为风声和雨声太大，他没听清楚。于是他便从床上坐了起来，冲外面大声问："哪个？"声音刚出来，便被一阵风吹得细细的。端阳等风过了以后，又重新问了一句，这时他听到了外面的回答，说："快起来！快起来！出大事了！"声音显得十分慌张。

端阳听出了是兴成的声音，便一下溜下床，趿上拖鞋，大步走出卧室，过去拉开了大门。门外果然是兴成，已经淋得像是落汤鸡一般，脚下汪着一摊雨水。端阳一见，便诧异地问："啥事？"兴成急急地说："佳桂婶喝农药死了！"端阳一听，犹如头顶又响了一个霹雳，瞪圆了眼睛问："你说啥？"兴成又大声说了一遍。端阳等兴成说完，像是被雷击中一般，直直地站在屋子里，目瞪口呆地说不出话来。外面的雨密得像是一道帷幕，借着从屋子里溢出去的灯光，可以看见豆大的雨点如箭一般，斜射到院子里的水泥地上，迸溅的水花又形成了一道迷蒙的烟雾。端阳发了一会儿呆，终于回过了神，急忙转身取过一把挂在墙上的雨伞，就要往雨水里冲去。兴成一看，急忙抓住他说："裤子！你就这样打个光董董、穿条短裤儿去呀？"端阳这才明白过来，又放下雨伞，进屋去穿了衣服和水靴，然后和兴成一起赶到世国家去了。

到了世国家一看，佳桂的尸体果然停在一张临时卸下来的门板上，门板下是两条大板凳。佳桂还穿着下午干活时穿的衣服，身上没遮盖任何东西，两排牙齿紧紧咬着，并向外凸着，嘴角上挂着血迹，全身的皮肤紫乌，呈现出一种十分恐怖的样子。她的身子本来就瘦弱，此时更是缩得像是一个小孩。佳兰伏在佳桂的尸体上，哭得像是要昏死过去的样子，一边哭一边诉："死婆娘儿，你怎么就想不开，要去喝农药哟……下午你还说，阎王爷死到哪个是哪个，没想到就死到你脑壳上来了哟……飞起飞跳的人，就一下没了哟，让姐姐怎么放心得下哟……都怪我，不该把你说给这个不得好死的东西哟……"哭着诉着，突然就从佳桂的尸体上直起身，用手背擦了一下眼角的泪水，猛地朝旁边呆若木鸡的世国扑了过去，抓住世国，就在他的脸上、身上乱抓乱撕。世国如木桩一般动也不动，任佳兰在脸上身上抓着撕着。不一会儿，世国的脸上被抓出了几道血痕。屋子里的人见了，这才过去拉住佳兰。端阳看见世普也站在旁边，脸阴得比刚才没下雨时的天空还黑，胸脯一起一伏，因为牙齿紧咬两边腮帮鼓得像含了两只鸡蛋，不断翕动着鼻翼，看见佳兰去抓世国，自己也没动。看得出，他的愤怒也到了极点。

端阳一看见佳桂的尸体，就突然感到自己肩上的责任来了。这是他担任村支书和村主任以来，村庄里出现的第一件死人的事，而且是非正常死亡。人命关天，不管死亡的原因是什么，对村庄而言都是一件特别重大的事，他即使想推也没法推掉。他虽然年轻，却一直土生土长在这里，虽然不能说能处理得十全十美，但大致还是有个头绪的。从农村处理这类事的经验看，他现在要做的事非常多。首先，他应该要控制住事态，不让事态继续发展。一般来讲，出了这样的事，佳桂的娘家，包括佳兰在内都是不会依的，会率领人来打闹，轻则毁坏财物，重则又惹出新的人命。无论是作为村里的当家人，还是作为村落里同一个姓的人，都不愿意看到这样的事发生。第二，是要迅速安葬死者，只有安埋了死者，事态才算基本控制，为接下来的大事化小创造条件。所以端阳现在什么都来不及想，也忘了黄葛树事件给他带来的影响，甚至连世普，他现在也顾不上去征求他啥意见了。他必须当机立断，快刀斩乱麻，否则事情越拖将会越麻烦。当他看见佳兰抓住世国又抓又撕的时候，首先的一个想法就是必须将世普和贾佳兰劝走。如果他们不走开，他就没办法放开手脚来处理后事，甚至还可能和世普闹僵。想到这里，他便过去对佳兰说："兰婶，人已经死了，你节哀吧！"又对世普说，"老叔，你和兰婶年纪大了，回去休息吧！"世普似乎很不放心地盯了端阳一眼，然后才瓮声瓮气地说："出了这样的事，我们回去就睡得着？"端阳说："即使睡不着，也总不能和我们年轻人一样熬夜吧，你是晓得农村风俗的，这不是一天两天的事，熬夜的日子还在后头！再说，你也要替兰婶想想，像她那样哭，把身子哭坏了怎么办？你放心，这儿交给我，有啥子拿不准的地方，我来请示你就是……"

正说到这里，门外又走进毕玉玲和李春英等一群女人。端阳朝外一看，原来雷雨已经停了。人死众人伤，这也是乡下的风俗。毕玉玲和李春英年纪虽然比佳桂大许多，可平常像是姐妹一般，如今见佳桂冷冰冰地躺在门板上，面目狰狞难看，不禁悲从中来。毕玉玲过去在佳桂的手上摸了一把，便哭了起来。一边哭一边埋怨："大妹子，你怎么这样傻呀？放着好好的日子不过，喝啥农药嘛？"李春英看见弟媳哭，也一边抹眼泪一边说："就是，有啥想不开的嘛？两口子哪能不打打闹闹的？两个儿子都快长成大人了，孙子还没抱到，你去寻啥短见……"佳兰听见两个堂嫂子这样说，又扑过来抱住佳桂的尸体捶胸顿足地哭起来。端阳一见，急忙对毕玉玲、李春英喝了一声："这里才劝住，你们又来说些啥？两个婶婶来得正好，你们陪兰婶回去休息，好好劝劝她！"说完又对兴成和中华说，"你们把老叔和兰婶劝走，其余的人全部留下来，听我安排后事！"说完直对兴成和中华等人眨眼。兴成、中华自然明白端阳的用意，果然过来连架带拉地把世普和佳兰劝走了。

世普和佳兰一走，端阳松了一口气，转身对世国问："丧事怎么办？"世国却是神情呆滞，木头木脑地看着门板上的佳桂，像是没有听见。端阳过去推了他一下，又问了一遍，世国却是喃喃自语地说："我不该砸她那一板凳，不该踢她那一脚！"挤在屋子里的人听见这话，都惊讶地说："啥，你用的板凳砸她？"世国又说："我不该睡着，我不睡着她就不会死了！"端阳看见世国失魂落魄的样子，忙喝了他一句："哪个在问你打她了？她身上也没伤痕！"世国却又喃喃地说："有伤痕，我砸到她脑门儿上的，你们看她脑门儿鼓起来的！"说完又对着佳桂说，"我不该砸你！我不该睡着！"端阳一听世国这些疯疯癫癫的话，汗毛都立起来了，立即对身边的长安说："他伤心过度大脑有些乱了，你把他接到你家里去，好好看住他，不要让他过来了！"长安果然过来拉世国，世国却非常凶暴地甩开了长安，接着紧挨在佳桂尸体旁边，一屁股也在门板上坐了下来。众人见了又对端阳说："他不走就算了！"又说，"一日夫妻百日恩，这个时候他怎么舍得走？"端阳听了，对长安说："那你们就要看住他，别让他出啥意外，这个事就交给你了！"长安说："行，我就守着他！"

端阳吩咐完长安，目光在众人身上掠过了一遍，这才严肃了面孔，说："刚才世国说他用板凳砸佳桂的事，那是他气糊涂了说的，当不得真！这是非大非小的事，弄不好还要死人，可一定不能乱说！"众人听了这话，一下明白了端阳的意思，于是一齐回答说："我们晓得，哪个烂嘴巴说出去了，出了事他负责！"听了众人这话，端阳满意地点了点头，又接着说："人死众人伤，这是贺家湾的规矩！你们也看到世国现在这副样子，已经气糊涂了。但家里这摊事，总要了了才算完！不看僧面看佛面，就看到死人的面上，大家该跑路的跑下路，该出力的出点力！如果有不愿帮忙的，就回去睡瞌睡，我也不勉强……"话还没完，众人就说："遇到这样的事都不愿帮忙，他家里今后人死了哪个去帮忙？"端阳说："愿意帮忙就好，现在就听安排！"

　　端阳说着，眼睛一边巡视着众人，一边思考。过了一会儿，便看着兴安说："兴安哥你在天亮前，骑上你的摩托车赶到县城，天一亮就到县中和二中把贺宏、贺伟接回来！"兴安听了犹豫着说："刚下了雨，不晓得我们这条机耕路能不能骑摩托？"端阳说："下的是雷阵雨，来得快去得也快，路不会太烂。即使路泥泞骑不得车，你推也要推着摩托走，反正天亮后必须把贺宏、贺伟接回来！"兴安说："那好吧，现在住了雨，月亮也出来了，我等会儿就走！"端阳说："你先不要跟两弟兄说他们妈死了，只说家里出了事要他们回来。回来后，直接把两弟兄拉到村委会办公室……"兴安没等端阳继续说，便打断了他的话问："拉到村委会办公室做什么？"端阳说："你别管那么多，按我说的做就是了！"兴安答应了一声，没说什么了。

　　这儿端阳又对兴春说："兴春哥吃过早饭后，到佳兰婶的娘家报信……"话没说完，兴春说："我现在就去！"端阳立即瞪着兴春说："你这样早去干啥，啊？现在你回去睡瞌睡，一觉睡到大天亮，起来吃了早饭再慢条斯理地去，佳桂娘家人来得越晚越好！"说完又像不放心地看着兴春叮嘱说，"你报了信就走，他们不管问你啥，你都一概说不晓得！"兴春说："我知道了！"

　　刚说到这儿，兴成和中华两个人下来了，端阳立即问："老叔睡了？"兴成说："没睡，在房顶平台的凉椅上坐着。"端阳说："你们下来干啥？"中华说："老叔叫我们下来的，他说他想清静一会儿。"端阳说："那好，你们来了就好！"说完就对兴成问，"你幺爸老屋的钥匙在哪个手里？"兴成说："在我爸爸手里！"端阳说："那这个任务就交给你、中华、善怀叔、贺建几个人了，人手如果还不够，你们就再找几个人，把世国家里的电器和值钱的东西，全部搬到世海叔的屋子里去……"听到这儿，兴成有些不明白地问："怎么要搬？"端阳听了还没答话，善怀一旁对兴成说："这你还不明白？端阳老弟是怕佳兰娘屋人来打来闹，把东西毁坏了！"兴成一听明白了，说："那倒是，那些东西好不容易才置起来，砸坏了实在可惜！"但说完又对端阳问，"佳兰婶娘屋人来看见女儿原来屋子里的东西没了，还不怀疑是世国叔藏起来了？"端阳说："他们就是怀疑又能怎么样，难道敢挨家挨户地去搜？再说，即使有人走漏了风声，他们晓得东西都藏在世海叔的老屋里，我谅他们也没胆量去砸了世海叔的门。"兴成、中华等人都说："那

228

倒是，给他们胆子也不敢！"说毕，正要到屋子里去搬东西时，中华又想起了什么地对端阳问："仓里的粮食搬不搬？"端阳想了想说："都搬，有备无患！"众人说："那好吧！"说着进屋去了。

这儿端阳又对贺贤明、贺通良几个人说："你们几个马上上山砍柏树丫和竹子回来搭灵堂，今晚上务必搭好！"旁边有人听了这话就说："搭灵堂忙啥？佳桂咽气这样久了，还没给她抹汗、更衣和开路。不开路她的灵魂就上不了天，快叫凤山来给她开路比搭灵堂重要！"端阳听了这话，便说："这点不用你们担心，我安排完了亲自去请凤山叔，搭灵堂也很重要，要不明天佳兰婶娘屋人来了，看见灵堂都没搭起，那还不出事呀！"贤明、通良一听这话确实在理，便说："那是，你放心，我们马上就搭！"接下来，端阳又一一指派人员，谁谁明天一早就去九岭冈买棺材，棺材要大，因为佳桂的尸体早已僵硬，现在已没法把她扭曲的手脚和身子拉伸了；谁谁明天天一亮就到城里的"巫记丧行"给佳桂买现成的全套老衣。衣服买单不买双，最好买五件或七件；谁谁又上街去买酒割肉，准备开丧饭；谁谁负责灶屋里的一套活儿，谁谁负责借桌子板凳……一一支派完毕以后，端阳才又大声说："没有支派到的人，你们就见机行事，哪儿需要人干活了，就自觉地去干，不要等哪个再来支派了。另外，你们今天晚上回去给没来的人带个信，明天白天无论地里的活儿有多忙，都要把活儿搁下来这里帮忙！我们要让佳兰婶的娘屋人看看，贺家湾是讲仁义的，看他们还有啥话说？"众人听了都说："就是就是，这时候不能打破篱笆让外人来钻！"端阳见众人纷纷答应，显出了高兴的样子，又说："那就这样吧，有活儿的你们就去做，暂时没活儿的回家睡觉，明天一早再赶来！"众人听了端阳的话，果然各行其是，散开去了。

端阳安排完毕，又去安慰了世国一番，这才动身去请贺凤山来给佳桂开路和作请水等法事，让佳桂能顺顺利利地到达另一个世界。出得门来，果见雨后天晴，一轮明月挂在天上，月华似水，照着地面上一些低洼处的雨水如镜子一般。除了沟底小河还有流水的淙淙声以外，几乎听不见任何声响。大地宁静而深远，夜晚的空气中弥漫着一种十分清新的气息。端阳走过竹林的时候，身子不小心碰着了几根竹子，竹叶上的水珠一阵骤雨似的落到他身上，他感到了一阵凉爽。

走到凤山的院子边，凤山家那条黄狗一下窜出来，刚叫了一声，被端阳喝住了。黄狗听见是端阳的声音，不但不叫了，反而过来围着端阳又是摇头又是摆尾地献媚。端阳又吆喝了一声："一边去！"黄狗没一边去，却欢跳着跑上了阶沿，将前爪搭在门上，一边抓一边从嘴里发出呜呜的喊声。端阳见这狗十分通人性，很高兴，也走上阶沿，在狗头上轻轻拍了一下，黄狗放下前爪，退到了一边。端阳从门缝看进去，屋子里还透着灯光，知道凤山还没睡，便轻轻敲了几下门，又喊了两声："凤山叔——"

喊声刚落，像是有人在门边等着一样，大门马上就开了。端阳一看正是凤山，便十分惊奇地问道："凤山叔，都半夜过了，你还没睡呀？"凤山今年也是七十岁出头的人了，他觑着眼睛把端阳看了好一阵，才似乎认出来的样子，说："我知道有人来叫我！"端阳说："你怎么知道？"凤山一边把端阳往屋子里让，一边说："这点都不知道，还怎么吃这碗饭？"接着又说，"今晚上从阴曹地府来的罡风邪气、小鬼恶煞，把贺家湾搅得鸡犬不宁，我作了半晚上的法术，才刚平息下去！"端阳每次走进凤山的屋子，瞧见屋子四壁上那些阴阳八卦图、六十甲子表以及各式各样奇形怪状的符，看见正面神案上供的菩萨和那些作法用的工具，还有香炉里袅袅燃烧的香烛，都会产生一种阴风扑来的感觉。此时听了凤山的话，不由自主地打了一个寒战，便问："你能掐会算，算出湾里出啥大事没有？"

凤山听了这话，便马上接口说："世国老弟的女人贾佳桂走了！"端阳听了后又是一个哆嗦，说："你是已经听别人告诉了你的！"凤山忙说："我眼睛不方便了，很少出门，有哪个来告诉我？我是算出来的！实话跟你说吧，晚上吃完饭，我观天象，就看见世国老弟房子上空被阴曹地府的罡风邪气所笼罩，便晓得世国老弟屋里有凶险之事发生。我掐指一算，这凶险之事不是发生在世国老弟身上，而是发生在他女人身上。"端阳被他说得头奓一奓一乍的，又问："你既然晓得他家里要出凶险之事，为啥不去告诉他们一声？救人一命，胜造七级浮屠呢！"凤山听了一边摇头，一边捋着下巴上的山羊胡子说："此是天意，我岂能泄露天机？"

端阳听得头皮发麻，过了半天才说："好了，凤山叔，你既然晓得佳桂已经死了，我就不绕弯子了。我现在就是来请你去给她开路作法事的！我没有别的要求，只有一点，就是要你把死人出门的日子看得越近越好，最好在明天中午等她娘屋人来看了以后就马上抬上山安葬了！"凤山一听，急忙说："不行不行，我刚才已经查看了日子，明天不能动土，最少也要等三天才有出门的日子！"端阳一听这话，便生气地叫了起来："你说啥？等三天，那不再出一件大事才怪！"说完见自己语气生硬些，吞了一口口水后才又说，"凤山叔，你是晓得的，我们乡下人常说入土为安，只要死人一埋进土里，无论是佳桂的娘家人还是其他啥人，都不会再把死者掏出来了！所以尸体一埋，即使佳桂的娘屋人再怎么闹，也掀不起大浪了。如果尸体不埋，按你说的还要等三天才有日子，那佳桂娘家人如果来闹，你说会不会再闹出更大的事端来？"

凤山听了端阳的话，半天才说："可通书上却是这样规定的，我有啥法？"端阳看着凤山，正色说："啥事都有例外，难道这事就不能变通一下？佳桂婶是凶死鬼，不尽快把她送上山埋了，不怕她的魂魄在湾里作怪？"凤山说："人都是有一定的，该怎么死就怎么死，怕她魂魄作啥怪？"端阳听了这话，有些生气了，说："啥一定一定的？说透了，你这一套不就是骗人的把戏吗？就说你们看风水吧，连小娃儿都会唱：地理先生好使空，指南指北指西东，山川果有好风水，何不埋他老祖宗！你说这话有没有些道理？"凤山一听脸立即红了，嗫嚅地说："这些事信则灵，不信则不灵。"端阳放缓了语气，说："这就对了，叔，信一半不信一半，看在哪种情况下。你老是晓得的，一般出了这种事，都是就活人不就死人。佳桂死得确实有点冤，但再冤也已经死了，活着的人却还要继续活下去。若不立即把死人埋了，佳桂的娘家人便会今天这儿不对，明天那儿不对，天天惹是生非，闹得湾里不安生不说，如果世国想不通，也去吃了毒药怎么办？哪头重哪头轻，叔几十岁的人了难道还掐算不出来？"凤山听了这话，终于有些妥协了，说："你这样说倒有一些道理！那好，我眼睛不好使了，看不清小字，等会儿我叫上来福，去把他们家里所有人的八字合了以后，再叫年轻人好好掐算掐算！"说完又说，"年轻人眼睛好使些！"

端阳听了凤山这话便笑了，说："这就好了，叔，那你就叫上来福哥快去吧！明天一早我就来听你的消息，你一早把坟地勘探好了以后，我马上就叫人去挖墓坑！"接着又说，"叔可要给佳桂婶把活儿做好，她确实是不该死的呢！"凤山说："你放心吧，做手艺的人，还要图今后呢！"端阳点了点头，又叮嘱了凤山一句："叔眼睛不好，走路小心一点，啊！"说完就离开了凤山的家。

端阳忙了大半夜，很想睡觉，却知道现在还不是他能放心睡得下的时候。尽管他把能够想到的方方面面都做了安排，但是最大的考验不是在今天晚上，而是在明天白天佳桂娘屋人来了以后。他们会来多少人？来了后又会做出些什么过激行动？这一切他都不能预测，因而也不能把下一步防范的事安排得更加详细。如果他们只是来闹一闹，出一出心里的气，或者砸坏一些家具和东西，倒也罢了。家具坏了可以重新做，东西没了可以再买，他担心的是佳桂娘屋人会对世国报复。如果不把世国打伤，仅仅只是在世国身上打几下或抓几把，那也没什么要紧。他怕的是打架无好拳，他们又处在悲伤和气头上，要是把世国哪儿打残了，今后动弹不得，往大里说，这是他这个负有守土之责的小小村主任所不愿看见的，往小里说，他也觉得会对不起世国。尽管世国常常打佳桂，那是因为他控制不住自己的脾气，但他心里实际是很爱佳桂的，更没想到要让佳桂死。世国如果让佳桂娘屋人打得丧失了劳动能力，贺宏、贺伟两个孩子谁来供养？时下乡村这一类事情，端阳实在听得和看得太多。正因为这样，乡村社会中才有了"就活人不就死人"的传统，不能说老祖宗立的这个规矩没有道理。因此，无论是从乡村传统出发还是出于一个村主任现实的工作考虑，端阳都不得不尽量把明天的事安排布置好。他想只要把死人一埋，那么后面不论佳桂娘屋人提出什么要求，他相信自己一定会有那份避重就轻、大事化小的能力。

这么一想，端阳的瞌睡也没有了。他抬头看了看天，发现月亮不知不觉下山去了，空中只剩下一天繁星，四周雄鸡的啼叫声此起彼伏，响成一片。他知道天不久就要亮了，于是便不再打算回家，就近到村委会办公室去眯一会儿，顺便等候贺宏、贺伟两兄弟。这样一想，端阳便拐上去学校的路。

到了村委会办公室，端阳掏出钥匙开了大门，打开灯，一看桌子上和椅子上满是老鼠屎，屋子里还弥漫着一种难闻的尿臊味。但端阳实在太困，已管不了那么多，只用手将桌上和椅子坐垫上的老鼠屎刨了刨，便将身子往自己平时坐着办公的椅子上一躺，脚跷在另一把椅子上，眯上眼便睡过去了。

这一觉好睡，直到第二天吃早饭的时候端阳才醒来。醒来后端阳还觉得眼睛发黏，还想继续睡，可身子在椅子蜷了这样长的时间，腰椎和尾椎都有些不舒服，便站起来伸了一个长长的懒腰，又把手反过去捶打了腰椎和臀部一会儿，正想出去时，忽然听得院子里一阵摩托车响，便知道兴安已经把贺宏、贺伟兄弟接回来了。果然，他刚刚在椅子上坐定，兴安带着贺宏、贺伟上楼来了。

端阳一见贺宏、贺伟，便站起来迎过去，拉住两人的手笑着说："摩托车把两位老弟屁股抖痛没有?"两兄弟瞪着大大的眼睛看着端阳,显然兴安遵照端阳的吩咐,没告诉他们家里发生的事,此时一脸的惶惑。贺伟毕竟年纪小一些,听了端阳的话就回答说:"没有,就是我们这条机耕道抖了一些!"贺宏却盯着端阳问:"端阳哥,我们家里究竟出了啥事?怎么把我们拉到这里来,不直接让我们回家里?"端阳把两兄弟拉到身边坐了下来,才说:"你们别忙,我自然要告诉你们!"说完又对兴安说,"你去把大门关了,插上插销!"兴安去关了大门,端阳这才回头对贺宏问:"贺宏你今年多大年龄了?"贺宏还是不理解地说:"十七岁了!"端阳又问贺伟。贺伟说:"十五岁!"端阳听了才说:"哦,都不小了,该懂事了,是不是?"贺宏没吭声,贺伟却朝端阳点了点头。端阳说:"好,你们既然知道自己该懂事了,那我就告诉你们!"说着紧紧看着两弟兄,然后才一字一句说,"昨天晚上,你们妈和你们爸吵了嘴,你们妈一时想不开,喝农药死了——"

端阳说完,屋子里一时死一般寂静,两弟兄先是瞪大了眼睛,张着嘴巴,像两尊泥塑的菩萨一样一动不动。紧接着,两弟兄的睫毛开始抽动起来,跟着嘴唇、脸皮和身子就像风中的树叶一样抖动开了。只一瞬间的工夫,先是贺伟撕心裂肺地大叫了一声:"妈——"接着就向外跑。过去拉门没拉开,端阳忙叫兴安:"抱住他!"兴安果然冲过去抱住了贺伟。这儿贺伟还在兴安的怀里挣扎,贺宏也像回过神的样子,一边眼泪扑簌簌地往下掉,一边也要过去开门。端阳突然一拳擂在桌子上,冲贺宏大叫了一声:"贺宏你要干啥?你给我站住!"

贺宏被端阳的气势吓了一跳,果然身不由己地站了下来。端阳又急忙去把他拉了过来,放缓了语气说:"你是哥哥,家里出了这样的事,你应该是家里的主心骨了,怎么能像贺伟一样不冷静?"说着又过去帮着兴安把贺伟拉到自己身边,用命令的语气说,"贺伟你要像个男子汉,就把眼泪擦干净,听端阳哥哥跟你们说话!"贺伟果然鼻子耸了一下,用衣袖擦去了脸上的泪水。端阳见他两弟兄都慢慢止住了眼泪,才说:"你们妈妈去是去了,我们都感到很伤心!可是你们今后的路还很长,现在我们最担心的,就是你们外婆家的人明天来打来闹,如果只是把门呀啥的砸烂了还好,可是如果他们要报复你爸爸,把你爸爸哪儿打残废了,今后做不得活儿,你们两弟兄靠哪个来养?你们已经没有了妈妈,总不能也不要爸爸了吧?没人养你们,你们就只好到街上当流浪儿,晓不晓得?"

听了这话,贺宏毕竟大些,眼泪又扑簌簌地滚了下来,一边哭,一边咬着嘴唇朝端阳点了点头。端阳又对贺伟问了一句："贺宏晓得了,贺伟呢?"贺伟也像贺宏一样噙着泪水点了一下头。端阳见了便说,"既然你们明白,明天能救你爸爸的,就只有你两弟兄了!"两弟兄一听这话,又用手背擦了一下脸上的泪水,泪眼蒙眬地看着端阳。端阳说:"我告诉你们一个办法,明天你外婆家的人如果要打你们爸爸,或砸你们家什么东西,你们别的人都可以不管,只去给你们舅或你们外婆跪下说:不要打我爸,不要砸我们东西,你们要是把我爸打坏了,我们就成孤儿了!如果他们还不听你们的,你们就抱住他们的腿不起来!你们听见了吗?"两个孩子愣了一会儿,终于又咬着嘴唇点了一下头。端阳一见,又伸出手摸了摸两个孩子的头,说,"记住了就好!记住,不要怕,啊!"说完就又对兴安说,"把他们两个先送回去吧,我回去喝碗稀饭就来!"兴安听后,果然牵了贺宏贺伟两个孩子要往外面走。没想到贺宏走了两步却返回来,突然跪下朝端阳磕了一个头。端阳急忙叫道:"贺宏你这是干啥,啊?快起来,啊!"说着急忙将贺宏拉起来,过去打开大门,将小哥俩和兴安先送了出去,回来锁了大门,才朝家里走去了。

三

端阳回到家里,却见大门锁着。开了门进去,只见灶膛里煨着一只蒸锅,端阳便知道妻子王娇已把早饭做好,等他不着,自己先吃了,这时恐怕也到世国家帮忙去了。王娇过去一直在外打工,去年端阳被选为村主任后,在端阳的一再要求下,才回家做起了"主任太太",和佳桂的感情说不上有多深厚。但在这"人死众人伤"的日子里,端阳知道王娇不去帮忙说不过去。端阳为妻子的懂事感到高兴,他胡乱地洗了一把脸,从蒸锅里端出一碗四季豆稀饭,一盘嫩南瓜丝,还有一只鸡蛋。饭菜不冷不热,正好。端阳先把鸡蛋剥了,放到稀饭碗里,后来又把盘子里的南瓜丝也倒进碗里,用筷子搅了搅,来了个一碗烩,然后也不用上桌子,就坐在灶膛前的凳子上,呼哧呼哧地吃了起来。

吃完饭,端阳又把碗放进蒸锅里,从缸里舀出一瓢冷水泡上,扯下绳子上的洗脸巾擦了一把嘴巴，出来锁上门，又急急地往世国家去了。到了世国的院子里一看，果然湾里大多数人家主事的都来了，屋内屋外都是人。兴成、中华、兴安、善怀等人在有条不紊地做着端阳昨晚安排的活儿，世凤和毕玉玲从家里拉来了过去办餐饮服务的全套工具，在院子边上架了一只土灶，准备着煮丧饭。一些端阳没安排到活儿的人，就在旁边帮他们劈柴、洗菜、担水、烧火，王娇也果然在这支帮忙打杂的队伍里。还有一些上年纪的老头和老太太，实在没有事做，便都坐在旁边的竹林边，一边说些佳桂活着时的故事，一边摇头叹息。众人一见端阳，便道："端阳你来了？"端阳一边往屋子里走，一边说："你们都来了，我能不来？"众人说："你昨晚上一夜没睡，以为你要睡一上午呢？"端阳说："昨晚上好多人都没睡，我又不是瞌睡虫，为啥要睡？"

说着，端阳便上了台阶，走进屋子里一看，佳桂的灵堂果然搭起来了。佳桂没想到自己要死，世国也没想到佳桂会离开自己，因此也没遗照，灵堂正面只有一个阴森森的"奠"字。这"奠"字可能出自凤山儿子福来之手。福来上学时成绩很差，高中没毕业就辍学了，一个"奠"字写得东倒西歪，而且中间的"酋"字少了一横，写成了一个"西"字。"奠"字两边还有一副对联，一边写的是：女星沉宝鸳，另一边是：仙驾返瑶池。字同样写得粗一笔浅一笔，偏偏倒倒，"驾"字写成了"架"字。佳桂的尸体虽然还停放在门板上，但身上已经裹了一块黑布，脸上也盖了几张草纸，看不见昨天晚上那副狰狞恐怖的样子了。门板底下，一只豁了口的油碗里也点起了长明灯。门板前面，一张茶几般大的小桌子上，中间一根小竹棍上面挑着引魂幡，引魂幡两边是表示祭奠的供果和五谷杂粮，再两边分别是一只米碗，米碗里插着燃烧的香蜡。地下是一只不知从哪里找来的用作化纸的烂搪瓷盆子，盆子里已经有了小半盆纸灰。贺宏、贺伟两个孩子，头顶用麻线绑着一块用白布撕开的帕子，从背后逶迤至脚后跟处，垂着头，十分恭敬地站在前面。端阳一见屋子里的气氛，鼻子突然一酸，有些忍不住想掉泪了。为了掩饰自己的感情，他急忙过去拿起几张草纸，在燃烧着的蜡烛上点燃，然后弯下腰，把纸丢进面前的搪瓷盆里，又双手合拢，朝佳桂的尸体鞠了三个躬，一边鞠躬一边说："佳桂婶，贺端阳看你来了，你一路走好，啊！"贺宏、贺伟见了，噙着眼泪要跪下给端阳磕头，被端阳一把拉住了。端阳附在他们耳边轻声说："我对你们说的话，可千万不要忘记了！"两个孩子耸了一下鼻子，点了点头。端阳顺势在两个孩子的头上抚摸了一下。

　　端阳祭奠了佳桂，正想出来，却看见凤山父子俩手拿罗盘从外面进来了，心里明白了，却又明知故问："凤山叔，福来哥，你们到哪里去了？"凤山还没答话，贺福来便对端阳说："去给佳桂婶子找阴宅去了。"端阳又问："找到哪里？"来福说："当然是上马坟祖坟里！"端阳说："你们可要把佳桂婶子的阴宅看好，佳桂婶子这辈子不容易呢！"来福说："这点你放心，我和我爹一连看了好几遍才定下来的，保证是块风水宝地！"端阳听到这里，却突然大声对来福问："哎，阴宅都看出来了，那死人啥时出门呀？"来福答："今下午卯时，也就是太阳落山的时候！"端阳一听故意看着凤山惊叫起来："今天下午，这样急呀？"凤山张嘴正要答话，来福又抢在前面说："那没办法，佳桂婶是凶死，出门要犯很多忌。今下午卯时出门，死者不会找替死鬼，如果今下午不出门，要等半个月才有出门日子，并且那个日子还不干净！"

　　众人听了来福这话，不等端阳回答，便纷纷对端阳说："既然是这样，端阳，那还等什么？这丧葬大事是阴阳说了算，就按凤山和来福说的话办吧！"又说，"反正是要埋的，现在这样大的天气，如果放到半个月后，尸体不早就化成水了？"端阳听了众人的话，才说："我也没说不听阴阳的？既然是凤山叔和来福哥看的日子，当然要按他们说的办！现在兴成、中华、兴安哥你们空下来了，就马上去挖墓坑吧！"兴成等听了说："刚才凤山叔和来福哥去看地的时候，我们没去，在哪个地方我们都不晓得！"凤山说："你们去的时候，我给你们带路！"兴成说："那我们现在就去吧！"凤山说："那好，你们跟我来！"说着转身又往坟地里走。这儿端阳看见，也说："我也去看看！"说着就跟在凤山身边走了。走出竹林外，凤山悄声对端阳说："我可完全是按你的意思做的。"端阳轻轻拉了一下凤山的手，也悄声说："谢谢你，凤山叔！"又说，"只要人埋了，我就放心了！"

　　来到上马坟祖坟里，端阳看见凤山父子给佳桂看的阴宅，果然面朝擂鼓山方向，凤山和福来已经给坟地下了木桩。端阳是凡夫俗子，看不出这里风水的好坏。凤山便对端阳说："啥是地理？地理即形气！理从地出，地由理生。地无理，则为一块死土之地；理无地，则为空洞之浮词。这块地好就好在后有靠山，面前开阔，这叫坐满朝空……"端阳听了半天，还是弄不明白，便叫兴成、中华等人按凤山父子埋下的木桩开挖墓穴。凤山告诉了墓穴的深度以后，便先回去了。端阳在这儿等兴成、中华等人开挖了一阵以后,这才回去。

回到世国家里,凤山父子正在布置为死者开路的事。端阳问:"怎么现在才给佳桂婶开路?"凤山说:"昨天晚上摸天黑地,即使开了路,亡灵怎么看得见升天?"说着,去祭桌上拿下引魂幡,交给贺宏举着,又让贺伟跟在贺宏后面,这才对小哥俩说,"你们跟在我后面,我叫你们作揖你们就作揖,明白了吗?"小哥俩毕恭毕敬地点了点头。凤山过去拿了铰刀,一边轻轻敲击,一边且唱且念、且歌且跳地在佳桂的尸体前面说了起来:

> 如来弥陀佛,证明开路上考,作揖——

小哥俩听罢,急忙弯下腰,跟在凤山背后深深地作了一个揖。揖罢,凤山又唱:

> 观世音菩萨,证明开路上考,作揖——

小哥俩听见,又像先前一样深深一揖。接着凤山又唱:

> 地藏王菩萨,证明开路上考,作揖——

小哥俩再作揖。末了凤山分别面对东南西北中五个方向,哀哀地唱了起来……

凤山在这里每开一条让佳桂灵魂升天的路,福来便在纸盆里烧一把纸钱。端阳看着,突然想起下午便要把佳桂送上山埋了,可还没有告诉世普和佳兰婶。他知道其他事情他可以跳过世普和佳兰婶直接安排,可佳桂下葬的事无论如何也绕不过他俩。端阳知道接下来凤山还要指导亡灵登望乡台,过奈何桥,喝迷魂汤,还要三奠酒,时间很长。便想趁这个时间去向世普通报一下佳桂出门的时间,也顺便看望一下他们夫妇俩。这样想着,端阳便走出人群,朝世普和佳兰婶的房屋走去了。

到了世普和佳兰婶的屋子里一看,原来世龙、世文、世福、世浩等一批世字辈的老人和李春英、谢双蓉、肖琴等老一辈的婶娘，都在陪着世普和佳兰婶摆龙门阵。世普和佳兰婶的脸色发青，端阳一看便知道他们昨晚上和自己一样没睡好觉。但看他们现在的神情，却是比昨天平静多了。端阳因此心里轻松了一些。只见他走上前去，对世普和佳兰鞠了一躬，说道："老叔，兰婶，从昨晚到现在我都一直很忙，没上来看望你们，对不起！"佳兰听了没答话，世普却冷冷地说："你都安排好了，是不是？"端阳一听世普的话里似乎带刺，愣了一下，才说："人死众人伤，世国怄得像是一个木头人样了，大伙不帮着张罗张罗，佳桂婶怎么拿得出去？"世普一听端阳这话，突然咬牙切齿地说道："他怄啥子，啊？他是老黄狼哭羔羊——虚情假意！他要是知道怄气，就不得把佳桂逼死了！"说完又说了一句，"佳桂是死在他手里的！"

端阳听了世普这话，本想说一句"不是这样的"，但一想世普还处在对世国的刻骨仇恨中，便打消了这个念头，而是看着世普，岔开了话题说："老叔，兰婶，我上来是给你们说一声，凤山叔和福来哥把佳桂婶上山的日期看出来了，是今天下午卯时……"

一语未了，世普忽然从椅子上跳了起来，一拳砸在桌子上，红着一双充满血丝的眼睛对端阳吼叫了起来："这是你安排的是不是？"端阳一听，急忙说："不是，是凤山叔看的。凤山叔说佳桂婶是凶死，不比正常人死亡，可选择上山的黄道吉日不多。如果今下午卯时不出门，就要等半个月以后了。而且那个日子还不干净，死者以后还可能在湾里找替死鬼……"世普没等端阳说完，又一拳砸在桌子上，眼里闪着怒火叫道："啥不干净？啥找替死鬼？鬼话！难道你也相信这套骗人的把戏？去年腊月，他贺凤山才给佳桂重新安了灶，说安了灶后可以确保一家人平安无事，可现在佳桂怎么死了？"说完，这才又沉着脸对端阳说，"你信那一套，可我不信，佳桂的尸体不能这样就随便安埋了！"

众人听了这话，都吃了一惊，纷纷望着世普。端阳也没有想到世普会这样回答，呆呆地看了他一会儿，才像是十分不解地问："老叔，你说不能这样安埋，那该怎么办？"世普说："这是一起典型的家庭暴力案，要依法处理！佳桂的尸体没有经过法医的检查，谁也别想埋！"端阳听了这话，心里一紧，可马上又暗含机锋地接着问："就算经过了法医检查，老叔，下一步你又打算怎么办？"

端阳的话音刚落，世普便像和世国有不共戴天的仇恨一样，咬牙切齿地叫着说："我要把贺世国这个法盲、野蛮人送进监狱，让他受到法律的制裁！"说完又马上接着说，"难道佳桂就这样白死了？一条活生生的生命呀……"话还没说完，佳兰像想起什么似的又喊了一声："我的苦命的妹子呀……"接着就又放声哭了起来。李春英、谢双蓉、肖琴等几个老女人见了，又急忙劝解和安慰不停。

端阳见了，一时不知说什么好，半晌，才放轻了语气，对世普半是劝解半是疑惑地问："老叔，把世国送进监狱，那又何必呢？"世普听见佳兰哭，似乎也更增加了心里的痛苦，端阳的话一完，便又鼓突着腮帮说："啥何必不何必？难道就让这样的暴徒逍遥法外不成？如果贺世国这次得不到法律的惩罚，那以后这样的家庭暴力还会不会再发生？妇女儿童的合法权利又怎么能得到保障？"端阳听了世普这番话，想说什么却没说出来。他默默地看着地下，一只脚的脚尖轻轻蹭着地上的土，蹭了半天才抬起头来，像忍不住似的对世普说："老叔，我晓得你和兰婶心里很难受，不过我还是劝你好好想想：就算你把世国送到监狱里了，可究竟有啥子好处？"世普还没答，佳兰抽泣着说："我的妹妹死得太冤了，她这一辈子都没有过个舒心的日子，就这样埋了，叫我们怎么放心得下？"

端阳听见佳兰也这样说，心里噎了一下，想和世普争一争，但他知道世普的脾气，恐怕不会把他的意见放到心上，就不想多说什么了，于是就对世普说："好吧，老叔，你说现在该怎么办？凤山叔都在为佳桂婶开路了，兴成、中华他们也都去挖墓穴了……"说到这儿，世普急忙瞪着眼睛，看着端阳说："谁安排的人去挖墓穴，啊？你马上去叫他们停下来！我还是那句话，没有经过法医检查，尸体不能埋！"说完后又余怒未息地补了一句，"真是瞎胡闹！"

端阳听见世普说他是"瞎胡闹"，心里也有些不高兴了，于是便说："那好吧，老叔，既然是老人家这样说，我就去叫他们停下来！不过从现在起，下一步该做什么，你老人家就亲自去安排了！"端阳想用撂挑子的办法逼世普改变主意，但世普一听，黑着脸并没有吭声，端阳又等了一会儿，于是又说，"老叔，你过的桥比我走的路多，吃的盐比我吃的米还多，我还是劝你一句，人死不能复生，活着的人还要照常过日子，不为别的着想，也要为贺宏、贺伟两个孩子想想，不要把事情做过了！"说完这才不满地走了。

端阳回到下面世国的屋子里，屋子里的开路仪式已经接近尾声，端阳一见，急忙冲凤山叫道："停下来，停下来！"众人一听，都急忙用诧异的眼光看着端阳，纷纷问："怎么了，啊？"端阳的脸黑得像是雷雨前的天空，说："有什么怎么的？叫停就停下来！"凤山说："我还有几句话就完了，你让我把路开完。"端阳说："还开啥路？死人又不忙埋了！"众人一听，又追着端阳问："怎么不忙埋了？"端阳气咻咻地说："我怎么知道，你们去问老叔吧！"说完也不等众人再说什么，转身便朝外面走去了。

端阳来到坟地里，见兴成他们已将墓坑上面的土全部挖去了，下面剩下的石骨子需要用镐头掘或用钢钎锤打。兴成以为端阳是来看他们挖得怎么样了，便对端阳说："你放心，我们保证在下午卯时以前挖出来！"端阳阴沉着脸说："还挖什么？都停下来！"众人以为自己听错了，看着端阳问："你说什么？停下来？"端阳见众人吃惊的样子，又把刚才的话重复了一遍。众人这才听明白了，却追着端阳问："究竟出了什么事，难道死人不埋了？"端阳这才把世普的话告诉了大家。

兴成、中华等人一听世普想把世国送到监狱里，先是像被雷击中了一般，傻了一阵，这才纷纷叫了起来。兴成说："老叔这是怎么了？他难道不晓得这是在害他的两个姨侄儿吗？"中华也说："他怕是也像世国一样怄昏了头！"兴安说："死了一个人不说，还要送一个人去劳改，这一家人就算完了！也不知老叔是怎么想的，他是想帮这个家庭呢，还是想害这个家庭？"兴成听了兴安的话，深深地叹了一口气，想说什么却没说出来。中华便看着端阳，接了兴安的话继续说："可不是吗，佳桂婶一死，这一家人失去了半边天，要是世国一倒，就像一座房子没有了顶梁柱一样，这个家庭还不倒下呀？"

端阳听了大家的话，心里越发沉重起来，便没好气地说："你们都看着我，又不是我想把世国送进监狱！"兴安说："我们也没说你想把世国送进监狱，但你该好好劝劝老叔呀！"兴成听了这话，也说："就是，端阳哥，事情是明摆着的，老叔是在雪上加霜！现在只有你和老叔能够说得上话，你劝他他可能也会听的！"

端阳在世普那里已经碰了一鼻子灰，心里还生着气，就说："你们以为我的话老叔就会听？其实你们想错了！在老叔眼里，我们都是一群法盲，瞎胡闹的人，我怎么能劝得转他？现在老叔叫停下来，大家就停下来回去休息！"接着又说，"我也是狗咬耗子——多管闲事，管他马打死牛，牛打死马，与我有啥子相干？"中华听了这话，立即说："端阳老弟，话也不能这样说，一笔难写两个贺字，这个时候，我们不帮世国谁帮他呢！再说，现在又没有了族长，你是村里当家的，你不管谁管？"端阳听了才又转换了语气说："好好好，我们现在不说这些了，先回去休息休息，其他的事情我们走一步看一步再说！"兴成等人听了这话，果然拿着各自的工具回家了。

端阳等兴成他们走后，也准备回家。一晚上没睡觉，加上刚才受了世普一通批评，好心没讨到好报，心情十分沮丧，因而现在觉得十分疲倦。他想回去好好睡上一觉，再不去想那么多了。可刚走几步又忽然觉得不对，这事不是自己想撂挑子就能撂的，连中华都知道这一点，自己难道还不明白？这些年，村里不时出现一两个因家庭矛盾喝药、上吊等自杀的事，不管是自杀未遂还是自杀成功了的，贺世忠或贺春乾都是把矛盾解决到村上为止。佳桂的死，是他担任村支书和村主任以来出现的第一例自杀的事，他以为自己也能像过去世忠和春乾那样，把事情解决到村上。他相信凭自己的能力一定能做到这一点。可现在老叔坚持不准埋葬佳桂的尸体，口口声声要把世国绳之以法，还要请法医来验尸，这样一来，事情就明摆着不是他这个小小村主任所控制得了的，势必要闹到上面去。既然要闹到上面去，作为一个守土有责的地方小官，与其让世普先往上闹，还不如先去给乡上领导汇报，争取上级指示，好掌握主动权。如果因为死者的尸体不能及时安葬，由此引起了佳桂娘屋人和世国这一方的恶性纠纷，他是提前给上级汇报过的，上面的板子也不至于完全打在他的屁股上。端阳这样前后左右一想，疲倦和睡意也就消了，当下就决定马上到乡上去给马书记等领导汇报清楚。

这样想着，端阳看了一眼还没挖成的佳桂的墓穴，转身走上了去乡上的小路。这时已将近上午十点钟，因为晚上才下过暴雨，空气中的水分虽然很饱和，但阳光却比平时厉害。空中、屋顶上、树叶上、地上、庄稼上，到处白里透着点红，就像烧熟的烙铁一样，似乎哧哧有声。端阳还没走出村子，便感觉身子热了起来。他突然想到这样去不行，得叫兴安用摩托送一送。一则摩托车快，他需要快去快回，虽说他在世普面前说过撂担子的话，可佳桂的尸体停在屋子里，这担子说撂就能撂得下吗？二则摩托车跑起风大，凉爽，不至于回来的时候让太阳把人烤焦了。这样一想，端阳又往世国家里来。可到了世国家里一看，却没有兴安。端阳问兴成、中华和兴安他们哪里去了。留在世国屋子里的人回答说他们都回去休息了。端阳一听这话，心里又不安起来。他急忙就近赶到兴成家里，对兴成说:"我让你们休息你们就真的休息呀?"兴成说:"你不是说老叔不让埋吗?人都不让埋了还有啥事?"端阳说:"人不让埋了就没事了?佳桂娘屋里的人还没到,你想太平也太平不了!你马上去叫上中华他们赶到世国家里去,等会儿佳桂娘屋里的人来了,你们把他们盯紧些,千万不能让他们像是野牛进庙堂——胡来!"兴成一听这话,便说:"你说得是,可是老叔他不是要依法办事吗?就让他依法办事去吧!"端阳听了这话,沉下了脸对兴成说道:"都啥时候了,还能去和老叔赌气?说一千道一万,出了事情还是要我来收拾摊子!"兴成听了这话,这才去了。这儿端阳便去找兴安,让兴安用摩托把他送到乡上去了。

端阳来到乡政府,马书记却不在。不但马书记不在乡上,乡上其他领导的办公室也都是铁将军把门。端阳这才想起,自从国家免除了农民的农业税后,乡上干部没多少事做了,一个个就都成了"走读"干部。今天不逢场,领导怎么会在乡上?他想在电话里给马书记汇报,又担心电话里一时难以说清楚。正为难间,忽然看见派出所王所长朝乡政府走来了。端阳一见,立即像见到救星似的叫了起来:"哎呀,王哥,你来得正好,我这里正端起麦子没面换,你就来了!"王所长今天也没穿警服,上身只着一件背心,下面穿一条宽大的短裤,一边走一边摇着一把纸扇。一见端阳,便道:"啊,原来是贺书记呀!这样大热的天到乡上来有啥贵干?"端阳道:"我就是专门来向你汇报一个重大情况,没想在这儿碰上了!"王所长听了端阳的话,站住了,看着端阳问:"啥情况要贺书记亲自来汇报?"

端阳现在一点没有和王所长开玩笑的心思,听了王所长的话,便把佳桂自杀的事和自己处理的前后经过,像从竹筒里往外倒豆子一般,哗哗地全倒了出来。王所长一听,也顿时收敛了笑容。端阳讲完,王所长深思了一会儿突然说了一句:"这个书呆子!"说完,才对端阳认真地说,"到目前为止,他还没有向我们报案。也许他还在犹豫,也许他只是说说,吓唬吓唬贺世国和你们一下!"说完又接着对端阳说,"民不告,官不究,只要他不报案,我们就装不知道,你回去先按你的想法处理,给我把事情尽快搁平!一是要控制住事态,防止死者的娘家来闹事;二是要尽快掩埋尸体,不要和那个书呆子一般见识!那个书呆子还以为像他教书那样,照本宣科就能解决问题,他晓得农村的啥子具体情况?"端阳听了,又小心地对王所长问:"王哥,假如这个书呆子真的报了案该怎么办?"王所长想了想说:"他要是真报了案,事情就可能麻烦一些,不过到时我们自然晓得怎么处理！"端阳听了这话，心里一下有了底，便说："那好，有了王哥这话，我就放心了！"

四

　　端阳的预料一点没错。他回到世国家连气都还没喘匀，一个叫兴才的汉子便慌慌张张跑了进来，对端阳大声道："不好了，不好了，佳桂婶娘屋的人骑着摩托车打人命来了！"端阳听了忙问："来了多少人？"兴才说："没有看清多少人，我只看见摩托车一长溜，车屁股后面突突地冒着白烟，不晓得有多少辆！"众人听了，不知是轻蔑还是有些害怕，说："哟，阵仗还不小呢！"说着，都一齐把目光投到端阳身上。端阳停了一下才说："来就来吧，兵来将挡，水来土掩，反正是要过这一关的！"说着一眼看见世国还站在佳桂的尸体旁边，便提高了声音说："世国叔你站在那里等着挨打是不是？兴成、中华、兴安你们把他拉到一边去！"
　　兴成、中华听了，果然过去将世国往外拉。刚拉到院子里，却听得屋子旁边的土路上传来摩托车突突的响声和嘈杂的人声，众人一边朝传来响声的方向看去，一边有些不安地说："来了，来了！"话音未完，十多辆摩托车已经冲到院子前面，一字儿在路上停下，把进出的路都封锁了。兴成看见每辆摩托车上坐了三个人，每个人手里都提了一根棍棒，一副气势汹汹的样子。兴成急忙把世国塞到院子里的人群中间，自己和中华等人站在他前面，将世国保护了起来。端阳见前面摩托车上坐的是佳桂的弟弟佳成和他的母亲，就急忙拉着贺宏、贺伟，笑着走过去招呼道："他舅、外婆……"喊声还未完，佳成已经黑着脸跳下了摩托车，过来怒气冲冲地将端阳和两个外甥往旁边一推，说："走一边去，让贺世国出来说话！"
　　佳成的喊声刚完，所有的男人和女人都跳下了车，一个个手提棍棒，朝院子里拥来了。男人们一边朝院子里走，一边高喊："贺世国这狗杂种在哪里，给我出来！"几个膀大腰圆的女人则持着木棒，像是经过训练似的直接往世国的屋子里冲。佳桂八十多岁的老妈则由两个女人扶着，往佳桂的灵堂走去。老太太身材瘦小，驼着背，嘴唇深深地陷了进去，一头白发，这样热的天气，还穿着一件棕色绒线衫。但她的眼睛却非常亮，每走一步，都不断朝左右的人看着，没齿的嘴里喃喃自语地说："我女在哪里？我女在哪里？"扶她的两个女人，一个是佳成的女人。这女人中等身材，面孔铁青，眼睑发黑，嘴唇有些向外突起，像是刚哭过的样子。这时她的两只眼睛也不看众人，只看着地下，咬着嘴唇小心地搀扶着自己的婆母。另一个女人中等身材，皮肤黑糙，相貌平庸，几颗很大的雀斑嵌在她冷淡的面孔上。和佳成的女人一样，虽然她此时也是小心翼翼地搀扶着佳桂的老母亲，脸上也挂着悲伤的表情，可她的悲伤却给人一种装出来的感觉。两个女人扶着佳成的老娘还没走上台阶，那几个手持木棒冲进屋子里准备砸东西的女人已经又从屋子里冲了出来。一出来便对院子里佳桂的弟弟佳成等虎视眈眈的男人们喊道："贺世国这狗日的把东西都藏起来了，屋子里除了四面墙壁外什么都没有！"话刚说完，两个女人扶着佳成白发苍苍的老母进了灵堂。老太太一见门板上女儿的尸体，先是像打嗝似的从胸腔里舒出一团气，接着撕心裂肺地发出一声叫喊："我的女呀——"便伏在尸体上痛哭起来。两个搀扶的女人也跟着抱住尸体，一个叫着："我的苦命的妹呀——"一个叫着："我的苦命的姐呀——"随后，号啕大哭起来。

这儿院子里佳成听见灵堂里老母亲和妻子的哭声，从脖子往上突地窜上了几根蚯蚓似的青筋，一直窜到耳后。只见他咬了半天牙齿，才突然对来打人命的男人喊道："狗日的早晓得我们要来，就把东西藏了，人躲了！但跑得了和尚跑不了庙，东西藏了房子他总藏不下，给我把这房子一把火烧了！"手持棍棒的男人听了佳成这话，互相看了看，却没有敢动。佳成见了，瞪着一双火红的眼睛又继续叫道，"你们不敢点？你们不敢点我来点！"说着就要去旁边的柴草垛上扯柴火。说时迟，那时快，还没等他迈开步，从人群中忽然冲出贺宏、贺伟两兄弟，扑通一声便跪在了佳成面前，接着一人抱住他的一条腿，哭着说："舅舅，不能烧我们的房呀，把我们房子烧了我们到哪儿去住？你想让我们去当流浪儿呀？"两个孩子这么一说，围观的贺家湾村民也就纷纷说："是呀，他舅，不看僧面看佛面，看在两个外甥的面上，怎么说这样的话呢？"佳成被两个孩子抱着大腿动不了步，气得扭歪了面孔，两只脚使劲踢了一下，但仍然没甩开两个孩子，便把气朝两个孩子撒下来了，说："你两个忤逆不孝的，你妈这样死了，你们还不晓得怄气，你妈白养你们了！"围观的贺家湾人听见这话，又对佳成说："他舅，你这话就不对了！孩子没了妈，怎么会不怄气？可你叫孩子怎么办？难道叫他们提把刀去把他爸杀了不成？"

一听这话，佳成忽然又醒悟过来，便又对来打人命的男人女人叫："给我找贺世国！他就是躲到天边，我们也要把他找出来，今天必须一报还一报！"手持棍棒的男人女人听见这话，也终于明白过来，便一边在人群中寻找一边叫喊："对！贺世国你躲就躲得脱吗？你有种就给我们滚出来！"

却说世国先前被兴成、中华等人推到了围观的贺家湾人群中，但兴成还是不放心，就使劲地把他的肩膀往下按，让他蹲到地下去。然后贺家湾人密密匝匝地站在他的周围，所以佳成等人先前一直没发现他。现在来打人命的男人女人听见佳成一声喊，几十双眼睛在人群一寻找，有人眼尖，便发现了秘密，于是就喊了起来："狗日的躲在人群里的！"佳成等人明白过来，便举起棍棒一齐朝贺家湾的人群扑过来。一边往前扑，男人们则一边高叫："一报还一报，贺世国你滚出来！"女人们则喊："打进去呀！他是怎样打佳桂的，我们今天就怎样打回来！"

可是当他们冲到贺家湾人群边时，却被十多个贺家湾的汉子挡住了。佳桂娘家人此时像被复仇的怒火烧红了眼睛似的，冲到贺家湾汉子面前也仍然没有停下，而是挥舞着棍棒高叫："让开，让开，不然我们不客气了！"兴成、中华等贺家湾的汉子自然不会眼睁睁地看着世国被佳桂娘家人毒打，这传出去不单是世国一个人的事，而是贺家湾全湾面子的事，他们怎么会轻易让开？一见佳成等打人命的男人女人不要命的样子，兴成、中华等人也拿起了早已准备好的扁担锄头，同样瞪着血红的眼睛，虎视眈眈地瞪着佳桂娘家人。

就在这千钧一发的时候，端阳手持一根扁担，咚地跳到水泥板上，将手里的扁担重重一顿，大声地对佳成等人吼道："都给我听好了，我是贺家湾村的村支书、村主任，今儿个这里的事情我说了算！人已经死了，有啥事情我们可以坐下来说！如果你们讲理，我们贺家湾人还认你们是亲戚，把你们当客，我们自会好酒好肉招待！如果你们今天要胡来，敢动贺家湾人一根手指头，一分钱的财产，我要让你们一个也别想走出贺家湾！"说完这话，又回头对兴成等人叫道，"你们也把手里的家伙放下，我看他们谁有胆子对你们动手！"

兴成、中华等人听了，果然放下了手里的扁担锄头。佳桂娘屋人虽然没有放下手里的木棒，但听了端阳的话，也不敢往贺家湾人面前拥了，却说："那佳桂就白死了！"端阳说："佳桂不单是你们的佳桂，也是贺家湾人的佳桂，她死了我们一样伤心！你们不信看看，贺家湾人今天没一个下地的，都来办她的丧事了，还要怎么办？"佳桂娘屋人中一个汉子却又叫喊起来："只是帮点忙办丧事就抵得到一条人命？"端阳盯住他问："那你打算怎么办？"那人继续脸红脖子粗地叫道："一命抵一命，叫贺世国出来抵命！"汉子的话一完，那些手持棍棒的佳桂娘屋人又一下激动起来了，也便纷纷举起了手里的棍棒喊道："对，叫贺世国这个狗娘养的抵命！冲进去！"一边叫着，一边果然又向贺家湾的人群冲去。

端阳一见，又立即从水泥板上跳了下来，站在贺家湾人群外面，并大声对贺家湾的村民喊了起来："贺家湾的几百老少爷们儿，你们都给我听好了，有家伙的也给我把家伙操起来！先给我把那些摩托车推到村委会锁起来，免得等会儿有人跑了！"喊声一落，果然贺家湾人就都操起了扁担、锄头，手里实在没东西的，便跑到刚才劈出的木柴堆前，捡一根柴块片子在手里。另外一些听见端阳叫推摩托车，也真的跑了过去，将摩托车往村办公室推着走了。

佳桂娘家人这才慌了，一下停了下来，也不叫喊了，只互相看着。过了一会儿，女人们才回过神，像受了天大委屈似的丢了手里的木棒，都拥到灵堂里挤在佳桂的尸体两边，"女"呀"妹子"地号啕起来。男人们脸上虽然还挂着愤怒不已的表情，却只能像霜打蔫了一样，无可奈何地待在院子里。

端阳见镇住了佳桂娘家人，朝湾里善怀的女人董秀莲、贺毅的女人池玉玲、长军的女人程素静，还有世财的女人谢双蓉、世福的女人肖琴等努了一下嘴，这些女人们早得了端阳的嘱托，这时便也走进佳桂的灵堂里，一个个跟在佳桂娘屋人后面，用手掩了脸，一口一句"大妹子""小妹子"地哭起来。善怀的女人董秀莲一边哭一边诉，说："我的个大妹子，两口子怎么不吵个架嘛，你怎么就那么想不开，去喝了农药了嘛！你就想到吵架那一会儿去了，怎么没去想想平时世国对你的好呀？你这是啥命呀……"这女人还没诉完，那边世财的女人谢双蓉又开了口，也是又哭又说道："就是呀！虽说你两口子也打打闹闹的，可是贺世国还是疼你的呀！看他每回回来给你买的那些衣服，湾里哪个女人也没有你的命好呀，你怎么舍得丢下那些衣服不穿呀？"谢双蓉的哭诉声刚落，贺毅的女人池玉玲又马上把话接了过去，说："我的那个姐，你真是不晓得享受哟！世国说你一

246

个人在屋里累，专门给你买了洗衣机，你还没有洗到几回就死了哟……"几个贺家湾的女人你方唱罢我登场，一方面哭哭啼啼，声音悲切，一方面又说又诉，全是佳桂生前两口子恩恩爱爱的事。哭着说着，佳桂娘屋里来的几个女人的哭声便低了下去。几个贺家湾的女人便悄悄透过指缝去看佳桂娘屋那些人，发现那些女人脸上有的确实挂着泪水，有的却什么也没有，只是在那儿扯长声音偶尔干号几声，便知这些被佳成请来的女人只是在表面做做悲伤和气愤的样子，心里一下有了底，于是也不哭也不诉了，过去假意劝她们几句，把她们拉到一边坐下了。最后，灵堂里便只剩下了佳桂八十岁的老娘和佳成的女人等两三个妇女，还在抚着佳桂的尸体恸哭不已。

端阳把佳桂娘家人镇住后，这才在人群中寻找世普和佳兰。端阳在刚才佳桂娘屋人来的时候，看见世普和佳兰也到了世国的院子里，佳兰还进灵堂陪着老母亲和弟媳哭了一会儿佳桂，但现在却没有了他们的人影。端阳问众人见着老叔和兰婶没有。有人回答他说老叔跟兰婶刚才回去了。端阳一听，便明白世普和佳兰知道娘屋人来是要寻找贺世国出气的，他和佳兰待在这里，不支持佳兰的娘屋人不好，公开支持也不恰当，因此便三十六计走为上，离开这里为妙。端阳理解他们的心情，觉得他们选择回避是非常恰当的，于是一边听着佳桂灵堂里的哭声，一边又朝世普的屋子走来。到了上面屋子里一看，果然世普和佳兰都在家里。世普坐在椅子上黑着脸没吭声，佳兰却在不断擦脸上的眼泪。端阳见了，便对他们说："老叔，兰婶，我本来不想管闲事了，可这事我实在不得不说几句！"

端阳说完，目光一动不动地看着世普，可世普却只顾沉着脸，一句话不说。佳兰见了，才抹了一把眼泪，抽抽搭搭地说了："有啥事你就说吧！"端阳说："兰婶，我晓得，哪个当娘的都会心疼女儿！可外婆那么大的年龄了，天气又是这么热，要照这样哭下去，要是中暑什么的，有个三长两短怎么办？退一万说，即使外婆她老人家眼下不出啥事，可她身体那样差，像根金线藤藤，要不是有两个人把她扶着，恐怕一阵风就把她吹倒了。这样的身体，怎经得住这样怄？要是回去生起病来，贺宏、贺伟他舅和舅妈反倒还要责怪你们没去劝她！要是老叔和兰婶你们不在家里，看老人哭出了啥问题他们都不会怪你们，可眼下你们就在老人面前，要是老人因为伤心过度出了啥意外，他们不怪你们还怪谁？"说完，端阳停了一会儿才又看着佳兰说："我这话不知对不对，不对沙坝里写字抹了就是，如果兰婶觉得对，你就想一想！"

佳兰听了这话，果然想了一会儿才停止了抽泣，抬头对端阳问："你的话倒是对的，那你说我现在怎么办？"端阳说："我的意思是请婶下去，我再安排两个人一起把姥姥劝到你们这儿来，一方面好好安慰安慰她，另一方面让她不要再见到佳桂婶的尸体，她的情绪就可能好些了！"佳兰又想了一会儿，说："我去喊她，她怎么会上来？"端阳说："你当女儿的都叫不上来，谁还能叫得上来？叫不叫得上来，兰婶下去试试吧！"佳兰觉得端阳说得在理，再则，哪有女儿又不关心娘的呢，于是就说："那好吧，我擦一下脸就去！"说完进灶屋扯下绳子上的毛巾，擦干净了脸上的泪痕，便和端阳一起往下走了。

来到佳桂的灵堂里，老太太已经哭哑了声，此时只是伏在女儿的尸体上，瘦弱的背影和肩头一耸一耸的，不像是在哭，倒是晕车的人在翻江倒海地呕吐一样，不时发出一声像是噎住了似的抽泣声。佳成的女人和另一个女人虽然不时还发出一两声"我的姐呀"的悲声，可声音也显然比先前低了许多。佳兰见了，果然走过去扶起老太太，说："妈，你老人家节哀吧，别把自己的身体哭坏了！"说完又对佳成的女人和另一个女人说："晓英、红梅，你们也别哭了，你们再哭她也不会活过来了。把妈扶到我上面让她休息一下吧，别让她哭出什么病来了！"那些在佳桂尸体旁边的贺家湾女人董秀莲、池玉玲、谢双蓉等听了这话，也便顺着佳兰的话劝道："就是呀，大妹子，哭得差不多就别哭了，老人家这样大的年龄了，身体要紧！"两个哀哀哭着的女人果然住了声音，一边抽泣着一边去扶起了老太太。老太太站起来，面孔僵硬，目光无神，叫晓英和红梅的两个女人搀扶起她往外走的时候，她的双腿还像抽筋似的颤抖不停。走了几步以后，又回头看了一眼门板上佳桂的尸体，嘴唇又急速地抖动起来，众人以为她又要哭出来了，却没有发出声音，然后上下嘴皮磕碰着走了。先前围着佳桂尸体哭泣的其他几个来打人命的女人，见老太太和佳成的女人都离开了灵堂，便又假意干号几声，也跟在她们后面去了。

老太太一走，端阳便走到兴成、中华、兴安、兴才等贺家湾汉子们面前，低声说了几句。贺家湾的汉子们便进屋去拿了烟，走到佳成等汉子们跟前，又是敬烟，又是点火，又是赔笑脸说好话，一伙人劝的劝、推的推，也把这些男人都安排到世普家里休息去了。佳成先不愿意走，端阳便过去对他说："舅，我晓得你心里不好受，可是你是个明道理的人！不管怎么说，佳桂的丧事还要继续办吧，是不是？"佳成听了端阳这话，没说话，两眼却直直地看着他，端阳于是又说，"可是你如果不走一步，其他跟你来的人也就不会离开。他们只要在这儿，保不准等会儿又生出事来。他们生出事来不要紧，可最后的责任都得由舅你来兜着，你说我这话在理不在理？"佳成听了端阳这话，又犹豫了一会儿，终于恨恨地走了。

端阳没经世普的同意，便把佳兰的娘家人安排到他家里休息，是动了一番心思的。刚才佳桂娘屋人手持棍棒来准备打人命时，老叔明明在现场看见了，却装作没看见离开了。现在佳桂娘家人已经被自己镇住了，我把他们安排到你的家里来，如果他们再提出对世国动粗的想法，老叔你是个口口声声讲依法办事的人，这时看你怎么办？你总不能又装作没看见吧？再说，那些人住在世普那儿，就给世普和佳兰增加了压力和责任。那些人都是老太太和佳成请来的娘屋人，俗话说，娘屋来条狗，都是亲人，老叔和兰婶即使心里再不舒服端阳的安排，他们也不可能把娘屋人赶走，不但不能赶走，还得把他们照顾好，否则便会让娘屋人有话说。因此端阳这样的安排，不得不说是棋高一着。

可是端阳只想到了这一点，却忽视了另一个问题。那就是这些人的悲痛和愤怒是可以感染的。事实也是这样的，老太太上去不久，世普把自己躺的凉椅让出来给老太太坐。老太太一躺在凉椅上就合上眼睛迷糊过去了。可刚迷糊几分钟，老太太又突然一个激灵醒了过来。一醒来，老太太那没牙的嘴唇又动了几下，便又双手扑打着膝盖伤心地喊了起来："我的佳桂呀——"说着就又哭了起来。佳兰一见，急忙过去抱住老太太，说："妈，妈，你别哭了！"老太太一听，却更拉长了声音，一边哭一边说："我刚才梦见她了，她拉着我的衣裳哭呢……"老太太这么一说，佳成的女人也抹着眼泪哭了起来。其他女人一见老太太和佳成的女人都哭了，好像自己不哭就是白来了一趟似的，也跟着老太太和佳成女人后面一声"佳桂"长、一声"佳桂"短地配合哭了起来。男人们一见，想起自己来打人命，不但没动到贺世国一根毫毛，还遭贺家湾人把摩托车给扣到村办公室去了，这实在是丢人现眼。于是一时又气冲牛斗，也就纷纷对世普说："世普，你要给佳桂做主，佳桂不能就这样白死了！我们的佳桂冤呀！"又说，"你好歹还做过县中的大校长，说起来还是县上的名人，可自己的小姨妹被人逼死了，你如果连吭都不吭一声，让人家怎么看你这个大校长？"

世普听了这些话，咬着牙齿、鼓着腮帮，眼睛看着院子外面那棵核桃树半天没说话。核桃树上的核桃已有乒乓球般大了，浓密的枝叶覆盖了大半个院子，佳桂生前养的几只母鸡正闭了眼，卧在树下安详地打瞌睡。几只知了不知躲在哪股枝丫上，正锐着嗓子"知了知了"地比赛似的叫着。此时世普心里也十分矛盾。自从昨晚得知佳桂喝农药自杀后，他不是不想把世国这个他心中的野蛮人告上法庭，让他知道打女人的后果。可正如王所长上午对端阳分析的那样，他之所以还没有马上报案，是因为他心里还在犹豫。特别是上午听了端阳对他说的"不为别的着想，也要为贺宏、贺伟两个孩子想想"的话后，世普一时更是难以下定将世国绳之以法的决心了。可现在，看见佳兰娘屋人痛哭流涕和义愤填膺的样子，看见老母痛失女儿，白发人送黑发人，姐姐痛失妹妹，弟弟痛失姐姐，这种姊妹手足之情，怎不令人悲愤？一想到这里，世普又觉得难以咽下这枚苦果。面对佳兰娘屋人的悲切和满含信任的目光，世普又感到如不将贺世国送上法庭，为亲人张目，他不但枉为一世师表，也愧对面前八十多岁的老岳母了。于是，世普便没再多加考虑，就对一屋子佳兰的娘家人说："你们放心，我一定要为佳桂讨个公道和说法！"说完，连想也没想，便用电话向县110指挥中心报了案。这一切，却是端阳百密而一疏，当时没有想到的。佳兰娘屋人见世普向110报了案，这才不说什么了。

却说那些来打人命的佳桂娘屋人在世普屋子里，要世普为佳桂做主的时候，端阳正在下面世国的院子里，继续指挥人办理佳桂的丧事。虽然上午听了世普不让埋葬佳桂的话后，端阳赌气让大家都回去休息，可厚道的贺家湾人事实上并没有停下来。他们知道不管怎样赌气，死人最终还是要埋进土里去的。而要把死人埋下去，还不得依靠大家？尤其是贺世凤、毕玉玲这两个负责办丧饭的火头军，更是感到自己责任重大，因为自古以来的规矩是人死饭门开，无论是来帮忙的、吊唁的，甚至是来瞧热闹的，都得给人家饭吃。乡下人还有一个千百年来形成的风俗，叫作吃得快，发得快！也就是说，来吃丧饭的人越多，这家后人便会越兴旺。乡下人还发明了一个词叫作"抢水饭"。"水饭"也就是丧饭，一个"抢"字，活脱脱地表现了吃丧饭的过程。吃丧饭还没有固定的时间，什么时候来了人便什么时候吃，因此主人家的蒸笼和饭甑子，必须随时有现成的饭菜。所以贺世凤和毕玉玲从昨晚上接受端阳的安排开始，就马不停蹄地在准备了。他们先到家里把办酒席的一应家伙都拉了来，接着便指挥人在院子外边搭建土灶，又指挥人洗菜烧火、调制佐料。当猪肉和菜蔬还没购买回来的时候，毕玉玲已经用佳桂挂在房檐下准备今年盖房吃的老腊肉，做成九大碗蒸在屉笼里了。就是刚才佳桂娘屋人在院子里闹闹嚷嚷要寻世国打人命的时候，世凤和毕玉玲也没停下手里的活计，此时，蒸笼里早冒了半天白汽。随着那白色蒸汽的袅袅上升，满院子开始飘起肉菜的香气来。

闲话少说，且说当时端阳闻见从蒸笼里弥漫开来的肉菜香味后，肚子便是一阵咕咕的叫唤声，这才感觉到忙了一个大上午，是该吃饭了。又想起佳桂娘屋里来的那些人，闹了大半天，这时肚子也怕早已贴到后背了。便走过去对世凤问："世凤叔，饭好了没有？"世凤说："早就好了，就等你把佳桂娘屋那批人叫下来，马上就可以开席了！"端阳一听，立即说："叫他们下来干啥？兴才、海富、长安你们三个过来扛三张桌子到老叔院子的核桃树下，就让他们在上面吃！"端阳把佳桂娘屋人的席桌安到世普的院子里，也是经过精心考虑后才决定的，其目的和把他们安排到世普家里去休息一样，有种隔离和给世普、兰婶施加压力的意思。兴才、海富、长安听了，果然每人顶了一张桌子便往世普上面的房子走去。这儿端阳又叫了兴安、中华几个汉子和肖琴、程素静几个女人，端了十多条板凳和几摞碗筷上去。

一切布置完毕，端阳才对世凤说："世凤叔，给佳桂娘家这三桌人开双席！"世凤一听，便叫了起来，说："开双席？那是出殡时'八大金刚'才有资格享受的，怎么要给他们开双席？"端阳说："你别管那么多，叫你给他们开双席就开双席！一把胡椒顺口气，一颗胡椒也顺口气，人家今天人命没打成，还被我们把摩托车扣了，你就不让人家顺口气？"世凤明白了，却说："你要给他们开双席，也该早点说一声嘛，我也没有办到那么多席，拿啥给他们开？"端阳说："先给他们开，开了才给自己湾里的人开！自己湾里的人有就吃，没有就算了！"说完又补了一句，"自己屋里，哪个还来计较这口吃的？"众人听了这话，也说："端阳说得对，自己湾里的有啥吃啥，就先敬佳桂娘屋那些人吧！"

世凤听后，果然不说啥了，开始从蒸笼里往外出菜，每样菜也果然是按双份往外端。世凤把菜端出来放到屉笼旁边的一张临时搁置起来的案板上，毕玉玲再把菜一道道地放到两只掌盘里，再由兴成和兴春一人托着一只掌盘往上面送去。兴成、兴春头几轮送菜上去回来没有说啥，可第五轮送菜上去后，兴春回来却将掌盘狠狠地往临时案板上一摔，大声说："不送了，剩下的饭菜吃不完喂狗！"端阳一听急忙问："怎么回事？"兴春还没答，兴成便气愤地说："你上去看看就明白了！"说完不等端阳再问，兴春便又气冲冲地说："这哪里是在吃饭，分明是在糟蹋人嘛！我们端上去的菜，他们有的尝了一下，有的连尝也没有尝，就倒在地下了，倒得满地都是汤汤水水！"

端阳一听这话，脸刷地沉了下来，说："我们给他们开双席，拿他们当贵客待，他们却这样自己不把自己当人，也怪不得我们了！"说着便带了兴成、兴安、兴才等几个人来到世普的院子里，果见核桃树下满地的肉、菜和汤水，世国家那只黑狗和湾里另外几只狗正在桌子间大快朵颐。端阳见了，紧紧地蹙着眉头没有吭声，可那些人见了，却故意冲端阳叫："贺书记，你们贺家湾是怎么回事？找一个上街割肉的人都没有，就拿些老腊肉来打发我们？贺世国这狗日的不晓事，难道贺家湾就莫得明白人了？"端阳听了这话，还是没吭声，过了一会儿，才突然对兴安、兴成等说："既然舅老爷、表老爷吃不惯老腊肉，统统给我撤下去，重做！舅老爷、表老爷难得来一次贺家湾，我们怎么能亏待了舅老爷、表老爷们呢！"兴成、兴安等人听了这话，果然又跑下去将掌盘拿来，将桌上的碗全撤了，然后和端阳一起回到了世国的院子里。

这儿佳桂娘屋里的人见端阳叫人撤了桌上的菜碗，以为很快就会为他们端上重新做的饭菜上来。可是等了很久，没见动静，却见刚才撤碗的那几个人，每人提着一只水桶走了上来。到了院子里，什么也没说，放下桶就走了。佳桂娘屋里那些人以为桶里是吃的东西，走过去一看，每只桶里才是半桶凉水。佳桂娘屋里人一看，便叫了起来："这是什么意思，难道叫我们喝凉水呀？"还有人说："凉水凉水，就是想把我们晾起的意思嘛！"佳成一听，便挽起袖子说："想把我们晾起，没那么容易！你坐着，我下去看看！"说着便要往下面走。佳兰一见，怕佳成下去又和贺家湾人吵起来，便拦住他说："你坐着，我下去问问！"说着便往竹林里的小路去了。

到了下面院子里，佳兰找到了端阳，说："端阳你叫人提几桶凉水到我院子里做啥子？难道你想让我妈、我弟他们就喝凉水呀？"端阳听了佳兰的话，这才拍了一下脑袋，笑着说："哎呀，婶，你看这事我都忙昏了头了！我哪是敢让外婆、舅舅喝凉水？我现在敬他们还来不及呢，哪有那个意思？我上去跟舅老爷、表老爷们解释一下！"说完又带着兴安兴才跟着佳兰来到上面，端阳先双手抱拳对客人行了一个礼，说："对不起，舅老爷、表老爷们，你看我事情一忙就忘了，这水哪是让你们喝的？是我看见我老叔的院子里到处是肉、菜残渣和油汤油水，我外婆、老叔和兰婶年纪都大了，万一踩在上面扭伤了脚脖子或摔得有好有歹的，我这个村支书怎么负得起这个责？所以我就叫他们提了几桶水来，把院子冲干净，没想我少说一句话，这几个人懒家伙放下桶就走了！实在对不起，对不起啊！"说完，就大声叫兴安兴才把院子冲了。兴安兴才把院子冲毕，端阳这时突然黑了脸，对佳桂娘家人没好气地说："好了，舅老爷、表老爷们，我端阳可把院子打扫干净了，啊！我打开窗子说亮话，这样的事我只能做一次，如果你们还有人把端上来的好端端的肉和菜倒在地上，那就对不起，贺家湾的水要到沟里去挑，很贵，哪个倒的，哪个就脱下衣服来揩了！我老叔是知识分子，是爱干净的，他的院子是随便让你们弄脏的吗？"说完这番话，停了一会儿才又说，"是的，贺家湾今天是拿的老腊肉招待你们，因为天亮了才安排人上街去割肉，怕割回来来不及，怠慢了各位舅老爷、表老爷！可你们晓得这老腊肉是哪个的吗？是我佳桂婶留着准备今年盖房吃的。她千瓢食万瓢食喂大了一头猪，却被她娘屋人这样糟蹋了，佳桂的灵魂在天上看着你们呢，难道就不怕她责怪你们吗？"说完这番软中带硬、柔中带刚的话，端阳同样不让佳桂娘屋人说什么，又带着人走了。走的时候，又意味深长地看了世普两眼。

世普从端阳刚才的两句话里，已经听出了端阳有责怪他的意思。本来，世普对佳桂娘家人把好端端的饭菜随便倒在院子里，心里很反感，想去批评他们，但又想到人家在悲痛之中，占有道德上的优势，自己又是佳桂的姐夫，因此左想右想都觉得不好开口，现在听了端阳的话，于是等端阳走远以后，才对佳成等人说："你们都听到了吧？吃就吃，不吃就算了，不要和饭菜过不去了！我们和人有仇，和饭菜没有仇，是不是？"世普说了这话，自然没人敢反对，又明知端阳是在用这招收拾他们，知道这个人不是一般的角色，不好惹，于是等剩下的饭菜端上来后，不但没人再往地下倒，而且一个个风卷残云般，很快就将桌子上的饭菜一扫而光。吃完坐下后，也再没人吵、没人闹，一下显得规矩老实了许多。

第八章

一

吃过午饭，佳桂娘屋人见世普出面向警察报了案，便想这事十有八九贺世国将受到惩罚，加上来闹了一上午，心里的气也出得差不多了，继续留在这里已没有多大必要了，便叫人来对端阳说他们不再闹了，把摩托车还给他们，他们马上回去，不打搅贺家湾人办丧事。端阳一听，自然高兴，果然叫人从村委会办公室把他们的摩托车推出来还给了他们。这伙人得了摩托车，骑上便回去了。端阳等他们一走，便又马上叫兴成、中华等汉子，继续去把上午没挖完的墓坑挖出来。因为端阳从听说了佳桂娘屋那伙人要走的话，便认为自己胜利了。既然佳桂娘屋人都这样灰溜溜地认输了，那老叔心里即使还有些不同的看法，按他的修养，最多也就是说说，要想拦住不埋佳桂的尸体，肯定不会也不可能的了。想到这里，端阳就决定仍按照凤山择出的日子，在下午卯时也就是天黑以前，把佳桂抬进祖坟安埋了。兴成、中华等汉子一听，果然又拿起工具去了。

兴成等人刚走，到城里"巫记丧行"给佳桂买现成老衣的松林也回来了，随后从九岭冈买的棺材也送到了。凤山看后对端阳说："既然老衣和棺材都买回来了，那就找人给死者更衣，然后装棺入殓吧！"

端阳听了这话，果然马上叫了贺桂花、董秀莲、池玉玲、谢双蓉几个女人给佳桂换衣服，灵堂里所有的男人都暂时回避。男人们听了这话，果然都全部走了出去。这儿谢双蓉过去关了大门，几个女人便开始在屋子里忙碌起来。过了很长一段时间，大门才重新打开，端阳走进去，见佳桂全身上下都是青衣皂色，腰和袖子、裤腿都用麻线缠紧了，只有软底布鞋上的两朵梅花十分醒目。池玉玲附在端阳耳边轻声说："你猜昨晚上世国踢佳桂那一脚踢在哪里？"端阳忙问："哪里？"池玉玲说："踢在胸口上。现在佳桂胸膛子还有口子大一块青疙瘩！"说完又说，"那个背时的那一脚好重，他怎么能那么踢自己的女人？"端阳听了这话，立即正了脸色说："这可不能乱说，知道不？"池玉玲说："我只是给你说说嘛！"

说话时半下午已过，无论是给死人穿衣还是将其装棺入殓，世普和佳兰也没下来看一看。端阳想这样也好，免得他们触景生情，又惹起伤心来，便没去管他们。这时，兴成等人回来说墓穴已经挖好。凤山不放心，说佳桂的棺材大，要是挖小了，临时返工会误了落葬时间，又叫福来亲自去看了看，福来回来说宽度、深度都超出了当初下桩的要求，再大的棺材都落得下去。凤山听了这话，看见这时太阳成了一个很大的火轮子，正沿着王家尖山慢慢地滑下去。和王家尖山遥遥相对的擂鼓山和大地上的房屋，也像被那火轮子染红了似的，闪着血色的光辉。凤山便说："时间快到，可以封棺闭殓了！"

听到这话，所有在院子和灵堂里的人都像被人推了一巴掌似的，起了一阵骚动。凤山走到灵堂里，喊了一声："哪些还要来看死者最后一眼的，快来看哟！"说着过去揭了棺材里佳桂脸上的草纸。刚把草纸揭开，贺宏贺伟兄弟俩便嘤嘤地哭着走了过来，到了棺材前，手把着棺椁，眼睛落在棺材里，又是哭又是喊，头把棺材撞得咚咚响，不愿离开，旁边海富和贺西急忙将他们拉开了。接着是董秀莲、池玉玲等女人走过去，口里妹子长妹子短地喊着，也匆匆忙忙地朝棺材里看了一眼，走开了。最后凤山又喊："寅时、亥时生人回避！"众人一听，知道要封棺了，一时屋子里的女人开始放低声音哭了起来。那些生在寅时、亥时的人走了出去。这儿凤山叫兴成、松林、中华几个汉子将棺盖合拢，此时屋子里已是一片哭声大恸。

一番忙乱，凤山宣布礼成。贺宏过去端起了插有引魂幡和灵牌的竹筛子，贺伟过去端起了摆有供果和供酒的竹筛子，凤山指挥抬棺的、端板凳准备中途歇棺休息的、丢买路钱放鞭炮的、哭丧打杂的……各就各位。指挥了半天，一两百贺家湾人终于排好了队，只等凤山一声令下，这长长的队伍便朝贺家湾祖坟出发。

可就在这时，派出所王所长带着一个民警像是从地下冒出来似的，突然从屋角转过来出现在院子边上。看见满院子人都做好了出丧的准备，便道："你们这是干什么，啊？停下停下，全都停下！"

众人都吃了一惊，先是傻了一般看着王所长，然后又把目光移到端阳身上。端阳也感到十分意外，便走过去拉了一下王所长说："王哥，你怎么来了？"王所长听了这话，看着端阳，脸上明显呈现出不高兴的神色，低声责怪端阳说："我叫你回来把事情搁平，可你怎么搁的？人家打110报了案，县局指示我出警，我能不来吗？"端阳的心紧了一下，又明知故问："谁向110报的案，是老叔吗？"王所长说："不是他还有谁？"端阳停了一下，又看着王所长问："王哥，那现在死人还埋不埋？"王所长说："还埋个啥？等会儿县局的法医还要来验尸，等验完尸后你们再埋！"

贺家湾人一听世普把世国告了，又听说公安局的法医还要来验尸，一下子便对世普不满了，便七嘴八舌地议论起来："老叔硬是裁缝的脑壳——当真（针）了呀！""老叔这是怎么回事，他难道硬是想把世国送进监狱呀？""老叔究竟是姓贺还是姓贾，他怎么就完全站在贾家一边呢？"甚至还有人说："世国摊上这么一个老挑，算他倒霉了！"说完这些话，人们又纷纷围着王所长说："王所长，你可要手下留情，人家本来够惨了，可不能让人家更惨呀！"王所长听了众人的话，有些不耐烦起来了，说："你们以为我想管这事呀？民不告，官不究，现在人家既然告了，我不得不依法办事，该怎么办就怎么办！"

王所长的话刚完，众人大约是不知说什么好了，都沉默起来。最后的晚霞在棺材和院子里乱跳，老天爷似乎又在酝酿一场大雨，空气十分闷热，旁边树上的蝉儿又一个劲儿地"知了，知了"地叫起来。沉默了一会儿，谢双蓉突然说："世国要是被抓进了监狱，两个娃娃怎么办……"这话犹如一石激起千层浪，众人又一下明白过来，又纷纷对王所长说："是呀，要是把世国抓了，这家人不是黄桶散箍了？"说完又对王所长问，"两口子打架，哪个说得清楚？古话都说清官难断家务事呢！哪个家庭没有争过吵过，哪个两口子不打架就能过一辈子？一个巴掌拍不响，怎么现在就认为是世国犯法了，要把他抓到监狱里去呢？"

王所长见众人都围着他质问，心里更加不高兴了，便对村民大声地反问道："我说过贺世国犯法了吗？说过要把贺世国抓到监狱里去吗？我啥时说过，啊？

我们来也就是调查了解一下情况，至于该不该把贺世国抓进监狱，一切都要等调查结束后，以事实为依据，以法律为准绳，该负什么责就负什么责！现在你们明白了吧？"众人听了，这才不说什么了。王所长见了，便对端阳说："贺支书，我们要找人问问情况，做点笔录，你给我们喊几个知道情况的人……"

端阳心里也憋了气，此时没处发泄，听了这话，没等王所长说完，便没好气地说："我怎么晓得哪些人知道情况？人都在这里，你们要找哪些人，张三李四王麻子，自己喊吧！"王所长一听，立即沉下了脸对端阳说："我们要是晓得哪些人知道情况，还跟你说啥子？"端阳一见王所长生了气，也明白自己不该把气撒在王所长身上，想了一想便对众人说："你们哪些知道情况，便去给王所长说说吧？"可众人一听这话，便都纷纷说："现在各人过各人的日子，哪个有闲心去管别人的家务事？我们都不知道！"王所长听了这话，就盯着众人问："都住在一堆一块儿的，抬头不见低头见，就一点不知道他们两口子的情况？"

众人听了这话，还没来得及答话，却听见兴安说："说一点不知道，那也不是事实！"王所长听了，便立即说："那你进来给我们说说？"说着就往世国的屋子里走。佳桂的灵柩移到院子里后，世国的堂屋空出来了，可灵堂还没来得及撤。但王所长已经管不到那么多，就在堂屋靠右边的桌子旁坐下，拿出一沓询问笔录纸，坐着等候兴安进来。可等了一阵，兴安却没来。王所长又出去叫，兴安才对王所长说："我进来说什么？平时我也没看出他们两口子有啥子不和的情况！"王所长说："那你刚才说你知道一些情况？"兴安笑嘻嘻地说："我是知道他们一些情况嘛！我知道他们两口子日子过得挺好的。世国有手艺，佳桂既能干又肯吃苦，除了种庄稼还种菜卖，娃儿读书又读得，怎么想得到佳桂会喝农药呢？"

兴安的话刚完，旁边兴成、中华、兴才等人也纷纷说："就是呀，人家两口子亲热着呢！世国在外面做手艺，如果时间久了没有回来，每次回来都要给佳桂买礼物，我们都是亲眼看见的！"王所长听了这些话，便对着兴成等人反问："既然他们两口子这么亲密和恩爱，贾佳桂为啥又去喝了农药？"兴成等人一听，有些被问住了的样子，张着嘴半天说不出话来。尽管他们都知道佳桂生前世国老是对她动手动脚的事，但此时他们想的已经不是如何去维护死者的权利，而是对活人的帮助。再加上兴成等人也普遍认为，家庭里的是非曲直，确实没有哪个能说清楚！所以过了一会儿，兴成他们来了一个以退为进的策略，对王所长说："不管你信不信，反正我们看见的就是这么回事！"说罢，怕王所长还要问他们什么，便一步一步地离开了。

王所长见村民都不愿配合他们调查，想了一想，便直接对端阳喊道："贺支书，你来说说情况！你总不会说连你也不知道吧？"端阳听见王所长叫他，明白自己这个村里的当家人即使想回避，也肯定没法回避开的，便大大方方地走进屋子，对王所长说："那看是哪一方面的事，如果是个人隐私方面的，我一样不清楚！"王所长也过来坐下了，说："你知道多少说多少，没人强迫你说不知道的！"端阳说："那好，你开始吧！"

王所长听了，便开始了程式化的询问。他先问了端阳姓名、年龄、职业等方面后，才开始了正式询问。王所长问："贺世国和死者打架，你作为村里的主要干部，接到过死者什么控告没有？"端阳说："家家都有一本难念的经，两口子哪能不打架？俗话说得好，两口子打架不记仇，白天吃的一锅饭，晚上睡的是一头！岂止是睡一头，不是抱到睡，起码也是脚搅脚……"端阳话还没说完，围在门口的贺家湾人便哧哧地笑了起来。王所长见端阳把话题扯远了，便咳了一声，又对端阳说："我问的是你接到过死者关于丈夫打她的控告没有？"端阳一听这话，便改变了口气说："你以为是啥子光彩的事呀？打架是家丑，哪个喜欢把家丑往外宣扬？"王所长又问："死者没来找你反映过丈夫打她的事，但你作为一个村干部，是否晓得他们经常打架？"端阳说："平时倒是听到一点风声，但大多是从别人摆龙门阵中晓得的。家庭里这些事，民不告，官不究，等我从旁人那里听到一点风声，赶去过问时，人家两口子早就和好了！有一回我去，正碰到世国把佳桂抱在怀里，往她嘴里喂饭，羞得我转身就跑了。你说我怎么去过问？"王所长又问："你对他们两口子的感情有啥子看法？就是说，你认为贺世国对死者究竟好不好？"端阳说："怎么说呢？乡下人过日子，你说感情好，但肯定不会像你王所长那样，回去就抱到婆娘亲嘴！你说不好，可这么多年两口子是怎么过来的？娃儿又是怎么生下来的？要说世国对自己女人究竟怎么样，只有佳桂最清楚。你要想把事情弄明白，只有去问贾佳桂了！"

说着说着，端阳就露出了吊儿郎当的脾气，他知道王所长也是在例行公事，农村里这些事，他还不晓得？王所长听后笑了一下，果然突然挥了一下手说："算了，你把拇指印按了，去给我把贺世国叫进来！"端阳听了，真的在王所长记录的两页纸上摁了手印，便去叫贺世国了。

不一时，贺世国蔫头耷脑地进来了。王所长看了他一眼，叫他在凳子上坐下，他却不坐，自己把自己当作罪犯一般站在王所长面前。端阳在背后推了他一把，世国这才在板凳上坐下了。等世国坐下后，王所长又例行问起了世国的姓名、年龄、职业等。王所长问一句，世国机械地答一句。末了王所长突然问："你过去是不是经常打贾佳桂?"众人听了这话，急忙对世国眨眼睛，可没想到世国却很干脆地回答了一声："是!"听了这话，众人吃惊地叫了起来，说："你打佳桂，我们怎么都从来没听说过?"王所长瞪了众人一眼，说："没问你们，你们不要说话!"说完又回头对世国问："昨晚上你打贾佳桂没有?"众人一听这话，又紧张地盯住世国，希望他不要承认打架的事，没想到世国又很干脆地承认了，说："打了!"说完又像昨晚一样抬头看着王所长说，"我不该打她，真的不该打她! 我不是人，管不住自己，坐监坐牢我都愿意去，就是枪毙了我，我也没话说!"兴成、中华等汉子听了，气得在地上跺了一下脚，甚至连王所长也用诧异的眼光瞪了世国一眼，说："问你什么你就回答什么，没问你的就不要乱说，知道不知道?"世国听了这话，又茫然地点了一下头。王所长停了一会儿，然后才继续问道："你是怎么打的她? 用什么打的?"众人现在已经有些灰心了，不再想为他着急和叹惜，只用复杂的眼光看他。越看越觉得世国坐在王所长面前，真的恭敬和谦卑得像个受审的犯人一样。只听见世国供认不讳地承认说："我用小板凳摔的她，然后又用脚踢了她一下!"王所长记录下世国的话后，又问："板凳摔到她什么地方? 脚又踢在她什么地方?"世国继续交代和承认道："板凳摔在她的额头上，脚踢在她的胸口上!"门外众人一听他这些话，都唏嘘不已，摇头叹息道："完了，完了，这是他自己承认的，怪不得人了!"

众人正这样叹息着，忽听得王所长又说："你把打架前后的经过详细说一遍!"世国听了这话，抬起头来看着王所长问："啥经过?"王所长说："就是打架是怎么发生的，其中你们说了些啥话?"世国听了，又低头想了半天，便从自己如何记挂着家里麦子没收，如何向公司请假向家里赶，走到村里的老黄葛树下如何听见老鸹叫，自己如何扭了脚脖子讲起，一直讲到佳桂如何生火做饭，又如何听见有人敲门，开了门一看却连人的影子都没有，只有自己家的那只黑狗坐在院子里哭，佳桂便说了一句"有个鬼"的话……

众人听到这里，忽然池玉玲像是想起什么来了似的，在门外叫起来："哎呀，那肯定是鬼来喊佳桂了，要不怎么开门后没有人呢？"话音一落，董秀莲接着也十分惊讶地喊了起来，说："池玉玲不说，我还差点忘了一件事……"众人忙打断她的话问："啥事？"董秀莲说："两天前，我看见佳桂在黄大珍的坟前转，像是寻找啥东西，佳桂一定是被黄大珍找了替死鬼！黄大珍不是前些年喝农药死的吗？"众人一听这话，身上的皮肤突然紧了起来，便像害怕似的一边向屋子里挤一边说："是呀，佳桂要不是撞到鬼，她那么聪明的人怎么会去喝农药？""即使世国打了她，可这么多年都是这样过来的，怎么这天晚上打了她一下就想不开了？""怪不得，这些天我家里那只狗老哭，我就晓得团转要死人，没想到是佳桂……"王所长听到大家把佳桂的死归于鬼神，知道他们是有意在为贺世国开脱，便说："瞎说！法律只讲事实和证据，哪里会相信你们这些子虚乌有的东西？出去！不要影响了我们问话……"

众人听了这话，才说往外退，却突然听得院子外面一阵摩托车响，回头看去，却见从摩托车上跳下一老一少两个警察，少的手里提着一个铁箱子，一边往院子走来，一边大声问："这里是贺世国的家吗？"又问，"派出所王所长是不是在这儿？"众人一听便一齐大声道："王所长在这儿！"王所长听见问，走到门边看了看，原来是局里的谢法医和侯法医来了，便迎了出来说："你们来了，我们正在调查呢！"说完又回到屋子里，让世国也在纸上摁了手印，然后对他说："你到一边去待着，不要走远了，我们要随时传唤你！"世国又像罪犯一样答应了一声，果真走一边去了。

两个法医走进院子，便问："死者在哪里？"王所长说："你们休息一会儿再验吧！"年长的法医道："不休息了，我们验完回去还有事！"王所长便叫端阳："贺支书，叫人把棺材打开，法医要验死者的伤情！"众人一听还没等端阳答话，便纷纷叫了起来："那怎么行？棺盖都封了，又要打开，不怕惊扰了死人？""就是，死人受了惊，魂魄归不到身，在湾里作怪来谁负责？"王所长听了这些，又一次沉了脸对众人喝道："什么乱七八糟的？快把棺盖打开！"众人听了又说："棺盖已经用钉子钉着了，我们打不开，你们吃国家饭的气力大，自己打吧！"王所长一听，又大声叫端阳来。端阳一看法医已经来了，不打开棺盖让他们查验一下尸体，显然是不行的。想了一下，便对兴成、中华、兴安等汉子吼道："说那么多废话做啥子？还不快回去拿根錾子来把棺盖撬开，让公安局的同志检查！”兴成、中华等汉子听了，这才不说什么了。过了一会儿，中华果然回去拿来两根錾子，开始撬起棺盖来。幸好棺盖只是呈三角形地钉了三颗钉子，很快便把棺盖撬开了。

棺盖撬开后，王所长又叫端阳安排两个人将佳桂的尸体抬到堂屋里的门板上。端阳看了一眼棺材里佳桂的尸体，实在不忍心再去翻动她了，便没好气地说：“我们已经给你们把棺盖打开了，可这抬尸体恐怕不是该我们来做吧？”那一老一少两个法医大约经历这种事已经很多了，也没有说什么，却去打开了带来的那个铁皮箱子，从里面取出了口罩、手套和白大褂穿上，只露了两只眼睛在外面，然后又在手套上抹了一点什么东西，走到棺材前边，从里面取出垫在棺材里的细柏树枝丫和佳桂生前穿的衣服，然后将佳桂的尸体抬到了堂屋那块门板上。贺家湾人又跟着拥到世国的堂屋里，想看看他们怎样检查尸体。没想到那个年轻些的法医却对众人驱赶道：“出去，出去，屋子一个闲人也不准留！”王所长也对众人说：“对，出去，有什么看头？”说着把大家都赶了出来，接着像刚才董秀莲、池玉玲等女人给佳桂穿老衣一样，咣的一声将大门关上了。

大伙儿虽然被赶到了阶沿下和院子里，可是却没有一个离开，全都伸着脖子，望着那两扇门板都有些七拱八翘的大门，似乎在等待着什么。这样过了二三十分钟，大门才又吱呀一声开了。人们这才走过去，看见佳桂的衣服已被解开过，此时只是随便地裹在身上，没扣纽扣。再看两个法医，正在往箱子里收东西，脸上没有任何表情。东西收好以后，拎起箱子便往外骑上摩托走了。直到这时，众人才像回过神来的样子，盯着王所长问：“就这样结束了？”

王所长也一边收着自己的询问笔录，一边回答众人说：“不这样结束还要怎么样？”众人说：“验出什么来没有？”王所长没有回答，只将询问笔录放到公文里，夹在胳肢窝下，径直往世普的屋子上面走去。众人一见，又拥在王所长后面跟着去了。

到了世普的院子里，见世普和佳兰正一左一右坐在大门前，仿佛知道王所长要来找他们一样。众人一见，都上前喊了一声：“老叔、兰婶！”可世普却没搭理他们，只盯着王所长问：“调查清楚了？”王所长顿了一下，说：“问了一些情况，可还需要继续调查……”世普没等王所长说完，突然用命令的口吻对王所长说：“把询问笔录和法医的验尸报告给我看看！”王所长听了这话，有些犹豫起来，说:"这……"世普像是生气了,大声说:"有什么不敢见人的?难道上了法庭也不公开吗?"王所长听了这话,这才迟疑地打开公文包,从里面取出了几页纸交给了世普。世普接过看了看,什么也没有说,只从鼻孔里哼了一声,便把手里的材料交给了王所长。王所长收了材料,才带着谦卑的神情对世普问:"贺校长,你老看这事该怎么办?"

世普听了这话,目光犀利地扫了王所长一眼,然后冷冷地说道:"你是办案的,我知道你该怎么办?"王所长便说:"说贾佳桂是被家庭暴力逼死的,主要是证据还不充分……"世普听了这话,再一次打断了王所长的话,质问地说:"还要怎么充分?贺世国不是对自己犯下的罪都供认不讳了吗?不是法医的验尸报告,也和贺世国供认的事实相吻合吗?这还要啥子证据,啊?"说完又十分气愤地说,"一二十年来贺世国动不动就对死者拳脚相加,不是家庭暴力,你给他取个名字是什么?"王所长上来征求贺世普的意见,是希望他能改变自己的主意,但现在一看要他改变自己的观点实在不可能。王所长自然明白世普是在全县都有影响的人,贺家湾黄葛树事件,他也听说了。当然他和许多人一样,都不知道县上处理贺家湾黄葛树事件的内幕。正因为不知道,他也和许多人一样把所有的功劳都记在了世普身上。因而也就更对他多了几分敬畏。听了世普的话,王所长便想了一想说:"贺校长你说得对,今晚我就把贺世国带回所里继续审查……"

众人一听王所长真的要把贺世国带回派出所里,便叫了起来:"这怎么行?人家家里的丧事还没办完呢……"世普听了众人的嚷叫,又狠狠地瞪了众人一眼,才大声吼道:"叫什么,啊?这是依法办事,你们知道吗?"众人果然又全哑了口。王所长见了什么也没说,又走到下面世国的院子里来,将世国叫过去,用一只手铐将世国铐了,和另一个警察一道带着便往外面走。走到院子外边,王所长才像突然想起似的对着人群叫:"贺支书,贺支书!"叫完,却没听见端阳回答。王所长便问:"贺端阳到哪里去了?"人群中兴成答道:"不知道!"说完又对王所长问,"王所长你还有什么事找端阳?"王所长说:"你给贺支书带个信,现在可以把死者抬出去埋了!"兴成、中华、兴安等人听了这话,像是约好似的回答说:"你们把贺世国都抓走了,我们晓得这个丧事该怎么办?谁抓的贺世国,谁就来办吧!"说着,还没等王所长等人走远,众人就真的哄的一声,离开了世国的院子。

二

看见爸爸被警察带走，贺宏、贺伟着急了，便一边哭一边嘶哑着嗓子喊："爸爸！"朝贺世国追去。世国刚才是听见了兴成、中华等人的话的，见儿子追来了，便站下来对他们说："你们跑来干啥子？一人犯法一人当，你爸打了你妈，让你妈走了绝路，去抵罪也是应该的！你妈还停在屋里，还不快回去求你们端阳、兴成、中华哥他们把你妈抬出去埋了！"王所长也说："就是，你们快回去吧！"小哥俩一听，这才不追了，站在那儿呜呜地抹了一会儿眼泪，看见爸和王所长走远以后，这才回来。

可是回到院子里一看，除了世凤和毕玉玲在收拾餐具外，其他的人全走了。小哥俩着起急来，便扯开嗓子朝着夜空大叫："端阳哥——"见没人答应，又叫："兴成哥——"可仍然没人答应。正还要再叫中华时，正在往三轮车里装屉笼的世凤才说："不要叫了，他们都回去了！"说完又补了一句，"我们也要回去了！"贺宏、贺伟一听，突然又哇的一声大哭了起来，说："你们都走了，可我妈怎么办？"说着，两个孩子突然跑过去紧紧拉住了世凤和毕玉玲，哭着说，"凤叔，毕婶，你们可不能走！你们帮我们把我妈埋了吧！"

世凤和毕玉玲正用绳子把屉笼系紧，听了这话，手突然松了，目光呆呆地看着两个孩子。过了一会儿，毕玉玲才摸着贺宏的头说："我的两个造孽的孩子吧，不是你凤叔和婶不帮你们，就算我们两个留在这里，能把你妈抬上山去？"贺宏听了，喉咙里像是被什么哽住了似的长长地哽咽了一声，才又对毕玉玲哭着说："那我们该怎么办，毕婶？你快给我们说说，毕婶！"

毕玉玲被两个孩子的哭声弄得心里酸酸的，忍不住也掉下几滴眼泪来，然后才说："你婶一个妇道人家，知道该怎么办？"贺宏还要问，忽听得那边世凤咳了一声，说："你两个东西找错了人，怎么不上去问问你大姨和大姨父？"说了这话后又接着说，"你大姨和你妈是亲姐妹，你大姨父不论从贺家湾还是从你大姨方面说，也都不是外人，难道他们忍心让你妈烂到屋里？"

小哥俩听了这话，果然放开了世凤和毕玉玲，一边擦泪一边往竹林里的小路走去。还没走到佳桂那口空棺材前，贺宏忽然拉着贺伟站住了，回头对世凤和毕玉玲说："凤叔，毕婶，你们可不要走哟？"毕玉玲问："为啥？"贺宏颤抖着说："我们怕……"话音刚落，不远处一棵夜合欢树上忽然传来一声夜猫子的怪叫声。两个孩子一听，突然哇的一声跑回来又抱住了毕玉玲，身子瑟瑟发抖。毕玉玲见了，便又搂紧了小哥俩，一边拍着他们一边说："别怕，别怕，你妈不会出来吓你们的，那是夜猫子叫！"接着又说，"好，你凤叔和我都不走，我们就在院子里等你们！"

世凤看见两个孩子害怕的样子，便说："过来，叔送你们到你们大姨的院子边！"小哥俩听了，这才战战兢兢地走过来。世凤便牵了他们的手，又朝那口张着黑洞洞大口的棺材走去了。经过棺材时，两个孩子不敢朝里面看，只把头别在一边，拉着世凤几步便跑过去了。世凤把两个孩子送到世普院子旁边，松了小哥俩的手说，"你们现在自己去吧，我和你们毕婶在下面院子里等你们！"说完便返身又回世国的院子去了。

贺宏、贺伟走进世普的院子里，看见大姨家的大门大大开着，大姨和大姨父正坐在屋子里说着什么。小哥俩一见，便喊了一声"大姨""大姨父"，接着几步奔进屋子里，伏在佳兰身上便哭了起来。佳兰一见，便问："你们两个不在屋里办你们妈的丧事，上来哭什么呀？"贺宏一听，哭声更大了，一边哭一边说："帮忙的人都走完了，还办啥子丧事？"世普一听这话，似乎没有想到的样子，身子颤抖了一下，急忙问："都走完了？"贺伟抹了一把鼻子，抽泣着说："就剩下凤叔和毕婶在院子里收拾东西，我们害怕，还是凤叔送上来的！"世普听了这话脸立即阴沉了下来，咬着牙齿没有吭声。倒是佳兰过了一会儿才说："怪不得我说下面这一阵怎么这样清静呀，原来是人都走了。"说完又看着世普问，"怎么办呢？"

世普鼓突着腮帮，牙齿咬得咯咯咯作响，眼睛喷着两道火苗看着外面，过了半天才说："这是做给我们看的，在对我们示威呢！"世普的话音刚完，佳兰却说："我看也不能全怪别个，人家帮忙，看的是主人的面子，现在世国被派出所带走了，连主人都不在了，人家还有什么面子看……"佳兰还要说，却猛然听到世普大声地打断了她的话，说："你这么说，就是怪我不该报案了？"佳兰听见世普的语气不对，便急忙住了口，过了一会儿儿才小心地说："哪个在怪你不该报案？我只不过说说……"

说着，两个人都沉默了。世普听了佳兰的话，心里确实有些后悔刚才不该对王所长把话说得那么绝，逼着王所长把贺世国当场带走了。即使要追究贺世国的法律责任，也应该等过了今晚，把佳桂的丧事办完再说，可现在该怎么办？总不能让佳桂的尸体放在家里发臭吧？想了半天，世普突然对贺宏、贺伟说，"你两个过来！"小哥俩听了，果然爬起来走到世普面前。世普从上到下把贺宏贺伟看了一遍，然后才说："你两个年纪也不小了，该懂事了。你爸爸经常打你妈妈，你们也是知道的，现在要受到法律制裁，是咎由自取。从今以后，你们就要自立自强，学会独自做人和处事，你们懂得我说的话吗？"小哥俩瞪着一双泪水迷蒙的大眼，也不知究竟听懂了还是没听懂，像惯常在老师面前一样胡乱地点了几下头。世普见了，又说，"这就对了！现在你们回去，把白天披的孝巾披上，到你们的端阳哥哥家里去请他们来把你们的妈妈抬上山去埋了……"

世普还没说完，佳兰马上说："天这样黑了，两个孩子去……"世普听了佳兰的话，自然明白了她话里的意思，也没等她说完，便没好气地打断了她的话说："这样大的人了，天再黑谁会把他们吃了？"又说，"他们是孝子，孝子都不去谁去？"贺宏、贺伟从今天一早得知妈妈死了的消息后，一天之内，的确是一下懂事了许多，尤其是贺宏，听了世普的话后便说："大姨、大姨父，我们去请！"世普听了贺宏的话，赞许地点了点头，又说："你们要懂得孝子的规矩，是要跪着请的，知道吗？"贺宏又嗯了一声，说："知道了，大姨父！"说罢拉了一下贺伟的手转身要走，佳兰却喊住了他们，说："你们要是害怕，下去嘴巴放甜一些，叫凤叔或毕婶给你们搭个伴，啊！"世普听了佳兰的话，有些不屑地对佳兰大声说："怕啥，啊？世界上哪来的鬼？"佳兰说："我说你这个人今天怎么了，吃枪子了是不是？孩子才多大，又从没走过夜路，黑咕隆咚的，叫个人搭下伴怎么不行？"说着干脆站了起来，继续对贺宏、贺伟说："来，大姨送你们下去！"小哥俩心里正害怕着，一听了佳兰的话，便高兴地："谢谢大姨！"说着便去牵了佳兰的手往外面走去。刚跨过门槛，忽然听得世普又在屋子里对佳兰叮嘱说："让他们兄弟俩去请，你莫跟到一路去丢人现眼的哟！"佳兰听了这话，回头又瞪了世普一眼，说："我晓得，你是死要面子活受罪！"说着，三个人又一齐往下面院子来了。

　　到了下面院子里，世凤和毕玉玲老两口果然还在院子里等着小哥俩。佳兰见了，说："二哥二嫂，谢谢你们了！"毕玉玲说："一堆一块儿的，又是自己弟兄，说谢倒见外了。倒是现在人都走光了，这样热的天气，佳桂的尸体即使要放也放不到两天！再说，尸体不埋，这小哥俩害怕，也不敢进屋，你说怎么办？"佳兰说："我就是为这事来和二哥二嫂商量的！世普叫他们小哥俩去请端阳他们来把佳桂抬上山去。黑天黑地，这两个东西说害怕不敢去，二哥二嫂不看僧面看佛面，就看到死去的佳桂面上，辛苦你们一下，给他们搭个伴，陪他们一起去！"毕玉玲听了立即说："跑点路倒没啥子，不过要是他婶或他老叔去对端阳他们说一声就好了……"话音没落，佳兰急忙说："他老叔倒是想亲自去的，可是你也晓得，他老叔几十年都没走过这样摸天黑地的夜路了，要是走到路上绊到哪里了，还要多事！你就跟端阳他们说，这就是他们老叔的意思！"毕玉玲听了这话，忙说："那倒是这样，老叔穿皮鞋穿惯了的，农村的路高一脚低一脚的，又是走夜路，怎么走得惯？"紧接着又说，"没问题，只要是他们老叔的意思，我跟他们说就是！"佳兰听到这里，便感激地对毕玉玲说："那就给二哥二嫂添麻烦了！"说到这里，忽然看见贺宏、贺伟两个还站在他们身边，便有些生气地对他们训斥着说，"你们不进去拿孝帕，还站在这里干啥？"贺宏听了佳兰这话，便哆嗦着说："我们怕……"佳兰一听火了，说："怕啥？你们的妈死了都这样怕，万一是别的人死了，你们不是不敢出门了？"世凤听见两个孩子说怕，就说："孝帕放在哪里的，我进去给你们拿？"贺宏说："在我爸爸妈妈睡的那间屋的柜子上面。"世凤听了，便进屋去，没一时拿来了两根长长的用白布撕成的帕子。佳兰和毕玉玲分别给贺宏、贺伟扎在头上，正要走时，佳兰才说："二哥、二嫂，你们别忙走，等我上去了你们才走。"毕玉玲听了便笑着说："怎么，他婶你也害怕呀？"佳兰说："我不是害怕，只是心里有点虚！"世凤听了这话，便对毕玉玲说："那你陪着他婶上去，我一个人陪贺宏贺伟去找端阳就是了！"佳兰听见，嘴上说着不行，但人却站在那里不动，分明是盼着有人给她搭伴的意思。毕玉玲看出来了，便说："那行，你们小心点！"说着便和佳兰一起往上面去了。佳兰有了人搭伴，却还是害怕的样子，一边去攮了毕玉玲的手，一边又故意大声地咳起嗽来。

　　世凤等毕玉玲和佳兰上了上面的院子后，才带着贺宏、贺伟，打着手电筒往端阳家里走去。走到端阳的院子里，端阳家那只黄狗也像是十分疲劳了一样，躺在窝里懒洋洋地叫了一声，世凤立即咳了一下，黄狗听出了声音，也便住了口。三人走上阶沿，却听见屋里有许多人说话，世凤以为是干部们在开会，便站下了，对贺宏贺伟说："你们年轻人耳朵精灵些，听听是不是干部们在开会？如果在开会，我们就等一会儿再进去。"

两个孩子听了，果然把耳朵贴到门缝上听起来。听了一会儿，终于听清了屋里说的话，原来说的正是他们家里的事。一个人说："世普叔也真是，难道他不晓得就活人不就死人的道理！"话音刚落，另一个人便说："就是，现在世国被抓了，世普叔心里这口气算是出了，也不晓得世国今天晚上睡在哪里，也没有人给他送点东西啥的！"这人说完，又有一个接了话说："世国睡哪里，这事还好说，反正派出所不会让他睡到露天坝坝里，最可怜的是贺宏、贺伟两个娃儿，突然间没有了妈又没有了爹，怎么办？"那人的话一完，就有好几张嘴同时说起来了，其中一个声音大的道："就是呀，我刚才想多嘴问一问世普叔，娘死了，世国如果又去坐了监，两个娃儿一个读高中，一个读初中，正是关键时期，哪个来负责他们的学费？平时哪个又来管他们……"那人的声音还没结束，马上便有人说："癫子脑壳上的虱子——不是明摆着吗？老汉和妈都没有了，还读啥子书？出去打工呗！"说到这里，先前那个声音又说："打工？贺宏打工倒还差不多，可贺伟年纪还那么小，哪个老板会要他？"后一个声音又说："不打工怎么办？要么，就像电视里演的出去当流浪儿，睡街角角，要么就回来背太阳过山，揉黄泥巴……"这人话还没说完，另一个人叫了起来："造孽呀！大人出了事，娃儿也跟着受罪！听说这两个娃儿读书的成绩都很好，特别是那个小的，每次考试都是班上一二名，就这样断了人家的前程，实在划不来……"

贺宏、贺伟听到这里，突然在门外又哇的一声哭了起来。屋子里的声音马上停了，世凤正想问小哥俩哭什么，大门咣当一声打开了，端阳等一干人一下出现在贺宏、贺伟和世凤面前。还没等端阳等汉子问话，贺宏、贺伟忽然扑通一声就朝端阳他们跪下了，哭喊着说："端阳哥哥，你要救救我们！"端阳一头雾水地说："你们啥时来的？快起来，有啥话起来再说！"两个孩子却不起来，贺宏说："你不答应，我们就不起来！"端阳说："就是要我们救你们，也要进屋来把话说清楚，起来，都起来！"说着就去将小哥俩从地上拉了起来，然后一齐进屋去了。

进屋坐下后，世凤才看着屋子里的人说："哦，我以为你们都回家去了呢，原来都还在这里。刚才我听见屋子里说话说得那么闹热，还以为是开会呢！"端阳听了说："说开会也说得上，大家就是讨论一下假如世国真的被判了刑，这个家怎么办？"世凤说："我刚才在路上也在想这个事情，只不过不好对这两个孩子开口，你们讨论出眉目了吗？"说到这儿，贺宏、贺伟又突然对端阳跪下了，磕了一个头，泪眼婆娑地说："端阳哥哥，你想法救救我爸爸，让公安放了他……"端阳看了看小哥俩一眼，想了一想说："我怎么能够救你们的爸爸？救你们爸爸的只有你们兄弟两个。我问你们愿不愿意失去爸爸？"两个孩子一听这话，便一齐答道："我们不愿意！"

　　端阳听罢，便道："只要你们不愿意失去爸爸，那就好办！说实话，你妈喝农药死，你爸爸是要负一定的责任，可你妈难道没有责任吗？有啥子事大不了的，非得去死？这些我都不说了，人死都死了，说起也没用了。我只是觉得你们很可怜！俗话说，少年怕丧父，中年怕丧妻，老年怕丧子，你们还没完全长大成人，就没了妈，本身就可怜了。可现在父亲又要去蹲监狱，离了父母的照管，你们不是没有学坏的可能，要是成了坏人，你们这辈子就全完了！即使退一步说不成坏人，可你们爸劳改过，名声出去了，对你们今后结婚成家都有影响。所以大家都在替你们着急，也都不想你们失去爸爸……"说到这里，小哥俩齐齐地对众人行了一个礼，又噙着泪说："谢谢贺家湾的叔叔伯伯、婶娘哥哥们！"端阳见了，又接着说："你们先不要谢大家，我刚才在想，你们不想失去爸爸的办法只有一个，就是等把你们母亲安葬后，你们两弟兄像今天一样，跪着给你们大姨父求情！你们爸爸是你们大姨父告的，解铃还须系铃人，他只要去对派出所王所长说一声自己不告了，你们爸爸就可能会马上放出来……"

　　小哥俩听到这里，眼睛里却闪出了犹豫和疑惑的光芒，对端阳说："可要是我们大姨父不答应呢？"端阳看了他们一眼说："如果你们大姨父不答应，你们就缠着大姨不放！如果你们大姨说的话大姨父也不听，你们就去外婆家，求你们外婆和舅舅！你们问他们把爸爸送进监狱了，你们成了没有父母的孤儿，该怎么办？你们就对舅舅说：娘亲有舅，爷亲有叔，我们也没有叔，舅舅就是我们唯一的亲人，要么舅舅你就从今以后把我们读书和今后娶婆娘的责任都担当起来，你们看他怎么说……"听到这里，众人都觉得这办法好，于是纷纷说："就是，看他们答不答应？"贺宏、贺伟明白了，说："要是大姨父或者舅舅答应今后照看我们呢？"众人立即说："不可能！他们绝对不可能会像父亲一样照看你们的！"端阳也道："对，世界上不管啥感情也不能和父母的爱相比！不管你大姨父和舅舅怎样给你们许愿，你们都不要答应，只要爸爸！"贺宏贺伟听了端阳这番话，又要跪下去给端阳磕头，被端阳拉住了，说："磕头不用了，我们这是为你们好，你们只要记住我的话就行了！"说完又补充说，"另外，你们千万不要说是我们给你们出的主意！"贺宏听了这话，便说："端阳哥哥，我们记住了，我们一定要回爸爸！"贺伟听了哥哥的话，也说："我们一定要回爸爸！"

说完这些以后，贺宏才对端阳又说："端阳哥哥，大姨父叫我们来请你给湾里的叔叔伯伯和婶娘大哥哥们说一声，大家帮忙把我妈妈埋了！"端阳听了这话说："你们大姨父怎么不亲自来说，要叫你们来？"小哥俩一听这话，却愣住了，半天没回答上来。世凤便说："真是世普叫他们来的，我听见佳兰亲自对毕玉玲说的！"小哥俩见端阳听了他们和世凤叔的话没有表态，又跪下去对端阳磕了一个头，流着泪说："端阳哥哥，我们求你了！"端阳一见，又弯腰把两个孩子扶了起来，说："你们刚才一来，我就晓得你们是冲你妈妈来的。你放心，我们再赌气，也不会跟你们两个小孩子赌气，是不是？"说完便对大家说，"既然是两个小孩来请了，大家就不看僧面看佛面，就看到两个小孩的面上，继续去把佳桂的丧事办完吧！"众人一听这话就说："就是，我们也不是跟两个小孩置气，救人救到底，帮忙帮出头，走吧！"大家于是又像商量好了似的，一窝蜂地出门去了。

闲话少说，当天晚上，端阳又叫人去把凤山父子俩喊来，重新给佳桂看了出门的日子，日子就看在第二天凌晨寅时。当下凤山又重新给佳桂举行了装棺和封棺仪式。这一次，凤山是绕着佳桂的灵柩走一次，念一段经文，然后高喊："请受惊的孺人灵魂一次入棺！"喊完，又绕棺一次，念诵一段经文，又高喊："请受惊的孺人灵魂二次入棺！"一连这样进行了三次，凤山才叫封棺。然后再次把佳桂的灵柩移到院子里，进行三献和起灵仪式。直到凌晨上山的时候到了，方才把佳桂抬到挖好的墓坑里埋了。

这一次，世普和佳兰出现在了送葬的队伍里。往棺材上埋土时，佳兰又哭了起来，但被一群女人把她拉开了。拉开不久，世普和佳兰没等葬礼结束，便先回去了。天亮了开丧饭时，世普和佳兰都没下来吃饭。

刚把佳桂安葬完毕，贺宏、贺伟回到家里，连头上的孝巾也没解，果然就按照昨天晚上端阳教他们的那样来到世普家里，扑通一声就跪在世普和佳兰面前，把世普和佳兰吓了一跳。世普忙问："你们这是干啥？"贺宏、贺伟便一边抽抽搭搭地哭，一边说："大姨，大姨父，你们去给公安说说，把我们爸爸放了吧！"世普一听，愣了一下说："那怎么行？你爸爸是咎由自取，犯的是国法，理应受到法律的制裁！"贺宏一听，便急忙大声说："不，大姨父，我们已经没有妈妈了，我们不能再没有爸爸！没了爸爸，我们读书怎么办？谁又来管我们？难道你们忍心看着我们到街头去流浪？"世普和佳兰一听这话，都吃了一惊，互相看了一眼，佳兰正准备说话，世普却一边去扶小哥俩一边说："谁说让你们去流浪了？你们放心，没人管你们读书，我们管，我们不会让你们辍学的！"但贺宏却挣脱了世普的手，还是说："不，我们还是要爸爸！世界上，没啥子人的感情是能代替爸爸的！"贺伟也说："就是，我们要爸爸！"

世普听了两个孩子的话，脸马上沉了下来，觉得自己的感情受到了伤害，就没好气地说："你们怎么这么不听话，啊？谁叫你们来的？"世普已经知道，如果没人点拨两个孩子，贺宏、贺伟不会这么快就来向他要爸爸的。可贺宏、贺伟却说："没人叫我们来，是我们自己想爸爸了，也不知爸爸昨晚上被关在哪里，所以就来了！"说完又给世普叩头说："大姨父，大姨，我们求你们了！你们不答应，我们就一直给你们跪着！"世普听了这话，脸更阴得厉害了，便愤愤地说："那你们妈就白死了哟？"说完又恨铁不成钢地咬着牙齿说，"没想到你们是这样子的，可惜你们妈生前白疼你们了！"两弟兄听了像是商量好似地说："可我爸爸也不是坏人！大姨父，我们还是求你了！"世普气得胸脯一起一伏的，鼻孔里喷着粗气说："你们的书是白读了！贺宏你都念高中了，法制意识怎么还这样淡薄？我刚才说了，你爸爸犯的是国法，该受啥处罚，应该由国法说了算，怎么能由我说了算？乱弹琴！"可贺宏却说："我们知道我爸是大姨父你告的，你去给派出所说一句话，我爸就能出来了！"

世普一听这话，像是受了鞭打似的，身子禁不住打了一个哆嗦，从鼻孔里重重哼一声，一甩手便出去了。一是他不想继续听贺宏、贺伟这样的话，这分明是在责怪他不该报案，再是他觉得心里很乱，想出去走走。这儿佳兰看见两个姨侄儿跪在地上，心里不忍，就去拉他们，说："起来吧，孩子，你们大姨父脾气倔，

270

不要跟他一般见识!"两个孩子跪在地上还是不起,说:"大姨,大姨父不管我们,难道你也不管我们? 我们没有爸爸,就成了孤儿,你叫我们今后怎么办?"说完又呜呜地哭了起来。佳兰一见,心里更加难过起来,说:"好吧,大姨答应你们给大姨父说说!"贺宏、贺伟又给佳兰磕了一个头,这才爬起来回了。

世普出去在屋子后面的小路上走了一圈,又回来了,他觉得自己不该和孩子生气,这样有失自己的长辈身份。回来就问佳兰:"贺宏、贺伟哪里去了?"佳兰说:"回去了!"说完又对世普说:"老头子,我觉得佳桂的死也有些怪……"世普没听完,便盯着佳兰问:"哪点怪?"佳兰便说:"正月间我们回去给妈拜年,我就给你说过,他们去年杀年猪儿兴成是复了一刀才把猪杀死的,迷信的说法,这是家里要出事的征兆。我当时给你说,你还说我是迷信。可不,这就出事了!这还不说,佳桂前下午去割麦子,她家里那只黑狗蹲在地头像女人一样哭,你说怪不怪?……"世普还没听完,便对佳兰说:"你怎么也跟着胡说了? 你是不是也想改口了,认为佳桂的死不能怪贺世国?"佳兰红了一下脸,才说:"两个娃儿一高一低,没有妈,又没了爹,确实可怜呢!"世普说:"他们是受了湾里一些人的挑唆! 我晓得,湾里人是就活人不就死人,死人有再大的冤屈,也没人替他们说话。这种风气不刹一刹,隔不了两年,就又会出一两个喝农药的!"说完想了一下又对佳兰说,"你去把贺宏、贺伟叫上来,我再劝劝他们,有我们在,他们再怎么着也不会走到当流浪儿的地步嘛,你说是不是?"佳兰张了张嘴想说什么,却没说,只望了望世普,果然下去叫贺宏贺伟去了。

可是,佳兰下来找了一圈,却没找着贺宏、贺伟,一下急了,便马上跑回去对世普说:"糟了,两个孩子都不见了!"世普头脑里轰的一声,像是啥爆炸了一般,目瞪口呆地望着外面半天没说话。在世普的意识里,以为是自己刚才没有答应他们的要求并且还批评了他们,以为两个孩子想不开,去寻了短见或离家出走了! 要是真的这样,世国出来向自己要孩子怎么办? 即使是世国出来不向自己要,可现在怎么向全湾人交代? 世普一着急,也顾不得面子了,便和佳兰一道急忙跑到端阳家里,向端阳说了贺宏、贺伟不见了的经过。端阳一连两个晚上没有睡觉,此时正准备好好睡一觉。一听了世普的话,心里就已经明白了,但还是假装着急地对世普说,"这两个东西会到哪里去呢? 好的,我马上就安排人去找!"又对世普说,"老叔,兰婶,你们放心,他们都那么大了,不会想不开的!"佳兰一边抹眼泪一边对端阳说："端阳，你可一定要给我们找到，啊，不然我们怎么对得起佳桂？"说完又嘤嘤地哭出了声。端阳说："老叔，兰婶，你们回去等着吧，我们一定把他们哥俩找回来！"说罢，端阳便急急地跑了出去。

端阳在湾里假意找了一圈后，便去对世普和佳兰说："老叔，兰婶，你们放心，我已经打听到贺宏、贺伟的下落了，小哥俩是到他们外婆家去了！"佳兰一听，忙问："你是怎么知道的？"端阳说："我听兴安说的！兴安他们把佳桂抬上山后，去曾家沟还龙杠，回来的路上碰见贺宏、贺伟。兴安问他们到哪里去？他们说去外婆家！兴安说你妈才死，晚上还要给你妈送火把，到外婆家去干啥？两个孩子说爸爸不在家里，他们在家里害怕！兴安听了他们这话，还叫他们在外婆家多耍两天，然后再去上学！"世普和佳兰听了这话，长长地嘘出了一口气，一颗心才算放了下来。

三

埋了佳桂过后，湾里又恢复了往日的平静繁忙。除了少数人因为连续熬夜而睡了一上午瞌睡外，大多数人在丧家吃过丧饭以后，回家该忙什么就忙什么去了。到了下午，端阳才安排人把转移到世海家里的东西给世国搬了回去。世国家里那只半大的架子猪，端阳叫毕玉玲牵回去，暂时给世国喂着。世国回来了，如果要就给他牵回去，如果不要就折成钱给世国。至于世国家还有狗、猫、鸡，端阳知道它们自己晓得回屋，也就不去管了。把一切都安排完了以后，端阳锁了门，想把钥匙拿上去交给世普和佳兰，让她中午和晚上舀碗饭下来喂喂猫狗。来到上面院子里，佳兰却不知到哪儿去了，屋子里只有世普一个人在捧着一只小紫砂茶壶在喝茶。端阳便对世普问："老叔，我兰婶呢？"世普一只手端着茶壶，一只手在壶肚上轻轻摩挲着，说："她没事去种了两厢四季豆，有两天没去摘了，刚才挎着篮子出门去了，说是摘点回来晚上煮四季豆稀饭！"

说了一会儿闲话，世普才对端阳问："你有啥事吗？"端阳听了，这才掏出钥匙对世普说："老叔，我把下面佳桂婶家的钥匙拿上来，等会儿佳兰婶回来了，你转交给她，让她有时间了便去帮世国叔喂喂猫狗，晚上关一下鸡圈门……"端阳的话还没完，世普便黑下了脸，有些不高兴地打断了端阳的话，说："佳桂人都不在了，他还有啥子家，啊？"端阳一听这话，有些被噎住了的样子，半天才说："可还有贺宏、贺伟……"世普又打断端阳的话说："你找其他人吧，我们又不是哪个的看门狗！"说完又接着说了一句，"他的东西又没有和我们当面清点，到时候回来说这也少了，那也少了，哪个说得清？"端阳一听，便知老叔对世国的恨太深了，他本想对世普说一句世国不是那样的人，可话到嘴边却咽了回去。想一想便说："也好，老叔，你和兰婶年龄都大了，走上走下不方便，我就找其他人帮忙给他们照顾到一下屋子。"

说完话，端阳站起来要走，却不防派出所王所长急匆匆地进了院子，一见端阳在这儿，便叫了起来，说："哦，贺支书也在这里，我正说要找人带信请你来一下呢。"端阳马上把凳子递了过去，说："王哥找我有啥事？"王所长说："你管我啥事，先去端根凳子坐下来再说！"端阳果然进屋端了一根板凳出来，正打算坐下，世普说："端阳，你给王所长倒杯茶来，茶叶在楼上我睡的屋子里，杯子你去找！"王所长听了却说："不用了，杯子我这里有，你给我倒点开水在里面就行了！"说着便从胳肢窝里取出公文包，从里面拿出一只双层的玻璃杯子，交给了端阳。世普说："给王所长重新换点茶叶！"端阳答应了一声，去了。

没一会儿，端阳将一杯茶端到王所长面前，王所长看着杯子里一根根直立起来的茶叶，便对世普说："贺校长到底是文化人，看你喝的茶叶都跟我们不同！"端阳说："老叔不抽烟，不嗜酒，就喜欢喝茶，当然要喝点好茶。"王所长听了又急忙说："那是那是，像贺校长这样高雅的人，当然要喝好茶！像我们这样的粗人喝这样的茶，喝不出味道不说，倒把茶叶糟蹋了！"

世普听见他们在一旁说些不着边际的闲话，便对王所长说："王所长我看你刚才急匆匆地，这阵怎么有闲心来谈茶论道了？"王所长一听，这才急忙对世普和端阳说："那是，那是，无事不登三宝殿嘛！贺校长，贺大支书，我是特地来给你们汇报一下贺世国这个案子的……"世普听了王所长刚才几句话，现在又见王所长对他说话用了汇报两个字，心里很熨帖，嘴上却说："我又不是你们的上级，给我汇报啥？"王所长忙说："您老德高望重，当然要给您汇报哟！不但要给您老汇报，还要请您老给我们的工作儿出指示呢！"世普听了这话便说："那你就说吧，案子办得怎么样了？"

王所长一听这话停了一会儿，然后又摇了一下头才说："没有新的进展，还是原来那个样子……"一听到这儿，世普便提高了声音说："这么一个小案子，你们都觉得这样难呀？"王所长听后皱了一下眉头，才说："主要是证据收集难，除了贺世国本人的口供和那天晚上法医的一份验伤报告外，村里都没人出来证明贺世国平时有虐待死者的行为！"世普听了王所长的话，脸又沉了下来，没有直接回答王所长的话，却回过头看着端阳说："端阳，你是村干部，今天当到王所长说句良心话，贺世国是不是经常打贾佳桂，而且是屡教不改？"端阳一听这话，知道老叔当面将他军了，便说："老叔，王所长问我时，我是给他说明了的，湾里两口子打架确实经常发生，可那是两口子打架，人家打架又不先把我叫到场……"世普听了端阳这话，气得嘴都歪了，把手里的紫砂茶壶重重往桌子上一放，愤愤地说："你这是在偷换概念，我问你贺世国是不是经常对贾佳桂实施家庭暴力，你却给我把两口子打架扯到一起！"端阳听了，过了一会儿才说："老叔，我不明白两口子打架和暴力有啥区别？吵架无好言，打架无好拳，不叫暴力叫什么？依我这个蠢人理解，在社会上打架叫社会暴力，两口子在屋里打架通通都是家庭暴力了，王所长你说对不对？"

王所长微笑着没有回答，世普却气得满面通红了，倏地一下站了起来，指着端阳叫道："诡辩，诡辩！我知道佳桂一死，你们都要为活人说话！我还晓得你们反对我将贺世国绳之以法……"端阳听到这里，急忙说："老叔，我们可没反对……"端阳话没说完，世普便大声打断了他的话，几乎是叫喊着说："没有反对，那为啥见王所长把贺世国带走以后，你们全都走了？你们这样做是给谁看？向谁示威？你嘴上不说，我心里明白得很……"

王所长见世普的鼻翼一起一伏，脸涨得发紫，便轻轻地拍了他一下，说："贺校长，您老不要激动，有话慢慢说，啊！"世普听了这话，才重新坐在椅子上，又拿过桌上的茶壶往嘴里灌了一口茶，过了一会儿才回过头对王所长问："好吧，你们打算怎样处理这件事？"口气中已经有了一种无可奈何的味道。王所长说："我就给你老人家明说了，我们不打算立案了……"世普的胸脯又起伏起来，将脸拉得长长的，刚想发作，看见王所长两只眼睛一动不动地盯着他，犹豫了一下，将满腔怒火强压了下去，什么也没说，只冷冷地吐出了简短的几个字：

"继续说吧！"停了一两分钟，王所长才说："当然，不立案不意味着我们就不管了……"

一句话没说完，世普终于像是忍不住了，突然瓮声瓮气地说："不立案了你们还怎么管？"王所长说："不走刑事这条路，还有民事调解这条路嘛……"世普突然冷笑了两声，说："哦，你不用讲了，我完全明白了，你的想法和贺端阳的想法完全相同，那就是不讲法律，只讲调解，然后大事化小、小事化了，反正人已经是死了！"说完这话，目光咄咄逼人地看着王所长，又厉声质问，"那我问你，死者就白死了，坏人就逍遥法外了，是不是？"说完，世普突然勃然大怒，又站了起来指着王所长大声叫喊，"你去问问司法机关，去问问县妇联，看该不该保护妇女儿童的合法权利？你们公安是干啥子的，啊……"王所长急忙劝住世普说："贺校长，你老人家不要这么激动，听我把话说完嘛，好不好？我说过，我是来跟你汇报和请你做指示的，有什么不对，你老人家尽可以批评，但不能激动，是不是？"

说着，又把世普按到椅子上坐了下来，又把他的紫砂茶壶递过去，让世普喝了一口水，这才慢条斯理地说："你老人家说得对，公安公安，顾名思义，就是保护公共安全的。但问题也在这儿，贾佳桂她是死于家庭纠纷，法医的鉴定也说得再清楚不过，她确实是喝农药自杀而死！我不是抠字眼，要论抠字眼，在贺校长面前我是小学生。您老也是知道的，自杀跟他杀是两个完全不同的概念！如果贾佳桂是死于他杀，那我们就好办得多！不管凶手是啥子人，都是违反了公共安全，我们二话不说，抓起来就是……"王所长说到这里，世普仍是气冲冲地打断了他的话说："贾佳桂自杀是事实，可她为什么要自杀，难道不是死于家庭暴力吗？死于家庭暴力，那和他杀有啥区别，啊？"王所长听后又停了一会儿才说："哎呀，我的大校长，从道理上推，你的话也说得过去，可我们公安办案讲的是证据，不是光靠推理就行了，是不是？再给你老人家说句实话吧，那天晚上我们访问的群众虽然不多，可站在院子里的几十个贺家湾村民，都一致说死者生前和丈夫关系很好，有的还证明贺世国很爱死者，每次回来都要给死者买礼物，我们没有得到任何能说明贺世国虐待死者的证据……"

世普听了这话，仍坚持说："贺世国不是都亲口承认了他经常打死者吗？"话音一落，王所长马上回答道："是的，那天晚上和在派出所里，贺世国说过这样

275

的话，可他又接着说，他每次打了死者后，很快就后悔了，就去给死者赔礼道歉，死者因而很快就原谅了他，并没有记恨他的表现。倒是昨天我们又问出了一个情况……"世普听到这儿，马上问："啥情况?"王所长说："贺世国说死者在几年前，曾当着他和几个邻居的面喝过一次农药，被他把农药瓶子抢过来了……"世普听到这儿，记起佳兰曾经给他说过这样一回事，说那次她从城里回去，正碰到贺世国和佳桂犯了口角，贺世国也动手打了佳桂，佳兰听见下面吵闹，便下去看，可这时他们已经没打了，佳桂只在一边哭。哭着哭着，佳桂突然从屋角抱起一个农药瓶子，说我不活了，我死了算了! 说着就喝了好几口，被佳兰和贺世国把农药瓶抢了过去，还把佳桂扶到万山家里去洗了胃! 洗了胃回来，佳兰不顾佳桂虚弱，还打了佳桂一耳光，说你不想活就不想活嘛，吓我们做啥子! 现在听王所长提到了这事，世普就看着王所长说："这不是更能说明贺世国是长期虐待死者吗?"

王所长却说："可后来他们和好后，贺世国问死者当时为什么要喝农药，死者说:我只是想吓唬你! 你想，有你和我姐在那里，我即使想死，你们会让我死下去吗?"说完这话，王所长稍微顿了一下，才又接着说，"所以，根据死者已经有过一次喝农药吓唬丈夫的例子，结合我们办案的经验，不排除死者这次喝农药也是出于同一目的，只是因为阴差阳错，死者丈夫因为太累，在椅子上睡着了没发现，死者才因此丧命的……"世普听到这里，马上打断王所长的推断说："这只是你的猜测! 证据呢?"王所长说："是的，这只是我们的猜测，也没有证据。如果要获得最真实的想法和证据，只有去叫醒死者，让死者说一说就知道了! 可是我们哪个又有这样的本事能让死者开口说话呢?"

说到这里，王所长瞥了世普一眼，只见世普紧绷着脸，没有吭声。过了一会儿，见世普还是没有说话，王所长才接着说："当然，如果贺校长你老人家一味坚持要追究贺世国的刑事责任，也并不是不可以，因为不管怎么说，毕竟死者喝农药前贺世国打了她。这两口子打架，说轻了是家庭纠纷，说重一点，把它说成家庭暴力也未尝不可。但我们认为，大多数因家庭纠纷引发的人命官司，都介于刑事和民事之间，遇到这样的事，能够回避法律的，就尽量回避法律……"

王所长正准备继续说下去，世普又将手里的茶壶往桌子上一顿，说："你这是什么逻辑? 照你这么说，法律的尊严何在?"王所长一听，没和世普计较，还是轻松地说："我的大校长，你的话是正确的！可贺校长到乡卫生院去问问，他们每年要抢救多少个因家庭矛盾喝农药自杀的人？还有多少喝了农药没往卫生院抬的呢？不瞒贺校长说，我每年至少要接到十到二十多起这样的案子！这还是我们一个乡的情况，全县呢，你就可以想见有多少了！如果桩桩都要选择法律，不但法院判不过来，更重要的是贺校长你想想，这样做究竟是在拯救死去的人呢，还是在继续加害活着的人……"说到这里，王所长的目光也犀利地从世普脸上扫了过去，咽了一下口水才继续说下去，"是解决了矛盾还是进一步加深了悲剧？我想这个问题既清楚又糊涂，很多时候，我们也想为死者申冤，可真要申冤时又感到矛盾重重，于是该糊涂时就糊涂一点吧，没有办法。我的话说完了，不一定对，你老人家该教训就教训，啊！"

王所长说罢，像是累了一般，拧开玻璃杯瓶盖，一股茶香立时溢满了整个屋子，便禁不住叫了一声："果真是好茶！"接着就仰起脖子，咕嘟咕嘟地将杯里的水一口气全喝了下去。端阳一见，忙又拿过王所长的杯子重新给他续了一杯水来。王所长接过杯子，放到桌上，目光便一动不动地看着世普。世普将头仰靠在椅子上，目光看着天花板，脸上没有任何表情，只是从鼻孔里喷着粗气。屋子里一时十分寂静，过了一会儿，忽然听到世普哼了一声，像是自言自语地说："这就是中国法制的悲哀！悲哀！"王所长一听，看了端阳一眼，眼角含着意味深长的微笑，看见端阳也在对他笑，王所长便对端阳点了一下头，然后回过头去，继续对世普说："好，好，我接受老革命的批评！但我还有一件事想请你老人家拿个主意……"

世普听到这里，忽然坐直了身体，对王所长大声说："你不要对我说啥主意不主意了，我这个退休老头已经被你们打得遍体鳞伤了，还有啥主意？你不如直接拿刀子杀了我好了！"王所长听了这话，急忙又改口说："好，好，不叫拿主意，是给你老人家汇报一下！"说着，像是害怕世普又会打断他的话一样，不等世普再说什么，便接着说了下去，"今天上午你岳母老人家和死者的弟弟也就是你的小舅子，还有死者的两个儿子到我们派出所来，求我们放了贺世国。他们跪在地下，我们不答应他们的要求，他们就不起来。所以我们就作难了。老革命你的意思是坚决要依法把贺世国送上法庭，可死者最亲的人却又坚决要求我们放人，尤其是你的老岳母，那么大的岁数了，跪在地上不起来，真让我们于心不忍！你说我们该怎么办……"话还没说完，世普一下跳了起来，眼睛里喷着怒火，像一只斗败的公鸡铁青着脸叫道："一群法盲！浑蛋！好，好，他们要放，你就放吧，我再也不管了，不管了！你们给我走，有我啥事……"

王所长见了，也果然站了起来，把桌上的茶杯重新装到公文包里，又将公文包往胳肢窝里一夹，才冲世普弯了一下腰，说："那就这样了，贺校长，多谢你老人家的茶！"说罢，正了正头上的大盖帽，果然走了出去。端阳见了，也一边往外走，一边对王所长说："天快黑了，王哥，我送你一下！"说着追了出去，和王所长一道走了。

走到世普房子后面，王所长才突然对端阳问："死者的两个儿子和他们的外婆、舅舅来派出所求我们放人，是不是你指使的？"端阳听了忙说："我只是让贺宏、贺伟去求他们的大姨父到你们那儿来把案子撤了，可这个倔老头子一定要把贺世国送上法庭，那两个孩子没有办法，才去求的他们外婆和舅舅！"王所长说："你这样做是对的！现在青少年违法犯罪，百分之八十以上都是因为家庭破裂后缺少管教造成的。要是贺世国真的被法院判个一两年的罪，时间虽然不长，可假如两个孩子因此变坏了，影响却是终生的！所以我刚才说追究像贺世国这样的人的法律责任，究竟是在拯救死去的人，还是在继续加害活着的人？"端阳说："我倒还没你想得那么多，我主要担心的是假如贺世国劳改去了，两个娃儿读书过日子都需要钱，谁给他们钱？三亲六戚开头可能要帮一点，但能帮得到多久？到时候国家不给，亲戚不帮，这矛盾还不是甩到村上……"

王所长没等端阳继续往下说，便笑嘻嘻地看着端阳打断了他的话说："怪不得你会给两个娃儿出那样的主意，原来还是怕今后不好收拾摊子！"端阳听了这话，也笑了一笑说："你也不是一样！两个孩子学坏了，如果到远处去犯罪还好，要是在这本乡本土犯罪，影响了社会治安，也就会影响你王哥的政绩，所以王哥你从心里是不愿意把贺世国送到监狱里去的，是不是？"王所长说："不是我不愿意把贺世国送进监狱，只是现在的事太复杂了，按下葫芦浮起瓢！"端阳听到这里，便迫不及待地拍了一下王所长的肩，说："谢谢你，王哥，你又给我们贺家湾人做了一件好事！"王所长听了这话，看了看端阳，却说："人家都把我们喊土匪，你却说我们做的是好事，到底我们是好人还是坏人哟？"端阳笑着开玩笑说："最起码现在在我眼里，王哥是大大的好人！"说完又对王所长问，"啥时把贺世国放回来？"王所长说："今晚来不及了，明天吧！"端阳说："要放就尽快放，你看那天他婆娘没收完的小麦还在地里呢！"说话时，他们已经走到世国那块叫长沙地的责任地旁边了，端阳便把那天下午佳桂割剩下的麦子指给王所长看。王所长看了，便说："放心，明天一早我准放他回来！"端阳说了一声："谢谢！"两人便分手了。

第二天吃过早饭不久，世国果然回来了。他没有先回家，而是径直到了佳桂的坟前跪了下来，一连磕了十几个头，把头皮都碰肿了。他还要磕时，被出门干活的长军看见了，长军急忙把他拉了起来，说："死都死了，后悔也没有用了！你知道你是怎样被放回来的吗？是端阳叫贺宏、贺伟去求的他们外婆和舅舅！"世国听了，瓮声瓮气地说了一句："我知道！"长军说："过去了的事就让它过去，从今往后你要好好改改德行，把贺宏、贺伟带好，这样佳桂在地下也就不会责怪你了！"世国又瓮声瓮气说了一声："我知道！"长军明白他心里可能十分痛苦，便没有再说什么，而是叫他回去了。可世国却没有回去，又来到端阳家里，看见端阳正要出门，又要给端阳磕头，端阳又一把拉住了他，说："回来就算了，还磕什么头？"说完又说："要磕，你去给贺宏、贺伟的外婆、舅舅以及老叔和兰婶多磕几个头，以示谢罪，好求得人家原谅！"世国听了这话，却说："我是要去给贺宏、贺伟的外婆和舅舅磕头的，可绝不给贺世普和贾佳兰磕头！"端阳吃了一惊，忙问："为啥？"世国说："他们不是想帮我，是想把我们一家人搞散！"又说，"他们是有钱人，从没有看起过我这个穷老挑！"端阳听了劝道："你自己也有责任，哪个叫你手喜欢发痒，动不动就打佳桂婶，人家恨是恨的你这点。现在你没有人打了，人家再也不会责怪你了，看在贺宏、贺伟的面上，你们该走动还是要走动！"世国听了却还是气呼呼地说："这回他们都要把我弄进监狱了，我还去认这门亲戚干啥？"说完，贺世国又对端阳说了一通千恩万谢的话，这才回去了。

下午，贺宏、贺伟也从外婆家回来了。两个孩子一到家，世国便叫他们去上学。两个孩子还想在家里多待两天，但世国没答应，硬把贺宏、贺伟赶走了。然后世国一个人留在家里，把佳桂没有收完的小麦和其他小春粮食收了，又打尽晒干，该卖的卖，该装进仓里的装进仓里，该装进坛坛罐罐的装进坛坛罐罐里。下季作物，佳桂已经种下的，就让它们像野草一样长在地里，没种的地就让它们荒着。那只架子猪，也折了价卖给了世凤。家里所有鸡，世国一家一只，把它们全送给了当初积极帮忙给佳桂办丧事的一些人。至于猫狗，世国没管它们，它们想到湾里哪家人户去，就让它们自己选择新的主人。做完这一切后，世国用一把大锁将门一锁，便进城继续打他的工去了。这一走便再没有回来过，直到农村收完了稻谷，世国才又回到贺家湾。不过这一回来，便又生出了一番事来。

第九章

一

且说自从发生了黄葛树风波和佳桂自杀的事后，世普对生活其中的这个时代和贺家湾人，突然有了一种灰心和失望的感觉。对自己多年形成的信仰和价值观也产生了怀疑。他说不清楚自己的怀疑是对还是错，但那种像是冥冥中产生的另一股强大的钳制与反对的力量给自己造成的内心伤害，却是他实实在在感觉得到的。尤其是派出所这个执法机构对佳桂的自杀，也做出"就活人不就死人"的大事化小、小事化了的处理以后，世普更觉得他的心像是被人深深扎了一刀子，淌出了鲜红鲜红的血液。更让人难受的是，他还不能把这种内心的伤害说出来。说出来了，不但得罪所有的贺家湾人，还会得罪其他人。表面上，贺家湾人对他还是一如既往地客客气气，不管在哪里看见他，都把谦恭的笑挂在脸上，一口一句"老叔"地叫，和过去并无区别。可在这个时候，贺家湾人对他表现得越是恭顺和曲意逢迎，越让世普感到可疑。他分明觉得在这些贺家湾人的笑脸后面，有着令他胆寒的东西。贺家湾人现在不仅对他的权威和能力产生了怀疑，而且从他们的眼神里可以看出，他们已经不把他当作一路的人了。正因为他们不把他当自己人了，所以才又更对他假意恭顺和曲意逢迎。奇怪的是，在世普心底，经过回贺家湾居住这几个月经历的一连串的事后，和贺家湾人——自己的父老乡亲也似乎有了一条看不见的巨大鸿沟。和贺家湾人把自己作为异己分裂出去一样，此时他也觉得贺家湾人和自己也不是一路的人！而且理所应该的是，对自己这个受过高等教育并且一辈子从事"传道、授业、解惑"的教育工作者来说，也不应和这些黄泥巴脚杆成一路的人！想当初，自己是怀着怎样美好的愿望，想回到自己的家乡，为这些质朴善良的父老乡亲做一点好事，让他们变得文明起来，成为知法守纪、尊重他人、懂得保护环境的合格的国家公民。可事与愿违，一连串事实不但击碎了他的理想，而且让他遍体鳞伤，真是应了古人的两句诗，"出师未捷身先死，长使英雄泪满襟"呀！

世普一有了灰心和失望之感，便不再热心贺家湾的公益了。虽然他还挂着贺家湾村返乡退休老年协会的会长头衔，但再也不去召集立德、东川、大成几个开会议事了，对村里的大事小事，也懒得再去过问。有时一些村民间发生了矛盾纠纷主动来找到他，他能推就推，实在推不掉的，便轻描淡写地劝解几句，也不像先前那样，又是搬法律条款，又是讲道理。在世普看来，自己的面糊都没有吹冷，怎么好意思去给别人吹稀饭？村里的环境卫生很快又恢复了原来的样子，家家房前屋后垃圾成堆，菜叶遍地，鸡屎鸭粪发出恶臭，死老鼠在阴阳沟里泡得四仰八叉。稻田两边的河沟里又塞满了秸秆等堵塞物。世普看见，只轻轻地摇头叹息一声，却不再去对端阳说什么，一副事不关己、高高挂起的悠闲状态。只是有一点，世普还是不能容忍长安网鸟儿。有一次，世普看见长安又在偷偷张网捕鸟，他也明明知道长安对他心里有意见，但还是不管不顾，过去拔了张网的架子，怒气冲冲地抓起尼龙网就撕。但没把那些坚韧的尼龙丝撕断，却被尼龙丝把自己的手掌割了好几道口子，回去贴了十多张创可贴。长安打心眼里还是惧怕世普的，一则这老头子身上有股不怕得罪人的正气；二则人家毕竟出面调解了自己和中华家的矛盾，让两家重归于好。要不是人家出面调解，说不定真的会闹出人命案呢！现在见世普真的动了雷霆之怒，便好长一段时间都没敢再去网鸟了，算是暂时停业整顿。

派出所处理完佳桂自杀的事后，世普突然不想在贺家湾住了。他觉得当初答应回贺家湾就是一个错误，他把贺家湾想得太单纯太美好了。是的，贺家湾是无车马之喧，清静自然，且山清水秀，人心古朴，把它比作文人眼中的世外桃源一点也不为过。可问题也恰恰出在这里，越是美丽的地方越是有陷阱，同样，越是古朴的人心里越是神秘难测。现在，既然贺家湾人和自己都已经不把对方当作同路人，在这里住下去还有什么乐趣？他把自己的想法给佳兰说了，可佳兰却不同意回城里住。佳兰和世普不同，她没有世普想得那么多。黄葛树事件，她到现在都还不知道其中的弯弯拐拐，还以为真的是丈夫告状告赢了呢！佳桂喝农药，她最初和娘家人一样，恨不得狠狠打世国一顿出气，可过后看见贺宏、贺伟往自己面前一跪，说的那番话十分在理，因此尽管看在丈夫的面子上嘴上不说，心里是十分希望派出所放了世国的。况且她既没有看出贺家湾人有什么地方没把她当一路人，自己也没有把自己和贺家湾人对立起来的想法。她觉得这几个月来在贺家湾生活得很好，一是自由，不像在城里给儿子媳妇当了不给钱的保姆不说，还要看他们的脸色；第二是她在乡下生活了好几十年，只是后来世普当了县中校长为了照顾他她才进的城去。进城去了过后她和校园里那些退休女教师耍不到一起，在外面和那些河边跳舞的其他老太太也不认识，因此她一直没在城里建立起自己的生活圈子。她种了几十年庄稼，骨子里喜欢乡下的生活。回到贺家湾后，她便托端阳搞了不少菜种，什么四季豆、豇豆、茄子、南瓜、苦瓜、丝瓜、辣椒……她知道自己和世普吃不了太多的蔬菜，每样只种了半厢地，但乡下凡有的蔬菜她都种一点。这样一来，她和世普每天都有不同的新鲜蔬菜吃。佳兰为了保证自己所种的蔬菜是绝对绿色产品，坚持不给蔬菜施化肥和打农药。她不知从哪里找来了一个废塑料脸盆，每天晚上睡觉时，便把盆子端到卧室里来，要世普把尿撒到盆里面。世普知道佳兰想干什么，但在城里已经用惯了抽水马桶，如今一只塑料尿盆摆在屋子里，不论是他还是佳兰起来撒了尿后，一股尿臊味立即像虫子一样往鼻子里钻，闹得世普几次想发脾气。但佳兰不为所动，起床的第一件事便是把尿盆里的尿端去倒进一只塑料壶里，拧上盖，等壶里的尿积多了，便兑上水拿去一点一点地施在地里。不施农药，对付那些虫子，便只有靠佳兰双手去捉了。好在菜不多，佳兰天天去对虫子进行剿杀，虫子自己也像害怕被这个颇有耐心的女人给判死刑似的，一天天减少，终于不见了踪影。这样，本该是"种豆南山下"的世普，现在换成了他的女人。世普每天的任务，便是手捧那把紫砂茶壶，站在地边看佳兰像从事一桩伟大的事业般，细心地在菜垄间采摘那些蔬菜的身影，以及把那些采摘回来的新鲜蔬菜消费下去。但这一切佳兰却感到十分满意，她一点没感觉出种这些菜有什么辛苦。不但没感到辛苦，反而觉得非常高兴。和过去种几个人的包产地相比，现在只种这么一点蔬菜算得了什么？电视里不是经常说嘛:"生命在于运动。"城里人运动要去跑步、打球、跳舞,弄出一身臭汗。她佳兰在城里几年,一没学会跳舞,二没学会舞剑打太极拳,现在回乡下重操旧业,种点蔬菜,既动了身体又吃到了新鲜蔬菜,岂不是一举两得?因而佳兰把自己种菜的事看得格外重要。

后来,佳兰又不满足于只种点蔬菜了,她又从佳桂那里要了两斤绿豆种,又回娘家向佳成要了几斤花生种,回来又整了几厢地,分别点了三厢绿豆和两厢花生。绿豆和花生不需要太多肥料,却需要经常去除草,这一点又正合佳兰的口味,因为她闲不住,精力又好,又不像别的贺家湾女人去打麻将,因而有太多的时间去地里照管她的这两样庄稼。功夫不负有心人,加之地空了这么多年,肥力和热力都足,两样作物像是讨主人欢心似的,一个劲儿蓬蓬勃勃往上生长,越看越逗人喜爱。世普对佳兰说要回城里去住的时候,正值绿豆开花结荚,夏天作物生长和成熟都快,也就是说还有半个月到二十来天,头茬绿豆便可以摘了。眼看即将到手的收获,佳兰怎么舍得轻易放弃?于是她便对世普说:"我不回去,回去做啥?"说完又接着说,"你这个人才怪,在城里住久了想回乡下,说乡下这好那也好!可回乡下还没住到几个月呢,就又想回城里去了,你不怕回到城里又吵得你晚上睡不着瞌睡?"世普不好把自己心灵受伤的事对佳兰说,便讪讪地笑了一下说:"一个地方住一段时间感觉新鲜些嘛!"佳兰听了这话,马上又说:"要回去你一个人回去嘛,我觉得乡下不管啥时候都比城里新鲜,不想回去!"世普说:"你那点绿豆花生值得到好多点钱嘛?"佳兰看了世普一眼,像是十分不满意他这话似的,说:"你莫管,这不是钱不钱的事,我自己种的看着高兴!"世普又说:"佳桂也不在了,你一个人在贺家湾连摆龙门阵的都没有……"

话还没完,佳兰便盯着世普说:"怎么没有,啊?湾里还有这样多人,我要找人摆龙门阵,难道别人不跟我摆?"接着又马上说,"就是没人跟我摆龙门阵,白天我经管自己那点地,晚上各人关门睡觉,才自由呢!"世普本想动员佳兰和自己一起回城,现在见佳兰一心坚持要留在贺家湾,自己也不好多说什么,便说:"那好吧,你既然不想回城,我就一个人回城!"世普的话带着赌气的成分,没想到佳兰却说:"你要回就回吧,反正城里房子有,回去难道贺鹏和闫芳不给你饭吃?"又说,"反正天气越来越热了,乡下蚊子也多,回去住一段时间也要得!等立了秋天气凉快了,你想回来又回来!就像你说的那样,一个地方住一段时间新鲜些!"世普想了一会儿,才说:"你真的在乡下住得惯?"佳兰说:"我住得惯!"世普这才下了狠心,说:"那我明天就真的回去了!"佳兰说:"随便你啥时回!"

世普听了这话,像是被佳兰逼到了墙角,便不吭声了。说心里话,世普见佳兰不回城里,也想改变自己的主意不回去了。可回过头想想,贺家湾人这次给自己的这记耳光实在太重,他需要重新找一个地方治疗心灵上的创伤,他的心情实在是糟糕透了,迫切需要换一个环境来调节自己的心情。所以第二天,世普就真的一个人回城里去了。

世普回家住了将近两个月,起初他还是觉得很不适应,因为这些年来,他已经习惯了有佳兰在身边。可是只要一想起在乡下遭遇的滑铁卢和回城的目的,便努力克制住从内心升腾起的回去看佳兰的念头。倒是佳兰,像是知道世普心里这种想法,每隔一个星期或十天左右,便提上自己亲手种植出来的时鲜蔬菜进城去看世普一次,给他说些村里的事。一次,佳兰回城对世普说:"湾里的人把我们归结成富人了!"世普说:"啥富人?"佳兰说:"就是说我们有钱,像过去的发财人一样嘛!"世普听了这话觉得好笑,便又对佳兰问:"你听谁说的?"佳兰说:"江凤玲悄悄跟我说的!"世普说:"中华家的,她是怎么给你说的? 我一个退休老头,每月就领一点养老金都成了富人,那湾里还有哪些是富人?"

佳兰想了一下说:"我们只是属于第二富!"世普一听这话,更感到新奇了,便马上说:"哦,这么说起来还有好几类富人哟! 是哪几类富人,你倒好好地说给我听听!"佳兰说:"凤玲私下里给我念了好几首顺口溜,被我记下了。凤玲说我们贺家湾一共有四类富人,一个顺口溜说的是一类富人,我念给你听听!"说着,便一口气念了下去:

> 一类富人大老板,银钱赚得荷包满,
> 偷税漏税加行贿,吃喝嫖赌样样干。
> 二类富人吃皇粮,退休之后也拿晌,
> 姑娘儿子有出息,都是沾了老子光。
> 三类富人贺四娃,车站码头偷钱夹,
> ……

四类富人是干部，收入不高也能富。

……

念毕，佳兰又说："也不知是哪个烂脑壳编的，还这样押韵呢！"世普听了，突然扑哧一笑说："有意思，真还有点意思！"佳兰见世普听后并没有生气，放心了一些，便压低了声音说："凤玲跟我说，这第一类富人指的是贺世海，别看贺世海平时很少回贺家湾，但众人心里都明白，他又没有多大背景，要不是靠偷税漏税和行贿受贿拉关系，怎么这么快就赚了那么多钱？"世普说："看来群众的眼睛真还是雪亮的！"佳兰说："第二类富人就是指的我们、立德、东川几个，说我们运气好，年轻的时候就出去吃了皇粮，现在退了休百草不拈，每天都领一百块钱左右的工资，那些在工地上做小工的，一天到黑，累得一身汗一身泥的，都只能挣到几十块钱，更不用说种庄稼的了。这还不说，重要的是在位的时候，把子女都弄出去了，现在当官的当官，做生意的做生意，和庄稼人比起来，是一个在天上，一个在地下，所以说我们不是富人是什么？"世普说："乡下人见识短，他们要这么说，我们也没有办法！嘴长在他们身上，他们想怎么说就让他们怎么说吧！"说完又接着对佳兰说，"你刚才说到贺四娃，我倒想起了在贺家湾的时候，经常看到贺福利手指上戴着两个大黄金戒指，他那个哑巴女儿的脖子上也挂着一条很粗的金项链，当时没往其他方面想，现在听你一说，我明白了，那些东西肯定是四娃子偷来的！""第四类富人你就不要说了，我多少晓得一点，不然为什么那么多人要争着当干部！"佳兰说："端阳也打算要修房子了，你晓得不？"世普听了这话，却吃了一惊，说："你说啥，端阳也打算修房子了，他这才当多久的干部？"佳兰说："不但要修，凤玲说，还要修全村最好的楼房，外墙还要像城里的房子一样贴瓷砖……"佳兰话没说完，世普就嘟哝了一句，说："外面摆样子，屋里饿肚子，穷显摆呢！"佳兰立即说："那倒不是显摆呢，凤玲说，你看湾里不管是贺世忠也好，还是贺春乾、贺国藩也好，一方面口口声声说自己当干部吃亏，收入少又得罪人，可哪个又不是上台没两年都把房子修起来了？难道修那房子就不需要花钱？"世普听了这话，口气平平地说："这就叫得了便宜又卖乖嘛。"说完又接着说了两句，"修得起楼房是他们的本事，没有被查出来是他们的运气，我们管那么多做啥？"说完，连世普自己都为自己这种冷漠和平静的语气吃惊了。

要在过去，他听见这些，一定会感到愤怒，会骂他们是一伙蛀虫，可现在竟然不惊不诧，完全有种超然物外的感觉了。

可佳兰走后，世普仍然感到有些愤愤不平起来。倒不是因为贺家湾人把他们四类富人归类得不准确，而是把他和贺世海、贺四娃和贺端阳这些人拉到一起，有点玷污了他的人格。不错，自己现在是每个月拿三千多元的退休金，可这是自己用为国家工作几十年的汗水和心血换来的呀！我把青春，把最年富力强的岁月奉献给了国家的教育事业，如今老了，理应该由国家把我养起来呀！那三千块钱，既不是我贺世普偷的，也不是骗的，是国家堂堂正正给我的！再说，贺鹏、贺茜现在虽然也是在吃皇粮，可那是他们自己读书读出来的，在他们身上，他没有搞半点不正之风，不像立德、东川，他们的子女现在能吃上皇粮，确实是靠了他们在位时的特权。他贺世普无论走到哪里，都是清清白白、堂堂正正，可贺家湾人却怎么眉毛胡子一把抓，把他和贺世海、贺四娃和贺端阳这些人扯在一起？他们是什么人，我贺世普是什么人，真是瞎扯！可生气了一会儿，世普又马上心态平和了，心里想道："管他们怎么说，各人过自己的日子呢！"又一想自己虽然为国家做出了贡献，可像世龙、世凤这些人，一辈子在村里挖泥盘土，难道不是为国家做贡献，可现在自己确实百草不拈，每个月有三千多块的退休金，可他们有啥？啥都没有！既然如此，难道还不能允许人家说一说吗？这么一想，心下便更释然了。

农村收完稻子，天气开始转凉了，尤其是早晨和晚上，凉爽的秋风带着刚刚收割后的泥土气息沁人心脾，让人感到格外的心旷神怡。即使是在中午，从天上照射下来的阳光也比不久前柔和了许多。这天，世普突然从城里回来了。世普过去无论到哪里，都是一身西装革履，像是国家领导人出访一样，给人一种庄重和严肃的印象。可这回却是上穿一件薄如轻纱的短袖白色布襟唐装，胸前和两边口袋上都印有龙的图案，下面一条蓝灰色的牛仔裤，紧紧包裹着大腿，脚上一双白色运动鞋，显得既随意又有风度，像是换了一个人一般。他刚刚在家里坐定，端阳便来了。端阳一见世普，便叫道："哎呀，老叔，看你这身穿戴，就像电视里武当派的掌门人了！"世普听了这话，便说："你是说我这身穿戴不好看？"端阳忙说："好看好看，老叔这一穿，倒像年轻了十多岁！"说完接着说，"老叔，你可回来了，你要再不回来，我就要亲自到城里来接你老人家了！"

世普一听这话，便知道端阳又有什么事找他了，便不等他开口，就正了颜色说："贺端阳，我跟你说，我是看到天气凉快了，想回贺家湾住一段日子！从今以后，你有啥事不要再找我了……"世普话还没完，端阳便做出着急的样子打断了他的话说："那怎么行，老叔？老叔你可得继续帮助我们呢！"世普冷冷地说："我老了，只想清清静静地安度晚年，没法帮助你了！"又说，"你今后不要拿村里的鸡毛蒜皮、是是非非来烦我了！"端阳听了这话，果然不再说什么了，只做出惋惜的样子兀自叹了一口气，然后才说："那好，老叔，你有什么事，就尽管对我们说！"世普听了，没正面回答端阳的话，却看着端阳问："听说你要修楼房了？"端阳顿了一下才说："是的，老叔，你看湾里好多人都修了楼房，我也准备把房子修一下，反正得在湾里住的嘛！"世普听了端阳这话，如果换在过去，他一定会劝端阳注意一些影响，可现在他不想说什么了，只点了一下头，嘴里唔了一声，便算是做了回答。端阳来本想又让世普出面再把村里的环境卫生抓一下，因为上面发了通知，要将城乡环境综合整治工作向纵深推进，县上和乡上不知什么时候要下来暗访。但一见世普的态度，便只好悻悻地走了。

　　第二天一早，世普一袭宽大的白衣白裤，裤腿用带子扎住，脚上仍是那双运动鞋，如仙鹤般来到村小学旁边那棵黄葛树下，迎着初升的旭日打起了太极拳。他打的是洪式太极，这是他回城五十多天里取得的成绩。过去世普也练过太极拳，那时练的陈式太极，可因为心里杂念太多，难以淡定，加上河边练太极的老头各式各样的人都有，既有拿工资的退休一族，也有引车卖浆者之流，还有两个人曾经蹲过监狱。这两个人一个是企业的会计，因为贪污了几十万元公款被法院判了十年有期徒刑，不久前才被放出来；另一个是学校教师，都填了退休表，却去强奸幼女，让法院判了五年，两年前刑满出了狱。世普自恃是社会名流，堂堂国家重点中学校长，一想起跟这些人在一起打拳，便像吃饭时吃到一只苍蝇般只想呕吐，所以常常练得丢三落四，练了大半年时间，一套陈式太极还打不完整。可这一次他突然觉得心里静了，便又跟着一个打洪式太极的人练起洪式太极来。说也奇怪，只几个早上便掌握了洪式太极的全部要领。洪式太极的拳法特点就是攻守细密，因此一招一式，既要精巧轻灵，又要宛转含蓄，不可锋芒太露。既要缜密缠绵，又要自然雍容，不可露斧凿之痕。既不大开大合，给人以张狂的感觉，又要有奔腾雄壮之势，让人感到你有强大的力量。现在，只见世普时而金刚立柱,时而白鹤亮翅;时而搂膝拗步,时而掩手肱捶,一动一静,变幻无穷。一些上早工的人见了,全都围过来看世普打拳。世普心无旁骛,不管众人怎样指指点点地议论,只管自己的一招一式,仿佛这世界上除了打拳,便再没有什么了。一直打到吃早饭的时候,世普才收住身子回家去了。到了黄昏的时候,世普又出来了,仍是这样一身宽松和随意的打扮。可这次世普出来却不是打拳,而是跑步。他沿着屋后的小路跑过学校,再从学校沿着机耕道跑,跑到机耕道一半的时候,又折身往回跑。这是早上露水大,跑步容易被机耕道两边杂草上的露水打湿鞋和裤脚的时候才是这样。如果没有露水,世普也会在早上去跑步,而在傍晚的时候迎着落日的余晖在黄葛树下打拳。不跑步和打拳的时候,他或者坐在家里的阳台上看看书,或者和佳兰一起下下地,真的不再去过问村上的任何事了。这样一来,倒显得舒心了不少。

不过世普有时在机耕道上跑着步,看见长长的道上没有一个行人,两边地里荒草萋萋,给人一种很空旷、寂寞和荒凉的感觉,心里还是难免有些惆怅起来。他是从大集体时代走过来的人,在他的印象里,贺家湾的土地在这个季节本来是不应该这样的。大集体时代和责任制落实之初,庄稼人在土里精耕细作,实行间种、轮种,田里的水稻收割时,要蓄留五六寸长的稻茬,接着施一次化肥,没两天,从留下的稻茬里又蓬蓬勃勃生长出一片翠绿的秧苗来。秋天的气温比春天高,秧苗生长很快,转眼全沟上下便是一个绿茸茸的世界,如果不是从空中照射下来的太阳光线一天比一天忧郁,和早晚间有阴湿的气息在田畴间到处游走,人们还会以为又进入欣欣向荣的春天。这叫蓄留再生稻,再生稻每亩可以收获三四百斤稻谷。如果哪年天气好、降霜迟的话,产量甚至还会更高。这对农人来说,是一笔额外的收入。除了田里的再生稻外,地里的红苕在这个时候也处于长块茎的时候,厚厚的红苕藤铺地地上,犹如一张张摊开的阔大毯子,叶片在阳光照耀下变换着浓绿的色调。还有漫山遍野见缝插针种下的豆子,这时也正是生长的旺盛期,常绿的叶片下藏着一串串膨胀起来的豆荚,微风吹来,羞容半露,如大姑娘不好意思一般。在红苕藤和豆叶汪洋恣意的浓密底下,藏着蟋蟀和不知名的小虫,它们用明亮而温暖的声音歌颂着大地的丰盈,使贺家湾的大地虽然在过了仲秋之后,却仍然生机盎然。当然,更不用说在地里勤奋劳作的人了。

可现在却没有这些了。贺家湾人把水稻收割以后,再也不蓄留再生稻了——

把正季这茬种好就不错了，谁还去留再生稻？因而稻子一割，田里只有东一堆西一堆没人要的稻草，再也没有了苍翠的绿色。至于地里的红苕，虽然产量很高，经济价值也不低，可因为大部分人都出去打工了，种红苕又太麻烦，所以早就没有种了。旱地只有少部分人家才在冬季种一季小麦或油菜，小麦和油菜在四五月份收割以后，一部分人家又在地里种点花生或绿豆，这叫种懒庄稼，或叫把地轧到，不至于全部让它们长草。即使是种了花生和绿豆的，现在也早已采摘完毕，地里也只剩下了他们干枯发黑的秸秆。至于豆子，是小品种作物，因为产量不高，贺家湾人也不种了。因此水稻一割，贺家湾的大地便成了一个早衰的汉子，处处显示出忧郁和衰败的气息。但是这些忧虑只是在世普头脑里一闪而过，他想，我既然不再管湾里的闲事了，还想这些做什么？清清静静地过好自己的日子吧！这样一想，刚才那些忧虑果然就从世普头脑里溜走了。在他的面前，是一个十分明朗和美丽的世界：高高的天空，淡淡的云彩，红红的霞光，凉凉的晚风——真个是天凉好个秋呀！

二

一天早上，世普起来看见太阳已经从擂鼓山后面探出头来，院子里到处洒满那种清澄和明朗的晨光，两边的树叶上没有露珠，只是叶面有些像水洗过一样泛着一种明亮的光泽。世普见晚上没有下露，穿好衣服就打算出去跑步。才转过屋角，佳桂活着时喂养的那只黑狗，似乎知道世普要干什么一样，便十分通人性地跟了上来。那只黑狗在世国把门一锁了之走了以后，还十分忠诚地守在原来的窝里，替主人看守着大门。可一连看了几天之后，见主人一去不回，便知道自己已经遭到主人的遗弃，这才爬起来，摇摇晃晃出去找吃的。佳兰看见这狗已瘦得只剩下一把骨头了，又想起了佳桂活着时的事，心里不忍，便把被世国遗弃的黑狗和猫都养了起来。这狗和猫都像是十分感恩似的，从此便黏上了佳兰，世普一回来，这狗便又黏上了世普。

正跑着，世普忽然听见了汽车发动机的声音，抬头一看，果然看见前面两辆卡车也不知装的什么，东一摇西一晃地朝自己开过来了，车轮把机耕道碾压出两道深深的车辙。因为卡车前面的挡风玻璃反射着太阳光的缘故，世普看不清楚驾驶室坐的人。那卡车还在老远，便朝世普鸣了一声喇叭。世普心想："湾里什么人这么早就拉东西呀？"一边这样想，一边往路边挪去，继续慢慢地朝前跑去。可黑狗却站住了，抬起头冲汽车汪汪地叫了起来。世普正想回头呵斥黑狗，却见第一辆卡车已经从自己身边开过去了。他急忙朝驾驶室瞥了一眼，这才看见驾驶室的副驾驶座上坐的是贺世国。贺世国鼻梁上架了一副墨镜，脸似乎比原来还胖了一些，好像也瞥了他一眼，但很快便把头回过去了，世普没有看清世国脸上是什么表情。等车子从他身边开走以后，世普才看见一辆卡车拉的是红砖，一辆卡车拉的是水泥预制板，怪不得车轮会把机耕道碾出这么深的车辙印。等卡车过去以后，世普才想到回头去唤狗时，却发现那黑狗已经返转身子，一边汪汪地叫着，一边撒开四蹄追着卡车跑了。世普才知道黑狗已经认出了世国，这畜生还念着旧主人呢！世普心里骂了一声："忘恩负义的东西！"骂完，也不管黑狗了，独自又往前跑了。

回来吃早饭的时候，世普一边将热毛巾伸进衣服里擦身上的汗，一边对佳兰问："贺世国又拉了砖和水泥板回来，你晓得不晓得？"佳兰端着一碗饭往桌上走，说："我是刚才听到下面大声小声地说话，像是很多人在做啥子的样子，走到地坝边一看，原来才是兴成、长安、长军、海富这些人在卸砖，又看见世国站在旁边，才晓得是世国又拉了砖和水泥板回来。"世普把毛巾从衣服里取出来，一边在盆子里搓，一边又说："他修房子的砖和水泥板不是早就准备好了吗，怎么又拉这么多砖和水泥板回来？"佳兰说："他恐怕是担心不够吧！"世普听了这话没吭声，过去将毛巾晾在绳子上后便往院子边上走去。佳兰忙追出来问道："你到哪里去？"世普说："我在院子边看看！"

说着话，世普就到了院子边上，往下一看，果然在世国的房屋旁边，兴成等十多个汉子还在从卡车上往下面抬水泥板。贺世国也没闲着，在车厢里用一根钢钎往汽车的尾挡板后面撬水泥板，好让抬板的汉子将一根两尺长的木楔插进水泥板中间的洞里。贺世国已经从鼻梁上摘掉了那副墨镜，上穿一件工地上的蓝色劳保服，下着一条深灰色裤子，脚上是一双才上过油的黑皮鞋，整个人看上去确实比过去胖了一些。世普还要看，佳兰走过来说："回去吃饭吧，有个啥看头？"世普说："佳桂不在了，我看这狗东西倒越活越精神了！"佳兰说："你说的啥话？难道你要他一辈子都把伤心挂在脸上？"世普听了佳兰这话，觉得也是这样，便不再说什么了，一边和佳兰往屋子里走，一边又对佳兰问："他回来了上来问候你一声没有？"佳兰道："我在屋里烧火，不晓得他来没来。"可说完却又说，"他来问候我做啥？"世普说："狗东西从佳桂死后把门一锁了之走了以后，就一直没回来过，这么久了没回来，难道连招呼也不该上来打一个？这说明他心里还记恨着我们呢！"

佳兰听了这话，急忙说："你不要黄鳝打屁——疑（泥）心过重了，人家记恨我们啥？你没见人家要忙着找人卸东西吗，哪有时间来和你说闲话？"世普知道这是佳兰在为贺世国找理由开脱，便说："你不用为他开脱了，我心里明白得很！如果不是心里对我们还有气，这么几步路，上来打声招呼要得到多少时间？"正说着，黑狗又跑了上来，一边摇着尾巴，一边在世普和佳兰身边转来转去，又用鼻子去嗅世普的脚，世普却一脚踢在黑狗身上。黑狗嗷地叫了一声，跑到一边去了。佳兰见了，忙问："你踢它干啥？"世普愤愤地说："我就是想踢它了，讨赏卖乖的东西！"

下午，贺世国又拉回了一车河沙和水泥，也是叫兴成、长安、海富他们卸的车。晚上，世普泡了脚，用一张刮胡刀片在灯光下削脚上的灰趾甲，一边削一边又对佳兰说："贺世国这样紧锣密鼓地往屋里拉材料，他那房子怕是要动工修了！"佳兰说："哪个晓得呢？怕是要修了吧！"说完又笑着对世普试探地问，"哎，你问这话，是不是要帮他一点？"世普听了这话，脸沉着没吭声，只顾把左脚别过来放在右大腿根上，一点一点地削着脚趾头上的趾甲。削完了以后，又换了右脚。右脚削完后，才站起来一边拍着粘在裤腿上的趾甲皮和灰末，一边对佳兰说："他告都没告诉我们一声，我帮他干啥？"说罢便走开了。

佳兰知道世普为这事心里不高兴，其实佳兰心里又何尝没有气？是的，佳桂死的时候，他们作为佳桂的亲人的确恨过世国，甚至巴不得把世国送进监狱，但那是在当时，有哪个做姐姐的不为失去妹妹伤心呢？何况佳桂的死确确实实又与世国相关！可人死后都这么几个月了，他们没有再记恨世国，世国倒做出记恨他们的样子。佳桂一死，他便把家里的鸡全送了出去，然后将门一锁便出去了，也没上来打声招呼让他们帮着照看一下家，这明显是扮冷脸子给他们两口子看。

佳兰当时想："这才怪了，我的妹子死在你家里，我们都不计较了，你倒还怪我们了！我不相信你就一辈子不和我们说话了！"后来的几个月里，贺世国果然一直没回过贺家湾，像是贺家湾已经被他彻底遗忘了一般。他遗忘了也罢了，重要的是贺宏、贺伟这两个小东西，一个暑假里，他也没让他们回来过一次。本来在长达两个月暑假里，佳兰一直以为贺宏、贺伟一定会回贺家湾来的。因为贺家湾里有他们的家，有他们母亲的坟，还有她这个大姨！说心里话，那段日子世普回城去了，佳兰嘴上不说，心里还是希望身边有个亲人能陪她说说话。从学校一放假开始，她就天天看着门前的那条小路，盼望两个姨侄儿能早点回来。她为他们准备了好吃的，甚至还为他们每个人偷偷准备了几百块钱，作为他们下学期的零杂开支。她想："佳桂不在了，孩子们每花一分钱都只有向世国要，做父亲的可不像母亲那么好说话，要是世国不给，孩子们怎么办？"因此她这个做姨妈的就觉得自己有责任把两个孩子照顾好，这样才对得起佳桂。可是眼看假期就要结束了，贺宏、贺伟也没见回来，佳兰的心有些冷了。她回娘家去问佳成，佳成说两个孩子在他们家里耍了十多天，并且还奇怪地反问佳兰说："怎么回事，大姐，他们难道没回来看你？"佳兰听了微微一笑，说："爷亲有叔，娘亲有舅，只要认你这个舅，认不认姨都没关系！"话是这么说，心里却比被人扎了一刀还难受。

　　但直到这时候，佳兰也还没完全相信世国真正会把他们当作外人，从此断了亲戚这条路。直到早上世普回来说了他拉砖和水泥板的事，问她世国上来打招呼没有，她还在找理由为他开脱。可又一整天过去了，如果说早上的时候他要找人卸车确实很忙，没顾得上来打招呼，可是卸完砖和水泥板后，他有了时间，完全可以上来坐一坐呀！退一步说，即使那时也不空，可刚才卸完河沙和水泥以后，她明明看见他和兴成、长军他们还在一起打了几圈牌，难道打牌有时间，就没时间上来打个招呼，说几句话？修房造屋是一辈子的大事，别说是亲戚，就是团转四邻的邻居，有时也是需要互相摆谈摆谈、参谋参谋的，看来我们连邻居也不如了！到此，佳兰这才相信应了"不成亲家便成冤家"的古话，贺世国为佳桂死了后世普告状的事，真把他们两口子记到"头匹肋巴"上去了。本来，去年她和世普谈起佳桂修房子的事，佳兰也曾试探过世普问佳桂修房子时世普打算帮多少？当时世普说："到时再说吧！"世普当时的态虽然表得不是很明确，但佳兰知道丈夫同样把面子看得很重，何况又是姐妹？平常自己省吃俭用一点，到时帮他们万

293

儿八千，肯定是不成问题的。可是现在见世普不高兴的样子，佳兰也便不好再提起这话了。

　　第二天，世国果然从城里叫来五六个他工地上砌砖的师兄师弟，又叫了兴成等十多个贺家湾汉子做小工，动工修建起新房来了。在兴成他们爬到原来的平房顶，开始稀里哗啦拆起上面的人字形屋顶时，佳兰一面听着从下面房顶上传来的乒乒乓乓的声音，一面又忍不住对世普说："你真的打算就这样算了呀？"世普明白佳兰指的是什么，却装作不明白地问："啥算了不算了？"佳兰说："你没听见世国在拆房子了吗？"世普听到这里，又黑下了脸说："人家拆人家的房子，关我们啥事？南天门的土地——管得宽呀？"佳兰听了世普的话，突然一下伤起心来，说："佳桂在时，口攒牙积，一天累到黑，图的就是想争一口气，像湾里大多数人家一样把平房修成楼房，可惜这死婆娘儿没那命……"说着声音哽咽起来，从眼角倏地滚下一串泪珠，又急忙用手背抹去了，结果将满脸都抹得珠泪涟涟似的。世普一见，想起佳桂，也不免有些伤感起来。他自然明白佳兰的意思，毕竟人家姐妹情深！想了一想便说："我知道你的意思，我也不要他贺世国来求我啥的，只在他上来喊了我们一声哥或姐，告诉一下家里修房子了，我贺世普该帮多少一定会帮！"说后又补一句，"这么多年的亲戚，没有了佳桂，我贺世普就那么绝情了？"佳兰听了世普这话，知道都拆房子了，世国没来对他们说一声，肯定也再不会来说了，便又哽咽着说："还要他来说啥子？人家拆房子，就在你眼皮底下，难道你看不见？"世普先前没生气，听了佳兰这话却生气了，先从鼻孔里喷出了一股粗气，接着又哼了一声，才气冲冲地说："我贺世普眼还没瞎，当然看得见，但还没那样下贱！人家都不认我这个亲戚了，我还要拿热面孔去贴人家的冷屁股！"说完一边翕动着鼻翼，一边气呼呼地走了。

　　佳兰一见，知道丈夫也是吃了秤砣铁了心，如果世国不主动上来和丈夫说话，世普也肯定不会去搭理世国的。回过头一想，丈夫说的话也有道理，竹子都分上节下节，为啥不该世国主动上来和他们说话？一想到这里，佳兰心里又便恨起世国来，道："贺世国你这个不要良心的，你怎么是这样一个人？"说完又想起佳桂来，眼泪又顺着脸颊流了下来，把心里的恨又集中到佳桂身上去了："佳桂你个死娘婆儿，你怎么要去死嘛？"这样怨着怨着，突然又怨到自己身上来了，又接着在心里说，"都怨我瞎了眼，把这个不仁不义的东西介绍给了你，是我害了佳桂你呀!"

按下佳兰为世国恼一阵、恨一阵,对死去的佳桂怨一阵、骂一阵,对自己责一阵、怪一阵不提,且说世国的房屋只是在原来的平房上加层,一不整理基础,二不下桩埋石,世国从工地上请来的那几人全是师傅,加上收完稻子后贺家湾的汉子又闲着无事,打麻将没意思,不打麻将更没意思,听说世国家建房子需要小工,不用世国去请大家都来了。人力、材料都很充足,没两天工夫,一层楼房的墙就砌起来了。第三天上,开始往墙上搁水泥预制板。搁上板后,世普看见工人并没有往预制板上浇灌水泥浆,而是继续在往上砌墙。世普一下感到奇怪了,因为佳桂生前曾经对他们说过,他们的楼房只准备往上加一层,然后上面再把人字形屋架架上去,盖上小青瓦防热和防漏。也就是说,新房也就是由过去的一层变成了两层,今后贺宏、贺伟一个住一层,她和世国两个老家伙或者住下面的偏房,或者住楼顶的小瓦房。可从现在的情形看,贺世国根本就不是在原来平房的基础上再加上一层,而可能是两层,甚至是三层!世普起初还以为工人是在砌栏杆,没有怎么往心上放,可眼看着墙越砌越高,不但四周的墙砌起来了,中间的隔墙也开始放线了,世普便在心里推翻了自己的想法。那时佳兰到地里挖花生去了,世普急忙跑到地里,对佳兰说:"你快回去看看,贺世国这狗东西没有在二层楼上封顶!"佳兰先没有反应过来,反看着世普问:"没有封顶怎么了?"世普像是很生气地说:"没有封顶你还不明白? 他可能要往上修三层或四层!"佳兰一下明白了过来,也急忙说:"他们原先说过只再加一层就算了嘛!"世普说:"怪不得他又拉了那么多砖和水泥板回来,原来是安的这个心!"然后又接着对佳兰生气地说,"你还挖这点花生干啥? 还不跟我回去看看!"佳兰听了世普这话,果然放下锄头就往屋里跑。

回到院子里站到边上一看,下面楼房的第三层果然砌到半人高了,直到这时,佳兰还是像有些不肯相信似的,看着丈夫说:"这是怎么回事? 怎么还在往上砌?"世普的鼻孔一张一合,脸上挂着霜说:"我知道是怎么回事?"佳兰想了一下,才说:"你下去问问世国,他究竟打算修几层? 上面还加不加屋顶?"世普说:"你看他把拆下来的破瓦也没扔一片,还有个不加屋顶的?"佳兰说:"你管他加不加,下去问一问没有错嘛!"

世普听了这话,又站了一会儿,果然一边翕动着鼻翼,一边气呼呼地从旁边的小路往世国家里去了。到了院子里,正在拌水泥砂浆的兴成、兴安和往楼上运砖的海富、国宪、松林见了,都急忙叫道:"老叔,你来了?"世普听了也不回答,只黑着一张脸问:"贺世国呢?"众人一听,急忙朝屋子里喊了起来:"世国叔,老叔找你!"

隔了一会儿,贺世国才从底楼的屋子里钻出来,浑身沾满水泥锅巴,看见世普,似乎有些吃惊、又有些意外的样子,过了半天,也没喊叫世普,只张着一张厚嘴唇看着世普瓮声瓮气地问:"啥事?"世普一见世国这副不冷不热的态度,心里的火气更大了,但当着这么多人,世普还是想给他留一点面子,便努力克制了心中的火气对世国问道:"我问你,你这房子打算修几层?"世国听了这话,像是有些不明白地眨巴了几下小眼睛,然后才回答道:"怎么了? 三层呗!"世普听了,脸绷得更紧了,又盯着世国问:"顶上还加不加屋架?"世国仍然像是有些摸不着头脑地说:"当然要加哟,不加,我那些旧材料不扔了? 再说,不加,要是屋顶漏起来了……"话还没说完落,世普突然十分粗鲁地大吼一声,打断了世国的话:"你加个屁——"

世国突然住了声,众人也都有些闹不明白地盯着世普。过了一阵,世普才又平息了一些,对世国说:"你修这样高,准备把房子冒到哪儿去?"世国说:"你说冒到哪儿去,总不会冒到天上去了吧?"世普听见世国这话有些像是泼皮了,火气又冒上来了,可他仍又咽下一口气,跑到阶沿上,把佳桂活着时就挂在屋檐下的一根晾衣竹竿取了下来,又将竹竿立在阶沿上,比了从一楼到二楼的高度,然后放下来做了记号,到地上捡了一张撕破的水泥包装袋纸,用一根稻草缠在竹竿上做了记号的地方,这才对世国说:"冒到哪儿去了,你上来看看就知道了!"说着,拿了竹竿便咚咚地往楼上跑去了。

到了楼顶上,世普将手里的竹竿立在正在砌的墙边,这才对众人说:"你们看看,他这房子修成功了,屋顶在哪个位置上去了?"众人果然抬头向上看去,只见水泥包装纸像旗帜一样在空中飘扬,顺着纸的位置平看过去,原来竹竿已高出了世普院子一丈多,差不多把他经常喝茶纳凉的平房屋顶都遮住了。众人一下都明白了,可世国却说:"那又怎么样? 我是在我的老房子加的层,又没有侵占别个的……"世普见世国强词夺理,又没等他说完,便再次打断了他的话吼道:"你没有占别个的宅基地,可你的房屋挡住了我的……"

世普说到这里，突然停下话不说了。他本想说世国房屋挡住了他的风水，可一想这话说出口，别人还会抓住他的把柄，说他一个堂堂国家重点中学的校长还迷信，因而便住了嘴。世普确实一直不相信那些神神鬼鬼的事，但对房屋朝向、方位的选择，这其中有很多科学道理，不是迷信的范畴。加上这些年风水学大行其道，他多多少少受到了一些影响，因而他相信在房屋的修建上风水确实是存在着的。世普受过现代教育不假，可他毕竟是在贺家湾这块土地上长大，骨子又浸透了贺家湾人的许多观念。在他做了县中校长以后，有很多时候他在心里暗暗地想，他能够走到今天，也许正是老祖宗留下的这块屋基地起了作用。还在他读小学的时候，父亲便悄悄地给他说过，说这块屋基地是他祖父请了好几个风水师来看过的，别看现在不怎么样，以后会是要出状元的。因为这屋子背后的道子梁，像一把椅子，而这房子又正好处在椅子正中。而前面的马鞍山，在风水学上叫作笔架山。而马鞍山左边的擂鼓山，则像是一只砚台。有笔有砚，这不是出读书人的象征么？当时他听了还把父亲的话当作了迷信，可后来他真的做了堂堂国家重点中学的校长，至此，世普就有些相信风水了。每次从城里回去，站在院子里眺望夕阳和霞光中的马鞍山和擂鼓山，越看越觉得这两座山真的一个像笔架，一个像砚台。他做了县中校长，尤其是他把佳兰也叫到城里去了以后，湾里很多人都以为他们从此不会再回贺家湾住了，便提出想买他们那房子。可是世普一口回绝了，说他退休以后还会回贺家湾住，老祖业的东西给多少钱也不卖。世普不卖那房子，与其说是要留住老祖业，不如说是想留住那里的风水。正因为如此，当贺鹏提出把母亲的户口办到城里时，世普坚决不答应。世普知道，把佳兰的户口继续留在农村，他就有了继续保留那处风水的理由和根据。可是现在，世国的新楼房把自己房子的风水全挡了。从今以后，他坐在院子里或平房顶上，不但不能把湾里的景物一收眼底，而且对面的笔架和砚台，也从朝夕相见到相见太难。每天早晨开门看见的，便只有世国房屋黑黢黢的后墙，想起来都瘆人！想到这里，世普便脱口而出，说："把我的阳光挡住了！"这话一出口，世普又猛地想起了现在司法上有一个新的名词，叫采光权，于是又冲世国叫了一句："你侵犯了我的采光权！"

　　世国自然不知道什么叫采光权，便说："我们大老粗不像你们有文化的人说话那么文绉绉的，啥叫采光权我不懂，我只晓得我在我原来的房子上加层，没伤到哪个，别人没理由来干涉我！"世普见和世国说不清楚，便挥舞着手说："我不和你说那么多，你必须给我停下来！"世国一听这话，脸顿时也黑了下来，双手将腰一叉，冲世普雄赳赳气昂昂地说："停？我为啥要给你停？"世普又大声说了一遍："你侵犯了我的权利，必须停！"世国见世普的口气硬得能打死人，便狠狠地朝地下呸了一口，然后才脸红脖子粗地叫道："我今天就是不停，看你能不能搬块石头打天……"

正说着，佳兰下来了。原来佳兰听见下面吵，不放心，知道世普和世国两个都是倔脾性，世国又是一个火暴性子，毕竟是这么多年亲戚，犯不着像这样争个你死我活，便决定亲自下来看看。走到房顶上，听见世国这话，便说："世国，佳桂活着的时候，你们不是说好了的房子只修两层，然后顶上再加一层屋架的吗？"世国心里的气并没有消，这阵见佳兰来了，只以为她是为世普帮忙来的，便又没好气地说："我在自己房子上加层，想加几层就加几层，别人管不着！"说完这话，似乎觉得这样对待佳兰也有些不妥，便又改了口道，"佳桂活着的时候，我们是说过只加一层的话，可那时是那时，现在是现在！要是佳桂不死，我这房子就是不修，也没人说我不会过日子！可现在佳桂不在了，我就是要多修一层！我要让那些看我笑话的婆娘老公看看，我贺世国莫得婆娘了，日子是不是就过不下去了！"

佳兰一听这话，明白了世国的心思，原来他是想在贺家湾人面前显示一下自己的志气。人争一口气，佛争一炉香，这原来也没什么，可世国的最后两句话却让佳兰多了心。她以为世国骂的婆娘老公是指的她和世普，便也不觉怒从心上起，黑了脸对世国道："贺世国，你嘴巴放干净一点，啥婆娘婆娘的，你把我当佳桂了，想骂就骂了是不是？"世国一听，便说："我骂了又怎么？我提名不提姓，鬼都不敢问！"佳兰一听世国这样说，更相信了世国是在骂自己，便指了世国说："贺世国，你这个狼心狗肺、没大没小的东西，枉披了一张人皮，信不信我给你两耳光？"世国听说佳兰要打自己耳光，并没有检点自己的言行，反而迎了过去，说："来啊，不来打的不是人生的！"佳兰听了这话，气得嘴唇直哆嗦，果然捋了袖子要朝世国扑过去。兴成、松林这些做小工的急忙过去抱住了佳兰，又把世国推到楼下去了。那儿世普见了，也怕佳兰和世国打起来佳兰会吃亏，便也过去说："你和这样的畜生说什么？和他说不如留点口水养牙齿！"接着自己走到一只跳板的中间，盘腿就坐了下来，然后又对佳兰说，"你就在那只跳板上坐着，要往楼上运砖和水泥，除非从我们身上踏过！"佳兰听了果然也去另一只跳板上如观音打坐一般盘腿坐下了。

众人一见，全都傻眼了，因为农村修房，不可能用上大型起吊设备，那跳板是从楼下往楼顶运送砖、水泥砂浆以及楼顶上板的必经之路，是用三根从人字形屋架拆下来的椽子捆扎而成，如今世普和佳兰在上面一坐，真有一夫当关、万夫莫开之势，任何建筑材料都休想运到楼顶来。而面对世普和佳兰这两个有名望的人，谁也不敢上前去拉扯。世国见了，一下子急得面色铁青，半晌，他突然冲进灶屋找出一只不锈钢面盆，从地上拾起一块半截砖头，像只没头苍蝇一样在院子里转着，一面转，一面用砖头敲着盆底大声叫道："贺家湾的老少爷们儿，你们快来给我贺世国申冤呀！贺世普两口子欺负人呀！有钱有势的欺负穷人呀，欺负弱势群体呀……"院子里叫了几遍，似乎不过瘾，便又敲着往外面的机耕道走去。

兴成一见，急忙跑到楼下把贺世国拉住了，说："世国叔，有话说得，你敲啥盆子呀？"世国带着哭腔说："兴成，你是看见的，我贺世国没有活路了，死也要把心里的冤屈喊出来！"兴成说："这有个啥？你和老叔又不是外人，现在各说各的理，中间又莫得个帮忙调解的才闹成这样！我去帮你们把端阳找来，看他怎么说，你看行不行？"世国一听这话，果然不敲盆底了，说："兴成，那就拜托你去给我请一下端阳，我谢你了！"兴成说："那好，你回去坐着消消气，我去征求一下老叔的意见，看他同意不同意？"说完，兴成又跑到跳板上对世普说，"老叔，看你和世国叔这样一个要只整南瓜，一个要只整坛子，总不是个办法，是不是？侄娃儿我多一句嘴，我去帮你们把端阳请来调解调解，你看怎么样？"闹成这样，世普当然希望有人出来调解一下，听了兴成这话，便也说："你去帮我们喊吧！"说完又补充了一句，"你就对他说是我请你去叫他的！"兴成听后答应了一声，果然就去了。

兴成一走，世国也便回来坐在院子里，头不是头脸不是脸地生暗气。楼上砌墙的几个砖工师傅，因为世普和佳兰把守在跳板中间，下不去，便在楼顶上坐着聊天，一时间整个工地倒显得安静起来。没一时，兴成回来了，却没见端阳。世国便站起来问："端阳怎么没来？"兴成说："端阳说他等一会儿就来，让你们等一等!"说完又走到跳板上,把同样的话也对世普说了一遍。世普听说端阳让他们等一等,心里有些不高兴起来,但嘴上却说:"等就等吧,我现在有的是时间!"兴成说:"老叔,太阳大了,在跳板上这样盘腿打坐,腿也容易麻,你和兰婶是不是先回屋里休息?"世普故意笑了一下,说:"老叔这不是在休息,难道是在抬石头?"说完又补了一句,"兴成,你自己去休息吧,老叔这次如果连自己的权利都不能维护,那就枉自工作了大半辈子!"兴成听了这话,不好回答世普什么,只说了一句:"那老叔和兰婶你们就小心一点,有事就喊我,啊!"说完也便到楼下去了。

三

　　过了一个多小时,端阳还没有来。这时太阳差不多快升到头顶了,秋天的气温虽然较夏天凉爽了些,但那是早晚。在中午的时候,太阳光还是像长了牙齿一样,咬得人的皮肤有些发痛。跳板上没有任何遮挡,裸露在阳光中的世普和佳兰见端阳还没有来,下去又不好下去,心里便渐渐烦躁起来。世普又没将茶壶端在手上,刚才和世国吵架就已经弄得唇干舌燥,现在太阳一晒,更觉得口干得厉害。又过了半小时左右,世普感到自己有些坚持不住了,便放下架子,亲自给端阳打起电话来。电话一通,世普就想冲端阳发火,可想一想自己现在是在求人,便忍住了,只舔了舔嘴唇,对端阳像是开玩笑似的说:"怎么,你还要老叔拿轿子来抬你呀?老叔可没有轿子,啊?"端阳在电话里回答说:"对不起,老叔,我马上就来,马上就来,啊!"说完挂了电话。

　　端阳说马上就来,可又等了将近半个小时左右,这才姗姗来迟。可他不是一个人来的,还把立德、东川、大成等几个退休返乡的老头也给拉来了。来到世国的院子里,一看世普和佳兰还在跳板上坐着,便生气地对打小工的贺家湾汉子们说:"你们怎么连草帽都不给老叔和兰婶拿一项上去,就让他们这样在太阳底下暴晒?"汉子们这才做出恍然大悟的样子,拍着脑袋说:"嗨,你看这事,硬还忘记了,我们这就拿上去!"端阳说:"现在拿上去做啥?乱弹琴!"说着亲自到跳板上把世普和佳兰扶到了院子里。世普见端阳现在才来，表面上在批评那些贺家湾的汉子，可实际上和那些汉子一样，是没怎么把自己放在眼里，因此心里很气，可是这时他又不能发作出来，便只好绵里藏针，假装开玩笑地说："你娃的脚硬是缠得小呀，这几步路走了一两个小时才走来！"说完又回头对佳兰说，"回去给我把茶壶和枕头边那本法律书拿来！"佳兰听了，果然往上面房子去了。

端阳清楚世普刚才那话在责怪他，但他没有回答。他知道老叔在太阳底下暴晒了那么久，心里肯定有气，有气就有气吧，他也没有啥办法。说实话，刚才兴成去对他说了世普不准世国继续往上建房子的经过以后，端阳便知道自己遇上一只十分烫手的山芋了。如果这样的纠纷是发生在贺家湾一般村民之间，这还好说一些，他可以凭借村支书和村主任的权威压一压，可现在遇上的不是一般的村民，而是强势人物。对世普，和贺家湾大多数村民一样，他端阳心里还是有些惧怕的。这不但在他竞争村主任中，世普帮助了他，对他有恩。也不仅仅世普是他请回来的，请回来后又给村里办了许多好事，帮他解决了一些棘手的纠纷。重要的是这个老头子动不动就搬法律，有些得理不让人的样子，让从古到今都讲究温和、敦厚、遇事不爱往外张扬的贺家湾人，渐渐感到老头子和他们有些不合群了，觉得他教了一辈子书，教育人惯了，现在对乡亲们动不动也是用居高临下教训人的口气说话，因而得出了到底不是一路人的结论。但恰恰是老头这副得理不让人的较真劲，让端阳看出了他一身的正气，这正气便成了端阳在心里惧怕世普的根本原因。何况老头子还有很多社会资源，像春节演戏，他一个电话便把公安局的警察给请来了，今后村里还要办很多的事，说不定这老头子还能给全湾带来更多的好处呢！一想到这些，所以端阳想无论如何都不能轻易得罪他才是！

但另一方面，世国又是在自己老房子上加层建房，没有违犯村庄建房的规矩。这几年国家要保十八亿亩耕地的红线，对农村宅基地控制得非常非常严格。上面文件明确规定，除了遭遇自然灾害如滑坡、泥石流、洪水淹没等确需另外选址重建时可以以地换地，即以旧宅基地置换新宅基地的方法，批准新的宅基地外，其他不论什么情况，都一律不得批准新的宅基地。因而村民建新房，普遍是在旧房的基础上往空中发展，用这种方式来获得更多的空间。于是村里这几年，形成了建高楼的潮流。过去修楼房，普遍的是修两层，上面加盖一层人字形的屋盖。可现在，湾里建三四层楼房的比比皆是，已经说不上是什么新鲜事了。湾里的房子本身就很抱团，特别是过去的几个老大院子，虽然后来陆续搬出去了一些人，可住在里面的人仍然是前家靠后家，左家挨右家，一家的房子向空中修高了，势必会影响到前后左右人家的光线和通风。出现了这种情况后，即便是阳光被遮住了人家，也不会有太大的意见。因为人家的房屋又没有侵占到你的屋基，至于空中又不是你的，有什么理由不让人家往空中发展？人家不往空中发展，那么大一家人怎么住得下？再说，自己以后建房，也只有向空中发展，到时有能力，你再修高一层把他盖过就是嘛！这样一想，大家便都通情达理，即使一方有些意见，大家劝一劝，相互妥协一下便解决了，很少产生过像世普这样坐在跳板上不准人家修的事。他去解决，如果站在世普一边，不准世国往上建了，不仅于"情"于"理"不合，他个人会得罪贺世国，而且等同于有了一个"维护采光权"的先例。本来湾里过去在建房的问题上都相安无事，这个"维护采光权"的先例一出，今后湾里这样的纠纷必然会越来越多，反倒是自己给自己招来麻烦！可是他如果主张世国的房子继续往上建，那又会得罪老叔，同样不管从哪个方面来说，他都该给老叔面子。退后一步说，即使他站在维护村庄秩序和规范上让老叔妥协，可这个老头子会轻易接受自己的意见？老叔他是什么人？连在县长面前都敢拍桌子骂人的人，岂会把他这样一个小小村支书放在眼里？

　　兴成把事情的经过对端阳说完以后，端阳便感到有些左右为难。端阳一为难，便想采取鸵鸟战术，答应兴成一会儿就去，可过了一个小时他还没去。他见天上的太阳明晃晃的，估计世普和佳兰在跳板上坐不了一会儿，忍受不住太阳光的炙烤便会下去了，经过这样一番烤晒，说不定他们自己就协商解决了。没想到世普又亲自给他打来了电话，这一下端阳想当缩头乌龟也不行了。可是他明明知道这事不好解决，尤其是老叔那副脾气，一旦说僵了，还弄得自己下不了台。他想了一想，便去把立德、东川、大成几个人叫上。立德、东川、大成三人也知道世普得理不饶人的个性，不愿来，端阳便对他们说："也不是叫你们出面唱黑脸，唱黑脸的是我。请你们到场，主要是怕老叔冒火了，你们在中间说几句劝解的话。你们和他年龄差不多，说话他也容易听一些！"立德、东川和大成听了，不好拂了端阳的人情，便只好跟着来了。

　　没一时，佳兰便捧了世普那把紫砂茶壶和那本比砖头还厚的《法律大全》来了。世普先接过茶壶，也没先前那般斯文和讲究了，他把壶嘴含在嘴里便是一阵咕噜噜狂饮，喉结随着茶水往下吞咽一上一下地蠕动着。把一壶水都饮完了，这才用手背将嘴一抹，将茶壶递给佳兰，又从佳兰手里接过了那本砖头厚的书。端阳一见，知道可以开始了，便说："两位老辈子，你们相信我贺端阳，把我请来，但我首先要申明一下，我不是以村干部的身份来调解两位两辈子之间的纠纷的，只是作为一个晚辈来给两位老辈子说和说和的，如果说得不对，两位老辈子也不要埋怨我，沙坝里写字，要得就要，要不得抹了就是！两位老辈子看有没有啥子意见？"世普一听端阳这话，便知道他又是在要小聪明，他明明是贺家湾主事的人，却说不是以村干部的身份来处理纠纷，这是他在为自己寻找退路，于是就说："你本身就是村干部，怎么不是以村干部的身份来调解呢？"端阳听后顿了一下，说："我怕得罪了两位老辈子！"世普板着面孔说："依法办事，秉公处理，该得罪就得罪，有什么怕的？"接着又补了一句，"不然当什么干部？"

　　端阳听了这话，便说："老叔说得也是，那既然来都来了，你们哪个先把理由说一说吧……"话音未落，世国便像早已就忍不住了的样子，憋着紫红色的面孔气呼呼地叫了起来："说就说，贺世普两口子生吃卵子活吃球，实在是太欺负人了……"说着，世国的目光从兴成、长安等打小工的贺家湾汉子身上扫了一圈，似乎想获得众人支持的样子，扫完过后才接着说，"你们都是活媒子，见证人，我贺世国修房子，也不是今天才说起的！早在几年前，我和佳桂就开始准备，今年买一车砖，明年买几张板，辛辛苦苦地准备好几年，现在不修不行了！佳桂活着的时候，我们是说过只修两层，可现在来看，修两层眼前是能够住，可以后呢？话说明一点吧……"说着世国又像孤立无助地看了众人一眼，接着说，"大家都是做了老子的人，你们也知道，贺宏、贺伟人也那么大了，有朝一日，别人来给他们说个婆娘，人家首先就是要看房子。所以我也不想把自己的话拿给别人说，说佳桂不在了，我这个当爹的就连房子都给儿子修不起！今后他们两弟兄讨了婆娘，总不能让他们两弟兄住一层楼吧，是不是？如果只建两层，他们两弟兄今后一人一层，我这个老家伙到哪里去住……"说完，目光再次看着众人，脸上显出了几分不好意思的样子，继续往下说道，"原先佳桂没有死的时候，我们说老了要么住在顶上的人字形屋架下面，要么住下面的偏厦，可现在也不哄到大家说，佳桂不在了，我今年也才过四十岁，就不想着以后遇到合适的再给两个儿子找个后娘？后娘毕竟比不得他们亲妈，人家愿意和我去住楼顶上或偏厦么？

所以我想来想去，便只好多加了一层……"

众人听完世国这番话，嘴里没有发出理解和同情的声音，可从目光里却露出了一种释然与支持的态度。是呀，世国还正值壮年，难道他就这样把光棍打下去，不再娶了？他想续弦是人之常情，为自己修一层房子作为续弦之需，也是说得过去的。世国从众人的目光和脸上看到了同情与支持，拿眼去瞅世普，却见世普只埋着头，在翻膝盖上那本比砖头还厚的书，似乎一点没有听见贺世国说的什么。或者说不管贺世国有千条理由和万条理由，都不值得他贺世普一顾的样子。但世国却不管这些，看到了贺家湾汉子们眼里流露出来的信任与理解，他就觉得比什么都重要，因而说话的态度和语气便渐渐强硬和气愤了起来："再说，在座的贺家湾人哪个不晓得，这些年来湾里修房子，哪家不是这样？只要房子是建在自己的老屋上，没有侵犯到别人的宅基地，哪个不是想建三层就建三层，想修四层就是修四层，不管建多高，哪个说过不许别人建的话？可我贺世国今天修房，却有人大路上打草鞋——说（索）长道短来了！说我的房子把他家的阳光挡住了，太阳在天上，我挡得住吗？这不是明摆着欺负我们无钱无势的穷人吗？还爬到跳板上坐到不准人家修，世界上哪有这样不讲道理的人？还说是知识分子！"说完这番话后，世国才看着端阳说，"端阳你是明白人，你说我的话有没有道理。你只要说一声我没有道理，立马我就停下来不修了！如果有道理，就是天王老子来，我也要修，再有钱有势，总还莫得权力砍我的脑壳！"说完狠狠地瞪了世普和佳兰一眼，一副恨不得把他们吃下去的样子。

世普等世国说完后，又停了一会儿，才看着世国不慌不忙地问："贺世国你说完了？"世国鼻子里呼了一声，没好气地回了世普一句："话都说得完？想起了再说吧！"世普说："要说就说完，别在别人说话的时候，又鸡一嘴鸭一嘴没修养地随便打断别人的话！"说完不等世国回答，又自顾说下去了，"我也不像你那样搬出那么多乱七八糟的这道理、那道理，我要说的话，法律上都规定了，端阳你自己看看法律是怎么规定的？"说着便把膝盖上那本比砖头厚的《法律大全》往端阳面前一放，翻开刚才自己折着的地方，又对端阳指点了一下，接着说，"你读给贺世国听听吧，免得说我贺世普又欺负了他！"

端阳接过《法律大全》，在世普指点的地方看了看，上面果然有对房屋采光权和通风权的规定，不由得一下皱紧了眉头。但端阳还没来得及说什么，便听见世普在对世国说："你刚才说我欺负了你，这话你茅坑边拣根帕子——怎么开（揩）得了口？明明是你的房子影响了我的采光权和通风权，你倒猪八戒使钉耙——倒打一耙了是不是？究竟是谁欺负了谁……"说着这话，世普也像气愤至极的样子，猛地在板凳上拍了一下，站起来指了世国的鼻子说："我今天给你把话说清楚，你如果能把三层楼房盖上去，除非太阳从西边出来！"世国一听世普这话，也马上站了起来，以牙还牙地指了世普说："我也跟你说，贺世普，脑袋掉了不过碗大个疤，我这楼房如果修不上三层，我见个人磕个头……"

端阳见两人越说越赌气了，便急忙打断了世国的话，说："说些什么呀？坐下！"世国听了又才气鼓鼓地坐了下去。端阳便又看着他们说："佳桂婶虽然不在了，可毕竟仍然是亲戚，怎么……"话没说完，佳兰突然打断了端阳的话，说："他要是还把我们当亲戚又好了，可人家早就不认我们这个亲戚了……"世国听到这里，也不客气地打断了佳兰的话，说："你们是有钱人，我贺世国高攀不上了！"说完又接着嘟哝似的说了一句，"亲戚？哪有亲戚想把亲戚送到监狱里去的？"世普听见世国这话，便又站起来说："我知道你心里记恨我，所以才故意要把房子多修一层来报复我，不过我贺世普却不怕！我也不为当初的行为后悔！"说完又接着说，"当初派出所放你，是看在你两个孩子没人管的分上，给你悔过自新的机会，没想到你现在不但不思悔改，反而还想报复我！你是在对我的人格和权威挑战，我告诉你，我贺世普永远不会有怕你的那一天！我还是那句话，你这房子休想按你计划的那样修起来！"

世国听见，虽然没有像世普一样站起来，却昂了头，坚定不移地对了世普说："那就骑驴看唱本——走着瞧！"端阳见两人还是没有一点互相妥协的样子，便说："你们一个要只整南瓜，一个要只整坛子，叫我怎么说呢？"一边说着，一边向立德、东川、大成眨眼睛，示意他们说几句劝解的话。可立德、东川却故意把头低着，做出一副不愿意掺和的样子。大成心直，便跟在端阳的话后说了一句："我看你们两个，都不要那么认真了……"话还没说完，世普便突然对大成吼着说："这事必须认真，怎么能不认真？"说完可能也意识到这样对大成说话粗暴了一点，便又把目光转向端阳，说，"法律条文在那儿摆着，你看该怎么办就怎么办嘛！"

端阳见世普把他逼到悬崖边上了，又见他吼了大成，立德、东川更不会出面来帮他做一些说服工作了，便又马上想起了自己的鸵鸟战术，于是就以退为进地说："老叔，你说的这法律条款我也是今天头一回才看见，这太深奥了，我们这些转田坎的土八路哪能对这些条款了解得那么深？回头我去把乡上司法所的人请来帮你们裁断裁断，你看怎么样？"世普一听请乡司法所的，先觉得是端阳想金蝉脱壳，可过后一想也未尝不可——毕竟司法所的人比端阳熟悉法律，或许对他还有利得多，于是便说："你看着办吧！"端阳一听这话，知道老叔是同意了，于是便宣布说："那就这样，下午我就去请乡司法所的人，在司法所没有下来裁断之前，世国老辈子把工停下来，不要再修了！"说完似乎不放心，又对了兴成他们说，"你们做小工的也全部回去，司法所没有裁断前不管哪个来喊都不要来，啊！"兴成等人听见，答应了一声："是！"果然拿着自己的工具各自回去了。世国见了，却哭丧着脸说："我停工的损失哪个赔我？"端阳听后瞪了世国一眼，说："你问我，我问哪个？"说完见世国满脸沮丧的样子，像是有些不忍心，于是又补了一句，说，"房子没解决之前暂时不修了，你还把工人留着干啥？又不是修三峡大坝，有多大损失？"说着一边拍屁股，一边带着立德、东川和大成走了。世普见端阳走了，也和佳兰回到了自己屋子里。这儿只剩下世国，一边嘟嘟哝哝地骂着"活见鬼""欺负人"这些话，一边给那几个砖工师傅做饭去了。

　　端阳说下午他便去请乡司法所的人，可他下午压根儿没去。端阳当时说这话确实是想金蝉脱壳，从那种尴尬的处境中解脱出来。现在，上面正在开展创建"无矛盾纠纷和谐美好乡村"活动，他如果去向乡司法所报告了，不仅意味着贺家湾村不是和谐美好村，而且也违反了上级对矛盾纠纷"小事不出组，大事不出村"的处理原则。上交一件矛盾纠纷，乡上年底综合考核时便会扣去一两分。可别小看了这一两分，村里的工作多，如果每样工作都扣一两分，加起来，端阳的工作便会不合格。如果连续两年考核都不合格，端阳便要主动向组织辞职。如果不主动辞职，组织上便会勒令辞职或采取组织措施。所以端阳嘴上是说了，可心里并没有打算去。他想采取拖延战术看一看，或许会有一方扛不住。譬如世国，端阳知道他这次修房没有把工程包出去，而是采取的工人师傅和小工做一天他付一天工资的形式，这叫作点工。像今天这样，砖工师傅和兴成等小工虽然只做了半天，可世国仍然得付一天的工资，因为这是做点工的规矩。再说，世国是利用

306

他们工地上这几天待料的机会，把师兄师弟们拉来给自己建房的。哪天工地上材料一拉来，师兄师弟就得回去，他不趁这点时间抓紧把房盖起来，以后几位师兄师弟一走，自己的房屋便会成为半拉子工程。而一旦世国扛不住，做出妥协改变现在的计划也不是没有那个可能。或者老叔从今天众人无声却明显支持和同情世国的眼神中看出了端倪，怕引起众人闲话、迫于村庄压力而退让一步，也是完全可能的。而不论哪一方做出妥协，事情都会得到一个皆大欢喜的圆满结局。既然存在这种可能性，为什么要急急忙忙地去向乡司法所报告呢？

但是，事物却没有朝着端阳的良好心愿发展。下午睡过午觉起床后，佳兰突然发现世国又在砌墙了。原来正如端阳所分析的那样，世国请来的师兄师弟因为是做点工，吃过午饭以后，世国看见楼顶上还码了一些砖，上午只是因为世普和佳兰坐在跳板上，兴成他们这些贺家湾做小工的没法把拌好的水泥砂浆送上去，因此砖工师傅无法砌墙，才被迫停下来的。现在世国一看，心想反正我是要付一天工资的，时间也还早，何不叫他们把楼上抬上去的那点砖砌完了才回去？于是便对师兄师弟们说了。师兄师弟们也很理解世国，再说他们是世国请来的，人家付了自己的工钱，自然得服人家管，于是便说："行，我们反正是下力的，你怎么说我们怎么做就是！你去把水泥砂浆拌起挑上来，我们马上就去砌！"世国听了，果然去拌了水泥砂浆，用锹铲进灰桶里，亲自往楼上挑了上去。水泥砂浆一到，几个砖工师傅果然又乒乒乓乓地砌起墙来。这一切佳兰哪里知道，一见工人师傅又在砌墙了，便急忙进屋去摇醒了还在发着鼾声的世普，说："贺世国又在砌墙了！"

世普一听这话，马上从床上坐了起来，一边揉着眼睛一边说："你说啥？他为啥没有停工？"说着，世普跳下床来，迅速穿上衣服就往外面跑去。到了院子边上又往下一看，果然看见几个砖工师傅砌得正欢。世普的脸又刷的一下黑了，他转过身正想往下跑，佳兰忽然一把拉住他，说："你不要去了，我下去问问贺世国！"世普听了这话，有些不相信地看着佳兰，说："你去？"佳兰说："我就去不得？难道贺世国就敢把我吃了？"说完又接着对世普说，"上午端阳说得好好的，叫他不要砌了，可他吃了饭又砌，他这是欺负你一个知识分子不会拌蛮！我是个农村婆娘，看他能把我怎么样？"说着不等世普说什么，果然咚咚咚地朝下面跑去了。

佳兰咚咚地跑到世国的院子里，院子里没有人，世国已经挑着灰桶上楼去了。佳兰正准备往楼上去的时候，突然绊到一匹砖，扑通一声跌到了水泥地上，两只膝盖立即像是跌破了一般发出锥心般的疼痛。过了半天佳兰才爬起来，撩起裤脚看了看膝盖，发现膝盖处擦破了一点皮，并没什么大碍，这才放心了一些，但心里的火气无疑更大了。她站了一会儿，才强忍着疼痛，黑着一张脸沿着跳板上楼去了。到了楼顶，看见工人师傅正在砌临院子那面墙，世国站在工人后面，等待着他们灰桶里的水泥砂浆用完了，他好下去挑，都没看见背后的佳兰。佳兰趁他们没注意的时候，猛地冲过去，抓起工人师傅脚边的灰桶就朝楼下的院子里扔去。她一边扔，一边咬牙切齿地说："我让你们砌！我让你们砌！"

灰桶砰的一声落到下面院子里，半桶没用完的水泥浆在地里像开了一朵花似的。工人们和世国一下全都愣了，半晌贺世国才回神，也像一只愤怒了的雄狮挥舞着拳头冲佳兰语无伦次地叫了起来："你、你、你干啥……"说着，就要朝佳兰冲过来，一个工人急忙抱住了他。佳兰没有退缩，将胸膛一挺，双手叉了腰冲世国说："干啥？明明端阳叫你先停下来，为啥你还要砌？"世国从那个工人的肩头伸出一颗圆溜溜的脑袋，一边也冲佳兰喷着唾沫一边红着两只眼睛，身子一耸一耸地喊道："我就要砌！就要砌！你这个母老虎想怎么样？你敢把我这房子给扒了……"话音未落，佳兰说："我就敢给你扒了又怎么样？"世国就跳着说："你扒，你扒，不扒是大姑娘生的！"佳兰一听这话，没等工人回过神，就突然用双手撑住刚才砌的墙，猛地一推，那新墙因为砖缝的砂浆还没干，一下子便被佳兰推倒了，砖块如冰雹一般哗哗朝楼下掉去。推完这堵墙，佳兰还要去推其他的墙，却也被工人们抱住了。

世国见佳兰真的推了自己的墙，一时无计可施了，便又使起了上午用过的"弱者"的武器，一边在工人怀里气急败坏地跳，一边对着天空大声叫了起来："大家快来看呀，贾佳兰这只母老虎耍威风，把我的墙给推倒了呀！大家快来看贾佳兰这只母老虎吃人呀——"

叫了一阵，果然看见长安、贺西、贺毅几个人来了。几个人过去推的推世国，劝的劝佳兰，再一次把双方拉开了。拉开后，那几个工人才对长安几个人说："这怎么办？今天幸好有我们在这里，不然怕还要闹出人命！总这样下去也不是长法，事情总得挽个圈圈才是，你们还是去把干部喊来帮他们解决一下吧！"

长安等人听了觉得也确实是这样，于是便又去给端阳说了世国和佳兰刚才的事。端阳一听，这才明白自己的拖延战术不但不会起到任何作用，说不定还会酿出更大的事来，这才急忙跑到乡上，将矛盾上交到乡司法所毛所长那儿去了。

第十章

一

　　第二天上午，乡司法所的小毛所长和那个外号叫"陈一针"的维稳信息员果然来到了贺家湾。小毛所长人很年轻，个子不高，人稍微有点发胖，长着一张圆嘟嘟的脸。鼻梁上架着一副厚厚的近视眼镜，从镜片后面透出的那对小眼睛的光芒，给人一种随时都在发笑和天真烂漫的感觉。不管从哪个方面看，小伙子都还像是某所大学才入学的新生，而不像一个国家干部。小伙子的确是在一年多前才从大学里考进国家公务员队伍的，现在大家还喜欢在他的职务前面加一个小字。小伙子在大学的时候学的并不是法律，而是和法律一点不沾边的畜牧专业。他考公务员时，报的职位是党政办秘书。分配到乡上来时，也的确是在乡党政办公室工作。那时他虽然只是办公室的一名文书，每天给领导写各种各样的材料，但他感到很满意，因为在党政办工作容易得到提拔，一般两三年后就会成为乡上的后备干部。可是没过多久，县上为了巩固前阶段全县矛盾纠纷大排查、大调解的成果，在此基础上推动农村精神文明建设，要求在全县开展创建"无矛盾纠纷和谐美好乡村"活动，并作为一项重要的政治任务纳入年终目标考核。为了体现领导的重视，还专门成立了"全县创建无矛盾纠纷和谐美好乡村领导小组"，简称"创无领导小组"，县委书记亲任领导小组组长。乡上为了加强对这一工作的领导，也同样成立了一个领导小组，马书记亲任组长，下面设立了一个专门的办公室。有了庙就必须有和尚，办公室总得有人办公才对，于是马书记亲自点将，把原来司法所的牟国毅所长抽去做了办公室主任。牟国毅所长是位老同志了，虽然也没有学过法律，但他从参加工作就在司法所上班，对司法调解已经有了丰富的经验，正因为有了丰富的经验，领导才会把他放到如此重要的岗位上去。牟所长被抽走后，司法所不能没有人，领导研究来研究去，便决定把小毛文书暂时补充到司法所去。小伙子不想去，乡上马书记便找他谈话，说这是组织对他的信任，农村工作头绪繁多，多换两个岗位对自己有好处。又说没有工作经验不要紧，对法律不了解也不要紧，人又不是天生就知道这些的，就像牟所长，经验还不是从工作中积累起来的？还说，你放心，牟所长是临时抽过去的，司法所长的职位又没有免，遇到什么难题了，你去请教他就是！还说，考虑你在党政办虽然没有宣布过你就是主任，可办公室实际上只有你一个人，是不是主任的主任，所以你过去自然不会让你白白地过去，党委已经研究过了，决定给你正式挂一个副所长的职务。虽说是个副所长，但牟所长的主要精力在"创无办"，你实际上就是所长了！对于是不是所长，小伙子并不怎么在意，因为整个司法所说起是个乡衙门，可实际上只有他一个人，就像过去十多年都只有牟所长一个人既是官又是兵一样。但马书记把什么话都给他说了，他还有什么价钱好讲？小伙子就这样由小毛文书变成了小毛所长。

小毛所长走马上任的第一天晚上，便去街上的"香四海"饭店备了几个下酒菜，又去商店买了一瓶好酒，将装菜的食品袋和酒提到他的顶头上司牟所长的房间里。牟所长一见，忙问："你这是干什么呀？"小毛所长一边把食品袋里的东西往盘子里倒，一边说："我拜师来了！"牟所长说："你拜啥师呀？"小毛所长没有忙着回答，从牟所长的桌柜里找出两只酒杯，拧开瓶盖，满满地倒上了两杯白酒，将其中一杯递到了牟所长面前，这才举起酒杯说："牟叔，你是晓得的，我对法律是田坎上栽芋子——外行，我本不想到司法所来的，可马书记一定要我来，从今以后，你可要多帮助我，啊！这杯酒就当拜师酒，我先饮为敬！"说着一仰脖，将一杯酒全喝了下去。

牟所长一听小毛所长这话，便呵呵一笑，十分干脆和豪爽地说："这没有啥，小事一桩！"说着也将杯中的酒一饮而尽。牟所长什么都好，就是有点嗜酒，一看见酒就像猫儿见了鱼腥一样眼睛就要发绿，一两杯酒下肚就会饶舌，口无遮拦，把心里的什么话都要说出来。正因为这样，他在乡上干了二十多年，一直没有得到领导提拔。他放下酒杯，连筷子都懒得拿，就用手指撮起几颗花生米丢进嘴里，一边嚼一边对小毛所长说："什么法律不法律？农村工作讲究的是摆平，摆平就是法律，知道不？"说着不待小毛所长给他倒酒，自己抓起酒瓶倒了一杯，在往桌子上放酒瓶的时候才对小毛所长说："对不起，你把酒拿来了，我不喝是对你不尊重，我就自己动手，丰衣足食了！"小毛所长急忙说："你喝，你喝，牟叔！"

牟所长果然一点也不客气，端起酒杯又是一饮而尽，然后将嘴角一抹，这才看着小毛所长说："你娃也不要把这司法所看得那样神圣！以为司法所就像法院一样，是个断案的地方，你这样想就大错特错了，司法所不是执法所，只是和稀泥的地方！"说完挥了一下手，又接着说，"在乡上，司法所啥都不是！"小毛所长听到这里有些糊涂了，问："牟叔，怎么啥都不是？好歹也是乡上一个机构不是？"牟所长听了这话，又抓过酒瓶，一边往杯子里斟酒一边也斜着小毛所长说："你娃到底还嫩了一点！司法所是乡上一个机构不假，可你还没看出来，哪个把司法所放到眼里了？我可以这样跟你说，在领导眼里，司法所在乡上是最不重要的一个单位。你看人家派出所王所长，要枪有枪，要抓人有抓人权，连马书记看见他都像儿子见了老子一样恭恭敬敬的，要什么就给什么……"小毛所长见他杯子里的酒都溢出来了，忙叫道："牟叔，杯子满了！"牟所长低头一看，杯子里的酒果然溢了出来，便急忙放下酒瓶，心疼地说："可惜了，可惜了！"一面说一面低下头，先将杯子里的酒喝了一口，这才将酒杯端了起来。这次没将杯里的酒一饮而尽，而是只喝了一半，便放下了杯子，又用手指去盘子里夹了一片豆腐干，放在门牙上咬了一口，然后慢慢嚼了起来。

小毛所长等他顶头上司的牙齿蠕动得差不多了，才又盯着他问："牟叔，不管怎么说，我现在干都干到这个工作了，你就把你这几十年干调解的经验，传授一点给我，让我到下面去多少也知道一点该怎么做嘛！"牟所长听了小毛所长这话，将酒杯里剩下的酒干了以后，这才又看着小毛所长说："你娃这话算是问对了！不瞒你说，你牟叔干了二十多年调解工作，随便告诉你几招，都够你娃用一辈子！"小毛所长听了这话，急忙拿过酒瓶，亲自给牟所长斟了一杯酒，然后说："那好，牟叔，你就说几招我听听！"牟所长不慌不忙地端起杯子，呷了一口酒在嘴里，让酒慢慢沁下喉咙里以后才说："那好，看在你虚心好学的分上，我告诉你调解纠纷的四字经……"小毛所长急忙打断了顶头上司的话问："啥四字经？"

牟所长说："你娃着啥急，听我慢慢说嘛！这第一个字，便是威……"小毛所长听罢，重复了一遍："威？哪个威字？"牟所长说："还有哪个威字？威严的威你都不懂？"小毛所长说："原来是这样，那怎么才能算是威呢？"牟所长说："你看见过法官审案没有？你看那些法官审案，高高地坐在上面，脸像铁一样板着，一不嬉皮打笑，二不插科打诨，这便是面目上的威，要让人一看见你，便在心里先惧了你几分！像你娃现在这样一张笑模笑样的学生脸，就是再老实的农民看见你也觉得你可欺，哪个舅子怕你？"小毛所长听了这话忙问："牟叔，那我怎样才能做到不笑模笑样的呢？"牟所长说："我现在打个比方问你，假如你娃耍了一个女朋友，眼看要结婚了却被人给撬走了。你见了那个撬走你女娃儿的人会是啥样子？"小毛所长说："我会恨不得吃了他！"牟所长说："那就对了！从今以后，你的脸就要装起像天要下雨时的样子！"小毛所长立即将脸皮绷紧了，又在眼镜后面将一对小眼睛努力瞪着，做出了一副威严的样子，这才对牟所长问："牟叔，你看我这阵像不像有威的样子？"牟所长瞥了小毛所长一眼，说："这还有点威的样子，不过还要慢慢锻炼！"

小毛所长听了这话，把脸皮松了下来，又看着他的上司问："除了脸上的威之外，还有哪些地方可以表示出威的样子？"牟所长忙说："说话！"小毛所长又重复了一遍上司的话："说话？"牟所长点了一下头，说："对，说话！说话声音要大，嗓门儿要足，不说像张翼德在长坂坡那样，一声吼吓得几十万曹军往后退，起码你也要压得住场子！你一个蚊子那样的声音，谁会惧怕你？"小毛所长听了，说："我明白了，牟叔，书上有句话叫先声夺人，说的恐怕就是这个意思！"说完马上又问，"那第二个字是什么呢？"

牟所长又端起酒杯呷了一口酒，又才慢慢说："这第二个字，叫作哑……"小毛所长一听，有些茫然了，说："哑，哪个哑字，是不是哑巴的哑？"牟所长一拍大腿，说："你娃聪明！"可小毛所长却糊涂了，说："你是说装哑巴？"牟所长说："我不是叫你哑巴，而是叫你在调解纠纷时，自己尽量少说话。我才开始搞这个工作时，人年轻，自以为很聪明，一开始就给他们讲这政策那法律，可后来发现我讲得越多，人家越不听，反而抓到我话里的漏洞来攻击我。我这才发现言多必失，我讲得越多越容易被人抓住小辫子。后来我就不给他们讲这政策那法律了，只让他们闹矛盾的双方说，他们说得越多也就越容易让我抓住他们的小辫子！你少说话，别人越弄不清你心里在想啥子，越弄不清你想的啥子，越觉得你神秘，你越神秘，别人就越畏惧你！可是你越给他们讲政策，效果就越适得其反，懂了吧？"

小毛所长一听这话，立即流露出一副对上司的敬佩之情，说："哎呀，牟叔，幸亏你今天提醒了我，我过去一直在想，做司法调解工作，就是要和风细雨，耐心地把政策和法律跟群众讲明，现在看来才不是这样的！"牟所长说："你娃今后还会慢慢明白的！现在我说第三个字，那就是快！啥叫快？就是快刀斩乱麻！调解纠纷，最忌讳的就是优柔寡断，拖泥带水，当断不断！先前他们左一番、右一番各说各的道理，但他终归有说累了时候，这时候，你便趁机有理的三千，无理的八百，各打他五十大板……"小毛所长一听到这里，又有些不明白了，看着牟所长问："各打五十大板，要是有理的不服怎么办？"话音一落，牟所长便盯着小毛所长问："哪叫有理，啊？两个人吵架哪个有理？"说完见小毛所长愣怔的样子，便又举出了一个案例说，"那年林家湾有两个人为争水发生了纠纷，把我请去调解。我判他们各拿出五十元钱出来修复水渠。可是其中有一个人不服，说是他偷我田里的水才把水渠挖断的，我是受害人，又没有错，怎么要我也拿五十块出来？我一听，就叫他把右手举起来。他说举手干啥？我说你管我干啥，我叫你举起来就举起来！他果然把手举起来了。我说：你左手不要动，给我把右手拍响！他说：我一个手掌怎么拍得响？我把桌子一拍，瞪着他说道：你晓得一个巴掌拍不响，还说你有理，你有啥理？他一听就再也不说啥子了！"

小毛所长听得入了神，过了半晌才说："可他要是还不服呢？"牟所长说："这就是我要说的最后一个字了，叫作撤……"小毛所长又嘟哝了一声："撤？"牟所长说："对，这是最关键的一招，遇到那些始终不服调解的人，或者因为事情太复杂，明知自己无法调解的事，你便及时抽身而退，保全自己，免得自己越陷越深！"小毛所长明白了，却说："可怎样才能脱身呢？"牟所长说："这还不容易？你站起来宣布就是！你就说：你们所说的事牵涉法律，实在太复杂了，不属于本人调解的范围，建议你们依法起诉！散会！说完你夹起包包就走，不就脱身了吗？"小毛所长一听，对他的这位顶头上司佩服得五体投地，又亲自给牟所长倒了一杯酒，然后又给自己倒了一杯，端起来对牟所长说："来，牟叔，我再敬你一杯！今晚上真是听君一席话，胜读十年书，以后还望多帮助我！"说罢和牟所长碰了一下杯，将酒喝了。牟所长一边喝，嘴里一边说："好说，好说！"一副十分乐于助人的样子。

小毛所长得了顶头上司亲自传授的四字真经，心里踏实了不少。但是所里就只有他一个人，使他有种孤单的感觉。特别是下乡去的时候，连个做伴的都没有。所幸的是不久，上面出于维稳的需要，专门拿出事业编制给每个乡配备一名维稳信息员。凡是三十五周岁以下、中专文化以上的现事业编制的人员，都可以报名参加县上的统一招录考试。这样，乡卫生院原来给病人屁股上扎针的陈医生便被招录上了。当然后来也有小道消息说，"陈一针"能够被招录进来，并不是靠了他的本事，而是靠了他在市人事局当科长的小舅子！事情的真实性如何没人去考证，反正"陈一针"现在不在乡卫生院给病人屁股上扎针头了，摇身一变成了"陈信息"，每天胳肢窝里夹着一只公文包，到乡政府像模像样上班来了。可是维稳信息员没有一个对应的机构，上面也没有说要成立一个维稳信息办公室来安置这个信息员，把"陈信息"放到党政办公室似乎不妥，有把党政办变成谍报部门之嫌。放到其他部门如计生办、农技站、文化站更是牛头不对马嘴，领导考虑了半天，才想到司法所的小毛所长正好是光杆司令，加上两个人的工作性质好歹也扯得上边，于是便把"陈信息"安到司法所暂时寄身来了。平常两个人的工作伙到做，伙到做的意思就是乡干部常说的"出门一把抓，进屋才分家"，实行对上两块牌子，对下一套人马。这样，小毛所长手下终于有了一个不属于他直接领导的兵。

小毛所长虽然得了牟所长这个老司法人员的四字真传，但一听了贺家湾村支书兼村主任的贺端阳说了贺世普和贺世国两家纠纷的经过，尤其是听了端阳对世普的介绍，却一下感到作难了。小毛所长不是本地人，虽然对世普不太了解，但是一听说他做过县中学校长，还担任过几届县人大常委会和县政协的常委，人还没去，心里就先怯了几分，不断地搔着头皮说："这件事情有些不好办！这件事情有些不好办！"端阳说："是有些不好处理，如果好处理，我又不得把年终的两分拿你们扣了！"小毛所长说："贺支书，谁愿意扣你们那两分呀？这样吧，我也不扣你们两分，也不来处理这件事行不行？"端阳说："那可不行，我宁愿你们把我们的分扣完，你们也得去处理!"小毛所长说:"这不是一般的纠纷，你知道不知道?"端阳说:"我怎么不知道? 就是知道才来找你们呢……"小毛所长不等端阳说完，便说:"这件事关系重大，你等一等，我去请示一下牟所长再答复你!"端阳说:"你就去请示吧，我在办公室等你!"

说完小毛所长正要走，牟所长却夹了一沓纸走了进来。一看见端阳，便问:"哦，是贺支书来了! 你来了不去马书记办公室里坐，到这里来干啥?"端阳立即说:"现在你这儿握有扣我们分的大权，已经成香饽饽了!"接着才说，"小毛所长正说来找你，你就来了，真是说曹操曹操到!"牟所长听了就看着小毛所长问:"找我有啥事?"小毛所长便把端阳刚才说的事告诉了牟所长。牟所长一听这事牵涉贺世普，便急忙摇头说，"这事麻烦! 麻烦!"端阳说:"再麻烦还难得到你牟所长，你眉头一皱，计上心来，哪个不知你在处理这些纠纷方面，是胳膊肘长毛——一把老手!"牟所长说:"你不要跟我上粉汤，这件事不是一般的民间纠纷，司法所一旦介入调解，调解的结果不仅仅是当事人对与错的问题。调解再是和稀泥，也总要依据一个原则是不是? 而不管依据哪个原则，在关系到他们两家现实利益的同时，还牵涉其他村民潜在的利益，这就是这件事不好调解的原因!"

端阳一听牟所长说的这番话与上午自己的判断一样，便说:"那怎么办? 就不解决了?"牟所长说:"不解决又怎么行? 你容我想想，啊!"小毛所长听了便说:"牟叔，你经验足，办法多，威信又高，明天你就和我一起去贺家湾调解怎么样?"牟所长一听便笑了起来，说:"我来是专门找你帮忙的，你倒拉起我的差来了!"小毛所长听了急忙问:"牟叔要我帮啥忙?"牟所长摇了摇手里的纸说:"告诉你吧，县上创建领导小组过几天就要下来检查，上级要求要做好迎检准备工作。我对着检查要求看了一下，我们乡还缺许多资料，需要在这几天补起来。因为缺的资料多，我一个人把作业做不过来，就想请你小伙子帮帮忙!"小毛所长一听，也暂时把端阳说的事忘到了一边，又急忙对牟所长说:"要我帮忙做哪些作业，牟叔给我看看!"牟所长一听，果然把手里的纸交给小毛所长。小毛所长展开一看，只见上面密密麻麻地写着好几十条:

1. 黄石岭乡开展创建无矛盾纠纷和谐美好乡村活动领导小组人员名单;
2. 黄石岭乡开展创建无矛盾纠纷和谐美好乡村活动成员花名册;

3. 黄石岭乡开展创建无矛盾纠纷和谐美好乡村活动的实施方案；

4. 黄石岭乡各村开展创建无矛盾纠纷和谐美好乡村责任制度；

……

　　小毛所长一看，马上叫了起来，说："这么多呀，牟叔，这要做到哪个时候？"牟所长说："这两天就要完成！"小毛所长想了一想，便和牟所长讲起价钱："这样，牟叔，明天我们一起去把贺家湾这场纠纷解决了，回来我加班加点地给你做！"牟所长一听，想了半天才说："算了，我不能猫儿没买到把口袋都丢了，还是锣还锣，鼓还鼓，各自做各自的，你娃明天和陈信息去贺家湾处理纠纷，我先自己做到这些作业！"小毛所长一听这话，心里又便没有底了，便皱了眉头说："牟叔，这……你都知道的，连你都说麻烦，我怎么去处理？"牟所长看了小毛所长一眼说："你心里没有底是不是？"小毛所长说："正是！"牟所长说："没有底就好，有了底明天你就坏事了！"说着又看了端阳一眼，然后又对小毛所长说，"你过来我跟你说句悄悄话！"

　　小毛所长一听，果然乖乖地跟到了牟所长面前。牟所长就把嘴唇贴到小毛所长耳边，悄声说："送你一句话：千万不能表态！"小毛所长说："那我该怎么办？"牟所长说："到时候你就说：关于房子'采光权'的事，我们基层司法所的人员以前从来没有遇到过，在法理上没有底，所以不好断定，建议你们依法向人民法院提起民事诉讼！说完这话，不管他们同意不同意，赶紧撤离！"说完这话，又怕小毛所长不明白，又马上强调了一番自己的理由，说，"这事太重大了！不但贺家湾，全乡因旧房改造而挡住邻居家阳光的事情多有发生。如果你轻易表态，满足了贺世普这个老头子的诉求，到时引发了更多这样的纠纷你说怎么办？这可是关系到稳定的大事，到时马书记把板子打下来，你吃不了兜着走！所以作为基层的司法机构，你敢开这个先例吗？因此装聋作哑，把球踢到法院去，是最好的办法！现在明白了吧？"小毛所长一听，果然心领神会，急忙点着头说："牟叔，我现在心里一下有底了！放心，明天回来后，我就帮你做那些作业！"牟所长听了，便说："那好，我就等着你！"说完便又把那卷纸夹着走了。

　　等牟所长走远了以后，端阳才拉着小毛所长问："刚才牟所长给你面授的啥机宜？"小毛所长虽然年轻，可也知道维护自己的威信，他怎么能够把牟所长说的那些话告诉端阳呢？告诉了端阳，不就等于是承认自己无能吗？想了一想便说："说啥？要我明天好好处理这件事呢！"端阳见小毛所长不愿说，也就没有再问。

二

小毛所长和"陈一针"来到贺家湾，端阳见了自是十分热情，便要把他们往贺世国家里带。小毛所长急忙说："到他们家里干啥？"端阳以为小毛所长是嫌世国家里正建房，难免乱七八糟或清洁卫生差才不愿去的，便马上又说："那就到我老叔家里去吧，他们家里要干净整洁些……"话还没完，小毛所长又立即说："那也不能去！"端阳一听有些糊涂了，说："你去调解他们的纠纷，不到现场去还到哪里去？"小毛所长斩钉截铁地说："村委会办公室，把他们通知到村委会办公室来！"端阳听后想了一想，觉得到村委会办公室虽然不是纠纷现场，但也说得过去，便说："那好，我马上就去通知他们！"说完转身要走，但小毛所长又马上叫住了他，说："你忙啥？"端阳又有些闹不明白了，说："怎么，难道不通知他们到场？"小毛所长说："通知是要通知的，你先把村委会办公室开了让我们看看，然后才通知他们！"端阳弄不明白小毛所长先看办公室是啥意思，便说："那好，你们跟着我来吧！"说着就带了小毛所长和"陈一针"往村委会办公室走去了。

到了原来的村小学，端阳打开大门，只见里面院子里的杂草足有半人多高，密密匝匝，有的正在枯萎，有的生长还正茂盛，风儿吹得它们不断摇晃，像是对他们一行人点头致意一样。小毛所长一见忙对端阳问："草丛里有蛇没有哟？"端阳一见小毛所长一副小心害怕的样子，便故意说："那还没有，上次我们来开会，从草草里就爬出一根胳膊粗的蟒蛇……"小毛所长一听端阳这话，立即哇地叫了一声，身子连连后退，说："那我就不敢进去了，我最怕蛇了！""陈一针"见了忙说："小毛所长不要怕，贺支书是故意吓你的！"说完又接着说，"蛇有啥可怕的？我就不怕！你看我——"说罢转到端阳前面，做出一副视死如归的英雄气

318

概，昂首挺胸地朝前走了。这儿小毛所长才跟在"陈一针"后面战战兢兢地上了楼。

到了楼上，端阳一边掏出钥匙开了村委会办公室的门，三个人进去一看，屋子里左右靠墙的两边各摆着两张办公的桌子和椅子，桌子上的灰尘足有半指厚，散发着一股混合着老鼠屎尿味道的霉味。有几缕阳光从屋顶的瓦缝间照射下来，光柱中可以看见有许多微尘像小虫子般在上下飞舞。小毛所长一见，便对端阳说："把这几张桌子动一动！"端阳问："怎么动？"小毛所长一边指画一边说："把这两张桌子抬到靠里面的位置来，拼在一起，那两张桌子横过来，成八字形摆在两边！"端阳听了又忙问："怎么要那样摆，就这样不行吗？"小毛所长板着脸说："没规矩不成方圆，今天是司法所来调解，还是要像个样子！"端阳见小毛所长这么说，也不知他葫芦里到底装的什么药，便只好和"陈一针"一起，将前任村支书和村主任贺春乾、贺国藩坐的那两张桌子，搬到靠里面墙边，面朝大门拼成了一字形，然后又将自己和村会计贺劲松坐的两张桌子，横过来摆在了左右两边。然后端阳才又对小毛所长问："椅子怎么摆？"小毛所长说："搬三把椅子在后面的两张桌子后面，剩下的那把椅子搬出去，有板凳就多搬几条板凳进来，那两张桌子后面各搭一条板凳，剩下的板凳就搭在屋子前面，等会儿有人来旁听，愿坐就去坐！"端阳听后一下子明白了小毛所长"像个样子"那几个字的意思了。靠里面墙的两张桌子后面，肯定是他们三个人的位子，两边桌子后面则是世国和老叔坐的地方。想到这里，端阳便说："老叔等会儿坐哪张桌子后面？反正剩一把椅子，就让老叔坐算了！"小毛所长一听，便十分严肃地说："这里没有什么老叔、嫩叔，只有纠纷双方！你没见在法庭上，不管什么人，该坐被告席的时候都得去坐被告席呢！"端阳一听，便晓得这个小毛所长就像庄稼人骂人说的那样，蛋黄还没干，谱倒摆得不小！但一想到人家是自己请来帮村上调解纠纷的，便不好再说什么，只得把剩下的那把靠背椅子端出去，又打开学校堆放破桌烂凳的教室，在里面找了几条凳脚完整的板凳端了上来。然后端阳又到下面的院子里将来几把杂草，将桌子和椅子上的灰尘胡乱地擦了擦，这才去通知世国和世普去了。

没一时，世国便挂着一副受到无辜伤害的沮丧神情来了。兴成等在家的贺家湾村民，一听说乡上司法所的人来断世国和世普的官司了，一个个便都从麻将桌上或庄稼地里跑了来。正如端阳和牟所长所分析和担心的那样，眼下老叔和世国这场纠纷，早已超出了他们两家的范围。他们现在对这件事情的关注，实际是关注着自己今后再建房子时能不能再向空中发展的十分实际的问题，因此今天要来看看司法所的人怎样断这个案子。他们来后，世普和佳兰才来。世普腋下仍夹着那本比砖头还厚的《法律大全》，佳兰则在后面给世普捧着那把紫砂茶壶。世普和世国不一样，也许他感觉到有法律做他的坚强后盾，也许是他对今天司法所的调解充满了必胜无疑的把握，因而他显得十分从容，一点没有慌张的感觉。走到村委会办公室门口，兴成、兴才他们都喊道："老叔来了？"

端阳见了，也急忙迎了过来对世普和佳兰说道："老叔、兰婶，你们来了！"世普一面朝屋里的汉子们微笑着点头答应，一面从容不迫地迈进门槛。端阳也忙微笑着把世普带到小毛所长的桌子面前，先对了世普说："这是司法所毛所长！"然后又对小毛所长介绍了世普。世普听了端阳的介绍，主动把手向对方伸了过去。小毛所长事先并没有想到要和今天调解的当事人握手，现在见世普主动把手伸过来了，不得已也才把手伸出去和世普握了握，脸上却是一副冷冰冰的表情。世普先是见这个小伙子比自己过去教的学生大不了多少，心里便咯噔地跳了一下，现在又见他紧绷着一副面孔，像是自己欠了他什么东西一样，便有些不太高兴了，在心下想："一个乳臭未干的孩子知道啥？敢在我面前摆什么谱？"可这个念头刚过，又转念一想，"人不可貌相，现在的年轻人可不比过去，说不定他是哪所政法学校毕业的，要不怎么能进司法所？"这样一想，世普便什么也没说，回头看了看屋子，见兴成、兴才、长安等贺家湾汉子都坐在了后边的板凳上，屋子右边的桌子后面已坐了贺世国，只有左边那张桌子后面还空着，便对端阳问："那张桌子后面是给我留下的？"端阳见世普问，急忙抬头看了小毛所长一眼，见小毛所长绷着脸没有说话，便有些尴尬地对世普说："老叔、兰婶，就只有委屈你们了……"话还没说完，世普突然冷笑了一声，说："布置得很好嘛！"说着，沉着脸过去坐了。

世普和佳兰坐下后，众人都拿目光去看小毛所长和"陈一针"。只听见"陈一针"干咳了一声，然后拉长了声音说道："现在我宣布，贺家湾村贺世国、贺世普房屋纠纷调解一案开始！现在请乡司法所毛所长讲话！"说完又补充说，"你们别看小毛所长年轻，人家是正经的本科大学毕业生，还是国家公考上来的，那可是飞机上挂暖壶——高水平（瓶）！大家欢迎！"

众人听了这话，啪啪地鼓了几下掌，正要继续鼓掌时，却见小毛所长目光如炬，极其威严地朝众人扫了过来，足足看了众人两三分钟，把众人的掌声都吓得退了回去。众人不知小毛所长为啥这样看他们，一个个心里正在发毛时，却听得小毛所长猛地喝了一声："大家注意了！"声音震得屋子里的空气似乎都在连连颤抖。众人不由自主地都将身子坐直了，等着他下面的话，可是小毛所长却又不说了，而是又看着下面。又隔了一会儿，才像是十分奇怪地朝坐在兴成旁边的端阳间："哎，贺支书你怎么坐在那里？上面把椅子给你搭起的，怎么不来坐？来来来，快上来坐！"端阳听后急忙说："我就坐这里！"小毛所长说："为啥？"端阳说："我也只是旁听的，我又不参加调解！"小毛所长却突然像是有些生气地大声说："你是村支书、村主任，怎么不参加调解，啊？快上来！"众人听了这话，也纷纷对端阳说："去吧，去吧，叫你上去坐，怎么不去坐？"端阳听了这话，这才有些像是不好意思地到小毛所长身边的椅子上坐下了。

端阳上去坐好以后，小毛所长这才仍端着一副严肃的神情大声说："现在我宣布几条纪律，请当事双方和参加旁听的村民都认真听着。第一，当事双方要从团结的目的出发，本着互谅互让、求大同、存小异的原则，实事求是地陈述事实和理由，不得攻击、诽谤、诬陷对方和他人，不得提出不合理的要求，不得打断对方发言，不得哄闹会场！第二，旁听村民要遵守会场秩序，不得高声喧哗，不得随意走动，不得未经允许随意插话，不得弄出音响……"小毛所长正说到这里，海富忽然放了一个十分响亮的屁，众人看着海富哄笑起来。小毛所长毕竟还嫩，听见众人笑，自己也忍不住笑了一下，露出了一副天真无邪的本来面目。可他很快又意识到了自己的失态，不但瞬间又把脸沉了下来，而且猛地拍了一下桌子，威严地吼道，"笑什么？严肃点！"说着目光又犀利地从众人脸上扫了过去。见众人都止住笑了以后，才把目光移到世国和世普脸上，也看了一阵才宣布说，"好了，现在你们开始陈述，哪个先说……"

话音未落，世国又像昨天端阳调解时一样，生怕自己说迟了会输理一样，马上抢在前面说："我先说！"小毛所长看着他，说："那你说吧！"说完又看了世普一眼，像是警告地说："你不要打岔，啊！"世普鼻子里哼了一声，没去看小毛所长，却将眼睛抬起来看着屋梁上。那儿世国便说了起来，他说的理由仍然是昨天那些，无非是自己死了妻子，现在两个儿子面临结婚，自己也面临续弦，如果不在原来的平房上加盖两层楼房就没法住下。加盖两层楼房后如果不在上面加盖人字形小青瓦屋顶，一是原来的人字形屋顶那些材料要浪费不说，保不准水泥楼顶还会漏雨！又说自己盖房并没有违背贺家湾建房的规矩，贺世普两口子这样做是欺负他。在他说着这些的时候，小毛所长的脸上看不出任何一点表情，坐在那里像是木雕一般。而世普在世国对小毛所长说着这一切的时候，也显出了一种事不关己的样子，他既没去看世国，也没去看小毛所长，只偶尔朝屋子里扫一眼，然后又抬头看着屋顶，像是在想什么一样。他确实是在想今天这事，这哪儿像调解的样子？从屋子里座位的布置到那个小毛所长宣布的纪律，分明是一次小小的庭审现场了。那个乳臭未干的毛小伙把自己打扮成了一个主审法官，他的旁边有记录的书记官，虽然没有带陪审员来，却把端阳糊里糊涂地拉上去做了陪审员。他和贺世国坐的位子，也和民事审判时原告和被告坐的位子完全一样，只差那个小毛所长没穿法袍了。世普闹不明白现在一个普通的矛盾纠纷的调解怎么也弄成了这样？是他们不懂法还是故意摆架子？世普虽然知道矛盾纠纷的调解并没有一定之规，但他知道不应该搞得这样像审判庭一样。他还在贺家湾教书时，湾里也有许多扯筋角逆的邻里纠纷，那时的干部把纠纷双方叫到一起，或者是在一方家里，或者就是在干活的地头蹲下来，裹上一杆叶子烟，一边换过去换过来地轮流吸，一边在吞云喷雾中就把矛盾化解了，哪像今天这个样子？但世普又转念一想，听这个小伙子开头的一番话，也许他还有几刷子。只要他今天能够依法明断，采取这样的形式也未尝不可！给学生上课时，不是常常对他们说形式服务内容吗？……

正这么想着，忽听得贺世国用了一副可怜巴巴的语气，在对那个小毛所长赌咒发誓地说："我的话句句是实，不信领导可以问问村里的群众，如有半句谎言都天打雷轰！请领导替我们小老百姓做主！"说完站起来对那个小毛所长深深鞠了一躬，然后才又重新坐了下去。

小毛所长看他坐了下去，才问："你说完了？"世国说："完了！"小毛所长听后，便把冷峻的目光移到世普脸上，前面也没加称呼，仍用了那种命令的语气对世普说了一句："现在该你说了，你说吧！"世普一听小毛所长的话，也仍像昨天一样，不慌不忙地站了起来，说："我没有什么说的，我要说的话就是法律上的话!"说着，慢慢把面前那本《法律大全》拿过来，翻到夹有书签的页码，然后将书捧到了小毛所长面前，指了自己昨天晚上做了记号的条款，又补充了一句，"你自己看吧!"说完又退到桌子后面坐下，拿过茶壶，对着壶嘴喝了一口茶。那小毛所长将世普递过来的法律条款看了一遍，脸上仍无任何表情。过了一阵，才对世普说："我看见了，但你的具体诉求是什么，总得说明呀!"世普说："法律既然早已有了具体规定，一切依法律的框架裁决就是了，还有什么说明的?"小毛所长听了世普这话，有些愣住了的样子，可过了一会儿仍是说："你总得有具体诉求吧?"世普一听这话有些生气了，便大声说："你听着了，不管他说得多么有理，只要房屋修起来影响了我的采光权和通风权就是违法了! 违法了就是违法了，毒树之果不能吃，如果不纠正不制止，法将不法! 因此我的诉求就是他只能按原来的计划在平房上加砌一层楼房，坚决不准加盖两层楼房!"

小毛所长一听世普的话，便转向世国问："你愿不愿意只在原来的平房上加盖一层楼房?"世国马上站起来像昨天一样鼓着脖子上的青筋说："打死我都要把房子盖到三层!"小毛所长又把脸转向世普问："你愿不愿意让对方把房子多盖一层?"世普听到这里，真的生起气来了，突然大声说："你还要我把话说两遍吗?"小毛所长听完两人的话，知道抽身而退的机会来了，便站起来把昨天牟所长对他所耳提面命的话大声说了一遍："你们听着，现在我宣布，你们所争论的采光权和通风权，我们基层司法所过去一直没遇到过，也没听说过，此事事关重大，加上在法理上我们也没底，因此对你们的纠纷我们无法调解，建议你们依法向人民法院提起诉讼! 本次调解完毕，散会!"

众人一听，都不觉愣了，纷纷说："就这样散会了? 一点都没有说个什么呀?"世普也觉得这事有点不对劲。明明他把法律条款都给他了，即使他承认基层司法人员对采光权和通风权的规定过去了解不多，可现在把白纸黑字摆在你的面前，你总得表示一下自己的态度呀! 怎么一个字的态都没表，就宣布调解结束了? 他感到自己有一种受了愚弄的感觉，更是对法律的亵渎。想到这里，便对小毛所长没好气地问："这就是你今天的调解?"小毛所长正要走，听见世普这样问，便回头对世普说："这不是调解你说是什么?"世普一听，突然重重地拍了一下桌子，勃然大怒地叫道："浑蛋，白痴! 屁都没放一个，就叫调解?"小毛所长见世普发了怒，心里还是有些畏惧了，可嘴里还是说："怎么没放，叫你们依法向法院提出诉讼，这就是调解结果嘛！"说完夹紧胳肢窝里的皮包，急急地走了。世普瞪着眼喘了一会儿粗气，突然对世国说："那好，贺世国，我们只有在法庭上见了！"说完便拉起佳兰余怒未息地走了出去。世国听了世普的话，也是涨着一张紫红色的脸，连想也没想便冲着世普的背影说："人是一个，命是一条，法庭上见就法庭上见，拼得鱼死网破！"说着也怒气冲冲地朝外面走了。这儿众人一听世普和世国的话，有些像是不肯相信似的，纷纷说："还真要打官司呀？这点事还打啥官司哟？"一边说也一边散去了。

三

　　世普回到家里，心里的怒火还一时难以平息，坐在椅子上一边呼呼喘粗气，一边想着那个小毛所长的话。想了一阵，世普觉得那个小毛所长说得对，这事要得到根本解决，看来只有走打官司这条路了。对于打官司，昨天和贺世国发生纠纷后，世普便有到法院起诉这个念头，只是在心里一直没有下定决心。世普是个办事果断的人，为啥却在这事上有些犹豫不定呢？原因就在于世普非常清晰地知道湾里像贺世国这样盖房子是十分普遍的现象，这其实是贺世国坚持不让步的重要原因。大多数村民也都抱定了像贺世国一样的观念，认为只要是在自家的宅基地上建屋，就算是没有侵害别人的利益。至于采光权和通风权，乡下人确实是没有听说过。所以正是在这样一种地方性规范和村庄伦理下，世普如果贸然打官司，表面上看告的是贺世国，实际上也等于是把大多数贺家湾村民给告了。因而世普从纠纷一开始，就寄希望于村乡干部的调解。在世普的意识里，这实际上是一个非常简单的民事纠纷，纠纷的事实和经过十分清楚，就是贺世国的房子按他的计划建起后，将把他的大门完全遮挡住，影响他的采光权和通风权，贺世国这样做已经违反法律规定。这样简单的事情，乡村干部完全可以依法裁决贺世国的房子少盖一层，因此也没有必要去对簿公堂了。可是现在看来，他贺世普想错了！事实这么简单和法律规定这样明确的事，贺端阳和今天这个所谓的小毛所长就是不做出裁决，而是和他打起了太极。在世普看来，贺端阳和今天那个乳臭未干的司法所所长不表态，实际上就是没有认同他的法律依据！而他们在主观上没有认同他的法律依据，客观上就是在偏袒贺世国，纵容贺世国。他们为什么这么做，世普心里有些清楚又有些不明白。他们可能是害怕在这起纠纷中满足了自己的要求，以后会发生更多这样的纠纷。可是他们不明白以后要杜绝和减少这样的纠纷发生，唯有依法办事，支持了自己合理公正的诉求，让贺世国付出了违法的代价，这样才能警示效仿者。只要没人再来效仿，这样的纠纷不是便没有了吗？可现在，贺端阳和司法所那个毛头小伙子对贺世国的偏袒，无异于饮鸩止渴。他本来是不想把这事闹到公堂上去的，现在是贺端阳和司法所那个混账小子逼着自己要到公堂上去，这就怪不得他了。不过这样也好，他坚信到了法庭上，法庭一定会支持自己的合法诉求。这样，他既维护了自己的权益，也给贺端阳和司法所那个混账小子和贺家湾村民上一堂法制课，让他们知道什么是违法，什么是不违法！这样想着，世普就下定决心和贺世国对簿公堂了！

一下定了打官司的决心，世普的心情反而一下平静了下来。他不慌不忙地喝了一口茶，然后站起来用了深思熟虑的口吻对佳兰说："楼上我原先那张写字台上有一本信笺纸，你去给我拿下来，我要写诉状！"佳兰一听，忙说："你真打官司呀？"世普说："不打官司怎么办？这是人家逼着我们去告状呢！"佳兰显示出了担心的样子，问："能打赢吗？"世普说："法律上规定得明明白白，有什么不能赢的？"说完又像想起了什么似的，马上接着说，"我把诉状写好了，明天就进城去找法院的雷彪，他们两口子都在县中读过书，我还亲自给他们上过一年语文课，不久前被提拔当了法院副院长，我去找他，他总不会装作不认识我了吧？"佳兰说："去找一下他当然好，我就怕到时官司输了让人笑话！"世普说："再让人笑话，也比让贺世国把房子修起挡住我们的大门好，那才是真正把面子都丢尽了！"佳兰听了觉得丈夫说得完全在理，贺世国不让步，不就是想争口气吗？世普还是在社会上混的人，为啥又要输这口气？输了这口气，别人又会怎样看待他们？想到这里便不再说什么，跑到楼上去把纸给丈夫取下来了。世普便伏在堂屋中间的桌子上写起诉状来。因为事情并不复杂，他的诉求也不高，加之适应的法律条款经过这两天的折腾早就烂熟于心，没用多少时间，便把一份诉状写好了。

第二天一早，世普便亲自揣了诉状进城去。来到县法院时，法院的人刚上班不久。法院大门口有一个案件受理大厅，里面坐了几个人，一般告状的人都是把状子交到这里，里面的人收了诉状，给告状的人开一个收条，然后告状人便回去等待法院的消息。世普本来也可以把自己的诉状交到这里，但世普却没有，而是从大门旁边一个小门直接进了里面的院子。这时从旁边小屋里出来一个人，对他喂了一声，世普回头看了那人一眼，那人却有些惊喜地叫了起来："哦，是贺校长呀！贺校长好！"说着又向世普鞠了一躬。世普一看那人年纪和自己差不多，自己并不认识，就说："你认识我？"那人说："贺校长大名鼎鼎，全县人民不认识县长，也不可能不认识你吧！"说完接着又说，"贺校长可能不认识我，我的娃儿在县中读过书，我来开家长会，见过你好几次面呢！"世普一下明白了，又看了看他说："你还在上班？"那人说："我几年前就退休了，单位又把我返聘回来搞收发！"然后又对世普问，"贺校长你要找谁？"世普说："我找雷副院长，他在不在？"那人急忙说："在，在，在三楼上，我带你去找他！"说罢便热情地在前面带了路，沿着一座螺旋式楼梯往上面走去。

来到三楼转角的一间办公室门前，那人站住了。办公室门是关着的，但屋子里有说话声。那人敲了敲门，大声说："雷院长，有人找！"没一时办公室门咔嗒一声开了，伸出一个脑袋朝外面看着。那人见开门的不是雷院长，便对世普说，"雷院长在办公室里，贺校长你进去吧！"世普一听，对那人说了一声谢谢，也没等开门人招呼，便径直进去了。到了屋子里一看，才见办公桌的大班椅上坐着另一个人，三十多岁左右，一张扁平脸，没什么特色，倒是额头下面那对眼珠子十分明亮，显示这是一个精力旺盛又有几分强悍的角色。他一见世普，马上就从椅子上弹直了身子，接着叫了起来："哎呀呀，贺校长，你老怎么来了，也不打电话先给学生说一声，学生有失远迎了！"说着就转到办公桌前面来，拉住了世普的手直摇晃。先前开门那人见了，站在旁边，望着雷院长，脸上流露出一种期期艾艾样子。雷院长见了，就先对了那人说："你说的这个案子，等我看完案卷再说。你先回去吧！"那人听了这话，毕恭毕敬地答应了一声，然后出去了。

这儿雷院长一边给世普泡茶，一边抱怨："现在这些做下级的，屁大一点事也要领导拿主意！"世普听了这话，一边在沙发上坐下一边笑着说："谁叫你是领导呢？不让你拿主意，你怕又要说下级不尊重领导了呢！"雷院长说："什么领导不领导，在你老人家面前，我永远是你的学生！今天你老人家不要叫我院长，就叫我雷彪！"说着把一只一次性纸杯端到世普面前。世普说："那就好，我今天恭敬不如从命，也就不客气了！"说罢看着纸杯里的茶叶，是上好的雀舌，此时像一尾尾小鱼似的在水里翻腾，便开玩笑地说："做了院长是不同些，记得那年你还是一个小审判员的时候，人大组织我们到你们法院来视察，我到你的办公室来看你，你泡的花毛峰招待我，现在换成雀舌了！"雷彪听了这话，便笑着说："老校长还记得这些陈谷子烂芝麻的小事，我可忘记了！"说完才接着说，"实话告诉老师，这是前不久学生出去开会东道主给发的，我还一直舍不得喝，今天老师来了我才开的包！"说着就挨着世普坐了下来，接着对世普说："前次廖梅回来告诉我，说你老人家回老家安度晚年去了……"世普听到这里，立即有些警觉了，便马上看着雷院长问："她给你说没说我告状没告准的事？"雷彪一听这话，立即做出一副什么也不知道的样子，说："没，没，什么告状没告准？难道老师还有什么状会告不准吗？"

世普听了这话便说："算了，事情过都过了，我也不愿提它了！"说完这话端起纸杯，像是准备喝茶的样子，可刚端起来又马上放下了，然后看着昔日的学生认真地说，"我今天又是来告状的，还不知道告不告得准呢！"雷彪一见世普的样子，眼睛扑闪了两下，知道老头子不是开玩笑的，便说："真的？"接着又说，"我说老师不会轻易到我们这里来嘛！老师有什么事尽管对我说，看我能不能给你一些帮助？"世普说："你这样说，我也就不客气了！"说着便把和世国的纠纷以及村上、乡司法所调解的情况，自己准备向法院提起诉讼的事，一一给雷院长讲了。讲完，这才端起纸杯喝了两口茶。

雷彪认真听完了世普的讲述，沉吟了一会儿才说："老师要用法律来维护自己的合法权益是完全正确的！现在讲依法治国，听说国家正在制定《物权法》。在《物权法》没出台前，《民法通则》中有关相邻住宅的采光权和通风权都规定得很清楚，如果你说的是事实，我想法庭会支持你的合理诉求的！"世普说："我教了几十年的书，教育学生要实事求是，自己怎么会去歪曲事实？"雷彪忙说："老师误会了，我怎么会怀疑老师说的不是事实？老师是什么人？不瞒贺校长你老人家说，你老的学问、人品，我和廖梅一直是把你当作楷模呢！我经常在心里想，要不是贺校长你老人家，我和廖梅恐怕也莫得今天呢！"世普说："这是你们的努力，和我有什么关系？"雷彪说："怎么没关系？别的不说，就是那年我和廖梅悄悄地在校园里谈朋友，你老人家知道了，既没有开除我们，也没有怎么批评我们……"世普听到这里也像是想起来了，说："怎么没有批评你们，我不是把你们喊到我的办公室里说了你们一顿吗？"雷彪说："可你说的是些什么话？你给我们讲了很多名人成才的故事，像位父亲一样语重心长地勉励我们趁年轻把心思多用在学习上，别辜负了大好时光！那时我们心里好感动！说实话贺校长，人生遇到一个好师长，便是一辈子的造化！"世普说："那也是你们自觉，如果遇到不堪造化的人，我也没有办法！"说完这话，世普才又对雷彪说，"我打官司的事，你还是具体给老师指点一下！"听了这话，雷院长才像是重新想起来似的，马上对世普说："老师的诉状呢，能不能给学生看看？"世普一听，急忙从口袋里掏出诉状来，双手捧着递给了雷彪，说："怎么不能看，不对的地方还要你多加指教呢！"

世普昔日的学生接过诉状，便看了起来，一边看，一边皱起了眉毛。看完后，又抿着嘴唇想了一会儿，这才抬起头来看着世普问："老师刚才说，你们原先是同意被告在平房上加盖一层楼房和一层人字形青瓦屋顶，怎么诉状上只同意他加盖一层楼房，不同意他加盖人字形青瓦屋顶了呢？"世普说："原先同意他在平房上加盖一层楼房和一层人字形青瓦屋顶，是因为被告的妻子还在，我们是亲戚。可现在被告不认我们这门亲戚了，我们自然也不认他这门亲戚了！在两层楼房的基础上加盖一层人字形小青瓦屋顶，本身就要冒出我院子两尺多高。当时主要考虑到双方是亲戚，要互相帮助，互相体谅，加上人字形小青瓦房只是一道屋脊，离我院子远，对我院子影响不大，所以我们才答应他们的。现在既然是这个样子了，我们坚决不同意他的房子高出我的院子！"

雷彪听完，又沉吟了半晌，然后把世普的诉状放到茶几上，才又看着世普说："老师，学生有几句话不知当说不当说？"世普说："你现在是法官，有什么不当说的？我今天就是来征求你的意见的！"姓雷的听了这话，这才轻言细语地对世普一字一句地说道："老师，依学生的愚见，你还是应当允许被告加盖人字形屋顶才对！第一，这是被告妻子没死以前你已经同意了的。我知道老师是个言而有信的人，不会因为人去世了，就互相不认亲戚了。第二，按你刚才说的，加盖一层人字架小青瓦屋顶，对你院子的采光和通风影响都不大，所以你应该允许他在上面加盖小青瓦屋顶……"说到这里，雷彪见世普要反驳的样子，马上便又转换了口气，说，"当然，老师一味要坚持不让他加盖小青瓦屋顶，主审法官也可能不好说什么，因为你的诉讼请求在法律上是站得住脚的。不过假如我是这个案子的主审法官，我一定会要求你按我刚才所说的改变诉讼请求！为什么呢？因为法律虽然是无情的，可是人却是有情的，这样做，可能更合乎农村的实际情况。再说，被告本来计划是要修建三层楼房和一层小青瓦屋顶，你现在不但不让他建三层楼房，连小青瓦屋顶也不允许他建，这样就会造成被告大量的浪费，不但被告会不服，恐怕村民也会对你有不同看法，你说会不会这样？"

世普听完自己原来学生的话，心里有些动摇了。在昨天写诉状时，他也曾经为自己的诉求犹豫过。后来想到既然贺世国都铁了心要和自己反目为仇，自己还同情他什么？一不做二不休，你不是要在平房上再加盖两层楼和一层小青瓦屋顶吗？我现在不但不让你盖两层楼房，就连小青瓦屋顶也不让你盖了，看你怎么办？这么一气之下，便推翻了过去自己的承诺，在诉状上写了现在的诉求。这时听了自己曾经的学生这么一劝，便说："那你说我现在该怎么办？"姓雷的说："老师如果同意我刚才的话，就在诉求前面加上这样一段话：我们两家原是亲戚，现在还是亲戚，以后还会是亲戚，本着亲戚间互相帮助、互相体谅的精神，原告同意被告在平房上加盖一层楼房和一层人字形小青瓦屋顶！这样一来，既显得老师通情达理，心胸宽广，又显出老师的人情味，让被告也不好说什么，村民也不好说什么，主审法官也会认为老师深明大义，容易接受你的诉求！"说完便又看着世普问，"老师你看呢？"

世普听后急忙心悦诚服地说："真是人在事中迷，就怕没人提，你说得完全在理！"雷彪说："我也是从工作实践中摸索出来的！不瞒老师说，许多人说我们法官无情，其实法官也是人，怎么能无情呢？"接着又对世普说，"老师觉得我说得有理，就还烦老师把这诉状修改一下，抄写好交到立案大厅。我会特别关心老师的事，收到老师的诉状后该受理的就马上受理！不过现在我要给老师说明，像这样的案件县法院民事审判庭一般不会直接审理……"听到这里，世普急忙打断了雷院长的话问："那由谁审理？"雷彪说："一般是转到原来的区法庭，也就是你们现在的片区法庭审理。"世普听了这话，不由得皱紧了眉头说："这……"雷院长似乎看出了世普的心思，便说："老师你放心，我给汪庭长打声招呼就是，他也一定会认真对待老师的诉讼的！"世普听了这才放下心来，便马上站起来说："那好，我这就回去修改诉状，修改好了下午就送过来！"姓雷的忙问："老师回哪儿修改?"世普笑着说:"你忘了我城里还有个家?"雷彪听后也笑着说:"哦,我还真以为老师就在乡下当一辈子隐士了呢!"说着便把世普送到了楼下,叫自己的司机开车送世普回县中宿舍,世普再三推辞不过,只得客随主便,坐上学生大人的公务车回县中宿舍的家去了。下午,世普便把修改好的诉状交到了法院立案大厅的值班法警手里。

果然没过几天,片区法庭的汪庭长和另外一名法官在端阳的带领下来到了世普家里。汪庭长是个老法官了,五十来岁,瘦高个子,老是愁眉苦脸的样子,给人一种生活在水深火热中的印象。他没穿警服,只是像常人一样穿了一件圆领衬衫,一条橄榄色的裤子,要不是脚上那双擦得油光锃亮的棕色皮鞋,完全就是一个农村汉子。端阳把两个法官带到世普家里,将双方作了介绍后,便对汪庭长说:"汪庭长,没事了,我可以走了吧?"汪庭长说:"这又不是其他案件,你留下来听一听也可以!"端阳说:"你们要谈案情,我还是回避的好!"汪庭长听了没有挽留,世普却沉着脸说:"你走啥?你听一听汪法官怎么说,说不定对你有好处!"端阳听了世普这话,倒不好走了,便只好坐了下来。

汪庭长等端阳坐下后,便用了办公事的口吻对世普说:"贺校长,县法院将你诉贺世国房屋侵权一案,转到我们片区法庭审理。今天我们来有三件事:一是查勘一下现场,了解被告房屋建起来后,对你采光权和通风权的影响程度。第二便是还要再次征求你们双方的意见,愿不愿意接受法庭的调解?第三,如果不愿意接受调解,便是向被告方送达你的起诉书副本!"汪庭长说这些话的时候,仍然是苦着一张脸,像是县法院给他的是桩苦差事,让他承受不了似的。

世普听完,连想也没想就说:"还需要什么调解?我既然起诉了,你们依法审理就是!"汪庭长一听又皱了一下眉说:"这么说,贺校长是一定要走诉讼的路了?"世普说:"这话还要让我说第二次?"汪庭长听后又停了一会儿,才又对世普问:"那么贺校长对你的诉讼请求,还有没有什么需要补充和变更的?"世普说:"我在诉状上已经写得很清楚了,不需要再多说!"汪庭长看出世普有些不耐烦了,便说:"这是我们法官的责任,必须问清楚!也就是说,贺校长对自己的诉讼请求没任何让步的了?"世普真的有些生起气来了,觉得这些法官实在是啰唆,一句话也要反反复复地问,便大声说:"我已经做了让步,还要我怎么让?再让就是让贺世国骑到我头上来拉屎了!"汪法官听后马上站了起来,脸上除了那副天生的苦相之外，看不出有任何其他的表情，对世普说："那好，贺校长，我知道了！现在我们要到被告的房屋现场看看，并向他送达你的起诉书副本，你是否需要一起去？"世普还是气咻咻地说："我去干啥，你让贺支书给你们带路就行了！"汪庭长听后又说了一句："那好吧，法庭有什么会随时通知你的！"说着，端阳在前，两个法官在后，就朝下面世国的房子走去了。

到了世国的院子里，世国正在把院子里的残砖破瓦往一只篾篼里捡，端阳看见便大叫："世国叔，你先别忙去收拾那些断砖碎瓦了，法院给你送传票来了！"世国一听这话，马上直起身来，像是被雷击中了一般，目瞪口呆地看了端阳几个人一阵，这才哆嗦着厚厚的嘴唇发出了声音："还真的把我告了？真的把我告了？"端阳看见，不等汪庭长说话便先说开了："你怕什么，这又不是杀人放火的案件，只是一般的民事纠纷，法庭也不会判你去坐牢！"说完见世国还待在那里，便又说，"你还待在那里干啥？还不进屋端条板凳给两个法官坐！"世国听了才急忙跑进屋去端出两条板凳让汪庭长和另一名法官坐了。这儿端阳又将汪庭长向世国做了介绍。世国的眼睛里仍闪着畏缩和迟疑不定的光芒。

等端阳介绍完毕，汪庭长才对世国说："你就叫贺世国？"世国急忙像哑巴似的点了一下头，嘴里同时又嗯了一声。汪庭长接着说："贺世普向法院提起诉讼，诉你建房侵犯了他的采光权和通风权，法庭已决定受理，我们今天就是专门给你送起诉书副本来的！"说着便对身边的年轻法官说，"小曹，把起诉书副本给他。"那叫小曹的年轻法官急忙打开手里的公文包，从里面掏出两页纸向世国递过去。世国哆嗦着两只手不敢去接，却把迟疑的目光转向端阳说："他告我，这给我干啥？"端阳说："这就是专门给你的，你看了好写答辩状！"世国听了，这才伸手去将两页纸接过来。这时，叫小曹的年轻法官又拿出一张纸让世国签字，世国也哆嗦着手在纸上歪歪倒倒地写了自己的名字。这时，汪庭长才又对世国说："我们要看看现场，你带我们到楼上去看看！"世国听了什么也没有说，乖得像一个罪犯似的转身就朝楼上走。

到了已经建好的二层楼上，汪庭长没拉皮尺，也没立竹竿，只是朝上用眼睛测了测高度，心里便明白了。看了一阵，汪庭长就在楼顶上对世国说："如果按你现在的计划修三层楼房再加盖一层人字形青瓦屋顶，确实遮挡了原告的大门。原告的诉求是非常合理的。别说你修三层楼房和一层人字形青瓦屋顶会影响原告的采光权和通风权，就是只在第二层楼房上加盖人字形青瓦屋顶都会高出原告院子，对原告造成一定影响。但原告鉴于你们两家是亲戚，还是同意你在第二层楼房上加盖人字形屋顶，你有什么看法？"世国一边听着汪庭长的话，眼皮一边不停地颤动，像是进了蚊子一样。汪庭长说完后，他没敢像前两次那样坚持自己一定要按计划盖三层楼房加一层人字形屋顶了，而是做出一副比汪庭长还要苦的脸，带着哭丧的声音说："领导，你可要给我做主呀！我们庄稼人盖一次房不容易呀！你看，这些砖和水泥板，我买都买回来了，不算本钱，就是从城里拉到贺家湾来，运费都是几千块钱呀！现在只让我修两层楼房，这些砖块水泥板吃又不能吃，卖又卖不掉，这不是要我的命吗？领导你们帮我想一想，我一个打工的，老婆又不在了，两个孩子一个要考大学了，一个也马上升高中，正是要钱花的时候，我实在不容易呀……"说着，世国突然蹲了下去，捂着脸抽泣了起来。汪庭长和那个年轻法官看见，没动声色，端阳的心却一下酸了起来，急忙去把他拉了起来，说："你哭什么，啊，男子汉大丈夫哭就能解决问题？"接着又说，"既然你怕浪费材料，那你就不盖那层人字形青瓦屋顶了嘛！损失一点瓦不算啥，木头还可以派其他用场，不就行了吗？"世国听了这话，又抽泣了一会儿才抹了一把眼泪说："要真是这样，一把胡椒顺口气，一颗胡椒也顺口气，我还想得开些！"汪庭长听了世国这话，仍是没任何表情，却说："那就这样吧，起诉书副本我们已经送给你了，现场我们也看了，你好好准备应诉和答辩，有什么事法庭会通知你！"

　　说罢，汪庭长和那个小曹法官从世国的楼上下来，端阳以为他们马上就会回去了，没想到他们小声说了一句什么，又朝世普的院子走去了。到了世普家里，汪庭长又对世普说："贺校长，我再征求一下你的意见，你既然允许被告加盖一层人字形青瓦屋顶，为什么不可以让被告就多盖一层楼房，而取消人字形青瓦屋顶呢？"世普听了这话，立即盯着汪庭长问："这是什么意思，啊？"说完突然大声说，"这是断然不行的！其一，如果允许他盖三层楼房，高度倒不会超过盖人字形小青瓦屋顶，但他要在楼顶周围修两尺到三尺的栏杆，这样高度便会超过人字形小青瓦屋顶！第二，像贺世国这样的人有什么诚信可讲？允许他现在盖三层楼房封顶，可不定什么时候趁我们不在，又在楼顶上加盖人字形屋顶，造成既定事实，我必须防到他这一手！所以我只能答应他在二层楼房上加盖人字形青瓦屋顶，无论如何不能允许他把三层楼房盖起来！"汪庭长听后又说了一句："哦，我知道了！"说罢和小曹这才起身回去了。

四

又过了一个星期，法庭通知开庭了。世普和世国都按时到了法庭。汪庭长是主审法官，在听完世普和世国的陈述后，汪庭长再次问双方愿不愿意庭外调解，其结果自然又再次遭到了世普的强烈反对，汪庭长只好进行法庭宣判。宣判的结果却有些出乎了世普的意料：法庭将世普诉状中同意世国在原来平房的基础上加盖一层楼房和一层人字形小青瓦屋顶的诉求，改成了世国可以在原来平房的基础上加盖两层楼房、但不得再加盖人字形屋顶以影响原告的采光权和通风权。对这样的判决，世国当庭表示接受，可是世普就不同了，当庭就对汪庭长质问："这是什么判决？我不接受！"汪庭长说："贺校长，等会儿我再对你解释……"世普一边挥舞着手，一边怒气冲冲地吼道："我不听哪个的解释，我去找……"他本想说去找雷院长，可话到嘴边担心有法庭工作人员和世国在场，说出来对雷彪影响不好，便改成了，"我去找你们领导！"

汪庭长一见，便宣布闭庭。世普听见，立即便满面怒容地往外走。才走到门口，汪庭长又急忙过去拉住了他，说："贺校长，你请留步，我有话对你说！"世普黑着脸，看也没看汪庭长一眼，一边想挣脱对方的手，一边仍是像和汪庭长有仇似的大声说："我和你有啥说的？没啥说的！"汪庭长听了也没生气，还是赔着笑脸小声说："你来，我给你看样东西后你就明白了。"世普一听这话，马上就站了下来，回过头这才看着汪庭长问："啥东西？"汪庭长说："你跟我来！"世普犹豫了一下，果然就随汪庭长去了。

到了汪庭长里面的办公室，汪庭长招呼世普坐下，又去给他倒了一杯水，放到他面前的桌子上，这才打开抽屉，从里面取出了厚厚一沓纸递到世普面前，这才说："贺校长，你看看这个吧！"世普虎着脸从汪庭长手里接过材料，一看标题，立即便傻眼了，原来这是一份贺家湾村民希望法庭为贺世国主持公道的请愿书。世普来不及看前面的内容，便急速地往后面翻去，只见后面几十页纸，每页纸上都密密麻麻地写满了贺家湾村民的名字，每个名字后面又都盖着一个鲜红的指印。世普看着那些指印仿佛正在往外淌血，心里突然产生了一种难言的痛苦。慢慢地那些布满纹路的指印在他眼前摇晃起来，变成了一只只喷着怒火的眼睛，这些眼睛都瞪着他，使他有一种深陷重围的感觉。他不禁嗫嚅了起来："这……"

汪庭长见了，急忙把世普面前的茶杯端了起来，说："贺校长，你喝口水！"世普的眼睛还落到那些密密麻麻的名字和指印上，手伸过去接过茶杯，往嘴边抿了一下，并没有喝下水去，又将茶杯放下了。汪庭长一副惊愕的表情，便说："贺校长，你还没看前面的内容，我给你简单说一说，你便明白我今天为什么要那样判了。这份几百村民的联名请愿书主要向法庭陈述了这样几点内容：第一，他们说农村宅基地紧张，建房都是往空中发展，如果不允许往空中发展，势必造成今后农村老房改建中侵占集体土地的现象增多，矛盾纠纷增多，况且，在聚落紧凑的村庄里讲采光权实在太不现实了。第二，他们说被告多年节衣缩食，好不容易才凑齐了建房材料，现在如果不允许他按原计划建，势必人为地给人家造成许多人力财力的浪费。对于一个农民来说，这种浪费是令人痛心的。第三……"说到这里，汪庭长停下来瞥了世普一眼，似乎有种欲言又止的样子。但见世普脸色虽然仍然紧紧绷着，但还算平静，于是像说累了的样子伸出舌头舔了舔嘴唇后，这才接着说，"这第三，说你是城里干部，在城里本身就有住房，不应该回到乡下与农民争啥采光权……"汪庭长还没说完，世普终于开口了，说："你难道没看清我的起诉书？我妻子她还是贺家湾村民，她的户口还在贺家湾，她难道不应该在贺家湾拥有住房？"

汪庭长等世普说完，这才说："是的，房屋的产权证上写着你妻子的名字，但贺家湾人却说，按照农村女方应该随男方的规矩，贾佳兰应该随你到城里居住，而且事实明摆着，这几间老屋你妻子已经好几年都没在里面住了，只是现在临时回来住一下，你们的行为是想多吃多占……"说到这里，汪庭长见世普嘴唇动了几下，想插话的样子，又急忙往下说，"村庄的规矩是村庄的规矩，法律是法律，只要你妻子的户口还在贺家湾，只要她想回贺家湾住，都将得到法律的保护！在这里我想说的是，这么多贺家湾人联名上书法庭为被告请愿，它说明什么？"

说完，汪庭长两眼看着世普，像是等待世普回答的样子。世普一听汪庭长这话，也似乎有些紧张的样子，也看着汪庭长反问："说明什么？"汪庭长又顿了一下，才吐出了几个字："说明民意不在你这一边！"说完，又似乎是害怕打击了世普一样，马上又补充了一句，"尽管法律在你一边！"世普听了，脸上的肌肉抽动了两下，像是想说什么却没有发出声来。汪庭长又顺着自己的思路继续说了下去，"在这场诉讼中，也许你小看了被告的能力，或者是低估了村庄的舆情。不错，被告只是一个农民，从知道你要打官司那一刻起，他便知道法律不在他那一边，但他却非常明白村庄民意在他这边，于是他以一个弱者的面目动员了村里能够动员的力量为他说话。但如果仅是这样，事情也不会十分复杂！这其中的蹊跷还在于其中有没有基层干部在里面推动？是的，在这上面签字盖手印的人中没有一个村乡干部，但从字里行间认真分析，这封信与其说是贺家湾的民意，还不如说是很多乡村基层干部的心声！这其中的道理非常简单，便是信里第一条所说的：如果不允许往空中发展，势必造成今后农村老房改建中侵占集体土地的现象增多，矛盾纠纷增多。这两个增多在当前县上开展的创建无矛盾纠纷和谐美好村庄中，都是基层干部所不愿看见的。因而虽然他们没有出面，却不难想象他们在事件背后的作用。不然，光一个贺世国能发动这么多人在上面签字吗？"说完又补充了一句，"当然，这只是我的猜测！"

　　世普听了仍然没有吭声，但汪庭长看得出来，对方对他的分析是完全赞成的。停了一会儿，汪庭长才最后说："你现在明白我们为啥会做出这样的判决了吧？如果法庭完全支持了你的诉讼请求，势必会违背民意和当地建房的实际情况，造成被告不服，村民不满，严重一点说不定还会引发更大的矛盾纠纷。如果真出现了那种情况，也就背离法庭判决的初衷了，贺校长你说是不是？"说完看着世普，可世普埋着头像是在想什么，没有回答汪庭长的话。汪庭长见了，又接着说，"不瞒贺校长说，这个判决也是我和雷院长反复磋商后才决定的！我们觉得将你诉讼请求中允许加盖人字形屋顶，改成同意被告多盖一层楼房并没有对你利益造成多大损害！至于你提出被告在楼顶四周修建栏杆的事，刚才判决时你已经听清楚了，法庭已经做了详细规定，只允许他用不锈钢烧铸，并且高度不超过一米，这样不但不会影响到你房屋的采光，而且用不锈钢烧铸的栏杆也美观大方。还有你担心被告以后会在房顶上加盖人字形屋顶的事，判决书上也明确规定了不得再建。所以我想请贺校长不必再担心以后!"说完,汪庭长站了起来,对外面喊了一声,"小曹,去千禧大酒楼给我订个雅间,今天我请贺校长吃饭!"

世普一听,知道汪庭长在下逐客令了,便马上站起来说:"不用了,不用了,我得回去!"汪庭长听了也立即站了起来,说:"吃了饭再回去嘛,反正都到吃饭的时间了,我们也得吃饭是不是?"世普看出汪庭长并非真心想留他吃饭,便一边动身往外走,一边回答汪庭长说:"无功不受禄,我怎么敢吃汪庭长的饭?"说完这话,怕汪庭长多心,又马上补充说,"我这几天身体出了点小毛病,正在吃药,还得回去服药呢!"汪庭长本是想逐客,听见世普这话,便顺水推舟地说:"那行,贺校长身体要紧,我就不留你了!"

回到家里,世普把法庭判决的结果告诉了佳兰,佳兰听后半天没有说话,过了许久,才看着世普突然冒出了一句:"盖就让他盖吧,看他怎么盖都行,反正我也不想在贺家湾住了!"世普听见佳兰这话,像是吓了一跳似的,马上看着佳兰说:"你怎么突然说这样的话了?"佳兰没有立即回答,像是心里还有什么顾忌似的。隔了好久,她看见世普的目光中还充满了疑惑,一动不动地看着她,这才鼓起勇气,可话还是说得有些迟迟疑疑的:"我给你说了,你可不要生气,啊!"世普见佳兰如此郑重,心里更加疑惑了,说:"啥事我会生气?"佳兰说:"一些闲话,是不值得生气,只要你不生气,我就告诉你!"世普说:"我不生气,你说嘛!"佳兰这才说:"上午我出去,走到牛草坪倒拐的地方,听到几个人在背面大声小声地摆龙门阵。我也不晓得他们摆些啥子说得这样闹热,就站下来听了一会儿,这才听见人家摆的正是我们!说你每个月领三千多块的退休金,一不种田,二不工作,整天闲着,既有钱,又有闲,没事干才把贺世国告上法庭!说现在批不到新的宅基地,哪个建房不是建三四层?说你告贺世国,目的就是想不准大家今后盖三四层的楼房,这纯粹是在欺负种田人!还说你虽然姓贺,可到底和贺家湾的种田人不是一路人,当了一辈子校长,教育别人惯了,回到贺家湾也到处教育人,连长安网点麻雀你都要干涉,你是有钱人,不晓得种田人的苦!还说你眼睛只往上看,不往下看,说中华被小偷告了的事,你只一句话就可以让派出所撤案,可你就是不帮,最后还是端阳出面去把事情摆平了的。还说……"

说到这里,佳兰突然住了嘴,不想往下说了。可是世普却说:"还有什么,你继续说,看从他们嘴里能喷出什么话?"佳兰听了又停了一会儿才终于说:"说上半年发生的黄葛树事件，上头来道歉，根本不是你的功劳，是世海出面把记者请来的，你只是嘴上说得好听……"世普听到这里，便打断了佳兰的话黑着脸说："这是事实，我是无能，还有什么，你都说出来！"佳兰见丈夫黑了脸，便急忙打住，说："以下他们便没说你什么了，倒是又说起我来了。说我到城里住了几年，不是过去的贾佳兰了！说我去推贺世国的墙，是仗着你的势力欺负人！还说啥男人有势，婆娘就有志……我听到这些话，真想过去问他们我哪里不是过去的贾佳兰了，哪里欺负了人？可一想人家背后头摆龙门阵，你去搭嘴做啥子？弄不好还会和他们当面吵起来，他们想怎么说就怎么说，我耳不听为净，便转过身回来了……"

世普听了佳兰的话，故意露出轻松的样子笑了一下，说："你叫我不生气，你看你现在嘴巴嘟起那样高，比我还气。好了，你也不要生气了！"佳兰说："当时没怎么在意，现在想起来，猪尿包不打人但胀人，倒真有些生气了！要是依我过去的脾气，我真想找他们问一问，我们怎么得罪他们了？"世普听后把头仰靠在椅子上，眼睛看着外面，许久都没有说话。佳兰知道丈夫表面没说什么，心里肯定有些不好受，也不好去劝他。过了半天，世普突然从胸腔里喷出了长长的一口气，然后才自言自语地说了一句："唉，一家饱暖千家怨呀！"佳兰没听清世普说的什么，便问："你说的啥？"世普却一下把身子坐直了，盯着佳兰说："你真的是不想在乡下住了？"佳兰说："原以为在乡下住起清静，可现在才不是这样的！我怕再住下去，会惹来更多怨恨，不如回城里去了耳根还清静些！"

世普一听这话，便一拍大腿说："这就好了，你马上收拾东西，明天一早，我叫贺鹏从城里找辆车来把我们接回去！"佳兰说："真是说走就走呀？"世普说："还有什么值得犹豫的吗？上午法庭判决的事，这时全湾肯定都晓得了！知道他们会怎样看我们吗？表面上他们还是会客客气气，可骨子里，难道不会把我们看作是无理取闹的无赖？你难道还没从他们背后那些话里听出来，他们对我们已经有了一种'阶级仇恨'的味道？在他们眼里，连我拿退休工资也是不劳而获的象征，是一种罪过！"说到这里，世普眼前又晃动起了上午在汪庭长那儿看见的那些像是喷着火一样眼睛的红手印，这才明白除了汪庭长分析的那些原因外，难道自己刚才说的不也是其中的原因吗？一想到这里，世普又急忙接着说，"是的，正如他们所说，我们和他们不是一路人，既然不是一路人，还不赶快走干什么？

明天或后天贺世国的房子又要重新开工了，你难道还准备留下来看他们的脸色？"佳兰一听这话，便说："我可不想留下来看哪个的脸色！回城里看脸色，只看自己儿媳妇一个人的脸色，留下来看这样多人的脸色，我吃多了？"说完接着说，"我去收拾东西，你去给贺鹏打电话！"说罢便起身忙去了。

第二天一早，贺鹏果然又从城里找来一辆客货两用长安车。车开到世普老房子的旁边，世普没惊动任何人，和佳兰、贺鹏以及司机几个人将当时搬回来的东西一一搬到了车上。搬完东西后，佳兰要回去锁门，世普说："还锁它干啥？一座空房子，谁想进去拉屎撒尿，就让他进去拉吧，反正我们也不会再回来了！"佳兰犹豫了一会儿，还是说："管它的，还是锁上好，万一今后想回来看看了，也有个地方歇会儿凉嘛！"说完便咚咚咚地跑回去，最后看了空荡荡的屋子一眼，将大门拉过来锁上了。正准备转身朝旁边停车的地方走去，佳桂生前养的那只花猫突然从阶沿的屋梁上跳到佳兰面前，看着佳兰喵喵地叫个不停，又伸出爪子拍着佳兰的脚背。佳兰一见，心忽然酸了起来，看着花猫说："你是不是不想我走？"猫又叫了一声，干脆把前面两只爪子都搭在了佳兰脚上。佳兰突然想起了佳桂，也许佳桂知道自己将永久离开贺家湾了，舍不得，把魂魄寄托到自己养的猫身上，来和他们告别了。一想到这里，佳兰便弯下腰将猫抱在怀里，一边摩挲着猫的毛皮一边说："你是不是舍不得我们走？要不你和我们一起进城去吧！"那猫听了又叫了一声，然后便温驯地躺在佳兰怀里。佳兰便抱了猫往停车的地方走去。回到车旁，世普一见佳兰抱着猫，便说："你把它抱起干啥？"佳兰说："你不用管！"接着又说，"能让我想起佳桂的东西只有她活着时养的这只猫和那只狗了，城里不让养狗，难道也不让养猫？人的路断了，畜生的路没有断，看见它我就当看见佳桂！"说着泪水倏忽而下。世普知道佳兰心里忘不掉佳桂，便不再说什么了。司机打开驾驶室车门，让世普、佳兰、贺鹏坐了进去，然后一拧发动机钥匙，汽车便突突地沿着贺家湾的机耕道往县城的方向开去了……

2010 年 9 月 28 日—10 月 16 日构思于渠县

2012 年 4 月—7 月初稿

2012 年 8 月 24 日—9 月 7 日修改

2013 年 7 月定稿于绵阳科创园